NO LIMITE DA ATRAÇÃO

Katie McGarry

NO LIMITE DA ATRAÇÃO

Tradução
Cláudia Mello Belhassof

4ª edição

Rio de Janeiro-RJ / Campinas-SP, 2016

VERUS
EDITORA

Editora: Raïssa Castro
Coordenadora Editorial: Ana Paula Gomes
Copidesque: Diogo Ferreira Gomes
Revisão: Luciana Estevam
Capa e Projeto gráfico: © Harlequin Enterprises Limited., 2012
Arte da capa utilizada mediante acordo com Harlequin Enterprises Limited.

Título original: *Pushing the Limits*

ISBN: 978-85-7686-216-1

Verus Editora Ltda.
Rua Benedicto Aristides Ribeiro, 41, Jd. Santa Genebra II, Campinas/SP, 13084-753
Fone/Fax: (19) 3249-0001 | www.veruseditora.com.br

CIP-BRASIL. CATALOGAÇÃO NA FONTE
SINDICATO NACIONAL DOS EDITORES DE LIVROS, RJ

M112L

McGarry, Katie
No limite da atração / Katie McGarry. ; tradução Cláudia Mello Belhassof.
- 4. ed. - Campinas, SP : Verus, 2016.
23 cm

Tradução de: Pushing the limits
ISBN 978-85-7686-216-1

1. Romance americano. I. Belhassof, Cláudia Mello, 1965-. II. Título.

13-0644 CDD: 813
CDU: 821.111(73)-3

Revisado conforme o novo acordo ortográfico

Impresso no Brasil pelo Sistema Cameron da Divisão Gráfica da
DISTRIBUIDORA RECORD DE SERVIÇOS DE IMPRENSA S.A.

Agradecimentos

A Deus. Lucas 1,37.

Ao Dave. É por sua causa que eu conheço o amor.

A Kevan Lyon. Acho que não conheço ninguém que eu gostaria mais de ter ao meu lado. Você tem a mistura certa de energia, entusiasmo e delicadeza.

A Margo Lipschultz. Você é brilhante e tem um coração de ouro. Eu me sinto honrada por você ter dado uma chance a mim, à Echo e ao Noah.

A todos na Harlequin e na Harlequin Teen que acreditaram nesta história, especialmente Natashya Wilson. Sou grata a todos vocês.

A Angela Annaloro-Murphy, Veronica Blade, Shannon Michael e Kristen Simmons, minhas primeiras leitoras. Vocês foram corajosas o suficiente para encarar os primeiros rascunhos e me dar opiniões muito sinceras.

A Anne Cook e Rodolfo Lopez Jr. Obrigada por responderem às minhas perguntas, enriquecendo assim a história.

A Colette Ballard, Bethany Griffin, Kurt Hampe e Bill Wolfe. Vocês são mais do que um grupo de crítica. São minha tábua de salvação.

Ao Louisville Romance Writers. Vocês são um grupo maravilhoso e talentoso de mulheres.

A meus pais, minha irmã, minha família de Mt. Washington e meus sogros. Eu amo vocês.

A meus amigos e minha família. Obrigada por tanto amor e apoio. Vocês são muitos para citar, mas saibam que penso sempre em vocês.

Echo

– Meu pai é controlador, odeio minha madrasta, meu irmão morreu e minha mãe tem, digamos, problemas. Como você acha que estou?

Era assim que eu adoraria ter respondido à pergunta da sra. Collins, mas meu pai dava importância demais às aparências para eu responder com honestidade. Em vez disso, pensei duas vezes e disse:

– Bem.

A sra. Collins, a nova assistente social da Eastwick High, agiu como se eu não tivesse falado nada. Ela largou uma pilha de casos no canto da mesa já abarrotada e folheou vários papéis. Minha nova terapeuta gemeu quando encontrou minha pasta, com sete centímetros de espessura, e tomou um reconfortante gole de café, deixando uma marca de batom vermelho na borda da xícara. O fedor de café barato e de lápis recém-apontado pairava no ar.

Na cadeira à minha direita, meu pai olhou o relógio e, à minha esquerda, a Bruxa Má do Oeste se remexia impaciente. Eu estava perdendo a primeira aula de cálculo e meu pai estava perdendo uma reunião muito importante. E minha madrasta de Oz estava perdendo o quê? Tenho certeza de que estava perdendo o cérebro.

– Vocês não adoram o mês de janeiro? – perguntou a sra. Collins enquanto abria meu histórico. – Novo ano, novo mês, uma ficha em branco para começar do zero. – Sem esperar uma resposta, ela continuou: – Vocês gostam das cortinas? Eu que fiz.

Em um movimento sincronizado, meu pai, minha madrasta e eu voltamos nossa atenção para as cortinas de bolinhas cor-de-rosa nas janelas que davam para o estacionamento. As cortinas pareciam coisa de roça, com uma cor que chegava a doer. Nenhum de nós respondeu, e nosso silêncio criou um embaraço pesado.

O BlackBerry do meu pai vibrou. Com um esforço exagerado, ele o puxou do bolso e rolou a tela. Ashley batucava com os dedos na barriga inchada e eu lia as diversas placas pintadas à mão penduradas na parede para me concentrar em qualquer coisa que não fosse ela.

O fracasso é seu único inimigo. A única maneira de subir é nunca olhar para baixo. Temos sucesso porque acreditamos. Num ninho de mafagafos sete mafagafinhos há; quem os desmafagafizar bom desmafagafizador será.

OK, a última frase não estava na parede de ditados, mas eu acharia sensacional.

A sra. Collins me lembrava um enorme labrador, com os cabelos loiros e uma atitude amigável demais.

– As notas da Echo são fantásticas. Vocês devem ter muito orgulho da sua filha.

Ela me deu um sorriso sincero, mostrando todos os dentes.

Liguem o cronômetro. Minha sessão de terapia começou oficialmente. Cerca de dois anos atrás, depois do incidente, os Serviços de Proteção à Criança tinham "recomendado fortemente" a terapia – e meu pai sabia que era melhor dizer "sim" a qualquer coisa "recomendada fortemente". Eu costumava ir à terapia como as pessoas normais, em um consultório separado da escola. Graças a um financiamento do estado do Kentucky e uma assistente social empolgada, eu tinha me tornado parte desse programa piloto. O único trabalho da sra. Collins era lidar com algumas crianças da minha escola. Sorte a minha.

Meu pai se endireitou na cadeira.

– As notas de matemática foram baixas. Quero que ela refaça as provas.

– Tem um banheiro por aqui? – interrompeu Ashley. – O bebê adora sentar na minha bexiga.

Na verdade, Ashley adorava transformar tudo em assunto dela. A sra. Collins deu um sorriso amarelo e apontou para a porta.

– Vá até o corredor principal e vire à direita.

Pelo modo como ela manobrou para sair da cadeira, Ashley agia como se carregasse uma bola de quinhentos quilos, em vez de um bebê minúsculo. Sacudi a cabeça com desprezo, o que só fez meu pai me lançar um olhar congelante.

– Sr. Emerson – continuou a sra. Collins depois que Ashley saiu da sala –, as notas da Echo estão bem acima da média nacional e, de acordo com o histórico, ela já se candidatou às faculdades que quis.

– Tem algumas faculdades de administração com prazos estendidos que eu gostaria que ela tentasse. Além disso, esta família não aceita "acima da média". Minha filha é muito mais do que isso. – Meu pai falava como um deus. Ele poderia ter acrescentado a frase "Que isso fique muito claro aqui". Coloquei o cotovelo no braço da cadeira e escondi o rosto com as mãos.

– Estou vendo que isso realmente o chateia, sr. Emerson – disse a sra. Collins em um tom irritantemente calmo. – Mas a Echo praticamente gabarita as provas de inglês...

E foi aí que eu me desliguei deles. Meu pai e a orientadora anterior tiveram essa briga no meu segundo ano, quando fiz o exame nacional como treino. Depois, de novo, no ano passado, quando fiz para valer pela primeira vez. Em algum momento, a orientadora percebeu que meu pai sempre ganhava e começou a desistir depois do primeiro round.

Minhas notas nos testes eram a menor das minhas preocupações. Conseguir dinheiro para consertar o carro do Aires era a preocupação que ocupava meu cérebro. Desde a morte do Aires, meu pai tinha ficado irredutível no assunto, insistindo que deveríamos vendê-lo.

– Echo, você está satisfeita com as suas notas? – perguntou a sra. Collins.

Espiei através do cabelo vermelho cacheado pendurado sobre o meu rosto. A última terapeuta entendia a hierarquia da nossa família e falava com o meu pai, não comigo.

– Como?

– Você está feliz com suas notas no exame? Quer fazer as provas de novo? – Ela cruzou as mãos e as colocou sobre a minha pasta. – Você quer se candidatar a outras faculdades?

Fitei os olhos cinza cansados do meu pai. Vamos ver. Fazer as provas mais uma vez significaria meu pai me pressionando a cada segundo para estudar, o que no fim das contas significaria ter de madrugar aos sábados, passar a manhã toda fritando meu cérebro e depois me preocupar por semanas com os resultados. Quanto a me candidatar a outras faculdades? Prefiro fazer as provas de novo.

– Na verdade, não.

As rugas de preocupação marcadas para todo o sempre ao redor dos olhos e da boca dele se aprofundaram em desaprovação. Mudei meu tom.

– Meu pai está certo. É melhor eu fazer de novo sim.

A sra. Collins escreveu na minha ficha com uma caneta. Minha última terapeuta conhecia muito bem meus problemas com autoridade. Não havia necessidade de reescrever o que já estava ali.

Ashley cambaleou de volta para a sala e se jogou na cadeira ao meu lado.

– Perdi alguma coisa?

Eu sinceramente tinha esquecido que ela existia. Ah, se meu pai fizesse o mesmo...

– Nada – respondeu meu pai.

A sra. Collins finalmente parou de escrever.

– Antes de ir para a aula, pergunte à sra. Marcos quando são as próximas provas. E, como estou fazendo o papel de orientadora, gostaria de discutir sua agenda para o período de inverno. Você ocupou seus horários livres com várias aulas de negócios. Eu gostaria de saber por quê.

A resposta verdadeira – porque meu pai me obrigou – provavelmente irritaria várias pessoas na sala. Então improvisei:

– Elas vão me ajudar a me preparar para a faculdade.

Uau. Eu disse isso com todo o entusiasmo de uma criança de seis anos esperando para tomar injeção. Péssima escolha de minha parte. Meu pai se remexeu de novo na cadeira e suspirou. Pensei em dar uma resposta diferente, mas imaginei que essa resposta também seria desanimada.

A sra. Collins examinou minha ficha.

– Você demonstrou um talento incrível para arte, principalmente pintura. Não estou sugerindo que você abandone todas as aulas de negócios, mas poderia trancar uma delas e fazer artes no lugar.

– Não – rosnou meu pai. Ele se inclinou para frente, apontando para ela. – A Echo não vai fazer nenhuma aula de artes, está claro?

Meu pai era uma mistura de instrutor militar e Coelho Branco da Alice: sempre tinha algum lugar importante para ir e adorava mandar em todo mundo.

Tive de dar crédito à sra. Collins; ela não piscou uma única vez antes de se render.

– Como água.

– Bem, agora podemos ir... – Ashley e seu bebê protuberante ficaram na ponta da cadeira, se preparando para levantar. – Sem querer marquei compromissos demais para hoje e vou fazer ultrassom. Pode ser que a gente descubra o sexo do bebê.

– Sra. Emerson, os estudos da Echo não são o motivo desta reunião, mas vou entender se tiver de sair. – Ela pegou uma carta oficial na gaveta superior enquanto Ashley, corada, se sentou de novo. Eu já tinha visto aquele cabeçalho várias vezes nos últimos dois anos. Os Serviços de Proteção à Criança gostavam de matar florestas.

A sra. Collins leu a carta em silêncio enquanto eu secretamente desejava entrar em combustão espontânea. Meu pai e eu nos largamos na cadeira. Ah, as alegrias da terapia em grupo.

Enquanto a esperava terminar de ler, percebi um sapo verde de pelúcia ao lado do computador, uma foto dela com um cara – possivelmente o marido – e, no canto da mesa, uma faixa azul. Daquelas enfeitadas que as pessoas recebem quando ganham uma competição. Algo estranho borbulhou dentro de mim. Hummm... Esquisito.

A sra. Collins fez dois furos na carta e a colocou na minha pasta, já lotada.

– Pronto, sou oficialmente sua terapeuta.

Quando ela não disse mais nada, voltei o olhar da faixa para ela. Ela estava me observando.

– É uma bela faixa, não, Echo?

Meu pai engoliu em seco e lançou um olhar mortal para a sra. Collins. OK, era uma reação estranha, mas, por outro lado, ele estava irritado só de estar ali. Meus olhos se voltaram de novo para a faixa. Por que parecia familiar?

– Acho que sim.

Os olhos dela se esgueiraram para as plaquetas de metal que eu distraidamente remexia ao redor do pescoço.

– Sinto muito pela perda da família. Qual ramo das Forças Armadas?

Ótimo. Meu pai ia ter um ataque do coração. Ele tinha deixado claro umas setenta e cinco vezes que as plaquetas de identificação do Aires deveriam ficar na caixa debaixo da minha cama, mas eu precisava delas hoje – nova terapeuta, os dois anos da morte do Aires ainda recentes e o primeiro dia do meu último semestre na escola. A náusea revirava meu estômago. Evitando a testa franzida de desaprovação do meu pai, fiz um esforço enorme para buscar pontas duplas no meu cabelo.

– Marinha – respondeu meu pai de forma breve. – Olha, tenho uma reunião ainda de manhã com clientes potenciais, prometi pra Ashley que iria ao médico com ela e a Echo está perdendo aula. Quando vamos encerrar este assunto?

– Quando eu determinar. Se dificultar essas sessões, sr. Emerson, ficarei muito feliz em ligar para a assistente social da Echo.

Eu me segurei para não rir. A sra. Collins sabia conduzir as coisas. Meu pai recuou, mas minha madrasta, por outro lado...

– Eu não entendo. A Echo vai fazer dezoito anos daqui a pouco. Por que o estado ainda tem autoridade sobre ela?

– Porque é isso que o estado, a assistente social dela e eu achamos que é melhor para ela. – A sra. Collins fechou minha pasta. – A Echo vai continuar a terapia comigo até se formar, na primavera. Então o estado do Kentucky pode liberá-la... e a vocês.

Ela esperou Ashley acenar com a cabeça aceitando a situação em silêncio antes de continuar.

– Como você está, Echo?

Maravilhosa. Fantástica. Melhor do que nunca.

– Bem.

– É mesmo? – Ela batucou com um dedo no próprio queixo. – Porque eu acharia que o aniversário da morte do seu irmão pudesse despertar emoções dolorosas.

A sra. Collins me olhava enquanto eu a encarava sem expressão. Meu pai e Ashley observavam o espetáculo desagradável. A culpa me incomodava. Tecnicamente, ela não me fez uma pergunta; então, na teoria, eu não precisava responder, mas a necessidade de agradar à sra. Collins foi maior. Mas por quê? Ela era mais uma terapeuta na história. Todas elas me faziam as mesmas perguntas e prometiam me ajudar, mas todas me deixavam nas mesmas condições em que me encontravam: arrasada.

– Ela chora. – A voz aguda de Ashley cortou o silêncio como se ela estivesse contando uma fofoca no cabeleireiro. – O tempo todo. Ela sente muita falta do Aires.

Meu pai e eu viramos a cabeça para olhar para a perua loura. Eu queria que ela continuasse, enquanto meu pai, tenho certeza, queria que ela calasse a boca. Deus me ouviu pela primeira vez. Ashley continuou:

– Todos nós sentimos falta dele. É muito triste pensar que o bebê nunca vai conhecê-lo.

E, mais uma vez, bem-vindos ao espetáculo de Ashley, com o patrocínio do meu pai. A sra. Collins escrevia muito rápido, sem dúvida registrando todas as palavras descuidadas de Ashley na minha ficha enquanto meu pai resmungava.

– Echo, você quer falar do Aires na sessão de hoje? – perguntou a sra. Collins.

– Não. – Essa possivelmente foi a resposta mais honesta que eu dei durante toda a manhã.

– Tudo bem – disse ela. – Vamos deixar esse assunto para outro dia. E a sua mãe? Você tem algum contato com ela?

Ashley e meu pai responderam ao mesmo tempo:

– Não.

Enquanto eu soltei:

– Mais ou menos.

Eu me senti prensada pelo modo como os dois se inclinaram na minha direção. Não sei muito bem o que me levou a contar a verdade.

– Tentei ligar pra ela durante as férias. – Como ela não atendeu, fiquei sentada ao lado do telefone por dias, esperando e rezando para que minha mãe se lembrasse de que dois anos antes, meu irmão, filho dela, tinha morrido.

Meu pai passou a mão pelo rosto.

– Você sabe que não tem permissão para ter contato com a sua mãe. – A raiva na voz indicava que ele não acreditava que eu tinha dado à terapeuta essa informação irresistível. – Você tem um mandado de restrição. Echo, foi pelo telefone fixo ou pelo celular?

– Pelo fixo – eu estava sufocada. – Mas eu não falei com ela. Juro.

Ele mexeu no BlackBerry e o número do advogado apareceu na tela. Agarrei as plaquetas de identificação, com o nome e a identidade militar do Aires se encaixando na palma da minha mão.

– Por favor, pai, não – sussurrei.

Ele hesitou, e meu coração quase parou. Então, pela graça de Deus, ele largou o telefone no colo.

– Agora vamos ter que mudar o número do telefone.

Concordei com a cabeça. Era uma droga que minha mãe nunca pudesse ligar para minha casa, mas aceitei o golpe... por ela. Entre todas as coisas que a minha mãe precisava, a prisão não era uma delas.

– Você teve contato com a sua mãe desde então? – A sra. Collins deixou a simpatia de lado.

– Não. – Fechei os olhos e respirei fundo. Tudo em mim doía. Eu não conseguiria manter a cara de paisagem por muito tempo. Essa linha de questionamento cutucava as feridas recém-cicatrizadas da minha alma.

– Para confirmar que estamos falando a mesma língua: você sabe que, enquanto houver um mandado de restrição, o contato entre você e a sua mãe é proibido, mesmo que a iniciativa seja sua?

– Sei. – Respirei fundo de novo. O nó na minha garganta impedia a entrada do precioso oxigênio. Eu sentia saudade do Aires e, meu Deus, da minha mãe, e Ashley ia ter um bebê, e meu pai me cobrava o tempo todo, e... eu precisava de alguma coisa, qualquer coisa.

Indo contra qualquer bom senso, deixei as palavras escaparem da minha boca.

– Eu quero consertar o carro do Aires. – Talvez, e era apenas uma suposição, restaurar algo dele fizesse minha dor sumir.

– Ah, não, isso de novo... – resmungou meu pai.

– Espera. Isso o quê? Echo, do que você está falando? – perguntou a sra. Collins.

Encarei as luvas nas minhas mãos.

– O Aires encontrou um Corvette 1965 num ferro-velho. Ele passava todo o tempo livre consertando o carro e estava quase terminando antes de ir para o Afeganistão. Eu quero restaurar o carro. Pelo Aires. – Por mim. Ele não deixou nada para trás quando partiu, além do carro.

– Isso me parece um jeito saudável de lembrar o seu irmão. Qual é sua opinião sobre isso, sr. Emerson? – A sra. Collins sabia fazer cara de cachorro pidão, um talento que eu ainda precisava dominar.

Meu pai, presente de corpo, mas com a mente sempre no trabalho, rolou a tela do BlackBerry.

– Isso custa dinheiro, e não vejo por que consertar um carro quebrado se ela tem um que funciona.

– Então me deixa arrumar um emprego – soltei. – E podemos vender o meu carro depois que o do Aires estiver funcionando.

Todos os olhares estavam voltados para ele, e agora o dele estava voltado para mim. Sem querer, eu encurralei meu pai. Ele queria dizer "não", mas isso provocaria a ira da nova terapeuta. Afinal, tínhamos que ser perfeitos na terapia. Deus nos livre de aproveitar a oportunidade para discutir nossos problemas.

– Está bem, mas ela vai ter que pagar pelo carro sozinha, e a Echo sabe as minhas regras sobre emprego. Ela tem que achar um emprego flexível que não interfira nos assuntos da escola, nos acordos que fizemos e nas notas. Então, assunto encerrado?

A sra. Collins olhou de relance para o relógio.

– Ainda não. Echo, sua assistente social estendeu sua terapia até a formatura por causa das avaliações dos seus professores. Desde o início do terceiro ano, todos os seus professores perceberam um retrocesso nítido na sua participação em sala de aula e na interação com os colegas.

– Os olhos acolhedores encararam os meus. – Todo mundo quer que você seja feliz, Echo, e eu gostaria que você me desse a oportunidade de ajudar.

Ergui uma sobrancelha. Até parece que eu tinha escolha quanto à terapia. E, quanto à minha felicidade... boa sorte.

– Claro.

A voz animada da Ashley me assustou.

– Ela tem um encontro no Dia dos Namorados.

Agora foi a vez de o meu pai e eu falarmos ao mesmo tempo.

– Tenho?

– Tem?

Os olhos da Ashley se alternavam nervosos entre mim e meu pai.

– Claro, não se lembra, Echo? Ontem à noite falamos sobre o novo carinha que você está paquerando, e eu disse que você não devia largar seus amigos na escola porque estava obcecada por um cara.

Pensei em qual parte me perturbava mais: o namorado imaginário ou o fato de ela dizer que realmente conversamos. Enquanto eu estava decidindo, meu pai se levantou e vestiu o casaco.

– Está vendo, sra. Collins? A Echo está bem. Só um pouco abalada pela paixão. Por mais que eu goste dessas sessões, a consulta da Ashley é daqui a vinte minutos, e não quero que a Echo perca mais aulas.

– Echo, você realmente está interessada em ganhar dinheiro para consertar o carro do seu irmão? – perguntou a sra. Collins enquanto acompanhava meu pai e minha madrasta até a saída.

Puxei as luvas que eu estava usando para cobrir a pele.

– Mais do que você pode imaginar.

Ela sorriu para mim antes de sair pela porta.

– Então eu tenho um emprego pra você. Espere aqui para discutirmos os detalhes.

Os três se reuniram no outro canto do escritório, sussurrando entre si. Meu pai colocou o braço na cintura da Ashley, e ela se recostou nele enquanto os dois concordavam com a cabeça ouvindo as palavras murmuradas da sra. Collins. A conhecida pontada de ciúme e raiva me revirou por dentro. Como ele podia amá-la, mesmo ela tendo causado tanta destruição?

NOAH

O cheiro de tinta fresca e de gesso me fez pensar no meu pai, e não na escola. Ainda assim, esse cheiro me atingiu em cheio quando entrei no escritório totalmente reformado. Com livros nas mãos, andei devagar até o balcão.

– E aí, sra. Marcos?

– Noah, por que se atrasou de novo, *muchacho*? – perguntou ela enquanto reunia uns papéis.

O relógio na parede marcou nove da manhã.

– Droga, é cedo.

A sra. Marcos desviou de sua nova mesa de cerejeira para me encontrar no balcão. Ela acabava comigo quando eu chegava atrasado, mas ainda assim eu gostava dela. Com longos cabelos castanhos, ela parecia uma versão hispânica da minha mãe.

– Você perdeu a consulta com a sra. Collins esta manhã. Não é uma boa forma de começar o segundo período – sussurrou ela enquanto registrava meu atraso. Ela inclinou a cabeça na direção dos três adultos reunidos no canto distante da sala. Presumi que a loira de meia-idade sussurrando para o casal rico era a nova orientadora.

Dei de ombros e deixei o canto direito da minha boca se retorcer para cima.

– Ops!

A sra. Marcos me estendeu o registro de atraso e me lançou o olhar carrancudo de sempre. Ela era a única pessoa nesta escola que não acreditava que meu futuro e eu estávamos completamente fodidos.

A loira de meia-idade falou alto:

– Sr. Hutchins, estou feliz que tenha se lembrado da nossa consulta, mesmo estando atrasado. Tenho certeza que não se importa de aguardar um pouco enquanto termino algumas coisas. – Ela sorriu para mim como se fôssemos velhos amigos e falou com tanta suavidade que, por um instante, quase sorri de volta. Em vez disso, fiz sinal com a cabeça e me sentei na fileira de cadeiras encostadas na parede do escritório.

A sra. Marcos riu.

– O que foi?

– Ela não vai aturar a sua postura. Talvez ela te convença a levar a escola a sério.

Recostei a cabeça na parede de concreto pintado e fechei os olhos, precisando de mais umas horas de sono. Faltando uma pessoa para fechar, o restaurante só me liberou depois da meia-noite, e depois Beth e Isaiah me mantiveram acordado.

– Sra. Marcos? – perguntou uma voz angelical. – Pode me dizer quais são as próximas datas para o exame nacional, por favor?

O telefone tocou.

– Espere um segundo – disse a sra. Marcos. E o telefone silenciou.

Uma cadeira na mesma fileira da minha se mexeu, e minha boca se encheu de água com o aroma de pão de canela. Dei uma espiada e notei um cabelo vermelho, macio e cacheado. Eu a conhecia. Echo Emerson.

Não havia pão de canela à vista, mas ela certamente cheirava a um. Fizemos várias aulas juntos. Eu não sabia muito a seu respeito, além de que era discreta, inteligente, ruiva e tinha peitos grandes. Ela usava camisetas largas de manga comprida que caíam nos ombros e tops por baixo que revelavam apenas o suficiente para atiçar as fantasias.

Como sempre, ela olhava diretamente para frente, como se eu não existisse. Droga, provavelmente eu não existia na cabeça dela. Pessoas como Echo Emerson me irritavam demais.

– Você tem um nome esquisito – murmurei. Eu não sabia por que queria provocá-la, mas tive vontade.

– Você não devia estar se drogando no banheiro?

Então ela me conhecia.

– Eles instalaram câmeras de segurança. Agora a gente faz isso no estacionamento.

– Foi mal. – O pé dela se balançava freneticamente para frente e para trás.

Ótimo, eu tinha conseguido penetrar naquela fachada perfeita.

– Echo... Echo... Echo...

O pé dela parou de balançar e os cachos vermelhos sacudiram furiosamente quando ela se virou para me encarar.

– Que original. Eu nunca ouvi isso antes.

Ela agarrou a mochila e saiu da sala. A bunda durinha rebolava enquanto ela marchava pelo corredor. Isso não foi tão divertido quanto pensei que seria. Na verdade, eu meio que me senti um babaca.

– Noah? – a sra. Collins me chamou para o escritório.

O último orientador tinha muitos problemas de TOC. Tudo no escritório era perfeitamente arrumado. Eu costumava mudar as placas de lugar só para incomodá-lo. Não haveria essa diversão com a sra. Collins. Sua mesa era uma bagunça. Eu poderia enterrar um corpo ali e ninguém jamais encontraria.

Sentando diante da sra. Collins, esperei que ela acabasse com a minha raça.

– Como foi seu Natal? – De novo ela estava com aquele olhar de cachorro pidão.

– Bom. – Isto é, se você considerar que seus pais adotivos gritando um com o outro e jogando os presentes de todo mundo na lareira é um bom Natal. Sempre sonhei em passar meu Natal em um porão imundo vendo meus dois melhores amigos se drogarem.

– Maravilha. Então as coisas estão indo bem na sua nova família adotiva. – Ela disse em tom de afirmação, mas com a intenção de ser uma pergunta.

– É. – Em comparação com as três últimas famílias que eu tive, eles eram a maravilhosa Família Sol-Lá-Si-Dó. Dessa vez, o sistema tinha me colocado com outro adolescente. Ou as pessoas encarregadas tinham poucas opções ou finalmente estavam começando a acreditar que eu não era a ameaça que imaginavam. Pessoas rotuladas como eu não tinham permissão para viver com outros menores de idade. – Olha, eu já tenho uma assistente social e ela já é um saco. Diga aos seus chefes que você não precisa perder seu tempo comigo.

– Não sou assistente social – disse ela. – Sou uma assistente social *clínica*.

– É a mesma coisa.

– Na verdade, não é. Estudei por muito mais tempo.

– Bom pra você.

– E isso significa que posso lhe oferecer um nível diferente de ajuda.

– Você é paga pelo Estado? – perguntei.

– Sou.

– Então não quero a sua ajuda.

Os lábios dela se retorceram em um meio sorriso, e eu quase senti uma pontinha de respeito por ela.

– Que tal irmos direto ao assunto? – perguntou ela. – De acordo com seu arquivo, você tem um histórico de violência.

Eu a encarei. Ela me encarou. Aquele arquivo era cheio de merda, mas anos atrás eu aprendi que a palavra de um adolescente não vale nada contra a palavra de um adulto.

– Este arquivo, Noah. – Ela bateu três vezes nele com o dedo. – Acho que ele não conta a história toda. Conversei com seus professores na Highland High. A imagem que eles fizeram não representa o jovem que estou vendo na minha frente.

Agarrei com força a espiral do meu caderno de cálculo até furar a palma da mão. Quem diabos essa mulher achava que era para escavar meu passado?

Ela folheou meu arquivo.

– Você foi transferido para vários lares adotivos nos últimos dois anos e meio. Esta é sua quarta escola desde a morte dos seus pais. O que eu acho interessante é que, até um ano e meio atrás, você ainda estava entre os melhores alunos da escola e ainda competia nos esportes. Essas qualidades normalmente não combinam com um caso de indisciplina.

– Talvez você precise cavar um pouco mais fundo. – Eu queria essa mulher fora da minha vida, e a melhor maneira de fazer isso era assustá-la. – Se fizesse isso, descobriria que espanquei meu primeiro pai adotivo. – Na verdade, eu dei um soco na cara dele quando o peguei batendo no filho biológico. Engraçado que ninguém da família ficou do meu lado quando os policiais chegaram. Nem mesmo o garoto que eu defendi.

A sra. Collins parou, como se estivesse esperando que eu desse a minha versão da história, mas ela estava muito enganada. Desde a morte dos meus pais, aprendi que ninguém no sistema dava a mínima. Depois que você entrava, estava ferrado.

– Seu antigo orientador na Highland falou muito bem de você. Disse que você entrou para o time de basquete da escola no primeiro ano, um dos melhores alunos, envolvido em várias atividades estudantis, popular entre os colegas. – Ela me inspecionou. – Acho que eu teria gostado desse aluno.

Eu também – mas a vida era uma droga.

– Meio tarde para entrar para o time de basquete... Já estamos no meio da temporada e tal. Você acha que o treinador aceitaria as minhas tatuagens?

– Não tenho o menor interesse em recriar sua vida antiga, mas acredito que juntos podemos criar algo novo. Um futuro melhor do que o que você terá se continuar no caminho em que está. – Ela parecia tão absurdamente sincera. Eu queria acreditar nela, mas tinha aprendido, do jeito difícil, a nunca confiar em ninguém. Mantendo o rosto livre de emoções, deixei o silêncio crescer.

Ela rompeu o contato visual primeiro e sacudiu a cabeça.

– Você passou por maus bocados, mas é cheio de possibilidades. Suas notas nos testes de aptidão são fenomenais, e seus professores veem seu potencial. Sua média precisa melhorar, assim como sua frequência. Acredito que as duas coisas estejam relacionadas. Bem, eu tenho um plano. Além de me ver uma vez por semana, você vai participar de aulas de reforço até sua média se aproximar das notas dos testes.

Eu me levantei. Já tinha perdido a primeira aula. Essa reuniãozinha divertida me fez perder a segunda. Mas, já que eu tinha tirado a bunda da cama, tinha a intenção de ir à aula em algum momento hoje.

– Não tenho tempo para isso.

Uma leve irritação tomou conta de seu tom de voz, tão sutil que quase não percebi.

– Preciso contatar sua assistente social?

Fui em direção à porta.

– Vai em frente. O que ela vai fazer? Destruir minha família? Me colocar no sistema de lares adotivos? Continue a cavar e vai ver que chegou tarde demais.

– Quando foi a última vez que você viu seus irmãos, Noah?

Minha mão congelou na maçaneta.

– E se eu pudesse lhe oferecer visitas supervisionadas mais frequentes?

Larguei a maçaneta e voltei a sentar.

Echo

Se ao menos eu pudesse usar luvas o tempo todo, me sentiria mais segura, mas o maldito código de vestimenta da escola não me permitia. Por isso, meu armário era composto de qualquer coisa com mangas longas – quanto mais longas, melhor.

Agarrei a ponta das mangas e puxei sobre os dedos, fazendo a blusa de algodão azul ficar pendurada no ombro direito. No meu primeiro ano, eu teria surtado se as pessoas encarassem minha pele branca e as sardas laranja. Agora, eu preferia que as pessoas olhassem para o meu ombro nu em vez de perceberem as cicatrizes nos meus braços.

– Ela te disse quem é? Aposto que é o Jackson Coleman. Ouvi dizer que ele vai mal em matemática e, se não melhorar as notas, vai perder a bolsa na faculdade. Meu Deus, espero que seja. Ele é tão gato. – Minha melhor amiga, Lila McCormick, respirou pela primeira vez desde que eu tinha dado a ela um resumo da minha sessão de terapia e do emprego de monitoria que a sra. Collins criou espontaneamente. Com a boca que se mexia sem parar e as roupas apertadas, Lila era a versão da Eastwick High da Glinda, a Bruxa Boa. Ela flutuava na sua própria bolha maravilhosa, espalhando alegria e felicidade.

Conforme Lila arrastava a bandeja pela fila do almoço, o cheiro de pizza e batata frita fez minha boca se encher de água, mas o enjoo no meu estômago me impediu de comprar comida. Meu coração trovejava, e abracei o caderno de desenho com mais força. Eu não acreditava que estava mesmo no refeitório. Lila e eu éramos melhores amigas desde a pré-escola, e a única coisa que ela me pediu de Natal foi que eu largasse a biblioteca e voltasse ao meu velho lugar na nossa mesa de almoço.

Pode ter parecido um pedido simples, mas não era. A última vez que almocei no refeitório foi no começo de maio, no segundo ano: um dia antes de meu mundo todo se despedaçar. Naquela época, ninguém me encarava nem sussurrava.

– Quem é gato? – Natalie furou a fila, colocando sua bandeja entre mim e Lila. Um grupo de caras atrás de nós rosnou contra a ousadia. Como sempre, ela ignorou. Natalie era a segunda das duas pessoas que se recusavam a me tratar como uma pária escolar por causa das fofocas que corriam sobre mim na escola.

Lila fez um rabo de cavalo com o cabelo dourado liso antes de pagar ao caixa.

– Jackson Coleman. A Echo vai ser monitora de um cara sortudo e estou achando que pode ser ele. Quem você gostaria de adicionar à nossa lista de caras gatos mas burros?

Segui as duas até a mesa do almoço enquanto os olhos da Natalie vasculhavam o refeitório, buscando a combinação certa.

– Nicholas Green. Ele é mais burro que uma porta, mas daria uma boa sobremesa. Se você for monitora dele, Echo, acha que pode me apresentar?

– Apresentar quem pra quem? – perguntou Grace. Natalie e Lila sentaram e eu hesitei.

O sorriso da Grace sumiu quando ela me viu. Ela era o principal motivo por eu não querer voltar ao refeitório. Éramos melhores amigas antes do incidente e, acho, até depois. Ela me visitou todos os dias no hospital e em casa durante o verão, mas, quando começou nosso terceiro ano e meu status social entrou em queda livre, nossa amizade seguiu o mesmo caminho – em público. Em particular, ela dizia me amar como irmã. Todas as outras pessoas na escola me tratavam como se eu não existisse.

– A Natalie para o Nicholas Green. – Lila deu um tapinha no assento entre ela e Natalie. Tentando me esconder, me joguei na cadeira, deslizei as pernas para frente e coloquei o caderno de desenho na ponta da mesa.

As outras garotas sussurraram entre si quando me viram. Uma delas deu uma risadinha. Desde a época em que voltei à escola, eu nunca tive uma chance social. Os boatos sobre minha ausência desde o último mês do meu segundo ano variavam de gravidez a reabilitação e tentativa de suicídio. Minhas luvas se tornaram a lenha, e minha perda de memória, os fósforos. Quando retornei no outono, os boatos explodiram em um incêndio incontrolável.

Lila continuou a explicação.

– A Echo vai ser monitora de um gato burro. Estamos tentando descobrir quem é.

– Bom, não esconda nada, Lila. Quem é que a Echo vai monitorar? – Os olhos da Grace se alternavam entre Lila e as garotas do seu time sentadas à mesa. Quando voltamos para o terceiro ano, Grace descobriu que tinha chances de se tornar chefe de torcida – algo difícil, já que ela nunca tinha sido popular nesse grupo. Achei que as coisas entre a gente voltariam ao normal quando ela fosse eleita. Eu estava errada.

– Pergunta pra Echo. – Os dentes da Lila morderam a maçã, o olhar fixo na Grace. Nossa mesa ficou num silêncio esquisito enquanto a garota mais bonita da escola desafiava abertamente a garota mais popular da escola. Uma calmaria caiu sobre o refeitório enquanto os alunos se preparavam para assistir ao espetáculo que estava para acontecer. Eu poderia jurar que uma folha tinha passado voando pela mesa e que aquela música assobiada esquisita do faroeste tinha tocado nos alto-falantes.

Dei um chute na Lila, implorando mentalmente que ela respondesse por mim, em vez de forçar Grace a falar comigo na frente de outras pessoas. Segundos se passaram e nenhuma das duas piscou enquanto se encaravam.

Não aguentei.

– Não sei. Vou conhecer o cara hoje à tarde. – A sra. Collins não quis me dizer de quem eu seria monitora. Ela falou alguma coisa sobre acertar alguns detalhes com ele antes de nos conhecermos.

O movimento e a conversa retornaram ao refeitório. Os músculos do rosto da Grace relaxaram e ela soltou um suspiro aliviado antes de assimilar a reação das suas amigas públicas.

– Vou brincar de adivinhar quem é o gostoso idiota. – Ela me deu uma piscadela em particular. Pela bilionésima vez, desejei que minha vida voltasse ao normal.

Quando Grace soltou um nome, o resto do grupo também decidiu brincar. Fiz um desenho dela enquanto conversavam. O novo corte de cabelo curto e loiro emoldurava com perfeição seu rosto. Ouvi os nomes que elas soltavam e as novas fofocas da escola que acompanhavam os palpites.

– Talvez a Echo seja monitora do Luke Manning – disse Lila com uma cutucada não tão suave no meu braço. – Ele é gostoso e nada inteligente.

Revirei os olhos e fiz o melhor que pude para consertar a linha escura que a cutucada tinha criado no meu desenho. Lila mantinha a falsa esperança de que Luke, meu namorado da minha vida anterior, ainda gostasse de mim. Ela apoiava essa afirmação com histórias inventadas de como ele me observava quando eu não estava prestando atenção.

– O Luke e a Deanna terminaram nas férias de inverno – disse Grace. – A Deanna diz que ela terminou com ele. O Luke diz que ele terminou com ela. Sabe-se lá se um dia vamos descobrir a verdade.

– Em quem você acredita, Echo? – perguntou Natalie. Tenho de reconhecer. Ela queria que eu participasse da conversa, mesmo que eu não quisesse ser incluída.

Eu me concentrei em fazer a sombra que o cabelo da Grace criava sobre a orelha. Depois de conhecer o Luke na aula de inglês do primeiro ano, namoramos durante um ano e meio. Isso me tornava a especialista em Luke da nossa mesa. Desde que a gente terminou, todas as mesas com mulheres tinham uma especialista em Luke.

– Difícil dizer. Fui eu que terminei com o Luke e ele nunca falou que tinha sido ele, mas ele mudou muito desde aquela época.

– Noah Hutchins – disse Natalie.

Parei de desenhar, confusa com o que o Noah tinha a ver com o Luke.

– O quê?

– Estamos tentando adivinhar o gostosão, lembra? Noah Hutchins é definitivamente gato. Eu seria monitora dele. – Lila encarou a mesa dos viciados, quase babando. Como ela podia ficar em êxtase pelo cara que tinha me ridicularizado?

O queixo da Grace caiu.

– E arriscar a posição social? De jeito nenhum.

– Eu disse que seria monitora dele, não que levaria o cara pro baile de formatura. Além do mais, pelo que ouvi dizer, muitas meninas passaram por ali e adoraram cada segundo.

Grace deu uma olhada no Noah, com os olhos subindo e descendo.

– Tem razão. Ele é gato, e dizem que ele só topa ficar por uma noite. Embora Bella Monahan tenha tentado forçar um relacionamento. Ela seguiu o cara como um cachorrinho idiota. Ele não queria nada com ela que não envolvesse o banco de trás do carro dele.

Lila adorava essa conversa suja.

– Ela perdeu o namorado, a virgindade, a reputação e o respeito próprio em menos de um mês. Foi por isso que ela mudou de escola.

Caras como Noah Hutchins me tiravam do sério. Ele usava as meninas, consumia drogas e tinha me arrasado hoje de manhã. Não que eu devesse ficar surpresa. Fiz algumas aulas com ele no último semestre. Ele entrava na sala a passos largos, como se fosse dono do mundo, e dava um sorrisinho quando as garotas se derretiam na presença dele.

– Que imbecil.

Como se tivesse me ouvido do outro lado da sala, os olhos negros dele encontraram os meus. O cabelo castanho despenteado caía sobre eles, mas eu sabia que ele estava me olhando. A barba rala se moveu quando ele sorriu. Noah tinha músculos, boa aparência e confusão à volta. De alguma forma, ele fazia uma calça jeans e uma camiseta parecerem perigosas. Não que eu gostasse de drogados que usavam garotas. Ainda assim, dei mais uma olhada para ele enquanto dava um gole na minha bebida.

– Que palavras duras, Echo. Não está falando de mim, está? – Uma cadeira arranhou o chão. Luke a virou para poder sentar de pernas abertas entre Natalie e Grace. Que porcaria. Luke e eu mal trocamos uma palavra desde que terminamos no segundo ano. Por que todo mundo estava me pressionando para ficar social hoje?

– Não – respondeu Lila. – Falamos de você mais cedo. A Echo estava chamando o Noah Hutchins de imbecil. – Chutei a perna dela por baixo da mesa. Ela me encarou de volta.

– Hutchins? – Luke Manning: um metro e noventa de altura, forte como um touro, cabelos negros, olhos azuis, capitão do time de basquete, gato e metido. Para meu desespero, ele avaliou o Noah. – O que o viciadinho fez pra merecer sua raiva?

– Nada. – Voltei para o caderno de desenho. Minhas bochechas queimaram quando uma das amigas públicas da Grace resmungou alguma coisa sobre eu ser estranha. Por que Lila, Natalie e Luke não podiam simplesmente me deixar em paz? As fofocas só pioravam quando eu saía da minha concha.

Infelizmente, Lila preferiu ignorar minhas bochechas vermelhas e meu chute de alerta.

– Ele tirou sarro da Echo hoje de manhã, mas não se preocupe, ela acabou com ele.

O lápis na minha mão se curvou com meu aperto, enquanto eu sentia vontade de arrancar os lindos cabelos da Lila. Meus professores e a sra. Collins estavam muito errados. Interagir com meus colegas era uma droga.

Os olhos do Luke se estreitaram.

– O que ele disse pra você?

Pisei nos dedos do pé da Lila e a encarei.

– Nada.

– Ele disse que ela tinha um nome ridículo e depois fez a brincadeira idiota com o "eco", que as pessoas faziam no maternal – respondeu Lila. Ah, meu Deus, eu queria matar minha melhor amiga.

– Quer que eu fale com ele? – Luke me encarava com um conhecido indício de possessividade. Grace e Natalie sorriram como o gato de Alice. Eu me recusei a olhar para Lila, que quicava na cadeira. Agora eu nunca mais me livraria das fantasias dela sobre o Luke e eu voltarmos a namorar.

– Não. Ele é um cara idiota que disse uma coisa idiota. Ele provavelmente nem lembra de ter falado isso.

Luke deu uma risadinha.

– É verdade. Todo mundo naquela mesa ali é ferrado. Sabia que o Hutchins mora num lar adotivo?

As garotas na minha mesa engasgaram com a nova fofoca. Olhei para o Noah outra vez. Ele parecia muito envolvido numa conversa com uma garota de cabelo preto comprido.

– É – continuou Luke. – Ouvi a sra. Rogers e o sr. Norris falando isso no corredor. – O sinal tocou, acabando com a atenção que Luke recebia pelas informações secretas sobre Noah Hutchins.

Enquanto eu jogava fora os restos do meu almoço, Grace se infiltrou perto de mim e sussurrou:

– Isso foi demais, Echo. Se o Luke estiver apaixonado por você de novo, sua vida vai mudar. Todo mundo muda de opinião sobre as pessoas que ele namora. Talvez as coisas finalmente voltem ao normal.

Uma das amigas da Grace a chamou, e ela saiu do meu lado sem piscar. Suspirei enquanto puxava as mangas sobre os dedos. O que eu não daria para ser normal...

NOAH

Eu disse a verdade à sra. Collins. Eu não tinha tempo para monitoria nem aconselhamento. Em junho, eu ia fazer dezoito anos e me formar em lares adotivos. Isso significava que eu precisaria de uma casa para mim, e pagar aluguel implicava ter um emprego. Mas a sra. Collins jogou comigo como um agiota. Visitas supervisionadas ocasionais aos meus irmãos não eram o suficiente. Ela balançou isso na minha frente como uma porcaria de agulha para um viciado em heroína.

Meu turno no Malt and Burger começava às cinco da tarde. Olhei para o relógio pendurado sobre a mesa da bibliotecária. Que parte de "encontre o cara que você vai monitorar logo depois da aula na biblioteca pública" o sabe-tudo não entendeu? A sra. Collins pode ter dito quem ia ser meu monitor, mas parei de ouvir depois de alguns minutos. A mulher falava demais.

Eu me concentrei nas portas duplas. Mais cinco minutos e eu poderia, feliz, considerar essa sessão um fracasso, um fato que eu adoraria jogar na cara da sra. Collins.

Uma porta se abriu e o ar gelado entrou, provocando arrepios nos meus braços. *Ah, que diabos.* Eu me recostei na cadeira e cruzei os braços sobre o peito. Echo Emerson entrou apressada na biblioteca.

Os olhos dela vasculharam o ambiente enquanto as mãos com luvas esfregaram os braços. Como se o frio pudesse penetrar naquele casaco de couro marrom afrescalhado. Um sorriso leve como um raio de sol repousava no rosto dela. Parece que a sra. Collins tinha deixado nós dois no escuro. No instante em que ela me viu, o sorriso desbotou e os olhos verdes explodiram com nuvens de tempestade. *Bem-vinda a essa merda de clube.*

Por baixo da mesa, eu chutei a cadeira em frente.

– Você está atrasada.

Ela colocou a mochila sobre a mesa e se jogou na cadeira para sentar.

– Tive que ir à secretaria para descobrir as datas das provas. Eu poderia ter conseguido essa informação hoje de manhã, mas um idiota me atrapalhou.

Ponto para Echo, mas eu sorri para ela como se estivesse no controle.

– Você podia ter ficado. Eu não te mandei embora.

– E deixar você me perturbar mais? Não, obrigada. – Ela tirou a jaqueta, mas manteve as luvas de tricô. Ela cheirava a frio e couro. A blusa de algodão azul caía sobre o top bege, expondo a parte de cima do decote. Garotas como ela gostavam de provocar os caras. Mal sabia ela que eu não me importava de olhar.

Ao me pegar encarando, ela arrumou a blusa e o decote desapareceu de vista. *Cara, isso foi engraçado.* Ela me olhou, talvez esperando um pedido de desculpas. Era melhor esperar sentada.

– Em quais matérias você está fraco? Todas? – Os olhos verdes dançavam. Parecia que Echo também gostava de falar merda.

OK, eu sacaneei a garota de manhã sem motivo. Ela merecia certa vantagem.

– Nenhuma. A sra. Collins está só dando uma de mandona nesse caso.

Echo abriu a mochila e tirou um caderno. Uma sombra cruzou seu rosto quando as luvas escorregaram, e ela imediatamente puxou as mangas longas para cima das mãos.

– Com que matéria você quer começar? Temos aula de cálculo e física juntos, então podemos começar por aí. É preciso ser um idiota completo para precisar de ajuda com tecnologia empresarial. – Ela fez uma pausa. – Você não estava na minha turma de espanhol no último período?

Abaixei a cabeça e meu cabelo caiu nos olhos. Para uma menina que não percebia que eu existia, ela sabia muito sobre mim.

– É. – E neste período também. Ela entrava assim que a campainha tocava e pegava o primeiro assento disponível sem olhar muito para os lados.

– *¿Qué tan bien hablas español?* – perguntou ela.

Se falo bem espanhol? Dá pro gasto. Eu me afastei da mesa.

– Preciso ir.

– O quê? – A testa dela se encolheu sem acreditar.

– Diferente de você, eu não tenho pais que bancam tudo. Tenho um emprego, princesa, e se não sair agora vou me atrasar. A gente se vê por aí.

Pegando meus livros e minha jaqueta, deixei a mesa e imediatamente saí da biblioteca. O ar frio de janeiro me deu um tapa na cara. O gelo cobria vários pontos da calçada.

– Ei!

Olhei por cima do ombro. Echo veio atrás de mim, com a jaqueta de couro em um braço e a mochila nas costas.

– Coloque a porcaria da jaqueta. Está frio aqui fora. – Não parei para falar com ela, mas diminuí o passo, curioso para saber por que ela me seguiu.

Ela me alcançou rapidamente e manteve o passo ao meu lado.

– Aonde você pensa que vai?

– Eu já disse: pro trabalho. Achei que você fosse inteligente. – Eu nunca tinha conhecido ninguém que fosse tão legal de provocar.

– Certo. Então, quando vamos fazer a nossa sessão?

Larguei meus livros sobre a lata-velha que eu chamava de carro, fazendo a ferrugem se espalhar pelo chão.

– Não vamos. Vou te fazer uma proposta. Você diz pra sra. Collins que estamos nos encontrando quantos dias você quiser depois da aula, recebe as horas de voluntariado que precisa pro seu clubinho e eu confirmo a sua versão. Não vou ter que me encontrar com você, e você não vai ter que olhar pra mim. Eu continuo com a minha vida ferrada e você vai pra casa brincar de se arrumar com as amigas. Combinado?

Echo recuou e se afastou como se eu tivesse batido nela. Ela perdeu o equilíbrio quando atingiu um pedaço de gelo. Minha mão direita se esticou e agarrou o pulso dela antes que o corpo batesse no chão.

Fiquei segurando até ela se firmar se apoiando no porta-malas do meu carro. Suas bochechas brancas ficaram vermelhas, de vergonha ou de frio. De qualquer maneira, achei engraçado. Mas, antes que eu tivesse a chance de zoar, os olhos dela se arregalaram e ela encarou o pulso que eu segurava.

A manga longa azul estava acima do cotovelo, e segui o olhar dela até a pele exposta. Ela tentou arrancar o braço da minha mão, mas apertei com mais força e engoli o nojo. Em todas as casas de filme de terror em que eu já tinha morado, nunca tinha visto uma mutilação como aquela. Cicatrizes ressaltadas, brancas e vermelho-claras, ziguezagueavam pelo braço dela.

– Que merda é essa?

Arranquei os olhos das cicatrizes e busquei o rosto dela para encontrar respostas. Ela respirou rápido algumas vezes antes de puxar de novo e conseguir escapar do meu aperto.

– Nada.

– Isso não é nada. – E esse *nada* deve ter doído pra cacete quando aconteceu.

Echo esticou a manga, passando pelo pulso e chegando à ponta dos dedos. Ela parecia um cadáver. O sangue sumiu do rosto, e o corpo vibrava com tremores silenciosos.

– Me deixa em paz.

Ela virou e voltou tropeçando para a biblioteca.

Echo

– Nada – disse Lila. – Nenhuma palavra, nenhum pio, nenhum som. A Natalie, a Grace e eu até investigamos alguns alunos do terceiro ano, mas não tem absolutamente nenhuma fofoca rolando sobre você. Bem, pelo menos nada que envolva o Noah Hutchins.

Lila estava sentada no banco do carona e eu estava no banco do motorista do Corvette 1965 do Aires. Ela tinha vindo para casa comigo para ser meu escudo na Sexta em Família – ou, como eu gostava de chamar, Jantar dos Amaldiçoados.

Na garagem, o rádio tocava no meu Dodge Neon 1998 verde-floresta. O Corvette do Aires ainda tinha o rádio original. Tradução: uma porcaria, mas o resto do carro era totalmente maneiro. Vermelho-sangue brilhante com faixas pretas horizontais – Aires normalmente perdia minha atenção nesse ponto, mas continuava falando, apesar de os meus olhos ficarem vidrados –, três entradas de ventilação verticais funcionais nos para-lamas frontais, grade do radiador com barras horizontais escurecidas e moldura diferenciada nas calhas laterais.

Eu não tinha ideia do que isso significava, mas Aires disse isso tantas vezes que acabei decorando. O carro tinha uma aparência fantástica, mas não andava. Graças a Noah Hutchins, minhas chances de fazê-lo andar diminuíam a cada dia. Apertei as mãos no volante e me lembrei da promessa que o Aires me fez. Dias antes de partir, ele se debruçou no capô aberto enquanto eu estava sentada na bancada.

– Vai ficar tudo bem, Echo. – Os olhos do Aires tinham batido nos meus pés balançando. – É uma missão de só seis meses.

– Estou bem – eu disse enquanto piscava três vezes. Eu não queria que ele partisse. Aires era a única pessoa no mundo que entendia a maluquice da nossa família, além de ser o único capaz de manter a paz entre mim, Ashley e o nosso pai. Ele não era muito fã da Ashley, mas, independentemente de seus sentimentos, sempre me incentivava a dar um desconto para ela.

Ele deu um risinho.

– Da próxima vez, pelo menos tente esconder esse sinal revelador de mentiras. Qualquer dia o papai vai perceber.

– Você vai escrever pra mim? – perguntei, mudando de assunto. Ele tinha falado muito sobre o nosso pai antes de partir.

– E mandar e-mail e falar pelo Skype. – Ele limpou as mãos em um trapo já sujo de graxa e se esticou até o alto de seu um metro e oitenta e dois. – Vou te falar uma coisa. Quando eu voltar e terminar o carro, você vai ser a primeira a dirigir. Depois de mim, é claro.

Meus pés pararam de balançar, e fui tomada pela primeira sensação real de esperança desde que o Aires tinha me contado sobre a missão. Ele ia voltar para casa enquanto o carro esperasse por ele. Ele tinha me dado um sonho, e eu me agarrei a ele depois que meu irmão partiu. Meus sonhos morreram com ele em uma estrada isolada do Afeganistão.

– Tá pensando em quê? – perguntou Lila agora.

– No Noah Hutchins – menti. – Ele teve a semana toda pra contar pra escola inteira sobre as minhas cicatrizes. O que você acha que ele está esperando?

– Talvez o Noah não tenha pra quem contar. Ele é um garoto adotado e viciado que precisa de monitoria.

– É, talvez – respondi. Ou talvez ele esteja esperando o momento certo para transformar minha vida num inferno.

Lila brincava com os anéis em seus dedos, indicando nervosismo.

– O que foi? – perguntei.

Tive que me esforçar para ouvir a resposta murmurada.

– A gente contou pro Luke.

Todos os músculos do meu pescoço se retraíram e eu soltei o volante, com medo de rasgar e destruir o plástico.

– Vocês o quê?

Lila se virou no assento, retorcendo as mãos sobre o colo.

– Ele está na nossa aula de inglês. Em vez de revisar os trabalhos umas das outras, a Natalie, a Grace e eu estávamos discutindo a história do Noah com as suas cicatrizes e... o Luke ouviu algumas coisas.

Meu coração batia com força nos ouvidos. Por quase dois anos, eu tinha guardado esse terrível segredo, e, em uma semana, duas pessoas tinham escancarado meu pesadelo pessoal.

Como eu não disse nada, ela continuou:

– As cicatrizes não são culpa sua. Você não tem absolutamente nada do que se envergonhar. Sua mãe certamente tem, e talvez seu pai, mas você? Nada. O Luke já sabia que a sua mãe era totalmente psicótica e nunca contou pra ninguém. Ele é um idiota, mas até ele conseguiu perceber que sua mãe machucou você.

Será que eu devia ficar com raiva? Aliviada? Preferi ficar paralisada.

– Ela não é psicótica – murmurei, sabendo que tudo que eu falava sobre a minha mãe entrava por um ouvido e saía por outro. – Ela tem problemas.

Em um movimento lento e deliberado, Lila colocou a mão sobre a minha, dando um aperto de compreensão nos meus dedos. Um lembrete de que ela me amava acima de tudo.

– A gente acha que você devia contar pras pessoas. Sabe, fazer a ofensiva em vez da defensiva. Desse jeito, se o Noah contar pra todo mundo, as pessoas já vão saber a história real e achar que ele é um imbecil por te zoar.

Encarei a bancada do Aires. Meu pai nunca mexia com ferramentas. Se alguma coisa quebrava, ele chamava alguém para consertar. O Aires adorava mexer com ferramentas. Ele passava o tempo todo aqui na garagem. Meu Deus, como eu precisava dele. Precisava que ele me dissesse o que fazer.

– Por favor, diz alguma coisa, Echo. – A aflição na voz da Lila me partiu o coração.

– De quem foi a ideia? – perguntei, mesmo sabendo a resposta. – Da Grace? – Ela queria que eu contasse imediatamente à escola toda o que tinha acontecido.

– Isso não é justo. – Lila expirou. – Não que a Grace tenha sido justa com você. Ela jurou que esse negócio de público versus privado ia terminar depois da votação para chefe de torcida, mas é o seguinte, Echo. Ela quer o que todas nós queremos: que tudo volte ao normal. Enquanto as pessoas acharem que você se cortou ou tentou se matar, você sempre vai ficar de fora. Talvez essa coisa toda com o Noah seja uma bênção disfarçada.

Olhei para Lila pela primeira vez desde que ela contou a notícia.

– Minha mãe não entra na história.

– A gente apoia você. – Lila cuspiu as palavras. – O Luke disse que contaria aos amigos dele sobre os ataques da sua mãe que ele presenciou quando vocês estavam namorando. Você sabe, pra dar legitimidade à sua história. E, quando a Grace ouviu isso, ela concordou em contar pra todo o mundo o que ela, a Natalie e eu vimos no hospital. Nós vimos os policiais. Ouvimos o seu pai gritar com a sua mãe. A Grace quer muito isso... Todas nós queremos.

– Porque ter uma mãe maluca e nenhuma memória do que aconteceu na noite em que ela tentou me matar é muito melhor do que as pessoas acharem que eu me cortei ou tentei cometer suicídio.

Lila falava com suavidade.

– As pessoas vão ter pena de você. Ser uma vítima... é diferente. É isso que a Grace vem tentando te dizer o tempo todo.

A raiva rasgou minha frágil paciência.

– Eu não quero a pena de ninguém e não quero a pior noite da minha vida em discussão na escola toda. Se algum dia eu contar pra alguém o que aconteceu, quero poder contar a verdade, não que eu sou uma idiota patética que não lembra de nada. – Bati a nuca contra o assento e encarei o teto do carro. *Respira fundo, Echo. Respira fundo.*

Eu não me lembrava de absolutamente nada daquela noite. Meu pai, Ashley e minha mãe sabiam a verdade. Mas eu estava proibida de falar com a minha mãe, e meu pai e Ashley acreditavam no que os terapeutas diziam. Que, quando minha mente conseguisse lidar com a verdade, eu me lembraria.

Não importava. Não eram eles que ficavam deitados na cama à noite tentando descobrir o que tinha acontecido. Não eram eles que acordavam gritando. Não eram eles que se perguntavam se estavam enlouquecendo.

Não eram eles que se sentiam desesperados.

– Echo... – Lila gaguejou, depois respirou fundo e encarou o para-brisa. O que ela estava para me dizer ia ser ruim. Lila sempre conseguia olhar nos olhos. – Alguma vez você já pensou que talvez tenha provocado parte disso?

Eu me encolhi e lutei para controlar a raiva que revirava minhas entranhas.

– Como é?

– Eu sei que foi difícil voltar depois do que aconteceu entre você e a sua mãe, mas alguma vez você já pensou que, se talvez tivesse voltado em setembro e continuado com a vida normalmente, as pessoas um dia iam acabar esquecendo? Quero dizer, você meio que se tornou uma reclusa.

A raiva deu lugar a uma dor que empurrou meu coração até a garganta. Era assim que a minha melhor amiga me via? Como uma covarde? Um fracasso?

– É, eu pensei nisso. – E esperei antes de falar de novo para não deixar minha voz falhar. – Mas, quanto mais eu saía de casa, mais as pessoas falavam. Lembra dos testes para a equipe de dança no ano passado? As pessoas tendem a fofocar sobre o que veem.

Ela abaixou a cabeça.

– Eu me lembro.

– Por quê? – perguntei a ela. – Por que trazer tudo isso à tona agora?

– Porque você está tentando, Echo. Você foi mesmo almoçar com a gente. Você está falando com as pessoas. É a primeira vez, desde o segundo ano, que vejo você tentar, e morro de medo de você voltar pra sua concha. – Ela virou para me encarar com um jeito estranho em seus movimentos. – Não deixe o Noah te assustar. Você vai comigo pra festa do Michael Blair amanhã à noite.

Será que ela tinha enlouquecido?

– De jeito nenhum.

– Vamos – implorou ela. – É seu aniversário amanhã. A gente precisa sair para comemorar seu aniversário.

– Não. – Eu queria esquecer que aquele dia existia. Minha mãe e o Aires costumavam transformar meu aniversário num feriado. Sem eles...

Ela cruzou as mãos e colocou debaixo do queixo.

– Por favor. Por favorzinho? Por favorzão? Tente do meu jeito e, se não funcionar, eu juro que nunca mais toco nesse assunto. E eu contei que ouvi a Ashley dizer pro seu pai que queria levar você pra jantar? Num restaurante. De luxo. Com cinco pratos. Um pequeno "sim" pra mim e eu te livro dessa.

O Jantar dos Amaldiçoados às sextas já era ruim o suficiente. Jantar dos Amaldiçoados em público seria desumano. Respirei fundo outra vez. Lila tinha ficado ao meu lado o tempo todo: na insanidade da minha mãe, no divórcio dos meus pais, na morte do Aires e agora nisso. Ela podia não saber ainda, mas Lila estava prestes a receber o presente de aniversário *dela*.

– Está bem.

Ela deu gritinhos e bateu palmas. Em uma longa frase contínua, descreveu os planos para a noite seguinte. Talvez Lila e Grace estivessem certas. Talvez a vida pudesse voltar ao normal. Eu podia esconder minhas cicatrizes e ir a festas e não chamar atenção. Noah não tinha contado a ninguém e talvez não contasse.

Além disso, faltavam apenas mais quatro meses para a formatura, e depois disso eu poderia usar luvas todos os dias pelo resto da vida.

NOAH

Vinte e oito dias de ansiedade tinham se passado desde que eu visitara esta sala com decoração deprimente no prédio dos serviços sociais. Os palhaços e elefantes pintados na parede deveriam provocar alegria, mas, quanto mais eu olhava, mais sinistros eles se tornavam. Nervoso pra cacete e segurando dois presentes embrulhados, eu me sentei em uma cadeira dobrável fria. Eu não precisava desse lembrete de como minha família tinha se ferrado. Meus irmãos mais novos costumavam seguir cada passo meu, admirando o chão onde eu pisava. Agora, eu não tinha certeza se Tyler se lembrava do nosso sobrenome.

Esperei como um brinquedo pronto para sair da caixa. A assistente social tinha que trazer meus irmãos antes que meus nervos explodissem. Por algum motivo, Echo e seu pé balançando me vieram à mente. Ela devia estar muito mais machucada do que eu.

A voz da minha mãe surgiu na minha cabeça. "Você sempre deve estar apresentável. É importante começar com o pé direito."

Eu tinha feito a barba, coisa que não me preocupava em fazer todo dia. Minha mãe e meu pai teriam odiado meu penteado e qualquer sinal de pelo aparecendo no meu rosto. Pensando na minha mãe, eu nunca deixava o cabelo crescer sobre as orelhas nas laterais, mas, por instinto de autopreservação, deixava o topo crescer um pouco, negando às pessoas o acesso aos meus olhos.

A porta se abriu e automaticamente fiquei de pé com os presentes ainda nas mãos. Jacob voou pela porta e lançou o corpo contra o meu. A cabeça dele agora tocava meu estômago. Joguei os presentes na mesa, me abaixei até a altura dele e o abracei Meu coração se desmanchou. Caramba, como ele tinha crescido.

Minha assistente social, uma negra grandona de uns cinquenta anos, fez uma pausa na porta.

– Lembre-se: nada de perguntas pessoais sobre os pais adotivos deles. Estarei do outro lado desse espelho.

Fuzilei Keesha com os olhos. Ela me fuzilou de volta antes de sair. Pelo menos, o ódio era mútuo. Depois que bati no meu pai adotivo, o sistema tinha me rotulado como emocionalmente instável, e eu tinha perdido o direito de ver meus irmãos. Como eu não tive nenhum surto com minhas outras famílias adotivas e apresentei "melhoras", recentemente recuperei o direito a visita supervisionada uma vez por mês.

Jacob murmurou no meu ombro:

– Senti saudade de você, Noah.

Eu me afastei e olhei para o meu irmão de oito anos. Ele tinha o cabelo louro, os olhos azuis e o nariz do meu pai.

– Também senti saudade de você. Onde está o Tyler?

Jacob afastou o olhar para o chão.

– Ele está vindo. A mamãe... Quer dizer... – gaguejou. – A Carrie está conversando com ele no corredor. Ele está meio nervoso. – Os olhos dele se encontraram com os meus de novo, cheios de preocupação.

Fingi um sorriso e baguncei o cabelo dele.

– Sem estresse, mano. Ele vai vir quando estiver pronto. Quer abrir o seu presente?

Ele deu um sorriso que me lembrou o da minha mãe e fez que sim com a cabeça. Dei o presente e fiquei olhando enquanto ele abria a caixa, que tinha vinte pacotes de cartões de Pokémon. Ele se sentou no chão e perdeu o interesse por mim enquanto abria cada pacote, de vez em quando me contando fatos aleatórios sobre um cartão específico de que ele gostava.

Olhei para o relógio e depois para a porta. Eu tinha pouco tempo com meus irmãos, e uma vaca estava com Tyler. Apesar de eu ter dito ao Jacob que estava tudo bem, não estava. Tyler só tinha dois anos quando nossos pais morreram. Eu precisava de cada minuto que pudesse para ajudar meu irmão a se lembrar deles. Droga, a quem eu estava enganando? Eu precisava de cada minuto para ajudar Tyler a se lembrar de mim.

– Como estão as coisas com a Carrie e o Joe? – Tentei parecer indiferente, mas essa pergunta me deixou nervoso. Eu tinha experiência de primeira mão com pais adotivos de merda e mataria qualquer um que tentasse tratar meus irmãos como aquelas pessoas tinham me tratado.

Jacob organizou os cartões em diferentes categorias.

– Tudo bem. Eles falaram pra gente no Natal que a gente podia começar a chamar eles de mamãe e papai, se a gente quisesse.

Filhos da puta. Meu punho se fechou e eu mordi o interior da boca, tirando sangue.

Jacob afastou o olhar dos cartões pela primeira vez.

– Aonde você vai, Noah?

– Pegar o Tyler. – Eu só tinha mais quarenta e cinco minutos. Se eles queriam jogar sujo, eu também podia.

No instante em que entrei no corredor, Keesha saiu da sala de observação conectada à minha, fechando a porta atrás dela.

– Volte para dentro e fique com o seu irmão. Você reclama que não vê os dois o suficiente.

Apontei o dedo para ela.

– Eu consegui pelo menos duas horas por mês com os meus irmãos. *Pelo menos,* não no máximo. Se eles não levarem o Tyler para aquela sala em trinta segundos, vou chamar um advogado e dizer que você está me afastando dos meus irmãos de propósito.

Keesha me encarou por um segundo, depois começou a rir.

– Você é um garoto esperto, Noah. Conhecendo o sistema e usando a seu favor. Volte para dentro. Ele está vindo. – Eu me virei, mas Keesha gritou: – E, Noah, se apontar o dedo pra mim outra vez, eu arranco fora e entrego a você.

Jacob me deu o sorriso da minha mãe de novo quando voltei. Eu me concentrei em expulsar a raiva da minha circulação. Jacob era fácil. Jacob se lembrava. Tyler... Tyler era um animal totalmente diferente.

Carrie, a adulta perfeita com cabelo escuro perfeito, entrou na sala com Tyler enrolado nela como um macaquinho agarrado à mãe. Estiquei as mãos.

– Me dá meu irmão.

Eu me ergui sobre ela. Isso era fácil, já que ela batia no meu ombro. Em vez de me dar meu irmão, ela colocou outro braço ao redor dele.

– Ele está com medo.

Corrigindo. Ela estava com medo.

– Sou irmão dele, e você não é parente dele. Ele vai ficar bem.

Como ela não fez nenhum movimento para soltar, eu continuei:

– Eu tenho direito a essa visita.

Ela lambeu os lábios.

– Tyler, meu amor, é hora de encontrar o Noah e brincar com o Jacob. Parece que o Noah comprou um presente pra você.

Ao ouvir essas palavras, Tyler levantou a cabeça e me encarou. O rosto do meu irmão caçula quase me deixou de joelhos. Não porque ele se parecia comigo e com a nossa mãe, mas porque o lado direito do rosto estava todo machucado. Meu coração acelerou quando vi o cabelo raspado e pelo menos cinco pontos no crânio dele.

Minha cabeça virou rapidamente para o espelho transparente, numa indicação clara de que, se Keesha não trouxesse seu rabo de assistente social até aqui, eu ia matar essa mulher.

Respirei fundo para me acalmar. Tyler só tinha quatro anos, e minha raiva ia assustar meu irmão. Eu me aproximei e o peguei. Ela esticou os braços como se eu tivesse roubado o cachorrinho dela

– Foi um acidente – sussurrou ela.

– Ei, maninho. Quer abrir seu presente? – perguntei ao Tyler.

Ele fez que sim com a cabeça. Já com ele ao lado de Jacob, dei o presente. Keesha entrou quando Carrie correu para fora. A assistente social ergueu as mãos.

– Foi um acidente. Eu devia ter te contado antes do Tyler entrar, mas esqueci.

Meus olhos se estreitaram enquanto eu a encarava.

– Vamos discutir isso mais tarde. – Voltei aos meus irmãos e rezei para que Tyler falasse pelo menos uma palavra comigo antes do fim da sessão.

Novamente, eu me sentei na cadeira dobrável, mas não estava nervoso dessa vez. Estava muito puto.

Keesha se sentou à minha frente.

– A Carrie e o Joe compraram uma bicicleta para o Tyler no Natal e deixaram que ele andasse nela sem capacete uns dias atrás. Quando ele caiu, eles levaram o Tyler imediatamente para o hospital e me avisaram. Eles estão se sentindo péssimos.

– E deviam estar mesmo – rosnei. – Como você sabe que eles não bateram nele?

Keesha pegou a fita azul da embalagem de Tyler.

– Eles são boas pessoas. Não acredito que machucariam seus irmãos de propósito.

É. São uns santos.

– Se eles são tão ótimos assim, deviam parar de me isolar e me deixar ver meus irmãos.

– Eles pegaram os meninos depois do incidente com a sua primeira família adotiva, Noah. Eles ouviram falar que você era emocionalmente instável. Só isso já prova como eles gostam desses meninos. A Carrie e o Joe não querem que eles se machuquem.

Meu punho se fechou e eu mantive as mãos debaixo da mesa pra evitar dar um soco na parede, como eu queria. Keesha adoraria ter mais provas da minha instabilidade.

– Eu nunca machucaria os meus irmãos.

– Eu sei disso – ela comentou com um tom de derrota. – Por que você acha que eu sugeri que a sra. Collins assumisse você?

Eu devia saber.

– Então ela é culpa sua.

Ela se inclinou para frente, colocando os braços sobre a mesa.

– Você é um ótimo garoto, Noah. Tem muito potencial se simplesmente deixar essa atitude de lado.

Balancei a cabeça.

– Eu achei que já tinha provado que sou capaz. Meu Deus, você me colocou numa casa com outro adolescente.

– Eu te disse. Pode ser um processo lento. Venha para as visitas, comporte-se e trabalhe com a sra. Collins. Quando você se formar, tenho certeza que poderemos passar às visitas sem supervisão.

Visitas sem supervisão? Um músculo do meu maxilar se contraiu. Conversa fiada.

– Vou ter dezoito anos quando me formar. E vou ter a custódia deles.

O rosto de Keesha estremeceu de divertimento, mas depois ficou sério.

– Você acha que pode criar os seus irmãos enquanto trabalha numa lanchonete? Você acha que um juiz escolheria você em vez da Carrie e do Joe?

Escolher a mim em vez da Carrie e do Joe? A percepção de que o juiz poderia ter essa opção provocou ânsias em meu estômago. Jacob tinha dito que eles queriam que os dois os chamassem de mamãe e papai.

– A Carrie e o Joe estão pedindo a adoção definitiva, não é?

No instante em que ela afastou o olhar, eu soube a resposta. De jeito nenhum outra pessoa além de mim ia criar meus irmãos.

– Você está certa, Keesha. Eu aprendi muito nos últimos dois anos e meio. Aprendi que esse estado leva os laços de sangue em consideração e que a desculpa de eu ser emocionalmente instável não deve estar colando, já que fui colocado numa casa com outro garoto adotivo. Posso não ser capaz de cuidar dos meus irmãos agora, mas daqui a quatro meses eu vou ser.

Pronto para sair, afastei a cadeira da mesa e fiquei de pé. Os olhos de Keesha se espremeram de raiva.

– Não complique a vida desses meninos por causa de um acidente.

Girei e puxei minha manga, apontando a cicatriz redonda no meu bíceps.

– O Gerald chamou isso de acidente. A melhor maneira de descrever o Don é como um acidente. Em que tipo de acidente você classificaria a Faith e o Charles Meeks? Tenho palavras pra eles, mas você proibiu esse tipo de linguagem. Meus irmãos nunca serão acidentes desse sistema.

Com isso, eu saí pisando duro, batendo a porta com força atrás de mim.

Echo

Ver um jogo de pingue-pongue com cerveja costumava me entediar, mas não quando a Lila arrasava com todo mundo. A garota estava impossível. Além do mais, toda vez que alguém da equipe adversária acertava o copo dela, ela mandava um cara aleatório beber. Os caras sempre faziam fila para atender às ordens dela.

– Você vai jogar? – perguntou Luke.

Perdida em pensamentos, eu não tinha percebido a aproximação dele.

– Não. O jogo é todo da Lila. – E eu não faço nada que chame atenção para mim.

– A noite de hoje devia ser toda sua. É seu aniversário. – Ele parou. – Feliz aniversário, Echo.

– Obrigada.

– Então, você vai ficar vendo a Lila jogar a noite toda? – Luke avaliava o jogo com os dedões enfiados nos bolsos. Se eu não soubesse de nada, diria que ele estava aprontando alguma coisa.

– Código de amigas. Eu cuido da Lila, e a Lila cuida de mim. A Natalie e a Grace estão por aí em algum lugar. – Dei uma olhada na cozinha, meio que esperando que elas aparecessem espontaneamente.

– Inteligente, mas desagradável. – Luke apoiou a palma da mão na parede perto da minha cabeça, mas manteve o corpo a uma distância segura de mim. Quando ele fazia isso antes, me apertava com seu corpo, fazendo borboletas praticarem salto com vara no meu estômago. Depois ele se inclinava e me beijava. Esses dias tinham passado há muito tempo, o amasso, as borboletas, o salto com vara e, especialmente, o beijo. – Eu ia te chamar pra dançar.

Olhei em volta.

– Quem você está querendo deixar com ciúmes, Luke?

Ele afastou a mão e riu – riu de verdade. Não o riso falso que ele usava no refeitório com a garota da semana.

– Vem me encontrar quando a Lila se cansar do joguinho.

Lila lançou as mãos para o alto e gritou ao exterminar, mais uma vez, outra equipe. A essa altura, eu tinha certeza de que a estavam deixando ganhar só para ela continuar jogando. Luke desapareceu.

Ela pegou um dos copos de cerveja restantes e se afastou da mesa, para tristeza dos caras que estavam seguindo cada movimento dela. Lila bebeu metade e me deu o resto.

– Toma. A Nat ainda é a motorista da vez, né?

– É. – Peguei o copo dela e bebi tudo. Eu não curtia muito o gosto, mas, numa festa de cerveja...

Eu gostava da sensação quente e confusa que a bebida acabava provocando. A minha vida não parecia tão ruim com ela. A segunda semana do segundo semestre teve minha primeira terapia particular com a sra. Collins, nada de emprego e o medo de que Noah Hutchins mudasse de ideia e contasse a todo mundo sobre as minhas cicatrizes. Nós dois tínhamos voltado a ignorar um ao outro.

– Esta semana a sra. Collins me perguntou se eu bebia. Estou cansada de mentir pra ela.

Michael Blair, anfitrião da festa, passou com uma bandeja cheia de cervejas para outra rodada de pingue-pongue. Lila roubou duas e me passou uma.

– Os adultos querem que a gente minta. Eles esperam que a gente minta. Eles querem viver em um mundinho perfeito e fingir que não fazemos nada além de comer biscoito e assistir a reality shows na TV.

Dei um golinho na cerveja.

– Mas a gente come biscoito e assiste a reality shows na TV.

Lila tropeçou antes de estreitar os olhos na minha direção.

– Exatamente. A gente faz isso para pegar os adultos de surpresa.

A sensação quente e confusa que ajudava a relaxar também desacelerava o processo de pensamento. Pensei duas vezes no que ela disse.

– Isso não faz o menor sentido.

Ela acenou com a mão, como se fosse explicar. A mão dela continuava se mexendo, mas a boca estava fechada. Finalmente ela abaixou a mão e deu mais um gole.

– Não tenho a menor ideia. Vamos dançar, aniversariante.

Jogamos nossos copos vazios no lixo e passamos pela multidão até chegar à fonte de música estimulante. Música... Dança... Luke disse para eu me encontrar com ele. Abri a boca para contar a Lila quando ela me interrompeu abruptamente.

– Preciso fazer xixi. – E saiu fazendo uma curva à esquerda, depois fechou a porta do banheiro.

Encostei o ombro direito na porta e tentei ouvir espasmos de vômito. Não, ela definitivamente estava fazendo xixi.

Uma dor percorreu meu braço esquerdo quando alguém esbarrou em mim e continuou andando. Olhei por cima do ombro.

– Presta atenção!

Uma garota com cabelo preto longo, vestida de preto dos pés à cabeça e usando um piercing no nariz, veio na minha direção. Ela ficou tão perto que eu conseguia contar os cílios dela em cima dos olhos vermelhos.

– Sai da minha frente e não teremos problemas.

OK. Eu era uma covarde completa. Nunca tinha saído no tapa na vida. Fazia qualquer coisa para evitar que as pessoas gritassem comigo. Ficava preocupada à noite se tinha ofendido alguém. Então, quando essa garota com pinta de motoqueira ficou parada ali com os braços bem abertos, esperando que eu revidasse ou desse um soco nela, pensei em vomitar.

– Sai daí, Beth – gritou uma voz profunda e rouca atrás de mim. Droga. Eu conhecia aquela voz.

O olhar da motoqueira Beth se concentrou bem atrás do meu ombro.

– Ela gritou comigo.

– Você esbarrou nela primeiro. – Noah Hutchins estava ao meu lado. Os bíceps dele tocavam meu ombro.

A boca da garota se curvou para cima.

– Você não me contou que estava comendo a Echo Emerson.

– Ai, meu Deus – gemi. Ela me conhecia, e achava que eu estava fazendo "aquilo" com ele. A sala girou, e a sensação quente e confusa que eu adorava desapareceu. *Feliz aniversário pra mim.*

– Ela é minha monitora.

Eu me recostei na parede e desejei que tudo parasse de se mover.

– Grande coisa. Te vejo lá fora, quando vocês terminarem de estudar. – A motoqueira Beth arqueou as sobrancelhas e se afastou.

Fantástico. Mais uma fofoca para me preocupar. Eu precisava me afastar dele. Noah Hutchins só me trazia problemas. Primeiro ele me zoou. Depois viu minhas cicatrizes. Em seguida, destruiu minhas esperanças de consertar o carro do Aires. Agora ele fez as pessoas acharem que estávamos fazendo "aquilo".

Tentei girar a maçaneta do banheiro, esperando me juntar a Lila lá dentro, mas ela não se mexeu. Portas trancadas eram uma infração grave do nosso código. Dane-se. Desencostei da parede e fui tropeçando em direção à porta dos fundos. Ar. Eu precisava de muito ar.

Inspirei profundamente no instante em que saí no quintal. O ar frio queimou meus pulmões e imediatamente atingiu minha pele exposta no pescoço e no rosto. Ouvi risadas e vozes na escuridão além do limite do quintal. Provavelmente eram os drogados fumando alguma porcaria.

– Você tem algum problema com casacos?

Caramba. Por que eu não conseguia me livrar dele? Girei nos calcanhares e quase esbarrei no Noah. Percepção de profundidade e cerveja obviamente não se davam bem.

– Você está determinado a arruinar a minha vida? – *Cala a boca, Echo.* – Quero dizer, você não tem mais nada pra fazer a não ser me destruir? – *Chega. Você já pode parar a qualquer momento.* – Você veio nessa festa contar pra todo mundo sobre as minhas cicatrizes? – E assim eu oficialmente me transformei no grande exemplo de por que adolescentes não devem beber.

Encarei os olhos dele e esperei a resposta. Nenhum de nós se mexeu. Meu Deus, a Lila e a Natalie estavam certas. Ele era gostoso. Como eu não tinha notado um corpo desses? A jaqueta aberta exibia a camiseta, tão apertada que eu via as curvas dos músculos. E aqueles olhos castanho-escuros...

Noah endireitou a cabeça e respondeu com calma:

– Não.

Um vento frio passou pelo quintal e me deu arrepios. Ele tirou a jaqueta de couro preta e jogou sobre os meus ombros.

– Como você vai ser minha monitora se pegar uma porra de pneumonia?

Ergui uma sobrancelha. Que combinação esquisita de gesto romântico e palavreado terrivelmente grosseiro. Abracei a jaqueta, resistindo à ânsia de fechar os olhos quando um aroma doce e almiscarado me envolveu. Minha mente lenta entendeu com dificuldade.

– Essa é a segunda vez que você fala em monitoria.

Ele enfiou as mãos nos bolsos. O cabelo caiu nos olhos, bloqueando minha nova visão preferida.

– Bom saber que a sua mente ainda funciona quando você está fodida.

– Você usa muito essa palavra. – Eu balancei. Talvez eu não precisasse de espaço, mas de uma parede. Tropecei e me recostei nos tijolos gelados. Uma pequena parte rebelde do meu cérebro recitava "código de amigas" várias vezes. *Tá, já vou – daqui a pouco.*

Noah me seguiu e parou a menos de dois centímetros na minha frente. Tão perto que o calor do corpo dele envolveu cada centímetro do meu.

– Que palavra?

– A que começa com *f*. – Uau. Ele estava mais perto de mim do que Luke tinha ficado mais cedo. Perto o suficiente para me beijar, se ele quisesse.

Os olhos escuros buscaram os meus e depois desceram para inspecionar o resto do meu corpo. Eu devia mandar que ele parasse, ou fazer um comentário sarcástico, ou pelo menos me sentir humilhada, mas nada disso aconteceu. Não até os lábios dele se curvarem para cima.

– Estou aprovada? – perguntei com sarcasmo.

Ele riu.

– Está. – Eu gostava da risada profunda dele. Ela me fazia sentir cócegas por dentro.

– Você está chapado. – Porque ninguém em seu juízo perfeito me acharia atraente. Especialmente se essa pessoa tivesse visto as abomináveis cicatrizes.

– Ainda não, mas estou planejando ficar. Quer vir comigo?

Eu não precisava do meu cérebro funcionando totalmente para responder a isso.

– Não. Eu gosto dos meus neurônios. Acho que eles são úteis para... ah, não sei... pensar.

O meio sorriso malvado dele me fez sorrir. Não o meu sorriso falso – o verdadeiro.

– Engraçado. – Em um movimento rápido como um raio, ele colocou as duas mãos na parede de tijolos e me enjaulou com os braços. Então se inclinou na minha direção e meu coração engatou uma marcha que eu não sabia que existia. O hálito quente acariciou meu pescoço, derretendo minha pele congelada. Inclinei a cabeça, esperando o calor sólido do corpo dele contra o meu. Pude ver os olhos dele de novo, e aqueles globos escuros gritavam que estavam com fome. – Ouvi um boato.

– Qual? – Lutei para escapar.

– Que é seu aniversário.

Com medo de falar e quebrar o encanto, lambi meus lábios subitamente secos e concordei com a cabeça.

– Feliz aniversário. – Noah aproximou a boca da minha; aquele aroma doce almiscarado entorpecia meus sentidos. Quase consegui sentir o sabor de seus lábios quando ele subitamente deu um passo para trás, inspirando profundamente. O ar frio me deu um tapa e me trouxe de volta à terra dos sóbrios.

Ele passou a mão pelo rosto antes de ir em direção às árvores.

– Nos vemos em breve, Echo Emerson.

– Espera. – Comecei a tirar a jaqueta dele. – Você esqueceu isso aqui.

– Fica com ela – disse ele sem olhar para trás. – Pego com você na segunda. Quando falarmos da monitoria.

E Noah Hutchins – drogado que usa garotas e salvador que empresta jaquetas – desapareceu nas sombras.

NOAH

– O que eu não entendo é por que você deu sua jaqueta pra ela. – A cabeça e o cabelo da Beth estavam pendurados para fora do colchão. Ela deu um trago no baseado e passou pro Isaiah.

– Porque ela estava com frio. – Eu me larguei tanto no sofá que, se relaxasse um pouco mais, ele poderia se abrir e me engolir. Dei risada. Essa porcaria era boa.

Depois de eu ter me encontrado com a Echo, comprei maconha, peguei Beth e Isaiah na mata atrás da casa do Michael Blair e arrastei os dois até a casa da Shirley e do Dale. Eu não podia confiar que nenhum dos dois ficasse sóbrio o suficiente para me levar até em casa, e eu pretendia ficar chapado além da conta.

De acordo com o arquivo da minha assistente social, Isaiah, outro garoto adotado, e eu dormíamos nos quartos no andar de cima. Na realidade, esse buraco imundo congelado, mais parecido com um bloco de cimento do que com um porão, era onde nós três morávamos. A gente se revezava dormindo no colchão king size velho e no sofá que encontramos na Legião da Boa Vontade. Deixávamos a Beth ficar com a cama no andar de cima, mas, quando os tios dela, Shirley e Dale, brigavam, ou seja, quase o tempo todo, ela compartilhava o colchão com o Isaiah enquanto eu dormia no sofá.

Além dos meus irmãos, Isaiah e Beth eram as únicas pessoas que eu considerava minha família. Conheci os dois quando Keesha me colocou na casa da Shirley e do Dale, um dia depois de eu terminar o segundo ano. Os Serviços de Proteção à Criança tinham colocado Isaiah aqui no primeiro ano. Era mais uma pensão do que um lar.

A Shirley e o Dale se tornaram pais adotivos pelo dinheiro. Eles nos ignoravam. Nós os ignorávamos. Os tios da Beth eram pessoas mais ou menos, embora tivessem alguns problemas de agressividade. Pelo menos eles guardavam a raiva um para o outro. A mãe da Beth e o namorado da semana, por outro lado, gostavam de descontar a raiva na garota, por isso ela ficava aqui. Keesha não tinha ideia desse arranjo.

Beth virou para poder me olhar de frente.

– Sério. Você tá transando com ela?

– Não. – Mas, depois de ficar tão perto dela, eu não conseguia parar de pensar na possibilidade daquele corpo quente debaixo do meu. Queria poder jogar a culpa na maconha, mas não podia. Eu estava sóbrio como no dia de um exame de drogas solicitado pelo tribunal quando fiquei perto dela naquele quintal. O cabelo vermelho macio brilhava à luz da lua, aqueles olhos verdes me olhavam como se eu fosse um tipo de resposta e, droga, ela tinha cheiro de canela e açúcar saindo do forno. Cocei a cabeça e suspirei. O que havia de errado comigo?

Desde aquele dia na biblioteca, eu não conseguia tirar Echo Emerson da cabeça. Mesmo quando visitava os meus irmãos, eu pensava nela e naquele pé balançando.

Ela me atormentava por vários motivos. Primeiro, por mais que odiasse admitir, eu precisava da monitoria. Se eu quisesse meus irmãos de volta, precisava me formar no ensino médio na época certa, com um emprego muito melhor do que fazer hambúrgueres. Eu tinha faltado a tantas aulas que estava atrasado, e alguém que ia à aula todo dia poderia me ajudar a recuperar o tempo perdido.

– Aqui. Não tem muito, mas experimenta. – Isaiah estava sentado no chão entre a cama e o sofá. Ele me passou o baseado.

Dei o último pega e segurei a fumaça até minhas narinas e meus pulmões queimarem. E aí vieram os motivos que me confundiam. Eu expirei.

– Me fala dela.

– De quem? – Beth encarava o chão.

– Da Echo. – Que tipo de idiota chama a filha de Echo? Eu a conhecia, mas ao mesmo tempo não conhecia. Eu só corria atrás de garotas que demonstravam interesse claro por mim.

Isaiah fechou os olhos e encostou a cabeça no sofá. Ele mantinha o cabelo cortado rente ao couro cabeludo. As orelhas tinham vários piercings, e os braços eram totalmente tatuados.

– Ela não é pro seu bico – ele disse.

Beth deu uma risadinha.

– Isso é porque ela te rejeitou no primeiro ano. O Isaiah pensou que podia sair com uma aluna do segundo ano. Mal sabia ele que a perfeitinha já estava namorando o Rei Luke fazia um ano.

Os lábios do Isaiah se retorceram.

– Acho que eu lembro do Luke mudando de dupla no laboratório pelas suas costas pra poder sentar perto dela.

Os olhos da Beth se estreitaram.

– Idiota.

– Foco em mim. Echo? Não nas suas vidas patéticas. – Como um casal de velhos, os dois adoravam implicar um com o outro. Isaiah e Beth estavam um ano atrás de mim, mas a diferença de idade nunca nos incomodou.

Beth se levantou e sentou no colchão. Ela adorava falar da vida alheia.

– Então a Echo está no segundo ano, e ela é a estrela da escola, certo? Ela está na equipe de dança, nas turmas avançadas, classificada entre os melhores alunos, guru das artes, a popularidade em pessoa. E o Luke Manning fica apalpando ela nos intervalos. Um mês antes de acabarem as aulas, ela desaparece. – Os olhos de Beth se arregalaram e ela esticou os dedos como um mágico fazendo um truque.

Fui pego de surpresa pela história. Isaiah viu minha reação e concordou com a cabeça.

– Puf!

– Sumiu – acrescentou Beth.

– Desapareceu – disse Isaiah.

– Se escafedeu.

– Evaporou.

– Sumiu – repetiu Beth. Os olhos dela congelaram e ela encarou os dedos do pé.

– Beth – chamei.

Ela piscou.

– O quê?

– A história. – Esse era o problema de andar com maconheiros. – A Echo. Continua.

– Ah, sim, aí ela desapareceu – disse ela.

– Puf – acrescentou Isaiah.

Isso de novo, não.

– Já entendi. Continuem.

– Ela volta no segundo ano como uma pessoa completamente diferente, tipo invasores de corpos. Ainda é a Echo, certo? De cabelo cacheado vermelho e um corpo de arrasar – disse Beth.

Isaiah riu.

– Você acabou de chamar o corpo dela de um arraso.

Beth jogou uma almofada nele antes de continuar.

– Mas ela não é mais a srta. Popular. O Luke e ela terminaram. Ele deu a volta por cima com outra garota. Embora os boatos digam que ela terminou com ele antes de desaparecer. Ela saiu da equipe de dança, parou de participar dos concursos de artes e mal fala com as pessoas. Não que eu fosse falar com alguém também, do jeito que os boatos corriam sobre ela.

– As fofocas eram cruéis, cara – disse Isaiah. Beth, Isaiah e eu entendíamos de fofocas. Garotos adotivos e que vêm de famílias ferradas ficam na deles por um motivo.

– O que diziam? – Eu tive uma sensação penetrante de aonde essa conversa estava indo, e não estava gostando.

Beth abraçou os joelhos.

– No primeiro dia do segundo ano, ela voltou usando uma blusa de manga comprida e a mesma coisa no dia seguinte e depois e depois. A temperatura estava acima dos trinta graus nas três primeiras semanas de aula. O que você acha que as pessoas disseram?

Isaiah fez um movimento de círculo com o dedo.

– As amiguinhas dela fecharam o cerco para ela ficar fora de vista.

– E ela começou a se encontrar com o orientador da escola. – Beth parou. – Dava pra sentir pena dela.

Meus olhos estavam quase se fechando, mas a declaração de Beth me chocou tanto que os abri.

– O quê? – Ela não tinha o gene da empatia.

Ela se deitou na cama, com os olhos agitados.

– Claro que alguma coisa muito foda aconteceu com ela. Além disso, o irmão dela morreu uns meses depois que ela sumiu. Eles eram bem próximos. Ele era só três anos mais velho e levava a Echo pras festas e tal quando estava na cidade. Eu odiava aquela garota por ter um irmão mais velho que se importava. – Agora os olhos dela tinham se fechado totalmente.

Isaiah se levantou.

– Rola pra lá.

Beth rolou em direção à parede. Isaiah pegou uma coberta do chão e jogou em cima dela. Nossa contadora de histórias tinha apagado.

Isaiah se juntou a mim no sofá.

– A maioria das pessoas fala que a Echo se corta. Alguns dizem que ela tentou se matar. – Ele sacudiu a cabeça. – Não é coisa boa, cara.

Fiquei tentado a dizer que concordava e a contar a ele o que tinha acontecido na biblioteca, mas não fiz isso.

– O que aconteceu com o irmão dela?

– O Aires? Era um cara legal. Bacana com todo mundo. Entrou pra Marinha quando saiu do colégio e morreu no Afeganistão.

Aires e Echo Emerson. A mãe deles devia odiar os dois para dar nomes assim. Agora eu precisava achar um jeito de fazer as pazes com a garota. Ela era minha passagem para ter meus irmãos de volta.

Echo

Segurei a jaqueta de couro preta do Noah sobre o braço e fui em direção ao meu armário. A tentação de vesti-la me dominava. Eu adorava o cheiro dela, como ela me aquecia e me lembrava do nosso momento juntos no quintal da casa do Michael Blair.

Presta atenção, Echo. Você não é idiota. Eu sabia das fofocas sobre Noah. Ele só ia às festas para ficar chapado e catar as garotas bêbadas para transar e depois jogar fora. Se eu tivesse ido me drogar com ele, teria sido eu essa garota. Não estava interessada em ficar com ele por uma noite, mas era legal ter sido considerada. Afinal, desde o segundo ano, nenhum outro cara da escola tinha demonstrado um grama de interesse em mim.

– Qual é o seu problema? Você parece uma menininha de quatro anos que perdeu o balão. – Lila se juntou a mim enquanto eu caminhava pelo corredor.

– Meu destino é morrer virgem. – Admitir isso me chocou. Essas palavras realmente tinham saído da minha boca? Alisei o material macio da jaqueta do Noah. Talvez eu devesse ter ido com ele. Não para me drogar, mas para... bem... não morrer virgem.

Lila riu tão alto que algumas pessoas ficaram nos olhando com cara de idiotas quando passamos por elas. Abaixei a cabeça, deixei os cachos esconderem meu rosto e desejei que todos olhassem para outro lado.

Chegamos aos nossos armários e abri o meu na esperança de caber ali dentro.

– Pouco provável. Mas achei que você não gostava de sexo. – Lila vasculhou o armário dela, ao lado do meu.

– Não é isso. Segurei a onda com o Luke porque não estava pronta. Mas eu nunca imaginei que chegaria o dia em que ninguém ia me querer.

Encarei minhas mãos enluvadas, provocando um enjoo marítimo em terra firme. Quando a campainha tocasse, eu teria que tirar as luvas. A questão não era sexo.

– Nenhum cara vai se aproximar o suficiente pra me amar.

Lila fechou o armário e mordeu os lábios.

– Sua mãe é um saco.

Inspirei profundamente para não desmoronar.

– É, eu sei.

Os olhos dela se estreitaram, concentrados na jaqueta que eu ainda estava segurando.

– O que é isso?

– A jaqueta do Noah Hutchins – respondeu Natalie, aparecendo do nada e tirando a jaqueta da minha mão. O cabelo castanho balançava de um lado para o outro. – Vem comigo! Agora!

Os olhos da Lila se arregalaram enquanto seguíamos Natalie até o banheiro.

– Por que você está com a jaqueta do Noah Hutchins?

Abri a boca para responder, mas Grace bateu a porta do banheiro com força.

– Não temos tempo pra conversinhas. Ele está vindo.

Natalie usou o dedo para empurrar a porta de todos os reservados e confirmar que estávamos sozinhas. O local cheirava a desinfetante, e uma das pias pingava a cada dois segundos.

– Para – disse Grace. – Eu já verifiquei.

Lila agarrou a mão de Grace.

– Calma. Eu preciso de respostas. Quem está vindo? Por que a Echo está com a jaqueta do Noah e onde você conseguiu esse suéter?

– O Luke. Procurando a Echo. Você estava tão bêbada na festa que bagunçou o nosso código de amigas, e agora a Echo está com a jaqueta do Noah. Ela não pode ser vista com isso. – Grace arrancou a jaqueta da mão de Natalie. – Vamos recuperar a vida da Echo.

Arranquei a jaqueta da mão da Grace. Minhas amigas estavam oficialmente malucas.

– É uma jaqueta, não é crack. Ele está na mesma aula que eu no primeiro período. Eu entrego pra ele. E quem se importa se o Luke está me procurando?

Grace me apontou uma unha vermelha.

– Você resistiu. O Luke te chamou pra dançar na festa e, em vez de dançar com ele, nós tivemos que levar a Lila pra casa. Agora ele está te procurando pra saber por que você deu bolo nele. Essa é a resposta a todas as nossas preces.

Puxei a jaqueta mais para perto.

– O quê? Quer dizer, e daí? O Luke e eu somos amigos. – Pelo menos eu achava. Ele me desejou feliz aniversário. Amigos fazem isso.

Lila começou sua irritante dancinha aos pulos.

– E daí?! Dançar com você numa festa é muito mais do que amizade. Significa que ele está a fim de você de novo.

– Exatamente – disse Grace. – Se o Luke está a fim de você, todo mundo vai ficar a fim de você também.

Lila sacudiu as mãos no ar.

– E o mais importante: você não vai morrer virgem. – Ela inspirou de um jeito dramático. – O Luke não pode te ver com a jaqueta de outro cara. Grace, leve a jaqueta pro seu armário e a gente bola um plano depois.

Grace ergueu uma sobrancelha.

– De jeito nenhum. Tenho certeza que essa coisa está fedendo a maconha. E se eles trouxerem cães farejadores para a escola?

– Ai, meu Deus, você é uma inútil – disse Lila.

Jogando alguns dos meus cachos sobre meus ombros, Grace ajeitou minha blusa.

– Vai lá, sai logo, antes que ele não te encontre e acabe indo pra aula.

Lila e Natalie me puxaram porta afora e eu abracei a jaqueta do Noah com mais força.

– Vocês estão analisando demais essa história – eu disse enquanto Lila digitava rapidamente a combinação do meu armário.

– Ele está vindo – cantarolou Natalie.

Lila arrancou a jaqueta das minhas mãos, jogou dentro do meu armário, me empurrou para longe e bateu a porta com força. Ela e Natalie se recostaram no meu armário, formando uma segunda camada de segurança.

– Oi, Echo.

Eu me virei e encarei o Luke.

– Oi. – Tanta coisa tinha acontecido nos últimos três minutos que minha mente parecia um carrossel.

Os olhos do Luke se alternavam entre Natalie e Lila. As sobrancelhas dele se aproximaram. Eu me lembrava desse olhar: ele queria dizer alguma coisa em particular. Mas, se o Luke não se lembrasse de mais nada a meu respeito, de uma coisa ele se lembraria: que eu vinha num pacote.

– Eu te esperei – disse ele.

– A culpa é minha – soltou Lila. – Ela não teve tempo de dançar com você porque eu quis ir pra casa. Eu bebi demais.

Luke e eu a encaramos e depois encaramos um ao outro. Um segundo de silêncio constrangedor. Dois segundos de silêncio constrangedor. Três segundos de silêncio constrangedor.

– Posso ir com você até a sala de aula, Echo? – ele finalmente perguntou.

– Claro. – Olhei para Lila e Natalie sobre o ombro enquanto acompanhava Luke pelo corredor. As duas mostraram o dedão para cima em aprovação. Inspirei fundo e sorri quando vi Luke sorrindo para mim. Uau, normal. Talvez fosse realmente possível.

Isto é, se normal significasse esconder a jaqueta do Noah Hutchins no meu armário – e fingir que eu não estava pensando em como ele chegou perto de me beijar.

NOAH

– Segura isso. – A sra. Collins me empurrou um copo de café para viagem e voltou à luta com as portas trancadas da escola. Mal dava para enxergar na luz fraca da manhã, o que dificultava a missão de encontrar a chave certa no chaveiro lotado. Pensei em dar uma lição nela sobre sua falta de organização, mas decidi não fazer isso. Era preciso ter muito colhão para estar sozinha com um delinquente como eu.

O calor do café me lembrou como estava frio ali fora. Meus braços expostos estavam arrepiados. Eu só tinha uma camisa de manga comprida, e só usava para encontrar os meus irmãos. Estar sem jaqueta era uma merda.

Os olhos dela pararam na tatuagem no meu bíceps e o sorriso eterno caiu um centímetro.

– Onde está sua jaqueta, Noah? Está frio.

– Dei pra uma pessoa.

Um suspiro de alívio escapou da boca da sra. Collins quando a terceira chave que ela experimentou destrancou a porta. Ela acenou para que eu entrasse. Em vez disso, segurei a porta e fiz sinal com a cabeça para ela entrar primeiro. Eu teria sorte se um segurança me visse, atirasse e depois fizesse perguntas.

Nossos passos ecoaram no corredor vazio. Graças à nova política verde da escola, as luzes acendiam quando a gente chegava perto. Isso me deixava nervoso. Além de todo o sistema que seguia cada movimento meu, agora o prédio também me seguia.

– Pra quem você deu sua jaqueta? – A sra. Collins entrou no escritório principal e abriu a porta da sala dela na primeira tentativa.

– Pra uma garota. – Uma garota que me ignorou a segunda-feira toda e ainda não tinha devolvido a jaqueta.

– Namorada ou amiga?

– Nenhum dos dois.

Ela me dirigiu um olhar de pena e mexeu na bolsa.

– Você precisa de um casaco?

Eu odiava o olhar de pena. Depois que meus pais morreram, todo mundo que eu conhecia usava esse olhar. Os olhos ligeiramente arredondados. Os cantos da boca levemente curvados para cima, enquanto os lábios se curvavam para baixo. O tempo todo eles se esforçavam para parecer normais, mas só conseguiam se mostrar desconfortáveis.

– Não. Vou pegar de volta hoje.

– Ótimo. – Ela abriu meu arquivo. – Como estão indo as sessões de monitoria com a Echo?

– Vamos começar hoje. – Só que a Echo ainda não sabia disso.

– Ótimo. – Ela abriu a boca para fazer outra pergunta estúpida, mas eu tinha uma para fazer.

– O que você sabe sobre os meus irmãos?

Ela pegou uma caneta e ficou batendo na mesa, acompanhando o segundo ponteiro do relógio.

– Keesha e eu tivemos uma conversa sobre a sua visita neste fim de semana. O que aconteceu com o Tyler foi um acidente.

Oi?

– Você é orientadora escolar. Por que está conversando com a minha assistente social? E por que está conversando com ela sobre o Tyler?

– Eu já te disse. Sou uma assistente social clínica, e sou a cobaia desse programa piloto. Meu trabalho não é cuidar de uma parte de você, mas de você inteiro. Isso significa que tenho acesso aos seus irmãos. Eu me comunico com os pais adotivos deles e às vezes converso com o Jacob e o Tyler também. Quanto à minha posição aqui na Eastwick, a sra.

Branch cuida dos assuntos típicos de orientação educacional, e eu cuido... – ela inclinou a cabeça – ... dos alunos mais brilhantes. A escola enche a cabeça de vocês de conhecimento, mas a nossa tendência é ignorar o emocional. Estou aqui para ver o que acontece se prestarmos atenção a ambos.

Que ótimo para mim. Ter a Keesha no meu pé já era ruim o suficiente. Agora a Poliana também estava na minha cola. Passei a mão no rosto e me ajeitei na cadeira.

A sra. Collins continuou:

– A Keesha também me contou que você está ameaçando pedir a custódia dos seus irmãos depois da formatura. Se isso for verdade, Noah, você precisa fazer umas mudanças radicais na sua vida. Você está disposto a isso?

– Como é que é? – Ela tinha acabado de me desafiar a ajeitar as minhas merdas pra poder ter minha família de volta?

Ela largou a caneta e se inclinou para trás.

– Você está disposto a fazer as mudanças necessárias para possivelmente cuidar dos seus irmãos depois da formatura?

Claro que estou, merda. Claro que estou, porra.

– Sim, senhora.

A sra. Collins pegou a caneta de novo e escreveu no meu histórico.

– Então você vai ter que me provar isso. Sei que você não tem motivos para confiar em mim, mas esse processo vai ser mais rápido e mais tranquilo se você conseguir encontrar um jeito de fazer isso. Você precisa se concentrar em si mesmo agora e confiar na Keesha e em mim para cuidarmos do bem-estar dos seus irmãos. A realidade da situação é a seguinte: se você continuar a perturbar a Keesha sobre as visitas e se continuar a pressionar o Jacob para obter informações sobre os pais adotivos dele, especificamente o sobrenome deles, você vai dar a impressão de que não quer jogar de acordo com as regras. As visitas que você tem agora são um privilégio, Noah. Um privilégio que eu gostaria de ver você manter. Estamos entendidos?

A cadeira embaixo de mim sacudiu quando eu apontei para ela.

– Eles são meus irmãos.

A falta de informação sobre quem estava com os meus irmãos – o sobrenome dos pais adotivos, o endereço, o telefone... O fato de eu não poder ver o Jacob e o Tyler sempre que quisesse... Eu perdi todos esses "privilégios" no dia em que bati no meu primeiro pai adotivo. Minha garganta fechou e meus olhos arderam. A sensação de que eu estava quase chorando me irritou. Fiquei de pé, sem saber o que fazer – ou a quem culpar.

– Você não tem esse direito. Eles são minha responsabilidade.

A sra. Collins me encarou sem expressão.

– Eles estão seguros. Você precisa acreditar em mim. Você está transferindo suas experiências para os seus irmãos. Eu entendo sua necessidade de proteger os dois, mas neste momento não é necessário. Se quiser ver seus irmãos com regularidade, você precisa aprender a trabalhar junto comigo, e eu já expliquei como você pode fazer isso.

– Vai pro inferno. – Peguei meus livros e saí da sala.

Echo

As placas na sala da sra. Collins tinham se movido um milímetro, revelando marcas pretas na parede. Pela primeira vez, eu me peguei desejando a presença da Ashley. A imperfeição a teria deixado maluca.

Assim como na última semana, a faixa azul estava sobre a mesa da sra. Collins e, assim como na última semana, a localização da faixa tinha mudado – estava cada vez mais perto da minha cadeira. Era como se aquele objeto tivesse um campo de força que me envolvesse – uma atração que eu não conseguia explicar.

– Como estão as coisas com seu namorado? – perguntou a sra. Collins. Outra tarde de terça, outra sessão de terapia.

Afastei os olhos da faixa. Graças a Deus o Luke tinha me convidado para sair com uma turma no sábado à noite. Menos uma mentira para contar.

– A Ashley entendeu mal. Eu não tenho namorado, mas estou saindo com alguém. – Mais ou menos. Tipo isso. Se uma saída representasse que eu estava "saindo".

Os olhos dela brilharam.

– Maravilha. É aquele jogador de basquete que eu tenho visto com você pelos corredores?

– É. – Que ótimo, uma terapeuta que me perseguia. Isso é permitido?

– Me fala dele.

Hummm... Não.

– Não quero falar do Luke.

– Tudo bem – disse ela, totalmente inabalada. – Vamos falar do Noah. Ele me disse que hoje é a primeira sessão de monitoria com você.

Pisquei várias vezes seguidas. Droga. Era? Talvez eu devesse ter falado do Luke. Eu ainda estava com a jaqueta do Noah no armário desde que a Lila e a Grace me convenceram de que eu não podia simplesmente entregar a ele durante a aula. Elas ainda estavam bolando um plano para devolver a jaqueta.

– É. É, sim.

– Você quer um conselho?

Dei de ombros e bocejei ao mesmo tempo, me preparando para o sermão "diga-não-às-drogas-ao-sexo-e-ao-álcool". Afinal, em teoria, eu era monitora do Noah Hutchins.

– Claro.

– O Noah é mais do que capaz de fazer o trabalho. Ele só precisa de um empurrãozinho. Não deixe ele te levar a pensar o contrário. E você, Echo, é a única pessoa nesta escola que eu acredito que possa desafiar o Noah academicamente.

Claaaaaaaro. Esse papo foi totalmente estranho.

– Tá bom. – Cobri a boca ao bocejar de novo.

– Você parece cansada. Como tem dormido?

Muito bem. Dormi um total de duas horas ontem. Meu pé começou a balançar.

– Echo, você está bem? Você parece pálida.

– Estou ótima. – Se eu continuasse a dizer isso, talvez se tornasse realidade. E talvez, algum dia, eu conseguisse dormir uma noite inteira sem ter sonhos terríveis, estranhos, apavorantes, cheios de constelações, trevas, vidro quebrado e, às vezes, sangue.

– Seu pai falou que você não está tomando o remédio para dormir, apesar de ainda ter pesadelos.

Toda noite. Terríveis o suficiente para eu não querer dormir. Assustadores o suficiente para eu acordar gritando quando perdia a batalha e realmente caía no sono. Meu pai e a Ashley mantinham as pílulas trancadas num armário no banheiro deles e só me davam se eu pedisse. Eu preferia que espetassem meus olhos com uma agulha lavada em água sanitária a pedir alguma coisa à Ashley.

– Já disse que estou ótima.

Com a palavra *ótima*, meus olhos voltaram para a faixa. Por que ela me atraía tanto? Eu me sentia uma mariposa voando em direção à lâmpada.

– Você parece muito interessada na faixa, Echo – disse a sra. Collins. – Pode segurar, se quiser.

– Não, estou bem – respondi. Mas eu não estava bem. Meus dedos se retorciam no meu colo. Por algum motivo esquisito, eu queria segurar a faixa. A sra. Collins não disse nada, e o silêncio meio que me apavorou.

Meu coração fraquejou quando finalmente me inclinei para frente e peguei a faixa.

Não era uma daquelas faixas azuis de má qualidade. Era uma de verdade – grande e feita de seda. Alisei o tecido entre o dedão e o indicador. Primeiro lugar em Pintura – Concurso do Estado do Kentucky.

Alguém na minha escola tinha ganhado o Concurso do Estado. Que irado! Todo artista de escola sonhava em ganhar essa competição.

Talvez alguém do primeiro ano tivesse um talento incrível para as artes. Dane-se o meu pai – no instante em que a sra. Collins me liberasse, eu planejava ir até a sala de artes e ver esse talento com os meus próprios olhos. Para ganhar o primeiro lugar no Concurso do Estado, era preciso ser um gênio.

Enquanto eu passava os dedos na faixa outra vez, aplausos ecoavam na minha cabeça. Uma imagem congelada do meu braço esticado aceitando a premiação veio à minha mente.

Meus olhos correram para a sra. Collins, enquanto meu coração martelava no peito.

– Ela é minha.

A martelada se mudou para minha cabeça, e meu peito se encolheu enquanto outra imagem aparecia. Na minha mente, eu não estava aceitando apenas a faixa, mas um certificado. Eu não via o nome impresso ali, mas via a data. Era *aquela* data.

Golpes de eletricidade subiram pelos meus braços e atingiram diretamente meu coração. Apavorada, joguei a faixa do outro lado da sala e levantei correndo da cadeira. Meu joelho se chocou contra a mesa, provocando dores agudas atrás da rótula. Caí no chão e me arrastei para trás, para longe da faixa, até que minhas costas bateram na porta.

A sra. Collins se afastou lentamente da mesa, atravessou a sala para recuperar a faixa e ficou com ela na mão.

– Sim, é sua, Echo. – Ela falava como se estivéssemos dividindo uma pizza, em vez de eu estar tendo um ataque de pânico.

– Ela... É... Não pode ser. Eu... Eu nunca venci o Concurso do Estado. – Uma neblina tomou uma parte da minha mente, seguida de um forte flash vermelho. Um momento de claridade revelou uma imagem de mim mais nova preenchendo um formulário. – Mas eu me inscrevi... no segundo ano. Eu ganhei a etapa municipal, depois as regionais e fui para o estadual. E aí... aí... – Nada. O buraco negro engoliu o vermelho e o cinza. Só ficou a escuridão.

A sra. Collins alisou a saia preta ao se sentar na minha frente. Talvez ninguém tivesse contado a ela, mas sentar no chão durante uma sessão de terapia não era normal. Ela controlou seu entusiasmo e falou com um tom calmo e reconfortante.

– Você está num lugar seguro, Echo, e é seguro se lembrar. – Ela alisou a faixa. – Você teve uma manhã muito feliz naquele dia.

Inclinei a cabeça para o lado e fiquei vesga olhando para a faixa.

– Eu... ganhei?

Ela concordou com a cabeça.

– Sou uma grande entusiasta das artes. Eu prefiro esculturas a pinturas, mas ainda assim adoro pinturas. Prefiro ir a uma galeria a ir ao cinema, qualquer dia da semana.

Essa mulher era uma charlatã. Eu não tinha dúvida. Mas, entre aquelas placas alegrinhas e desagradáveis na parede, havia diplomas legítimos pendurados. A Universidade de Louisville era uma instituição de verdade, e Harvard também, onde ela aparentemente continuou os estudos. Eu me concentrei em respirar.

– Eu não me lembro de ter ganhado.

A sra. Collins colocou a faixa na beirada da mesa.

– É porque você apagou o dia todo, não apenas a noite.

Encarei o arquivo sobre a mesa.

– Você vai me contar o que aconteceu comigo?

Ela sacudiu a cabeça.

– Sinto muito, mas isso seria desonesto. Se quiser lembrar, você precisa começar a se esforçar durante as sessões. Isso significa que você deve responder às minhas perguntas honestamente. Chega de mentiras. Chega de meias verdades. Mesmo que os seus pais estejam aqui. Na verdade, especialmente se os seus pais estiverem aqui.

Levei a mão até o local onde as plaquetas de identificação do Aires estariam repousando no meu pescoço, se eu as estivesse usando. Meus olhos estavam fixos no meu arquivo.

– Você se deu ao trabalho de ler essa coisa?

Ela alisou metodicamente o maxilar com o dedo.

– É claro.

Mordi minha boca por dentro.

– Então você sabe. Eu tentei lembrar uma vez, e você sabe que não é possível. – Não sem a minha mente se dividir em duas. No verão depois do incidente, um psicólogo tentou abrir a porta de ferro no meu cérebro e demônios saíram rapidamente pela abertura. Eu me perdi por dois dias e acordei no hospital. Meus pesadelos evoluíram para terrores noturnos.

– Você quer a verdade? – perguntei. – Você está certa. Eu quero muito saber o que aconteceu. Para provar que eu não sou... para saber... porque às vezes eu me pergunto... se eu sou doida como ela.

No fundo escuro da minha mente, eu ouvia meu pai gritando comigo para calar a boca, mas a barragem dos meus medos tinha sido aberta.

– Porque eu sou como ela, sabia? A gente se parece, nós duas somos artistas, e as pessoas sempre dizem que eu tenho a energia dela. Eu tenho orgulho de ser como ela. Porque ela é minha mãe, mas eu não quero... – Ser maluca.

A sra. Collins colocou uma das mãos sobre o coração.

– Echo, não, você não é bipolar.

Mas por que desafiar o destino? Eu já tinha tentado uma vez. Não era suficiente? A sra. Collins não entendia. Como ela poderia?

– Se você me contar, eu vou saber. Acho que a minha mente desmoronou porque aquele terapeuta tentou me fazer reviver tudo. Talvez as memórias sejam terríveis demais. Talvez se você me contar, sabe, só os fatos, o buraco negro no meu cérebro vai ser preenchido, os pesadelos vão sumir e eu não vou enlouquecer nesse processo. – Encarei diretamente os olhos amigáveis dela. – Por favor.

Seus lábios se entortaram para baixo.

– Eu poderia ler pra você os relatos da polícia, do seu pai, da sua madrasta e até da sua mãe, mas isso não vai fazer os pesadelos sumirem. Você é a única pessoa que pode fazer isso, mas isso significa que você precisa parar de fugir do problema e encará-lo. Converse comigo sobre a sua família, o Aires, a escola e, sim, sobre a sua mãe.

Minha boca se abriu para falar, mas eu a fechei de repente, apenas para tentar falar de novo.

– Eu não quero enlouquecer.

– Você não vai enlouquecer, Echo. Vamos devagar. Você corre e eu estabeleço a velocidade. Posso te ajudar, mas você precisa confiar em mim e vai ter que se esforçar muito.

Confiar. Por que não me pede para fazer algo mais fácil, como provar a existência de Deus? Até Deus tinha desistido de mim.

– Eu já perdi uma parte da minha mente. Não posso confiar a você o que sobrou.

NOAH

Depois da aula, vi a Echo costurando a multidão no corredor. Ela entrou no escritório principal segundos antes de eu alcançá-la. Terça era minha única noite de folga, e eu tinha planejado treinar cestas de basquete com o Isaiah. Soquei o armário ao meu lado. Agora eu precisava esperar uma lunática arrogante terminar sua terapia.

Andei pelos corredores antes de parar em frente ao armário da Echo. Ela não estava com a mochila nem com o casaco, então imaginei que ia buscar essas coisas antes de ir embora. Quarenta monótonos minutos depois, eu estava questionando a minha decisão. Echo tinha problemas com casacos. Esperar perto do carro dela teria sido mais inteligente.

Saltos batendo no piso de linóleo indicaram que ela se aproximava. Os cachos vermelhos em espiral balançavam a cada passo. Abraçada nos livros, ela mantinha a cabeça abaixada. Todos os músculos do meu corpo se contraíram quando ela passou direto. Eu tinha tolerado que ela me ignorasse durante as aulas, mas me desprezar totalmente em um corredor vazio era demais. Com as costas viradas para mim, ela tentou a combinação do armário. O armário de metal se abriu de repente.

– Você é a pessoa mais grossa que eu já conheci nessa merda de vida. – Eu me levantei do chão. Foda-se ela, a sra. Collins e a monitoria. Eu daria um jeito de conseguir recuperar o tempo perdido. – Me dá minha porcaria de jaqueta.

Echo se virou. Por um segundo, uma dor pura atingiu seu rosto, mas depois outra tempestade se formou em seus olhos. Uma tempestade que exigia alertas de furacão e evacuações.

– Não é à toa que você precisa de monitoria. Você tem o pior vocabulário entre todas as pessoas que eu conheço. Já pensou em aprender alguma coisa além de palavrões?

– Tenho outro palavrão pra você: foda-se. Você voltou com seu namorado e não teve coragem de devolver as minhas coisas na frente das outras pessoas.

– Você não sabe de nada.

– Sei reconhecer quando vejo uma doida. – No instante em que as palavras saíram da minha boca, eu me arrependi. Às vezes, quando a gente vê a fronteira, acha que é uma boa ideia ultrapassar, até que ultrapassa.

Pela segunda vez desde que eu a conhecera, Echo parecia que tinha levado um tapa de mim. As lágrimas se acumularam no canto dos olhos, as bochechas ficaram vermelhas e ela piscava rapidamente. Ela conseguiu fazer eu me sentir um babaca, de novo.

Ela esticou a mão para dentro do armário e jogou minha jaqueta em mim.

– Você é um idiota! – Então bateu a porta do armário e saiu andando.

Merda. Que merda.

– Echo! – Eu corri atrás dela. – Echo, espera.

Mas ela não esperou. Consegui alcançá-la, agarrei seu braço e a virei para mim. Cacete, as lágrimas escorriam pelo rosto dela. O que eu deveria fazer agora?

Ela fungou.

– Eu não sabia que você estava me esperando. Eu não te vi. – Ela secou as lágrimas com as costas da mão. – Eu devia ter te dado a jaqueta ontem, mas... – O pescoço branco e fino se moveu quando ela engoliu. – Mas eu queria ser normal e, por alguns minutos, eu fui. Como dois anos atrás... Como antes... – E ela parou de falar.

Se eu tivesse a mínima chance de ser normal de novo, teria queimado a porcaria da jaqueta. Eu tinha certeza de que ela queria o irmão de volta tanto quanto eu queria os meus. Ter uma casa de novo, pais. Tudo normal.

Tomei um fôlego profundo para engolir meu orgulho. Nas palavras sábias do Isaiah – *puf*. Meus músculos relaxaram e minha raiva desapareceu. Abaixando a cabeça, Echo sumiu atrás do cabelo. Eu nunca ia entender por que essa garota tinha me feito criar uma consciência.

– Desculpa. Eu não devia ter gritado com você.

Ela revelou o rosto pálido e fungou de novo. Um cacho vermelho ficou colado na bochecha molhada de lágrimas. Estiquei a mão para soltar, mas hesitei a apenas um milímetro da pele dela. Juro por Deus que ela parou de respirar e até de piscar e, por um segundo, eu também. Em um movimento deliberado, soltei o cacho.

Ela exalou uma respiração trêmula e lambeu os lábios quando abaixei a mão.

– Obrigada.

Eu não tinha ideia se era pelo pedido de desculpas ou pelo cacho, mas não ia perguntar. Meu coração batia em harmonia com uma música de trash metal. Tínhamos lido sobre as sereias na aula de inglês no outono; uma besteirada de mitologia grega sobre mulheres tão bonitas e com vozes tão encantadoras que os homens faziam qualquer coisa por elas. Mas acontece que a besteirada mitológica era verdadeira, porque toda vez que eu via a Echo eu perdia a cabeça.

Normal. Ela queria ser normal, e eu também.

– Você sabe o que é normal?

– O quê? – Ela secou as lágrimas restantes.

– Cálculo.

Sem dúvida, a Echo era uma sereia. Ela me deu o mesmo sorriso que eu tinha visto no sábado à noite. Aquele tipo de sorriso fazia os homens escreverem aquelas músicas meladas que Isaiah e eu zoávamos. Eu ficaria sentado no escritório da sra. Collins por horas e acordaria cedo para ir à aula de cálculo só para ver aquele sorriso de novo. Isso era uma merda.

– Tudo bem – disse ela. – Vamos fazer uma coisa normal.

E fizemos. Durante uma hora, sentamos encostados nos armários e ela me ajudou a entender algumas aulas. Ela usava as mãos para descrever as coisas, o que era hilário, já que estávamos discutindo números. Os olhos verdes brilhavam quando eu fazia perguntas, e ela me dava aquele sorriso de sereia toda vez que eu acertava uma pergunta. Aquele sorriso só me fazia querer aprender mais.

Ela respirou fundo antes de terminar a explicação de derivadas. Eu tinha entendido derivadas cinco minutos antes, mas adorava o som daquela voz doce. Parte anjo, parte música.

– Você sabe muito de matemática – eu disse. Você sabe muito de matemática? Que tipo de declaração era essa? Ficava no mesmo nível da cantada: "Ei, você tem cabelo e ele é vermelho e cacheado". Muito bom.

– Meu irmão, o Aires, era o gênio da matemática da nossa família. O único motivo de eu conseguir entender é que ele era meu monitor. Ele nunca doou o livro de cálculo dele, porque sabia que eu precisaria de toda ajuda possível. – Segurando com a mesma reverência que a minha mãe carregava a Bíblia da família, a Echo puxou um livro de matemática velho e rasgado da mochila e começou a virar as páginas. O livro tinha muitas anotações escritas em azul ou preto nas margens. – Acho que isso me torna uma trapaceira, né?

– Não, isso significa que você tinha um irmão que se importava. – Será que a mãe adotiva dos meus irmãos estava ajudando os dois com o dever de casa ou será que ela era como a esposa do Gerald, que se trancava no quarto e fingia que nenhum dos filhos adotivos existia e que ele não batia na gente?

Ela alisou as palavras escritas à mão na página.

– Tenho saudade dele. Ele morreu dois anos atrás no Afeganistão. – Echo abraçou o livro como se fosse um colete salva-vidas. – Por um dispositivo explosivo improvisado.

– Sinto muito. – Eu disse essa frase para ela hoje mais vezes do que tinha dito nos últimos dois anos e meio. – Pelo seu irmão.

– Obrigada – disse ela com uma voz sem vida.

– Nunca fica melhor – eu disse. – A dor. As feridas cicatrizam e você nem sempre sente que tem uma faca atravessando seu corpo. Mas, quando você menos espera, a dor aparece pra te lembrar que você nunca mais será a mesma.

Não sei por que eu estava falando isso para ela. Talvez porque ela fosse a primeira pessoa que eu tinha conhecido desde que os meus pais tinham morrido que poderia entender. Encarei a luz fluorescente piscante pendurada no teto. Liga. Desliga. Liga. Desliga. Eu queria encontrar o interruptor que desligasse a minha dor.

Um toque morno e arrepiante me fez voltar à terra. Talvez tivesse me levado direto ao céu. De qualquer maneira, me tirou do inferno. As unhas cor-de-rosa da Echo acariciavam minha mão.

– Quem você perdeu?

– Meus pais. – Nenhuma pena patética apareceu no rosto dela, apenas pura compreensão. – Você acha que a sra. Collins colocou as duas pessoas mais deprimidas juntas de propósito? – Dei um sorriso rápido para impedir que a honestidade da frase corroesse o resto do meu coração.

A mão dela se afastou.

– Uau. Achei que eu era a única pessoa nesta escola que fingia a cada instante.

Desejando que o toque dela continuasse, eu me ajeitei no chão para o meu braço tocar o ombro dela. Seus lábios não se moviam, mas minha sereia cantava do mesmo jeito. Sua canção tostava minha pele, e meu nariz queimava com o aroma de açúcar e canela.

O bolso de trás dela vibrou, me lançando de volta ao inferno... quer dizer, à escola. Eu precisava de um dos cigarros da Beth, e eu nem fumava.

Ela espiou uma mensagem de texto no iPhone. Provavelmente era o namorado filho da puta sortudo. Todos os traços do sorriso de sereia que eu tinha me esforçado tanto para colocar no rosto dela sumiram. Isso em si já era uma puta de uma tragédia.

– Tudo bem? – perguntei.

– Tudo. Minha madrasta controla cada movimento meu – disse ela com uma leveza forçada.

Respirei aliviado. Melhor a madrasta que o namorado.

– Pelo menos você tem alguém que se importa. – Eu duvidava que a Shirley e o Dale soubessem que eu tinha celular. – Me desculpa por ter feito você chorar mais cedo. Prometo ser mais legal no futuro.

– Isso significa que eu sou mesmo sua monitora agora?

– É, acho que sim.

Echo puxou as mangas sobre as mãos.

– Você não me fez chorar. Você não me ajudou, mas não me fez chorar.

Ela tinha deixado as mãos expostas enquanto me ensinava – quando ela me tocou. Merda. Eu tinha me esquecido das cicatrizes. Que inferno, *ela* tinha se esquecido das cicatrizes – até agora. Eu queria aquele instante de volta, queria ver o sorriso dela de novo.

– Então, quem fez? Já faz um tempinho desde que briguei pela última vez. Minha reputação vai ficar arruinada se eu continuar bonzinho por muito tempo.

Ela lutou, mas eu venci. O sorriso voltou por um breve instante deslumbrante.

– Você seria expulso se brigasse com a sra. Collins. Então, obrigada, mas não.

Bati a nuca contra o armário.

– Ela me ferrou hoje também. Deve ter a ver com o terceiro encontro. – Eu ri quando a Echo me olhou como se eu tivesse tatuado a testa.

– Terceiro encontro significa o quê?

Será que ela vivia numa caverna?

– Depois do terceiro encontro, as pessoas geralmente fazem sexo. Hoje foi a minha terceira sessão, e a sra. Collins me ferrou. E, pelo que parece, ela fez alguma gracinha com você também.

As sobrancelhas perfeitas se enrugaram enquanto ela pensava no que eu dissera. Eu adorava o jeito como os lábios dela se retorciam de um modo divertido e as bochechas ficavam vermelhas.

– Sabe o que é um saco? – perguntou ela.

– A sra. Collins?

– Sim, mas não é isso que eu quero dizer. Tudo que eu preciso saber está naquela porcaria de arquivo que ela tem sobre mim. É como a chave para a porta mágica que abre o reino encantado. – Ela chutou a mochila para o outro lado do corredor. – Eu finalmente poderia ter paz de verdade se conseguisse colocar as mãos naquele arquivo idiota.

Enquanto ela falava, minha mente girava como um tornado. A sra. Collins estava em contato com os pais adotivos do Tyler e do Jacob, o que significava que tinha as informações sobre eles: o sobrenome, o telefone, o endereço. A Echo estava certa. Aqueles arquivos eram uma mina de ouro. Se eu colocasse as mãos no meu histórico, poderia ver como estavam os meus irmãos. E poderia provar que eles estavam num lar abusivo e conseguir a custódia.

– Echo, você é um gênio.

Echo

A primeira etapa da Operação Ler Meu Arquivo consistia em esperar que a sra. Collins chamasse meu pai, Ashley e a mim para nossa reunião. Meu pai estava de pé no canto, falando de um jeito duro com alguém do outro lado do BlackBerry, enquanto Ashley e eu estávamos sentadas uma do lado da outra na fileira de cadeiras.

Ashley atirou a mão sobre o estômago.

– Ai. Ai, Echo, o bebê chutou.

– Vocês podem entrar – chamou a sra. Collins.

Voei da minha cadeira.

– Graças a Deus. – Durante meses, a Ashley tinha perturbado todo mundo com esse papo sem fim sobre o bebê. OK, talvez não todo mundo. Meu pai se agarrava a cada palavra dela como se ela fosse Paulo pregando o evangelho. Ele nunca tinha prestado tanta atenção na minha mãe. Se tivesse, eu não seria a esquisita da escola.

Três semanas antes, a sra. Collins tinha começado o semestre usando terninhos sociais, depois jeans e uma bela camisa nas sextas casuais. Toda semana a sexta casual mudava um dia. Hoje, a terça era a nova sexta. De trás da mesa, ela nos deu seu sorriso sem fim.

– Sr. e sra. Emerson, que ótimo ver vocês, mas a nossa sessão em grupo é na próxima semana.

Com as sobrancelhas erguidas, meu pai enviou um olhar questionador para Ashley, que estava sentada estarrecida, com a boca aberta.

– Não. O calendário da família dizia claramente que...

Eu interrompi.

– Eu disse pra eles virem esta semana.

A sra. Collins fez aquela cara esquisita, mexendo a boca toda para a direita.

– Eu sei que tivemos uma sessão difícil na semana passada, mas você realmente achou que precisava trazer guarda-costas?

– Echo? – perguntou meu pai. – O que aconteceu na semana passada?

Meu coração se apertou. A preocupação dele parecia real. Eu daria tudo se fosse mesmo. Eu me levantei e andei até a janela. Os alunos estavam reunidos no estacionamento antes de irem para casa. Essa sessão tinha a chance de ser tão ruim quanto a da semana passada.

– Uma coisa boa.

– Isso é fantástico. Nossa família precisa de boas notícias. – A voz despreocupada da Ashley arranhou minha pele como se fosse lixa. – Eu li numa revista que os bebês conseguem perceber a negatividade.

Um carro saiu da vaga, revelando Noah sentado no capô do carro enferrujado dele, perto de um cara com muitos brincos e tatuagens e da motoqueira Beth. Os amigos dele me encararam quando ele me deu aquele sorriso malicioso. Os amigos dele me assustavam. O sorriso do Noah me dava palpitações.

Não que eu devesse ter palpitações pelo Noah Hutchins. Eu estava namorando o Luke, não ele – isso se você chamasse de namoro as conversas ao telefone à noite com o Luke, em que praticamente só ele falava, e uma única saída em turma para a pizzaria.

Suspirei e sacudi o Luke para fora da minha cabeça. Noah e eu tínhamos um acordo, e eu pretendia cumprir minha parte da transação. O plano era simples: eu precisava adiantar meu horário para ele poder mudar a sessão dele da manhã para o meu horário atual, à tarde. Com horários próximos, um de nós distrairia a sra. Collins enquanto o outro espiava os arquivos.

– Echo? – chamou meu pai. – O que foi bom?

Inspirando profundamente para acalmar os nervos que contorciam meu estômago, eu me virei para olhar para ele. Eu evitava confrontos e odiava ainda mais confrontar meu pai.

– Por que você não me contou que ganhei o Concurso do Estado?

– Como? – Não havia preocupação no tom de voz do meu pai agora.

Uma leve dor se uniu ao nervosismo. Por que, além de tudo o mais, ele também tirava a arte de mim?

– Eu queria muito vencer. Você poderia pelo menos ter me contado essa parte.

A sra. Collins me olhou preocupada e manteve as mãos cruzadas sobre o colo. Eu esperava que ela fosse pular e se defender, mas ela continuou irritantemente calma. Ashley colocou a mão sobre a do meu pai.

– Owen? – Era culpa o que brilhava nos olhos azuis dela?

Deixando-me apavorada, o rosto dele assumiu um tom incomum de cinza.

– Você se lembrou? – Os olhos dele se arregalaram, fazendo-o parecer perdido e terrivelmente triste.

Eu achei que ele queria que eu lembrasse. Minha testa se enrugou, confusa. Não era essa a ideia de tanta terapia?

O cinza se transformou em vermelho quando ele encarou a sra. Collins.

– Isso é inaceitável. Consultamos dois psiquiatras e fizemos três avaliações psicológicas distintas. Cada um deles teve uma opinião diferente de como proceder, mas, depois que ela entrou em colapso, todos nos disseram para deixar aquele dia de lado. Eu sabia, quando você pediu a faixa para colocar neste escritório, que devíamos ter saído do seu programa. Como você pôde forçar a Echo a se lembrar?

– Eu não forcei nada, sr. Emerson. Eu simplesmente coloquei a faixa sobre a mesa durante as sessões. Isso se chama dessensibilização. A mente dela decidiu que era seguro se lembrar, então ela se lembrou.

Saltando da cadeira, meu pai passou uma das mãos pelo cabelo.

– Meu Deus, Echo. Por que você não me disse isso antes? Você precisa entender...

– Sr. Emerson, pare! – A sra. Collins tentou manter a voz inalterada, mas senti a leve urgência em seu tom. – Ela só se lembrou de ter recebido a faixa. Só isso.

O peito do meu pai subia e descia rapidamente. Ele me lembrou um daqueles sacos de papel que as pessoas sopram durante um ataque de pânico. Então, como se quisesse provar que o impossível era possível, ele me puxou para perto e me abraçou. Um dos braços dele estava nas minhas costas. A outra mão aninhava minha cabeça em seu peito. Fiquei dura.

Mas me senti aquecida. Protegida. Segura. Como quando eu era criança e a minha mãe surtava e eu ficava com medo. Memórias da minha mãe com os olhos arregalados, gritando coisas sem sentido, o cabelo vermelho preso num rabo de cavalo, encheram minha mente. Eu costumava correr para o meu pai e ele me abraçava – desse jeito. Ele me protegia e me mantinha segura. Ouvi o coração dele batendo e quase me permiti abraçá-lo de volta. Saltos finos bateram no chão quando Ashley se mexeu, inquieta.

Uma dor inacreditável atingiu meu coração, e empurrei o meu pai.

– Você escolheu ela.

Ele estendeu uma das mãos para mim, com a boca aberta.

– O quê?

– Você escolheu a Ashley. Ela se infiltrou na nossa casa e destruiu a nossa família. Você escolheu ela em vez de nós.

– Echo, não. Não foi assim. – O apelo de Ashley era patético e falso. – Eu amava você e depois me apaixonei pelo seu pai. O casamento dos seus pais já tinha terminado bem antes do divórcio.

Meu pé bateu no chão. Mentirosa. Ela era uma mentirosa.

– É, por sua causa.

– Vamos pra casa. Este é um assunto de família. – Meu pai pegou a jaqueta dele e a Ashley se levantou. – Sra. Collins, agradeço a boa vontade do estado de colocar a Echo no seu programa, mas acredito que é melhor a minha família procurar uma terapia particular em outro local.

Entrei em pânico. No estacionamento, Noah estava esperando a vez dele para colocar nosso plano em andamento. Até aqui, eu tinha fracassado miseravelmente. Meu pai precisava ficar até eu completar meu objetivo. Em teoria, eu tinha uma aliada nesta sala.

– Sra. Collins?

Ela acenou para mim com a cabeça.

– Sr. e sra. Emerson, com todo o respeito, esse é exatamente o tipo de assunto que deve ser discutido aqui.

Meu pai pegou o casaco da Ashley e deu a ela.

– Sou capaz de decidir o que é melhor para a minha família. Meu divórcio da minha ex-mulher e meu casamento com a Ashley não têm nada a ver com a perda de memória da Echo.

– Ouso discordar. São questões com as quais a Echo precisa lidar.

Ah, meu Deus. Eles iam embora e eu nunca ia saber o que aconteceu comigo. Eu tinha que falar alguma coisa para manter os dois na sala.

– Eu gosto dela.

Os três adultos congelaram.

– Foi por isso que eu trouxe vocês aqui. – Eu me concentrei nas palavras que tinha ensaiado desde que Noah e eu criamos o plano. – Eu queria dizer pra vocês que gosto do trabalho que a sra. Collins arrumou pra mim e que parei de mentir pra ela. Eu não estou bem e não estou feliz em casa. Eu gosto dela e quero continuar as sessões aqui.

E, estranhamente, eu não pisquei.

Os lábios da sra. Collins se curvaram para cima, a reação exata que eu esperava. Para o plano do Noah funcionar, ela precisava pensar que eu confiava nela. Agora, se eu pudesse construir uma máquina do tempo, voltar a vinte minutos atrás e me impedir de contar ao meu pai como eu realmente me sentia, meu plano estaria funcionando de novo. Censurar a Ashley tinha sido bom, mas isso só desapontou meu pai. Suspirei. Em um esforço para compensar isso, eu seria a única caloura da faculdade ainda tentando uma pontuação perfeita no exame nacional.

– Desculpa, pai. Eu perdi o controle. – *Argh*. Eu preferia comer baratas a dizer isso. – E você também, Ashley. Meus comentários sobre você foram grosseiros. – Mas verdadeiros.

Meu pai concordou com a cabeça e terminou de ajudar a Ashley a vestir o casaco.

– Eu não culpo você, Echo. – Ele encarou a sra. Collins, deixando perfeitamente claro a quem ele culpava pelo meu surto. – Se quiser continuar com a sra. Collins, eu dou permissão. Mas apenas como um teste. Isso significa que as próximas sessões serão observadas de perto.

Ashley alisou a barriga.

– Estou feliz porque você está progredindo, Echo. Foi um dia maravilhoso quando você recebeu aquela faixa. Foi a primeira vez que senti que nós três éramos uma família de verdade.

– Por que a minha mãe não estava lá? – Silêncio. A mão da Ashley congelou no meio da barriga e meu pai ficou parado, sem movimento. Continuei: – Você disse *três*. Minha mãe jamais teria deixado você a expulsar daquele momento. Ela adorava as minhas pinturas. Ela me estimulava mais do que vocês dois juntos.

O buraco negro pulsou na minha cabeça, e uma lembrança fraca surgiu.

– Eu convidei minha mãe pra cerimônia, e ela aceitou.

A voz excessivamente empolgada da minha mãe encheu minha cabeça. "Eu não perderia isso por nada, minha pequena deusa."

– Você está fazendo boas perguntas, Echo, e estou feliz de você querer continuar trabalhando comigo. Mas acho que já foi o suficiente por hoje – disse a sra. Collins, me trazendo de volta ao presente. – Podemos retomar esse assunto em outra sessão.

Falando em outra sessão... Eu estava me desviando do caminho outra vez. Eu tinha que deixar tudo certo para o Noah.

– Pai, tem mais uma coisa.

Ele apertou a base do nariz, sem dúvida rezando pelo dia em que eu iria para a faculdade e sairia da casa dele. Aí ele poderia concentrar toda a atenção em sua nova família – a família substituta.

– O quê?

– Se a sra. Collins não se importar, quero adiantar minhas sessões de terapia em uma hora. Estou pensando em voltar à equipe de dança ou pelo menos ajudar as meninas com as coreografias.

Ashley ficou radiante, e pensei em retirar o que tinha dito só para irritá-la. As rugas de preocupação nos olhos do meu pai diminuíram, e a boca dele realmente esboçou um sorriso.

– É claro. Você precisa de dinheiro para uma roupa nova ou figurino? – Ele puxou a carteira e me estendeu dólares verdinhos com zeros.

Balancei a cabeça e sorri um pouquinho. Eu tinha deixado meu pai feliz. Parte de mim estava nas nuvens.

– Não. Não, obrigada. Tenho roupa suficiente pra ensaiar e não tenho certeza do figurino ainda. Posso nem competir.

– Pega de qualquer jeito, para o caso de precisar. – Ele balançou a mão insistentemente. Peguei o dinheiro, me sentindo um pouco envergonhada e culpada. Eu nunca tive a intenção de voltar à equipe de dança; era uma desculpa para o Noah poder remarcar a sessão dele para o meu horário vago. Agora, eu teria que aceitar a oferta da Natalie. Se voltar à equipe de dança fizesse meu pai sorrir para mim e não para Ashley por alguns minutos, eu voltaria.

– Echo, você se importa de deixar Ashley e eu sozinhos com a sra. Collins? Tem algumas coisas que eu queria discutir com ela.

Ah, não. Esperei a sra. Collins dizer ao meu pai que o que quer que ele quisesse conversar com ela poderia ser dito na minha frente, mas não tive essa sorte.

– Por que você não espera lá fora? Eu gostaria de marcar a nossa próxima sessão antes de você ir embora.

Bati a porta atrás de mim. Como o pessoal já tinha ido embora, a sala estava num silêncio assustador.

– Está funcionando?

Surpresa, derrubei um porta-lápis no balcão. Noah se encostou na porta, rindo.

Eu me ocupei recolhendo os lápis.

– Acho que sim. Meu pai e a Ashley concordaram com a mudança de horário, mas a sra. Collins ainda não confirmou. E acho que acabei de voltar à equipe de dança. O que você está fazendo aqui?

– Está frio lá fora e quente aqui dentro.

Sem ter mais nada em que mexer, eu me encostei no balcão e tentei não encarar o Noah. Mas era isso que eu queria. Ele tinha tirado a jaqueta, e a camiseta preta se encaixava perfeitamente nele. Hoje, no almoço, a Grace tinha feito cara feia quando viu a parte inferior da tatuagem no bíceps direito dele. Já eu concordei em silêncio com o comentário da Lila – *humm.*

Minhas entranhas derreteram quando o Noah deu aquele sorriso malicioso e me olhou como se eu estivesse nua. O Luke costumava me dar a sensação de borboletas no estômago. O Noah invocava pterodátilos mutantes.

Uma porta de armário fez um clique no escritório da sra. Collins e me trouxe de volta à realidade.

– Mas e se a sra. Collins vir você? Não devíamos ser vistos juntos.

Ele deu uma risadinha.

– Você é minha monitora, lembra? Ela espera ver a gente juntos. Além disso, eu não apareci na sessão de hoje de manhã e ela me mandou um bilhete informando que eu tinha que vir o mais rápido possível. – Ele estendeu as mãos. – Então, aqui estou eu.

- Quando você recebeu o bilhete?

– No primeiro tempo.

Respirei fundo.

– E só apareceu agora? – Eu não podia me imaginar perdendo uma sessão, muito menos desobedecendo ao pedido de um adulto.

– É tudo parte do plano, Echo. Relaxa.

Batendo com o pé no chão, olhei para a porta fechada.

– Você acha que ela sabe que estamos tramando alguma coisa?

Noah atravessou a sala. Minha nuca explodiu de calor quando o corpo dele roçou no meu. Em um movimento tão impassível que significava que ele resistia a temperaturas só conhecidas no deserto do Saara, ele encostou o quadril no balcão. Então alisou um dos meus cachos entre o dedão e o indicador.

– Você é paranoica. Que bom que você não foi ficar chapada comigo aquele dia. Teria sido deprimente. – Ele soltou o cacho.

Cruzei os braços sobre o peito, tentei ignorar o calor subindo pelas minhas bochechas e disse, com o tom mais seco que consegui:

– Obrigada. – Nada melhor para aumentar o seu grau de confiança do que ser ofendida por um drogado.

No mesmo ritmo do meu pé, meus dedos batucavam na minha manga.

– Por que você está tão incomodada?

– Meu pai e a Ashley estão lá dentro com a sra. Collins discutindo a minha vida.

Noah pegou um telefone atrás do balcão.

– Quer ouvir o que eles estão dizendo? Já vi a sra. Marcos fazer isso várias vezes. O telefone da sra. Collins tem um defeito e não faz mais o barulho de bipe, então a sra. Marcos tem que avisar rapidinho que está na linha.

Abri a boca para protestar, mas Noah gentilmente colocou dois dedos quentes nos meus lábios. Ele ergueu uma sobrancelha e deu um sorriso de pirata.

– Shhh.

Ele afastou os dedos, deixando meus lábios gelados, e apertou alguns botões no interfone. A adrenalina bombeava no meu sangue, e minha cabeça parecia leve como uma pena. Eu nunca tinha feito nada tão errado na minha vida. Para ouvir melhor, eu me aproximei.

Meu pai estava falando.

– ... não entendo. Se a Echo quer discutir com você os sentimentos dela sobre o divórcio, é uma coisa. Eu apoio qualquer esforço para ajudar minha filha a acertar o relacionamento com a Ashley. Mas você precisa deixar o resto de lado. Ela obviamente está voltando ao normal. Está tirando notas altas. Está ativa em vários clubes e vai voltar à equipe de dança.

– O Owen está certo – disse Ashley. – Socialmente, a Echo está indo muito bem. Ela está saindo com as amigas, falando no telefone e mandando torpedos. Ela e o Luke estão namorando de novo. É como se ela estivesse finalmente voltando ao que era antes.

– O que a Ashley e eu estamos querendo dizer – acrescentou meu pai – é que a Echo está voltando a ser ela mesma. Os Serviços de Proteção à Criança estavam certos de se envolver depois do que aconteceu, mas agora é exagero. A mãe dela não é mais um problema. A Echo tem esse emprego novo e, admito, você estava certa. Trabalhar para consertar o carro tem dado a ela um jeito saudável de lidar com a morte do Aires. A terapia era necessária quando ela não conseguia aguentar, mas a Echo não está apenas aguentando. Ela está vivendo.

– E a perda de memória? – perguntou a sra. Collins. – Os pesadelos? A insônia? O fato de que a Echo se recusa a expor os braços para as pessoas?

Meu estômago se revirou. Eu queria ouvir a resposta do meu pai, mas, para meu desespero total, Noah Hutchins já tinha ouvido demais. Estiquei o braço para desligar a linha, mas ele sacudiu a cabeça e colocou uma mão firme nas minhas costas.

Tonta de nervoso, balancei para a direita. Noah deu um passo na minha direção, ao mesmo tempo em que me guiava usando uma pressão delicada nas minhas costas. Eu não devia tocar nele, mas queria ouvir a resposta e precisava de alguém em quem me encostar. Só uma vez – apenas neste instante – eu contaria com ele. Permiti que meus músculos relaxassem quando ele passou os dedos nos cachos de cabelo pendurados perto da minha omoplata.

– Quer saber minha opinião sincera, sra. Collins? – perguntou meu pai.

– Sim.

– Você está certa. Ela não está cem por cento, mas está melhor do que há um ano. Deixe o passado em paz. Deixe a Echo seguir com a vida dela.

– Sem jamais se lembrar? – pressionou a sra. Collins. – Sem jamais lidar com as emoções enterradas dentro dela?

– Acho que seria melhor se a Echo nunca se lembrasse. Eu tive muita dificuldade em entender como a mãe dela pôde machucar a Echo. Como uma criança pode entender a extensão dessa loucura? – Meu pai fez uma pausa. – Os pesadelos são ruins. A Echo ainda tem problemas, mas estou preocupado de a verdade só machucar minha filha, em vez de ajudar. A mente da Echo se partiu quando o primeiro psicólogo fez pressão para ela se lembrar. E se você pressionar a Echo e ela surtar de novo? Você está disposta a arriscar a sanidade da minha filha?

Coloquei a mão sobre a boca, para evitar a saída de palavras e de vômito. O Noah desligou o telefone e o colocou de volta no outro lado do balcão. A sala girava, e suor se formou entre meus peitos. Até meu pai acreditava que, se eu tentasse lembrar, enlouqueceria... de novo.

– Echo? – A voz profunda e rouca do Noah sussurrou dentro de mim, mas eu não conseguia olhar para ele.

Apertando os lábios, balancei a cabeça e mergulhei nos meus cabelos.

– Não vou contar pra ninguém. Prometo.

Noah acariciou o cabelo no meu ombro e ajeitou um cacho solto atrás da minha orelha. Tinha tanto tempo que ninguém me tocava desse jeito. Por que tinha de ser o Noah Hutchins, e por que tinha que ser agora?

– Olha pra mim.

Encarei seus olhos castanho-escuros. Seus dedos deslizavam pela minha mão. A sensação me fazia cócegas como uma brisa de primavera, mas me atingia como uma onda vinda do oceano. O olhar dele se transferiu para os meus braços cobertos.

– Você não fez isso, não é? Alguém fez isso com você?

Ninguém tinha me perguntado isso até hoje. As pessoas encaravam. Sussurravam. Riam. Mas nunca perguntavam. Meu mundo todo desabou ao meu redor quando eu respondi:

– Sim.

NOAH

Eu me encostei no armário, analisando os alunos que iam almoçar. O Isaiah e a Beth estavam de pé no outro lado do corredor, perto das portas laterais, esperando o corredor ficar livre. Se a Echo fosse até o armário dela antes do almoço, teria que passar por essa área desolada para chegar ao refeitório. Eu precisava saber se ela tinha conseguido adiantar o horário dela. Foi isso que eu disse a mim mesmo. Nosso plano não funcionaria se ela fracassasse.

Sinceramente, ela me deixava tenso. Ela se recusou a fazer contato visual comigo durante a aula de cálculo e fugiu da sala no instante em que a campainha tocou. Depois da confissão de ontem, ela saiu do escritório. Num momento, ela tinha relaxado o corpo quente perto do meu, aceitando o meu conforto e a minha força. Segundos depois – sumiu.

– Você está me ouvindo, cara? – perguntou Isaiah. Duas loiras passaram por nós, enroscadas uma na outra. Uma delas olhou com desprezo para a manga de tatuagens nos braços do Isaiah. Ele deu um sorriso falso enquanto avaliava os peitos delas.

– Tô. – Não. Alguma coisa sobre carros e o emprego de merda dele na oficina mecânica local.

– Não está nada – disse Beth. – Você está procurando a Echo Emerson. – Ela levantou as sobrancelhas. Parte de mim se arrependeu de ter perguntado a ela sobre a história da Echo. – Já pegou?

– Não. – O olhar que eu lancei para ela faria jogadores de futebol americano borrarem as calças. Beth simplesmente deu de ombros e revirou os olhos.

Ela remexeu o cigarro apagado que tinha nas mãos, esperando ansiosamente os professores irem para o refeitório para poder abrir a porta lateral e escapulir.

– Por que a obsessão com ela, afinal? Toda vez que essa garota aparece, você fica encarando como se fosse o Coiote e ela fosse o Papa-Léguas. Transa logo com ela ou segue em frente. Você e a ex-popular nunca vão servir pra ser o casal do baile.

Poderíamos ter sido. Se a vida fosse diferente, se meus pais não tivessem morrido, se eu nunca tivesse sido ferrado pelo sistema, se... Chega de "se".

– Ela é minha monitora e está me ajudando com umas coisas. Deixa esse assunto pra lá, e ela também.

– Não diz que você não pensou nisso, cara. Ela é... Como foi que a Beth falou? Ah, ela tem um corpo de arrasar – disse Isaiah.

Beth deslizou a mão esquerda por baixo do cotovelo do Isaiah e acendeu o isqueiro. Ele pulou e se afastou, batendo nas chamas que pegaram na camisa dele.

– Você é doida.

– Pode apostar – respondeu ela.

O corredor finalmente ficou vazio de alunos e professores. Beth abriu a porta lateral, colocou a cabeça para fora e acendeu o cigarro. Deu uma tragada longa e soprou a fumaça para fora.

– Talvez você esteja sozinho há muito tempo. O que aconteceu com aquela tal de Bella?

– Não vamos voltar à Bella. Lembra como ela ficou grudenta? – perguntou Isaiah.

Ela bateu as cinzas.

– É, esqueci. A Bella está fora da lista. E a Roseanna? Ela praticamente saía correndo sempre que o Isaiah e eu descíamos.

– Eu trepei com a Roseanna, não o Noah. Ele estava com a Rose.

Nosso passeio pelo passado fedia como um depósito de lixo.

– Não estou sozinho nem preciso de uma garota. Para com isso, Beth.

– Eu não me importo se você ficar com a Echo. Divirta-se. Na verdade, eu posso passar a noite na casa da minha mãe e deixar o Isaiah ficar com o quarto, se você precisar de privacidade a noite toda. Mas a verdade é a seguinte, Noah. A Echo pode estar sendo rejeitada desde que começou a se cortar e tal, mas ela ainda é uma garota popular. Ela vai cair fora e te tratar como merda no final. – Ela deu outra tragada. – Tem um limite pra quantas vezes pessoas como nós podem ter o coração partido. Ela gosta de partir corações.

Os músculos na minha nuca enrijeceram.

– Pela última vez, não estou transando com ela nem com ninguém. Mas, se você disser outra vez que a garota se corta, eu taco fogo em cada maço de cigarros que você comprar.

A Beth riu.

– Meu Deus, Noah. Você está ferrado. Depois não diga que não avisei.

– Se vocês dois terminaram, eu quero almoçar. A única coisa que tinha na geladeira hoje era uma fatia de mortadela e mostarda – disse Isaiah.

Beth jogou o cigarro lá fora e fechou a porta.

– Mostarda. Eu comi a mortadela no café da manhã.

Ela não foi almoçar. A mesa toda dela, cheia de bonecas de porcelana desprezíveis, apareceu, mas a Echo não. Não me preocupei, no começo. Esperei pacientemente que ela aparecesse na aula de física e depois na de informática. Ela não apareceu em nenhuma das duas. Mas as amiguinhas da Echo fizeram de tudo para me esnobar. Todas elas empinavam o nariz de porcelana quando olhavam para mim. Eu só sorria, irritando ainda mais as garotas.

– E aí, cara? – disse Rico Vega, ao se juntar a mim no fundo da aula de espanhol.

– E aí? – respondi. – Como eles te deixam fazer aula de espanhol, se essa é a língua que você fala metade do tempo?

– Por que eles deixam um bando de *gueros* fazer aula de inglês? Vocês, gringos, devem ser muito burros se não entenderam nada em dezoito anos.

Antes que eu conseguisse responder à altura, a Echo entrou na sala. Ela estava com aquele olhar de cachorro que caiu da mudança, mas pelo menos fez contato visual dessa vez. Até a amiguinha arrogante entrar e levar a Echo para uma cadeira na frente.

– Por que a Lila está te encarando, *hombre?* – perguntou Rico. – Se bem que eu não me importaria de um *culo* daqueles perceber a minha existência. – Rico encolheu os lábios, mandando um beijo falso na direção da Lila. Eu ri quando ela jogou o cabelo dourado sobre o ombro e encarou o quadro branco.

A sra. Bates, uma propaganda de camisinha ambulante, cambaleou pela porta. Ela estava grávida de trigêmeos.

– *Hola.* Hoje vamos trabalhar nossa conversação em espanhol.

A empolgação tomou conta da sala. Conversação em espanhol significava escolher uma dupla e não fazer nada pelo resto do tempo. Rico e eu comemoramos. Eu precisava dormir.

– Tá bom, tá bom. Não fiquem animados demais. Eu já escolhi as duplas. Espero ouvir espanhol fluindo pela sala.

Ela relaxou na cadeira, que gemeu quando a bunda dela atingiu o assento.

– Lila McCormick, você faz dupla com Rico Vega.

Lila rosnou:

– Não. – Enquanto isso, Rico deu dois socos no coração e levantou um dedo para o céu.

– *Gracias a Dios.*

Lila se aproximou da mesa.

– Por favor, sra. Bates. Eu faço qualquer coisa, mas me deixa fazer dupla com a Echo.

A professora fez uma careta e alisou o estômago com uma das mãos.

– Srta. McCormick, estou parecendo sensível ao seu apelo? Vá encontrar uma cadeira perto do Rico. Noah Hutchins, você faz dupla com Echo Emerson.

Lila agarrou o cabelo e sua voz diminuiu.

– Não.

A sra. Bates prosseguiu com a lista de duplas enquanto Lila se ajoelhou ao lado dela, implorando que ela mudasse de ideia.

Rico deu uma risadinha.

– Vou ali pegar minha parceira. – Então gritou para Lila enquanto andava na direção dela: – *Cásate conmigo, diosa.*

Echo pegou seus livros e fez a longa caminhada pelo corredor na minha direção. O universo tinha um senso de humor esquisito. No último semestre, a Echo e eu mal fazíamos contato visual. Agora, éramos jogados um para o outro o tempo todo. Não que eu me incomodasse com isso. Ela sentou na cadeira do Rico e encarou a mesinha de compensado.

– Primeira viagem até o fundo da sala? – perguntei. Todo mundo formou as duplas, juntando as mesas para ninguém ouvir seu espanhol ferrado. Como ela não disse nada, continuei: – Estou impressionado. A menina certinha faltou a algumas aulas hoje.

– Não faltei. A sra. Collins me liberou pra eu me preparar para o exame nacional no fim de semana. – Ela inspirou fundo, fazendo o decote se expandir. Rugas marcavam a testa dela. – Noah, sobre ontem...

A Echo tinha me permitido dar uma espiada em seu mundo ontem O mínimo que eu podia fazer era deixar que ela entrasse no meu. Mesmo que esse pensamento me deixasse nervoso pra cacete.

– *Mi primer padre adoptivo me pegaba.* – Meu primeiro pai adotivo me batia.

Os olhos arregalados dela encontraram os meus.

– *Lo siento.* – Sinto muito.

Batuquei com o lápis na mesa e continuei falando em espanhol.

– Estamos quites, agora. Você sabe segredos meus e eu sei alguma coisa de você. Não precisa mais me evitar.

Ela mordeu o lábio, traduzindo mentalmente, antes de responder:

– *Tú hablas bien el español.* – Então me deu um sorriso suave e tímido, que me disse que estávamos mais do que bem.

– *Mi madre era una profesora de español.* – Eu nunca tinha dito isso a ninguém. Imagens da minha mãe rindo e falando comigo em espanhol encheram minha cabeça.

– *Mi madre era una artista. Muy brillante.* – O pé da Echo começou a balançar debaixo da mesa.

Ficamos sentados em silêncio. Murmúrios em espanhol e em inglês tomavam a sala. Em pouco tempo, a caneta que estava na mão dela batia no mesmo ritmo do pé. Eu entendia o ritmo dela. Aquele sentimento de que tudo por dentro estava girando a ponto de você explodir se não encontrasse uma saída. Tive muita vontade de ajudar a Echo a ter paz.

Coloquei a mão sobre a dela. Meu coração se acalmou quando alisei o dedão sobre a pele macia dela. Ela largou a caneta e agarrou a manga para cobrir as mãos, seu constante mecanismo de defesa. Não. Se ela ia agarrar alguma coisa, teria que ser eu. Meu dedão se infiltrou entre os dedos dela e a manga e liberou o aperto mortal da Echo sobre o material. Enrosquei os dedos em sua mão frágil. Tocá-la era como me sentir em casa.

O dedo anular dela deslizou contra o meu, fazendo a eletricidade correr pela minha corrente sanguínea. Ela o mexeu de novo. Só que, dessa vez, o movimento foi lento, proposital e o toque mais sedutor do mundo. Tudo dentro de mim ansiava por tocá-la mais.

Beth estava ao mesmo tempo certa e errada. A Echo não podia machucar ninguém, especialmente porque ela mesma parecia muito frágil. Mas a necessidade que eu sentia de ser a pessoa a impedir que o mundo a magoasse só confirmava a teoria da Beth. Eu estava me apaixonando por ela, e estava ferrado.

O sistema de alto-falantes da sala apitou. A Echo puxou a mão para longe da minha, encerrando o momento provavelmente mais erótico da minha vida. Eu me ajeitei na cadeira, tentando pôr a porcaria da cabeça no lugar.

– Sra. Bates? – chamou a sra. Marcos pelo alto-falante. – Preciso que o Noah Hutchins venha até a sala da sra. Collins.

– Você ouviu, sr. Hutchins. Pode ir.

Eu não tinha dúvida de que a terapeuta estava marcando em cima de mim. Não esperei muito ontem para descobrir por que eu tinha sido chamado. Quando a Echo saiu do escritório, fui atrás. Em parte para ter certeza de que ela chegaria bem até o carro e em parte porque eu estava mexido com o que ouvi. Lidar com a sra. Collins exigia que eu estivesse cem por cento e, depois de saber sobre a Echo, eu não estava nem perto de cinquenta.

Fiquei de pé para sair, meio aliviado, meio desapontado. Eu tinha me conectado com a garota, mas não do jeito que eu queria. A Echo colocou os dedos cobertos com a manga sobre o meu pulso. O pescoço e as bochechas dela ficaram vermelhos.

– Eu mudei o horário da consulta. Me encontro com ela às quinze pras quatro às terças, e não às duas e meia.

Buscando um breve lembrete do momento que tínhamos perdido, passei o dedão sobre a mão enluvada.

– Eu sabia que você não ia me desapontar.

Quando entrei na sala principal, a sra. Collins saiu do escritório dela com o casaco e a bolsa na mão.

– Momento perfeito. Ainda bem que você trouxe o casaco. Vai precisar.

– O quê?

Ela trancou o escritório.

– Vamos dar uma volta. Venha.

A sra. Collins passou rápido por mim. Minha mente continuou vazia enquanto ela caminhava pelo corredor. Pela primeira vez, senti falta dos neurônios que eu fritei.

– Venha, Noah.

Consegui alcançar a sra. Collins enquanto ela caminhava em direção ao estacionamento dos professores.

– Aonde vamos?

– Você não apareceu para a consulta ontem de manhã nem compareceu quando eu te chamei. – Ela esticou o chaveiro e apertou um botão. As luzes de um Mercedes preto piscaram. Típico. – Irresponsável. Entra.

Abri a porta e fui recebido pelo cheiro de couro. Meu estômago revirou. Eu já tinha passado por isso antes.

– Tenho quatro meses antes da formatura, eles não podem me mudar de novo. – O erro de me apegar à Beth e ao Isaiah veio à tona. A raiva e a dor espetaram meu peito com agulhas. E a Echo...

A Sra. Collins bateu a porta dela e se inclinou sobre o console.

– A menos que o seu atual lar adotivo tenha se tornado perigoso, você não vai se mudar. Entra ou você vai perder toda a diversão.

Diversão? Eu me sentei. O motor rugiu e ligou. Ela apertou fundo o acelerador e o carro se sacudiu para frente. Ela deu uma guinada à direita e os pneus chiaram quando ela entrou na estrada principal. Agarrei o apoio de braço.

– Você comprou a porra da carteira de motorista?

– Olha essa língua, Noah, e o estado do Kentucky me deu minha carteira de motorista. Por que você faltou à consulta?

Eu adorava dirigir rápido. O Isaiah e eu fizemos pegas durante todo o verão passado. O que eu não adorava era uma doida de meia-idade que não conseguia dirigir em linha reta.

– Quer encostar e me deixar dirigir?

A sra. Collins riu e cortou um trator que estava entrando na estrada.

– Você é uma figura. Foco, Noah. A consulta.

Ah, sim. A Echo tinha feito de tudo para mudar o horário da consulta dela. Eu poderia pelo menos mudar o meu horário antes de virar uma bola de fogo quando a gente atingisse aquele caminhão-tanque.

– Eu trabalho quase todas as noites e fecho o lugar. É difícil acordar cedo. Eu estava pensando se a gente podia mudar a nossa sessão para logo depois da aula.

Ela atravessou três pistas e pegou a próxima rampa de saída.

– Hoje é seu dia de sorte. Eu por acaso tenho um horário livre às duas e meia, às terças. Mas espero que você chegue pontualmente na primeira aula. Não vou aceitar essa desculpa para mais nada.

– Sinal amarelo. Sinal amarelo! – E ela ultrapassou o sinal vermelho. – Meu Deus do céu, você não sabe dirigir.

– Não quero que a gente se atrase. – Ela entrou num estacionamento lotado e encontrou a primeira vaga livre. – Isso aqui tem hora para começar.

Ela saiu rapidamente do carro e correu até o centro de convenções da cidade. Incapaz de imaginar alguma coisa que a sra. Collins pudesse me oferecer e pela qual valesse a pena correr, segui a mulher bem devagar. Entrei no prédio alguns segundos depois dela e vi que ela entrou num auditório.

Agarrei a porta antes de fechar e pisquei quando a multidão aplaudiu ao meu redor. Fileiras e fileiras de cadeiras viradas para um palco grande de madeira. A sala estava cheia de gente. A sra. Collins acenou para que eu fosse para o lado e nós dois nos encostamos na parede. Ela sussurrou:

– Ótimo, chegamos bem na hora.

Um homem grande de camisa e gravata apoiou os braços na tribuna.

– Tenho o privilégio de apresentar a vocês o primeiro lugar dos Jovens Autores na divisão do segundo ano: Jacob Hutchins.

Meu coração bateu com tanta força que atravessou minhas costelas enquanto eu procurava desesperadamente meu irmão. Lá estava ele, andando rápido pelo corredor do meio, saindo do fundo da sala até o palco. Dei um passo para segui-lo, mas a sra. Collins colocou a mão no meu braço e balançou a cabeça.

– Este é o momento dele.

Tirei os olhos dele para procurar onde ele estava sentado. Carrie e Joe estavam sentados ao lado do assento vazio. Sentado no colo de Carrie, Tyler descansava a cabeça no ombro dela e olhava ao redor. Tudo dentro de mim revirava de dor e alívio. Meus irmãos. Eu estava no mesmo ambiente que os meus irmãos.

Meus olhos encontraram os do Tyler, e um sorriso surgiu nos lábios dele. Inspirei fundo para engolir os milhões de emoções que me devoravam. Ele se lembrava de mim.

– Obrigado – sussurrei, sem saber muito bem a quem eu estava agradecendo nem por quê: à sra. Collins, por me levar até ali; ao Tyler, por se lembrar de mim; ou a Deus, pelas duas coisas.

A sra. Collins observava minha reação, mas eu não me importava. Acenei para o Tyler e, para continuar o milagre, ele acenou de volta.

Joe percebeu o movimento, olhou para trás e me viu. O rosto dele ficou pálido e ele sacudiu a cabeça para Tyler de um jeito repreensivo, apontando para o palco. Tyler virou para o outro lado.

– Ele se lembrou de você – disse a sra. Collins.

– Se aquele idiota tivesse conseguido o que queria, ele já teria me esquecido. – Eu queria arrancar o Tyler das patas malignas deles.

A sra. Collins suspirou.

– Olha a boca, Noah.

Jacob sorriu de orelha a orelha quando apertou a mão do homem no palco. O homem deu um troféu para ele.

– Conte ao público sobre o seu livro.

Meu irmãozinho andou confiante até um microfone da altura dele e brilhou para a multidão.

– Eu escrevi sobre a pessoa que eu mais amo, o meu irmão mais velho, o Noah. A gente não mora junto, então eu escrevi sobre o que eu imagino que ele faz quando a gente não está junto.

– E o que é? – perguntou o homem.

– Ele é um super-herói que salva as pessoas em perigo, porque ele salvou eu e o meu irmão de um incêndio alguns anos atrás. O Noah é melhor que o Batman. – A multidão soltou risinhos.

– Eu também te amo, maninho. – Não consegui evitar. Ver Jacob de pé ali, ainda me idolatrando como quando ele tinha cinco anos... foi demais.

O sorriso do Jacob atingiu um nível totalmente novo de empolgação.

– Noah! – Ele apontou para mim. – Aquele é o Noah. Aquele é o meu irmão, o Noah! – Ignorando os pais adotivos, Jacob voou do palco e correu pelo corredor central.

Joe abaixou a cabeça e Carrie esfregou os olhos. Jacob correu para os meus braços e a multidão explodiu em aplausos.

– Senti saudade de você, Noah. – A voz do Jacob se partiu, provocando lágrimas nos meus olhos. Eu não podia chorar. Não na frente dele nem na frente da sra. Collins. Eu precisava ser homem e ficar forte.

– Também senti saudade, mano. Estou tão orgulhoso de você.

Continuei a abraçar o Jacob enquanto procurava o Tyler. Ele estava pendurado em Carrie, e essa visão nublou o que deveria ser um momento feliz. O Jacob era meu e, quanto mais rápido eu conseguisse afastar o Tyler e ajudar o garoto a se lembrar da sua família de verdade, melhor.

Echo

Fiquei parada do lado de fora do vestiário feminino, com a palma das mãos suando e o pé batendo descontroladamente no chão. Por que eu tinha dito ao meu pai que voltaria à equipe de dança?

Meu arquivo. Eu queria; não, *precisava*; não, estava totalmente obcecada para ver meu arquivo. Hoje, o Noah tinha passado por mim no corredor e me dado aquele sorriso malicioso, murmurando:

– Tudo certo.

Ele tinha conseguido mudar a consulta dele para o horário antes do meu. Agora, precisávamos programar nosso plano, que estava pela metade. De alguma forma, ele acreditava que, juntos, conseguiríamos distrair a sra. Collins. O Noah exalava confiança. Eu? Não muito, mas definitivamente valia a pena tentar.

A porta do vestiário se abriu e Natalie saiu com duas outras garotas do último ano. As duas pararam de rir quando me viram e forçaram sorrisos. Natalie, por outro lado, abriu o sorriso mais brilhante para mim.

– Vai lá pra dentro e se troca, garota. Aquecimento em cinco minutos.

– Eu já estava entrando. – Mas entrando em um romance de Stephen King. Garota com cicatrizes trágicas tenta retomar sua vida normal e descobre que sua vida normal não a quer de volta. Entrei no vestiário, onde todas as meninas do primeiro ano fofocavam e riam.

– Oi – veio uma voz fraca do fundo do ambiente. Todas as garotas congelaram e olharam para mim como se fachos de laser fossem sair dos meus olhos, ou pior: como se eu fosse enrolar as mangas da blusa e mostrar a elas minhas cicatrizes do diabo.

– Oi – respondi.

Eu preferia ter assistido a reprises de séries ruins dos anos 70 a entrar naquele ambiente para me trocar, mas ficar parada ali como uma idiota também não parecia uma ótima opção. Por que eu não podia ter a confiança do Noah? Ele não se importava com o que as pessoas pensavam.

Eu não tinha confiança, mas podia fingir. Fiquei falando na minha mente: *Finge que você é o Noah. Melhor ainda, a motoqueira Beth.* Mantive o nariz empinado e atravessei o vestiário lotado em direção ao reservado, onde eu pretendia me trocar. Com a confiança da motoqueira Beth ou não, de jeito nenhum eu ia me trocar na frente delas.

Sacudindo a tensão que a caminhada tinha criado, fechei a porta do reservado e me troquei. Se entrar num vestiário era parecido com a abertura de um romance do Stephen King, dançar seria mais ou menos como estrelar um filme de terror.

Felizmente, o vestiário tinha esvaziado quando corri para o aquecimento. No corredor, duas garotas do terceiro ano estavam rindo perto do bebedouro.

– Você acredita que a Echo Emerson está voltando para a equipe de dança? Que pesadelo.

– Como se o fato de o Luke estar dando em cima dela desse a ela uma desculpa para fingir que não é uma esquisita.

Voltei encolhida para o banheiro. Com o coração na barriga, o estômago na garganta e minha falsa confiança em farrapos.

Vestindo de novo o jeans, o top e a camiseta de algodão marrom, fiquei vagando pelos corredores. Eu tinha que matar uma hora cinco dias por semana até a formatura. Talvez só quatro. Eu podia mudar a sessão de monitoria com o Noah para logo depois das aulas às segundas.

Entrei num corredor e parte da minha alma inspirou fundo quando percebi os trabalhos de arte pendurados nas paredes. Segui a trilha de pinturas e desenhos até a sala que costumava ser a minha preferida – a de artes. Várias telas pousadas em cavaletes, esperando seus mestres voltarem. Uma tigela de frutas de plástico sobre uma mesa no meio do círculo de cavaletes.

Avaliei cada quadro. Admirei o jeito como o primeiro usava sombras. O segundo dava uma boa atenção aos detalhes. O terceiro?

– Que bom te ver, Echo. – Minha antiga professora de artes, Nancy, saiu da sala escura ao lado e cruzou os cavaletes e mesas na minha direção. Ela insistia que os alunos a chamassem pelo primeiro nome. Ela desprezava regras e formalidades. O cabelo, descolorido e com mechas pretas, era uma prova da atitude dela.

Apontei para o terceiro quadro.

– Expressionismo abstrato?

A risada animada vibrou pela sala. Ela ajeitou os óculos pretos de armação de chifre.

– Aluna preguiçosa que achou que ia conseguir um dez fácil. Ela diz que é impressionista.

– Que ofensa.

– Eu sei. Perguntei se ela sabia o que era impressionismo e, quando ela sacudiu a cabeça, mostrei suas pinturas. – Nancy encarava a bagunça diante dela como se tentasse achar algo que pudesse ser resgatado ali – Senti sua falta.

Uma culpa conhecida se insinuou dentro de mim.

– Sinto muito.

– Não sinta, criança. Não é sua culpa. Seu pai me informou que você não tinha mais permissão para fazer aula de artes. Achei que isso significava que eu nunca mais ia te ver.

Andei até o quarto quadro.

– Belas linhas.

– Você ainda pinta?

Esperando parecer que eu estava extremamente interessada na cor escolhida para a banana, inclinei a cabeça, mas eu não estava. O buraco negro na minha mente aumentou, interrompendo qualquer pensamento sobre pintura.

– Não, mas ainda desenho. Principalmente a lápis. Às vezes com carvão em casa.

– Eu adoraria ver.

Nancy agarrou o caderno de desenho que tirei da mochila. Ela se sentou na mesinha com as frutas e o abriu.

– Ah, Echo. É simplesmente maravilhoso.

Dei de ombros, mas ela nem viu, encantada demais com meu caderno de desenho.

– A gente ganhou.

Ela afastou os olhos dos esboços e me encarou em silêncio. Continuei a me ocupar com o trabalho dos outros artistas. Depois de alguns segundos, ela voltou a estudar meu retrato da Grace.

– Não, você ganhou. Eu só estava me divertindo. – Ela fez uma pausa. – Você se lembra?

– Não. – Certamente a Nancy ia ficar com pena de mim e ia preencher algumas lacunas. – Você estava lá?

– Hummm, menina. Você está doida para me complicar com o seu pai e a sra. Collins. Seu pai eu encaro, mas a sra. Collins? – Ela deu de ombros. – Cá entre nós, ela me assusta. Essas pessoas muito simpáticas é que te derrubam no final.

Abafei o riso, sentindo falta da honestidade da Nancy.

– Eu queria me lembrar. – O quinto quadro estava totalmente em branco. As tintas a óleo e os pincéis estavam sem uso. – Você se importa?

Em sua postura clássica de profunda pensadora, ela esfregou o queixo.

– Ele só disse que você não podia fazer aula de artes, não disse nada sobre você não poder pintar.

Peguei um pincel chato, mergulhei na tinta preta e fiz círculos na tela.

– É como se eu tivesse um enorme buraco negro no meu cérebro e ele sugasse a vida de mim. As respostas estão lá dentro, então eu fico sentada por horas olhando. Não importa por quanto tempo nem com que força eu olhe, só vejo escuridão.

Escolhi um pincel em formato de leque e misturei as tintas preta e branca para criar diferentes tons de cinza.

– Existem fronteiras ao redor do preto e de vez em quando um flash de cores surge no meio do cinza. Mas eu nunca consigo guardar os retalhos de memória que aparecem.

Agarrando o pincel, encarei a tela, que agora representava meu cérebro.

– Eu queria que alguém simplesmente me contasse a verdade e acabasse com essa loucura.

Uma mão calorosa apertou com força meu ombro e me fez piscar e sair do transe. Uau, cinco horas. Meu pai ia me matar se eu não chegasse logo em casa. Nancy mantinha a mão sobre o meu ombro e o olhar cravado na tela.

– Se isso é loucura, então a loucura é brilhante. Você vai terminar isso?

Pela primeira vez em dois anos, senti que podia respirar.

– Você se importa se eu ficar por aqui depois das aulas?

"Na figura abaixo, o raio AB foi construído a partir dos raios AC e AD. Usando um compasso, C e D foram marcados equidistantes de A nos raios AC e AD. O compasso foi então usado para localizar um Ponto Q, distinto de A, de modo que Q seja equidistante de C e de D. Considerando todas as construções definidas nas etapas citadas, encontre as medidas de BAC e BAD."

Se o Aires estivesse aqui, ele saberia o que fazer.

Quer dizer, caramba – tinha uma pergunta ali? Se tivesse, o idioma comum exigia um ponto de interrogação. O desenho abaixo, parecido com um triângulo, tinha a intenção de ajudar? Eu precisava de um compasso? E por que as respostas tinham números? Não tinha números na porcaria do problema.

"Respira, Echo", Aires me diria. "Você está surtando. Respira e volta ao problema mais tarde."

E ele estava certo. Aires sempre estava certo. Meu Deus, como eu sentia saudade dele.

Joguei o livro de estudos no chão e apoiei a cabeça no sofá. Eu odiava esse quarto. Um papel de parede rosa surrado para combinar com as cortinas e os estofados entediantes. No instante em que chutou minha mãe porta afora, Ashley traumatizou todos os decoradores do mundo com a reforma. Ela pode ter colado papel na parede para apagar a influência da minha mãe, mas eu sabia o que estava por baixo – o mural da Grécia que minha mãe tinha pintado.

Eu normalmente estudava no carro do Aires, mas Ashley me encheu até eu levar os livros de volta para dentro de casa. Eu devo ter matado muitas vacas em uma vida passada para o carma me odiar tanto. Talvez eu tivesse morrido dois anos atrás e, sem saber, estava no inferno. Condenada a passar a eternidade vivendo com meu pai e minha madrasta e refazendo as provas várias vezes.

– Como foi o treino da equipe de dança hoje? – perguntou Ashley. A Bruxa Má e meu pai entraram na sala de estar de mãos dadas. Meu bom Deus, eu devo ter morrido, porque nenhum inferno podia ser pior do que isso aqui.

– Bom. – Eu pisquei várias vezes. Droga. Eu sempre piscava quando mentia. Temendo que eles pudessem perceber, abaixei a cabeça. Espera. O meu pai tinha problemas de atenção, e a sra. Cérebro de Espantalho não perceberia um macaco voador nem se ele batesse na cara dela.

Meu pai relaxou na cadeira reclinável e Ashley sentou no colo dele. *Meu Deus, sinto muito pelo que quer que eu tenha feito, mas, sinceramente, meu pecado foi tão ruim assim?* Meu pai beijou a mão dela. Engolindo bile, voltei a atenção para a lareira.

– Você está preparada para fazer o exame nacional no sábado? – perguntou meu pai.

As galinhas gostavam de ser colocadas em caminhões do KFC?

– Claro.

– Você estudou listas de palavras mais cedo. Então se concentre apenas na matemática. É aí que você tem problemas.

Problemas? Minhas notas de matemática eram muito acima da média, mas é claro que isso não era bom o suficiente.

Ele continuou:

– A sra. Collins te liberou de algumas aulas pra você poder se preparar?

– Sim.

– Eu notei alguns folhetos do baile do Dia dos Namorados no escritório. Você e o Luke vão? – Quando Ashley tentava pescar informações, sua voz irritante assumia um tom ainda mais alto de chatice. Os cachorros no Oklahoma estremeciam.

– O Luke me convidou hoje. Não se preocupe. A preciosa reputação da nossa família vai permanecer intacta. A sra. Collins jamais saberá que você mentiu para parecer melhor.

– Echo!

Droga. Eu me contraí ao perceber a decepção na voz do meu pai. A desculpa automática saiu da minha boca.

– Desculpa, Ashley. – Embora fosse verdade.

– Tudo bem. Quando você quer sair pra comprar seu vestido?

Fazer o quê? Desviei os olhos do fogo e encarei Ashley. Meu pai alisava a barriga dela, enquanto ela acariciava o queixo dele. Nojento.

– Eu não preciso de um vestido novo.

– Precisa, sim. Tudo que você tem é tomara que caia ou de alcinha. Você não pode ir ao baile com essas cicatrizes aparecendo.

– Ashley – sussurrou meu pai. A mão dele congelou na barriga dela.

Minha garganta se fechou como se alguém tivesse enfiado uma estaca ali, e meu estômago se retraiu como se alguém tivesse me dado um soco. Eu me endireitei na cadeira e minha cabeça girou com a sala. Com a desorientação a todo vapor, puxei as mangas na direção das mãos.

– Eu vou... lá... pra cima.

Ashley saiu do colo do meu pai.

– Echo, espera. Eu não quis dizer isso. Eu só quero que você tenha uma noite legal. Que você possa ver as fotos depois e se lembrar de como se divertiu.

Passei correndo por ela em direção à escada. Eu precisava do meu quarto. O único lugar que a decoração brega da Ashley não tinha arruinado totalmente. O lugar onde as pinturas coloridas da minha mãe estavam penduradas, onde fotos do Aires comigo entupiam minha mesa, o único lugar onde eu me sentia confortável.

Meu coração doía. Eu queria mais do que o meu quarto, mas era tudo que eu tinha. Eu queria a minha mãe. Ela podia até ser louca, mas nunca me colocou para baixo. Eu queria o Aires. Eu queria a única pessoa que tinha me amado.

Ashley gritou para mim do andar de baixo.

– Por favor, me deixa explicar.

Parei na porta do quarto. Se ela nunca tivesse entrado na nossa vida, minha mãe e o Aires ainda estariam aqui, eu não seria um monstro cheio de cicatrizes e conheceria o amor, e não o ódio que, no momento, borbulhava nas minhas veias.

– Eu gostava mais de você quando você era minha babá. Espero que, quando me formar na escola, eu não me transforme numa bruxa como você. – E bati a porta atrás de mim.

Depois dessa agradável conversa com a Ashley, passei o resto da noite me escondendo no quarto. Eu me deitei na cama e encarei a única parte dali em que a Ashley tinha mexido: o teto. Ela tinha passado tinta em cima das constelações pintadas à mão da minha mãe. A bruxa tinha feito isso enquanto eu me recuperava no hospital. Minha mãe costumava se deitar comigo na cama por horas encarando o teto e me contando mitos gregos. Tendo poucas memórias da minha mãe, eu desprezava Ashley ainda mais por ter roubado a que eu tinha.

A batida na minha porta às onze e meia da noite me surpreendeu. A regra de ouro da casa exigia que eu pedisse desculpas antes. Ashley provavelmente queria me mostrar ao vivo por que os meus vestidos não iam funcionar. Eu não precisava prolongar o inevitável.

– Entra.

Dei um pulo na cama no instante em que meu pai entrou. Ele nunca vinha ao meu quarto. Os dois primeiros botões da camisa dele estavam desabotoados e a gravata estava frouxa. Rugas de preocupação estavam esculpidas ao redor dos olhos cansados. Ele parecia velho. Velho demais para estar casado com uma perua de vinte e poucos anos e velho demais para ter outro bebê.

– Ela está arrependida, Echo.

É claro que ele tinha vindo em nome da Ashley. Deus me livre se alguma coisa nessa casa não girar em torno dela.

– Tudo bem. Meu pedido de desculpas vai ter que esperar até de manhã. Estou meio cansada. – Nós dois sabíamos que isso era um pretexto. Eu teria sorte se dormisse durante uma hora.

Para minha surpresa, meu pai fez algo que não fazia desde que eu tinha chegado do hospital: sentou na minha cama.

– Vou entrar em contato com a sua assistente social. Acho que essa nova terapeuta não está funcionando.

– Não. – Eu disse isso rápido demais, e meu pai percebeu. – Eu já te disse que gosto dela. É fácil falar com ela. Além do mais, você disse que ia dar outra chance pra ela.

– Eu sei que as coisas entre você e a Ashley estão difíceis desde que você descobriu o nosso relacionamento, mas você está atacando a Ashley mais do que o normal. Ela está grávida. Não quero que ela se estresse.

Meu dedão do pé começou a balançar. Ele ia morrer se me amasse?

– Vou me esforçar mais. Mas me deixa continuar com a sra. Collins. – Eu precisava dar um motivo para ele desistir. – Foi ela quem me convenceu a me concentrar nos meus amigos e a namorar. – Mentira.

Algumas das rugas de preocupação sumiram.

– Não acho que isso seja coisa dela. É você. Deixo esse assunto de lado se você se esforçar mais com a Ashley. Ela te ama. E você adorava ela.

É, quando eu tinha seis anos e ela me deixou ficar acordada até tarde, comendo pipoca, no aniversário de dezoito anos dela, ou quando ela me deixou usar maquiagem no primeiro dia do quarto ano. Mas olha que loucura: ela transou com meu pai e depois deixou minha família afundada num rastro de destruição.

– Se você realmente quer me provar que está tentando, deixe ela te levar pra comprar um vestido. Ela tinha um dia todo planejado e está arrasada por ter chateado você. Deixe a Ashley se divertir um pouco e você não precisa refazer o exame.

Ergui uma sobrancelha. Meu pai nunca negociava.

– Sério?

– A próxima data do exame é perto demais das inscrições para as universidades, de qualquer maneira. Temos que trabalhar com o que você tem. Acho que suas notas são boas o suficiente para você entrar em algumas das melhores faculdades de administração do estado.

Ele costumava dizer contabilidade, mas deve ter me visto estremecer sempre que fazia isso.

– Estou feliz de você ter voltado com o Luke e mais feliz ainda que vai ao Baile dos Namorados. Você adorava se arrumar e ir a festas. Achei que essa parte de você tinha morrido. – Ele encarou meus braços cobertos pelas mangas. – Tenho que dizer que você realmente me deixa orgulhoso.

Não diga! Eu tirava notas dez direto, fazia tudo que ele mandava, e ele estava orgulhoso de mim porque eu ia a um baile. Vamos ver: se ele veio até o meu quarto por causa de um Baile dos Namorados, talvez fizesse alguma loucura para a minha formatura, tipo dizer que me amava. Meu pai deu um tapinha no meu joelho e se levantou da minha cama.

– Pai?

– Sim?

– Você fala com a mamãe, pra ver como ela está?

As rugas de preocupação voltaram.

– Ela não é mais minha responsabilidade.

– Então ela é minha responsabilidade? Sou a única parente viva que ela tem.

Um músculo se contraiu no maxilar dele.

– Sua assistente social nunca permitiria isso, nem eu. – Os olhos dele se acalmaram e o maxilar relaxou. – Você tem medo de ela te machucar? Ela nunca mais vai machucar você nem ninguém. Não se preocupe com ela.

Mas eu me preocupava. Minha mãe podia ser maluca e ter tentado me matar, mas ainda era minha mãe. Alguém devia cuidar dela, certo?

NOAH

Eu tinha visto os meus irmãos. Quem diria que um milagre podia acontecer? E eu ia ver os dois de novo no segundo sábado de fevereiro. Isso merecia uma comemoração. Eu esperava que o Isaiah tivesse comprado erva, porque planejava enrolar o maior baseado que qualquer um de nós já tinha visto.

Sendo o último a voltar à noite, estacionei minha porcaria de carro na rua. O Dale trabalhava no turno da noite na fábrica local de caminhões. A gente não sabia, de um dia para o outro, a que horas ele ia trabalhar. Uma vez cometi o erro de estacionar na frente da garagem. Em vez de tirar meu carro dali, o Dale arrancou meu espelho retrovisor do lado do motorista.

Luzes brilhavam em todas as janelas da casa – isso não era bom sinal. Entrei na sala de estar minúscula e notei toalhas cobertas de sangue.

– Que porra é essa?

O Isaiah apareceu instantaneamente ao meu lado.

– O canalha espancou a Beth.

– Eu estou bem. – A voz da Beth estava trêmula. Ela estava sentada na cozinha com o braço esticado sobre a mesa. A tia dela, Shirley, limpava diversos cortes e queimaduras de cigarro.

O corpo todo da Beth estremecia, como se ela estivesse no meio de uma convulsão. O lado direito do seu rosto estava roxo, arranhado e dilatado, e o olho direito estava fechado de tão inchado. O sangue encharcava sua camiseta preferida. Beth levou o cigarro até a boca e deu uma longa tragada.

– A nova transa da minha mãe usa anel de formatura. Ele deve ter roubado de alguém.

– Filho da puta. Por que você foi pra casa, Beth? Você sabia que esse babaca era uma fria. – Dei três passos e me ajoelhei ao lado dela na cozinha.

Ela deu outra tragada enquanto uma lágrima escorria do olho esquerdo.

– Era aniversário da minha mãe e o babaca não queria dividir ela, então... – Ela deu de ombros.

Uma raiva animal percorreu meu corpo e todos os músculos se contraíram, prontos para brigar.

– Quando é que a polícia vai chegar?

– Eles não vêm – respondeu Shirley. Ela colocou gaze sobre uma queimadura e prendeu com esparadrapo.

Lutei para me controlar.

– E por que não?

– Ela tem dezesseis anos e a mãe dela estava lá. Eles vão prender minha irmã junto com o tal namorado que não presta. Não concordo com o jeito como ela leva a vida, mas não vou mandar minha irmã pra prisão, e a Beth também não quer isso.

Esperei a Beth confirmar essa teoria. Ela apagou o cigarro no cinzeiro, colocou outro na boca e ficou remexendo no isqueiro. Ele fez vários cliques conforme ela tentava, sem sucesso, raspar a roda contra a pedra. Peguei-o da mão dela e, em um movimento suave, acendi o cigarro.

– Obrigada – disse ela, fraca.

O telefone tocou uma, duas, três vezes. Quando parou, o celular da Beth começou a tocar a música "Lovesong", do The Cure – o toque da mãe dela. Sua mão tremia quando ela bateu as cinzas no cinzeiro.

– Ela continua ligando. Ela quer que eu volte pra casa.

– Por quê? – resmunguei.

– Ele ficou cansado de me bater e dormiu, desmaiou, sei lá. Provavelmente acordou e sentiu falta da sua *piñata*.

Tentei me livrar da raiva esfregando o pescoço.

– Chama a polícia, Beth.

– E o que você acha que vai acontecer com você e o Isaiah se ela fizer isso? – O Dale entrou na cozinha, com o cabelo escuro lambido para trás por ter acabado de tomar banho. – Sua assistente social tem andando meio enxerida nos últimos tempos, Noah. Se a gente ligar pra polícia, eles vão descobrir que a Beth está morando aqui. Podemos dar adeus a você e ao Isaiah.

A voz da Beth enfraqueceu.

– Não posso perder vocês. – E lá estava. Ela estava sentada ali, sangrando, porque amava o Isaiah e a mim. Pela milionésima vez, desejei que o sistema fosse uma pessoa. Uma pessoa que eu pudesse nomear, conhecer e responsabilizar por sacanear cada um de nós. Por enquanto, o novo namorado da mãe da Beth teria que servir.

Eu me levantei e beijei o topo da cabeça dela.

– Está pronto, cara?

– Eu só estava esperando você se informar. – O Isaiah abriu a porta da frente, com os olhos frios e mortais.

O olho bom da Beth se arregalou.

– Não – sussurrou ela.

– Eu não vou pagar a fiança de vocês – disse o Dale.

– Nunca te pedi pra fazer isso – eu disse e saí pela porta.

Um carro derrapou pela rua e voou sobre a grama do jardim da frente. A porta do carona se abriu antes de o carro parar, e a mãe da Beth saltou. O cabelo loiro estava preso num rabo de cavalo, os olhos injetados de sangue, um roxo se formando debaixo do olho direito.

– Eu quero ver a minha bebê. Preciso dizer pra ela que eu sinto muito.

– Vai pro inferno – disse Isaiah. – Ela não é sua boneca pra você brincar de vestir.

Os faróis do BMW continuavam acesos. Um homem grande cambaleou saindo do lado do motorista.

– Cala a porra dessa boca. A Sky quer a filha piranha dela. Manda a garota sair ou eu vou entrar pra pegar.

O Isaiah e eu ficamos de pé um do lado do outro, com um acordo silencioso de que mataríamos o cara antes que ele chegasse à porta da frente. Meus irmãos apareceram em flashes na minha mente. Por mais que eu quisesse proteger a Beth, também precisava proteger os dois.

– Vai embora agora, senão eu chamo a polícia.

Esse cara devia ter pelo menos um metro e noventa e oito de altura e parecia familiar. Ele ficou bem na nossa frente. Um fedor de álcool saía dele. Seus olhos se mexiam de um jeito nervoso, e o corpo demonstrava medo.

– Ele está provocando, cara – disse o Isaiah.

Fabuloso. Esta noite tinha se passado de a melhor de todas para ruim e depois para *Jogos mortais* em tempo recorde. O homem girou o anel no dedo. Não era um anel comum – era uma porcaria de anel do Super Bowl, daqueles que os jogadores do time vencedor ganham.

– Vai em frente, chama a polícia. Todo mundo me ama. Eu não vou pra cadeia.

– Você não é aquele babaca que foi expulso daquele time perdedor há algumas horas? – perguntei, tentando manter os olhos dele longe da casa.

Ele piscou algumas vezes, como se a mente ferrada entendesse, por três segundos, que um jogador de cento e catorze quilos não deveria estar arrumando briga com uma garota de dezesseis anos e seus dois amigos drogados.

– Estou cansado dessa merda, cara – sussurrou Isaiah para mim segundos antes de recuar e esmurrar o maxilar do canalha. O impacto teria me jogado no chão, mas o cara só virou a cabeça. Que merda... Essa coisa toda ia feder.

O canalha levantou o punho para revidar, mas caiu no chão quando atingi os joelhos dele. Tive um pensamento rápido de que eu deveria agradecer ao meu professor de educação física, o sr. Graves, pelas três semanas de instruções sobre futebol americano.

Rolei para longe antes que ele conseguisse me dar um soco. Isaiah chegou perto demais, e o babaca passou uma rasteira nele e o socou no estômago quando ele caiu no chão. O som da mãe da Beth gritando me irritou pra cacete.

O canalha se levantou e eu também, e soquei o cara no rim antes que ele tivesse chance de chutar o Isaiah, que estava deitado no chão sem reação. O cara girou e tentou encontrar minha cabeça, mas me abaixei e dei um soco no estômago dele. Ele rosnou e cambaleou, mas continuou de pé.

Eu precisava jogar o idiota no chão de novo. Tentei atacá-lo mais uma vez, mas mirei alto demais. Minhas laterais doeram quando ele lançou dois bons socos nas minhas costelas. Nós dois caímos sobre o carro dele enquanto o Isaiah se levantou e acertou o cara nas costas com o punho.

Um tiro ecoou na noite. Isaiah e eu congelamos. Rezei para nada quente nem molhado sair do meu corpo, e eu não estava falando de xixi.

– Sky, você e esse lixo saiam já da minha propriedade – disse o Dale com uma voz surpreendentemente calma. Ele estava parado nos degraus da frente da casa, com o rifle de caça nas mãos. – Vocês estão bem, garotos?

– Super – respondeu o Isaiah através dos dentes cerrados.

– Nunca estive melhor. – Merda, as articulações dos meus dedos latejavam.

– Entrem antes que a Beth fique histérica – disse Dale.

Eu me afastei do BMW e fiz o máximo possível para não cambalear até a casa. O Isaiah ficou do meu lado.

– Acho que ela podia ter avisado que a gente ia lutar contra a Liga Nacional de Futebol.

– Isso teria te impedido?

– Não.

– Nem a mim. – A risada entre nós dois ecoou na noite.

A Beth chorou até dormir – nos braços do Isaiah.

Eu me deitei no sofá, assistindo a um filme dos anos 80 na televisão. O som estava tão baixo que por uma hora eu não tive ideia do que as pessoas estavam dizendo. Minhas costelas doíam, as articulações dos meus dedos latejavam, mas, cacete, eu me sentia bem. O Dale e a Shirley disseram à Sky para nunca mais voltar e que a Shirley ia até a casa dela no dia seguinte pegar as coisas da Beth. O Dale e a Shirley tinham problemas, mas eram pessoas de bom coração.

A Beth choramingou quando se mexeu durante o sono. O Isaiah a acalmou com palavras sussurradas e passando a mão pelo cabelo dela. Ela apertou ainda mais os braços ao redor do peito dele e ficou quase em cima dele. O Isaiah continuou a acariciar as costas da Beth.

– Há quanto tempo você está a fim dela, cara? – perguntei ao Isaiah.

Ele deixou a cabeça encostar na parede.

– Tem um tempinho. Eu tinha medo de contar pra ela, mas agora... não posso deixar a Beth ficar com caras que a usam, nem ficar só olhando enquanto ela vai pra casa da mãe quando precisa se sentir amada. O que eu faço, cara?

– Você está perguntando pro cara errado. – O que eu sabia sobre o amor? Tudo que eu sabia era que não conseguia tirar a Echo Emerson da minha cabeça. Sem dúvida eu a queria. Não conseguia tirar da minha mente imagens do corpo dela se contorcendo de prazer contra o meu. Aquela voz de sereia sussurrando meu nome. Mas ela me atraía mais do que fisicamente. Eu adorava o sorriso dela, a luz em seus olhos quando ela ria, e que merda se ela não correspondesse a isso. – Se descobrir, me avisa.

Echo

– Desculpa – eu disse pela terceira vez. – Não sabia que você estava com tanta pressa.

O Luke segurava minha mão e me arrastava pelo shopping lotado em direção ao cinema. Quando a multidão se dissolveu, ele me puxou para perto.

– Estou com seu pai nessa. É só um carro. Quer dizer, aquele carro é animal e tudo, mas é só um carro. Seria melhor você vender e ganhar uma boa grana do que gastar mais dinheiro e mais tempo com ele.

O filme começava às oito, e não às quinze para as nove, como ele tinha me dito no início. Eu tinha marcado às seis com um mecânico que estava disposto a ir até a minha casa para olhar o carro do Aires. Eu fiz o exame nacional de novo hoje de manhã, fui para casa, acidentalmente caí no sono (tive um terror diurno – se é assim que se chama um terror noturno que ocorre durante o dia) e acordei menos de vinte minutos antes de o mecânico chegar. O Luke esperou dez minutos com paciência antes de dizer ao mecânico para ir embora porque nós tínhamos planos. O mecânico foi embora me dizendo que enviaria o orçamento por e-mail.

– É tudo que eu tenho do Aires. – Entramos na área acarpetada do cinema. Arranquei a minha mão da dele. – Achei que você ia entender.

Sair com o Luke era exatamente como eu me lembrava – pelo menos nos últimos dois meses do nosso relacionamento –, só que sem as carícias. Na nossa saída em turma no último fim de semana, perguntei se a gente podia ir devagar e ele concordou – mas só nas primeiras saídas. Eu tinha a sensação de que hoje seria o fim da promessa do Luke de não me tocar. Até agora, namorá-lo pela segunda vez estava sendo uma droga.

O Luke colocou as mãos na cintura.

– Foi bom o Stephen e a Lila chegarem aqui a tempo de comprar os ingressos. Está esgotado.

Idiota egocêntrico e narcisista...

– Isso não vai dar certo – eu disse.

Ele fechou os punhos e depois se obrigou a relaxar as mãos.

– Olha, eu quero que dê certo. Você só está chateada porque eu estou do lado do seu pai nessa história besta do carro. A Lila está saindo com o Stephen. A Grace está com o Chad. Você e eu fazemos muito sentido. – Ele acariciou o meu rosto. Esse toque costumava me fazer derreter e virar uma poça. Tudo que eu sentia agora eram calos, uma protuberância e a pele seca. – Eu sei que é difícil pensar em nós dois de novo. Acho que o seu problema é que estamos indo devagar demais. Eu mereço uma recompensa por manter as minhas mãos longe de você até agora.

Ele deu um passo na minha direção, deslizou uma das mãos pelas minhas costas e me puxou para perto. Todos os meus músculos se contraíram. Isso não parecia nem um pouco natural.

– Vamos ver o filme e depois a gente vai pra minha casa. Acho que você vai se sentir bem melhor depois que se lembrar daquilo que a gente fazia tão bem. – O hálito dele soprou o meu rosto e, eu juro, algumas partículas de cuspe também. Por que mesmo eu estava fazendo isso?

– Echo! Vocês vieram! O cinema está quase lotado. – A Lila quicava do meu lado. Aliviada com a interrupção, eu me afastei do Luke.

O Stephen e o Luke trocaram um tipo esquisito de aperto de mãos. O Stephen apontou para a sala três.

– Vamos, já vai começar. Não conseguimos seis cadeiras juntas, mas guardamos duas para vocês no fundo. – O Stephen cumprimentou o Luke com um high five. Caramba, o Luke ia ficar desapontado quando descobrisse que nada ia acontecer lá no fundo.

Os caras andaram na frente enquanto Lila e eu ficamos para trás. Ela perguntou:

– Tudo bem?

– Acho que eu e o Luke juntos de novo não vai rolar. Ele não mudou nada. – Por que, como tudo na vida, isso tinha que ser complicado? Por que as coisas não podiam ser simples, como eram no primeiro ano?

Lila respirou fundo e apertou os lábios.

– A gente fala disso mais tarde. Vamos aproveitar o filme, está bem?

Ela alcançou o Stephen, e o Luke agarrou a minha mão.

– Você só precisa se concentrar em ser como era. Você sabe: normal – disse ele.

Lila me deu um olhar de pidona. Eu me afundei na cadeira ao lado do Luke e deixei que ele colocasse o braço no meu ombro. Todos nós implorávamos por normalidade. Mas, até agora, a normalidade só representava mais desgraça.

Nos primeiros cinco minutos do filme, conhecemos um adolescente que se formou no colégio e entrou para a Marinha. Dez minutos depois, o vimos se formar no campo de treinamento. Vinte minutos depois, tive espasmos de vômito.

A náusea fez minha garganta inchar, minha língua parecia dez vezes maior e eu não conseguia respirar. Não importava quanto ar eu tentasse inalar, nada chegava aos meus pulmões. Saí correndo da cadeira e desci rapidamente os degraus escuros do cinema ao som de homens gritando de agonia para Deus e suas mães.

Corri até o banheiro feminino, atravessei a porta e me agarrei à pia gelada. O espelho revelou um pesadelo. Cachos vermelhos grudavam na minha testa. Meu corpo todo tremia como um terremoto.

A imagem do amigo do homem pisando em uma mina piscou na minha mente. A bile subiu pela minha garganta. Ah, Deus – Aires. Foi isso que aconteceu com ele? Ele gritou de agonia? Ele sabia que estava morrendo? O rosto do ator ensopado de sangue se misturou com o rosto do Aires. Meu corpo se inclinou para frente, o meu estômago se retraiu e eu tossi com a ânsia de vômito.

Ele tinha morrido, e tinha sido de um jeito angustiado, apavorado.

A porta de um dos reservados se abriu. Uma senhora me encarou com olhos envelhecidos cheios de pena.

– Problemas com os rapazes?

Agarrei uma toalha de papel para secar os olhos e esconder o rosto. Inspirando em busca de ar, lembrei que tinha ido até ali para ser normal, e não um espetáculo.

– É.

A velhinha sorriu para mim no espelho enquanto lavava as mãos.

– Uma menina bonita como você vai encontrar alguém novo rapidinho. Aliás, adorei suas luvas. Não é muito comum ver uma jovem usando luvas. – E saiu.

Meu celular vibrou no bolso de trás. Era um SMS do Luke: Kd vc?

No banheiro feminino enlouquecendo. De jeito nenhum eu ia voltar: Violento d+ p mim. Shpg. Te vjo depois do filme.

Esperei alguns segundos e meu telefone vibrou de novo: Blz, te vjo depois.

Oito e meia. Eu tinha duas horas e meia para matar até o filme acabar. Parecia um tema recorrente na minha vida.

A praça de alimentação ficava bem ao lado do cinema. Eu precisava beber alguma coisa. Mas, como uma idiota, eu não tinha levado dinheiro nem minha bolsa. O Luke insistiu para que eu a deixasse em casa. Blá, blá, blá... nossa primeira noite no cinema juntos... blá, blá, blá... ele ia pagar tudo... blá, blá, blá... ele me levou para ver o pior filme do mundo...

Os funcionários da praça de alimentação estavam fazendo a limpeza e se preparando para fechar. Mas alguns lugares ficavam abertos para alimentar as corujas. Fui até um deles, a hamburgueria que tinha banquinhos perto do balcão.

Sentei em um banquinho e vi um cara alto fritando hambúrgueres. A Lila ia adorar aquela bundinha linda.

– Oi?

O cozinheiro virou e eu saí do meu assento.

– Noah?

Ele deu aquele sorriso malicioso.

– E aí, Echo? Sentiu minha falta?

Sentei de novo.

– Não. – Mais ou menos.

O Noah tirou os hambúrgueres da chapa, colocou em pães e gritou um número. Uma mulher se aproximou e levou os sanduíches. Ele veio devagar até o balcão.

– O que posso fazer por você?

A bandana vermelha que ele estava usando segurava o cabelo, que normalmente cobria seus olhos. Eu adorava os olhos dele. Marrom-chocolate, cheios de malícia e com uma faísca pronta para incendiar o mundo.

– Pode me dar um copo-d'água, por favor? – E, por favor, que seja de graça.

– Só isso?

Meu estômago roncou alto o suficiente para que ele ouvisse.

– É, só isso.

Ele encheu um copo e me deu.

– Tem certeza que não quer um hambúrguer? Uma carninha grossa dentro de um pãozinho tostado com batatinhas salgadas pra acompanhar?

Suguei o canudo, engolindo a água. Engraçado, a água não me dava a sensação quente, macia e gostosa que um hambúrguer com fritas daria.

– Estou bem, obrigada.

– Fique à vontade. Está vendo aquela carne bonita bem ali? – Ele apontou para a carne que estava fritando. O aroma fez a minha boca se encher de saliva. – É minha. Quando estiver pronta, meu turno de hoje acaba.

Ele voltou à chapa e colocou a carne maravilhosa em um pãozinho torrado, cobrindo com vários vegetais. Depois jogou uma grande quantidade de batatas fritas no prato.

– Ei, Frank. Tô saindo.

Alguém gritou dos fundos:

– Valeu, Noah.

Ele tirou a bandana e o avental e jogou os dois em um recipiente. Deixou o prato dele perto de mim no balcão, serviu uma Coca-Cola e veio se sentar ao meu lado.

– Você não devia estar saindo com seu namorado?

Ele mordeu o hambúrguer. Eu observava cada movimento delicioso.

– Eu estava. Quer dizer, estou. O Luke ainda está no cinema. Mas ele não é meu namorado. Neste momento, não. Ele foi, muito tempo atrás, mas não é mais. Estamos só, você sabe, saindo. Ou algo assim. – Certo? E por que eu estava me enrolando toda para falar?

O Noah mastigou a comida enquanto estreitava os olhos.

– Se você está saindo com o cara, por que não está lá dentro com ele?

Encarei as batatas fritas. Elas pareciam tão douradas e crocantes.

– Você tem dinheiro? – perguntou ele.

– O quê?

Ele esfregou dois dedos.

– *Dinero? Money?* Tem algum aí?

Sem saber aonde essa conversa ia dar, sacudi a cabeça. Ele se esticou sobre o balcão e pegou uma faca. Cortou o hambúrguer ao meio e colocou o prato entre nós.

– Aqui. Não vai comer todas as batatas.

– Está falando sério?

O Noah deu outra mordida na metade dele.

– Claro. Não quero que minha monitora morra de fome.

Abri a boca fazendo barulho como um personagem de desenho animado e mordi o hambúrguer suculento. Quando a carne deliciosa tocou minha língua, fechei os olhos e gemi.

– Achei que as garotas só faziam essa cara quando tinham um orgasmo.

O hambúrguer ficou preso na minha garganta e eu engasguei. Ele segurou o riso enquanto empurrava a água na minha direção. Se pelo menos beber água apagasse o vermelho desagradável nas minhas bochechas...

– Acho que não ouvi sua resposta à minha pergunta anterior. Se você está saindo com o cara, por que está aqui fora dividindo o jantar comigo enquanto o Luke está lá dentro se acariciando?

Limpei a garganta.

– Você é sempre grosseiro assim?

– Não. Posso me controlar se você responder à pergunta.

– Estávamos atrasados e eu não sabia que filme ele tinha escolhido até começar. *Inimigos em guerra* é um pouco violento demais pra mim. – Mexi a água com o canudo, tentando parecer indiferente enquanto as imagens da guerra torturavam minha mente.

O Noah embolou o guardanapo na mão, perdendo a atitude brincalhona.

– Então, por que ele não está aqui fora com você?

Boa pergunta.

– Eu disse pra ele ficar e ver o filme. Ele queria muito ver.

– Você merece coisa melhor. – Ele empurrou o prato para minha frente, sem a parte dele do hambúrguer, mas com todas as batatas fritas ainda lá.

Tipo um cara que dividia o jantar dele comigo e me dava todas as batatas fritas? Um cara que quebrava as regras para que eu pudesse ouvir o meu pai conversando com a minha terapeuta? Um cara que me dava seu casaco quando eu estava com frio? Um cara que me incendiava com um simples toque? Mas o Noah jamais ia querer uma garota como eu.

Terminei o hambúrguer e empurrei o prato de volta para ele.

– Obrigada. Acho que eu devo deixar você ir pra casa.

– O que você vai fazer?

Alguns adolescentes se reuniram ao redor de uma mesa no meio da praça de alimentação vazia. Um zelador colocou uma placa de piso molhado. Um sem-teto agarrou seu carrinho de compras e nos encarou do outro lado do salão. *Ah, eu não sei. Andar por aí sozinha e provavelmente acabar morta, enfiada na parte de baixo do carrinho de compras daquele cara.*

– Talvez ir até o fliperama e ver se alguém deixou umas moedas na mesa para eu poder jogar sinuca.

O Noah ergueu uma sobrancelha.

– Você joga sinuca?

– O Aires me ensinou. – O som da risada do meu irmão enquanto a gente jogava substituiu os gritos na minha cabeça.

O Noah pulou do banquinho e envolveu a minha mão com a dele. O gesto me pegou de surpresa e fez meu coração gaguejar. Ele me puxou do banco.

– Vem, quero ver se o Aires te ensinou sinuca do jeito que te ensinou matemática.

Andamos em direção ao fliperama e o Noah mexeu a mão para que seus dedos ficassem ao lado dos meus. Meu coração galopava como um cavalo. Esse era Noah Hutchins. O Noah Hutchins que recusava relacionamentos estáveis ou até mesmo sair com garotas. O Noah Hutchins que só queria transar por uma noite. Um drogado. O oposto de mim. E, neste momento, tudo que eu queria.

NOAH

A Echo se escondeu atrás dos cabelos no instante em que entrelaçou os dedos nos meus. Eu não fumava maconha havia mais de uma semana, mas, de alguma forma, eu flutuava sobre o chão, meu sangue corria quente nas veias e eu me sentia doidão. Não, não doidão... invencível.

– Posso te fazer uma pergunta? Não quero te ofender com ela – eu disse.

A mão dela ficou frouxa, mas eu me agarrei a ela, sem permitir que ela fugisse.

– Acho que sim.

– Seu nome tem algum significado?

Chegamos ao fliperama. Algumas crianças se amontoavam ao redor de um jogo com uma metralhadora de brinquedo. O som de balas voando entre gritos saía do jogo. Um aluno de faculdade folheava uma história em quadrinhos atrás do balcão de vidro cheio de prêmios baratos. Agarrei a mão da Echo com mais força e a arrastei, passando pelo jogo e chegando até as mesas de sinuca vazias nos fundos.

Relutante, larguei a mão dela e coloquei alguns dólares na máquina de moedas.

– A minha mãe era obcecada por mitologia grega. Meu nome representa a ninfa das montanhas.

O nome do Aires de repente também fez sentido. Enfiei duas moedas na mesa e as bolas saíram rugindo pela abertura. A Echo imediatamente colocou as bolas na mesa.

– Oito ou nove bolas?

– Oito. – Nove era mais complicado. Eu já tinha planejado jogar com capacidade de sessenta por cento, esperando que ela se divertisse. – Qual é o mito?

Ela colocou as bolas no triângulo e depois o retirou.

– São muitos, na verdade. Você começa.

Eu tinha conhecido várias garotas como ela – tinham medo de começar porque só conseguiam afastar algumas bolas ao bater nelas. Era melhor ela começar e conseguir encaçapar uma do que não conseguir nada.

– As damas primeiro. – Eu mal podia esperar o jogo terminar para poder ensinar a ela como começar de um jeito adequado. Imagens do corpo dela contra o meu, inclinados sobre a mesa, fizeram minhas calças ficarem apertadas.

– Prepare-se para morrer – avisou ela, e meus lábios se curvaram para cima ao perceber sua confiança. A Echo girou o taco como uma guerreira indo para a batalha, sem jamais tirar os olhos da bola branca. Ela se inclinou sobre a mesa. Eu encarei a bundinha dura dela. Minha sereia me comia vivo a cada movimento. Quando ela mirou, não parecia mais a garota frágil da escola, mas uma atiradora de elite.

O som rápido e atordoante das bolas batendo nos cantos me pegou de surpresa. As bolas caíram nas caçapas em uma sucessão tão rápida que perdi a conta. Ela rodeou a mesa, mais uma vez girando o taco, estudando as bolas restantes como um general de quatro estrelas faria com um mapa.

Droga, a garota sabia jogar.

– Listradas – ela disse. A Echo se inclinou sobre a mesa para dar a segunda tacada. Os peitos maravilhosos estavam bem ali para que eu visse, mas eu queria mais do que olhar, eu queria...

– Você devia guardar a língua dentro da boca. Sua boca vai parecer que está cheia de algodão se ela secar. – Ela encaçapou duas bolas listradas com uma tacada.

– Não tenho culpa de você ser gostosa. – Eu adorava quando ela abria o jogo. – E o mito?

Depois de acertar mais duas tacadas, ela finalmente errou. Agora era a minha vez. Sessenta por cento de capacidade não ia funcionar com ela. Que inferno, talvez nem cem por cento fosse suficiente.

Estudei a mesa enquanto ela se ajeitava num banco.

– Zeus gostava de ter casos com as ninfas da terra, e a esposa dele, Hera, não aprovava muito essas atividades extracurriculares. Então ele enviou Echo, uma bela ninfa da madeira, para distrair e divertir Hera enquanto ele se divertia em outro lugar. Hera finalmente descobriu e puniu Echo tirando sua voz, amaldiçoando a ninfa a só repetir o que os outros dissessem. Depois que isso aconteceu, Echo se apaixonou por um canalha que não gostava dela. Ela vagou pelas florestas com o coração partido, chorando até que não sobrou nada além da sua voz, que ainda assombra a terra.

Algumas pessoas tinham nome de personalidades da Bíblia, outras tinham o nome escolhido pela sorte em um livro de bebês. A Echo tinha o nome de um mito grego psicótico. Enfiei duas bolas na caçapa da direita.

– Ela não gostava dos nomes dos contos de fadas normais?

Ela riu.

– Esses eram os meus contos de fadas. Eu cresci entendendo a história por trás de cada constelação. Qual deus grego tinha raiva de quem. Amor, luxúria, raiva, vingança. Eu dormi com as luzes acesas por muito tempo.

Errei a tacada e engoli o xingamento. A Echo se empinou sobre a mesa com um sorriso malicioso nos lábios. Eu não desejava nada além de beijar aquele sorrisinho. Em vez disso, puxei um de seus cachos vermelhos macios. A risada dela fez cócegas na minha pele.

– Sua vez de responder a uma pergunta – disse ela.

– Manda.

– Por que você quer ver seu arquivo? – Ela mirou na bola oito e a encaçapou.

Ninguém, exceto a Keesha ou a sra. Collins, me fizera uma pergunta tão pessoal quanto essa em anos. Coloquei mais duas moedas na mesa.

– Você vai me contar por que quer ver o seu?

Echo arrumou as bolas outra vez.

– Você já sabe a maior parte. Você começa dessa vez.

Sem equilíbrio, me apoiei no taco.

– Eu tenho dois irmãos mais novos. O Jacob tem oito anos e o Tyler tem quatro. Fomos separados depois que os meus pais morreram. Eles estão numa casa de merda. Quero provar isso e espero conseguir a custódia deles depois que eu me formar. Meu arquivo diz onde eles moram. Se eu conseguir pegar esses canalhas machucando os meus irmãos, posso tirar os dois de lá e formar uma família de novo.

Bati nas bolas com mais força do que pretendia. Eu não conseguia tirar da cabeça a imagem do rosto machucado do Tyler. Meus irmãos não iam se tornar vítimas como a Beth ou agressivos como eu. A bola branca quicou várias vezes depois de atingir o grupo de bolas.

– Lisas. Sua vez de responder.

– Minha mãe me machucou e eu não lembro como foi.

Ela parecia desinteressada, mas eu sabia que queria ver o arquivo dela tanto quanto eu queria ver o meu. Eu contei a ela a minha história, e queria ouvir a dela.

– Me conta o que você sabe.

A Echo girou o taco na mão.

– Eu não te conheço o suficiente.

Como diabos eu ia conseguir que ela confiasse em mim? Em algum nível, ela confiava. Mas não como eu queria que confiasse. Minha reputação com as garotas na escola vinha na minha frente, como líderes de torcida na frente de uma fanfarra. Merda, e se ela confiasse em mim? O que eu faria com isso?

Encostei o quadril na mesa de sinuca.

– E se a gente só tiver uma chance com esses arquivos? Não estou te contando minhas porcarias pessoais porque gosto de terapia em grupo. Estou contando porque, se você tiver a oportunidade de ver os arquivos, preciso que encontre as informações sobre os pais adotivos dos meus irmãos. Sobrenome, endereço e telefone. Se eu conseguir ver o seu, o que devo procurar?

Que droga, ela parecia ter se transformado em uma vampira. Não tinha absolutamente nenhum sangue naquele rosto lindo.

– Jura que não vai contar pra ninguém?

O que poderia ser pior do que as pessoas falarem que você se corta?

– O que quer que seja...

– Jura – sibilou ela. A inclinação da cabeça dela, o jeito como os olhos cintilaram em um verde profundo e se estreitaram, como um animal selvagem, me alertaram que uma piada não seria o passo mais inteligente.

– Juro.

A Echo apoiou o taco na parede e andou até a mesa. Parecia que todos os jogos tinham terminado por hoje. Ela pegou a bola branca.

– A minha mãe é bipolar. Você sabe, maníaca depressiva. Existem dois tipos de bipolaridade, e a minha mãe tem a número 1. Não é como se 1 fosse o mais simples, tipo num furacão de categoria 5, terremoto de 10 graus. Ela foi mal diagnosticada durante anos e, quando eu tinha seis anos... – A Echo rolou a bola branca pela mesa, atingindo várias bolas. – Ela teve um surto feio e conseguiu ajuda. A minha mãe era ótima quando estava tomando os remédios.

Ela enroscou os braços ao redor de si mesma e encarou a mesa. O pé dela batia no chão.

– Eu só sei o pouco que o meu pai e as minhas amigas me contaram. Ela parou de tomar os remédios, entrou em surto maníaco, eu fui ao apartamento dela e ela tentou me matar.

Fiquei apavorado de me mexer, respirar, existir nesse momento. Na TV, os adolescentes eram mostrados como felizes, sem preocupações. A Echo e eu nunca teríamos uma vida daquelas. Meus pais morreram. Eu fui ferrado por um sistema que supostamente deveria me proteger. A Echo... A Echo foi traída pela pessoa que deveria dar a vida para protegê-la.

Ela levou a mão à testa.

– Você sabe como é não se lembrar de uma coisa? A minha mãe me amava. Ela não me machucaria. Você sabe o que é ter pesadelos terríveis uma noite depois da outra? Eu vou dormir uma noite, minha vida é perfeita, e acordo em desespero dois dias depois em um hospital, e o meu mundo todo está arrasado. Eu preciso saber. Se eu souber, talvez me sinta inteira de novo. Talvez...

A Echo me lembrava a estátua de uma santa que a minha mãe uma vez colocou no jardim florido dela. Os braços esticados, buscando uma resposta de um Deus que nos odiava.

– Talvez eu encontre a normalidade de novo.

– Me fala do Aires. – Eu buscava qualquer coisa que pudesse ajudar.

Por puro milagre, meu pedido tirou a Echo da angústia. Ela piscou, voltando aos bipes e zumbidos do fliperama.

– O Aires adorava carros. Ele comprou um Corvette 1965 detonado e passou anos trabalhando nele. É por isso que eu sou sua monitora. Preciso ganhar dinheiro para terminar de consertar o carro.

Então ela não era uma nerd procurando créditos extras nem horas de serviço. Ela queria homenagear o irmão – a família. A Echo e eu éramos mais parecidos do que eu pensava.

– O que ele tem de errado?

Ela pegou o taco e colocou de volta no rack.

– Eu nem imagino. Pelo que sei, ele precisa de vinte dólares de gasolina e uma vela de ignição nova. Ou pode precisar de alguma coisa enorme e cara. Chamei um mecânico para dar uma olhada nele hoje, mas tenho a sensação de que ele vai me levar à falência.

– Conheço um cara que é genial com carros. Ele adoraria estar no mesmo lugar de um Corvette 65. Quer que eu leve o cara pra dar uma olhada nele?

O sorriso de sereia apareceu, e os olhos dela iluminaram o ambiente.

– Claro. Total. Claro.

Ela provavelmente ia perder um pouco desse entusiasmo quando conhecesse o Isaiah.

– O Isaiah não é muito sociável, mas é um cara legal. Não quero que você fique chocada quando aparecer alguém como eu.

A risada dela parecia música.

– Como assim, você não sai com missionários no seu tempo livre? Fala a verdade, quando todos nós voltamos pra casa e colocamos calça de moletom e camiseta, você se enfia numa camisa polo e numa calça cáqui.

Ninguém além do Isaiah e da Beth me provocava. As pessoas fugiam de mim. Mas essa pequena ninfa parecia gostar desse jogo.

– Continua, Echo. Eu adoro preliminares.

Ela riu tão alto que colocou uma das mãos sobre a boca, mas a risada escapou.

– Você é muito metido. Você acha que, porque as garotas babam por sua causa e liberam tudo na primeira tentativa, eu vou fazer o mesmo? Nem pensar. Além do mais, agora eu tenho uma arma. Toda vez que você tentar parecer misterioso e perigoso, vou imaginar você usando uma camisa polo rosa listrada, com o colarinho levantado, e calça de algodão cáqui com pregas.

De jeito nenhum. Fui em direção à Echo me sentindo um tigre que persegue sua presa. Ela recuou contra a parede, mas continuei minha investida. Pressionei o corpo contra o dela, sentindo cada curva sensual. Eu queria tocar cada centímetro daquele corpo. O cheiro doce me intoxicava.

Os olhos dela continuavam sorrindo, mas o sorriso desapareceu quando ela mordeu o lábio inferior. Droga, será que ela tinha alguma ideia do que estava fazendo? Para uma garota determinada a me manter longe, ela certamente fazia tudo para me deixar com tesão.

– O que você estava dizendo? – Abaixei a cabeça e inalei o cheiro suave de canela em sua nuca, deixando meu nariz deslizar pela pele convidativa.

O peito dela subia e descia num ritmo mais rápido. Minha mão se derreteu na curva da cintura dela, a centímetros do quadril. Demorei a decidir se ia para cima ou para baixo, duas áreas que eu sonhava em tocar.

– Noah – ela expirou, sem saber que estava realizando uma das minhas muitas fantasias com ela. Se eu jogasse direitinho, talvez ela realizasse mais algumas. Mal toquei os lábios na bochecha dela enquanto me movia em direção à boca. As unhas dela provocavam meu peito, me levando à loucura. Beijar a Echo se tornou minha única razão para respirar.

As mãos dela pressionaram meu peito e os lábios se moveram contra os meus.

– Eu não posso. – Ela me empurrou para longe. – Eu... Eu... não posso. – Todos os sinais de humor tinham desaparecido, e os olhos dela estavam arregalados. – Estou saindo com o Luke e isso... – ela fez um sinal com as mãos entre nós dois – ... não pode acontecer. Você é Noah Hutchins, e eu não sou a garota que faz "aquilo" com... com...

Fechei os olhos para recuperar um pouco do controle sobre meu corpo. E terminei a frase por ela.

– Comigo.

– É... Não... Eu não sei. Eu quero ser normal, Noah. Você pode me dar a normalidade? – Engraçado, ela falava em normalidade enquanto puxava as luvas sobre as mãos.

– Quando é que você vai perceber que isso não existe para pessoas como nós? – Eu não tinha certeza de quem eu queria machucar mais: ela ou eu. Ela podia fingir, mas nunca voltaria a ser a garota sem cicatrizes. Que inferno, talvez eu tenha dito isso para me lembrar de que um cara como eu nunca poderia ter uma garota como Echo.

Ela se afastou de repente, emanando uma raiva igual à que eu tinha visto naquele primeiro dia na sala da sra. Collins.

– O que eu devo fazer, Noah? Desistir que nem você? Me drogar, faltar às aulas? Dizer "foda-se" pra tudo?

– É muito melhor do que fingir ser alguém que eu não sou. Por que é tão importante ficar com um cara que te largou pra ver uma porcaria de filme?

A Echo esfregou o rosto com as duas mãos, e sua raiva foi diminuindo.

– Você vai me levar ao Baile dos Namorados? Será que eu vou ser mais do que apenas outra garota no banco de trás do seu carro, ou vou ser uma piada entre você e os seus amigos?

Eu não sei. A verdade ficou entalada na minha garganta. Eu queria dizer que ela seria mais, mas não consegui. Eu não costumava me ligar a ninguém, e aqui estava essa criatura maravilhosa me pedindo isso.

Ela passou a mão pelo cabelo.

– Tudo bem. Não precisa pensar até explodir os miolos. Eu sou sua monitora, e você... você precisa de ajuda. Vamos trabalhar juntos para conseguir ver os nossos arquivos, e você vai viver a sua vida e eu vou viver a minha. Preciso ir. Obrigada pela refeição e pelo jogo.

A Echo passou rápido por mim, me trazendo de volta à vida.

– Espera.

Ela olhou sobre o ombro. Olheiras profundas marcavam seus olhos, e os ombros estavam inclinados para frente. Como é que eu nunca tinha visto essa exaustão antes? Ela falava de pesadelos. Quando foi a última vez que ela dormiu? Não era da minha conta – meu silêncio confirmou isso. Como eu não disse nada, a melhor coisa que tinha me acontecido nos últimos três anos foi embora. Merda, eu era um idiota.

Echo

Dois mil dólares. Era isso que o mecânico queria para fazer o carro do Aires funcionar. Bem, eu ganhava dez dólares por hora e, se tivesse sorte, era monitora do Noah duas horas por semana. Se eu tirasse os impostos federais, estaduais e locais e a previdência social, eu consertaria o carro do Aires em... Nunca.

O sol entrava pelas aberturas da persiana. A luz atingia com perfeição a foto de mim, do Aires e da minha mãe sobre a cômoda.

– Ei, lindona. – O Luke entrou no meu quarto, fechando a porta.

Em movimentos rápidos como os de um coelho, eu me sentei na cama, agarrei um suéter e o enfiei pela cabeça e, mais importante, sobre os meus braços.

– O que você está fazendo aqui?

– Eu te falei que ia dar uma passadinha. – Ele caminhou pelo quarto e se jogou de barriga sobre o meu edredom lilás.

– Não. O que você está fazendo aqui no meu quarto? – Na minha cama?

– O seu pai e a Ashley disseram que eu podia subir.

Ergui uma sobrancelha.

– O meu pai? Disse que você... podia... subir?

– É. Acho que você está julgando mal o cara. Ele está mais calmo agora. Nada parecido com o que ele era quando a gente namorava antes.

– Antes. Éramos um casal antes. Agora estamos saindo. – *Namorar* implicava sentimentos sérios, e a única coisa séria para mim no momento é que eu não queria o Luke no meu quarto, especificamente na minha cama. Comigo. – O que aconteceu com o basquete das manhãs de domingo com o Stephen e os outros caras? – Ele tinha o mesmo ritual nas manhãs de domingo desde os oito anos.

– Vou encontrar com eles daqui a meia hora. Sei que você vai sair para comprar seu vestido hoje e queria te ver antes. – Ele colocou a mão sobre a minha e alisou o dedão na minha pele. – Olha, eu vou falar de novo, já que, quando falei isso ontem à noite, você não disse nada. Desculpa. De verdade, Echo, eu queria que você me desculpasse. Eu não fiz a ligação com o Aires até o filme acabar, eu juro.

– Tudo bem. – *Sério. Estamos quites. Você me levou para ver um filme ruim. Eu saí e quase beijei um cara muito gostoso. Um cara que fez os meus dedos do pé se retorcerem e que dividiu comida comigo. Um cara por quem eu realmente deveria deixar de ser obcecada, porque Deus sabe que ele não está pensando em mim.*

O Luke desviou os olhos para o mural marítimo na minha parede.

– Não acredito que você guarda essa porcaria. Depois do que a sua mãe fez com você.

Coloquei uma das mãos sobre o estômago, que estava revirando.

– Ela ainda é minha mãe.

Meu coração afundou quando os olhos dele se arregalaram e me lançaram o olhar "você-está-maluca". As pessoas lançavam esse olhar para a minha mãe muitas vezes. Recebê-lo pela primeira vez era uma droga.

– Você já terminou?

– Não. Você sabe que eu te acho supergostosa, não sabe? – O Luke parecia faminto, e acho que ele não queria o resto de bagel sobre a minha mesinha de cabeceira. – E aqueles vestidos que você costumava usar nos bailes eram fantásticos. – Ele fechou os olhos e lambeu os lábios. Eu poderia apostar que ele estava se lembrando do baile do futebol americano no segundo ano. Vestido de cetim azul, saia curta e o banco traseiro do Lincoln do pai dele. Até eu tinha boas lembranças daquela noite.

Ele abriu os olhos e a fome desapareceu.

– Mas eu estava me perguntando que tipo de vestido você vai comprar. Sabe, para você não ficar com vergonha.

Uau. Talvez ele devesse ir ao baile com a Ashley.

– Você está perguntando se vou expor as minhas cicatrizes?

– É. Não. É. – Ao se aproximar de mim, o Luke massageou a parte externa da minha coxa. Lutei contra a ânsia de me afastar. – Eu te quero, Echo. Você sabe disso. É você que está puxando o freio do contato físico, não eu. E, para ser sincero, estou cansado disso. Várias garotas dormiriam comigo.

O Luke adorava um bom monólogo, mas eu não. Cortei a conversa.

– Então, pelo amor de Deus, vai dormir com elas. Você não vai me deixar culpada a ponto de transar com você.

Graças a Deus, ele tirou a mão da minha perna.

– Isso não está acontecendo como eu tinha planejado.

– Então me diz exatamente como você tinha planejado. Você achou que ia me dizer que está morrendo de medo de que eu mostre as minhas cicatrizes, e depois eu ia cair nos seus braços e a gente ia dar uns amassos?

Ele inclinou a cabeça. Ai, que droga. Ele realmente tinha pensado isso.

– Vai embora.

– Por favor, Echo. – Eu tinha esquecido como ele se movimentava rápido. Ele deslizou sobre a cama e colocou um braço pesado sobre a minha cintura para me impedir de fugir. – Eu ainda te amo.

Engraçado como a palavra *amor* direcionada a mim conseguia derreter minha fúria. Os músculos do meu estômago relaxaram, assim como o resto do meu corpo. Sentindo minha fraqueza, ele colocou os dois braços ao meu redor e me puxou em direção a ele.

Eu costumava adorar ficar deitada com o Luke, especialmente quando ele dizia que me amava. Houve uma época em que meu mundo girava ao redor dele. Eu sentia saudade desses dias. Eu sentia saudade de saber que alguém me amava e, deitada aqui, percebi que sentia saudade de amar alguém de volta.

– Eu nunca deixei de te amar. Foi difícil quando você terminou comigo. – Ele passava a mão para cima e para baixo nas minhas costas. O toque parecia familiar e, nesse momento, familiar parecia certo.

– Então, por que você insistiu tanto no sexo? Por que você não podia esperar até eu estar pronta? – Meu coração também tinha se partido quando eu terminei, mas eu estava cansada das brigas. Ele me forçava a cada segundo, pedindo, querendo mais.

– Não sei. Eu queria saber como era fazer sexo. Achei que, se eu te desse um tempo, a gente ia voltar depois de algumas semanas, mas aí...
– Graças às minhas amigas, ele sabia o que tinha acontecido. – Posso te fazer uma pergunta?

Sem ter certeza se eu estava preparada para mais "perguntas" do Luke, meu corpo se ergueu e desabou com um suspiro exagerado.

– Claro. – Por que não?

– Você ainda me ama?

Eu me apoiei no cotovelo e me obriguei a olhar para o Luke. Olhar de verdade para ele: os olhos azuis, o cabelo preto e o rosto que eu costumava adorar beijar e acariciar.

– Eu sempre vou te amar, mas não estou a fim, ainda não. Nem nos meus sonhos mais selvagens eu imaginei que você ia me querer de volta depois que eu me tornei a esquisita.

O dedo dele deslizou pela minha bochecha.

– Você nunca foi a esquisita, Echo. Não pra mim. Eu passei o último ano e meio todo esperando você resolver o que precisava resolver. Meu mundo inteiro ficou de novo no lugar no dia em que você voltou ao refeitório.

Meus olhos se arregalaram. Uau. Simplesmente uau.

– Quero que você fique a fim de novo, e acho que a melhor maneira para isso acontecer é você pular de cabeça. Acho que a gente devia recomeçar de onde parou. Acho que a gente devia transar.

Minha ingestão de ar produziu um som alto.

– O quê?!

– Não agora, mas logo. Aposto que, se a gente transar, você vai ficar a fim de novo.

Eu sabia que devia estar parecendo um peixinho dourado num aquário pequeno, com a boca abrindo e fechando repetidas vezes. O estranho é que eu tinha conseguido o que desejava – eu poderia transar com alguém que me amava –, mas eu tinha me esquecido de acrescentar que queria amar o cara também.

– Eu não sei.

Ele simplesmente sorriu.

– Dorme e sonha com o assunto.

Dormir. Ah, que engraçadinho.

– Caramba, Echo. Você hiberna por um ano e meio e acorda com uma pancada. – A Lila terminou de tirar as roupas de igreja e colocou um suéter rosa e calça jeans. – O Luke diz que ainda te ama. E, por sinal, eu cantei a pedra. O Noah Hutchins tenta te beijar. E você reclamando que ia morrer virgem.

Continuei a desenhar, deitada na cama que o Luke tinha abandonado segundos antes de a Lila entrar.

– Não conte com isso ainda.

– Ah! – Ela prendeu o cabelo dourado em um rabo de cavalo. – O Luke está implorando por isso, e o Noah, bem, pelo que ouvi, sexo é o que ele faz de melhor.

– Ouviu de quem? – perguntei, rápido demais e com entusiasmo excessivo. Mantive os olhos no caderno de desenho e forcei minha mão a continuar trabalhando. Talvez a Lila não tivesse percebido minha explosão súbita e muito alta.

Ela quicou na cama.

– Aaaah, minha pequena Echo está a fim de um brinquedinho. Eu adoraria ver o cara sem camisa. Aposto que ele tem um tanquinho de matar. A Emma, da equipe de dança, traçou o Noah na época que estava sem namorado no último verão. Na verdade, foi ele que traçou. Ela disse que ele arrasou.

A ponta do meu lápis quebrou. *Idiota, idiota, idiota, idiota. Um idiota incrivelmente gostoso e extremamente doce.*

– Entããão, qual dos dois você vai escolher? O cara que te ama ou o cara que você deseja?

Como é que uma pergunta dessas saía da boca de alguém que parecia tão etérea? Glinda, a Bruxa Boa, tinha a mente poluída. Não fazia mais sentido me esconder atrás dos desenhos. Joguei o caderno e o lápis quebrado na mesa de cabeceira.

– O Luke pode me amar, mas não é exatamente atencioso.

A Lila deitou do meu lado e pegou minha mão.

– É verdade. Ele é egocêntrico e tem a mente limitada a qualquer coisa que seja interessante pra ele. Mas você tem sentimentos por ele.

– Mas não estou a fim dele. – Não que eu estivesse a fim do Noah também. Suspirei internamente. Era impossível passar três segundos sem pensar no Noah.

– O Noah é gostoso – disse Lila –, mas você sabe que isso não vai dar em nada. Você acabou de conseguir sua vida de volta. Sair com ele seria um pesadelo social. Além disso, você não tem sentimentos por ele.

Ele dividiu o hambúrguer comigo e me fez rir. Não uma risada educada. Não uma risada falsa. Uma risada tão alta que fez todo mundo olhar. Daquelas que fazem a bebida sair pelo nariz. E eu contei a ele sobre a minha mãe, e ele encontrou um jeito de me fazer sentir melhor.

– Echo – disse Lila, séria. – Por favor, me diz que você não tem sentimentos por esse cara.

– Não importa – resmunguei. – Ele não vai ao Baile dos Namorados.

– Bom, essa foi uma resposta totalmente esquisita, mas vou aceitar. Então, mudando de assunto. Você precisa de anticoncepcionais.

Pela segunda vez no mesmo dia, eu me senti como um peixinho dourado.

– Não. Não preciso.

– Precisa sim. Aposto a minha bolsa da Big Buddha que você vai se juntar ao resto da mesa do almoço e vai realizar esse feito até a formatura. Com quem, eu não sei. – Ela imediatamente sussurrou: – Luke – antes de voltar ao tom normal. – Mas você definitivamente precisa de anticoncepcionais.

Anticoncepcionais? Tomar anticoncepcionais significava ter que falar sobre sexo, e eu me considerava sortuda por poder evitar a conversa sobre sexo com qualquer figura paternal.

– Meu pai vai surtar.

Lila rolou para fora da cama, agarrou minha mão e me arrastou para levantar.

– Ah, não, amiga, a gente não vai falar com o papai. Vamos sair para comprar o vestido!

Cinco torturantes horas depois, a Ashley e a Lila finalmente concordaram quanto ao meu vestido para o baile. A menos que eu planejasse aparecer como a mãe da noiva, não consegui achar um vestido de mangas compridas. Escolhemos um tomara que caia de cetim preto, que ia até o meio das coxas, com luvas de cetim preto que chegavam até os meus bíceps.

A Lila e eu bebíamos o nosso latte em uma mesa da praça de alimentação enquanto a Ashley terminava de pagar ao barista.

– Agora – sussurrou Lila.

– Agora o quê? – Meus pés e minha cabeça doíam.

– A madrasta está toda feliz com o dia das meninas. Siga o roteiro e você vai se sair bem.

Meu olhos se arregalaram. *Ai, que droga.* Agora era o momento em que íamos convencer a madrasta a me dar anticoncepcionais.

A Ashley se sentou à nossa mesa.

– Eu me diverti tanto com vocês, meninas. Lembram quando a gente fazia compras todo fim de semana?

É. Antes de você trair minha mãe pelas costas e dormir com meu pai. A Lila me chutou por baixo da mesa.

– Minha menstruação tem doído muito.

Minha perna latejou quando a Lila me deu outro chute. A Ashley piscou, obviamente surpresa.

– Como?

A Lila limpou a garganta.

– O que eu acho que a Echo quer dizer é que estamos muito felizes de passar esse tempo com você, porque tem um assunto que ela precisa falar. Uma coisa de meninas. Você sabe, o tipo de coisa que os homens não entendem. Sabe, no último ano, a menstruação dela ficou muito intensa e as cólicas pioraram. Não é isso, Echo?

– Hã – eu disse sem emoção enquanto tentava não piscar. Eu era péssima nisso. Ela me chutou de novo. – Quer dizer, é. Muito sangue e muita cólica. Nossa, cólicas horríveis. Como cólicas do Hades. É, eu odeio cólicas. Cólicas, cólicas, cólicas.

Dessa vez, a Lila pisou no meu pé.

– Como melhor amiga da Echo, eu disse que ela devia conversar com você. A minha mãe me deu pílulas quando a minha menstruação ficou muito intensa.

O rosto da Ashley se contorceu por um instante enquanto ela olhava de um lado para o outro, alternando entre mim e a Lila. Qual das duas ia vencer? A esposa que sabia que o meu pai esmagaria o BlackBerry com as próprias mãos se descobrisse que sua única filha estava tomando anticoncepcionais, ou a mulher desesperada para se sentir melhor por ter arruinado a minha vida?

– Sim. Claro, Lila. Você fez bem de falar para a Echo conversar comigo. – Um pequeno sorriso tocou seus lábios, mas os olhos ainda estavam se movimentando de preocupação. – Há quanto tempo isso vem acontecendo?

Nunca.

– Mais de um ano.

– Por que você não falou comigo antes, querida?

Dei de ombros.

A Ashley deu um longo gole no latte.

– Como estão as coisas entre você e o Luke?

Droga.

– Ashley, a gente pode se concentrar nos meus problemas menstruais?

Os olhos dela brilharam. A culpa tinha ganhado.

– Eu tenho consulta com a minha obstetra na segunda-feira. Por que você não vai comigo e pedimos para ela dar uma olhada em você e te dar uma receita? Tenho um ultrassom marcado. Seu pai não pode ir, e eu fiquei arrasada porque não descobrimos o sexo do bebê na última vez. Não vai ser empolgante você ver seu irmãozinho ou irmãzinha?

Por um instante, achei que a Ashley ia cantar uma música. Agora, em vez de um chute, a Lila estendeu a mão debaixo da mesa e pegou a minha. Apertei a mão dela enquanto respondia:

– Claro. Vai ser ótimo.

NOAH

– Para de fazer cara feia. Se você tivesse transado com ela quando conheceu a garota, como eu te falei, não estaria enroscado como uma porcaria de pretzel. – A Beth jogou a bandeja sobre a mesa do refeitório.

Empurrei minha pizza e me recostei na cadeira. Até agora, a Echo mal tinha feito contato visual passageiro comigo hoje. Como ela disse, ela tinha voltado para a vida dela e, em teoria, eu tinha voltado para a minha. O problema? Eu não gostava da minha vida, não sem ela.

O Isaiah colocou a bandeja dele do meu outro lado.

– Deixa o Noah em paz, Beth. Às vezes não dá pra controlar por quem a gente se apaixona. – Palavras de sabedoria vindas do cara que ignorava seus sentimentos pela Beth.

Ela fez uma cara de raiva quando espetou o garfo na torta de frango. Ela mantinha o cabelo no rosto para esconder as manchas roxas que a maquiagem não conseguia cobrir.

– O que está pegando, Isaiah? Você anda remoendo alguma coisa, quase tanto quanto o Noah. Por favor, não me diz que você também está apaixonado por uma garota estúpida e intocável.

Ele mudou de assunto.

– Então, Beth, ouvi dizer que a sra. Collins te chamou na sala dela.

– Pra quê? – perguntei. A sra. Collins bagunçar a vida de um de nós já era suficiente.

– Suponho que um dos professores me entregou quando percebeu as manchas roxas. Eu disse a ela que caí da escada na casa do meu pai. – Ela piscou para o Isaiah e os dois riram da piada compartilhada. Nenhum dos dois tinha a menor ideia de quem eram seus pais.

Meu coração acelerou quando percebi um brilho vermelho entrando no refeitório. Na porta do lado mais distante de mim, a Echo parou e deu uma olhada rápida no ambiente. Ela abraçava os livros com força, com as mangas presas nas mãos. Nossos olhos se encontraram. Os olhos verdes dela se derreteram, e ela me deu aquele lindo sorriso de sereia. Meus lábios se contraíram e fiz sinal para que ela fosse até a nossa mesa. Que diabos eu estava fazendo?

A Beth evidentemente tinha se tornado capaz de ler mentes.

– Que diabos você está fazendo?

Enquanto eu notava os olhos da Echo se arregalando, me virei rápido para o Isaiah.

– Quer trabalhar num Corvette 1965?

– Se eu quero um milhão de dólares? Claro que sim.

– Tem planos para depois da aula? – perguntei. A Echo deu uma olhada para a mesa dela e depois para mim. *Vem, minha pequena sereia. Vem pra mim.*

– A gente não mata aula tem algum tempo – disse Isaiah.

– Estou dentro – disse a Beth. – E não preciso da desculpa de um carro para matar aula.

– Nada de matar aula. – Eu mantinha os olhos grudados nos da Echo. Ela se balançava de um pé para o outro. Ela precisava de um motivo para se aproximar. Peguei meu livro de cálculo e lhe mostrei a capa. Ela expirou de um jeito que alguns cachos se movimentaram com o hálito. Finalmente, minha ninfa se aproximou.

– Oi. – Ela falou tão baixinho que tive que me esforçar para ouvir. Os olhos dela se alternaram entre mim, a Beth e o Isaiah, depois voltaram para mim.

– Quer sentar? – perguntei, sabendo a resposta. Ao ficar de pé perto da minha mesa, ela estava quebrando centenas das regras sociais das suas amigas travadas.

– Não, minhas *amigas* estão me esperando. – Ela enfatizou a palavra antes de olhar diretamente para a mesa de garotas que encaravam nossa interação. *Um a zero, Echo.* Eu tinha errado tanto na noite de sábado que ela nem me considerava amigo. A Beth sorriu e acenou de um jeito provocante para a mesa das amiguinhas. A Echo se encolheu externamente, enquanto eu recuei internamente.

– O que você quer, Noah? – Ela encarou a Beth enquanto perguntava e depois estreitou os olhos na minha direção.

– Este é o Isaiah.

Ela ergueu as duas sobrancelhas.

– Tá.

– Ele vai dar uma olhada no carro do Aires depois da aula. Podemos estudar na sua casa enquanto ele avalia o que precisa ser feito.

O rosto dela se iluminou.

– De verdade?

– O que é de verdade? – perguntou uma voz familiar. Droga. O babaca. Bem quando eu tinha começado a manipular a Echo de volta para o meu lado, o namorado fracassado surgiu e jogou um braço sobre o ombro dela.

A Echo continuava radiante.

– O Isaiah vai dar uma olhada no carro do Aires pra mim.

Os cantos da minha boca se curvaram para cima, enquanto os do Luke se curvaram para baixo.

– Quando? – perguntou ele.

– Hoje. Depois da aula – respondeu Isaiah. Ele se ajeitou na cadeira para deixar o Luke dar uma boa olhada nele: brincos, tatuagens e toda a sua glória punk.

– Echo! – chamou uma das amigas dela.

Ela olhou para trás, depois vasculhou a mochila.

– Vou sair depois do almoço pra uma consulta e não vou voltar, mas depois da aula é totalmente perfeito.

A Echo se inclinou e anotou o telefone dela em um guardanapo. A camiseta dela ficou pendurada, expondo um pouco o decote. O olhar que lancei para o Isaiah avisou para ele não olhar, e o sorriso que dei para o namorado da Echo quando ela me deu o guardanapo fez o punho dele se fechar.

– Meu telefone vai ficar desligado – disse ela. – Mas me manda seu número por mensagem para eu te passar o endereço. Vejo vocês depois da aula. – Ela deu um passo, mas o Luke não seguiu. – Você vem?

– Vou pegar alguma coisa pra comer.

Ela mordeu o lábio inferior e me deu uma olhadinha antes de se afastar. Então eu não tinha estragado tudo completamente. Eu tinha pelo menos mais uma chance com a Echo.

Uma cadeira arranhou o piso, e o Luke se sentou na nossa mesa.

– O que tem de errado com vocês, populares? Não conseguem deixar os fracassados em paz? – resmungou Beth.

O Luke ignorou a garota.

– Nós jogamos basquete um contra o outro no primeiro ano.

A cabeça da Beth e a do Isaiah viraram rápido para mim. Eu nunca tinha discutido a minha vida antes da adoção. Cruzei os braços sobre o peito.

– É. Jogamos.

– Eu estava te marcando e você arrasou comigo. O seu time ganhou.

Ele falou desse jogo como se fosse ontem. Para mim, tinha sido décadas atrás. Aquelas memórias pertenciam a um garoto que morreu junto com os pais dele num incêndio residencial.

Como eu não respondi, ele continuou:

– Você ganhou naquele dia, mas não vai ganhar agora. Ela é minha. Não sua. Fui claro, amigo?

Eu ri.

– Pelo que eu sei, a Echo é um alvo legítimo. Se você não é homem o suficiente pra satisfazer a garota... – Ergui as mãos e deixei a minha reputação falar por si.

O Luke pulou da cadeira com o rosto vermelho.

– Se chegar perto dela, eu te dou uma surra.

O rei dos bailes provavelmente nunca tinha brigado na vida. O corpo dele tremia. Continuei sentado, sabendo que minha calma ia assus tar ainda mais o cara.

– Manda ver. Eu acabo com você como fiz no basquete. Só que, dessa vez, não vai ter juiz pra te salvar.

O Luke bateu com a cadeira na nossa mesa e saiu andando. A Beth e o Isaiah caíram na gargalhada. Eu me juntei a eles até perceber o pânico no rosto da Echo. Antes que eu pudesse me mexer, ela saiu correndo do refeitório. Merda.

A Echo morava num daqueles bairros bacanas. Não do tipo rico e luxuoso, mas aqueles com árvores grandes no pátio da frente, um paisagismo amador mas benfeito, fachadas de tijolos com dois andares e varandas com balanços. Eu costumava morar num lugar como esse – antes. Aposto que devia ser muito bonito na primavera. Provavelmente tinha cheiro de narcisos e rosas – como era na minha casa. Agora, eu só sentia cheiro de sujeira e frio. Fevereiro era um saco.

A porta da garagem para dois carros se abriu quando fechamos as portas do nosso carro. A Echo tinha estacionado o Dodge Neon dela em uma faixa estreita de concreto perto da casa, deixando apenas o Corvette vermelho na garagem. Do lado do motorista, podíamos ver uma das pernas da Echo, coberta com jeans.

– Fico com tesão só de olhar, cara – disse o Isaiah enquanto andávamos pela entrada de carros.

– Você tá doidão – respondi, esperando que ele estivesse falando do carro, e não da Echo. Eu odiaria bater em alguém que eu considerava família.

A Beth se espremeu entre mim e o Isaiah.

– Mais pra doente da cabeça.

– As duas coisas. Meu Deus, esses para-choques são originais? – O Isaiah deslizou a mão sobre o carro.

Entrei na garagem, uma bolha de calor. Um aquecedor estava pendurado nas vigas, ao lado de várias lâmpadas fluorescentes. No instante em que nós três entramos, a porta da garagem se fechou atrás de nós. Bancadas de madeira acompanhavam as paredes da esquerda e dos fundos. Havia ferramentas penduradas em quadros furados. Fotos de carros e pessoas cobriam os armários.

– Talvez você conseguisse ficar com uma garota se tocasse assim nela. – A Beth se encostou na bancada.

O Isaiah deu um sorriso falso enquanto inspecionava as listras na carroceria.

– Se eu conhecesse uma garota que ronronasse que nem esse gatinho, eu faria carinho nela a noite toda.

– Vocês estão chapados? – A voz da Echo veio do carro. O toque rouco no tom dela golpeou meu coração com uma garra.

A Beth me olhou de cara feia.

– Infelizmente, não. Sua atitude boazinha está contaminando o meu garoto. – Eu tinha ouvido a Beth reclamar disso durante dias. Mas ela, o Isaiah e eu éramos mais do que drogados fracassados, e eu queria provar isso para a Echo.

Ela ficou sentada no banco do motorista e ainda não tinha mostrado o rosto. Mantive o foco no carro, fingindo que entendia alguma coisa do que o Isaiah estava resmungando. Uma chance. Foi isso que eu consegui. Se eu ferrasse tudo hoje, ia ficar olhando o Luke viver a vida dele com a Echo. Tudo dentro de mim estava tenso. Merda. Eu estava nervoso por causa de uma garota.

O Isaiah continuou a deslizar a mão pelo carro em direção ao capô, murmurando coisas sem sentido e incoerentes. Ele jogava palavras como para-choques, cromado, corpo e inclinação.

– Posso ir mais fundo? – Os olhos do Isaiah piscaram para o carro e imediatamente para mim. Ele inclinou a cabeça em direção a Echo antes de passar a mão embaixo do capô, esperando que ela abrisse.

Que inferno. O Isaiah nunca ganhou prêmios por ser observador. A minha atuação com o Luke deve ter irritado a garota. Fui até o lado do motorista para traduzir para ela o que o meu estúpido melhor amigo estava dizendo.

– Ele quer que você abra o capô.

A Echo estava com um álbum de fotos no colo, com os dedos tocando uma imagem. Tinha aquele olhar perdido de novo. O mesmo que ela usava no último semestre, quando entrava na sala segundos antes de o sinal tocar, fingindo que ninguém mais existia. Só agora eu percebia que ela não estava fingindo. Naquele momento, a Echo estava vivendo em seu próprio mundinho.

Ela mencionou que tinha uma consulta, mas não disse mais nada. Será que alguma coisa tinha dado errado? Eu me agachei perto dela, baixando o tom de voz para que só ela pudesse ouvir minha preocupação.

– Echo.

Despertando de seu mundo de sonhos, ela respirou fundo.

– Tá. O capô.

Ela deslizou a mão sob o console e puxou a alavanca. Os olhos do Isaiah cintilaram quando a trava soltou e a porta para o seu mundo mágico se abriu.

– Beth, você precisa ver isso.

– Sua obsessão por carros é absurda. – A Beth agia como se não se importasse, mas se desencostou da bancada e foi em direção ao Isaiah. – Como você consegue convencer as garotas a transarem com você?

– Ah, você sabe que as palavras "V8 de bloco grande" deixam qualquer calcinha molhada.

– Ah, baby – disse a Beth com indiferença. – Então me pega agora.

A Echo avaliou meus olhos.

– Tem certeza que não estão chapados?

Vários comentários sarcásticos me vieram à mente, mas eu me lembrei – uma chance.

– Esta é a sua casa, e eu não te desrespeitaria desse jeito.

O lado direito de sua boca se curvou para cima.

– Obrigada. – Ela fechou o álbum. – Preparado para mergulhar no mundo da física?

Dei uma olhada ao redor da garagem.

– Onde?

– Eu normalmente estudo aqui dentro.

– Tá brincando. – Os olhos verdes sérios me disseram que ela não estava brincando, assim como a mochila no banco do passageiro. – Sabia que a maioria das pessoas usa mesas e cadeiras?

Ela deu de ombros, tirando o livro de física da mochila e colocando-a no chão ao meu lado. Então diminuiu a voz.

– A maioria das pessoas não tem cicatrizes nos braços nem é "fortemente encorajada pelos Serviços de Proteção à Criança" a fazer terapia uma vez por semana. Vamos estudar ou não?

Abri a porta do passageiro e me sentei. Colada no painel estava uma foto da Echo com os braços em volta de um cara mais alto, de cabelo castanho. Aparentemente, a Beth tinha se esquecido de um namorado na lição de história da Echo. Imagina só – uma maconheira que esquecia as coisas.

– Quem é esse?

Um leve sorriso tocou os lábios dela, mas não os olhos. Os olhos tinham tanta dor que senti uma faca ser enfiada no meu estômago.

– Meu irmão, Aires. É a nossa última foto juntos. – A mão dela inconscientemente alisou o álbum no colo.

O Isaiah e a Beth estavam provocando um ao outro e nos dando um pouco de privacidade para conversar.

– Você tem sorte. Tudo que significava alguma coisa para mim queimou no incêndio. Tudo menos os meus irmãos. Eu não tenho nenhuma foto dos meus pais. Às vezes tenho muito medo de um dia esquecer como eles eram. – E o som da voz deles. A risada profunda do meu pai e as risadinhas animadas da minha mãe. O aroma do perfume da minha mãe quando ela estava pronta para trabalhar. O cheiro da loção pós-barba do meu pai. O som deles comemorando nas arquibancadas quando eu fazia uma cesta. Meu Deus, como eu sentia saudade deles.

Eu não tinha percebido que havia viajado para o meu próprio universo até que os dedos gelados da Echo apertaram os meus.

– Quer ser normal?

E o meu coração se apertou de dor e alegria ao mesmo tempo. Eu sentia saudade dos meus pais de um jeito que não dava para explicar, e essa bela ninfa entendia.

– Já sou normal. – E abri o livro de física.

A batida do capô nos assustou. Passamos duas horas fazendo uma revisão para a prova de física. Se eu não passasse na maldita amanhã, nunca mais passaria numa prova.

Se eu não soubesse das coisas, diria que o Isaiah estava na melhor viagem da vida dele, com aquele sorriso maluco no rosto.

– Eu sei como fazer funcionar.

A Echo se iluminou como se fosse uma supernova.

– Sério? – Ela largou o livro de física e saiu do carro.

Lutei contra a vontade louca de ficar atrás da Echo e abraçá-la enquanto ela pulava na frente do Isaiah de tanta alegria. Por um segundo, parecia que ele ia participar da dancinha feliz.

– Só vai precisar de umas peças, poucas, na verdade. Posso encontrar no ferro-velho. Vou precisar de tempo, e talvez custe uns duzentos dólares.

Os olhos da Echo se arregalaram e o meu coração parou. Ela não tinha o dinheiro. Quanto ela podia ganhar sendo monitora de um fracassado como eu? Eu tinha a grana. Eu guardava cada centavo para me mudar para minha própria casa depois da formatura e salvar meus irmãos. Eu podia emprestar para ela, e a gente podia aumentar as sessões de monitoria até que ela conseguisse o suficiente para me pagar.

– Echo...

Ela se jogou no Isaiah, agarrando-o em um abraço.

– Obrigada. Obrigada. Obrigada. Você precisa do dinheiro agora ou depois? Tenho dinheiro vivo, se você aceitar.

Ele ficou pálido e me encarou com os braços abertos.

– Juro por Deus que não estou tocando nela, cara.

– É, mas ela está tocando em você. – As sombras nos olhos da Beth me fizeram entrar em ação.

Indiferente à ameaça de cabelos negros atrás dela, a Echo largou o Isaiah, radiante como se Jesus tivesse aparecido e transformado água em vinho. Uma pontada de ciúme atingiu meu estômago. Para evitar que a Beth quebrasse a Echo em pedacinhos, fiquei entre as duas.

– Eu te disse que podia ajudar. – Era ridículo eu tentar levar o crédito, mas não consegui evitar. Eu queria ser o herói dela.

As bochechas dela se encheram de cor, e os olhos se iluminaram como diamantes.

– Noah. – Ela arfava, sem conseguir respirar. – Nós conseguimos. Nós vamos consertar o carro. Ai, meu Deus, Noah... – Ela jogou os braços ao redor do meu pescoço e repousou a cabeça no meu ombro.

Tudo em mim congelou. Joguei os braços ao redor do calor e da maciez dela, fechando os olhos para saborear a paz que a presença da Echo me trazia. A vida seria quase agradável se eu pudesse me sentir assim o tempo todo. Acariciei o topo da cabeça dela com o queixo, lançando um olhar de gratidão para o Isaiah. Ele fez um sinal com a cabeça e mudou de posição quando percebeu a Beth de relance.

Ela estava com uma das mãos na garganta, a descrença tirando toda a cor de seu rosto.

– Isaiah, eu... – Ela deu dois passos para trás antes de virar e fugir.

– Beth! – Ele saiu correndo atrás dela. A porta da garagem bateu com força depois que ele passou.

Usando os braços como correntes, mantive a Echo presa a mim quando ela tirou a cabeça do meu ombro.

– O que aconteceu? – ela perguntou.

Meus amigos ferrados estão estragando meu momento.

– O Isaiah está a fim da Beth e não quer admitir, e ela não quer ficar a fim de ninguém. Pelo menos não do cara que considera melhor amigo. Mas o abraço que você deu nele deixou a Beth meio irritada.

– Ah. – Ela tirou os braços do meu pescoço e empurrou o corpo contra os meus braços, mas eu não estava preparado para soltá-la. Ainda não. – Noah?

– O quê?

– Eu meio que já acabei de te abraçar.

Relutante, eu a soltei. Uma chance. Uma porra de chance. *Que diabos eu faço agora? Que diabos eu quero?* A Echo. Sentir o corpo dela envolvido no meu, sentir seu cheiro sedutor, deixar que ela me levasse para um lugar onde eu me esqueceria de tudo, menos dela.

Ela guardou os livros na mochila, falando as palavras que estavam na minha mente.

– O que está acontecendo entre a gente?

Eu não sei. Esfreguei a mão no rosto antes de olhar para ela. Uma sugestão de decote aparecia em sua blusa. Droga, ela era sexy pra caramba. Eu a queria, muito. Será que uma noite seria suficiente, se é que ela me daria ao menos isso? A Echo já parecia uma droga pesada para mim. Do tipo que eu evitava conscientemente – crack, heroína, metanfetamina. Aquelas que ferram sua mente, entram na sua corrente sanguínea e deixam você sem forças nem proteção. Se a Echo me desse o corpo dela, eu seria capaz de deixá-la ir depois, ou ficaria preso naquele véu negro, com ganchos enfiados na pele, condenado à morte pela emoção que eu reservava apenas para os meus irmãos – amor?

– Eu quero você.

Ela fechou a mochila e a jogou em direção à porta da casa. A mochila bateu na madeira com força e deslizou para o chão.

– Quer? De verdade? Porque essas cicatrizes são bem sensuais.

Como ela via a si mesma?

– Não dou a mínima para as suas cicatrizes.

Ela veio na minha direção, com os quadris balançando de um lado para o outro, os olhos endurecidos de raiva. Empurrou o corpo contra o meu, partes dela se encaixando perfeitamente em partes minhas. Gemi bem baixinho, lutando para controlar meu corpo.

– Como você vai reagir quando a gente estiver perto assim e você tirar a minha blusa? Você ainda vai me querer quando vir as marcas vermelhas e brancas? Ou vai se encolher toda vez que tocar acidentalmente nos meus braços e sentir a pele marcada? E quando eu tocar em você?

Ela se afastou de mim, deixando meu corpo gelado depois de experimentar seu calor.

– Ou você vai proibir isso? Vai me dizer como devo me vestir ou o que eu tenho permissão para tirar?

A raiva dela só alimentava a minha.

– Pela última vez, eu não dou a *mínima* para as suas cicatrizes.

– Mentiroso – ela gritou. – Porque a única maneira de alguém ficar bem comigo é essa pessoa me amar. Me amar de verdade, o suficiente para não se importar que eu seja toda marcada. Você não ama as pessoas. Você transa com elas. Então, como você pode querer ficar comigo?

Ela me resumiu com perfeição. Eu não amava as pessoas – só os meus irmãos. A Echo merecia mais. Algo melhor do que eu. *Uma chance. Pega essa chance ou vai embora.* Beijo a garota e arrisco um envolvimento ou saio de perto e fico olhando outro cara aproveitar o que poderia ter sido meu.

Echo

Quando eu me formasse no colégio, planejava pintar uma placa para a sra. Collins: *Terapia é um saco.* Rosa e branca com bolinhas, para combinar com as cortinas nas janelas.

– Desculpe por ter de reagendar sua sessão e tirar você da aula de informática. A conferência em Cincinnati foi fabulosa! Você está pronta para o Baile dos Namorados amanhã? Quando eu era adolescente, nossos bailes eram às sextas, e não aos sábados, como os de vocês. – A sra. Collins caçava meu arquivo entre as crescentes pilhas de papéis e pastas sobre sua mesa. Como ela podia ter perdido essa coisa? Graças a sua fértil capacidade de anotar, meu arquivo de sete centímetros de espessura agora tinha dez.

Ela deixou um arquivo de lado e o nome chamou minha atenção: Noah Hutchins. Fazia uma semana e meia que não nos falávamos. OK, não era totalmente verdade. Na última semana, tínhamos passado trinta segundos antes da aula de cálculo montando nosso último plano de ataque. Ele planejava interromper minha sessão de terapia para pedir algum tipo de formulário à sra. Collins. Esperava que ela saísse da sala para que eu tivesse acesso aos nossos arquivos. Mas isso não aconteceu. O Noah saiu correndo do escritório dela dez minutos antes do fim da sessão dele e não voltou.

Eu queria ter conversado com ele na segunda-feira, quando ele, a Beth e o Isaiah vieram para a segunda sessão de monitoria/conserto do carro, mas ele manteve nossa conversa restrita exclusivamente a cálculo. Quando terminou de estudar, ele se juntou aos amigos, me deixando fora da panelinha deles de propósito.

Não que eu culpasse o Noah por me evitar. Eu disse umas coisas bem horríveis para ele na minha garagem. Coisas que eu não tinha ideia de como voltar atrás. Além disso, como eu poderia começar a explicar por que eu estava com um humor tão péssimo?

Mais cedo naquele dia, descobri que a Ashley carregava um menino em sua preciosa barriga. Ela deitou na maca, encarando a tela barulhenta em preto e branco, e disse:

– Ah, Echo. Você vai ter um irmão de novo. – *De novo*. Como se eu tivesse perdido um cachorrinho e ela estivesse criando um novo para mim. Eu não estava interessada em uma substituição.

Então o Noah foi até a minha casa naquela tarde e me deixou muito feliz com os conhecimentos automobilísticos do Isaiah. Ele não precisava ter levado o cara nem compartilhado memórias de sua família. Mais uma vez, ele me mostrou como é um cara incrível, e o que eu fiz? Joguei na cara dele que ele dormia com qualquer garota que se oferecesse. Eu falei que ele não sabia amar porque ele não me disse o que eu queria muito ouvir. Que ele queria mais do que o meu corpo – que ele *me* queria.

– Sim, estou pronta para o baile – eu disse à sra. Collins, voltando à realidade.

– Fantástico. Ah, aqui está. – Ela abriu meu arquivo e se recompensou com um gole do seu novo vício: Diet Coke. – Eu gostaria de falar sobre a sua mãe hoje.

– O quê? – Ninguém falava sobre a minha mãe.

– Sua mãe. Eu gostaria de falar sobre a sua mãe. Na verdade, tem um exercício que eu gostaria de tentar. Você consegue descrever a sua mãe em cinco palavras ou menos?

Bipolar. Linda. Instável. Talentosa. Irresponsável. Escolhi a resposta segura.

– Ela adorava mitologia grega.

A sra. Collins se encostou na cadeira, revelando calças jeans e uma camisa social azul.

– Eu penso em biscoitos de chocolate quando penso na minha mãe.

– Tenho certeza que você sabe que a minha mãe não é do tipo que assa biscoitos. – Nem do tipo mãe.

Ela deu uma risadinha. Eu não pretendia que a frase fosse engraçada.

– Ela te ensinou os mitos?

– Ensinou, mas ela se concentrou nas constelações.

– Você está sorrindo. Eu não vejo você fazer isso com muita frequência na minha sala.

Minha mãe. Minha louca, louca mãe.

– Quando ela estava ligada, minha mãe estava ligada. Sabe?

– Não. Por favor me explique.

Meu pé começou a balançar.

– Ela... humm... nao sei.

– O que você quer dizer com sua mãe estar ligada?

Minha boca secou como se eu não bebesse nada havia dias. Eu realmente detestava falar dela.

– Eu percebo agora que meus momentos preferidos com a minha mãe eram nos surtos maníacos. Isso é meio chato, porque agora as únicas memórias boas que tenho estão manchadas. O jeito como ela sorria me fazia sentir muito importante. Ela pintou constelações no teto do meu quarto com tinta fluorescente. A gente ficava deitada na cama e ela me contava as histórias várias vezes. Algumas noites ela me sacudia para me manter acordada.

A sra. Collins batia com a caneta no queixo.

– Constelações é? Você acha que ainda consegue identificar as estrelas?

Dei de ombros, me ajeitando na cadeira. Meu pé batia ritmado no chão. Que temperatura ela tinha colocado na sala? Trinta e cinco graus?

– Acho que sim. Faz um tempo que não olho para as estrelas.

– Por que não? – A atitude da sra. Collins mudou de labrador amigável para puro interesse.

O suor descia pela minha nuca. Enrolei o cabelo num coque e fiquei segurando.

– Humm... Não sei. Nuvens? Eu não saio muito à noite.

– Sério? – perguntou ela, indiferente.

A raiva ardeu na minha corrente sanguínea. Desejei que um raio laser saísse dos meus olhos.

– Acho que perdi o interesse.

– Quero te mostrar umas imagens que podem despertar alguma memória. Está bem para você assim, Echo?

Humm... Na verdade não, mas como eu poderia dizer "não"? Assenti com a cabeça.

– Sua professora de artes me deu essas pinturas que você fez no segundo ano. Posso estar errada, mas acho que são constelações.

A sra. Collins levantou a primeira. Um aluno do primeiro ano do ensino fundamental poderia dizer o nome dela.

– Na mitologia grega, é conhecida como Ursa Menor.

A próxima pintura era familiar para mim, mas talvez não para outras pessoas.

– Aquário.

A terceira me desafiou por um segundo. Minha mente estremeceu naquela área cinza nebulosa que eu detestava. Soltei a resposta antes que o buraco negro a devorasse. Eu estava desorientada pela tontura, que só me permitiu sussurrar:

– Andrômeda.

Meu coração batia forte, e soltei o cabelo para secar o suor que se formava na minha testa. A náusea embrulhava meu estômago e minha garganta. Meu Deus, eu ia vomitar.

– Echo, respire pelo nariz e tente abaixar a cabeça.

Mal ouvi a sra. Collins por causa do zumbido nos meus ouvidos. O buraco negro crescia, ameaçando me engolir. Eu não podia deixar isso acontecer.

– Não. – Ele não podia crescer. O buraco negro já estava grande demais, e isso já tinha acontecido antes. Naquela época, eu quase enlouqueci.

– Não o quê, Echo? – Por que a voz dela parecia tão distante?

Apertei a cabeça com as mãos, como se o movimento pudesse fisicamente me impedir de cair no abismo negro. Uma luz forte atravessou a escuridão e, por uns breves segundos, vi minha mãe. Ela estava deitada ao meu lado na sala de estar. O cabelo vermelho cacheado pendurado por uma presilha dourada. Os olhos arregalados – arregalados demais. Meu coração se acelerou ainda mais. Ela estendeu os braços na minha direção, sussurrando as palavras: "E Perseu salvou Andrômeda da morte. O Aires era o nosso Perseu. Estaremos com ele em breve".

Um medo bruto – medo de surtar, de filme de terror, de gente com serra elétrica – lançou adrenalina pelo meu corpo.

– Não! – gritei, mexendo as mãos na minha frente para impedir que ela me tocasse.

– Echo! Abra os olhos! – gritou a sra. Collins, o hálito quente atingindo meu rosto.

Cada centímetro do meu corpo tremia, e tentei me equilibrar, mas a sra. Collins me pegou. Pisquei rápido e sacudi a cabeça. Isso não podia estar acontecendo de novo. Eu não tinha memória de ter me levantado. Várias das pilhas de arquivos antes empoleiradas na mesa dela agora se aglomeravam no chão. Engoli rápido para aliviar a boca seca e acalmar os nervos.

– Desculpa.

A sra. Collins afastou o cabelo do meu rosto, com uma expressão que era um misto de satisfação e compaixão. Se ela tivesse rabo, o teria abanado.

– Não precisa se desculpar. Você vivenciou uma memória, não foi?

Eu não sei. Foi? Apertei os braços da sra. Collins.

– Ela estava me contando a história de Andrômeda e Perseu.

Ela respirou fundo, acenou com a cabeça e me ajudou a abaixar até o chão, perto dos arquivos derrubados.

– É, ela fez isso.

O calor que tinha me sufocado mais cedo diminuiu, mas foi substituído por frio, arrepios e tremores incontroláveis. A sra. Collins me deu uma Diet Coke fechada antes de voltar à mesa dela.

– Beba. A cafeína vai ajudar. Acho que fizemos o suficiente por hoje. Na verdade, acho que você devia ir para casa. Se quiser, claro.

Encarei a garrafa, sem ter certeza se tinha força suficiente para abrir a tampa.

– Por que ela estava me contando histórias? E por que ela disse que nós estaríamos com o Aires em breve? Será que ela esqueceu que ele morreu?

A sra. Collins se agachou na minha frente.

– Vamos parar por hoje. Você fez uma grande descoberta e precisa deixar sua mente e suas emoções descansarem. Echo? – Ela esperou até ter minha atenção total. – Você não enlouqueceu.

Inspirei fundo. Eu não tinha enlouquecido. Eu me lembrei de uma coisa e não enlouqueci. A esperança cresceu dentro de mim. Talvez fosse possível. Talvez eu conseguisse lembrar e continuar inteira.

– Agora, me diga: casa ou escola?

A Diet Coke tremia na minha mão.

– Não tenho certeza se consigo lidar com a escola.

Ela me deu um sorriso suave.

– Tudo bem. Posso ligar para o seu pai e para a Ashley e contar a eles o que aconteceu e que você está indo para casa?

– Claro.

– A propósito – disse ela –, estou orgulhosa de você.

A sra. Collins saiu e fechou a porta. Graças a Deus. A última coisa que eu precisava era que alguém de lá me visse tremendo no chão como uma vara verde, cercada de uma confusão de arquivos. Arquivos. Arquivos!

Vasculhei o chão e em poucos segundos encontrei o do Noah, mas o meu estava sobre a mesa – aberto. Estava tudo lá – cada momento, cada segredo, cada resposta. O Noah primeiro. Mas meus olhos se voltavam para o meu. A necessidade de preencher o buraco negro me pressionava. Mas o Noah precisava de coisas pequenas – coisas rápidas: sobrenome, endereço, telefone e... Eu tinha gritado com ele. Primeiro o dele, depois o meu.

Engatinhando, peguei o arquivo dele e rapidamente vasculhei as páginas, buscando qualquer traço dos nomes Jacob e Tyler. Na primeira página, nada. Na segunda página, nada. Terceira, quarta, quinta. Meu Deus, eu estava ficando sem tempo. Sexta página, sétima, oitava. Nona – Tyler e Jacob Hutchins. Colocados em um lar adotivo pelo estado do

Kentucky depois da morte dos pais. Atualmente localizados com Carrie e Joe...

A porta se abriu com um clique e joguei o arquivo no chão.

– Echo, você está bem?

Eu me sentei sobre os joelhos.

– Eu tentei levantar, mas fiquei meio tonta. – Pisquei três vezes seguidas.

Ela se apressou na minha direção, com um tom preocupado.

– Me desculpe. Devo ser a pior terapeuta do planeta. Deixei você aqui sozinha, fraca como um gatinho. Seu pai teria pedido a minha cabeça, tenho certeza. – A sra. Collins me ajudou a levantar. – Vamos até a enfermaria e você fica deitada lá por um tempinho. A cama de lá deve ser mais confortável que o chão.

– Noah! – Ele me ignorou na primeira vez em que gritei seu nome. A enfermeira finalmente tinha me liberado, quando faltavam apenas dez minutos para terminar o almoço. Assim que entrei no refeitório, ele, o Isaiah e a Beth pegaram suas coisas e saíram.

Ele pode não ter me ouvido chamar no refeitório, mas eu tinha certeza de que tinha me ouvido no corredor. Eu mal tinha energia para correr atrás dele enquanto os três iam em direção aos armários no andar inferior. Agarrando o corrimão para me apoiar, eu me arrastei escada abaixo.

– Noah, por favor.

Eles continuaram andando, mas ele olhou rapidamente sobre o ombro e parou de repente. Largou os livros e voltou correndo na minha direção, me segurando quando tropecei ao descer o último degrau.

– O que aconteceu? Você está péssima.

Gatinho fraco? Eu mais parecia uma água-viva em coma. Minhas pernas cederam, e o Noah me ajudou a descer até o chão. Ele sentou ao meu lado, a mão forte alisando meu rosto.

– Você está me deixando apavorado.

– Peterson. Os pais adotivos do Tyler e do Jacob são Carrie e Joe Peterson. Desculpa. A sra. Collins voltou antes que eu conseguisse mais informações. – Encostei o rosto quente na parede de cimento frio. Ah, isso era tão bom.

– Não precisa pedir desculpa. Eu poderia te beijar agora mesmo. – A julgar pelo olhar naqueles olhos marrom-chocolate, ele falava sério.

– Não faz isso. Acho que vou vomitar. – Eu adorava o jeito como os lábios dele se curvavam para cima, parte sorriso safado, parte homem misterioso.

– Noah – gritou o Isaiah. Ele e a Beth estavam esperando na outra ponta do corredor.

A mão dele caiu do meu rosto e respirei fundo. Não éramos mais amigos. Por que isso magoava meu coração?

– Vai lá. Eu estou bem.

– Já vou. – Os olhos dele não se afastaram de mim. – Então você conseguiu ver seu arquivo?

– Não consegui. Fui ver o seu primeiro.

O Noah passou a mão sobre o rosto.

– Por quê? Por que você leu o meu primeiro?

– Estava mais perto. – Porque eu precisava fazer isso, por ele. – Além disso, eu tive um flash daquela noite. Não foi muita coisa, mas foi o suficiente para me apavorar. – E dar mais combustível para os pesadelos nas próximas semanas. Quem precisava de mais de três horas de sono por noite? Eu não.

O sinal tocou, encerrando o horário de almoço. O Noah se levantou e me ajudou a levantar.

– Vem, vou te levar para a sala.

Segurei a mão quente dele só porque eu queria.

– Eu vou pra casa. A minha cabeça está meio fraca. A sra. Collins ligou para a Ashley e avisou que estou indo, e ela provavelmente vai ficar neurótica se eu não aparecer logo. Eu não sabia que ia ter que te perseguir pela extensão de um campo de futebol.

Ele apertou minha mão.

– É. Desculpa. Eu estava... sendo um escroto.

Pelo menos ele admitia. Soltei a mão dele e abri a porta lateral.

– Tudo bem. Me diz na segunda o que eu perdi da aula.

NOAH

– Não esquece de falar de mim. Quero que seus irmãos saibam quem eu sou quando vierem morar com você. – A Beth ficou perdida em uma nuvem quando o vapor assobiou e escapou do ferro de passar. Ela deslizava metodicamente o ferro sobre as mangas da minha camisa social branca.

– Pode deixar. – Continuei a polir o par de botas pretas que encontrei na Legião da Boa Vontade. Elas cabiam em mim, mas estavam muito arranhadas.

O Isaiah voou escada abaixo até o porão, pegou uma das botas e um pano e se juntou a mim no sofá.

– Pra que isso, cara? São seus irmãos. Não dão a mínima se você aparecer usando calças rasgadas e uma camiseta velha.

– Não é pra eles. É pra assistente social e aquele casal arrogante. Tudo que faço e digo é julgado. Preciso que me vejam como um cidadão honesto. – Para confiarem que posso tomar conta das duas pessoas mais importantes da minha vida.

– Então... – O Isaiah trocou um olhar com a Beth. – O que está acontecendo entre você e a Echo?

O ferro borbulhou quando a Beth o colocou sobre a tábua de passar. Ela inspecionou a camisa para ver se tinha mais algum amassado antes de me dar.

– O que aconteceu com "apenas negócios"? Você sabe, mãos e emoções longe da Echo.

Coloquei a camisa. O calor do ferro aliviou um pouco a tensão na minha nuca.

– Esse ainda é o plano.

A Beth se jogou no sofá ao lado do Isaiah, pousando a cabeça nele.

– Então, o que foi aquilo ontem?

Era difícil aceitar um sermão do rei e da rainha da negação. O Isaiah e a Beth viviam num mundo estranho, onde as emoções não eram reveladas, mas os dois gravitavam juntos como um casal. Minha intuição dizia que um dia desses eu ia encontrá-los nus na cama.

– A Echo deu uma espiada no meu arquivo e descobriu o sobrenome dos pais adotivos dos meus irmãos. Posso não ser capaz de dar um relacionamento a ela, mas não posso rejeitar a amizade. Só uma amiga de verdade faria isso.

– Ou uma garota que está a fim de você – resmungou a Beth.

Enfiei as botas nos pés e as amarrei. Será que eu tinha mais do que uma chance? Meu passado me dizia que não, mas milagres estavam acontecendo desde que a Echo entrara na minha vida.

– O que vocês fariam se eu me ligasse na Echo?

A Beth rosnou de repulsa.

– Compraria cola pra quando ela te destruísse. Olha tudo que você fez pela garota, e onde ela vai estar hoje à noite? No baile com o rei Luke, não com você.

A imagem daquele babaca com o braço pendurado no ombro dela fez meu sangue jorrar lava. Engoli a emoção. Minha única preocupação agora eram meus irmãos e, se eu não mexesse minha bunda, ia me atrasar.

– Vejo vocês à noite.

A Beth gritou:

– Diz que a tia Beth ama os dois.

Passei pelo Dale e pela Shirley, que estavam almoçando, sem nenhum dos dois perceber minha existência. Quando o Tyler e o Jacob fossem morar comigo, a vida nunca seria assim. A gente ia conversar o tempo todo. Eu ia saber de tudo que acontecesse na vida deles. Do lado de fora, o ar de fevereiro espetou o rosto que eu tinha acabado de barbear.

– Ei – gritou o Isaiah da casa, vindo atrás de mim. Ele mexeu no brinco antes de falar. – Olha, cara, eu entendo. A gente não gosta de relacionamentos. A gente depende de alguma coisa ou de alguém, aí vem o sistema e arranca isso da gente. Mas a Echo não é o sistema, cara. Ela é uma garota que estava arrasada ontem e te perseguiu pela escola quando a gente decidiu que você devia ser um escroto, em vez de ser amigo dela.

Passei a mão pelo cabelo e depois sacudi a cabeça, para que os fios caíssem sobre os meus olhos.

– A Beth está certa.

– A Beth não está enxergando a situação direito. Se você contar pra ela que eu te disse isso, eu acabo com você. O Luke e a Beth transaram no verão antes do segundo ano. Ela acreditou de verdade que aquele babaca gostava dela. Ela era virgem, cara. Ele nunca ligou, nem mandou mensagem, nada. Eu e você, nós também somos uma merda, mas pelo menos somos sinceros. Nenhuma garota espera que a gente ligue ou seja carinhoso.

Se eu já não tivesse um motivo para chutar a bunda do Luke – e eu tinha –, agora ele apareceu. A Beth era minha irmã, independentemente do sangue.

– O que isso tem a ver com a Echo?

– Esses idiotas populares, eles são o sistema para a Beth. Nós dois temos assistentes sociais e juízes tornando nossa vida um inferno. O Luke e a Grace são o inferno da Beth. A Echo e o Luke eram uma lenda quando a Beth e eu estávamos no primeiro ano. E ela acredita sinceramente que a Echo é igualzinha ao Luke.

– Mas ela não é – respondi, entrando no meu carro. A necessidade de defender a Echo contra qualquer ataque abalava meu sistema.

O maxilar derrotado do Isaiah me dizia que ele já tinha tido essa conversa com a Beth. Ele foi em direção à casa.

– Parece que você vai a um baile, cara.

Mostrei o dedo do meio para ele e arranquei com o carro.

Para minha surpresa, a sra. Collins estava sentada à mesa usando um vestido de lantejoulas pretas na altura dos joelhos. Eu detestava estar no mesmo continente que essa mulher, mas hoje não me importava. Em cinco minutos eu ia ver meus irmãos.

– E aí, sra. Collins?

Ela deu uma risada sincera.

– Estou lisonjeada. Nunca pensei que você fosse me conceder o privilégio do seu cumprimento padrão "e aí".

– Talvez você nunca tenha ido a uma coisa dessas, mas elas não são tão formais. Dá uma olhada nisso. – Abri a mochila e peguei uma caixa. – Eu adorava esse jogo quando era criança. Meu pai e eu jogávamos várias vezes seguidas. – Eu sempre escolhia o preto e ele me deixava colocar a minha pecinha primeiro no buraco. Quem conseguisse fazer uma fileira de quatro ganhava. Eu ganhava mais do que o meu pai.

– Obrigada pela dica. Vou para o baile depois daqui. Você vai acompanhar alguma mocinha sortuda? – A sra. Collins fez aquela cara em que parecia inofensiva como um cachorrinho enquanto fazia uma pergunta que poderia acabar comigo se eu respondesse errado.

– Não. Nada de baile pra mim.

– Humm, que pena. – Ela batucou os dedos sobre a mesa. – O que aconteceu com aquela garota pra quem você emprestou o casaco no mês passado?

Droga, eu estava pedindo isso. Encarei a porta, rezando para que meus irmãos entrassem em alta velocidade para me salvar.

– Ela tem um encontro.

– Ela não sabe o que está perdendo.

Escondi as mãos entre os joelhos. O silêncio desconfortável entre mim e a sra. Collins levou o inferno a um nível totalmente novo. O pé da Echo já teria cavado um buraco até a China se ela estivesse aqui. Echo, a garota gravada no meu cérebro.

O ponteiro do relógio sobre a porta clicou alto. Onde estavam meus irmãos?

– Por que você está aqui?

As sobrancelhas dela se ergueram quando ela sorriu.

– Já falamos sobre isso, Noah. Como sua assistente social clínica, estou envolvida em todos os aspectos da sua vida. Isso inclui seus irmãos.

– Noah! – O grito do Jacob no corredor atingiu meu coração. Eu me levantei num pulo para encontrá-lo, mas a sra. Collins bloqueou meu caminho.

– Não. – Ela pressionou a mão com as unhas pintadas sobre meu peito. – Acredite em mim, ele está bem.

Sendo uns trinta centímetros mais alto, eu me inclinei sobre ela de propósito.

– Caso você ainda não tenha notado, eu não confio em você. Agora sai da minha frente, antes que eu passe por cima.

Fiquei chocado quando ela continuou com a mão no meu peito.

– Ele participou de um campeonato de basquete hoje de manhã e dormiu no caminho para cá. O Joe o colocou para dormir num sofá em outra sala. O Jacob não dorme bem, e a Carrie e o Joe ficaram com pena de acordar o menino. Prometo que você terá suas duas horas.

Olhei para a porta e de novo para a sra. Collins.

– Você tem trinta segundos para explicar antes que eu derrube você e a porta. – Ela inspirou fundo, desperdiçando meu tempo. – Um...

– Como você acha que uma criança dorme depois que passa por algo traumático?

As palavras dela me interromperam, e os problemas da Echo surgiram na minha mente.

– Você está dizendo que ele tem terrores noturnos?

– Não estou dizendo isso, mas conheço uma criança que tem, e vou te dizer que, em três anos, ela nunca dormiu uma noite inteira.

Fechei os olhos. Tantas coisas estavam erradas nessa imagem.

– Por que nunca me disseram isso?

– Porque é informação confidencial. Além disso, o Jacob quer que você o veja do jeito que ele te vê: forte, como um herói.

A última parte da frase me abalou, mas eu não conseguia me concentrar nela, não quando o Jacob precisava de mim.

– Confidencial? – Abri os olhos e a única cor na sala era vermelho. – Sou irmão dele.

O olhar dela perfurou o meu.

– Exatamente. Você é o irmão mais velho do Jacob, e não o guardião dele. Você sabe que não tem direito às informações confidenciais. – Eu não tinha. Perdi todos os direitos sobre meus irmãos no instante em que meu punho se conectou ao maxilar do meu primeiro pai adotivo.

– Noah! – O grito aterrorizante ecoou na sala. *Foda-se.*

– Por favor, deixe a Carrie e o Joe cuidarem disso – implorou a sra. Collins, mas eu a atropelei e saí da sala. A Keesha estava no corredor segurando o Tyler. Qual era a desculpa deles para manter o Tyler afastado de mim? Eu ia cuidar disso depois.

– Volte já para aquela sala, garoto. A Carrie e o Joe estão cuidando de tudo – disse Keesha.

Ignorei completamente a mulher quando passei por ela, colocando uma das mãos na cabeça do Tyler por um breve momento. Gritos abafados saíam da sala ao lado da minha. Abri a porta com violência e encontrei a Carrie e o Joe sentados no carpete ao lado do Jacob, que se debatia descontroladamente.

Os olhos do Joe se arregalaram quando entrei na sala.

– O que você está fazendo aqui?

As lágrimas encharcavam as bochechas e o uniforme de basquete do Jacob. O rosto dele estava vermelho, as mãos encolhidas sobre o peito; ele resmungava coisas incoerentes. Eu me ajoelhei ao lado de Carrie, a centímetros do meu irmão. Ela agarrou meu pulso quando tentei tocar nele.

– Tocar nele só piora as coisas.

Arranquei o braço do aperto dela e coloquei a mão na cabeça do Jacob, imitando o jeito que a nossa mãe costumava me acariciar.

– Ei, passarinho, sou eu. O Noah. Você consegue acordar por mim, camarada?

O corpo dele se sacudiu e ele murmurou:

– Noah.

– Você não entende, ele não está acordado. Ele não sabe que você está aqui de verdade. – A mulher secou os olhos. – Nós sabemos o que fazer. Somos nós que cuidamos dele, não você.

– Parece que vocês estão fazendo um ótimo trabalho. – Levantei meu irmão no colo e sentei no sofá com ele aninhado nos braços. Cantei a música preferida da nossa mãe no ouvido dele.

Continuei a sussurrar a música até as lágrimas e as convulsões do Jacob diminuírem. Finalmente, ele abriu os olhos, mais consciente do que confuso.

– Noah?

– Ei, mano.

O Tyler fez desenhos para mim durante a visita. Muitos e muitos desenhos. Ele sorriu e me abraçou antes de ir embora, mas não disse nenhuma palavra. O Jacob ficou sentado no meu colo enquanto brincávamos com o jogo pelo menos umas cem vezes. Quando a Keesha disse que o tempo tinha acabado, parecia que alguém havia arrancado meu coração, cortado em pedaços e tacado fogo. O Jacob travou os braços ao redor do meu pescoço com tanta força que impediu a passagem de ar.

– Estou com medo, Noah – ele sussurrou para mim.

– Jacob, está na hora... – começou a Carrie.

A sra. Collins silenciou a mulher enquanto fazia um sinal com a mão para que eu continuasse. Meus olhos se arregalaram e abracei meu irmão com mais força. Droga. Que tipo de perguntas a sra. Collins me fazia?

– Com medo de quê?

– E se tiver outro incêndio? Você não vai estar lá para me salvar.

– Eu sempre vou te salvar. – Porque era isso que eu faria. Eu moveria céus e terra. Entraria por conta própria no inferno e ficaria lá. Abriria mão de qualquer coisa e de tudo por eles.

Ele fungou e começou a tremer. Alisei as costas dele.

– Está tudo bem, mano.

– Mas e se tiver outro incêndio?

A sra. Collins apontou para o Jacob e depois para a Carrie e seu marido patético, com um significado claro. Mas eu preferia voltar para algum dos meus lares adotivos anteriores a dizer a ele para confiar nesses idiotas.

– Não vai ter outro incêndio.

A sra. Collins levantou as mãos, irritada, sacudindo a cabeça. Ele sussurrou no meu ouvido:

– Como você sabe?

Beijei a bochecha dele e sussurrei de volta:

– Eu sei.

Com a voz quase muda, o Jacob disse:

– Por favor, não conta pra ninguém.

– Nunca.

– Não conta pra ninguém o quê, Noah? – A sra. Collins encarava o espelho transparente, ajeitando o cabelo.

– O quê? – Coloquei o casaco e agarrei os desenhos do Tyler.

– O Jacob sussurrou pra você não contar nada pra ninguém e você concordou. – Ela se virou e sorriu. – Eu leio lábios.

Claro. Que merda ela não fazia? Ah, sim, dirigir.

– Você deve ter entendido mal.

– Não, eu entendi certo. – Ela ajeitou o vestido. – O que você acha do vestido? Exagerado? Eu nunca fui a um baile de escola. Não que isso importe, não tenho tempo para me trocar. Manter segredos não vai ajudar seu irmão.

Que diabos? A mulher era incapaz de manter uma linha coerente de pensamento? Vestidos, bailes, meus irmãos? Fodam-se as boas impressões. Ela estava pisando num território do qual eu queria que ela ficasse bem longe.

– Você não sabe nada sobre mim e os meus irmãos, então sugiro que não se intrometa.

– Essa é uma forma difícil de viver. Sem confiar em ninguém – disse ela, naquela voz irritante de "sou-mais-velha-e-mais-sábia-que-você". – Não se trata de você e os seus irmãos contra o mundo. Você não está cansado da sua vida miserável? Não quer saber como é ser feliz de novo?

Sim, mas o mundo não funcionava desse jeito – não para mim.

Ela pegou um desenho que o Tyler fez para ela.

– Você não vai encontrar a felicidade enquanto não aprender a confiar. Se é para começar por algum lugar, por que não comigo?

Eu tinha um milhão de motivos para não confiar – não nela.

Echo

Puxei as luvas talvez pela milionésima vez nesta noite. Quando o Luke falou da ideia de se juntar a Lila, Grace, Natalie e a algumas outras meninas e seus acompanhantes para um passeio de limusine, eu tinha adorado a oportunidade. Cometi o erro de achar que isso impediria que as mãos do Luke tocassem meu corpo. Parece que não.

A limusine parou em frente ao ginásio da escola. A mão do Luke tocou de leve a lateral do meu peito e ele sussurrou no meu ouvido:

– Você está tão gostosa, Echo.

Eu me afastei dele e do bafo de cerveja e olhei para ver se alguém tinha percebido o modo inadequado como ele tinha me tocado. Sussurrei de volta:

– Para. As pessoas estão olhando.

Ele engoliu o resto da cerveja, empurrando o corpo contra o meu outra vez.

– Me diz que vai ser hoje à noite. Meus pais vão ficar fora até amanhã à tarde, e seu pai me disse que você não tem hora pra chegar. Temos a noite toda. – A mão dele desceu para a minha bunda.

Ótimo – era óbvio que meu pai queria que eu transasse. Dei um tapa para afastar a mão do Luke.

– Você disse que ia me dar tempo para pensar.

– Você já teve tempo suficiente para pensar. Vai, você está tãããão bonita. – Que maravilha: ele já estava bêbado e a gente nem tinha dançado a primeira música.

A limusine parou, e o Stephen abriu a porta.

– Damas primeiro. – Ele fez sinal para a Lila sair, mas eu me joguei para fora da limusine como se minhas roupas estivessem em chamas.

A Lila me seguiu. O bafo dela também era de cerveja.

– Tudo bem?

– Tudo – menti. O Luke tinha marcado seu território ao longo das últimas semanas, como um cachorro fazendo xixi em um poste (segurando minha mão, me envolvendo com os braços, sentando comigo no almoço) e me tornado novamente aceitável. Para Lila, Grace e Natalie, a vida finalmente tinha voltado ao normal.

Para mim, "normal" parecia pior. Claro que agora as pessoas falavam comigo, mas sair com o Luke e retomar a amizade pública com a Grace não impedia os olhares nem os sussurros. A grande ferida aberta dentro de mim não tinha sido preenchida como eu esperava. Na verdade, o buraco aumentara em tamanho e profundidade.

– Você não está bem. – A Lila parou de falar quando a Grace passou os braços ao redor de nós duas.

– Estou adorando isso aqui! – Ela beijou minha bochecha, depois a da Lila. – Estamos de volta!

O Luke me ofereceu a mão. Aceitei e o deixei me conduzir até o baile. O comitê de decoração tinha tentado transformar o ginásio em uma ilha paradisíaca. Três palmeiras brilhantes e um fundo de mar para o fotógrafo não esconderam as cestas de basquete nem disfarçaram o cheiro de meias fedorentas que saía do vestiário masculino.

O Luke só dançava músicas lentas e me deixava sozinha para dançar as mais rápidas com a Lila, a Grace e a Natalie. Enquanto isso, ele entrava e saía do vestiário masculino com os amigos. Infelizmente, ele voltava para o baile um pouco mais derrubado a cada vez.

– Ouvi dizer que vai todo mundo pra casa do Luke quando o baile terminar – disse a Grace enquanto nós duas descansávamos um pouco na mesa. Ela encostou a cabeça no meu ombro, e uma parte do meu coração se iluminou. Eu adorava ter a Grace de volta como amiga pública.

– Ele tocou no assunto. – Junto com a ideia de que eu deveria escapar com ele até o vestiário masculino e beber um pouco para relaxar. Eu observava a Lila e o Stephen se esfregando, quer dizer, dançando na pista. Os bailes da escola implicavam uma brecha nas regras de demonstração física de afeto.

– Você está pronta? – perguntou a Grace.

– Vamos esperar mais uma música e depois vou estar pronta para dançar de novo. Esses saltos estão acabando com meus dedões. – A circulação retornou aos meus pés doloridos no instante em que tirei os sapatos. Vasculhei o salão escuro e vi o Luke rindo com uns caras do time de basquete. – Eu provavelmente devia dançar com o Luke.

Ela riu.

– Não, sua boba. Pronta pra hoje à noite. Eu ouvi o Luke te pedir pra fazer aquilo.

Meus níveis de sangue e energia despencaram até os pés, saíram do corpo e caíram no chão. As olheiras, que eu tinha cuidadosamente escondido com maquiagem, ficaram mais fundas. Esfreguei os olhos, esperando me reenergizar. Não. Eu não estava pronta.

– Ei, lindinha.

O Luke me deu aquele sorriso confuso de canto de boca que ele só dava quando estava bêbado. A Grace deu um tapinha no meu joelho e me deixou sozinha com ele. Não apenas eu não estava pronta como tinha que informar isso a ele. A noite de hoje estava um saco. Forcei um sorriso e me levantei.

– Podemos conversar?

A mão dele, suada sabe Deus por quê, tocou minha bochecha.

– Claro. Daqui a pouco. Vou pegar mais uma bebida. – Os olhos dele se iluminaram como se ele tivesse descoberto a cura do câncer. – Quer vir comigo? A gente colocou a Lila e a Natalie pra dentro mais cedo.

– Não. – A terceira música lenta da noite começou a tocar. A Grace acenou para mim, com os olhos desesperados. Um lembrete para que eu não estragasse tudo. – Dança comigo, Luke. Depois a gente dá uma caminhada e conversa, tudo bem? – Uma boa conversa. Daquelas em que a gente conta um para o outro como se sente de verdade. Uma daquelas conversas enlouquecedoras em que a gente descobre algo tão profundo e real sobre a outra pessoa que não dá para não se apaixonar

Eu poderia dizer a ele que não estava pronta para transar, e o Luke diria que tudo bem. Ele diria que me amava tanto que poderia esperar para sempre, depois diria alguma coisa que nunca tinha contado para ninguém. Eu poderia dizer que tinha muito medo de nunca descobrir o que tinha acontecido comigo e ainda mais de descobrir a verdade. Ele me diria que não se importava com as minhas cicatrizes e que eu podia mostrar para todo mundo e ele ainda assim me apoiaria. E eu? Eu me apaixonaria por ele e, de repente, ficaria bem com a ideia de fazer "aquilo".

Como aconteceria com o Noah. Tirei essa ideia rápido da cabeça.

Tocando o rosto dele, deixei meus dedos enluvados moldarem seu maxilar, um movimento que ele adorava. Os lábios dele se curvaram para cima.

– Viu, lindinha, eu disse que a gente ia dar certo de novo.

E podíamos – talvez.

– É.

Ele pegou minha mão e começou a me puxar em direção à pista de dança. Era isso. Normal. Um namorado que me amava e me aceitava. Isso certamente preencheria o buraco. Olhei para minhas amigas e dei meu sorriso de verdade para Grace, Natalie e Lila. Meu coração pulou de alegria quando as três se iluminaram como fogos de artifício, sabendo, pela primeira vez em séculos, que estavam me vendo feliz.

Felicidade – ela estava tão perto que eu quase conseguia saborear. Então eu parei. Meus pés, meu coração, minha felicidade, tudo em mim parou. Tínhamos passado da pista de dança e entrado no corredor que levava aos banheiros.

– Aonde você vai?

– Eu já disse: pro vestiário – respondeu o Luke.

Puxei minha mão com força.

– O que aconteceu com dançar e depois conversar?

– Tá, claro, tanto faz. Depois. Nosso estoque está acabando. Se eu não entrar agora, vou perder a chance.

De mais maneiras do que ele jamais poderia imaginar.

– Vai mesmo.

Sua mente masculina desordenada entendeu mal e ele beijou minha bochecha.

– Eu sabia que você ia entender. – E se afastou.

Eu me encostei no batente da porta. Metade de mim no ginásio escurecido. A outra metade no corredor iluminado.

Idiota. Eu era uma idiota. Pisquei várias vezes para afastar as lágrimas que surgiam e abracei a mim mesma. Meu coração deveria estar doendo, mas não estava. Porque eu nunca investi meu coração nessa segunda chance com o Luke. Eu tinha depositado uma boa quantidade de esperança, mas nunca coloquei meu coração na reta. Minha alma doía pela decepção. Eu tinha tentado a normalidade e tinha fracassado. Eu: o fracasso em pessoa.

Diferentemente do exame nacional, eu não podia refazer essa parte da minha vida e apagar uma pontuação desagradável. Não havia uma tela em branco para começar uma nova pintura nem um caderno de desenho para fazer uma nova imagem. Minha mãe tinha fracassado comigo, e meus braços garantiam que eu sempre fracassaria.

– Eu te disse que você merecia coisa melhor.

Meu coração se animou ao ouvir o som daquela voz profunda e travessa.

– Noah?

Como um gatuno, ele surgiu das sombras de camisa social branca, paletó desabotoado até o terceiro botão, calça jeans e coturnos pretos. O cabelo castanho escuro caía casualmente sobre os olhos.

– Echo, você está... – Ele deixou os olhos descerem e vasculharem meu corpo, depois subirem lentamente de volta. Um sorriso malicioso se espalhou em seu rosto. – Apetitosa.

Eu ri alto, fazendo com que vários alunos que estavam passando me olhassem como se eu fosse idiota. Pela primeira vez em muito tempo, eu não me importava.

– Apetitosa como asinha de galinha ou como um hambúrguer suculento?

A risadinha dele fez cócegas nas minhas entranhas. O Noah se aproximou, definitivamente invadindo meu espaço.

– Apetitosa do tipo o seu namorado é um idiota por te deixar sozinha.

– Ele não é meu namorado. – E nunca seria.

– Ótimo. Porque eu ia te chamar pra dançar.

Como se fosse uma deixa, outra música lenta começou a tocar. O Noah não me ofereceu a mão para me levar até a pista de dança. Em vez disso, bem ali, entre a entrada para o ginásio e o vestiário, ele colocou os dois braços ao redor da minha cintura e me puxou para perto. Meu Deus, como a sensação era boa – ele era quente, sólido. Passei os braços ao redor do seu pescoço, deixando minhas mãos enluvadas deslizarem por sua pele.

– Achei que você não gostava de bailes.

Ele me apertou o suficiente para que eu visse aqueles olhos marrom-chocolate.

– Não gosto. E até hoje à tarde eu não pretendia vir. – Ele engoliu em seco. – Esse baile parecia tão importante pra você. E você... você é importante pra mim. – Ele parou de balançar de um lado para o outro e afastou o olhar. Meu coração batia tão forte que ele devia estar ouvindo, se não estivesse sentindo no meu peito.

– Echo, eu não posso te dizer o que vai acontecer porque eu não sei. Eu não sou do tipo que anda de mãos dadas no corredor ou que senta na mesa com outras pessoas no almoço. Mas eu juro... pelos meus irmãos, que você nunca vai ser uma piada pra mim e que você vai ser muito mais do que uma garota no banco de trás do meu carro.

A proximidade do corpo dele tornou impossível expressar as milhares de emoções que corriam dentro de mim. Meus dedos passaram da nuca para a cabeça dele. Agarrei seus cabelos com força e guiei sua cabeça em direção à minha. Eu não podia dizer a ele, mas podia mostrar.

– Larga a minha garota, Hutchins.

Em movimentos rápidos como os de um leão, o Noah nos manobrou para o corredor e me colocou atrás dele, ficando entre mim e o Luke.

– Ela não é sua.

O rosto do Luke ficou vermelho e ele fechou os punhos. Stephen, Chad e outros caras saíram correndo do vestiário. A risada deles sumiu no instante em que perceberam o Luke, o Noah e depois a mim. Droga.

Meu agora ex me encarou.

– Vem cá, Echo.

– Precisamos conversar. No ginásio. – E sair logo daqui. Voltar para onde muitos professores estavam presentes para evitar cenas como esta. Eu me afastei um centímetro em direção ao ginásio, mas nem o Noah nem o Luke se mexeram.

Stephen se posicionou ao lado do Luke.

– Não é legal pegar a garota de outro cara.

Alô? Alguém me ouviu? Recapitulando – eu precisava conversar com o Luke e todos nós íamos para o ginásio para sermos monitorados por adultos. Envolvi os dedos na mão do Noah e o puxei gentilmente.

– Noah.

Ele apertou de volta antes de afastar a mão.

– Por que você não vai pro ginásio? Eu vou daqui a pouco.

– Humm, não. Não vou sem todos vocês.

O Luke deu um passo embriagado em direção ao Noah.

– É, vai lá, Echo.

Isso não estava acontecendo. O Luke não parou de avançar. Na verdade, ele pegou velocidade e se jogou contra o Noah. Os dois caíram de encontro à parede.

– Não! – eu gritei.

O Luke socou o Noah no maxilar. O sangue pingava do lábio do Noah quando ele apoiou o punho na barriga do Luke e o empurrou para longe.

– Pensa bem, cara – disse o Noah, limpando o sangue do lábio. – Você não quer fazer isso.

– Eu te avisei pra ficar longe dela – gritou o Luke, enquanto batia de novo.

Preparado dessa vez, o Noah socou o Luke no estômago e o derrubou no chão.

– Calma aí, Manning – ele sibilou.

O Luke cambaleou para se levantar, encarando o Noah. Corri em direção a eles. Isso tinha que parar. Só que eu estava um pouco atrasada.

O Luke se lançou contra o Noah no exato momento em que me posicionei entre os dois. Foi como se concreto atingisse meu estômago. Perdi a capacidade de respirar, em seguida senti uma dor excruciante.

– Echo! – gritaram várias vozes, de diversas partes do corredor.

Meu estômago doía demais, impedindo que eu me mexesse, abrisse os olhos ou falasse. Ai, meu Deus. Absolutamente nenhum ar entrava no meu corpo. Forcei a boca a abrir e lutei para ingerir oxigênio. Nada. Mais uma vez... *Isso.* Não muito, só um pouco, mas era ar... independentemente de quanto doía. O chão frio tocou uma das minhas bochechas e meu cabelo tocou a outra. Droga. Eu tinha levado uma hora para prender todo o meu cabelo naquela presilha. Meu Deus, acho que eu quebrei alguma coisa, tipo o meu fígado.

– Jesus, Jesus, eu machuquei a Echo– murmurou o Luke de algum lugar ali perto.

– Sai de perto dela, seu babaca! – gritou o Noah. Dedos quentes tocaram meu rosto, afastando o cabelo. Ele diminuiu o tom de voz. – Echo? Você está bem?

Os dedos quentes deixaram meu rosto e cobriram minha mão. Concentrei toda minha energia em pressionar a mão do Noah. Ele apertou de volta.

– Vou cuidar de você. Prometo.

– O que está acontecendo aqui?

Eu gemi, não pela dor, mas pela pessoa que entrou no corredor – a sra. Collins.

– Echo? Echo! – Saltos clicaram no chão rapidamente na minha direção. Outra mão, mais fria e delicada, tocou meu rosto. Forcei os olhos a abrirem e pisquei para afastar a visão dupla. – Você está bem?

Não.

– Estou. – Contrariando os gritos de todos os músculos do meu corpo, ergui a cabeça do chão. O Noah colocou as mãos nas minhas costas e me ajudou a sentar, ficando poucos centímetros atrás de mim.

Os olhos gentis da sra. Collins se suavizaram.

– O que aconteceu? – Ela olhou para o corredor, analisando a situação. Que engraçado, os amigos do Luke tinham desaparecido. – Noah, você está sangrando.

Ele limpou a boca.

– Sim, senhora.

– Você é o Luke, certo?

O Luke estava sentado aos meus pés, com os olhos arregalados.

– Sou.

A sra. Collins suspirou profundamente, balançando a cabeça.

– Eu não vou gostar nem um pouco dessa história, não é?

– Não – respondeu o Noah.

– Eu tropecei – eu disse.

Os lábios da sra. Collins se transformaram numa linha fina.

– E a boca do Noah?

– Eu também.

Ela encarou o Luke.

– E o lindo roxo se formando no seu maxilar vem de onde?

Ele alisou o maxilar distraidamente, mas manteve os olhos cravados em mim.

– Tive uma briga mais cedo.

– Mas não foi aqui, certo?

– Não, não foi aqui.

A sra. Collins fechou os olhos e suspirou de novo. Nós três ficamos sem respirar, esperando o veredicto dela. Finalmente, ela abriu de novo os olhos.

– Luke, por que você não volta para o baile? Eu quero falar com a Echo e o Noah.

O Luke continuou a me encarar, como se fosse fisicamente incapaz de tirar os olhos de mim. Minha mente confusa voltou a funcionar. Ele não estava encarando meu rosto, mas meus braços. A luva no braço direito não estava mais protegendo minhas cicatrizes do mundo exterior. Ela estava pendurada nos meus dedos. Diante dos meus olhos, no entanto, ela repentinamente subiu de volta para o meu braço. O Noah murmurou algumas palavras para o Luke enquanto colocava o braço sobre a luva que ele tinha ajeitado.

– Echo – disse o Luke. Eu me forcei a olhar para ele. – Vou ficar te esperando. – Os olhos dele voltaram para os meus braços, com clara aversão. De alguma forma, ele conseguiu entrar no ginásio sem cambalear.

A sra. Collins estava sentada no chão ao meu lado, tirando os sapatos.

– Acho que vou ter que mandar lavar este vestido a seco. Eu queria evitar isso. Tenho o hábito de esquecer as minhas roupas na lavanderia, e eles acabam se livrando delas. – Ela tirou um lenço de papel da bolsinha pendurada no pulso. – Aqui, Noah. Não precisa se sujar todo de sangue.

Ele se ajeitou na parede e me puxou em direção a seu peito, entre suas pernas. Pegou o lenço de papel da sra. Collins enquanto mantinha um braço protetor em mim. Exausta demais para me importar com o que ela estava pensando, descansei a cabeça nele.

– Então, Noah, a Echo é a garota do casaco. – Eu tinha um apelido?

O Noah deu uma risadinha.

– É.

– Echo, seu pai sabe desse relacionamento?

– Você acreditaria em mim se eu dissesse que *eu* não sabia?

Os olhos dela riram.

– Sim. – Ela nos encarou como se fôssemos ratos num labirinto. – Eu devia ter previsto isso, mas não previ. E pensei que minha intuição era boa. Mas, enfim, vamos levar vocês dois para a enfermaria. Está funcionando para o caso de alguém passar mal ou se envolver em acidentes.

O Noah me surpreendeu ao dizer "não" ao mesmo tempo que eu.

– Estou bem – disse ele.

– Eu também – acrescentei. – Estou bem, quero dizer.

– Se vocês têm certeza disso... – A sra. Collins pegou os sapatos e se levantou do chão. – Espero que vocês dois ajam profissionalmente nas sessões de monitoria. Estou extremamente satisfeita com a sua presença e com os relatórios de progresso dos seus professores, Noah. Se perceber uma mudança negativa, eu me meto antes que vocês dois consigam dizer "terapia em grupo". Fui clara?

Nós dois murmuramos alguma coisa, e ela sumiu no ginásio escuro.

O Noah acariciava meu cabelo com o nariz. O hálito quente me dava arrepios na espinha.

– De verdade, Echo. Você está bem?

– É, estou bem – sussurrei, curtindo a sensação dos lábios dele alisando minha nuca. – Noah?

– O quê? – O som rouco da voz dele me incendiava.

Eu odiava interromper o momento, mas...

– Eu preciso falar com o Luke.

Ele ficou tenso, depois me puxou para ficarmos de pé.

– Oferta única, Echo. Você e eu, mas você vai ter que largar o idiota. Vou te esperar lá fora. Você tem vinte minutos.

Ele se afastou. Fiquei ali parada com metade do cabelo caído da presilha da minha mãe, me sentindo subitamente sozinha. Soltei a presilha, deixando o resto do cabelo cair sobre os ombros.

Quando entrei no ginásio, eu mal podia ver alguns centímetros à frente. O globo de espelhos gerava a única luz disponível. Felizmente, minhas amigas me encontraram.

– Ai, meu Deus, Echo. O Stephen me contou o que aconteceu. Você está bem? – A Lila me segurou. Meus sapatos estavam pendurados na mão dela. A Natalie e a Grace estavam ao lado dela.

Um caroço crescia na minha garganta. Ela ficaria ao meu lado? Minha melhor amiga desde o jardim de infância? Ela tinha estado ao meu lado durante tantas coisas. Se eu escolhesse o cara errado aos olhos dela, será que destruiria o único relacionamento de que eu realmente precisava?

A Grace tirou alguns cachos do meu rosto. Eu perderia a Grace. Definitivamente, mas será que nós éramos amigas, para começar?

– Echo? – chamou a Natalie. Ela seguiria a Lila. Ela sempre seguia a Lila.

– Preciso conversar com a Lila – eu disse. Quando vi a mágoa nos olhos da Grace e da Natalie, rapidamente inventei alguma coisa. – Problemas com a minha mãe.

Elas me deram sorrisos encorajadores enquanto se afastavam. Elas sempre saíam quando eu conversava com a Lila sobre a minha mãe.

A Lila colocou as mãos nos quadris.

– Não vou cair na mentira da mãe. Você vai terminar com o Luke e quer minha permissão.

– Eu não estou a fim dele nem vou ficar. Eu consigo lidar com perder o Luke. Consigo lidar com me tornar uma rejeitada social outra vez, mas não consigo lidar com perder você.

– Você está se apaixonando pelo Noah Hutchins? – Glinda, a Bruxa Boa, de repente parecia... séria.

O pânico e a alegria se reviraram dentro de mim. Se eu escolhesse o Noah, poderia forçar demais a barra com a Lila e destruir a única amizade real que eu tinha. Mas só de pensar no nome dele meu coração disparava. Eu sorria. Minha pele formigava de ansiedade pelo toque dele.

– Estou.

Ela me abraçou.

– Espero um relatório detalhado sobre aquele abdome. Detalhes reais, não as besteiras de livros de romance.

– E a Grace e a Natalie?

Ela suspirou profundamente, se afastando.

– Você sabe que a Nat vai ficar numa boa. Eu cuido da Grace, mas espero uma foto do abdome dele por isso. De qualquer maneira, só faltam três meses para a formatura.

– Echo? – disse o Luke atrás de mim.

A Lila beijou minha bochecha e me deu meus sapatos, saindo para se juntar a Natalie e Grace.

– Luke. – Puxei as luvas.

Ele estava sem paletó e com as mangas enroladas acima dos cotovelos.

– Me desculpa por ter batido em você. Eu te vi, mas não consegui parar a tempo.

– Tudo bem. – Eu alternava de um pé desconfortável para o outro, sentindo a areia correndo para o fundo da ampulheta. – Luke...

– Ele tocou em você... o Noah. Ele viu suas cicatrizes, não recuou e depois encostou nelas. – Ele coçou a parte de trás da cabeça. – Vou parecer um completo babaca, mas eu não teria conseguido fazer isso. Nem tocar nelas nem fingir que não estavam ali. Achei que eu conseguiria, mas...

Esfreguei os braços. Independentemente das palavras que eu tinha planejado dizer a ele, a verdade ainda doía.

– Luke, está tudo bem, porque a verdade é a seguinte... – Isso era um saco. – Eu não estou a fim de você nem vou ficar. Parte de mim realmente queria que a gente desse certo, mas foi isso que nós nos tornamos: um esforço. A gente não precisou se esforçar na primeira vez.

Ele concordou e depois abaixou a cabeça. Seus ombros se inclinaram para frente e ele encarou o chão por um segundo antes de limpar o nariz. Então levantou a cabeça e ficou ereto. Ele forçou um sorriso, mas seus olhos não tinham luz.

– A Deanna veio sozinha e estava querendo uma carona de limusine até a minha casa...

– Ela pode ficar com o meu lugar. – Eu não precisava esfregar na cara dele que pretendia ir embora com o Noah.

Ele deu um passo na minha direção e sussurrou no meu ouvido:

– Eu realmente te amei. – E deixou de fora a parte: *naquela época.*

– Eu também. – Naquela época.

NOAH

Eu devia ter jogado a Echo nos ombros e a arrastado para fora do ginásio. Em vez disso, como um idiota, eu tinha dado a ela uma opção. A opção de arrancar meu coração e me entregá-lo de bandeja. Por que eu não ouvi a Beth? Por que eu ouvi o Isaiah? A Beth tinha experiência nesse assunto, e o Isaiah me deu um conselho que se recusava a aceitar para si mesmo. Eu devia ter algum problema na minha porcaria de cabeça.

Quinze minutos. Foda-se. Ela não vinha, e eu ia continuar aqui parado no frio congelante como um imbecil. Eu tinha uma festa para ir. Uma festa cheia de garotas dispostas a se entregarem para mim, muita merda para fumar e álcool suficiente para me ajudar a esquecer.

Eu me afastei da parede de tijolos do ginásio, enfiando as mãos nos bolsos da calça jeans em busca das chaves. A porta se abriu de repente, quase me acertando na cara. Abri a boca para gritar com o babaca que estava saindo, mas parei no instante em que fiquei cara a cara com a minha sereia, a minha ninfa. Echo. Dessa vez, ela não ia fugir.

Passando os braços ao redor dela, pressionei-a em direção aos tijolos.

– Diz que me escolheu, Echo.

Ela lambeu os lábios. Os olhos verdes ardiam e me chamavam para ela.

– Eu escolhi você.

Pela primeira vez em três anos, o nó apertado no meu estômago relaxou.

– Você nunca vai se arrepender. Eu prometo. – Deixando as mãos deslizarem pela curva da cintura dela, eu me apoiei em seu corpo macio.

Eu a queria. Toda ela, mas a Echo merecia mais do que uma emoção rápida e um cara melhor do que eu. Tudo precisava ser lento e calculado. Eu queria deixar a garota impressionada com cada toque e cada beijo, para que seus pensamentos sempre se voltassem para mim. Eu nunca mais tocaria em ninguém sem pensar nela.

Eu prometi que ela seria mais e precisava manter essa promessa. Afastando-me, peguei a mão dela e fui em direção ao meu carro.

– Vem.

– Aonde nós vamos?

Abri a porta do passageiro e me virei para olhar para ela. Os olhos inocentes da Echo estavam arregalados de confusão. Ela não devia estar comigo. Nós dois tínhamos passado pelo inferno, mas a Echo merecia coisa melhor. Ainda assim, eu não era totalmente ruim. Eu já tinha sido bom, como ela. Ela precisava saber disso.

– Para um lugar especial.

– Vou comprar um casaco pra você. – E eu estava falando sério. Abri a porta do carro e pendurei a jaqueta de couro nos ombros dela. – É fevereiro. Por que você nunca está usando uma porcaria de casaco?

A Echo deslizou os braços pelo meu casaco, fechando os olhos enquanto inalava. Quando finalmente os abriu, ela piscou várias vezes e me lançou um olhar de pura sedução.

– Talvez eu prefira usar o seu.

Engoli em seco. Eu tinha planos, e eles não envolviam beijar a Echo encostada no meu carro. Droga, ela ia acabar me matando.

– Parabéns, ele agora é seu.

A risada dela me aqueceu de um jeito que nenhum casaco conseguiria.

– Você agora vai ficar facinho?

Parecia que sim. Entrelacei os dedos aos dela e atravessamos a rua vazia em direção à fonte. Luzes vermelhas e rosa iluminavam a água, que escorria de três patamares floridos.

– Que lindo. – A Echo encarou a fonte, com os olhos passeando entre as diferentes flores entalhadas no metal. Não, *ela* era linda.

– Eu ajudei a construir isso.

– O quê?

Fiz um gesto em direção às casas que rodeavam a fonte.

– As casas. Eu ajudei a construir essas casas. Meus pais eram envolvidos com a organização Habitat para a Humanidade. Foi assim que se conheceram. Em vez de ir a festas em Cancún na primavera, eles iam para o leste do Kentucky e construíam casas. Depois eles se casaram e continuaram a fazer isso.

A Echo largou minha mão e encarou as pequenas casas com varanda e balanço. Meu pai se certificara de que todas as casas tivessem um balanço. Quando se virou completamente, ela viu a placa na lateral da fonte: *Em memória de David e Sarah Hutchins.*

– Seus pais?

Minha garganta ficou apertada, me tornando incapaz de responder. Acenei com a cabeça.

– Toda vez que eu acho que te entendi, Noah, você vem e me surpreende.

E foi por isso que eu a trouxe aqui.

– A gente não terminou aquela dança.

O olhar ansioso dela escapou para as janelas do pequeno bairro. Todas as persianas estavam fechadas. Algumas tinham luzes acesas, outras não, mas ninguém estava olhando.

– Aqui?

– Por que não?

O salto alto da Echo batucou na calçada, o sinal revelador de que ela estava nervosa. Dei um passo deliberado à frente e abracei sua cintura antes que ela conseguisse se afastar de mim. Minha sereia tinha cantado para mim por tempo demais, capturando meu coração, me tentando com seu corpo, me levando lentamente à loucura. Agora, eu esperava que ela pagasse por isso.

– Você está ouvindo? – perguntei.

A Echo ergueu uma sobrancelha quando não ouviu nada além do som da água escorrendo na fonte.

– Ouvindo o quê?

Deslizei a mão direita pelo braço dela, aninhei sua mão contra o peito e balancei com ela de um lado para o outro.

– A música.

Seus olhos dançavam.

– Talvez você devesse me dizer o que eu deveria estar ouvindo.

– Batida lenta de bateria. – Com um dedo, batuquei o ritmo nas costas dela. – Guitarra acústica. – Eu me inclinei e cantarolei minha música preferida no ouvido dela. O cheiro doce de canela me intoxicava.

Ela relaxou e se encaixou perfeitamente no meu corpo. No ar frio e revigorante de fevereiro, balançamos juntos, ao som do nosso próprio ritmo. Por um instante, escapamos do inferno. Nada de professores, nada de terapeuta, nada de amigos com boas intenções, nada de pesadelos – só nós dois, dançando.

Minha música terminou, meu dedo parou de batucar o ritmo e nós paramos de balançar de um lado para o outro. Ela ficou perfeitamente parada, mantendo a mão na minha, a cabeça pousada no meu ombro. Acariciei com o nariz o calor dos cachos macios, apertando-a ainda mais. A Echo estava se tornando essencial, como o ar.

Levei a mão até o queixo dela, levantando seu rosto na minha direção. Meu dedão acariciava seu rosto quente e macio. Meu coração bateu mais rápido. Um fantasma daquele sorriso de sereia surgiu nos lábios da Echo quando ela inclinou a cabeça para mais perto da minha, criando o impulso inegável do marinheiro perdido no mar em direção à linda deusa que o chama de volta para casa.

Beijei os lábios dela. Macios, carnudos, quentes – tudo que eu tinha fantasiado que seria e mais, muito mais. A Echo pressionou de volta, hesitante, uma pergunta curiosa para a qual eu tinha a resposta. Abri um pouco a boca e provoquei o lábio inferior dela, implorando, rezando para ter permissão. Suas mãos suaves subiram devagar pelo meu pescoço e puxaram minha cabeça, me levando para perto.

Ela abriu a boca, a língua tocando sedutoramente a minha, quase me deixando de joelhos. Chamas me tomaram enquanto nosso beijo se aprofundava. Suas mãos massageavam minha cabeça e minha nuca, alimentando o calor do fogo.

Esquecendo todas as regras que eu tinha criado para este momento, minhas mãos passeavam pelas costas dela, enroscando seus cabelos, trazendo-a toda para perto de mim. Eu queria a Echo. Eu precisava da Echo.

Uma porta de carro bateu e ela se assustou. Rapidamente se afastou e virou a cabeça em direção ao som do motor. Ficamos observando enquanto as luzes traseiras vermelhas brilharam na nossa direção, depois se afastaram quando o carro acelerou pela rua.

Os olhos dela encontraram os meus.

– O que isso significa para nós?

Abaixei a testa até a dela.

– Significa que você é minha.

Echo

A manhã de segunda-feira foi o começo de uma nova fase da minha vida – ficar com Noah Hutchins em público.

No instante em que ele veio por trás e beijou a lateral do meu pescoço, fiquei dividida entre me encostar nele e fugir. Todos os músculos do meu corpo gritavam para que eu grudasse nele. Meu cérebro me mandava correr. Com um suspiro, segui minha cabeça.

– Você está quebrando várias das regras de demonstração pública de afeto da escola.

O Noah riu enquanto eu fechava meu armário.

– E daí?

E daí?

– Eu não quero levar advertência.

– Você está muito tensa. Acho que sei o que vai te ajudar a relaxar.

O modo como os olhos dele me devoraram me disse que eu não devia morder a isca, mas mordi mesmo assim.

– E o que seria?

O Noah pressionou o corpo contra o meu e me empurrou em direção aos armários.

– Um beijo.

Segurei os livros perto do peito e lutei contra a ânsia de largá-los no chão e puxar o Noah para perto. Mas isso só estimularia o comportamento dele e, meu Deus, provocaria aquele beijo maravilhoso. Fantástico ou não, beijar em público definitivamente significava levar advertência e receber uma anotação no boletim.

Passei por baixo do braço dele e respirei o ar puro, aceitando com prazer qualquer aroma que não me lembrasse dele. O Noah conseguiu me alcançar, diminuindo o ritmo para ficar ao meu lado.

– Sabe, você pode não ter percebido, mas a gente faz aula de cálculo juntos – disse ele. – Você podia ter me esperado.

– E te dar a chance de me arrastar para o quartinho do zelador? Não, obrigada.

O Noah segurou os livros ao lado dele, com a outra mão enfiada no bolso da calça. Conforme prometido, ele não pegou na minha mão nem colocou o braço no meu ombro, mas prestou mais atenção em mim do que no corredor à nossa frente e nos outros alunos que lotavam a escola.

Entramos na aula de cálculo, e eu juro que todas as pessoas da sala congelaram e ficaram olhando quando o Noah parou ao lado da minha mesa.

– O Isaiah, a Beth e eu passamos lá mais tarde.

– Está bem. – Monitoria, conserto do carro e, se tudo desse certo, uns beijinhos.

Ele deu aquele sorriso malicioso e diminuiu a voz.

– A sra. Frost sempre se atrasa. Eu podia te beijar agora e dar à multidão o que eles estão esperando.

Essa seria uma ótima maneira de começar a aula. Lambi os lábios e sussurrei:

– Você vai me meter em encrenca.

– Pode apostar. – Ele acariciou meu rosto antes de seguir em direção à sua cadeira nos fundos.

Eu me ajeitei na cadeira e passei uma hora inteira tentando fazer com que minha mente se concentrasse na aula, e não em beijar Noah Hutchins.

A Lila se afastou da parede e se juntou a mim enquanto eu ia em direção ao refeitório.

– Demorou, hein. Onde você estava?

– Eu tive que ir até o meu armário antes do almoço. – Na verdade, eu não precisava, mas usei a desculpa para passar pelo armário do Noah e roubar alguns segundos – tudo bem, alguns beijos – dele. Eu finalmente entendi por que ele e os amigos preferiam o corredor isolado ao refeitório.

– Uhuu. Então o cara alto, sombrio e misterioso não vai sentar com a gente no almoço?

– Não. – Enchi a voz de otimismo, me obrigando a ficar tranquila com isso. Afinal, eu não tinha escolha. Acho que eu poderia sentar com o Noah se realmente quisesse. Eu já tinha enrolado o suficiente. – Então, qual é o veredicto sobre o meu status social?

– Vamos ver no almoço.

Que ótimo. Ela podia ter me avisado antes de entrarmos no refeitório. Por que Glinda, a Bruxa Boa, não sacudia sua varinha mágica e fazia as pessoas da Munchkinlândia me adorarem?

Assim como no primeiro dia do segundo ano, as pessoas me encaravam e cochichavam quando eu passava. Pelo menos agora elas não estavam analisando meus braços, mas dividiam os olhares entre mim, o Luke e a mesa de almoço vazia do Noah.

– Apanhe uma bandeja, vamos pegar comida – murmurou a Lila quando passamos pela nossa mesa. A Natalie me deu um sorriso amarelo, enquanto a Grace estava ocupada com um pote de iogurte.

Meu coração doeu. As opiniões do resto da escola não me importavam. A risada e os comentários sussurrados eram um saco, mas, no fim das contas, não importavam. Mas a rejeição da Grace partiu meu coração. Deslizei minha bandeja ao lado da bandeja da Lila, sem tocar na comida.

De um jeito nada característico, a Lila pegou uma porção de batatas fritas e dois brownies.

– A escola está dividida. A Deanna disse pras amigas dela que o Luke te usou para fazer ciúmes para ela, o que te leva de volta ao mundo do patético. Graças à briga no baile e aos beijos entre você e o Noah antes do primeiro tempo de aula, algumas pessoas acham que você largou o

Luke para ficar com o Noah, o que te coloca oficialmente na ala dos esquisitos.

Que maravilha. Talvez eu fosse a esquisitice em pessoa, a rainha de todos aqueles com cicatrizes emocionais. Como uma meia-irmã da Bruxa Boa.

– E o resto da escola acha que você e o Luke usaram um ao outro, que ele tem que ficar com a Deanna e que você e o Noah juntos são demais. – Ela me deu um sorriso travesso e piscou enquanto dava dinheiro para o caixa.

Segui a Lila e percebi o Luke pairando sobre a Deanna, rindo para ela como um tonto. Eu realmente o deixei para ficar com o Noah, mas o Luke também me largou. Verdade seja dita, eu o usei para ter normalidade. Será que ele tinha me usado para reconquistar a Deanna?

A Deanna me pegou olhando. Os olhos dela se estreitaram. O Luke me deu um meio sorriso enquanto pegava a mão dela. Talvez ele tivesse me usado, mas eu não tinha problemas com isso. Nesse caso, dois erros fizeram um acerto importante.

– Bom, deixa eu adivinhar: você e a Natalie são esse último grupo.

– Nós somos o único grupo que importa, certo?

Eu me juntei a Lila na parte dos condimentos.

– Se a maioria da escola me rotulou como esquisita, por que o almoço é tão importante?

A Lila espremeu mostarda em cima de todas as batatas fritas.

– Por causa da Grace. – Sentada perto da Natalie e de outra amiga, Grace mexia no iogurte várias vezes.

– Estou surpresa por ela ainda não ter tomado uma decisão. Reputação versus amizade. A reputação sempre ganha, certo?

– Ela está tentando. Dá um tempo pra fofoca morrer e ela vai aceitar.

É, talvez ela aceitasse. Coloquei a bandeja vazia na mesa de condimentos.

– Diz pra Natalie que eu falei "oi", tá?

– Aonde você vai?

– Pintar.

NOAH

– E aí, sra. Collins? – Entrei direto na sala e me joguei na cadeira em frente a ela. Eu tinha uma hora para matar antes de começar meu turno da noite de sexta. O vapor e o fedor de café barato subiam da xícara intocada no canto da mesa.

Ela levantou os olhos de um arquivo e me deu um sorrisinho.

– Estou impressionada. Você respondeu ao meu chamado no mesmo dia. Achei que não ia ouvir falar de você até a próxima semana.

– Você escreveu as palavras mágicas: Jacob e Tyler.

– Humm. – Os olhos da sra. Collins voltaram para o arquivo. Rugas marcavam a pele ao redor dos olhos, e ela não estava com o entusiasmo de sempre.

– Os meus irmãos estão bem?

Ela esfregou a testa, parecendo subitamente exausta. Eu me sentei na ponta da cadeira. *Se aqueles canalhas tiverem machucado os meus irmãos...*

– Sra. Collins, eles estão bem?

– Estão. Sim, os seus irmãos estão ótimos. Desculpa. – Ela acenou com a mão sobre o arquivo antes de fechar. – Estou meio distraída e cansada. Felizmente hoje é sexta, certo? Ou vocês não dizem mais isso?

Ela forçou um sorriso simpático no rosto cansado, colocando a mão sobre o arquivo grosso, de dez centímetros. Foi então que eu vi a etiqueta. Era o arquivo da Echo. Meu estômago revirou. Alguma coisa estava errada.

– Como você sabe, o aniversário de cinco anos do Tyler está chegando, e eu falei com a Carrie e o Joe para eles deixarem você ter um dia a mais de visita.

– Porra, você tá brincando.

Um pouco da tensão escapou de seu rosto quando ela deu um risinho.

– Eu não estou brincando, mas eu preferia que você não dissesse isso de novo perto de mim nem perto dos seus irmãos. – Ela pegou um pequeno envelope branco na beirada da mesa e me entregou. – Convite para a festa. Os meninos estão achando tudo muito importante. É uma festa exclusiva no centro de visitas e você é o único convidado. Ah, e eu. Talvez você possa levar uns balões para a sala de visitas. Vou levar umas faixas. Esteja lá.

O Jacob tinha escrito o meu nome todo torto no envelope. Nunca pensei que um dia poderia comemorar um evento importante com os meus irmãos.

– Como você conseguiu isso?

– Eu te disse que, se você se esforçasse em melhorar, eu cuidaria da situação com os seus irmãos. Quando eu dou a minha palavra para alguém, planejo cumprir. – Ela repousou a mão aberta sobre o arquivo da Echo e olhou de novo para ele. Qual era o problema? Será que ela tinha feito uma promessa para a Echo e não podia cumprir?

Tentei pescar alguma coisa.

– A Echo quer se lembrar do que aconteceu com ela. Você acha que vai conseguir ajudar?

– Não posso falar da Echo com você, assim como não falo de você com ela.

Era justo. Tentativa número dois.

– Ela me contou o que aconteceu com a mãe dela. Na verdade, ela me contou o que as pessoas contaram *a ela* que aconteceu com a mãe dela, o que não é legal. Pra ser sincero, maluca ou não, eu não consigo imaginar uma mãe decente machucando a filha.

A sra. Collins relaxou na cadeira, ainda parecendo exausta, embora uma faísca iluminasse seus olhos.

– Claro que não. Você tinha um relacionamento muito próximo com a sua mãe.

Subitamente com vontade de bater a cabeça contra a parede, eu desmoronei na cadeira. Eu tinha provocado isso.

– É, eu tinha. – Como eu poderia voltar o assunto para a Echo?

O entusiasmo voltou.

– O Jacob adora escrever, mas você já sabe disso. De qualquer maneira, a Carrie e o Joe me deixaram ler uma história encantadora sobre como a sua mãe declarou a primeira sexta-feira de cada mês como a noite do acampamento em família. Achei absolutamente deliciosa. Era fato ou ficção?

A sra. Collins suplicava pela verdade. Eu ia dar um osso ao cachorro.

– Fato. Meus pais começaram a tradição quando eu perdi o primeiro acampamento dos escoteiros porque fiquei doente. Esse foi o jeito que a minha mãe encontrou de fazer eu me sentir melhor. – Ela sempre encontrava um jeito de fazer tudo ficar melhor.

– O resto da história também é fato? As histórias de fantasmas, o marshmallow derretido com biscoito, todo mundo dormindo na barraca na sala de estar? – A sra. Collins riu. – Você deve ter sido um irmão mais velho bem legal.

Apertei o convite com mais força.

– Ainda sou, mas não posso levar o crédito. Os acampamentos foram ideia dos meus pais.

– Então, por que eles estavam no andar de cima e não na barraca com os seus irmãos na noite do incêndio? – Os olhos dela me perfuravam. – Acho que você sabe por que o Jacob está tendo terrores noturnos.

Eu me levantei.

– Preciso trabalhar.

– Noah, me fala daquela noite. Me dê a oportunidade de ajudar o seu irmão.

– Do mesmo jeito que você está ajudando a Echo?

A sra. Collins piscou. Ótimo – pela primeira vez, eu tinha ferrado com ela.

– Foi o que eu pensei.

A água pingando em uma pia de inox se misturou ao som de pancadas quando entrei na sala de aula. A professora de artes estava ocupada limpando tigelas enquanto a Echo estava sentada em um banco com um pincel na mão. Vários pontos azuis marcavam o rosto dela, e mais apareceram quando ela bateu inconscientemente com o indicador no queixo, fazendo o pincel sujar o rosto no mesmo ritmo.

– Posso te ajudar? – A água parou.

– Vim falar com a Echo. – O trabalho teria que esperar. Se a Echo estivesse com problemas, eu queria saber.

Ela continuou a batucar o dedo no queixo e fez mais marcas no rosto enquanto encarava a tela. A intensidade de seu olhar me chocou.

A professora de artes empilhou as tigelas e foi em direção à porta.

– Ela está bem concentrada. Boa sorte ao tentar chamar a atenção dela. Me faz um favor: se ela pintar o rosto todo, pegue a máquina fotográfica na minha mesa e tire uma foto. Vou colocar na minha coleção. – Ela olhou para a Echo e sorriu. – O título vai ser *Smurf*. Aliás, gostei das tatuagens.

– Estou concentrada, não surda – murmurou a Echo depois que a professora saiu. Ela largou o pincel e tentou limpar o rosto com um pano.

O azul só destacava o vermelho do cabelo dela.

– Você está espalhando tudo.

– É um mau hábito meu. – Ela desistiu, deixando a tinta azul no rosto. Saltou do banco e se alongou. – O que você está fazendo aqui?

Um céu noturno se estendia na tela. A curvatura da Terra estava iluminada por tons amarelos, vermelhos e alaranjados fortes. Azuis brilhantes rapidamente se misturavam à escuridão, com estrelas reluzindo no céu. Todo mundo dizia que ela era uma artista, mas eu não fazia ideia.

– Echo, isso é...

– Uma porcaria. – Ela torceu o nariz.

– Não, de verdade...

– Não importa – disse ela, revirando os olhos. – Do que você precisa?

– De você.

Eu adorava o modo como o rosto dela se iluminava. Ela ficou na ponta dos pés e me deu um beijinho rápido nos lábios.

– Se eu fizer mais que isso, vou te pintar todo.

Tudo o que a Echo fazia ou dizia se tornava sexual na minha mente, e lutei para afastar imagens dela nua e coberta de tinta.

– A sra. Collins me arrumou um convite para a festa de aniversário do Tyler.

– Sério? Isso é incrível!

– É. – Mas não é por isso que estou aqui. – Ela estava mexendo no seu arquivo e parecia meio... preocupada. – O sorriso da Echo sumiu. Ao longo da semana, o humor dela tinha diminuído a cada dia que passava, mas eu deixava isso de lado quando ela voltava à vida por mim. Chega de deixar de lado. Eu queria respostas. – Você não ficou no refeitório para almoçar esta semana. O que está acontecendo, baby?

Ela deu de ombros.

– Nada.

Agarrei um dos passadores de cinto dela e puxei seu corpo contra o meu.

– Noah, a tinta.

– Foda-se. Eu posso trocar de roupa. – Peguei o queixo dela para obrigá-la a me olhar. – Eu não manjo muito dessa coisa de ser namorado, mas não estou interessado só em te beijar.

– Eu sei, e significa muito pra mim. Só que... estou dando um tempo para a Grace. – Ela tentou um meio sorriso, mas fracassou.

Quando ela me falou no início da semana sobre essa amiguinha de merda, minha resposta a fez chorar. Por sorte, eu aprendo rápido, então passei a ficar calado – pelo menos quando o assunto era a Grace.

– O que está preocupando tanto a sra. Collins?

– Não sei.

Respirei fundo para manter a raiva sob controle.

– Echo, se você não conseguir confiar em mim...

Ela aumentou a voz.

– Eu não sei! A sra. Collins ficou muito séria, começou a me fazer mais perguntas sobre a minha mãe e o que eu acho dos mandados de restrição, e meu pai e a Ashley estão mais irritantes do que nunca. Eles pegaram meu carro hoje de manhã e anunciaram que vão me levar e me buscar na escola. Eles inventaram uma desculpa esfarrapada e disseram que querem dar uma arrumada no carro, polir, encerar, essas coisas. Quem faz isso com um Dodge Neon? Eu respondo: ninguém. A Ashley pode não ter cérebro, mas até ela sabe disso! Além disso, ela atende todas as ligações lá em casa e meu celular está sem serviço. Meu pai diz que está resolvendo isso, mas eu não acredito.

A sra. Collins está falando com ela sobre mandados de restrição? O pai dela tirou o carro e os meios de comunicação? Bandeiras vermelhas se levantaram na minha cabeça. A mãe da Echo significava perigo.

– A sua mãe entrou em contato com você?

A cabeça dela caiu para trás.

– Ah, não. Você também?

Sabendo bem que isso não era uma resposta, senti uma espiral se revirar dentro de mim. Ninguém mexia com a minha garota.

– Echo?

– Não. – Com um suspiro defensivo, ela relaxou e se encostou em mim. – Eu sei que parece loucura, mas às vezes sinto saudade dela.

Parecia loucura mesmo, mas ao mesmo tempo parecia normal. Beijei o topo da sua cabeça e alisei suas costas. A Echo não via os sinais ou se recusava a reconhecer: a família dela e a sra. Collins estavam preocupados que a mãe dela reaparecesse. Um cabo de guerra se instalou no meu cérebro entre contar a ela minha teoria e deixá-la continuar feliz na escuridão.

Mas, por outro lado, eles podiam estar preocupados por outros motivos.

– Sou eu? Eles estão dificultando sua vida porque você está comigo?

A Echo pressionou meus braços para se soltar e eu a soltei. Esfreguei o pescoço para liberar a tensão.

– Pode me contar.

– A Ashley e meu pai nem sabem de você. Eu ia te apresentar no fim de semana, quando a gente saísse, mas agora não tenho tanta certeza se devo.

A frase toda estava carregada.

– Eu vou conhecer os seus pais neste fim de semana e a gente tem planos?

O rosto dela ficou vermelho.

– Desculpa. Eu, é... achei que, você sabe, como você disse que eu era sua, que a gente meio que ia, sei lá... – Nossa, como ela era fofa quando gaguejava.

– Eu queria te levar a uma festa amanhã à noite, mas, se você tiver outros planos, eu sou flexível. Gosto da ideia de conhecer seu pai. Só não posso prometer que ele vai gostar de me conhecer.

O vermelho continuava no rosto dela, mas eu arranquei um sorriso.

– Não, a gente pode ir à festa. – A testa dela enrugou. – Se bem que eu não estou sabendo de nenhuma festa esse fim de semana. Com o meu pai vai ser tranquilo. Mas não fale palavrão. Você é capaz disso, né?

– Eu fui escoteiro.

Ela deu uma risadinha, depois voltou à pintura do céu noturno, todos os traços de humor desaparecendo.

– É um quadro muito lindo – eu disse.

– A minha mãe sempre pintava constelações. Agora, estou presa fazendo a mesma coisa. – Ela parou. – Nas raras vezes em que ela decidia ser mãe, ela me contava a história de Andrômeda e Perseu na hora de dormir. Por que será que ela estava me contando essas coisas no dia em que me machuquei? Estou tão perto da verdade...

Meu coração doía de ver a Echo sofrendo e, por um segundo, afastei todas as emoções. Um dia ela descobriria que era boa demais para um fracassado como eu e, quando ela partisse, eu não saberia como lidar com a dor. A Echo batucou o pincel no rosto. Ela valia a pena. Eu a envolvi com meu corpo outra vez, beijando a lateral de seu pescoço.

– Então vamos falar sério. Na terça, a gente vai olhar o seu arquivo.

Echo

– Eles estão escondendo alguma coisa. – Dei uma espiada pela janela do meu quarto, buscando qualquer sinal do Noah enquanto segurava o telefone sem fio com força na orelha. Nada de serviço de celular há vinte e quatro horas. Viver antes dos anos 90 deve ter sido um saco.

– Porque o Noah é o sonho de qualquer pai – disse a Lila, com claro desdém. – E eu andei pesquisando. Não tem festa nenhuma. Aposto que essa festa consiste em drogas e o banco traseiro do carro dele.

– Você disse que ia me apoiar.

– Eu disse que você sempre ia ser a minha melhor amiga. E pra falar a verdade, eu meio que achei que você ia dar uns amassos no cara e seguir em frente. Não achei que ia ficar toda séria com ele. – A Lila suspirou. – Vem comigo e com o Stephen ao cinema. Leva o Noah, se quiser.

Imagens do Noah ao lado de um irritado Stephen tomaram minha mente. O Noah tinha concordado em ficar comigo, não em se tornar melhor amigo da galera popular.

– Talvez na semana que vem. – Ou nunca. Um motor barulhento ficou mais alto conforme se aproximava da casa. – Tenho que ir. O Noah chegou.

Pulei escada abaixo, esperando abrir a porta antes da Ashley ou do meu pai.

– Echo. – Tarde demais. A desmiolada surgiu no hall. – Você conhece as regras do seu pai. Ele atende à porta enquanto você espera na sala. Nós precisamos saber com quem você vai sair.

"Nós" significava a Ashley, que criou essa regra quando descobriu que eu tinha largado o Luke

A poltrona reclinável do meu pai fez barulho na sala e ele entrou no hall. As rugas típicas estavam mais profundas que o normal, e olheiras de exaustão se penduravam sob os olhos. A posição irritada do maxilar dizia que ele estava tão empolgado quanto eu com a regra "dele".

A Ashley se ajeitou no espelho do corredor. Eu provavelmente devia ficar de olho aberto, já que ela tinha uma queda pelos homens de outras mulheres. Até agora, eu tinha conseguido mantê-la afastada do Noah, já que a gente estudava na hora do programa de entrevistas preferido dela.

Meu pai se encostou no canto da parede, esperando a campainha tocar. Ele fechou os olhos e deixou a cabeça cair para trás. Meu pai sempre estava estressado e preocupado, mas hoje parecia pior do que o normal. Isso me lembrou dos dias antes de ele e a minha mãe se divorciarem, ou quando eu voltei para a escola depois do incidente.

– Você está bem, pai?

Os olhos dele se abriram de repente.

– Estou. O trabalho anda muito cansativo.

Ficamos nos olhando por um segundo, os dois buscando um assunto para conversar ou, que droga, uma frase coerente. O que o Noah estava fazendo lá fora? O motor parou e ele teve que empurrar o carro pela entrada da casa?

Meu pai pigarreou.

– Alguma coisa estranha aconteceu com a sua conta de celular, e você vai ganhar um número novo na segunda. Me faça o favor de só dar o número para pessoas que realmente precisem dele. – Porque a minha popularidade significava enormes contas de telefone.

– E o meu carro? – Ele devia estar parecendo um Porsche a essa altura.

A campainha tocou, salvando meu pai de ter que responder. Ele colocou a mão na maçaneta e me deu aquele olhar de "você-pode-mudar--de-ideia".

– Eu gostava muito do Luke. Você devia dar mais uma chance a ele.

Enfiei as mãos nos bolsos, fazendo uma anotação mental para pegar as luvas antes de sair.

– Eu gosto do Noah, pai. Então você podia tentar não ser... – dominador, controlador, malvado – ...você?

Meu pai sorriu de verdade, a ponto de o movimento chegar aos olhos. Tão rápido quanto apareceu, o sorriso desapareceu, e ele abriu a porta. Meu pai e o Noah trocaram um cumprimento abafado. Segundos depois, Noah Hutchins estava no hall da minha casa, gostoso como sempre e sem se desculpar por ser tão sexy. Quando meu pai se virou para fechar a porta, ele me deu um sorriso e piscou.

O rosto dele ficou sério quando meu pai entrou na sala de estar, acenando para que nós dois o acompanhássemos. O Noah andou ao meu lado e sussurrou:

– Ele está brincando.

– Quem me dera. – Em dezoito anos, eu só tinha tido dois namorados: o Luke e agora o Noah. Embora o termo *namorado* não se encaixasse muito bem ao Noah. Eu gostava de pensar que nós estávamos... juntos. Quando eu estava no primeiro ano, meu primeiro encontro foi a mãe do Luke o levando até a minha casa para a gente ver um DVD. Meu pai não tinha regras bobas de namoro naquela época. A carteira de motorista do Luke abriu um mundo totalmente novo para nós dois, mas a essa altura meu pai já tinha tido quase um ano para se acostumar com ele. O Noah veio do nada.

Eu me sentei no sofá e grunhi de nervoso quando o Noah se sentou bem ao meu lado e colocou a mão no meu joelho – um movimento percebido pelos olhos excessivamente observadores do meu pai.

Minha madrasta evidentemente grávida se ajeitou em sua nova poltrona de amamentação de trezentos dólares, e meu pai se sentou na poltrona reclinável.

– Então, Noah, como você conheceu a Echo?

Uau, a temperatura tinha subido de repente aqui dentro? Meus olhos foram até o Noah, esperando ver pânico. Em vez disso, um sorriso relaxado pousava em seu rosto.

– A Echo e eu temos algumas aulas juntos.

A Ashley se iluminou e apertou a barriga com a mão.

– Sério? Quais?

– Cálculo.

– Física – acrescentei. – E informática.

– *Español*. – Ele tinha feito uma voz profunda e sensual de propósito? A mão dele se mexeu uma fração de centímetro e apertou minha perna, exercendo uma pressão deliciosa na parte interna da coxa. Enrolei o cabelo para tirá-lo do pescoço e aliviar um pouco o calor. Ou o Noah engasgou com a própria saliva ou reprimiu uma risada.

Felizmente, meu pai não viu o espetáculo.

– O que os seus pais fazem?

Oh-oh. Eu devia ter contado à Ashley e ao meu pai sobre a situação familiar do Noah. OK, eu tinha pensado nisso, mas tive esperanças de que o assunto nunca surgisse. Abri a boca, mas ele respondeu:

– A Shirley fica em casa, e o Dale trabalha na fábrica de caminhões.

Meu pai e a Ashley trocaram um olhar longo e preocupado. Ela se ajeitou na poltrona e colocou as duas mãos sobre a barriga.

– Você chama os seus pais pelo primeiro nome?

– Eles são meus pais adotivos.

Juro por Deus que eu pude me ouvir piscar. Eu poderia ter ouvido a Ashley e meu pai piscarem, mas nenhum dos dois tinha feito isso ainda. O Noah tirou a mão da minha perna e esfregou a nuca.

– No fim do primeiro ano, meus pais morreram num incêndio em casa.

Meu pai entrelaçou as mãos e se inclinou para frente na cadeira, os olhos perfurando o Noah. A Ashley tampou a boca com a mão.

– Ai, meu Deus, eu sinto muito.

Eu me aproximei mais da beirada do sofá, querendo sair dali antes que eles perguntassem mais alguma coisa.

– A gente precisa ir. – Não que eu tivesse ideia de aonde a gente ia.

– Aonde você vai levar minha filha? – Meu pai falou com o Noah com a raiva que eu achava que ele guardava apenas para minha mãe. Ele claramente parou de ouvir depois das palavras *pais adotivos*.

A temperatura subiu mais uns trinta graus. Por que ninguém na minha vida conseguia ver como o Noah era fantástico? Ergui as mangas da blusa, curtindo a sensação do ar frio na pele.

– Echo, para! – A Ashley se levantou em um pulo.

Eu congelei e depois lembrei que a Ashley era uma imbecil. Eu ia sair com um cara, não ia fugir para casar com ele em Las Vegas.

A mão forte do Noah deslizou sobre meu pulso antes de ele entrelaçar os dedos nos meus. A sensação da carne quente sobre uma área que eu não permitia que ninguém visse, muito menos tocasse, me deu arrepios. Meus olhos se arregalaram, percebendo meu erro. Foi isso que apavorou a Ashley. O que tinha dado em mim? Eu nunca erguia as mangas. Passava o tempo todo puxando-as para baixo. Quando foi que eu fiquei... à vontade?

Ele alisou minha mão com o dedão.

– Eu planejava levar a Echo até a minha casa para conhecer alguns dos meus amigos.

O Noah podia ter dito a eles que ia me levar para o gueto para comprar crack que eles não teriam ouvido nada. A Ashley estava congelada, examinando minhas cicatrizes expostas, enquanto meu pai olhava para nossas mãos entrelaçadas. Estiquei a outra mão para puxar as mangas para baixo, mas o Noah casualmente segurou meu antebraço, me impedindo de fazer isso. Meus pulmões expulsaram todo o oxigênio do corpo. Noah Hutchins, um ser humano de verdade, estava abertamente, de propósito, tocando minhas cicatrizes.

Eu tinha parado de respirar por alguns segundos, assim como a Ashley. O Noah continuou, como se nada de mais estivesse acontecendo.

– A que horas a Echo precisa voltar para casa?

Piscando para voltar à vida, eu respondi por eles:

– Meu horário é às onze.

– Meia-noite. – Meu pai se levantou e estendeu a mão. – Não tive a oportunidade de me apresentar direito. Sou Owen Emerson.

NOAH

A Echo ficou em silêncio no caminho para a casa da Shirley e do Dale. Continuava puxando as luvas para cima e as mangas para baixo. Ela certamente precisava de um tempo para se acalmar depois daquele encontro interessante. Minha banda de punk favorita tocava no rádio, e eu batucava os dedos no volante no ritmo do baixo. Eu ainda tinha dificuldade para registrar tudo. Echo Emerson estava sentada no meu carro, ficando comigo intencionalmente. Minha mãe teria gostado muito dela.

Vários carros caindo aos pedaços se enfileiravam na rua. Eu trabalhava no turno da noite no Malt and Burger fazia tanto tempo que tinha esquecido como era sair com os amigos. Claro, eles estavam por perto quando eu chegava em casa, mas a essa altura já estavam tão chapados que não eram divertidos.

Estacionei atrás da lata-velha de gângster do Rico. A Echo olhou pela janela para a pequena casa em forma de caixa.

– Onde estamos?

– Na casa dos meus pais adotivos. O Dale e a Shirley estão no trailer deles, perto do lago.

Seu pé batucava no chão enquanto ela avaliava a casa. O revestimento precisava ser substituído ou pintado. O Isaiah e eu tínhamos limpado uma faixa nos fundos uma vez e descobrimos que a casa costumava ser amarela, não cinza como estava agora, por causa da sujeira que a recobria. A casa combinava com as outras asquerosas do bairro – expostas, sem arbustos nem paisagismo. Nos degraus da entrada, três grandes sombras fumavam e davam risadas intensas e brutas.

Saí do carro e rapidamente fui até o outro lado para abrir a porta da Echo. Ela saiu, sem nunca tirar os olhos da casa.

– Quantas pessoas estão aí dentro?

– Umas dez.

O fim de fevereiro significava um ar mais quente durante o dia, então as noites não eram tão frias. Ainda assim, a Echo enfiou as mãos no casaco como se estivesse congelando. Pelo menos ela estava de casaco. Eu queria que ela ficasse confortável, mas também queria ficar com os meus amigos e passar um tempo com a minha garota. Usando meu corpo, encostei-a no carro.

– O Isaiah e a Beth vão estar lá dentro.

As sobrancelhas dela se ergueram.

– A Beth me odeia.

Dei uma risadinha, adorando o fato de ela falar as coisas diretamente. Emoldurei seu rosto com as mãos, deixando que meus dedos curtissem a sensação da pele de cetim.

– Você é o meu mundo, então eu diria que isso nivela as coisas.

Os olhos da Echo se arregalaram, e ela ficou pálida. Por que ela estava preocupada? Minha mente reproduziu todos os instantes com cuidado e depois congelou, voltou, reproduziu de novo e congelou nas palavras que eu tinha dito.

Tinha tanto tempo que eu não me permitia me apaixonar por alguém. Olhei nos lindos olhos verdes da Echo e o medo dela se derreteu. Um sorriso tímido surgiu em seus lábios e no meu coração. Foda-se o resto do mundo, eu estava apaixonado.

As mãos enluvadas da Echo se ergueram e guiaram minha cabeça até a dela. Eu me entreguei ao sabor provocante de sua língua e ao jeito como os lábios macios se moviam encostados aos meus. Com muita facilidade, eu poderia me perder nela... para sempre.

– Nenhuma das suas merdas de mães adotivas te ensinou boas maneiras? Pelo menos traz a garota aqui e dá uma cerveja pra ela antes de ficar de amasso – gritou Rico dos degraus.

Beijei os lábios da Echo devagar, meus dedos queimando com o calor que saía de seu rosto. Seus braços despencaram enquanto eu pensava no melhor jeito de fazer o Rico pagar por tê-la envergonhado.

– Vega, você deve ter um colhão enorme pra perturbar a minha garota.

A luz da varanda se acendeu, e o Rico xingou baixinho quando a Echo e eu aparecemos na luz.

– Desculpa, cara, eu não sabia que você tinha trazido a Echo.

– Quantas garotas você beija encostado em carros? – ela perguntou de um jeito direto.

Minha boca se abriu, mas não emitiu nenhum som. Rico e os dois primos dele gargalharam da minha expressão. Fechei a boca de repente quando a Echo piscou. Nossa, eu adorava quando ela dava o troco.

– Echo Emerson, por favor, não me diz que você está mesmo com esse fracassado. – O primo do Rico, Antonio, saiu dos degraus da entrada, sorrindo de uma orelha à outra.

Tentei puxá-la mais para perto de mim, mas ela inesperadamente deu um pulo para frente, jogando os braços ao redor dele.

– Ai. Meu. Deus. Não acredito que você está aqui!

O ciúme revirou meu estômago quando o Antonio levantou a Echo do chão, balançando-a.

– Você está linda como sempre.

Eu nunca ia desvendar essa garota. Antonio era praticamente um membro de gangue. A Echo não me olhou durante todo o primeiro semestre, mas se jogou nesse babaca.

Ele finalmente a colocou de volta no chão. A Echo pulava de empolgação.

– Então, como estão as coisas lá?

Ele esfregou o queixo e o sorriso dele diminuiu.

– Incrível. Os professores, os alunos, as salas de aula, é... – Ele desviou o olhar. – É uma merda você não estar lá.

A empolgação da Echo enfraqueceu, e ela se esforçou para manter o sorriso.

– Pelo menos um de nós conseguiu ir pra Hoffman. Eles podiam ter eliminado a vaga quando meu pai rejeitou o lugar.

Meu cérebro deu um clique tão alto que eu fiquei surpreso de ninguém ter ouvido. O Antonio frequentava a Hoffman, a única escola de artes da cidade, que só aceitava alunos do segundo e do terceiro anos. As vagas eram concedidas com base no talento, e a competição para entrar era violenta. O ciúme ainda percorria meu corpo. Eu precisava confirmar minha teoria antes de arruinar uma amizade.

– Você frequentou a Eastwick?

– A Echo e eu fizemos todas as aulas de artes juntos no primeiro e no segundo anos. A Hoffman me ofereceu a vaga dela porque ela não pôde aceitar. – O Antonio estendeu a mão para mim. – A Beth está perturbando a Maria. Será que você pode pedir pra sua irmã dar um tempo?

Apertei a mão dele, feliz porque o Antonio tinha levado sua própria garota.

– A Beth não gosta de ninguém, e, se eu disser pra ela dar um tempo, isso só vai piorar as coisas.

– É, tem razão. Então, como você convenceu uma garota cheia de classe como a Echo a sair com um canalha como você? – O Antonio apertou mais a minha mão antes de soltar. Ele podia não estar interessado nela, mas se preocupava o suficiente com ela para não gostar da ideia de estarmos juntos. E isso falava muito sobre a amizade dos dois. Até agora, o Antonio nunca tinha se importado com quais ou quantas garotas eu levava para dormir comigo em casa.

Sem saber como me sentir em relação ao Antonio e à Echo, juntei meus dedos aos dela. Ele ergueu uma sobrancelha, surpreso. *É isso aí, mano. Eu acabei de marcar meu território.* O Rico socou o ombro do primo.

– O Noah está todo sério. Foi até ao baile da escola.

O Antonio relaxou a posição.

– Fala sério. Vai ao baile de formatura também? Eu pagaria uma grana pra te ver vestido de pinguim.

– Muito engraçado. – Passei pelo Rico e seus primos e levei a Echo para dentro.

A sala já pequena parecia ter encolhido alguns metros quadrados graças aos diversos adolescentes espalhados pelos móveis e pelo chão. A Beth estava sentada na mesa da cozinha, com uma cerveja em uma das mãos e um cigarro na outra. O Isaiah estava de pé ao lado dela, fazendo caretas ridículas, curtindo todas as vezes que a Beth uivava de tanto rir. Parecia que os dois tinham começado cedo com a trouxinha de dez dólares de fumo que tínhamos comprado de manhã.

O som de um carro cantando pneu veio da televisão. Várias pessoas deram um "oi" e me mandaram sair da frente para poderem ver TV.

– E aí, cara? – O Isaiah me puxou para um abraço e sorriu como um idiota. – Echo.

A Echo se aproximou mais de mim e eu tirei vantagem da situação, envolvendo a mão na curva da sua cintura. Minha boca ficou cheia de água com o aroma doce. Cara, como ela cheirava bem.

– Oi, Isaiah. Tudo bem, Beth? – ela perguntou.

A Beth deu uma tragada longa no cigarro, olhando furiosa para a Echo. Sem se intimidar, ela encarou de volta, fingindo que a fúria da Beth não importava. O orgulho inundou meu corpo. A Beth desistiu primeiro, soprando fumaça para o lado.

– Fui até a loja hoje, Noah, e comprei cola. Do tipo doidão.

O corpo todo da Echo se encolheu, e eu não fui o único a perceber. O Isaiah sussurrou alguma coisa no ouvido da Beth enquanto ela dava um longo gole na cerveja. Seus olhos vermelhos brilharam com uma reprovação feliz.

– Vem conhecer a casa. – Como se um tour pela casa pudesse ajudar a salvar a situação. Fiz pressão com a mão nas costas da Echo, empurrando-a em direção ao corredor.

– Aproveita o passeio, princesa! – gritou a Beth.

Quando a Echo saiu, eu sussurrei para a Beth:

– Para com isso.

Ela deu de ombros e tomou outro gole de cerveja. Quatro passos depois, estávamos de pé no meio do corredor, perto do banheiro com azulejos rosa e verdes. A Echo encarou a pintura rachada no teto, provavelmente pensando em como escapar.

– O quarto atrás da gente é o da Beth, e o outro é da Shirley e do Dale – eu disse.

Ela puxou as luvas nos braços. Ela precisava saber que, dessa vez, a Beth queria acabar comigo.

– Echo, o que a Beth disse... foi um ataque a mim, e não a você. Ela acha que vai ter que me ajudar a me recuperar depois que você destruir meu coração e acabar comigo.

Uma risada veio da sala de estar, e o Rico gritou. Duas vezes na mesma noite eu tinha declarado minhas emoções para ela, e ela ainda não tinha dito nada em retorno. O silêncio entre nós se prolongou. Ela finalmente perguntou:

– Você é bom no Xbox?

Não podia ser tão fácil. Todas as vezes que a Beth intimidava uma garota que eu levava para casa, eu passava mais tempo convencendo a garota a deixar o assunto de lado do que tentando transar com ela. Eu queria jogar, mas também queria que a Echo se divertisse.

– Sou.

– Então por que não me prova? – Ela agarrou minha mão e me levou até a sala. Será que isso era algum tipo de teste? Será que eu devia protestar, dizer a ela que era melhor a gente ir embora porque a Beth a deixara desconfortável? Era isso que as outras garotas queriam.

Mas ela pareceu persistente quando entramos na sala e fez sinal para que eu entrasse no jogo. Eu descobriria em pouco tempo se era um teste. Aproveitei o espaço aberto no sofá e puxei a Echo para o meu colo.

– Ei, Rico, me dá um controle.

– É, Rico, dá pra alguém que sabe jogar de verdade – disse o Isaiah. Mais risadas e insultos se seguiram.

– Você ia jogar melhor se eu não estivesse no seu colo – sussurrou ela.

Entrei no jogo e me preparei para arrasar. Depois que todo mundo tinha escolhido um jogador, meus lábios roçaram a orelha da Echo. Eu adorava o jeito como ela fechava os olhos e se inclinava para mim.

– Mas aí eu não poderia fazer isso.

Depois de meia hora, o Antonio arrastou a Echo para a cozinha falando palavras como *técnica* e *sombreamento*. Planejei me juntar a ela quando o jogo terminasse, mas decidi não fazer isso quando ela pegou um lápis e começou a falar rápido enquanto desenhava. Eu queria que ela se sentisse à vontade e queria ficar com os meus amigos. De alguma forma, consegui realizar os dois desejos.

Depois de uma hora e meia, o Antonio sentou na cadeira da cozinha em frente à Echo, dando uns amassos na garota dele. De vez em quando ele resmungava alguma coisa para a Echo, enquanto ela desenhava e bebia cerveja.

A Beth surgiu do porão, com um saco de erva e seda na mão. Joguei o controle no sofá.

– Tô fora.

Vários caras reclamaram quando o Rico pegou meu controle. O Isaiah me jogou uma lata de cerveja vazia.

– Porra, cara, o Rico é muito ruim. Não acredito que você vai me deixar na mão.

Ignorei os comentários que eles fizeram em relação à minha masculinidade na tentativa de me arrastar de volta para o jogo. A mão da Echo voava rápido sobre o papel, e os olhos acompanhavam. Passei os dedos em seus cachos, puxando gentilmente só para vê-los voltarem ao lugar.

Ela era um gênio. Ela desenhou o Antonio e a Maria agarrados num abraço. A imagem no papel parecia que podia ganhar vida. Como ela conseguia uma coisa dessas em tão pouco tempo?

A Beth se sentou à mesa e começou a enrolar um baseado. Eu queria que a Echo saísse dali imediatamente.

– Eu ainda não te mostrei onde o Isaiah e eu moramos.

– Espera um pouco. Quero fazer esse sombreamento direito. – A Echo estava perdida no mundo dela e sem prestar atenção em mim. Que inferno, a Beth nunca enrolou um baseado tão rápido na vida. Ela colocou na boca e acendeu. O cheiro familiar se deslocou pelo ambiente, chamando a atenção de todo mundo, inclusive da Echo.

Ela observou enquanto a Beth tragava e prendia a respiração. Desde que eu estava morando aqui, nunca tinha recusado um tapa, mas de jeito nenhum eu ia fazer isso na frente da Echo. A Beth soltou a fumaça. Os lábios dela se curvaram quando ela ofereceu o baseado à Echo.

– Quer um pouco?

Todo mundo no ambiente observava e esperava pacientemente pela própria vez, e isso colocou a Echo em evidência. O pé dela batucou no chão, e ela pousou o caderno de desenho na mesa, empurrando-o em direção ao Antonio.

– Não, obrigada. – Os olhos dela voaram na minha direção. – Não precisa deixar de fumar por minha causa.

Ótimo, era exatamente isso que eu estava tentando evitar. Estiquei a mão para ela.

– Vem.

Echo

Peguei a mão do Noah, dando uma piscada para a Beth enquanto ele me conduzia para longe. Ser legal com ela não tinha me levado a lugar nenhum e, pela primeira vez, eu me senti bem em ser malvada. A expressão de raiva no rosto dela valeu qualquer retorno cósmico que eu pudesse receber depois.

O Noah abriu a porta do porão e fez sinal para que eu entrasse primeiro. A temperatura caiu pelo menos uns cinco graus quando meus pés atingiram o chão de concreto. Uma cama box estava encostada no canto da parede. Um sofá xadrez velho estava de frente para a cama, e uma televisão ficava entre as duas coisas. Calças jeans e camisetas estavam dobradas em dois cestos.

A porta se fechou atrás de nós e os degraus de madeira gemeram com os passos pesados do Noah. Enfiei as mãos nos bolsos e avaliei o teto. Senti uma pontada no pescoço ao ver a imagem de centenas de aranhas minúsculas esperando para me atacar.

– O que você acha? – perguntou ele.

– É... humm... aconchegante. – Tenho certeza de que as aranhas adoravam. Assim como aqueles insetos estranhos que formavam uma bola quando a gente tocava neles.

O Noah ajeitou meu cabelo nos ombros e me deu um beijo delicioso na nuca.

– Mentirosa – sussurrou no meu ouvido.

Ugh – escolha moral: sofá ou cama, cama ou sofá? A decisão foi tirada das minhas mãos quando o Noah colocou um dedo no passador de cinto traseiro da minha calça e me arrastou, de costas, em direção à cama. Os braços dele se apertaram ao redor da minha cintura e me puxaram para baixo, junto com ele.

O Noah se apoiou no cotovelo, com aquele sorriso malicioso no rosto.

– Você tem ideia de há quanto tempo eu queria te ver nesta cama?

– Não. – A bainha do meu suéter enrolou com a nossa queda, expondo meu umbigo. O Noah traçou círculos na pele da minha barriga, descendo até o jeans de cintura baixa. O toque dele provocou uma combinação de cócegas e arrepios pelo meu corpo. Meu coração acelerou e eu me esforcei para manter a respiração normal.

Todos os boatos sobre o Noah estavam certos. Os beijos dele faziam meus dedões do pé se curvarem e, agora, um simples toque dele abalava meu corpo. O medo se misturava ao prazer na minha corrente sanguínea.

– Noah?

– O quê? – Os olhos escuros dele seguiram os dedos enquanto provocavam meu umbigo.

– Quando foi que você começou a fumar maconha?

Ele colocou a palma da mão aberta sobre a minha barriga.

– Tô vendo que você vai me fazer suar a camisa.

Fiz sinal com a cabeça, com medo de me encolher em vez de responder. As coisas estavam indo rápido – rápido demais para uma garota lenta como eu.

Ele tirou os sapatos com um chute e subiu um pouco na cama, até chegar aos travesseiros.

– Vem. – Minha mão tremeu quando abri o fecho das minhas botas pretas e coloquei as duas arrumadas no chão, perto dos sapatos dele, jogados de cabeça para baixo. Por que eu estava tão nervosa? Esse cara era o Noah, aquele com quem eu estudava, conversava, ria e elaborava planos.

Quando engatinhei pela cama para me sentar ao lado dele, minhas borboletas pterodátilos deram saltos mortais no meu estômago. Meu Deus, ele era lindo e eu estava na cama com ele. Eu me encostei na parede, puxando os joelhos em direção ao peito. Ele estava deitado. Eu fiquei sentada. Não, isso não era esquisito.

O sorriso do Noah fraquejou.

– Não faz isso, Echo.

Passei a mão trêmula pelo cabelo e lutei para controlar minha voz.

– Fazer o quê?

Ele agarrou minha mão e gentilmente alisou os dedos sobre ela.

– Ficar com medo de mim.

Ele se sentou e eu me afundei o suficiente para apoiar a cabeça em seu ombro. Eu podia chegar a um meio-termo.

– Não estou com medo de você. – *Talvez do que você faz com meu corpo, mas não de você.*

– Do que você tem medo?

– Responde a minha pergunta primeiro.

Ele esticou o braço sobre o meu ombro e apoiou a cabeça na minha, me envolvendo em uma pequena bolha de calor.

– Eu era bem parecido com o Luke no primeiro ano: a estrela do basquete, o cara que saía com as garotas certas e tinha os amigos certos... Tentei continuar sendo essa pessoa no segundo ano, mas, por mais que tentasse, eu não conseguia. Eu não podia ficar numa equipe esportiva, porque não conseguia pagar os equipamentos, ou porque os meus pais adotivos não deixavam que eu treinasse ou jogasse. Depois de um tempo, cansei de me esforçar tanto para só fracassar e então desisti. Um dia, um cara me perguntou se eu queria um tapa, e aí... – Ele parou de falar.

Então, o Noah fumava maconha. Eu bebia cerveja. Formávamos um belo casal.

– Eu nunca vou fumar maconha nem usar drogas. Não quero fazer nada que confunda a mente. É uma coisa tão delicada.

Porque eu tinha pavor de fazer qualquer coisa que pudesse ligar o interruptor que me faria ser igual à minha mãe. Pesquisas sugeriam que havia algo entre quatro e vinte e quatro por cento de chance de eu herdar os genes maníacos dela.

– Se você quer tentar pegar a custódia dos seus irmãos, não tem medo de eles fazerem um teste de drogas em algum momento? Se eu fosse a juíza, pediria.

Ele estava cobrindo meu cabelo de beijos, provocando arrepios na minha nuca, quando parou de repente.

– Acho que você tem razão.

Eu me afastei e encarei os olhos dele.

– Não me importo de você fumar maconha. Quer dizer, não vou fumar e prefiro ficar com você quando estiver sóbrio, mas não tenho a intenção de te mudar.

O Noah se mexeu e seu cabelo lhe caiu nos olhos, ele manteve o rosto sem expressão, nem mesmo um sorriso. Coçou a barba rala.

– Por que você não foi para a Hoffman?

– Porque meu pai acha que a arte é o próprio demônio. – E que, se eu continuasse a me entregar aos meus talentos, ficaria exatamente igual à minha mãe.

– Isso não faz nenhum sentido.

Não mesmo, mas o que eu podia fazer?

– A minha mãe era artista. Ele associa o talento ao comportamento dela.

O Noah puxou um cacho.

– Você não é maluca.

Tentei forçar um sorriso tranquilizador no rosto, mas não consegui.

– Minha mãe parou de tomar os remédios porque eles inibiam a criatividade dela. Eu consigo associar o momento do surto maníaco da minha mãe a cada pintura que ela terminava. Quando fiz nove anos, em vez de cantar parabéns, ela pintou o Partenon na parede da nossa sala. Não posso culpar meu pai por querer me proteger de me tornar alguém capaz de fazer isso. – Levantei os braços cobertos como prova.

O Noah estendeu a mão para mim, mas eu puxei os braços. Ele fechou os lábios com força e inesperadamente tirou a camisa, revelando a glória em forma de tanquinho. Ele aproximou o bíceps do meu rosto.

Fiquei sem ar.

– Ai, meu Deus, Noah. – Um círculo de pele vermelha sobressaía do braço dele, do tamanho exato de um charuto. Meu estômago se contorceu. Estiquei a mão para tocar, mas depois recuei.

– Tudo bem. Pode tocar. Parou de doer alguns dias depois que aconteceu. Não vai arrancar os seus dedos. É uma cicatriz. Nada mais. Nada menos.

Coloquei os dedos sobre a boca, engolindo bile.

– O que aconteceu?

– Pai adotivo número um. Minha culpa. Eu decidi bancar o herói e impedir que ele batesse no filho biológico. – Ele disse isso com tanta clareza e tanta naturalidade, como se ser marcado a fogo acontecesse com todo mundo. – E isso... – o Noah tocou a parte de cima da tatuagem, no outro braço – ... é de quando usei meu corpo para proteger o Tyler e o Jacob da queda de escombros no incêndio.

A cicatriz, com quase três centímetros de largura, descia pelo meio da tatuagem de cruz e terminava na parte inferior. O topo da cicatriz continuava até as costas dele. Afastei os olhos dela para estudar o desenho da tatuagem. Uma rosa entrelaçava a cruz celta preta. Nas pontas da cruz, estava o nome da mãe dele, do pai e dos irmãos. O peso no meu peito esmagou meus pulmões. Tracei a linha da cruz, não da cicatriz.

– É uma bela homenagem a eles. – Eu não conseguia imaginar como seria perder tudo. Pelo menos eu ainda tinha o meu pai. Eu poderia ter de pular argolas pelo resto da vida para agradar a ele, mas pelo menos por enquanto eu ainda tinha o amor dele, acho.

O Noah pegou a mão que estava traçando a tatuagem e beijou os meus dedos.

– É, sim. Meus pais teriam orgulho de cada cicatriz.

Meus olhos correram para os dele.

– Eu não estava falando... Eu quis dizer... a tatuagem.

Ele lambeu os lábios antes de dar um sorriso travesso.

– Eu sei. Eu te mostrei a minha, agora é a sua vez.

Sacudi a cabeça antes mesmo de ele terminar a frase.

– Não é a mesma coisa. Você é forte. Você ajudou as pessoas. Eu... confiei na pessoa errada e depois fiquei patética e não me lembro de nada. Além disso, você é homem. Cicatrizes em homens ficam, tipo, sensuais. Cicatrizes em mulheres... são apenas... feias. – Pronto, falei. Em voz alta.

O aperto na minha mão ficou mais forte, e os olhos dele se escureceram e viraram nuvens de tempestade.

– Foda-se essa conversa. Confiar na sua mãe não é motivo pra ter vergonha. Ela fez merda, não você. E, quanto a esse lance de ficar patética, foda-se isso também. Você não é patética. Você teve coragem de voltar à escola e continuar a viver sua vida como se nada tivesse acontecido. Já eu perdi tudo e joguei o que sobrou de mim no lixo. Isso sim é patético.

O Noah soltou minha mão e avançou sobre mim como um leão raivoso. Em movimentos rápidos como um raio, envolveu os braços na minha cintura e me deitou na cama. Meu coração martelou quando ele pairou sobre mim.

– Baby, ninguém jamais cometeria o erro de usar a palavra *feia* com você. Especialmente se eu estiver por perto. – Ele afastou os cachos do meu rosto, e os dedos deixaram um rastro ardente. – Tudo em você é lindo e absurdamente sexy.

Virei a cabeça para o lado, incapaz de sustentar o olhar do Noah.

– Tem mais. – Porque sempre tem mais. A minha mãe garantiu isso. Agarrei a barra do meu suéter e, antes de perder a coragem, puxei o tecido sobre a cabeça e me virei um pouquinho, revelando não apenas o sutiã preto de renda, mas a cicatriz que só a minha mãe e o meu pai sabiam que existia.

Os dedos do Noah tocaram de leve o longo sulco abaixo da minha omoplata esquerda. A voz dele ficou baixa.

– Sinto muito, baby.

– Ninguém mais sabe, Noah. Nem a Lila.

Ele beijou as minhas costas enquanto deslizava a mão sobre as cicatrizes do meu braço.

– Você é linda – sussurrou de novo na minha pele. O Noah levantou meu braço e manteve contato visual enquanto sua boca traçava beijos ao longo das cicatrizes. Uma fome profunda escurecia aqueles olhos marrom-chocolate. – Me beija.

Emoções brutas e a necessidade de abraçar o Noah me dominaram. Cada parte de mim ansiava por ele – minha mente, minha alma e meu corpo. Sem hesitar, eliminei a distância entre nós e pressionei os lábios cheios de desejo contra os dele.

As mãos do Noah estavam em toda parte: meu cabelo, meu rosto, minhas costas e, pelo amor de todas as coisas sagradas, meus peitos. Minhas mãos passeavam pelo corpo fantástico dele com a mesma cobiça. Depois de me entorpecer com beijos deliciosos por um período que não pareceu nem de longe suficiente, seus lábios quentes deslizaram pela minha garganta e beijaram o meio dos meus seios, me fazendo arquear as costas e perder a cabeça.

Sem querer, gemi e sussurrei o nome do Noah quando as mãos dele deslizaram até as minhas coxas e incendiaram meu mundo e meu sangue. Ele me deitou devagar na cama e o meu cabelo se espalhou ao meu redor.

– Eu adoro seu cheiro – sussurrou ele enquanto sugava minha orelha. – Adoro como você é linda.

Eu me apoderei de seus lábios e envolvi uma perna na dele enquanto nos movimentávamos no mesmo ritmo. Entre beijos frenéticos, sussurrei as palavras "Eu te amo". Porque eu amava. O Noah me escutava. Ele me fazia rir e me sentir especial. Ele era forte, aconchegante, cuidadoso e... tudo. Eu o amava. Mais do que jamais tinha amado alguém na vida.

Todos os músculos do meu corpo congelaram quando o Noah parou de me beijar e me encarou com os olhos bem abertos. Ele acariciou meu rosto duas vezes e inclinou a cabeça.

– Faz amor comigo, Echo. Eu nunca fiz amor.

Não podia ser. A reputação do Noah se espalhava por todos os corredores.

– Mas...

Ele me cortou com um beijo.

– Sim, mas eu nunca fiz amor. Aquelas garotas não significavam nada. Você... – A língua dele provocou meu lábio inferior, fazendo meu corpo se derreter. – É tudo. Fiz exame nas férias de inverno e estou limpo e tenho proteção. – Ele estendeu o braço para o lado da cama e magicamente pegou um quadradinho laranja.

Congelei de novo. Sentindo minha hesitação, ele beijou meus lábios devagar enquanto acariciava meu rosto.

– E desde as férias? – perguntei.

– Não fiquei com ninguém – sussurrou ele sobre os meus lábios. – Eu te conheci logo depois e nunca mais consegui pensar em tocar outra pessoa.

Eu o amava e nós estávamos juntos. Entrelacei os dedos no cabelo dele e o puxei na minha direção, mas, no segundo em que sua mão tocou a cintura da minha calça jeans, meu coração se abalou e minhas mãos tentaram impedir.

– Espera, Noah. Por favor... – Ai, meu Deus, eu realmente ia dizer isso. – Eu sou virgem.

Agora foi ele quem congelou.

– Mas você namorou o Luke.

Um sorriso fraco surgiu nos meus lábios. Normalmente era eu quem ficava sem palavras, e achei divertido ver o Noah confuso para variar.

– Foi por isso que terminamos. Eu não estava pronta.

Ele tirou o corpo de cima do meu e me aconchegou em seu calor. Encostei a cabeça em seu peito e ouvi o som reconfortante das batidas de seu coração. O Noah passou a mão no meu cabelo.

– Fico feliz de você ter me contado. Isso precisa acontecer do jeito certo, e eu espero o tempo que você precisar.

NOAH

Quase todos os carros tinham ido embora quando voltei para casa. Deixei a Echo à meia-noite e dirigi sem rumo por umas duas horas, tentando processar tudo que tinha acontecido entre a gente. Vê-la se expor para mim, confiar em mim quando eu não merecia a confiança de ninguém... mudou minha vida.

O Rico estava dormindo no sofá com o corpo entrelaçado ao de uma garota. Ela provavelmente ia se arrepender disso de manhã. No porão, a luz piscava saindo da televisão com o som desligado. Agarrei o controle remoto pra desligar a TV quando o Isaiah me impediu.

– Ainda estou vendo, cara.

– Foi mal. – Eu sorri, porque me peguei usando uma das frases da Echo. O sorriso se desmanchou quando percebi as costas nuas de uma garota desmaiada nos braços dele. Imediatamente me virei para subir as escadas. – Desculpa, mano. Eu não sabia que você estava com alguém. – Não era a primeira vez que ele se esquecia de trancar a porta do porão.

– Fica. É a Beth.

A resposta só me fez querer correr. Eu tinha chegado até aqui sem ver a Beth nua, e não tinha intenção de ver agora.

– Tudo bem.

– Espera, vamos beber uma cerveja. – O Isaiah murmurou alguma coisa para a Beth, e ela deu uma resposta fraca.

Na cozinha, abri a geladeira e peguei duas cervejas. O Isaiah surgiu do porão usando apenas calça jeans. Dei uma cerveja para ele e abri a tampa da minha.

– Eu disse pra Echo que ela era minha.

– Eu peguei a Beth.

Nós dois ficamos encostados no balcão e bebemos nossa cerveja.

– Você e a Beth são um casal?

– E eu sei? Você sabe como ela é. Vou ter sorte se ela não sair correndo pra casa da mãe dela por um mês quando ela acordar e perceber o que a gente fez. Na pior das hipóteses, ela vai ficar com o próximo idiota só pra provar que não precisa de ninguém. Porra, Noah, eu estraguei tudo.

Fiz silêncio para ele se recuperar. Finalmente, ele puxou o brinco de argola e falou.

– Aconteceu. Eu vou cuidar disso. Mesmo que eu tenha que ignorar que aconteceu. Só que... nós dois estávamos chapados, e ela estava com um cheiro danado de bom.

O Isaiah não precisava explicar. Eu sabia tudo de garotas com cheiro bom. Se eu não soubesse das coisas, ia achar que a Echo morava numa padaria.

– Quer dizer que agora você tem namorada? – ele perguntou.

– É. – Eu estava oficialmente amarrado. Ficamos em silêncio de novo, bebendo um gole de cerveja de vez em quando.

– Eu queria dizer uma coisa pra vocês mais cedo. Não estou conseguindo encontrar uma das peças que preciso para consertar o carro dela. Vou ter que comprar em uma loja autorizada.

Meu conhecimento de carros era limitado, mas até eu sabia que isso não podia ser bom.

– Quanto?

– Cem.

Merda. A Echo dependia das nossas sessões de monitoria para ter dinheiro, e até agora ela já tinha dado ao Isaiah tudo que tinha. Eu sabia que o pai dela tinha dinheiro, mas se recusava a ajudar.

– Não fala nada pra ela. Compra o que precisar e eu pago.

– Tem certeza?

– Tenho. – A Echo queria o carro funcionando, e eu queria ver aquele sorriso de sereia. Várias folhas de papel com o nome dela na parte inferior capturaram meu olhar. Como ela desenhava tão rápido? Ela tinha desenhado uma imagem do Isaiah e da Beth rindo juntos. A última fez meu coração parar. Eu vi os olhos da minha mãe.

O Isaiah apareceu atrás de mim.

– Ela é uma artista foda, cara. Esse desenho é sua imagem cuspida.

– Você realmente achou que ia sair da escola sem que eu soubesse? – A sra. Collins fechou a porta da sala e colocou o casaco.

Eu tinha pensado em sair pela porta lateral perto do meu armário, mas o comentário da Echo sobre maconha me convenceu a pensar no futuro – algo que não era muito fácil para mim. Se eu quisesse causar uma boa impressão, era melhor começar a seguir algumas regras, ou pelo menos dar a impressão de que eu fazia isso.

– Eu tenho um bilhete da Shirley e do Dale para me liberar da escola. Isso é totalmente legítimo.

Ela revirou os olhos e tirou as chaves do carro da bolsa enorme.

– Quando é que você vai aceitar que eu estou do seu lado? Eu vou dirigir e você vai voltar a tempo da última aula.

Terminei de escrever o meu nome na lista de saída e joguei o lápis no balcão.

– Acho que você vai é me mandar pro hospital – resmunguei. A sra. Collins passou rápido por mim e eu a segui até o carro.

– Pode me dizer como você descobriu isso? – perguntei enquanto fechava a porta do passageiro e colocava o cinto de segurança.

– O meu marido é voluntário na Sociedade de Auxílio Jurídico e me avisou que você tinha marcado um horário.

Ótimo. Como eu ia me livrar dessa mulher? Agarrei o apoio de braço quando ela forçou o motor na estrada e cortou uma minivan.

– Aquela coisa grande, vermelha e brilhante a centímetros de você era outro carro.

Ela deu um tapa no volante e riu.

– Toda vez que eu acho que não estamos nos conectando, você me provoca. Eu adoro isso. – Luzes de freio vermelhas brilharam na nossa frente. Ela acelerou em vez de frear.

– Área de construção – disse eu. A sra. Collins cortou a frente de um trator sem nem olhar nos espelhos e mal conseguiu pegar a saída da estrada. O semáforo no fim da rampa ficou vermelho. Ela esperou para apertar os freios quando estávamos a menos de um metro e meio de distância. Fui jogado para frente e depois caí de novo encostado no assento. – Eu podia te ensinar a dirigir, se você estiver preparada para admitir que não sabe.

A sra. Collins finalmente deu uma olhadinha no espelho retrovisor, mas só para avaliar o batom.

– Você pode me dizer o que vai discutir com um advogado? Eu tive a impressão de que você tinha concordado em deixar o bem-estar do Jacob e do Tyler aos meus cuidados.

– Então acho que é bom eu não discutir isso. – Mantive os olhos grudados na estrada à nossa frente.

A sra. Collins podia agir como uma idiota e ser a pior motorista na face da Terra, mas ela sempre sabia mais do que falava, e eu tinha a impressão de que dessa vez não era exceção.

O site da Sociedade de Auxílio Jurídico prometia ajuda jurídica gratuita, o que era bom porque eu precisava de ajuda e precisava que fosse de graça. Localizada no centro da cidade, a sede da Sociedade era numa daquelas casas históricas pelas quais meu pai adorava passar de carro. Eu me lembrava dele reclamando com a minha mãe sobre como era difícil impedir que a cidade destruísse as antigas estruturas. Ele adoraria saber que a Sociedade reformou a casa velha e a transformou em escritórios.

Por meia hora, a sra. Collins e eu nos sentamos em cadeiras de madeira em frente à recepcionista. Ao meu lado, outras pessoas aguardavam pacientemente, algumas impacientes. Telefones tocavam e conversas murmuradas escapavam dos escritórios. Como tudo na vida, se tivesse a palavra *grátis*, era equivalente a lento. A sra. Collins terminou de ver seus e-mails no BlackBerry e se virou para me olhar. Eu devia saber que a minha sorte uma hora ia acabar.

– Por que você não me conta por que está aqui?

Eu me inclinei para frente e apoiei os cotovelos nos joelhos.

– Você é inteligente, então tenho certeza que já descobriu.

– Sim, mas prefiro ouvir de você.

Esfregando as mãos, pensei em dizer a verdade. Se o marido dela trabalhava aqui, ela ia descobrir de qualquer jeito, mas de alguma forma dizer as palavras seria como convidá-la a entrar no meu mundo particular. A questão era: eu confiava nela o suficiente para isso?

– Eu quero a custódia dos meus irmãos quando me formar e fizer dezoito anos. Preciso de alguém que me diga como fazer isso.

– Noah... – ela começou, depois parou. A pausa tornou o ar entre nós pesado. – Você tem ideia de como é difícil criar um menino de oito anos e um que vai fazer cinco em breve?

Não podia ser pior do que a minha vida atual.

– Você tem ideia de como é viver sem eles?

– A Keesha e eu estamos tentando aumentar as visitas.

Um músculo no meu maxilar se contraiu, e tive que me concentrar para não gritar.

– Eu não quero aumentar as visitas. Quero a minha família junta de novo.

– Conseguir a custódia do Jacob e do Tyler não vai trazer seus pais de volta.

Meu coração martelou contra o peito, e virei a cabeça de repente para olhar para ela.

– Você acha que eu não sei disso? Você acha que eu não passei os últimos dois anos e meio sabendo que a minha vida nunca mais vai ser a mesma?

– Exatamente – disse ela. – Sua vida nunca mais vai ser a mesma. Você não vai ser irmão deles, vai ser pai. Tem uma diferença enorme... Você já pensou honestamente nisso? Que tipo de emprego você acha que consegue assim que sair do ensino médio? Como você acha que pode dar conta de criar os dois e cuidar de si mesmo? Existem programas para ajudar *você*, Noah. Você. Como você é responsabilidade do estado, eles pagam para você fazer faculdade. Pense na vida que você pode criar para si mesmo. Pense no futuro que pode ter.

Uma mulher de cabelo castanho esticado para trás e terno azul-marinho surgiu de uma sala. Ela me deu um sorriso profissional.

– Noah Hutchins?

Já era hora, porra. Eu me levantei e encarei a sra. Collins.

– Os meus irmãos são meu futuro.

– Os seus irmãos estão bem. – Os olhos dela imploravam. – Eu juro, eles estão em segurança.

Balancei a cabeça, tentando ignorar a voz irritante que dizia que a sra. Collins era a única adulta que se importava e não mentia. A imagem do rosto machucado do Tyler apareceu na minha mente. Confiar nela significaria dar as costas aos meus irmãos, e eu nunca faria isso.

Eu precisava continuar com o meu plano: conversar com o Auxílio Jurídico sobre como conseguir a custódia, melhorar o desempenho na escola, encontrar um emprego com salário decente antes de me formar e provar que a Carrie e o Joe eram pais inadequados. Para conseguir o último item, eu precisava colocar as mãos no meu arquivo.

Echo

– Vai funcionar – ronronou o Noah.

Nós tínhamos terminado de estudar uma hora atrás, graças exclusivamente à minha persistência. Eu me sentei no colo dele, no banco do passageiro do carro do Aires, enquanto o Isaiah trabalhava pendurado sobre o capô aberto. O Noah explicou o plano para conseguir ver os nossos arquivos enquanto levava meu corpo à beira de uma explosão com carícias e beijos. O plano estúpido tinha um monte de furos, mas a sedução dele enevoou minha mente e me impediu de dar minha opinião, até agora.

– Você acredita mesmo que a sra. Collins vai cair nessa? – perguntei. – Primeiro, ela provavelmente vai te mandar esperar, ou vai dizer que consegue pra você na quarta-feira, ou vai perceber que você está aprontando alguma.

– O que ela mais quer é que eu vá para a faculdade e, se eu disser que vou fazer o exame nacional, ela vai pirar. Ela está louca para eu me candidatar a uma vaga.

O Noah fez uma trilha de beijos descendo pelo meu pescoço, interferindo na minha habilidade de tomar decisões. Abri a porta e saí do carro. O mês de março tinha chegado como um leão, trazendo um clima rigoroso, mas quente. Fiquei perto o suficiente da porta aberta da garagem para algumas gotas de chuva atingirem meus sapatos. O Noah não me envolveu com o corpo, como costumava fazer. Em vez disso, ele se encostou à moldura da porta da garagem, longe de mim.

Tínhamos fracassado na última tentativa, na semana anterior, de conseguir ver nossos arquivos. Nossa alta taxa de fracasso só nos estimulava com mais força a tentar ter sucesso. De vez em quando, eu me perguntava se o único motivo de estarmos juntos era o objetivo de roubar os arquivos. Às vezes, esse era o único assunto das nossas conversas, mas então eu via o carinho nos olhos dele e percebia: ele se importava comigo.

– Se isso funcionar, e não estou dizendo que vai, acho que você deve olhar seu arquivo primeiro – disse eu. – Que droga que o sobrenome não ajudou.

Ele tinha tentado todos os caminhos possíveis – lista telefônica, Google, Facebook – e não tinha descoberto nada sobre os pais adotivos do Jacob e do Tyler.

– Não. Eu vi o seu pai e a sra. Collins conversando hoje de manhã. Alguma coisa está acontecendo, e precisamos descobrir o que é. – O Noah ficou encarando a chuva, parecendo mais um modelo da Calvin Klein do que um órfão arrasado. – Além do mais, acho que vamos conseguir dar uma boa olhada nas duas pastas, já que você vai fazer hipnose na quinta-feira. Quando eu atrair a sra. Collins para fora da sala amanhã, você dá uma olhada no seu e eu dou uma olhada no meu na quinta.

– Não é hipnose, é terapia de relaxamento. E eu ainda não concordei em fazer.

– É perfeito. Você e a sra. Collins vão estar na enfermaria e os funcionários já vão ter ido embora. Além do mais, você disse na semana passada que a sra. Collins acha que você está perto de fazer um grande progresso.

A chuva batia no teto da garagem. Dei uma olhada para o Isaiah e a Beth. Eu detestava ver a garota empoleirada na bancada de ferramentas preferida do Aires, mas gostava do brilho que ela dava aos olhos do Isaiah.

Não seria estranho finalmente unir as peças do quebra-cabeça? Entender por que eu ficava pintando o céu noturno sem parar. Por que minha mãe tinha me contado histórias para dormir enquanto eu sangrava no chão. Talvez os terrores noturnos finalmente acabassem e eu pudesse dormir uma noite tranquila pela primeira vez em dois anos.

Mas e se não funcionasse? A sra. Collins achava que minha mente estava pronta para se lembrar de um pouco mais – com o estímulo adequado. Esse tiquinho de informação fez a Ashley entrar numa conversa animada de revista feminina sobre como a gente devia tentar a hipnoterapia de novo. Ela já tinha até feito uma pesquisa, encontrado outro hipnoterapeuta e analisado as credenciais dele. A sra. Collins conhecia o terapeuta, então concordou, apesar de não estar muito empolgada. Querendo fazer a Ashley feliz, meu pai concordou com relutância e, como sempre, eu concordei por omissão.

Além do mais, a gente não ia buscar a memória completa. Em vez disso, o objetivo era ver se eu conseguia me lembrar de alguns momentos antes de a minha mãe me arrastar para o inferno.

Supostamente, essa terapia de relaxamento seria diferente daquela que fraturou a minha mente no verão depois do incidente. A sra. Collins disse que aquele terapeuta era inexperiente e forçou a barra demais e muito rápido. Na quinta-feira, a Ashley levaria um "profissional" respeitável. A sra. Collins me garantiu várias vezes que estaria lá para observar a sessão e que eu estaria em segurança – que a minha mente não se partiria de novo.

Até aqui, ela estava certa em relação à maioria das coisas, mas... Eu sussurrei para ninguém mais ouvir:

– E se meu pai estiver certo? E se minha mente não conseguir lidar com a verdade?

– Baby, você tem força e teimosia suficientes. Você vai ficar bem.

Eu queria ter a confiança e a fé do Noah em mim. Nada abalava o cara e, por algum motivo, ele achava que eu podia escalar montanhas e depois fazer acrobacias nelas. Algum dia, ele ficaria muito decepcionado quando me visse como eu realmente era: uma pessoa fraca e patética.

– Cadê seu pai? – perguntou o Noah. – Ele normalmente já está em casa a essa hora. – Desde que meu pai descobriu que o Noah e o Isaiah passavam todas as tardes de segunda-feira na nossa garagem, ele fazia questão de voltar do trabalho o mais cedo possível. Ele podia ter aceitado o Noah como meu namorado, mas não gostava de que o namorado ficasse sozinho comigo.

Meus pés batucavam de nervoso. O comportamento estranho do meu pai já tinha entrado na zona do bizarro.

– O Neon não sobreviveu. Ele vai pegar meu novo carro usado hoje.

Eu adorava aquele carro. O Aires e eu saímos para ver carros durante semanas, tentando encontrar a combinação certa de preço e durabilidade. Quando finalmente comprei o carro, nós pegamos minha mãe para comemorar com uma volta até a Dairy Queen para tomar milk shake de chocolate. Ainda bem que o Isaiah tinha prometido consertar o carro do Aires. Se não fosse por isso, eu teria me encolhido e chorado mais uma perda do meu irmão... e da minha mãe.

Peguei a Beth me lançando um olhar mortal enquanto ouvia minha conversa com o Noah. A gente conversava abertamente na frente dela e do Isaiah, mas nunca mencionávamos minhas questões claramente. O Noah considerava os dois como família e confiava neles. Eu confiava no Noah e gostava do Isaiah. Eu tolerava a Beth.

– A ginástica foi interessante hoje. – Os lábios da Beth se curvaram para formar um sorriso diabólico. Era muito raro ela falar diretamente comigo. Os pterodátilos do Noah começaram a se alimentar do interior do meu estômago.

– É mesmo? – perguntei, querendo dizer: *Por favor, volte a me ignorar.*

– Eu ouvi sua amiguinha líder de torcida, a Grace, debochar de você. Tenho que dizer que foi a primeira vez que ela disse alguma coisa que me fez rir.

As palavras da Beth confirmaram o que lá no fundo eu já sabia: que namorar o Noah publicamente tinha forçado a situação com a Grace e destruído os restos frágeis da nossa amizade. Se a Beth queria abrir minhas entranhas como um peixe, ela tinha conseguido. Meu estômago doía como na noite em que o Luke tinha me socado.

O Noah se afastou da moldura da porta e andou na direção dela.

– Puta que pariu, Beth. Que porra tá errada com você?

– Comigo? É você que está saindo com a srta. Maluca. – Ela pulou da bancada de ferramentas, acidentalmente atingindo um vidro cheio de arruelas, que rolou até a borda da bancada.

– Beth! – gritei.

Ela estendeu a mão, mas os dedos agarraram o ar enquanto o vidro rolava pela borda e se espatifava no chão. O som de vidro quebrando vibrou na minha cabeça. Imagens piscaram e o buraco negro no meu cérebro cresceu e girou. Uma imagem confusa abriu caminho enquanto martelos enfiavam pregos afiados no meu crânio.

Eu estava deitada no carpete bege do chão da sala da minha mãe. Vidros coloridos me cercavam. E sangue. Muito, muito sangue. A dor estilhaçava e queimava meus braços. Eu me mexi para escapar daquilo, mas gritei de desespero quando alguma coisa afiada cortou minhas costas.

Meus olhos se fixaram na porta da frente. Eu tinha que chegar até ali. Eu tinha que conseguir sair. Ignorar a dor. Lutar contra o medo. Rolei de lado, gritando quando o vidro se enfiou nos meus joelhos e braços. O vidro quebrou sob o meu peso. Todos os pedaços grandes encaixados nos meus músculos se estilhaçaram como carvão quente, e todos os minúsculos pedaços afiados rasgaram minha pele. Eu me arrastei para frente. A exaustão fazia cada movimento ficar pesado; minha mente estava confusa; meu estômago, inquieto. Ai, meu Deus, onde ele estava? Ele disse que estava chegando. Ai, meu Deus, por favor, pai, por favor, chega logo.

– Echo!

Pisquei rápido e me vi agachada no chão da garagem, com as mãos agarrando a cabeça. Meu coração trovejava e todas as partes do meu corpo tremiam.

O Noah estava mergulhado ao meu lado, com os olhos arregalados, o rosto em choque. Ele afastou meu cabelo para trás da orelha e falou com uma voz baixa e reconfortante:

– Baby, o que aconteceu? Você está com dor? Você está zonza?

Meus olhos se moveram rápido pelo ambiente, percebendo o perigo. O Isaiah e a Beth estavam me lançando o olhar "você-é-maluca". O Noah segurou meu rosto entre as mãos, voltando minha atenção para ele.

– Por favor, baby.

Engoli para tentar ajudar minha boca seca.

– Vitral. Era o mais novo projeto da minha mãe.

A compreensão aqueceu seu olhar.

– Você se lembrou de alguma coisa.

Um raio iluminou e riscou o céu. Meus músculos se contraíram. O Noah me puxou mais para perto.

– Está tudo bem. Estou aqui com você.

Minha nuca queimava, e meus dentes batiam com meu corpo trêmulo. Funguei para afastar as lágrimas. Se eu me sentia assim quando me lembrava de um flash, o que aconteceria se me lembrasse de tudo? Será que eu entraria em colapso?

Lágrimas quentes se acumularam na borda dos meus olhos e eu as enxuguei com as costas da manga.

– Estou cansada de ter pesadelos. – *Estou cansada de pensar se vou enlouquecer.*

O Noah acariciou meu cabelo e me segurou com mais força.

– Nós vamos resolver isso, Echo. Juro que vamos resolver.

NOAH

– Eu queria poder dormir com você – murmurou a voz sensual-pra-cacete da Echo pelo telefone.

– É só você pedir, baby, e eu abalo seu mundo. – Eu tinha chegado do trabalho um pouco depois da meia-noite e decidido ligar para a Echo. Eu me sentei na secadora, dando à Beth e ao Isaiah o tempo de privacidade que os dois diziam que não precisavam. O Isaiah fingia que a pegação entre eles não tinha acontecido, e a Beth fazia o mesmo. A boa notícia era que a Beth não tinha fugido para a casa da mãe nem tinha deixado outro cara qualquer usá-la. A má notícia era que o Isaiah estava sofrendo. No momento, tentei esquecer os problemas dos meus melhores amigos e me concentrei em me lembrar do cheiro delicioso de canela da Echo, e não do fedor úmido e mofado do porão.

A risada da minha ninfa encheu minha alma.

– Você é tão mau. Estou falando de dormir. Tipo, dormir de verdade. Não de sexo.

– A gente não precisa transar. Tem outras coisas que posso fazer pra te ajudar a dormir.

– Você é impossível – disse ela por sobre o barulho de lençóis. – Você me faz sentir segura, Noah. Talvez eu conseguisse dormir se me sentisse segura.

Era por isso que o Jacob tinha terrores noturnos? Será que ele não se sentia seguro?

– Eu entro no seu quarto sem ser visto e a gente experimenta. Só dormir, eu juro.

– O meu pai te mataria e depois me trancaria num convento.

– Eu corro o risco.

– Então... – disse a Echo em um tom extremamente leve. – Eu te disse que a história do exame nacional não ia funcionar. – Ela deu uma risadinha, gostando de estar certa.

Dez minutos depois de a terapia da Echo começar, eu entrei na sala da sra. Collins e anunciei meu súbito interesse em fazer faculdade. Eu estava certo em uma coisa: a sra. Collins pirou. Mas, em vez de ir correndo pegar as informações, ela falou rápido, me dizendo que precisava de tempo para reunir umas coisas. Depois me deu um cartão de consulta para quinta-feira, logo depois das aulas e momentos antes da consulta de hipnose da Echo.

– E você adora estar certa, não é?

– Shhh. Estou curtindo o momento. – A Echo bocejou alto. Os pesadelos dela tinham aumentado em frequência e em terror, graças às sessões de terapia. Meus instintos diziam que ela só dormia algumas horas por noite, se forçando a ficar acordada para evitar os sonhos.

Minha mente escapou para o Jacob e seus pesadelos.

– Se você soubesse a causa dos seus pesadelos, você contaria para a sra. Collins?

– Você está chapado? – Ela nem esperou a minha resposta negativa. – Ela sabe a causa dos meus pesadelos, mas, para responder à sua pergunta, sim. A mulher é maluca, mas acho que ela sabe o que está fazendo. Bom... meio que sabe... Bem mais do que os outros idiotas que me atenderam. Eu não sei. Acho que eu meio que gosto dela. – A voz dela ficou ininteligível no final.

– Vai dormir, baby. Te vejo amanhã na escola.

Ela bocejou de novo.

– Vou desligar, mas acho que vou ler um pouco. Te amo. – Ela desligou, sabendo que eu não diria isso de volta. Eu queria ter a coragem dela.

– Me diz que você terminou com ela – gritou a Beth.

Pulei da secadora e encontrei a Beth e o Isaiah encolhidos na cama vendo televisão.

– Por que eu faria isso?

– Porque ela é maluca. E, antes de defender a garota, lembre-se que eu vi o surtinho dela.

Tirei a camisa, joguei no cesto de roupas sujas e me ajeitei no sofá para dormir. A primeira coisa que eu planejava comprar quando tivesse minha própria casa era uma cama. Uma king size, com travesseiros macios e lençóis.

– Nem tenta me ignorar! Isaiah, diz pro Noah que ele está quebrando algum tipo de código. Por exemplo, não se deve namorar uma garota maluca.

Fácil demais. Abri a boca para responder à Beth, mas o Isaiah me impediu.

– Não, cara. Melhor não.

Peguei um travesseiro velho e manchado e enfiei debaixo da cabeça.

– Para de ser uma vaca.

– Valeu – murmurou o Isaiah. A Beth odiava ser chamada de vaca. Mas, quando a carapuça servia...

– Tá bom, cara. Continua dizendo pra si mesmo que não está namorando a Sybil. Ela tem nomes diferentes pras personalidades dela?

– Pega leve, Beth – disse o Isaiah.

Isso precisava parar. Quanto mais a Beth me provocava e eu defendia a Echo, maiores as chances de ela criticar a garota. A Echo já tinha problemas suficientes sem ter que lidar com a minha tagarela irmã de consideração. Se algum dia a Echo descobrisse, ficaria mais do que irritada, mas eu tinha que fazer isso – pela sanidade de todos. Joguei o braço sobre o rosto, esperando que, depois de falar, eu finalmente pudesse dormir.

– No fim do segundo ano, a Echo foi atacada. A mente dela reprimiu as lembranças, e a sra. Collins está tentando fazê-la se lembrar. O que vocês viram na garagem foi ela se lembrando de um pedacinho daquela noite. Dá um tempo pra ela.

Uma risada soou na televisão, seguida de um comentário engraçadinho de um ator. Esperei alguma observação maldosa da Beth. Ajeitei o braço e vi a expressão apavorada dela. O Isaiah estava lhe acariciando o cabelo e murmurou alguma coisa para ela, que piscou e voltou à vida.

– Desculpa, Noah – sussurrou ela. – Foi mal.

– ... e eu coloquei algumas informações aí sobre a Universidade de Louisville e a Universidade do Kentucky, embora o Estado pague qualquer faculdade estadual. As duas têm programas de arquitetura admiráveis. – A sra. Collins respirou pela primeira vez em cinco minutos. O sol da tarde transformava a sala dela em uma cela solitária.

– Arquitetura? – Avaliei os olhos dela para ver se ela tinha dado um tapa recentemente.

– Arquitetura. – Ela sorriu radiante.

Remexi sem interesse na montanha de folhetos no meu colo. O meu pai era arquiteto. Ele projetou as casas do Habitat para a Humanidade que a gente construiu e até me deixou ajudar. Comecei a ler as exigências para ser admitido. O que eu estava fazendo? Fechei a pasta.

– A Echo confia em você – eu disse. Não sabia muito bem de onde tinha vindo aquilo, mas eu precisava me redirecionar e escapar de caminhos que eu não podia trilhar.

Seus olhos se acalmaram, mas ela rapidamente vestiu a máscara de cachorrinho.

– Noah, eu já disse que não vamos falar sobre a Echo. – Ela se balançava para frente e para trás na cadeira. – Aliás, retiro o que eu disse. Podemos discutir qualquer coisa que envolva o seu relacionamento com a Echo. Vou ser sincera. Estou morrendo de curiosidade para saber os detalhes.

Eu não fazia fofoca, muito menos com a minha terapeuta. Mas a Echo parecia exausta hoje, e acho que ela pode ter dormido durante a aula de cálculo. Se os pesadelos dela eram tão ruins, como era a vida do Jacob?

– Não tenho certeza se confio em você. Tenho um histórico de merda com adultos.

– É, tem mesmo. O que está te perturbando, Noah?

Passei a mão no rosto e engoli em seco. E se eu estivesse errado sobre ela? Ela poderia destruir o Jacob e também as minhas chances de reunir minha família.

A sra. Collins apoiou os braços sobre a mesa.

– Eu juro: qualquer coisa que você me disser vai ficar entre nós, a menos que me diga o contrário.

– Você acredita em Deus? – perguntei.

A pergunta a pegou desprevenida, mas ela respondeu:

– Acredito.

– Então jura pelo seu Deus.

– Juro por Deus que vou manter em segredo o que você disser, a menos que me diga o contrário.

Ela ia para o inferno se mentisse para mim.

– O Jacob começou o incêndio.

Ela respirou fundo e rapidamente se recompôs.

– Não é isso que está no relatório dos bombeiros. Foi considerado um acidente.

– Foi um acidente. Ele não tinha a intenção. – Mantive o contato visual. Ela tinha que acreditar em mim. O Jacob nunca machucaria alguém de propósito.

Ela esfregou os olhos e sacudiu a cabeça, como se tentasse afastar o que eu disse.

– Você tem certeza? Talvez ele tenha entendido mal alguma coisa e apenas pensa que começou o incêndio.

– Ele começou. Mas foi minha culpa. – A culpa das minhas decisões naquela noite me marcaria para sempre. – Em vez de ficar em casa acampando com os meus irmãos, eu saí com uma garota. Naquela época, o encontro parecia tão importante que eu... – A culpa que eu tentei tanto enterrar sob camadas e camadas de rejeição veio à tona na forma de náusea. Eu me esforcei para não ter ânsia de vômito.

Enfiei a emoção de volta para dentro. A questão não era eu.

– Não importa. – Limpei o nariz conforme a raiva se infiltrava na minha corrente sanguínea. Se eu não conseguisse passar por essa sessão sem chorar, eu não merecia os meus irmãos. Limpei a garganta. – Minha mãe disse pro Jacob que o acampamento seria na sexta-feira seguinte, mas o Jacob ficou irritado. Depois que os meus pais colocaram os dois na cama, o Jacob acordou o Tyler para fazer marshmallow derretido com biscoito. A minha mãe deixava uma vela no banheiro do corredor. Acho que ela deixou os fósforos à mão. O Jacob acendeu a vela, eles derreteram os marshmallows e depois desceram para dormir na sala de estar. Meu pai tinha armado a barraca lá antes de saber que eu ia sair.

A sra. Collins colocou as mãos no rosto como se estivesse rezando. Os olhos dela cintilavam.

– O fogo começou no banheiro do corredor. Eles acharam que seu pai ou sua mãe tinha acendido a vela e se esquecido de apagar. Eles não faziam ideia de que tinha sido seu irmão.

Ela sabia o resto. Meus pais morreram no quarto deles, e eu cheguei em casa e encontrei um incêndio.

– O Jacob me contou no hospital, e eu prometi que nunca ia contar pra ninguém. – Uma promessa que eu agora estava quebrando.

– Por quê? – A irritação dela era clara. – Por que você não contou pra ninguém? Uma assistente social poderia ter ajudado o Jacob.

Acolhi o conhecido sentimento de traição e raiva.

– Eles separaram a gente. Em quem você confiaria? – E, para completar minha traição, eu pedi: – Ajude o meu irmão.

Ela secou os olhos.

– Ajudo. Eu prometo. – Ela olhou o relógio, e nossa sessão tinha terminado.

Sem nada mais para dizer, eu me levantei, enfiei os braços no casaco e me preparei para ver a Echo do outro lado da porta.

– E, Noah – disse a sra. Collins –, vou ajudar você também.

Eu não queria ajuda. Eu não precisava de ajuda, mas não ia argumentar com a mulher que podia salvar meu irmão. Abri a porta e vi a Echo encostada no balcão e encarando o chão, com o pé batucando descontroladamente.

Echo

O Noah parecia arrasado. Os olhos escuros estavam pesados e os ombros estavam caídos para frente. Ele fechou a porta da sala da sra. Collins e eu o encontrei no meio do caminho.

– Você está bem?

Ele me deu um sorriso desanimado e me puxou em direção ao corpo dele.

– Espero estar fazendo a coisa certa. – E me apertou com força.

Encostei a cabeça no ombro dele e tentei acalmá-lo, acariciando suas costas.

– Tenho certeza que está. – Ele estava preocupado com o Jacob e com a possibilidade de confiar na sra. Collins. – Você nunca faria nada para machucar os seus irmãos.

– Obrigado. – Ele beijou o meu cabelo e quase tirou meu fôlego de tanto me apertar. – Eu precisava ouvir isso.

Ficamos parados ali por vários segundos antes que ele me liberasse do abraço.

– Vou dar uma volta no corredor para dar tempo de você se ajeitar na enfermaria, depois eu entro escondido na sala dela.

Isso estranhamente se parecia com arrombamento e invasão, levando nossos planos para o terreno do ilegal. Meu estômago se revirou de um jeito desconfortável.

– Não sei. Talvez a gente não devesse fazer isso. Não quero que você seja pego na sala dela. – Nem arrume uma encrenca, ou seja expulso da escola, ou vá para a prisão.

O Noah me deu aquele sorriso travesso.

– Eu já disse que você é paranoica?

Cruzei os braços sobre o peito.

– Várias vezes.

Ele me beijava quando a sra. Collins abriu a porta.

– Vou fingir que não vi isso.

O Noah piscou para mim antes de sair da sala. A sra. Collins sorriu de orelha a orelha, abanando o rabo imaginário.

– Vocês formam um casal muito fofo. Ele vai te levar ao baile de formatura?

Que pergunta esquisita.

– Não sei. Falta mais de um mês pro baile. De qualquer maneira, o Noah não dá a impressão de que frequenta bailes.

– Ele foi ao Baile dos Namorados. – Ela passou por mim e andou pelo corredor em direção à entrada principal da enfermaria, fazendo sinal com os dedos para que eu a seguisse.

– Acho que foi só daquela vez. – Eu segui, relutante. Eu nunca concordei com isso aqui, sabia?

Ela riu – riu de verdade da minha cara.

– Ah, Echo. Você vai concordar, no mínimo porque eu estou pedindo. Seus problemas de autoridade às vezes são úteis.

Fiquei em pé no meio da enfermaria e enfiei as mãos nos bolsos.

– Isso não viola nenhum código dos terapeutas? Você sabe, usar os meus problemas contra mim.

– Possivelmente. – Ela me deu outro sorriso. – Echo, este é o dr. Reed.

Também conhecido como o terapeuta de relaxamento que a Ashley tinha escolhido. O homem baixinho parou na minha frente e apertou minha mão.

– Como está se sentindo hoje, Echo?

Péssima.

– Bem.

– Você vai ficar mais relaxada se deitar – disse a sra. Collins.

Precisei de cada grama de força para não pular imediatamente na cama. Meus dedos batucavam nervosos dentro dos bolsos e meu coração trovejava. Eu ia mostrar a ela.

Ela inclinou a cabeça.

– Acho que o Noah está te influenciando. Agora que você já me provou que está superando o fato de ser incrivelmente obediente, e vou assumir o crédito por isso, pode se deitar, por favor?

Como ela pediu com jeitinho e meu coração se agitava como se eu estivesse tendo um ataque cardíaco...

– Claro.

A sra. Collins diminuiu as luzes enquanto eu me deitava na cama desconfortável coberta de plástico. Um edredom grosso e agradável estava no pé da cama, e um travesseiro macio, na cabeceira. Ergui uma sobrancelha.

– Eu queria que você ficasse confortável.

Algumas velas estavam sobre o balcão perto da pia.

– Você vai acender velas?

– Eu ia. – Ela suspirou. – Mas não estou no clima de velas no momento. Você avisou ao seu pai que a gente pode demorar um pouco? Não quero que ele fique bravo comigo por você não voltar para casa no horário normal.

Agora fui eu que suspirei.

– Avisei. O sr. Dominador está sabendo de tudo, e eu tenho ordens diretas para ligar para ele no instante em que acabar.

Ela deu uma risadinha.

– Eu também. Sr. Dominador, hein? Definitivamente faz sentido. – A sra. Collins perdeu o tom brincalhão quando falou com o dr. Reed. – Quando você estiver pronto...

Agarrando o edredom e afofando o travesseiro, eu me encolhi como um urso se preparando para hibernar. Se eu realmente ia fazer isso, era bom estar quentinha.

O dr. Reed começou com alguns exercícios de respiração e meditação. Depois de um tempo, minha mente começou a viajar e a voz dele se tornou um som calmante e magnético.

– Me diz quando foi a última vez que você se sentiu segura, Echo. Muito, muito segura, de verdade.

– O Noah me deixa segura.

Segui a voz suave e tranquilizadora enquanto imaginava o corpo forte e quente do Noah e o aroma almiscarado e doce me envolvendo em sua bolha protetora.

– Vai até o fundo, Echo. Muito, muito fundo. – Ele continuava a falar calmamente. Eu me enterrei mais fundo nas cobertas e ouvi a voz dele estimulando minha mente a descobrir aquele momento em que eu me senti realmente segura. As memórias se alternaram como uma apresentação de slides até eu descobrir uma que aqueceu meu coração.

– O Aires fazia eu me sentir segura. – Ele se escondeu no armário comigo várias vezes quando a minha mãe tinha um surto maníaco especialmente forte. Quando o Aires me encontrava, meu pai já tinha cuidado da minha mãe, mas eu me recusava a sair do armário. Ele ficava lá comigo e lia histórias com uma lanterna até que eu dormisse.

– A Ashley. – Que engraçado, a voz parecia a minha, mas o mundo parecia muito distante. Quando eu era criança, encontrar a Ashley significava jogos, banhos quentes e jantares, histórias para dormir normais e canções de ninar.

– Meu pai. – Meu protetor. Meu salvador. Ele convencia minha mãe a tomar os remédios e ela tomava. Por ele. Ela o amava. Ele fazia de nós uma família e, naqueles momentos sombrios em que a doença da minha mãe ameaçava nos afastar, ele me abraçava. Assim como no hospital, quando eu não conseguia dormir, apavorada com a primeira onda de pesadelos, e ele deitou comigo na cama e me abraçou, sussurrando várias vezes quanto me amava.

A cena na minha mente se alterou. Eu estava segura. De alguma forma eu sabia, mas isso... Alguma coisa estava... errada...

A luz da lua banhava a sala da minha mãe, refletindo milhares de pedaços de vidro espalhados pelo chão.

Um líquido quente escorria pelos meus braços, e eu lutava para respirar entre os gemidos de dor. Uma dor que queimava. Uma dor que rasgava. Uma dor que latejava. Todos os músculos gritavam e a minha garganta ardia com cada sensação. Fazendo esforço para me apoiar sobre as mãos e os joelhos, eu me impulsionava para frente. Eu não podia deixar meus olhos se fecharem. Não podia.

Mas minhas pálpebras estavam pesadas, assim como meus músculos. Eu podia descansar. Por alguns segundos. Sim, eu podia descansar.

Cedi ao peso do meu corpo, caindo sobre a elevação cheia de vidros no chão. Se eu não me mexesse, os vidros não poderiam mais me rasgar. Respirei com o ritmo estável e lento do meu coração e deixei minha mente viajar para outros pensamentos, além da dor e do sangue. Dormir. Sim. Eu precisava dormir.

Não! Forcei os olhos a se abrirem e pisquei rápido para ter foco. Pedaços afiados de vidro transparente agora brilhavam com um tom vermelho – sangue. Meu sangue.

– Pai! – sussurrei. Meu pai já devia ter chegado. Enviei um apelo na minha mente, implorando que ele me ouvisse de alguma forma...

Eu me concentrei na porta, mas não tinha como alcançá-la. Não agora. Minhas pernas estavam mortas – eu não tinha controle nem movimento.

Meus braços. Eu ainda conseguia mover os braços, mas a dor...

– Ai, meu Deus! – A dor.

– Sinto muito, Echo. Eu nunca devia ter deixado você levantar, mas a dor vai passar logo. – Ignorando o vidro, minha mãe se deitou ao meu lado, com a cabeça no chão a centímetros da minha.

Seus olhos arregalados e vidrados demonstravam uma pitada de preocupação.

– Não chora. – Os dedos cheios de calos enxugaram as lágrimas do meu rosto. – Estaremos com o Aires em breve e aí não sentiremos mais dor nem tristeza. Só alegria e felicidade, e poderemos pintar, você e eu, e o Aires vai poder reformar quantos carros ele quiser.

Eu mal reconhecia minha própria voz, rouca e trêmula.

– Eu não quero morrer, mãe. Por favor, não me deixa morrer.

– Shhh – murmurou ela com ternura. – Não pense que isso é a morte. – Ela bocejou e as pálpebras dela estremeceram. – Vamos dormir e, quando a gente acordar, nós duas estaremos com o seu irmão de novo.

Ela sorriu e eu solucei:

– Ai, meu Deus. Pai!

Meu estômago se contorceu. Eu nunca mais ia ver o meu pai. Meu pai, que deveria ter vindo me pegar; meu pai, que eu rezei várias vezes para entrar por aquela porta conforme prometido. *Por favor, pai, por favor. Eu preciso de você.*

– Vou te contar uma história, como eu fazia quando você era bebê. Cassandra tinha uma linda filha chamada Andrômeda...

Abri os olhos e pisquei várias vezes. A sra. Collins estava encostada na moldura da porta e o dr. Reed estava sentado na cadeira ao lado da cama da enfermaria. Chutei o edredom para longe. O suor pingava pela lateral do meu rosto. O sangue martelava na minha cabeça, e meu coração batia com força no mesmo ritmo. Minha pele ardia conforme eu me arrastava para fora da cama, e meu corpo parecia leve depois de experimentar o peso da lembrança.

O ar frio me atingiu e desorientou meu corpo e minha mente. Eu tinha caído e estilhaçado um dos vitrais que a minha mãe havia colocado na sala, mas por quê? Foi um acidente? Não podia ser, ela parecia tão calma e tranquila e... decidida. Mas ela tinha pedido desculpas.

– Meu pai – sussurrei. As lágrimas queimaram meus olhos, e eu imediatamente busquei a sra. Collins para obter uma explicação. Devia ter uma explicação, porque ele não teria me deixado ali, nunca. Minha garganta se fechou, e engolir não ajudava a abrir. – Onde ele estava?

– Acho que chega por hoje – disse a sra. Collins.

Acenei com a mão no ar, recusando a resposta.

– Não. Não. Eu me lembrei de alguma coisa, e agora é sua vez.

– Entendo a sua frustração, mas sua mente precisa lidar com isso devagar.

Um desconforto estranho arranhou meu coração, e tudo em mim girava e se contorcia. Uma única palavra rasgava meu coração... *Traição.*

– Onde estava o meu pai?!

A voz do meu pai veio de trás da sra. Collins.

– Eu esqueci de te pegar.

NOAH

Fiquei andando pelos corredores durante vinte minutos. A Echo tinha me contaminado com o nervosismo. Eu queria dar a ela tempo suficiente para chegar até a enfermaria e estar adiantada, antes de tentar entrar na sala.

– O Aires fazia eu me sentir segura. – A voz da Echo chegou à sala da frente. Merda, a sra. Collins tinha deixado a porta da enfermaria aberta. Em teoria, não havia necessidade de fechar a porta, porque a escola deveria estar deserta.

– A Ashley. – Eu congelei. A Echo parecia sonolenta. Parte de mim queria ficar ali e ouvir, mas aí eu não teria chance de encontrar as nossas respostas.

Minha mãe certamente estaria orgulhosa de mim, invadindo o gabinete da minha terapeuta, embora eu lembrasse a mim mesmo que a porta estava escancarada. Tentei afastar a culpa que devorava minhas entranhas, mas ela enfraqueceu assim que vi meu nome saindo de baixo de outros dois arquivos.

Agarrei o arquivo e imediatamente folheei até a página com as informações sobre os meus irmãos. Atrás de um dos folhetos de faculdade que a sra. Collins me deu, copiei os dados deles, tomando cuidado para não deixar nada de fora.

– Noah. O que você está fazendo aqui? – O sr. Emerson me assustou até a alma, mas esvaziei o rosto de emoções, fechando discretamente meu arquivo antes de me virar.

Mostrei os folhetos.

– Planejando a faculdade. – Eu podia até ganhar uns pontinhos.

– Ótimo. – Ele olhou de volta para a sala principal. – Que bom.

– Eu não quero morrer, mãe. Por favor, não me deixa morrer. – A voz aflita da Echo vibrava no corredor. Eu conseguia perceber o terror na voz.

O sr. Emerson e eu demos um passo em direção à enfermaria. Nossos movimentos simultâneos chamaram a atenção um do outro. A Echo gritou:

– Ai, meu Deus. Pai!

O sr. Emerson assumiu um tom de cinza esquisito.

– Acho que você devia ir embora.

Meu coração se acelerou. Com os músculos tensos, olhei para o sr. Emerson, esperando algum tipo de explicação de por que a garota que eu amava estava gritando o nome dele em pânico e desespero.

Ele colocou uma das mãos na parede e se encostou nela.

– Vai, Noah.

Será que eu devia ir ou ficar? Se eu ficasse, teria que explicar minha presença, me arriscando a ser pego e perdendo as informações sobre os meus irmãos. Eu também arriscava ter uma discussão com o pai dela.

Se fosse embora, eu era um babaca. Não o herói que a Echo precisava que eu fosse. Eu a compensaria mais tarde. Eu daria um jeito. Saí da sala e disquei o número do celular da Echo.

– Sou eu. Você sabe o que fazer – disse sua voz doce.

– Oi, baby. Me liga quando puder. Eu... – Te amo. – Preciso ouvir sua voz.

Echo

– Você esqueceu de me pegar? – Tudo dentro de mim ficou duro e dormente como uma pedra. – Como se você esquecesse de pegar ovos no mercado ou roupas na lavanderia? Como se esquecesse de pegar um cereal que caiu no chão ou uma lata que caiu da sacola? Você esqueceu de me pegar.

Meu pai puxou a própria orelha e manteve o olhar no chão.

– Eu, humm... – Ele limpou a garganta. – A Ashley tinha um reencontro de ex-alunos do colégio naquela noite, e a gente estava atrasado por causa do concurso de artes. Eu te deixei na sua mãe para você contar a ela que tinha ganhado o Concurso do Estado e perdi a hora.

Meus olhos se alternaram entre meu pai e a sra. Collins. O dr. Reed se remexeu, mas eu o ignorei. A sra. Collins estava estranhamente parada, com os olhos colados em mim.

– O que foi, afinal? – exigi saber. – Você perdeu a hora ou esqueceu de me pegar?

O pomo de adão dele se mexeu quando ele engoliu em seco. O caos na minha cabeça clareou por um instante quando a luz se acendeu.

– Você devia ter deixado a Ashley no reencontro e depois ido me buscar. Era pra ser uma visita rápida, mas ela te convenceu a ficar.

Ele mal acenou com a cabeça.

– Sinto muito, Echo.

Fiz pressão contra o buraco negro na minha mente. Tinha que ter mais coisa.

– Obviamente a minha mãe não estava bem, então por que você me deixou lá? – Pergunta melhor: por que eu fiquei?

A sra. Collins forçou otimismo na voz e sorriu.

– Por que não vamos até a minha sala e conversamos sobre esse novo progresso? Podemos beber alguma coisa. Você gosta de Diet Coke, não é?

A raiva me deu uma coragem que eu apenas sonhava em ter.

– Eu não vou pra lugar nenhum até ele responder. Por que você me deixou lá?

– Sr. Emerson, vamos dar à Echo um tempinho para se recompor enquanto nós dois conversamos.

– De jeito nenhum. – Dei um passo em direção ao meu pai. – Ele vai me responder.

– Echo... – a sra. Collins começou a protestar, mas levantei a mão para impedi-la.

– Você acha que ele é controlador agora? Você devia ter visto depois do divórcio. Eu não vi a minha mãe durante dois anos. Você sabe o que é passar pelo ensino médio sem mãe? Menstruação, sutiãs, garotos. Eu não tinha ninguém.

– Você tinha a Ashley – disse o meu pai. – Eu não estava afastando a sua mãe de você. Ela sabia o que precisava fazer para conseguir as visitas. Ela escolheu não fazer.

– Não! – protestei. – Você escolheu a Ashley e destruiu a minha mãe. Mas a minha mãe conseguiu se recuperar, não foi? Ela conseguiu ajuda. Ela tomou os remédios, e sabe o que o meu pai fez, sra. Collins? Tratou ela como uma assassina em série. Ela tinha que pular argolas de fogo pra ver a gente. Ele nunca permitia as visitas se não tivesse cem por cento de certeza de que ela estava estável. Então me diz, *papai*, por que você me deixou lá?

– Porque eu estava com pressa e não avaliei a sua mãe quando te deixei. – Meu pai olhou nos meus olhos pela primeira vez, e pude ver a verdade. – Eu só ia ficar longe por quinze minutos. No máximo meia hora.

– Eu te liguei? – Porque eu teria ligado. Conviver dezesseis anos com os altos e baixos da minha mãe tinha me ensinado que, se ela não estivesse tomando os remédios, a visita teria que ser supervisionada por um adulto.

Ele afastou o olhar outra vez.

– Sim.

O peso das palavras triturou meu coração.

– Você atendeu?

Ele enfiou as mãos nos bolsos e fechou os olhos.

Idiota. Eu era uma idiota. Ninguém me amava. Nada que eu fizesse ou dissesse mudaria esse fato. Bastava o meu pai falar em pular e eu perguntava se precisava comprar um trampolim. Isso não era amor, era controle. Meu pai escolheu a Ashley e o Aires escolheu a Marinha em vez de mim. O Noah ainda não tinha dito que me amava, embora eu já tivesse dito isso a ele.

Eu costumava achar que o meu pai se importava. Afinal, ele se importava o suficiente para tentar controlar todos os aspectos da minha vida, e eu permitia isso. Eu permitia porque o amava e queria desesperadamente que ele me amasse. Mas eu estava errada, muito errada. Ele nem se deu ao trabalho de atender o telefone. Eu não era digna de amor nem mesmo antes de a minha mãe me machucar.

Passei correndo por ele e peguei minhas coisas na sala da sra. Collins.

– Eu sinto muito. – Meu pai bloqueou o caminho quando tentei sair. Ignorei a rouquidão na voz dele, contornei-o e corri pelo corredor. Eu estava cansada de ser controlada.

NOAH

Eu devia ter ficado. Se os papéis fossem invertidos, ela teria me esperado, mas eu precisava ver meus irmãos. Quando ela me ligasse de volta, eu ia correndo ver a Echo.

Casas amplas, espaçosas e recém-construídas formavam um círculo ao redor de um grande parque. O pacote completo: trilhas de caminhada, árvores, arbustos, bancos e o maior playground do planeta.

Duas crianças saíram correndo de uma casa azul de três andares. Meu pai teria adorado – arquitetura do Segundo Império: telhado em mansarda, janelas do tipo água-furtada, torre quadrada, consolos decorativos e cornijas moldadas. Eu me lembrava dele rindo enquanto me mostrava fotos. "Pense em *A dama e o vagabundo*, Noah", dizia ele.

Quando as crianças se aproximaram correndo, reconheci o sorriso da minha mãe. As duas se embolaram escada acima no escorregador e pularam para a rampa mais alta. O Jacob parava o tempo todo para ajudar o Tyler, que tinha dificuldade para subir alguns degraus.

Saí do carro, sentei num banco longe do playground e observei meus irmãos rindo e brincando. Tudo dentro de mim doía. Eles estavam tão perto, e tudo que eu queria era estar com eles. Peguei o celular, me lembrando do meu objetivo – provar que os pais adotivos eram inadequados.

Falando nisso, onde estavam a Carrie ou o Joe? O Jacob só tinha oito anos. O Tyler ainda nem tinha cinco. Eles não deveriam ser supervisionados? Levantei o celular para tirar uma foto da situação quando uma voz me pegou de surpresa.

– Um pouco para a direita. Ela está sentada no banco debaixo daquela árvore.

A sra. Collins se sentou no banco ao meu lado. De fato, de um banco debaixo da árvore, a Carrie observava cada movimento dos meus irmãos. Enfiei o celular de volta no bolso.

– Eles gostam de escorregar, os seus irmãos. Eles poderiam passar horas subindo e descendo do escorregador.

Ficamos sentados um ao lado do outro em silêncio e ouvindo meus irmãos rirem ao longe. Eu não tinha a menor ideia de como sair dessa. Silêncio: a defesa dos culpados.

– Então, vocês dois estavam trabalhando juntos o tempo todo ou agarraram a oportunidade quando ela surgiu?

Eu poderia tentar negar.

– Acho que você enlouqueceu.

– Sou bagunceira, mas sou uma bagunceira organizada. Você colocou seu arquivo de volta no lugar errado. Você tem alguma ideia de como pode se encrencar por causa disso?

Merda.

– O que você quer saber? – Talvez, se eu entrasse no jogo, ela me desse uma folga.

– Você e a Echo estavam trabalhando juntos?

Eu nunca entregaria a Echo.

– Próxima.

A sra. Collins suspirou.

– Eu prometi privacidade à Echo e ela confiou em mim. Você não devia ter chegado nem perto da minha sala hoje.

Engoli a culpa por ter deixado a Echo sozinha.

– Ela está bem?

O Tyler deu um gritinho quando a Carrie o empurrou no balanço. A sra. Collins alisou o cabelo para trás.

– Você devia ligar para ela.

Entrelacei as mãos entre os joelhos enquanto me inclinava para frente.

– O que aconteceu com nunca falar da Echo comigo?

– O que eu posso dizer? O dia todo foi ruim.

Ficamos em silêncio de novo. O Joe entrou com o carro na garagem e atravessou a rua correndo até o parque. O Tyler pulou do balanço e se jogou nos braços abertos dele. Eu me sentia como se tivesse levado um soco no estômago.

– Eles estão felizes aqui, Noah. Você está animado para tirar os dois disso tudo?

Eu tinha que admitir que aquilo era legal. Parece que gurus das finanças realmente ganham bem.

– O que você vai poder oferecer a eles? Um apartamento de dois quartos em uma parte nada desejável da cidade? Estou supondo que você leu o arquivo. Eles frequentam a melhor escola particular da cidade. Do estado, na verdade. Seus irmãos têm várias atividades extracurriculares. Como você vai equilibrar um emprego em tempo integral e dois meninos pequenos? Como vai encontrar tempo para cuidar da agenda atual deles? Melhor ainda, como vai pagar por tudo isso?

O Joe cobriu os olhos com a mão e começou a brincar de esconde-esconde com meus irmãos. O Jacob se escondeu no topo do escorregador enquanto o Tyler se agachou atrás da Carrie no banco. Quando o Joe parou de contar, ele viu o Tyler imediatamente, mas fingiu que não viu, para delírio do meu irmão.

A sra. Collins se inclinou para ficar na minha linha de visão.

– Existem outras opções. Você pode ir para a faculdade. Continuar o seu relacionamento com a Echo. E se tornar o homem que os seus pais queriam que você fosse.

Meus músculos se contraíram.

– O que a Echo tem a ver com tudo isso?

– Você já perguntou à Echo quais são os planos dela? Você acha que ela está preparada para namorar um pai solteiro?

Encarei os olhos da sra. Collins pela primeira vez. A sinceridade gritava. Xinguei entre os dentes e voltei a observar meus irmãos. Echo. Em todos os meus cenários imaginados que envolviam meus irmãos ou a Echo, eu nunca tinha pensado nos três no mesmo futuro. Separados, sim. Juntos, não. Como as duas coisas se combinariam – se é que poderiam se combinar?

A Carrie e o Joe chamaram os meninos, avisando que era hora de entrar. O Jacob e o Tyler correram na frente. Observei enquanto um Suburban saía de uma vaga a poucos metros dos meus irmãos.

Tudo no mundo ficou em câmera lenta. Eu me levantei num pulo e comecei a correr na direção deles enquanto o Jacob e o Tyler passavam na frente do carro em movimento. *Não. Por favor, não. Eles também não.* Freios guincharam, uma buzina tocou e o Jacob envolveu o próprio corpo ao redor do nosso irmão mais novo.

Meu coração bateu uma vez quando o carro parou a centímetros dos dois. A Carrie e o Joe os pegaram no colo e correram para dentro de casa. Meu sangue pulsava nervoso pelo corpo e eu só conseguia respirar superficialmente.

A sra. Collins colocou uma das mãos no meu braço.

– Eles estão bem, Noah. Eles estão em segurança.

Foda-se.

– Eles vão ficar mais seguros comigo.

Echo

Meu pai me seguiu até em casa, ultrapassando dois sinais vermelhos para me acompanhar. Os pneus do carro dele gritaram quando ele abriu a porta antes de desligar o motor.

– Echo!

Ah, esse era o cara que eu conhecia. Tom de sargento em treinamento, rápido como um coelho. Ele podia latir ordens para mim o quanto quisesse. Eu tinha me libertado de seu militarismo. Ele agarrou meu braço no instante em que me alcançou na cozinha.

Ele bateu a porta, fazendo a Ashley dar um pulo na cadeira. A revista dela caiu no chão.

– O que aconteceu?

Puxei o braço.

– Vou te dizer o que aconteceu. Eu nasci. Alguns anos depois, meus pais geniais descobriram que minha mãe era bipolar. Enquanto ela lutava para entender essa situação, você se enfiou na nossa vida e jogou ela para fora, quando ela finalmente aceitou que precisava dos remédios.

A Ashley piscou rápido e olhou para o meu pai em busca de apoio.

– Owen, o que aconteceu?

Ela me machucou. A Ashley podia não ter feito os cortes nos meus braços, mas também era muito responsável por eles. Meu sangue pingava daquelas mãos bem cuidadas.

– Quantas vezes ele tentou atender o telefone e você impediu? Você seduziu meu pai para ele ficar até mais tarde no seu reencontro idiota, ou lembrou a ele que eu não valia o esforço?

Sua boca maligna formou um O, e o batom vermelho-sangue brilhava no rosto agora pálido. O nojo me revirava.

– Me diz, Ashley. Quando eles levaram meu corpo sem sangue e sem vida para o hospital, você ficou aliviada quando disseram que talvez eu não sobrevivesse? Você comemorou porque eu finalmente estava fora da sua vida? Afinal, o Aires tinha morrido e a minha mãe tinha sido afastada para sempre. Eu era a única pedra no seu caminho.

Ela sacudiu a cabeça várias vezes, e uma única lágrima falsa escorreu por seu rosto.

– Não. Eu sempre amei vocês. Você, o Aires e seu pai. Tudo o que eu sempre quis foi ser sua mãe.

A linha fina que me segurava estalou com tanta força que eu pisquei uma vez. Meus olhos se arregalaram a ponto de quase cair das órbitas.

– Você é uma...

– Para, Echo! – berrou meu pai enquanto se obrigava a ficar entre mim e a Ashley. – Você está com raiva de mim, não dela. Deixe a Ashley fora disso!

– Deixar a Ashley fora disso? – gritei para ele. – Ela está fundo nisso, muito fundo. Me diz que ela falou pra você atender o telefone. Me diz que ela te explicou que qualquer coisa patética que vocês estavam fazendo não era mais importante que a sua própria filha!

Ele não disse nada, mas um músculo em seu rosto se contraiu. Eu tinha descoberto a verdade. A verdade que nenhum dos dois queria que eu soubesse. Minha mãe sempre me dizia que a verdade me libertaria. Mas eu não me sentia livre. A traição envenenava minha corrente sanguínea como lama, tomando tudo no caminho. Os dois não conseguiam mais esconder seus pecados. Eu tinha lembrado e exigia a confissão.

Meu pai ficou parado. Ele tinha matado minha alma, e eu queria a dele em troca.

– A minha mãe se destruiu depois que você a trocou pela babá. E depois você tirou a nossa guarda dela. Você deixou minha mãe sem nada.

Você era o mundo dela. Ela não tinha mais motivos para viver, nenhuma razão para tomar os remédios. Você abandonou minha mãe justo quando ela estava se recuperando!

Os olhos dele se estreitaram.

– Essas palavras são suas, Echo, ou da sua mãe? Você está certa numa coisa. Eu fiz tudo que pude para conseguir a sua guarda e a do seu irmão. Contratei os melhores advogados semanas antes de pedir o divórcio, para garantir que a sua mãe nunca compartilharia a custódia de vocês comigo. Meu único arrependimento é que eu sempre permiti as visitas, que deram oportunidade para ela vomitar essas mentiras e machucar você.

Minha mãe disse que o Aires e eu éramos um jogo para ele. Que ele nos usava para machucá-la.

– Quer dizer que você se arrepende de ter ficado comigo. Você se arrepende de eu ter descoberto que você escolheria a Ashley acima de tudo e de todos. – Eu gritava tanto que minha garganta doía. Todas as partes de mim tremiam, e o calor queimava meu rosto e minha nuca. Será que algum dia ele havia me amado? – Como você pôde me abandonar?

A raiva sumiu do rosto do meu pai, deixando-o pálido e envelhecido.

– Sinto muito. Você não tem ideia de quanto eu sinto.

Eu funguei e me esforcei para impedir as lágrimas de caírem. Eu não ia chorar na frente dele. Não ia dar a ele a satisfação de saber que tinha me destruído em mil pedaços. Mas eu precisava descansar. Precisava que todas as vozes e pesadelos fossem embora. Agora eu não tinha mais ninguém. Ninguém. E eles que fossem para o inferno por me fazer implorar pela única coisa que poderia me dar algumas horas de paz.

– Eu quero meu remédio pra dormir. Estou cansada e preciso dele. Por uma noite, eu só preciso dormir.

A Ashley parou ao lado do meu pai, colocando a mão no ombro dele. Ela não me olhou uma única vez.

– Vou pegar. O médico disse que você pode tomar dez miligramas.

– Vou pro quarto. – E saí, sem me importar se nunca mais falasse com meu pai de novo.

NOAH

Ontem à noite, a Echo ligou enquanto eu estava no trabalho. Ela deixou uma mensagem dizendo que ia tomar remédio para dormir e não ia atender o telefone até de manhã. Ela parecia... destruída.

Aflito, esperei ao lado do armário dela antes das aulas, mas ela não apareceu, me deixando lá sentado na aula de informática perdendo a porcaria da cabeça. Três mensagens. Eu tinha deixado três mensagens para ela. Que inferno! Eu nunca deixava mensagens, mas já tinha deixado três para a Echo. Onde ela estava?

Fiquei encarando sua cadeira vazia na frente da sala, desejando que ela aparecesse num toque de mágica. O sr. Foster falava devagar e sem parar. Cada segundo no relógio levava três vezes mais que o normal para passar. Meu bolso vibrou e eu larguei o lápis para pegar o celular. O Isaiah e o Rico me deram uma olhada no instante em que ouviram a vibração.

Quando vi a identificação da chamada, meu coração pulou. Echo.

– Sr. Hutchins? – chamou o sr. Foster.

Merda.

– Sim, senhor. – Meu telefone parou de vibrar quando a Echo foi direcionada para a caixa de mensagens.

– Eu ouvi um celular?

– Foi – interrompeu o Isaiah. – Desculpa, professor. Eu esqueci de desligar hoje de manhã.

O sr. Foster ficou olhando de mim para o Isaiah, obviamente sem acreditar na história, mas estendeu a mão para o meu amigo.

– Você sabe as regras. Pode pegar de volta no fim do dia.

O Isaiah entregou o telefone sem dizer nada, me dando um sorriso dissimulado quando voltou à cadeira. Acenei a cabeça em agradecimento. O que eu tinha feito para merecer um amigo como ele?

Ele se inclinou na minha direção quando o sr. Foster voltou à lição entediante.

– Diz pra ela que eu falei "oi".

Saí rápido da sala de aula, apertando a discagem automática em tempo recorde. Meu coração pulava a cada toque. *Merda. Atende.* A linda voz da Echo preencheu a linha.

– Sou eu. Você sabe o que fazer.

– Você está me matando, baby. – E desliguei.

Fui até o meu armário, joguei os livros lá dentro e verifiquei a caixa de mensagens. O Isaiah caminhou até o outro lado do corredor e se encostou na parede. A Beth se juntou a ele segundos depois, com um cigarro apagado na mão.

– O que está acontecendo?

– A Echo ligou na última aula e ele não conseguiu atender. Agora ele está puto – respondeu o Isaiah.

– Não estou, não – retruquei. Eu estava, sim.

O Isaiah deu de ombros enquanto escondia um sorriso.

A Echo tinha deixado uma mensagem curta e desanimada: "Oi, acho que vou tentar te ligar mais tarde. Te amo".

Merda, Echo. Você precisa me falar mais do que isso. Almoço e mais três aulas. Eu não ia sobreviver.

– Vou comer alguma coisa. Vejo vocês no refeitório.

– Espera. A gente vai com você – gritou a Beth. – Eu fumo depois.

Não levei nada para o refeitório; então, em vez de ir para a nossa mesa, fui direto para a fila. As amiguinhas da Echo estavam reunidas na mesa delas, sem saber que, em algum lugar fora dos muros da escola, ela estava sofrendo. Hesitei por um momento quando um par de olhos azuis se encontrou com os meus.

A Lila digitou furiosamente no telefone antes de me chamar:

– Noah!

A mesa toda congelou e a encarou.

– Lila? – perguntou a Grace de um jeito manso.

A Lila lançou um olhar mortal para a Grace e veio na minha direção. Ela subiu no meu conceito.

– Você tem falado com a Echo?

– Só por mensagem. O que está acontecendo?

Ela olhou sobre o meu ombro. Segui seu olhar e vi o Luke nos encarando com muita atenção. Ela continuou:

– Não sei. Ela me ligou ontem à noite, mas eu tinha saído com o Stephen.

Naquele exato instante, nossos telefones apitaram. Pegamos o celular ao mesmo tempo e eu respirei fundo quando li a mensagem da Echo: Estou aqui na frente.

Obrigado, baby, por essas lindas palavras. Eu me virei nos calcanhares e murmurei para a Lila:

– Vamos.

Hesitei quando ela continuou a encarar o telefone.

– Ela precisa de mim – disse ela, e o telefone apitou de novo. – Mas ela disse que não tem problema se eu não for. – Uma guerra de emoções acontecia em seu rosto. – Tenho prova na próxima aula e...

– Você não pode perder.

Ela alisou o cabelo.

– Olha, ela vive me dizendo que você é um cara maravilhoso. Você acha que consegue me provar isso e cuidar da minha melhor amiga até eu poder assumir as rédeas depois das aulas?

Eu podia fazer melhor. Podia cuidar dela agora e depois das aulas.

– Tá.

– Diz que eu amo a Echo, tá? – ela falou. – E que estarei lá assim que puder.

– Tá bom. – Essa garota realmente se preocupava com a Echo. – Eu faço isso.

Com as janelas abertas, a Echo estava sentada ao volante do Honda Civic cinza que o pai dela tinha comprado para substituir o Dodge Neon. Parei meu carro ao lado do dela. Quando eu ia desligar o motor, ela ligou o dela e me encarou enquanto eu abria a janela.

– Quero ir a um lugar – disse ela –, mas não quero ir sozinha. Desculpa ter feito você matar aula.

Eu não me arrependia nem por um segundo.

– Eu te levo aonde você quiser ir, baby.

Eu esperava receber um sorriso, mas ela sacudiu a cabeça. O que quer que tivesse acontecido ontem, era algo importante.

– Você me segue? Eu preciso de mais uns minutos sozinha.

– O que você precisar. – Embora eu estivesse ansioso para respirar o mesmo ar que ela.

– Noah? – ela chamou antes que eu fechasse a janela. – Obrigada por faltar à aula por mim. – E, finalmente, ela sorriu. Não era um sorriso amplo nem cheio de alegria, mas estava lá.

– Qualquer coisa por você.

Minha mãe adorava dias como o de hoje: o calor da primavera com aquelas nuvens brancas, fofas e grandes num céu azul-royal.

Eu odiava esse lugar, não importava o clima. Resthaven sempre lembraria aquele dia cinza, chuvoso e quente de junho, com meus irmãos e eu sentados embaixo de uma barraca improvisada. O Tyler apertava meu pescoço, gritando pela nossa mãe, e o Jacob me perguntava se ela e o nosso pai iam ficar molhados, me explicando várias vezes seguidas que a mamãe detestava ficar molhada. Ela não permitia que ele batesse na água da banheira, para não respingar. O nosso pai estava de terno e ficaria chateado se a roupa se molhasse.

Pela primeira vez na vida, eu quis morrer. Desejei ter ficado na minha cama e morrido junto com meus pais – mas, se eu estivesse em casa, o incêndio não teria acontecido.

Minha culpa era um peso nas minhas costas. Um fardo para carregar. E, quando me formasse, eu acertaria as coisas. Reuniria minha família.

Estacionei atrás da Echo no jardim leste, debaixo dos enormes carvalhos. Ela tinha pegado o sinal verde ao entrar, e eu não, por isso chegou na frente. Ela estava sentada com as pernas cruzadas no meio do cemitério, com a cabeça apoiada nas mãos, encarando um túmulo de mármore branco. Os cachos vermelhos se movimentavam com a brisa suave, e o sol brilhava diretamente sobre ela – um anjo bem no meio do inferno.

Ela não tirava os olhos do túmulo.

– Obrigada por fazer isso, Noah. Eu sei que estar aqui também é difícil para você.

Difícil era pouco, mas isso só demonstrava quanto eu me importava com ela.

– Você acha que a sra. Collins vai me culpar pela sua súbita ânsia de matar aula?

A Echo abriu a boca para responder, mas em vez disso exalou. Eu tinha falado isso para aliviar o clima, mas ela estava enterrada demais para ver a luz do sol.

Sentei ao lado dela. Incapaz de me conter, passei a mão pelos cachos que caíam em suas costas. Tocá-la neste momento era uma necessidade. Gostei da simplicidade do túmulo: "Aires Owen Emerson: filho, irmão, Fuzileiro Naval".

– Do que você se lembrou?

Ela esfregou o queixo nas mãos entrelaçadas.

– Ele me deixou lá. Na casa da minha mãe. Eu liguei e ele não atendeu. Ele... humm... não atendeu. – A Echo abaixou a cabeça.

Continuei a passar a mão pelo cabelo macio e ouvi os pássaros gritando uns para os outros. Os ombros dela não sacudiram. Nenhuma lágrima escorreu pelo rosto. O pior tipo de choro não era o que todo mundo podia ver – os gemidos, as roupas rasgadas. Não, o pior tipo acontecia quando sua alma chorava e, não importava o que você fizesse, não havia consolo. Algo murchava e se tornava uma cicatriz na parte da alma que sobrevivia. Para pessoas como a Echo e eu, a alma tinha mais cicatrizes do que vida.

Ela pegou umas folhinhas de grama.

– Agora eu estou sozinha. O Aires morreu. A minha mãe está sabe Deus onde. Os meus amigos... bom... você sabe. O meu pai era um tiro no escuro, mas eu fingia que podia contar com ele. Tentei me tornar a filha que ele queria amar, mas... – A Echo sacudiu a cabeça. – É uma droga estar sozinha.

– Vem cá, baby. – E, com essas palavras, ela se encostou em mim: macia, dócil, destruída. – Você não está sozinha – sussurrei no cabelo dela enquanto a envolvia nos braços. – Você não está sozinha, porque você tem a mim. – *E eu te amo, mais do que você pode imaginar.*

Echo

O Noah se ofereceu para faltar no trabalho para que pudéssemos passar a noite juntos. Uma parte enorme de mim esperava que ele fizesse isso. Eu queria ficar nos braços dele pelo resto da vida. Assim, precisei de cada grama de autocontrole para não aceitar a oferta correndo. Eu sabia que ele precisava do dinheiro. Além do mais, a Lila começou a me mandar mensagens de texto a cada dois segundos no instante em que foi liberada da escola.

– O seu pai ligou para a minha mãe te procurando – disse ela. – Ela falou que você estava aqui.

Estávamos sentadas nos degraus largos do deque dos fundos, olhando para o campo atrás da casa dela. Sinos de vento badalavam com a brisa suave e o sol beijava meus braços nus.

– Ele vai vir me pegar? – Ele devia saber que eu tinha faltado às aulas.

– Não, mas ele pediu pra minha mãe te lembrar que seu horário de chegada é meia-noite.

A ânsia de rir sacudiu meu corpo e, quanto mais eu tentava impedir, mais poderosa ela ficava. Por fim, soltei a risada. A Lila sorriu no início e depois começou a rir comigo.

– O que é tão engraçado?

Respirei fundo e sequei os olhos.

– O meu pai me deixou para morrer e eu tenho uma porcaria de horário de chegada.

A Lila deu um risinho.

– Isso é meio engraçado. – Ela suspirou. – O que você vai fazer?

– Não sei. – E não sabia mesmo. A simples ideia de voltar para casa arranhava meus nervos como lixa. – Você sabe o que eu faço agora?

– O quê?

Estendi os braços.

– Eu sinto falta do sol na minha pele. Só por curiosidade, como você reagiria se eu usasse uma camiseta de manga curta para ir à escola?

A boca da Lila se curvou para cima.

– Da mesma forma que se você usasse uma camiseta de manga comprida.

– A Grace teria um ataque cardíaco.

– A Grace que vá pro inferno. – O surto incomum de raiva da Lila me surpreendeu. – Temos dois meses até a formatura. Você pode viver a vida agradando a todo mundo ou agradando a si mesma. No próximo outono, eu estarei curtindo a vida na Universidade da Flórida e esquecendo que algum dia fui amiga de pessoas como a Grace. Já tomei minha decisão. Qual é a sua?

NOAH

Assim que eu terminasse o banho, planejava ligar para a Echo e depois ir para a casa do Antonio e curtir o resto da festa. Às onze, ela certamente ainda estaria acordada. Eu esperava que a Lila tivesse ajudado a diminuir o trauma da nova lembrança da Echo. Eu não devia ter ido trabalhar. Devia ter ficado com ela. Cara, eu era um babaca. Eu ia compensar isso amanhã.

Três anos atrás, eu imaginava que passaria o terceiro ano escolhendo em que faculdade jogar bola, e não negociando salário e benefícios para ser o gerente do turno do dia no Malt and Burger. Mas como eu poderia resistir a um salário, seguro e horário fixo? Não seria muito dinheiro, mas eu conseguiria um lugar pequeno e decente para mim e os meus irmãos. Eu tinha uma longa lista de coisas que eu preferia fazer em vez de fritar hambúrgueres. Fritar hambúrgueres e ensinar as pessoas a fritarem hambúrgueres: a porra do meu sonho de vida.

A água quente lavou o óleo do meu turno. A seguir, eu ia caçar apartamentos: um de dois quartos, talvez de um. Eu poderia dormir no sofá e deixar o quarto para os meus irmãos. De qualquer maneira, o apartamento precisaria de um bom chuveiro e muita água escaldante para eliminar o tédio de fritar hambúrgueres.

Depois de dez minutos, a água quente parou, deixando apenas o vapor. A neblina entrou no banheiro e no meu cérebro. O que eu estava fazendo? Minha mãe me levava ao escritório dela no campus pelo menos uma vez por mês. "A faculdade é uma necessidade, mesmo que você escolha a carreira militar. Primeiro a faculdade, depois você decide seu futuro", pregava sua voz suave.

Limpei o espelho e vi os olhos da minha mãe me encarando.

– Você não me disse que merda eu devia fazer se você morresse.

Pingos de água se penduravam no ar úmido pesado e no meu corpo. O aquecedor no porão martelou várias vezes antes de iniciar, enviando um ar mais frio através da ventilação no chão. Fiquei parado, encarando o espelho, esperando a resposta dela.

– Noah?

Uma voz bem-vinda – não a da minha mãe, mas bem-vinda do mesmo jeito: Echo. Um sorriso se espalhou pelo meu rosto. Isso era bom demais. Eu de toalha, sozinho em casa com a minha ninfa. Saí do banheiro.

– E aí, baby?

Ela espiou de canto de olho e os cachos vermelhos quicaram quando ela virou rapidamente a cabeça na direção oposta.

– Ai, meu Deus, desculpa. Eu espero lá fora, ou sei lá, até você... é... você sabe, se vestir.

Entrei na sala atrás dela, passando a mão por suas costas.

– O que você está fazendo aqui? Você e a Lila ficaram sem assunto?

– Eu, humm, tomei uma decisão. Você pode se vestir?

– Não está muito perto do seu horário de chegar em casa?

Ela deu de ombros e evitou olhar na minha direção.

– Vem. – Agarrei a mão dela e a conduzi em direção ao porão.

– Não, sério, Noah – disse ela. – Eu espero você se vestir.

E eu ia perder aquele vermelho subindo pelo rosto dela? De jeito nenhum.

– Pode virar pra lá se quiser, mas eu não me importo de você olhar. – Soltei a mão dela quando chegamos ao fim da escada e andei até o cesto de roupas, pegando uma calça jeans. – Vira pra lá agora. Ou não. – Olhei sobre os ombros. A Echo estava de costas para mim e com os olhos cobertos. Dei uma risadinha. – O que está acontecendo, baby? Você não é de quebrar as regras.

– Não estou com vontade de ir pra casa. Pelo menos não agora.

Fechei as calças.

– Pode virar.

A Echo se virou e os ardentes olhos esmeralda voaram para o meu peito nu. Ela lambeu os lábios e rapidamente se concentrou em dobrar um lençol que a Beth tinha deixado no sofá.

– Você ainda está molhado.

Ela me queria – não tanto quanto cada músculo pulsante no meu corpo a desejava. Por trás da fome nos olhos dela, navia uma dor silenciosa. A Echo colocou o lençol dobrado com habilidade no sofá e alisou várias vezes, insistindo em encontrar perfeição em um mundo onde isso não existia.

– Se você não quer ir pra casa, o que quer fazer? – perguntei, sentando na cama.

Ela se jogou no sofá, envolvendo os braços em si mesma.

– A Lila disse que eu podia passar a noite na casa dela, mas o Stephen acabou aparecendo... – O tom indicava que ela preferia dormir ao relento a voltar para lá.

– Os pais do Antonio estão viajando. A Beth e o Isaiah já estão lá e planejam passar a noite na casa dele. – Eu não precisava falar da quantidade de maconha que a Beth tinha levado.

Mal ouvi o comentário abafado dela dizendo "oba", mas não deu para ignorar o sarcasmo das mãozinhas comemorando.

– Ele ligou e perguntou especificamente se eu ia te levar. – E essa era a razão pela qual eu não tinha falado da festa com a Echo. Sendo amigo dela ou não, ele era simpático demais com a minha garota. Mas, se encontrar outro guru artístico a fizesse sorrir, eu levaria a Echo.

– Podemos... – Os joelhos dela batiam. – Podemos ficar aqui?

– Podemos.

Ela alisou as mangas e encarou o chão. Pelo menos não usava mais as luvas perto de mim. Eu podia pensar em muitas coisas para fazer sozinho com a Echo em casa. Que inferno, eu tinha fantasiado momentos como este, mas ela me fazia querer ser um homem melhor.

– Quer ser normal?

Um tremor curioso passou pelo rosto dela.

– Você quer estudar?

– Existem outras coisas normais. – Ajeitando discretamente minhas calças, peguei o controle remoto, me juntei à Echo no sofá e puxei seu corpo magro para perto de mim. Saboreei a sensação dela se derretendo junto a mim enquanto eu procurava um canal interessante. – Vou até fazer pipoca.

Ao longo do filme, nos mexemos para comer pipoca, nos ajeitamos para ficar confortáveis e acabamos desconfortáveis – uma dança desajeitada para afastar minhas mãos e partes do meu corpo de áreas conhecidas e desconhecidas do corpo divino da Echo. Consegui ser um cavalheiro durante um filme, pelo menos. Os créditos rolaram e minha mão esquerda, que eu colocara debaixo da cabeça para evitar a barriguinha tentadora dela, formigava de dormência.

Minha paciência finalmente acabou.

– Isso é ridículo. – Eu a levantei e a coloquei sobre o ombro, e seus pés descalços ficaram balançando na minha frente.

Uma risada gostosa encheu o quarto.

– O que você está fazendo?

Joguei-a na cama. O cabelo vermelho-fogo se espalhou sobre o travesseiro. Minha sereia sorriu para mim.

– Ficando confortável – respondi.

A Echo piscou, e uma fome bruta substituiu a risada que dançava em seus olhos momentos antes. Seus dedos delicados deslizaram pelo meu braço, excitando cada célula.

– Você não parece muito confortável. – O tom ardente fez alguma coisa funda dentro de mim rodopiar.

Engoli em seco, tentando afastar a agitação inesperada de nervosismo no meu estômago.

– Echo...

Meu coração inchou, fazendo meu peito doer e tornando a respiração quase impossível. Paralisado pela beleza dela, fiquei flutuando sobre a Echo. Ela não era uma ninfa, e sim uma deusa.

Suas mãos continuaram a subida ardente pelo meu braço e até o meu peito. Movimentos ousados para ela. Os seios da Echo subiram e desceram num ritmo mais rápido.

– Quero ficar com você hoje à noite.

Respirei fundo quando seus dedos desceram pelos músculos do meu peito e desejei que ela continuasse descendo devagar. Acariciando o vermelho quente que se formava em seu rosto, afundei na cama ao lado da Echo.

– Tem certeza?

– Tenho.

– E o seu pai?

– Eu cuido do meu pai – sussurrou ela.

Mãos delicadas se entrelaçaram no meu cabelo, guiando minha cabeça em direção à dela. Inalei o aroma delicioso e quente: pão de canela saindo do forno. O primeiro toque de seus lábios não me desapontou. Um sabor doce provocou minha língua, aumentando a consciência do presente que a Echo estava me oferecendo.

Essa garota era dona da minha alma e do meu coração. Ela se abriu para mim, me dando amor, e nunca pediu nada em troca. Aprofundei o beijo, com as palavras *eu te amo* presas na minha mente.

Echo

O Noah fez uma trilha de beijos flamejantes pela minha nuca, confundindo meu cérebro. Parte de mim reagia e se agarrava a ele com mais força. A outra parte estava congelada de medo, absolutamente apavorada com o desconhecido, aterrorizada com a possibilidade de desapontá-lo.

– Me diz o que fazer.

O hálito quente dele fez cócegas na minha orelha.

– Relaxa.

Mas, contra minha vontade, meus músculos fizeram exatamente o contrário. Sob o toque tipicamente convidativo do Noah, eu fiquei toda dura.

– Por favor, Noah, eu não quero fazer nada errado. Me diz como fazer você se sentir bem.

Ele se mexeu de modo que seu corpo descansou ao lado do meu, com a perna e o braço ainda sobre mim. Eu me sentia pequena debaixo do calor e da força dele. Os olhos marrom-chocolate ficaram mais suaves.

– Estar com você faz eu me sentir bem. Tocar em você... – ele colocou um cacho atrás da minha orelha – ... é bom. Eu nunca desejei ninguém como te desejo. Não tem nada que você possa fazer errado, porque o simples fato de você respirar torna tudo certo.

Eu queria acreditar nele, mas o Noah era experiente e eu... não era. Ele podia estar tentando fazer com que eu me sentisse melhor, mas podia estar entediado com a minha inexperiência.

A mão dele emoldurou meu rosto, e o tom de voz assumiu uma autoridade áspera.

– Eu te quero, mas só se você me quiser.

– Dói na primeira vez. Minhas amigas me contaram. – E na segunda e na terceira, e depois de um tempo não doía mais. – E preciso dizer que estou tomando pílula. Então... você sabe... estou protegida contra... – Bebês. – Contra coisas. Mas você devia usar alguma coisa também...

O sorriso malicioso que eu adorava se espalhou pelo rosto dele. Os lábios tocaram os meus, dando uma resposta terna.

– Relaxa que eu cuido de tudo.

Beijei-o de volta, permitindo que meus braços se enroscassem nele. Os dedos dele massagearam gentilmente meu pescoço, liberando a tensão, diminuindo meu desconforto. O beijo se tornou um vício, e eu queria mais a cada toque. Nossos corpos se entrelaçaram com tanta força que eu não tinha ideia de onde eu começava e ele terminava.

O Noah era forte, quente, musculoso e seguro e tinha um cheiro, ai, meu Deus, delicioso. Eu não conseguiria parar de beijá-lo nem se a minha vida dependesse disso: lábios, pescoço, peito, e o Noah parecia tão faminto quanto eu. Rolamos na cama, nos tocamos e nos livramos das roupas indesejadas. Eu gemia e ele gemia, e a minha mente, a minha alma e o meu corpo estavam à beira do puro êxtase.

E eu esperei. Esperei pelo momento de parar para colocar camisinha e pela dor ardente que as minhas amigas descreviam, mas o Noah não parou e a dor nunca chegou, nem mesmo quando eu sussurrei o nome dele e chamei por Deus várias vezes seguidas. Nós dois procurávamos o ar enquanto nos beijávamos com suavidade, e eu lutava para entender que ainda era virgem.

Ele saiu de cima de mim e me puxou para perto. Meu corpo todo ficou preguiçosamente quente, feliz e satisfeito. Ouvi as batidas do coração dele e fechei os olhos, curtindo o carinho relaxante de sua mão no meu cabelo.

– Noah – sussurrei. – Eu achei... – que a gente fosse fazer amor.

Ele puxou meu queixo para cima, me forçando a olhar para ele.

– Temos a vida inteira para isso, Echo. Vamos aproveitar cada etapa.

Minha mente oscilava para todos os lados. Principalmente se concentrando no coração dele, no toque e nas palavras mais doces que eu já tinha ouvido: *a vida inteira.*

Um pensamento claro forçou meus olhos a se abrirem.

– Você está me colocando para dormir.

– E daí? – perguntou ele, um pouco inocente demais.

Engoli em seco.

– Vou ter pesadelos.

– E aí a gente vai ter uma desculpa para fazer isso tudo de novo

NOAH

O toque conhecido do celular me sacudiu para acordar. Meus braços e pernas estavam enrolados como tentáculos na Echo, minha ninfa dormindo com as costas grudadas em mim. Soltei a barriga dela para alcançar o celular na minha calça jeans, que tinha sido jogada longe durante as nossas atividades mais cedo.

– Alô? – Limpei a garganta.

– Noah?

– Isso. – Não reconheci a voz do homem na linha. A Echo continuava dormindo em êxtase. Eu me afastei dela, ajeitando o lençol bem apertado ao redor do corpo magro. Será que alguma coisa tinha acontecido com o Isaiah ou a Beth? Eles estavam machucados ou na prisão? A Keesha ou a sra. Collins teriam ligado se fosse com os meus irmãos.

– É Owen Emerson falando. O pai da Echo. – Ele fez uma pausa.

Esfregando a cabeça para acordar o cérebro, mantive a boca fechada enquanto andava até o outro lado do porão. Não seria um bom começo de conversa falar que a filha dele estava deitada na minha cama, quase nua.

– Desculpa por acordar você, mas a Echo saiu hoje de manhã bem chateada comigo e ainda não voltou para casa. – Estiquei a cabeça para ver o relógio no chão perto da cama. Duas da manhã. O pai dela devia estar à beira de um ataque cardíaco. O estranho é que ele não soava como um pit bull raivoso. – Ela desligou o telefone, e eu já liguei para todas as amigas dela. A Lila me deu seu telefone e disse que talvez ela estivesse com você.

O lençol subia e descia com o ritmo estável da respiração da Echo. Ela tinha vindo hoje à noite confiando em mim. Se eu dissesse isso, ele provavelmente viria buscar a Echo, partindo meu coração e possivelmente a confiança dela em mim.

– Sr. Emerson...

– Por favor, Noah, ela é minha filha. Preciso saber se ela está bem. – Eu nunca tinha ouvido um homem tão desesperado na minha vida. Quase tão desesperado quanto minha própria necessidade de saber se o Jacob e o Tyler estavam em segurança.

– Ela está aqui. – Meu coração parou de bater, esperando a bronca.

– Ela está bem? – Ele parecia... aliviado?

– Tá. Ela está dormindo já tem algum tempo. Eu não queria acordar a Echo.

Ele parou de novo.

– Quando foi que ela dormiu?

Um chute?

– Perto de uma da manhã.

– E ela está dormindo direto?

Ainda bem que eu conhecia os padrões de sono da Echo – ou a falta deles. De outro modo, teria achado esse questionamento muito esquisito.

– Está, sim, senhor. Nem abriu os olhos.

Esperei durante o silêncio pesado enquanto ele pensava nas opções: pedir que eu acordasse a Echo para ela ir para casa ou deixá-la dormir.

– Os seus pais adotivos se incomodam de ela ficar aí?

– Não. – Eles estavam no lago, mas, mesmo que estivessem aqui e prestassem atenção suficiente para perceber que eu tinha trazido uma garota para casa, eles só me lembrariam de que ela não poderia morar aqui depois que ficasse grávida.

– Posso falar com eles?

Não.

– Eles estão dormindo.

– Claro, claro. A Echo mencionou que você tem uma irmã adotiva. Suponho que a Echo esteja no quarto dela.

Tecnicamente...

– Isso. – Quando estava aqui, a Beth dormia na cama.

– Peça pra ela me ligar assim que acordar de manhã.

– Sim, senhor.

– E, Noah, obrigado por me dizer a verdade.

– De nada. – Desliguei e subi de novo na cama, me enterrando na Echo.

Acordei com os braços vazios. A Echo tinha mantido o corpo quente perto do meu a noite toda. Um aperto atingiu meu peito. Onde ela estava?

Meus olhos se abriram e encontraram a visão mais sensual do mundo. Usando uma calcinha preta e um top, a Echo estava deitada ao meu lado. O caderno de desenho estava sobre a cama, o lápis se movendo rápido na mão dela. Uma foto dos meus irmãos estava apoiada no travesseiro.

– Ei, baby.

Ela me deu uma olhada rápida e um sorriso tímido.

– Oi.

Olhei o relógio. Dez e meia da manhã. O Isaiah e a Beth provavelmente iam aparecer em breve, mas seria um pecado ver a Echo se vestir.

– Dormiu bem?

O sorriso diminuiu, mas ela continuou desenhando.

– Melhor que o normal.

Meu coração desanimou. Eu queria ser a resposta para os problemas dela.

– Teve pesadelos?

Ela fez que sim com a cabeça.

– Mas não tão fortes. Além disso, eu dormi mais do que o normal.

– Por que não me acordou?

– Porque você é fofo dormindo. Olha. – Ela virou a página e me mostrou o desenho de mim, dormindo.

– O que está fazendo agora? – Puxei o caderno e peguei a mão dela na minha quando ela tentou pegá-lo de volta.

– Não olha. Ainda não está pronto. Só estou brincando, na verdade. Noah...

Virei a página para o desenho inacabado e parei de respirar.

– Por favor, não fique bravo. Eu queria te dar alguma coisa de presente. Ai, meu Deus – gemeu ela. – Foi uma péssima ideia.

Afastei os olhos do papel, segurando o rosto dela com a mão.

– Não. É o melhor presente que eu já ganhei na vida. – Eu queria beijar a Echo, mas não consegui. Tive que olhar a imagem de novo. – Como você fez isso? – De alguma forma, ela tinha desenhado os meus pais.

Ela se remexeu ao meu lado, descansando a cabeça no meu ombro.

– Você fala muito deles. Não em monólogos longos ou coisa parecida, mas o suficiente para eu conseguir criar uma imagem na minha cabeça. Você me disse que o Jacob se parecia com o seu pai e que você e o Tyler se pareciam com a sua mãe. Você disse que a sra. Marcos lembrava a sua mãe. Eu vi essa foto dos seus irmãos e, não sei... Eu juntei tudo.

Eu te amo. Todas as partes de mim queriam dizer isso. Olhei fundo nos olhos lindos dela e sabia que amava a Echo mais do que a mim mesmo. Eu sabia há semanas, mas não conseguia dizer as palavras. Dizê-las tornava a Echo oficial. Tornava real a ligação que eu já sabia que tinha com ela.

Mas era real e era oficial. E eu era um babaca covarde por não dizer as palavras. *Diga. Simplesmente fale.* Respirei fundo, abri a boca e fechei de repente. Não. Aqui não. Eu ia levar a Echo para um lugar legal. Um lugar bonito. Talvez até a fonte dos meus pais.

– Seu pai ligou ontem à noite te procurando. Eu disse que você estava aqui.

Ela se afastou, enrolando as mãos nos joelhos.

– Acho que eu devia ir pra casa. – Um sorriso amargo apareceu em seus lábios. – Você acha que ele vai me perdoar por quebrar as regras uma noite?

Eu não queria que ela fosse embora, nunca. Eu queria a Echo na minha cama todas as noites, com os meus braços e pernas enrolados nela. Mas como? Em dois meses ela seria uma mulher livre. Livre do colégio e, se ela escolhesse assim, livre do pai, mas eu não seria livre.

Cuidar dos meus irmãos não seria como ser uma babá, seria um emprego. Um emprego de período integral que exigiria responsabilidade. Como eu explicaria a crianças pequenas a diferença entre um namoro sério e um casamento quando eles acordassem e encontrassem a Echo na minha cama? Melhor ainda: será que o juiz me daria a custódia sabendo que metade do meu coração pertencia a outra pessoa?

Eu não seria o irmão mais velho deles. Merda, a sra. Collins estava certa – eu seria pai deles, e a Echo... a Echo seria a mulher com quem eu estaria dormindo. As palavras saíram da minha boca antes que eu percebesse que estava falando.

– Casa comigo.

Os olhos dela se arregalaram e a cabeça se inclinou de repente.

– O quê?

Afastei o cabelo do rosto e me sentei, largando o caderno de desenho.

– Eu sei que é loucura, mas, depois que a gente se formar, casa comigo. A gente consegue a custódia dos meus irmãos, e você pode sair de perto do seu pai, e a gente vai ser uma família. Eu sei que você quer uma família tanto quanto eu.

A boca da Echo se abriu, e os olhos ficaram alternando entre o travesseiro e os lençóis.

– Noah... eu... não sei. Como a gente vai se sustentar? Onde a gente vai morar?

– Ontem o Frank me ofereceu o cargo de gerente do turno do dia. Se a gente se casar, você vai ser minha dependente no seguro. Eu sei que você vai conseguir uma daquelas bolsas de estudos pras quais se candidatou, então não vamos precisar nos preocupar com o pagamento da faculdade. Você pode conseguir um emprego de meio período e me ajudar a cuidar dos meninos. Talvez, se as coisas se acertarem, eu consiga fazer faculdade à noite depois de um ano.

A empolgação reverberava em mim. Talvez eu não precisasse negociar. Talvez eu conseguisse ter tudo ao mesmo tempo, só que num ritmo mais lento do que eu gostaria.

– Seria perfeito. Você pode ir à aula e trabalhar enquanto eles estão na escola. Posso arrumar e levar os meninos pra escola antes do meu turno, e você pode ir pegar os dois. Tenho certeza que o juiz não vai dizer "não".

– Não. – A vozinha da Echo me pegou desprevenido. Ela pegou seu jeans e rolou para fora da cama. – Não. Isso é tudo que eu significo pra você? – Ela enfiou as calças e depois colocou a blusa. – Uma peça de jogo para conseguir seus irmãos de volta?

Não. Ela estava distorcendo as minhas palavras. Saltei da cama.

– Não, baby. Você precisa saber o quanto eu gosto de você.

Ela enfiou as botas.

– É mesmo, Noah? Você nunca disse que me amava, mas está disposto a se casar comigo. Não tenho certeza se você estava ouvindo, mas a sua proposta parecia algo assim: "Ei, baby, casa comigo e aí você pode cuidar dos meus irmãos".

Tudo dentro de mim se revirou e começou a tremer. Eu tinha estragado tudo.

– Você precisa saber como eu me sinto. Por favor, baby, eu...

Ela jogou a mão para o alto.

– Não. Não despreze os meus sentimentos por você mentindo pra mim. Eu sou a idiota aqui. Você me disse que eu era sua, nada mais do que sua propriedade, um corpo para dormir com você. Você nunca me prometeu nada além disso. Pelo menos você manteve sua palavra e me tratou melhor do que as vagabundas no banco traseiro do seu carro. Então, obrigada, Noah. Obrigada por não me comer.

A porta do porão se abriu e o Isaiah gritou:

– Tô descendo, vê se põe uma roupa!

A Echo voou escada acima enquanto ele descia. O Isaiah parou no pé da escada e ficou olhando enquanto ela ia embora.

– Por que tanta pressa, Echo?

– Echo, espera! – gritei para ela. O Isaiah bloqueou meu caminho.

– Que foi, cara? – ele perguntou.

– Sai da frente! – rosnei e o empurrei. Quando cheguei aos degraus da frente, a Echo já tinha descido a rua. Soquei a parede, mas a mão latejando não se comparava à dor que rasgava meu coração. Eu tinha perdido a Echo.

Echo

Deitada na cama, apertei o top contra o peito e desejei que a faca parasse de golpear meu coração. O aroma almiscarado e doce do Noah ainda persistia na minha roupa. Eu tinha sofrido quando terminei com o Luke, mas nada como agora. Eu amava o Noah. Eu o amava de verdade.

As mensagens dele faziam sentido. Todas elas. Parei de contar quantas ele tinha deixado depois da quinta. Ele se preocupava comigo, queria estar comigo e tinha falado sem pensar. O Noah esteve secretamente pensando em como fazer as coisas funcionarem entre mim e os irmãos dele. Se eu retornasse a ligação, ele prometia encontrar um jeito. Claro, ele queria se casar comigo, mas no meu tempo, não no dele.

Ontem de manhã eu estava irritada, mas, conforme o dia passava, percebi que o mundo não girava ao meu redor. Mais do que tudo, eu queria ligar para o Noah, aceitar o pedido de desculpas e cair nos braços seguros e fortes dele, mas ele merecia coisa melhor do que eu, a egoísta.

Sem nunca pensar além da próxima sessão de monitoria, eu tinha estado presa nas minhas próprias ilusões de encontrar minhas memórias perdidas. Eu não tinha pensado no que ia acontecer depois da formatura nem no que significava para ele conseguir a custódia dos irmãos. Eu amava o Noah mais do que jamais tinha amado qualquer pessoa. Eu o amava o suficiente para fazer uma coisa que me machucaria.

Funguei e sequei o rosto quando alguém bateu à minha porta.

– Posso entrar? – perguntou meu pai do outro lado.

Não, mas as minhas opções eram limitadas. Eu tinha passado escondida por ele e pela Ashley mais cedo para evitar um confronto. A bronca dele tinha que vir em algum momento. Escondi o top debaixo das cobertas, me sentei e abracei o travesseiro para não desmoronar.

– Claro.

Meu pai se sentou na minha cama e encarou as pinturas da minha mãe. Ele parecia tão cansado quanto eu.

– Promete que não vai descumprir o horário de chegada de novo.

– Tudo bem. – Ceder parecia mais fácil no momento.

Ele abriu a boca enquanto eu falava, mas depois fechou. Obviamente, ele achou que a gente ia brigar.

– O Noah ligou para o telefone fixo duas vezes. Vocês brigaram?

– A gente terminou.

Ele se ajeitou na cama.

– Filha, ele fez a coisa certa ao me dizer que você estava lá.

Eu não queria ter essa conversa com ele – nem nenhuma outra.

– Meio tarde pra fazer papel de pai, não?

– Eu sou seu pai e nunca considerei isso aqui um teatro.

É, fala isso pra minha mãe.

– Olha, a gente tem um pouco mais de dois meses até a minha formatura. Vamos só deixar isso passar, está bem? Assim que eu me formar, eu saio de casa. Eu me matriculo em algum lugar longe ou arrumo um emprego e um apartamento. Eu me livro de você e você se livra de mim. Se tudo der certo, posso sair antes de o bebê nascer e você pode começar do zero.

Todas as rugas de preocupação se aprofundaram.

– Echo...

Deixei a raiva que estava crescendo dentro de mim se libertar.

– Vai contar para a Ashley. Ela é a única pessoa com quem você já se preocupou.

– Isso não é...

– Você me deixou lá para morrer. – Apontei para a porta. – Sai daqui e da minha vida!

Meu pai abaixou a cabeça, assentiu e saiu do meu quarto.

NOAH

Sem me preocupar com meu armário, fui direto para o refeitório. A Echo tinha dado um jeito de me evitar hoje de manhã, mas eu não a deixaria escapar de novo.

– Você pode dizer pra ela que eu pedi a peça para o carro – disse o Isaiah quando se sentou perto de mim.

– Essa vai ser minha primeira frase. – Encarei as portas, esperando que ela entrasse. Eu daria mais cinco minutos antes de ir procurar a garota pelo prédio.

– Você ferrou com tudo, Einstein. – A Beth jogou a bandeja cheia de comida sobre a mesa.

– Você odeia a Echo – murmurei.

– Ela me conquistou. Tipo um cachorrinho.

Onde ela estava? A porta do refeitório se abriu e a amiguinha preferida dela entrou.

– Lila! – Empurrei a cadeira para trás para ir falar com ela, mas ela mudou de direção e veio até mim.

A Lila ergueu uma sobrancelha irritada.

– Que foi?

Eu me encolhia na frente de pouquíssimas pessoas, mas o olhar que a Lila me deu poderia apavorar até mesmo assassinos em série.

– Você sabe onde a Echo está?

– Por quê? Está precisando de uma babá? – perguntou ela de um jeito seco.

Merda, a Echo devia estar puta. Será que ela tinha ouvido alguma das minhas mensagens?

– Eu estraguei tudo e quero falar com ela.

– Você pode falar isso de novo?

– Aposto que você está gostando disso, rainha do baile – resmungou a Beth. – Você ficou com medo que, ao ficar com gente de verdade como nós, ela descobrisse que você e suas amigas Barbies são um monte de merda?

O lábio da Lila se curvou para cima.

– Falando nisso, você tem planos de ir atrás dos restos da Echo de novo?

Merda, eu não precisava disso. A Beth voou para cima da Lila, mas o Isaiah a agarrou pela cintura e fez a garota se acalmar. Minha cadeira caiu para trás quando eu me levantei.

– Esquece. Eu encontro a Echo sozinho.

Ela estava sentada em um banquinho encarando a tela, mas dessa vez não segurava um pincel. As mãos enluvadas estavam apoiadas nos joelhos.

– Sabia que é grosseria não retornar uma ligação? – Prendi a respiração, esperando a ira da Echo.

Ela me deu um sorriso triste, machucando meu coração. Eu preferia que ela sentisse raiva em vez de dor.

– Não é a primeira vez que você me chama de grossa. – Ela olhou para mim. – Oi, Noah.

– Echo. – Eu me permiti chegar mais perto, mas não perto demais. – Hoje é segunda-feira, o que significa que temos monitoria à tarde.

– Você nunca precisou de monitora, só de motivação.

Esfregando a tensão na nuca, continuei:

– Olha, eu estraguei tudo no sábado. Eu nunca devia ter falado de casamento. Eu estava fora de mim. Você fez aquele desenho dos meus pais, e eu pensei em quanto eu te amo e que eu não poderia manter você e os meus irmãos ao mesmo tempo. Juntei um pensamento ferrado com outro pensamento ferrado e criei um monte de merda.

Os lábios da Echo se curvaram para cima.

– Esse é o pior pedido de desculpas que já ouvi, mas eu aceito. – Ela voltou o olhar para a tela em branco.

Eu disse as palavras que nunca tinha dito a nenhuma garota: eu a amava. As garotas desejavam palavras como essas, mas a distância entre nós tinha aumentado. Talvez ela não tivesse ouvido.

– Eu te amo, Echo. Você pode nunca se casar comigo, mas vou continuar a te amar. A gente vai descobrir um jeito de fazer as coisas darem certo. Você não é responsável pelos meus irmãos.

– Eu sei. – Ela suspirou e pareceu exausta. O pé começou a batucar no banco. – Eu também te amo e, por isso, acho que é hora de a gente terminar.

A dor me queimou, seguida de um flash rápido de raiva.

– Mas você disse que me perdoava.

Ela pegou um pincel, mergulhou na tinta preta e fez pontinhos no meio da tela.

– Eu tenho vinte por cento de chance de herdar os genes da minha mãe.

– O que isso tem a ver com o resto? Você não é a sua mãe. Você está muito longe daquela vaca maluca.

– Ela é doente, Noah, não maluca – sussurrou ela.

Essa conversa toda era maluca.

– Ela te cortou. Isso é maluquice.

Ela fechou os olhos e se encolheu.

– Eu caí.

Arranquei o pincel da mão dela e o joguei do outro lado da sala.

– Caiu o cacete. Se fosse uma porcaria de acidente, você teria se lembrado. – Passei a mão pelo rosto, tentando afastar a raiva. – O que isso tem a ver com o resto? Com a gente?

A Echo abriu os olhos e revelou uma dor entorpecente.

– Tudo.

A necessidade de tocá-la me dominou e eu cedi. Dei um passo em direção a ela, mas a Echo pulou do banco e o colocou entre nós. Desviei e continuei avançando. Ela pressionou as mãos contra o meu peito e tentou me empurrar.

– Não consigo pensar direito quando você está tão perto.

Eu a encurralei contra a parede.

– Eu não gosto dos pensamentos que estão passando pela sua cabeça. Vou ficar bem aqui até você olhar nos meus olhos e dizer que é minha.

Ela abaixou a cabeça e se escondeu atrás do cabelo. Quando ela falou, o tom me lembrou o do Jacob quando ele finalmente entendeu que a nossa mãe nunca mais ia pegá-lo no colo.

– Isso não vai funcionar. Nunca teria funcionado.

– Conversa fiada. A gente tem que ficar junto. – A Echo fungou e o som me destruiu. Suavizei a voz. – Olha pra mim, baby. Eu sei que você me ama. Três noites atrás você estava disposta a me dar tudo Não tem como você se afastar de nós.

– Meu Deus, Noah... – A voz dela falhou. – Eu sou um horror.

Um horror?

– Você é linda.

Ela finalmente levantou a cabeça. Nada de lágrimas, mas os rastros permaneciam.

– Sou um horror mental. Daqui a dois meses você vai enfrentar um juiz e convencer o cara de que você é a melhor pessoa para criar os seus irmãos. Eu sou um risco.

Uma voz irritante me disse para calar a boca e ouvir.

– Não é verdade. Os meus irmãos vão te amar e você vai amar os dois. Você não é um risco.

– Mas como o juiz vai me ver? Você está realmente disposto a assumir esse risco? – Ela engoliu em seco. – Dois meses depois do incidente com a minha mãe, um terapeuta tentou recuperar minhas lembranças perdidas. A sra. Collins disse que a pessoa forçou demais. Eu entrei em colapso. Acordei num hospital dois dias depois com as lembranças ainda reprimidas. Tive sorte até agora, mas o que vai acontecer se a minha sorte acabar? Noah, olhe pra situação como alguém de fora. Eu tenho cicatrizes e nenhuma memória do que aconteceu comigo. Eu já tive um surto mental porque tentei lembrar. A minha mãe é bipolar. A maioria das pessoas bipolares começa a manifestar os sintomas no fim da adolescência ou aos vinte e poucos anos. O que vai acontecer se o juiz descobrir sobre mim? E se ele descobrir a pessoa confusa que você está namorando?

Respirar se tornou uma tarefa dolorosa. Os lábios dela se curvaram para baixo enquanto os dedos quentes acariciavam meu rosto. Aquele toque costumava me deixar de joelhos, mas agora me partiu ao meio.

– Sabia que, quando você deixa de ser teimoso e aceita que eu posso estar certa em alguma coisa, seus olhos se arregalam um pouco e você inclina a cabeça para o lado? – perguntou ela.

Forcei minha cabeça a ficar reta e estreitei os olhos.

– Eu te amo.

Ela me deu aquele sorriso glorioso, que logo em seguida se tornou o sorriso mais triste do mundo.

– Mas ama mais os seus irmãos. Eu aceito isso. Na verdade, essa é uma das coisas que eu amo em você. Você estava certo naquele dia. Eu quero fazer parte de uma família. Mas jamais me perdoaria se fosse a razão para você não conseguir a sua.

Para meu desespero, lágrimas espetaram meus olhos e minha garganta fechou.

– Não, você não vai jogar essa conversa de sacrifício pra cima de mim. A gente se ama e tem que ficar junto.

A Echo pressionou o corpo contra o meu e seus dedos se agarraram ao meu cabelo. Seus olhos brilhavam com as lágrimas.

– Eu te amo o suficiente para nunca pedir que você escolha.

Ela se aproximou mais de mim, guiando minha cabeça para baixo, e gentilmente beijou meus lábios. Não. Isso não seria um adeus. Eu ia preencher a Echo e fazê-la perceber que sempre ficaria vazia sem mim.

Eu a tornei minha. Minhas mãos reclamavam seus cabelos, suas costas. Meus lábios exigiam sua boca e sua língua. O corpo dela estremeceu contra o meu e senti um sabor salgado em sua pele. A Echo afastou os lábios e eu me agarrei a ela com mais força.

– Não, baby, não – sussurrei contra seus cabelos.

Ela empurrou a palma das mãos contra o meu peito, depois se tornou um borrão quando passou correndo por mim.

– Desculpa.

Echo

Ele me amava.

Noah Hutchins tinha dito que me amava, e isso tinha tornado a semana passada na escola um inferno absoluto.

O sinal tocou. Todo mundo fechou os livros e a mochila e saiu da aula para almoçar. Fiquei imóvel.

Minha mão agarrou o lápis quando o Noah passou por mim e saiu da sala com os ombros rígidos e a cabeça erguida. Parecia que eu não existia. O Isaiah, por outro lado, parou um instante e me encarou com olhos tristes enquanto seguia o melhor amigo.

Durante sete dias, foi assim que o Noah e eu interagimos. Eu o esperava sair da sala de aula. Ele saía como um raio. Eu respirava fundo, desejando que a dor sumisse enquanto a sala esvaziava. Bem, exceto pela minha melhor amiga.

– Echo. – A Lila estava em pé na frente da minha mesa com os livros junto ao peito. – Você está bem?

Não. Nada nunca mais ficaria bem.

– Eu ouvi no banheiro hoje de manhã que a Lauren Lewis vai dar em cima do Noah. – As lágrimas se acumulavam nos meus olhos. – Eu não devia me importar. Quer dizer, eu terminei com ele, e ele pode... – *Transar com quem quiser*... Mas eu não consegui dizer isso, porque um bolo se formou na minha garganta.

– Lila – chamou o Stephen do corredor –, você vem almoçar ou não?

Ela começou a balançar a cabeça para dizer que não, mas eu respondi por ela:

– Ela vai.

– Echo – disse a Lila me repreendendo.

– Eu estou bem. – E fingi o pior sorriso do mundo. – Talvez eu vá até o refeitório hoje.

Eu não estava falando sério. Ela sabia, mas ainda assim deu um tapinha na minha mão e disse:

– Te vejo lá – antes de pegar a mão do Stephen e ir almoçar.

Jogando minhas coisas na mochila, continuei a lutar contra a vontade que eu tinha combatido durante sete dias – correr até o Noah e implorar que ele me aceitasse de volta. Eu não tinha perdido só a ele, mas a rotina da qual eu era dependente: estudar, ser monitora, tramar para ver os nossos arquivos, e o Isaiah e a Beth trabalhando no carro do Aires. Perder o Noah significava perder uma vida. Também significava perder minha chance de ter respostas.

O Noah era o gênio por trás de todos os nossos planos, e eu contava com a coragem dele para ter sucesso. Ou não? Enfiei o último livro na mochila e uma sobrancelha se ergueu com esse pensamento. Minha mente começou a se agitar quando eu saí da sala. *Eu* tinha convencido a sra. Collins e o meu pai a mudar o horário – não o Noah. *Eu* tinha descoberto o sobrenome dos pais adotivos dos irmãos dele. Talvez, só talvez, eu pudesse encontrar minhas respostas sozinha.

Virei a esquina do corredor vazio e congelei. Encostada no meu armário, a Grace analisava as próprias unhas.

– O que você está fazendo aqui? – perguntei.

– Vim falar com você. Se você tivesse ficado com o Luke, a gente podia ter continuado a ser amigas. – Ela esfregou a unha do polegar antes de me olhar.

– Você não devia estar no refeitório provando ao mundo que é perfeita? – perguntei. Pela primeira vez na vida, não senti vontade de me dobrar a ela.

– Ele te aceita de volta – disse ela. – O Luke. Quando ele soube que você tinha terminado com o Noah, ele meio que surtou. Ele vai terminar com a Deanna. Ele quer você, não ela.

Não, ele não me queria. Era um boato que até eu já tinha ouvido, mas eu sabia o que ninguém mais sabia – o Luke não conseguia lidar com as minhas cicatrizes. Minha cabeça caiu para trás antes de eu voltar a me concentrar no obstáculo que me separava do meu armário.

– Por que você se importa? Da última vez que eu soube, você estava fazendo todo mundo rir à minha custa na ginástica.

A Grace se tornou insanamente interessada nos próprios sapatos.

– Eu nunca fui santa, Echo. Pronto, me crucifique. Mas você também não facilita as coisas. – Ela fechou a boca e inclinou a cabeça, um sinal claro de que estava tentando se recompor. – Eu ainda quero ser sua amiga, e a gente pode salvar tudo, nossa amizade, o que as pessoas pensam de você, tudo. Agora que você largou o fracassado, vamos dizer que o Noah foi uma idiotice. Que ele te usou. Manipulou você. E depois você viu como ele era idiota. Todo mundo vai acreditar nisso.

A raiva borbulhou dentro de mim. Como ela não conseguia entender?

– Eu amo o Noah.

Ela se afastou dos armários, com o rosto franzido de fúria.

– E olha como você acabou. Sem namorado. Sem amigas. Droga, Echo, você passou pelo linchamento social do ano no instante em que beijou aquele cara em público, tudo em nome do amor. Tudo isso por nada! *Nada* mudou em você. Você ainda esconde as cicatrizes, ainda foge do refeitório e ainda se esconde do mundo. Você estava melhor antes de conhecer o Noah Hutchins. Eu daria tudo para voltar até janeiro. Pelo menos naquela época você ia ao refeitório. Pelo menos você tentava.

As palavras dela se tornaram facas cortando a minha pele, espetando e picando mais do que eu achei que deveriam.

– Não fui eu que coloquei condições para a nossa amizade. Não fui eu que tive pânico do que as pessoas iam pensar se eu fosse amiga de alguém que você considera inferior.

A Grace riu, e não foi um riso alegre. Foi o tipo de riso que mostrava irritação além do possível.

– Foi você, sim, Echo. Você colocou condições para a nossa amizade no instante em que vestiu essas luvas e me pediu que mentisse pra todo mundo por você. Eu tive que contar ao mundo que não sabia o que tinha acontecido com uma das minhas melhores amigas. E, quanto a apontar o dedo para mim e me acusar de ter pânico do que as pessoas pensam, vira esse dedo pra você mesma, garota. Se você é tão superior e poderosa, por que ainda está escondendo essas cicatrizes?

Engoli em seco e toda a raiva que eu tinha sentido segundos antes escorreu do meu corpo e se dissolveu. Ela estava certa. A Grace estava totalmente certa.

Fiquei encarando o meu armário aberto e batucando os dedos na porta. Eu podia fazer isso. Eu definitivamente podia fazer isso... amanhã, ou no mês que vem, ou nunca... Não, não. Eu podia fazer isso. Eu podia viver para agradar a mim mesma ou às outras pessoas. Eu queria agradar a mim mesma.

Desde que eu me lembrava, eu tinha vivido para agradar a todo mundo: minha mãe, meu pai, meus professores, meus terapeutas. Eu tinha pavor de sair da linha e perder o respeito deles. E, no caso dos meus pais, o amor deles. Mas não mais. Eu queria respostas sobre o meu passado e só ia descobri-las se tivesse coragem.

Ontem, a Grace tinha me desafiado completamente e, hoje, eu ia desmascarar o blefe dela.

Pela primeira vez em dois anos, eu estava usando uma camiseta de manga curta para ir à escola, embora tivesse um suéter por cima. Mas eu não queria usar o suéter. Eu estava com calor e desconfortável, e o suéter pinicava. Estendendo as mãos, arranquei o suéter pela cabeça e respirei de um jeito refrescante no instante em que o ar fresco atingiu meus braços. A sensação me lembrou daqueles comerciais de verão em que pessoas obviamente com calor pulavam na água fresca e convidativa. Era essa a sensação de liberdade.

Deixei meus livros e o suéter no armário e andei pelo corredor vazio em direção ao refeitório. Engraçado: eu me sentia nua, como se estivesse usando apenas sutiã e calcinha, não minha blusa azul de manga curta preferida e a calça jeans desbotada.

Para me impedir de voltar atrás, enfiei os dedões nos bolsos e contei os azulejos do piso, que terminavam na fronteira do piso de concreto do refeitório. Risos e conversas em voz alta escapavam do ambiente. Rezei por duas coisas. Primeira: que eu não desmaiasse. Segunda: que a Lila continuasse a me amar.

Minha garganta fechou e meu peito se retraiu quando levantei o pé e cruzei a barreira do corredor para o refeitório. As exclamações imediatas de "Ai, meu Deus" à minha esquerda impediram que eu continuasse. Nota para mim mesma: essa provavelmente foi a minha pior ideia até hoje.

Avaliei o lugar e observei as pessoas se inclinando de mesa em mesa, informando às massas que a esquisita tinha entrado. *Vão em frente, podem encarar. Talvez na próxima eu seja inteligente o bastante para vender ingressos.*

Do outro lado da sala, um par de olhos marrons calorosos encontrou os meus. Tudo dentro de mim doeu – Noah. Durante uma semana, tínhamos fingido que o outro não existia. Ele desfilava pela escola com aquele jeito sombrio delicioso e atitude perigosa, como se eu nunca tivesse entrado na vida dele. O Noah ria e brincava na mesa de almoço e ficava impassível nas aulas.

Mas ele não estava impassível agora. Sentado entre o Isaiah e a Beth, ele levantou devagar da mesa, sem nunca tirar os olhos de mim. Mordi o lábio e desejei não chorar e que ele não se aproximasse muito de mim. Eu não conseguiria fazer as duas coisas em um único dia. Eu não conseguiria ser forte o suficiente para me expor ao mundo e ficar longe dele.

Quando ele deu um passo na minha direção, sacudi a cabeça e implorei com os olhos que ele voltasse a sentar. O Noah continuou de pé e passou a mão pelo rosto, com um palavrão se formando nos lábios. Será que nosso término o matava como estava me matando?

Ele fechou os olhos por um segundo e, quando reabriu, socou a porta enquanto saía do refeitório. O Isaiah saiu como um raio atrás dele.

Uma risada surgiu na direção da minha antiga mesa de almoço e, quando eu olhei, eles estavam me encarando. Incluindo a Grace, embora ela fosse a única da mesa que não estava rindo. Ela me deu um discreto aceno de cabeça e olhou para outro lado.

– Fodam-se eles.

Pulei quando percebi a Beth em pé, tão perto de mim que o braço dela tocava o meu.

– Como?

Ela fez um gesto para o resto do refeitório.

– Fodam-se eles. Essas pessoas não valem a pena.

– Pela primeira vez, eu concordo. – A Lila entrelaçou os dedos nos meus. – Você podia ter me contado que planejava fazer isso. Eu teria entrado com você.

Voltei a atenção de novo para a Beth, mas ela já estava saindo do refeitório, pela mesma porta que o Noah tinha usado.

– Está com fome? – perguntou a Lila.

Eu queria mesmo era vomitar.

– Não.

Ela me deu o sorriso radiante de Glinda, a Bruxa Boa.

– Ótimo. Então não precisamos nos sentir culpadas por só comer a sobremesa. – Ela apertou a minha mão. – Vem, hoje tem brownie com calda.

NOAH

Meu punho colidiu com o armário e o barulho alto acompanhou o palavrão que saiu da minha boca. A Echo finalmente conseguiu ter coragem para expor as cicatrizes e não me deixou ficar ao lado dela.

– Belo amassado, cara. – O Isaiah encostou o quadril no canto do corredor enquanto cruzava os braços tatuados sobre o peito. – Valeu por escolher o meu armário pra socar. Eu estava mesmo procurando uma desculpa para nunca mais abrir esse armário.

Sacudi a cabeça quando olhei melhor. Droga, eu tinha batido no armário errado. O choque do meu erro arrancou a raiva de mim, deixando para trás um latejar dormente nas dobras dos dedos.

– Desculpa.

– Conseguiu botar pra fora o que estava te incomodando?

Eu estava errado, uma parte da raiva ainda fervia nas minhas entranhas.

– O que você quer dizer?

– A garota que você ama está no refeitório expondo a alma dela e você está aqui socando armários.

Passei a mão no rosto.

– Ela terminou comigo. Não o contrário. Além do mais, eu queria estar ao lado dela. Ela fez um gesto para eu me afastar.

– Quando foi que você se tornou uma vaquinha de presépio? Do jeito que eu vejo, ela pode ter dito as palavras, mas você também devia estar querendo terminar.

Meus músculos se contraíram e meu punho se fechou, levando o Isaiah a se afastar da parede. Ele ficou parado com os pés afastados e os braços rígidos na lateral. Ele percebeu que eu estava a fim de briga, e ele não estava errado. Minha voz ficou fraca.

– O que foi que você disse? – Porque ele sabia quanto eu amava a Echo, e aquelas palavras chegavam ao limite da traição.

Mas o meu irmão continuou:

– Que você deve ter tido alguma dúvida sobre vocês dois, porque você se afastou com muita facilidade.

Senti uma ânsia de socar alguma coisa de novo, mas o latejar nas dobras dos dedos me deteve.

– Eu amo a Echo. Amo tanto que pedi a mão dela em casamento. Parece que eu queria me afastar?

As sobrancelhas dele se ergueram enquanto os músculos relaxavam.

– Me diz que você está brincando sobre essa parte do casamento.

Caindo sobre os armários, deixei minha nuca atingir o metal. Eu queria estar brincando. Essa pergunta se tornou o dominó que destruiu meu relacionamento com ela.

– Não estou. Eu ferrei com tudo, mano, e não sei como consertar.

Os coturnos do Isaiah espancaram o chão quando ele se aproximou de mim.

– Só estou dizendo que não estou vendo você lutar pela garota, cara. Se você quer a Echo, pare de socar armários e comece a agir.

Echo

O cheiro de tinta acrílica fez meu nariz coçar no instante em que entrei na galeria. Paisagens ocupavam as telas na parede. Uma pintura de um gramado com folhas se dobrando ao vento chamou minha atenção. Hoje cedo, eu tinha exibido meus braços. Hoje à tarde, eu ia encontrar respostas.

Os nervos faziam o sangue pular nas minhas veias. Na última vez que visitei este lugar, o Aires ainda estava vivo e minha mãe estava tomando os remédios. Ela riu quando o Aires disse que não tinha entendido uma das pinturas dela, e ele puxou meu cabelo quando eu o chamei de idiota. Ele riu quando bati nele de volta. Um peso pressionava meus pulmões. O Aires riu. Eu devia ter abraçado meu irmão naquela hora. Devia ter abraçado e nunca mais soltado.

– Posso ajudar? – perguntou uma voz feminina.

Engessei um sorriso no rosto e me virei.

– Oi, Bridget.

Os olhos azuis da Bridget se arregalaram. O cabelo macio e preto como a noite chegava até os ombros e emoldurava seu rosto. Com um metro e oitenta e três, ela se erguia sobre mim, vestindo um terninho preto chique, do jeito que eu me lembrava dela.

– Echo. Meu Deus, como você cresceu!

– Acontece. – Mudei o peso de um pé para o outro. – Você tem alguns minutos?

– Pra você, sempre. Quer um pouco de água?

– Claro.

Ela foi na frente até seu escritório.

– O que posso fazer por você?

É agora ou nunca.

– Espero que você possa me ajudar com duas coisas.

Ela me deu uma garrafa de água e abriu a dela.

– Me fala a primeira.

– Uma vez você me disse que, se um dia eu me interessasse em vender meus quadros, queria que eu te procurasse antes de qualquer pessoa. Essa oferta ainda está de pé?

A Bridget lambeu os lábios e se sentou.

– Sua mãe me mostrou seus desenhos durante anos. Eu estava ansiosa por este dia. Você trouxe alguma coisa para eu ver?

Balancei a cabeça.

– Escolha as suas cinco pinturas favoritas e traga um caderno de desenho completo para eu examinar amanhã. – Ela estreitou os olhos. – Você ainda está na escola, certo?

– Eu me formo no mês que vem.

– Maravilha. – Os olhos dela brilharam como se a mente tivesse fugido para um lugar distante. Ela piscou e voltou à vida. – E a segunda?

– Quero encontrar a minha mãe.

Ela perdeu o brilho, e o sorriso sumiu.

– A Cassie não trabalha mais aqui. Você sabe disso.

– Sei, mas você era a melhor amiga dela. Espero que você pelo menos possa me dizer onde ela foi parar. Tipo, se ela encontrou outro emprego e onde, ou pelo menos se alguém ligou para pedir referências.

A Bridget deu um gole longo na água.

– A sua mãe ficou muito mal por muito tempo, Echo. O que aconteceu com você foi uma tragédia, e ela só sente remorso.

Meu coração se acelerou.

– Você sabe o que aconteceu comigo?

– Sei. – As longas unhas rasgaram o rótulo da garrafa. – E ela me disse que você não sabe.

A adrenalina corria pelo meu corpo. Meu pé batucava no chão.

– Você ainda fala com ela?

– Falo. – O som do rótulo sendo rasgado preenchia o silêncio.

Estiquei a mão para trás e peguei um envelope no meu bolso traseiro.

– Por favor, entregue isso pra ela. Aí ela pode decidir o que fazer. Tudo bem?

Ela encarou minha mão estendida.

– Eu sei que seu pai gosta de te manter numa bolha de vidro, então talvez você não saiba do mandado de restrição.

– Não estou interessada em mandar minha mãe para a prisão. Só quero vê-la. – Sacudi a carta na minha mão e tentei fazer os olhos de cachorrinho da sra. Collins. – Por favor, Bridget.

Ela pegou o envelope.

– Não estou prometendo nada. Entendeu?

Fiz que sim com a cabeça, emocionada demais para falar. Ou eu ia resolver todos os meus problemas ou ia criar outros. Não me importava. Eu estava cansada de viver na covardia. Era hora de ser forte.

NOAH

– Como você está, Noah? – A sra. Collins sorriu quando entrei com suavidade na sala dela e me afundei na cadeira.

– Já estive melhor.

Isso chamou a atenção dela.

– Pelo menos você está sendo honesto hoje. O que provocou isso?

Sacudi a cabeça, incapaz de responder. Eu tinha ouvido um boato de que o Luke tinha terminado com a namorada da semana na intenção de chamar a Echo para ir ao baile de formatura. O canalha mal esperou três semanas antes de ir atrás da minha garota.

Ajeitando-me na cadeira, tentei apagar o pensamento da Echo como minha namorada. Nós tínhamos terminado, e o Isaiah estava certo: eu não fiz nada para impedir. Eu queria que a Echo fosse feliz, e não tinha como isso acontecer se ela tivesse um namorado ocupado cuidando de dois meninos. O Isaiah disse que eu devia ter dado a escolha a ela e tentado conversar de novo. Eu queria a Echo na minha vida, mas no fim das contas a vida dela seria melhor sem mim.

A Beth prometeu investigar e descobrir se a Echo tinha aceitado o convite do Luke. Parte de mim esperava que ela dissesse "sim". Eu tinha ferrado com o Baile dos Namorados. Ela merecia um bom baile de formatura.

– Você vai ficar feliz de saber que o teste de drogas que o juiz pediu deu negativo.

Dei de ombros. Eu não tocava em erva fazia meses.

– Você esperava um resultado diferente?

Ela riu.

– Eu conheci a Beth.

Eu ri junto com ela. Pelo menos ela falava as coisas diretamente. Nas duas últimas semanas, a sra. Collins tinha tentado se aprofundar em mim, mas mantive nossas conversas restritas aos meus irmãos. Às vezes discutíamos a possibilidade de um futuro na faculdade, que eu nunca teria.

– Como estão as coisas com o Jacob? – Depois da minha visita ao Auxílio Jurídico, a Carrie e o Joe encontraram um advogado cruel e anularam meus privilégios de visita. Alguma conversa fiada sobre eu usar drogas, frequentar festas e ser uma má influência para os meus irmãos. Por isso o teste de drogas. Um passo inteligente da parte deles, devo admitir. Antes da Echo, a afirmação deles não seria conversa fiada, mas agora era.

– Você sabe que não posso discutir detalhes particulares, mas nada me impede de te contar uma história sobre uma criança maravilhosa chamada Jack que teve terrores noturnos por três anos.

Meus lábios se retorceram. A sra. Collins não era tão ruim, no fim das contas.

– Então, como está o Jack?

– O Jack dormiu uma noite inteira sem pesadelos na semana passada.

O ar ficou preso no meu peito, dificultando um pouco a respiração.

– Obrigado.

– Eu que agradeço. Não acredito que a Carrie e o Joe teriam descoberto o que atormentava o menino se você não tivesse me contado.

Ficamos em silêncio por alguns segundos. Encarei meus coturnos.

– Eu gostaria de discutir o que está atormentando você.

– A Echo tem faltado muito. – Ela tinha faltado três dias seguidos duas semanas atrás e dois na semana passada.

Ela ergueu as sobrancelhas.

– Não era exatamente isso que eu esperava, mas vou morder a isca. Ela tem faltado mesmo.

Quanto mais eu falava, mais me encurralava num canto, mas não me importava. Talvez eu quisesse ser encurralado.

– Ela está bem?

– Por que você não pergunta pra ela?

– A gente não está se falando. – Mas eu precisava falar. A peça que o Isaiah tinha comprado para o carro do Aires finalmente havia chegado.

A sra. Collins se inclinou para frente na mesa.

– O que aconteceu entre vocês dois?

– A gente terminou – cuspi. – Mudei de ideia. Não quero falar da Echo. – Olhei para o outro lado. Pensar na Echo doía.

Ela me encarou com aqueles olhos de cachorrinho e abriu meu arquivo.

– Então vamos falar do exame nacional, que está se aproximando.

A sra. Collins me subornou para que eu me inscrevesse no exame nacional. Se eu fizesse o teste e me candidatasse a algumas faculdades, ela me ajudaria a me preparar para a reunião com o juiz depois da formatura. Ela estava perdendo tempo. Quaisquer dúvidas que eu tivesse em relação a conseguir a custódia dos meus irmãos sumiram quando a Carrie e o Joe roubaram as minhas visitas.

O celular da sra. Collins tocou, algo que nunca tinha acontecido desde que eu a conhecia. Ela atendeu imediatamente e se virou para mim.

– Vejo você na próxima semana. Por favor, diz pra Echo que eu falo com ela daqui a alguns minutos.

Nosso horário tinha terminado. Deslizei a mão sobre o rosto quando abri a porta. Nas últimas três semanas, eu tinha voado para fora da sala para evitar ficar sozinho com a Echo, e agora... Merda.

Ela estava sentada sozinha na fileira de cadeiras, mexendo no iPhone, balançando o pé em seu próprio ritmo silencioso. Bati a porta atrás de mim e me encostei ali.

– O Isaiah conseguiu a peça que você precisa para terminar o carro do Aires.

Ela me deu um sorriso surpreso e os olhos verdes brilharam.

– Sério? Eu achei que depois que... você sabe... ele não ia mais querer...

– O Isaiah ficou louco quando viu aquele carro. Além do mais, eu prometi que ia te ajudar com isso. – Parte do meu coração levantou voo por ver a Echo feliz; a outra parte se afundou na tristeza. – Ele disse que vai lá no fim de semana pra terminar.

– Neste fim de semana? – A Echo deu um pulo da cadeira. – O Isaiah vai consertar o carro do meu irmão neste fim de semana? Ai, meu Deus! – Ela colocou a mão sobre a boca. – Isso é fantástico!

Ela se lançou sobre mim. Fechei os olhos no instante em que os braços dela envolveram meu pescoço. Deslizei as mãos por lugares conhecidos e me alegrei com seu aroma delicioso. Durante três semanas, eu me sentira um quebra-cabeça com peças faltando. O corpo dela se encaixou perfeitamente no meu, me deixando inteiro de novo.

– Senti saudade de você.

Eu podia jurar que a Echo me apertou mais forte antes de dar um passo para trás.

– Desculpa. Isso foi totalmente inadequado.

Relutantemente, deixei que ela se afastasse, dando uma risadinha.

– Eu adoro coisas inadequadas.

A risada dela curava e machucava ao mesmo tempo.

– É, você adora. – Ela mordeu o lábio, e meu sorriso aumentou quando os olhos dela desceram e depois subiram pelo meu corpo. A Echo piscou. – Como estão as coisas com os seus irmãos?

Fiz sinal com o queixo em direção às cadeiras e nos sentamos um ao lado do outro. O joelho e o ombro dela mal me tocavam, e eu desejava mais que tudo passar os dedos pelo cabelo dela.

– O juiz marcou uma data para me ouvir depois da formatura. A sra. Collins está me preparando.

– Isso é ótimo!

– É. – Forcei otimismo na voz.

As bochechas dela despencaram, assim como a alegria.

– O que há de errado?

– A Carrie e o Joe contrataram um advogado e eu perdi as visitas.

A Echo colocou a mão delicada sobre a minha.

– Ah, Noah. Eu sinto muito. Você tem visto os dois?

Eu havia passado horas incontáveis no sofá do porão, encarando o teto e me perguntando como ela estava. A risada dela, o sorriso, a sensação do corpo dela junto ao meu e o arrependimento de ter deixado que ela fosse embora com tanta facilidade me assombravam. Assumindo o risco, entrelacei os dedos nos dela. Eu provavelmente nunca mais teria a chance de estar tão perto da Echo.

– Não, a sra. Collins me convenceu de que a melhor coisa a fazer é manter distância e seguir os trâmites da lei.

– Uau, a sra. Collins está fazendo milagres. O perigoso Noah Hutchins andando na linha. Se você não tomar cuidado, vai arruinar sua reputação com as garotas. – A Echo levantou as sobrancelhas.

Abaixei o tom de voz.

– Isso não me importa. Eu só me preocupo com o que uma garota pensa de mim.

Ela relaxou os dedos nos meus e alisou minha pele com o dedão.

– Com a sra. Collins do seu lado, você vai conseguir os dois de volta.

Minutos depois de estarmos sozinhos juntos, nós nos apaixonamos de novo, como se o tempo não tivesse passado. Eu podia culpar a Echo por ter terminado, mas, no fim das contas, eu havia concordado com a decisão dela.

– E você, Echo? Já encontrou suas respostas?

Ela deixou o cabelo cair para frente enquanto o joelho pulava.

– Não.

Se eu continuasse a desconsiderar as regras do término, podia ir até o fim. Ajeitei os cachos dela sobre os ombros e deixei meus dedos ficarem ali por mais tempo que o necessário, para poder curtir a sensação de maciez.

– Não se esconde de mim, baby. Já passamos por muita coisa para isso.

A Echo se encostou em mim, colocando a cabeça no meu ombro e me deixando passar um braço sobre o ombro dela.

– Também senti saudade de você, Noah. Estou cansada de te ignorar.

– Então não ignora. – Ignorar a Echo doía demais.

– Não somos exatamente amigos. – Como se quisesse provar esse argumento, ela inclinou a cabeça para cima. O hálito quente acariciou meu pescoço, fazendo meu corpo formigar com a ideia de beijá-la.

Engoli em seco, tentando apagar as lembranças amargas da nossa última noite juntos.

– Por onde você tem andado? Eu morro quando não te vejo na escola.

– Um pouco em cada lugar. Fui até uma galeria de arte e a curadora mostrou interesse no meu trabalho e vendeu minha primeira peça dois dias depois. Desde então, tenho passado por várias galerias, vendendo meu peixe.

– Isso é fantástico, Echo. – Acariciei o ombro dela distraidamente. Parte de mim estava empolgada por ela; outra parte estava chateada por ela ter dado passos tão largos sem mim. – Parece que você está construindo seu futuro perfeitamente. – Nada de brigas por custódia, fritadas de hambúrgueres nem paternidade solteira no futuro dela. – Pra qual faculdade você decidiu ir?

– Ainda não sei se vou fazer faculdade.

Um choque me tomou, e eu me afastei um pouco para ter certeza de que havia entendido.

– Que porra você quer dizer com "não sei"? Tem faculdades caindo no seu colo e você não sabe se quer ir?

Minha pequena sereia riu de mim.

– Estou vendo que seu vocabulário melhorou.

Como mágica, a raiva desapareceu. Uma raiva que a sra. Collins adoraria analisar. Acho que o plano dela de me fazer pensar no futuro funcionou. Puxei a Echo de volta para mim.

– Se você não for para a faculdade, quais são seus planos?

– Tenho pinturas e desenhos em várias galerias, neste estado e em estados próximos. Não vou ficar rica, mas ganho um dinheirinho com cada quadro que vendo. Estou pensando em adiar a faculdade por um ou dois anos e viajar pelo país, pulando de galeria em galeria.

Droga, o mundo dela estava mudando.

– E seu pai aceitou isso?

– Não é uma decisão dele. – A fúria rastejava por trás do tom suave da Echo. Talvez algumas coisas não tivessem mudado. – Eu não quero mais morar com ele e com a Ashley. Vender minhas pinturas é o caminho para sair de lá. Não quero olhar para as paredes e pensar na minha mãe. Não quero sentar no meu quarto e pensar em todas as noites que o Aires ficava lá conversando comigo. Não quero que todos os instantes da minha vida sejam repletos de lembretes de uma vida que nunca vou ter de volta.

Normal. Nós dois queríamos isso e nenhum de nós jamais viveria isso de novo. Ela tinha esperanças de que saber a verdade sobre o que aconteceu entre ela e a mãe pudesse resolver seus problemas, e eu tinha prometido ajudar.

– Eu me sinto um babaca. Fizemos um pacto e eu te deixei na mão. Não sou o tipo de cara que não cumpre a palavra. O que posso fazer pra te ajudar a encontrar a verdade?

O peito da Echo subiu com a respiração, depois desceu quando ela expirou. Sentindo que nosso momento estava terminando, acariciei o cabelo dela com o nariz, saboreando o aroma. Ela me deu um tapinha no joelho e se afastou.

– Nada Não tem nada que você possa fazer.

Ela atravessou a sala e se apoiou no balcão.

– Já tentei hipnose várias vezes e não lembro de mais nada. Acho que é hora de seguir em frente. A Ashley vai dar à luz daqui a algumas semanas. Meu pai está pronto para completar a família substituta dele. Assim que eu me formar, essa parte da minha vida vai estar terminada. Estou tranquila com não saber o que aconteceu. – As palavras dela pareciam bonitas, mas eu a conhecia muito bem. Ela piscou três vezes seguidas.

A sra. Collins abriu a porta.

– Desculpa, Echo, mas aconteceu uma emergência... – Os olhos dela bateram em mim e depois foram até a Echo. Balancei a cabeça quando os lábios dela se curvaram para cima. – Pode entrar quando estiver pronta. – Sem esperar uma resposta, ela fechou a porta.

– Acho que é melhor eu entrar. – A Echo voltou até a cadeira ao meu lado e pegou a mochila.

Eu me levantei quando ela se ergueu e envolvi os braços nela, puxando-a para perto de mim, saboreando a sensação de cada curva delicada. Durante três semanas, eu havia me convencido de que nossa separação era a escolha certa. Mas, estando tão perto dela, ouvindo sua risada, escutando sua voz, eu sabia que estava mentindo para mim mesmo.

Os olhos dela se arregalaram quando abaixei a cabeça até a dela.

– Não precisa ser assim. A gente pode encontrar um jeito de dar certo.

Ela inclinou a cabeça e lambeu os lábios, sussurrando entre respirações superficiais:

– Você não está jogando limpo.

– Não mesmo. – A Echo pensava demais. Entrelacei os dedos no cabelo dela e a beijei, antes que ela tivesse oportunidade de pensar no que estávamos fazendo. Eu queria que ela sentisse o que eu sentia. Que curtisse o impulso, a atração. Droga, eu queria que ela me amasse sem questionamentos.

A mochila dela caiu no chão com um barulho forte, e os dedos mágicos exploraram minhas costas, meu pescoço e minha cabeça. A língua da Echo dançava alucinadamente com a minha, faminta e excitada.

Seus músculos se enrijeceram quando a mente captou a situação. Apertei-a com mais força, me recusando a deixá-la ir embora com tanta facilidade outra vez. A Echo afastou os lábios de mim, mas não conseguiu se afastar do meu corpo.

– A gente não pode, Noah.

– Por que não? – Sacudi a garota sem querer, mas, se isso colocasse as coisas no lugar, eu sacudiria de novo.

– Porque tudo mudou. Porque nada mudou. Você tem uma família para salvar. Eu... – Ela afastou o olhar, sacudindo a cabeça. – Não posso mais viver aqui. Quando saio da cidade, eu consigo dormir. Você entende o que estou dizendo?

Eu entendia. Entendia bem demais. Era por isso que nos ignorávamos na escola. Quando ela se afastou pela primeira vez, minha porcaria de coração se partiu, e eu jurei que nunca mais deixaria que isso acontecesse. Como um idiota, aqui estava novamente.

Minhas mãos foram de novo até o cabelo dela e pegaram os cachos macios. Não importava quanto eu apertasse, os fios continuavam caindo pelos meus dedos. Encostei a testa na dela.

– Eu quero que você seja feliz.

– Você também – sussurrou ela.

Eu a soltei e saí da sala principal. Quando me conectei com a Echo pela primeira vez, prometi que ia ajudá-la a encontrar respostas. Eu era um homem de palavra, e a Echo logo saberia disso.

Echo

Os nervos assumiram o controle do meu corpo, e eu me concentrei em não fazer xixi nas calças. Minha bexiga ficou doze vezes menor que o normal, e o suor encharcava minha blusa de algodão de manga curta. Eu tinha certeza de que estava *linda*.

Uma jiboia fria e gosmenta se enroscava no meu coração e apertava – as cicatrizes. Eu usava mangas curtas a maior parte do tempo agora, e estava melhorando em não ficar obcecada com os meus braços... até alguém encarar. Claro, ela sabia das cicatrizes, mas ver ao vivo podia ser difícil. Suspirei pesado enquanto estacionava debaixo dos grandes carvalhos. Tarde demais para ir para casa e trocar de roupa.

Ela estava de pé ao lado do túmulo do Aires. Mantive os olhos no chão e contei cada passo a partir do carro. Em algum ponto a adrenalina começou a fazer efeito na minha corrente sanguínea, fazendo com que eu me sentisse um balão flutuando para longe. O sábado de abril estava quente, mas minha pele estava fria e úmida.

Eu tinha pedido para vê-la, provando que eu havia oficialmente enlouquecido. Ajeitando o cabelo atrás da orelha, eu parei. O túmulo do Aires estava entre nós. Minha mãe de um lado e eu do outro.

– Echo – sussurrou ela. As lágrimas cintilavam nos olhos verdes, e ela deu um passo na minha direção.

Meu coração golpeava as costelas, e eu dei um passo para trás imediatamente. Por um segundo, pensei em correr, mas me esforcei muito para ficar onde estava.

Minha mãe recuou e levantou as mãos num gesto de paz.

– Eu só quero te abraçar.

Pensei no pedido dela por um breve instante. Abraçar minha mãe deveria ser natural, uma reação automática. Engoli em seco, enfiando as mãos nos bolsos traseiros.

– Desculpa. Eu não consigo.

Ela acenou levemente com a cabeça e deu uma olhada para o túmulo do Aires.

– Sinto saudade dele.

– Eu também.

Nenhuma das lembranças que eu tinha da minha mãe se encaixava na mulher à minha frente. Eu me lembrava dela com uma beleza jovial, agora ela competia com meu pai. Pés de galinha se espalhavam ao redor dos olhos e rugas emolduravam as laterais da boca. Em vez do cabelo vermelho naturalmente selvagem e cacheado, ela estava com o cabelo alisado.

Em seus períodos de alta, minha mãe parecia flutuar. Nos períodos de baixa, ela se agarrava ao solo. De pé na minha frente, ela não estava nem na alta nem na baixa. Ela apenas era.

Ela parecia quase normal. Como qualquer outra mulher envelhecida sofrendo no cemitério. Nesse momento, minha mãe não era uma supermulher fora de controle nem uma inimiga perigosa. Era apenas uma mulher, humana, com quem quase dava para se relacionar.

Relacionável ou não, todos os instintos dentro de mim gritavam para que eu corresse. Minha garganta se fechou e eu lutei contra a vontade de vomitar. Minhas opções eram desmaiar ou sentar.

– Você se importa de sentar? Porque eu preciso.

Ela me deu um breve sorriso e acenou com a cabeça enquanto se sentava.

– Lembra quando eu ensinei você e o Aires a fazerem pulseiras e colares de trevos? – Ela pegou algumas das flores brancas pequenas e as amarrou com um nó. – Você adorava usar como tiara.

– É – foi minha única resposta. Minha mãe gostava da sensação da grama no pé descalço, por isso nunca obrigou o Aires e eu a usarmos sapatos. Nós três adorávamos ficar ao ar livre. Ela continuou a unir os trevos em um único fio enquanto a estranheza entre nós aumentava.

– Obrigada por me responder. Qual carta você recebeu? – Eu tinha visitado as galerias de arte nas quais minha mãe havia vendido quadros, deixando uma carta para ela em cada uma.

– Todas. Mas foi a Bridget que me convenceu a vir.

Uma fagulha rápida de dor perfurou meu estômago. Minha carta não foi suficiente para convencê-la a vir?

– Você visita o Aires com frequência? – perguntei.

As mãos dela pararam.

– Não. Eu não gosto de pensar no meu bebê sete palmos debaixo da terra.

Eu não tinha a intenção de magoá-la, mas Resthaven parecia seguro. Se alguém nos visse juntas, poderíamos dizer que tínhamos ido lá ao mesmo tempo por acaso. Ninguém poderia acusar minha mãe de violar o mandado de restrição.

Eu poderia perguntar a ela sobre aquela noite e ir embora, mas depois de vê-la... percebi que eu tinha muitas outras perguntas.

– Por que você não retornou minha ligação no Natal?

No último dezembro, a dor da perda do Aires havia se tornado tão insuportável que eu liguei para ela. Deixei uma mensagem, dando o número do meu celular e do telefone fixo. Disse a ela em que horários ligar. Nunca tive retorno. Então, é claro, em janeiro, meu pai trocou o número do telefone fixo, depois o meu celular em fevereiro.

– Eu estava passando por momentos difíceis, Echo. Eu precisava me concentrar em mim – disse ela sem pedir desculpas.

– Mas eu precisava de você. Eu disse isso, não foi? – Pelo menos eu achei que tinha dito isso na mensagem.

– Disse. – Ela continuou a juntar um trevo ao outro. – Você se tornou uma moça muito bonita.

– Exceto pelas cicatrizes. – Mordi a língua no instante em que o comentário escapou. Minha mãe ficou em silêncio, e meu pé balançava para frente e para trás. Arranquei uma folha grande de grama do chão e a parti em pedaços metodicamente. – Eu não sei muita coisa sobre o mandado de restrição. Com certeza vai acabar logo.

Talvez o buraco no meu coração não parecesse tão grande se eu encontrasse minha mãe de vez em quando.

– A Bridget me mostrou os seus trabalhos – disse ela, me ignorando mais uma vez. – Você é extremamente talentosa. Para quais faculdades de arte você se candidatou?

Fiz uma pausa, esperando minha mãe levantar a cabeça para olhá-la nos olhos. Será que ela estava fugindo de mim? Uma brisa quente soprou pelo cemitério. Apenas a distância do túmulo do Aires nos separava, mas parecia o Grand Canyon.

– Nenhuma. O meu pai me proibiu de pintar depois do que aconteceu. Mãe, você leu alguma das cartas que deixei pra você?

Aquelas que imploravam que ela se encontrasse comigo para que eu finalmente pudesse entender o que havia acontecido. Aquelas que diziam que eu sentia falta de ter uma mãe. Aquelas que diziam como eu estava destruída porque, num período de seis meses, eu tinha perdido a ela e o Aires.

– Li – respondeu ela, tão baixinho que eu quase não ouvi. Então ela se sentou com as costas mais retas e falou com a voz de curadora profissional de galerias. – Pare de tentar mudar de assunto, Echo. Estamos falando do seu futuro. O seu pai nunca entendeu a gente e a nossa necessidade de criar arte. Tenho certeza que ele agarrou todas as oportunidades de te afastar de qualquer coisa que tenha a ver comigo. Ainda bem que você não deu bola para ele e continuou a pintar. Se bem que eu preferia que você tivesse se imposto mais e se candidatado a uma faculdade decente. Acho que você podia tentar a matrícula na primavera. Tenho uma influência significativa na comunidade artística. Eu não me importaria de escrever uma carta de recomendação para você.

Escrever uma carta de recomendação para mim? Minha mente se tornou uma tela em branco enquanto eu tentava seguir a linha de raciocínio dela. Eu tinha perguntado em voz alta sobre o mandado de restrição, não foi?

– Eu não quero fazer faculdade de artes.

O rosto da minha mãe ficou vermelho, e uma corrente de irritação se infiltrou nos movimentos e nas palavras dela.

– Echo, a faculdade de administração de empresas não é para você. Nunca foi. Não deixe seu pai te empurrar para uma vida que você não quer.

Eu tinha esquecido como odiava o constante cabo de guerra. Ironicamente, passei a vida inteira tentando fazer os dois felizes – minha mãe com a arte, meu pai com conhecimento –, mas, no fim, os dois me jogaram fora.

– Eu tenho aula de negócios na escola e tiro a nota máxima em todas as matérias.

Ela deu de ombros.

– Eu cozinho, mas isso não me torna chef.

– O quê?

Minha mãe me olhou bem dentro dos olhos.

– Isso significa que você é exatamente igual a mim.

Não, não sou, gritou uma vozinha dentro da minha cabeça.

– Eu pinto – disse eu em voz alta, como se quisesse provar que essa era nossa única ligação.

– Você é uma artista. Exatamente como eu. Seu pai nunca me entendeu, então imagino que não entenda você.

Não, meu pai não me entendia.

– Deixe eu adivinhar – continuou ela. – Ele te cobra o tempo todo. Não importa o que você faz, nunca é bom o suficiente. Ou não está de acordo com os padrões dele, e ele fica te cobrando até você achar que vai explodir.

– É – sussurrei e senti a cabeça oscilar para a direita. Eu não me lembrava dessa característica dela. Sim, ela às vezes discutia com meu pai e sempre queria que eu escolhesse o caminho que ela imaginava para minha vida e não o do meu pai, mas isso era diferente. Isso parecia pessoal.

– Não posso dizer que estou surpresa. Ele era um fracasso como marido e completou o fracasso sendo um péssimo pai.

– Meu pai não é tão ruim – murmurei, me sentindo subitamente protetora dele e cautelosa com a mulher sentada à minha frente. Eu nunca pensei que esse encontro seria fácil, mas também não imaginei que seria tão esquisito. – O que aconteceu entre nós naquela noite?

Ela largou o fio de trevos e mais uma vez evitou minha pergunta.

– Eu me internei por um tempo. No início não foi por vontade própria, mas depois que eu entendi o que tinha acontecido, o que eu tinha feito... Eu, humm... eu fiquei. Os médicos e os funcionários eram muito legais, não me julgavam. Eu tenho tomado os remédios rigorosamente desde então.

Um latejar baixo e abafado pulsava perto das minhas têmporas. Que bom para ela. Ela tomava os remédios e estava de bem com a vida.

– Eu não perguntei isso. Me conta o que aconteceu comigo.

Minha mãe esfregou a mão na testa.

– Seu pai sempre me avaliava antes de deixar você me visitar. Eu confiava nisso. O Owen devia cuidar de mim, de você e do Aires, mas ele errou com todos nós.

O quê?

– Como foi que ele errou com o Aires?

Os olhos dela se estreitaram.

– Ele deixou o Aires se alistar.

– Mas era isso que o Aires queria fazer da vida. Você sabe que era o sonho dele.

– Esse não era o sonho do seu irmão. Foi uma coisa que aquela bruxa que se casou com seu pai plantou na mente dele. Foi ela que encheu a cabeça do Aires com histórias sobre o pai e os irmãos dela e a carreira deles na Marinha. Ela não se importava se ele morresse. Ela não se importava com o que aconteceria com ele. Eu disse ao Aires para não ir. Eu disse a ele como essa decisão me magoaria. Eu disse a ele... – Ela fez uma pausa. – Eu disse que nunca mais ia falar com ele se ele fosse para o Afeganistão. – A voz dela se rompeu, e de repente eu queria ir embora, mas não consegui me mexer.

Um tipo esquisito de calma irritada ocupou meu cérebro.

– Essas foram suas últimas palavras para o Aires?

– É culpa do seu pai – disse ela sem pensar. – Ele trouxe aquela vaca para a nossa vida e agora meu filho está morto.

Dessa vez, *eu* falei como se ela não tivesse dito nada.

– Não foram "Eu te amo". Não foram "Até a volta". Você disse que nunca mais ia falar com ele?

– Aquela bruxa destruiu meu lar. Ela roubou o seu pai.

– Não estou falando da Ashley nem do meu pai, nem mesmo do Aires. Estou falando de mim e de você. Que diabos você fez comigo?

Sinos de um túmulo próximo tilintaram na brisa. Minha mãe e eu tínhamos o mesmo formato e cor de olhos. Aqueles olhos foscos e sem vida me encaravam. Eu esperava que os meus parecessem mais felizes.

– Ele me culpa por aquela noite? – perguntou ela. – O seu pai nem sequer se preocupou em te contar que simplesmente te largou lá? E que ele não atendeu o telefone quando você ligou para pedir ajuda?

– Mãe. – Fiz uma pausa, tentando encontrar as palavras certas para explicar. – Eu só queria que você me dissesse o que aconteceu entre a gente.

– Ele não te contou, né? Claro que não. Ele está jogando a culpa para cima de mim. Você não entende. Eu perdi o Aires e não consegui aguentar. Achei que, se conseguisse pintar, eu me sentiria melhor. – Ela arrancou tufos de grama do chão.

– Meu pai não está jogando nada para cima de você. Ele aceitou a responsabilidade pela parte dele, mas eu não lembro o que aconteceu com a gente. Eu caí em cima dos seus vitrais e depois você estava deitada ao meu lado enquanto eu sangrava. – Minha voz foi ficando mais alta conforme eu falava. – Eu não entendo. A gente brigou? Eu caí? Você me empurrou? Por que você não pediu ajuda e por que ficou me contando histórias para dormir enquanto eu sangrava?

Ela arrancou mais tufos de grama.

– Não foi culpa minha. Ele devia saber. Mas esse é o seu pai. Ele nunca tentou entender. Ele queria uma esposa prendada e se divorciou de mim no instante em que encontrou uma.

– Mãe, você parou de tomar os remédios. Meu pai não teve nada com isso. Me diz o que aconteceu.

– Não. – Ela ergueu o queixo e o empinou para frente, do jeito teimoso de que eu me lembrava tão bem.

Eu me encolhi.

– Não?

– Não. Se você não lembra, não vou te contar. Ouvi dizer que ele contratou um terapeuta caro e chique de Harvard pra te ajudar. – Um sorriso amargo curvou os lábios dela. – O seu pai já encontrou alguma coisa que não pudesse consertar com dinheiro e controle?

Por um instante fugaz, o cemitério pareceu um tabuleiro de xadrez, e minha mãe moveu a rainha dela. Se o Aires e eu éramos peões no jogo dos nossos pais, será que ela tinha percebido que eu tinha parado de jogar?

– Ouviu dizer? – repeti quando assimilei a resposta dela. – Existe um mandado de restrição. Como você ouviu dizer alguma coisa?

Minha mãe piscou várias vezes, e a cor sumiu do rosto dela.

– Eu queria saber como você estava, por isso entrei em contato com seu pai.

Uma sensação de enjoo desceu pela minha garganta.

– Quando?

Ela abaixou a cabeça.

– Em fevereiro.

– Mãe... Por que você não me ligou? Eu te dei os meus números. – Fiz uma pausa, incapaz de controlar as emoções e as perguntas que se agitavam na minha cabeça. *Fevereiro.* A palavra vibrou pelo meu corpo. Foi nesse mês que meu pai tirou meu celular e meu carro sem me dizer por quê. Ele mentiu para mim para me afastar dela. – Eu queria falar com você. Em dezembro, eu implorei que você me ligasse. Por que você ligou para o meu pai? Quer dizer, você podia ter sido presa. Tem um mandado de restrição!

– Não tem, não – disse ela de um jeito simples. – O mandado foi rescindido trinta dias depois que você completou dezoito anos.

Agora eu me sentia como se alguém tivesse me dado um chute no estômago.

– O quê?

– Foram os termos do mandado quando o juiz assinou, dois anos atrás. Seu pai tentou estender até a sua formatura, mas já tinha se passado tempo suficiente para o juiz não me ver mais como uma ameaça.

Eu não conseguia respirar, e minha cabeça balançava de um lado para o outro.

– Quer dizer que você podia ter entrado em contato comigo desde fevereiro e não entrou?

Ela hesitou.

– Isso.

– Por quê? – Eu era tão detestável assim? As mães não deveriam querer ver suas filhas? Especialmente quando as filhas pediam ajuda? Sem saber o que fazer, eu me levantei e envolvi os braços ao redor do meu corpo trêmulo. – Por quê? – Dessa vez eu gritei.

– Porque sim. – Minha mãe se levantou e esticou os braços para o lado. – Porque eu sabia que você ia reagir assim. Eu sabia que você ia querer saber o que aconteceu entre a gente e eu não posso contar.

– Por que não?

– Porque você vai me culpar, e eu não posso aceitar mais culpas. Não foi culpa minha, Echo, e eu não vou permitir que você me faça sentir que foi.

Senti como se um caminhão tivesse atingido meu corpo, e meus ombros se ergueram com o impacto. Que resposta inacreditavelmente egoísta.

– Você não sabe como eu vou reagir. Não estou feliz por você não ter tomado os remédios, mas eu sei que você não entendia o que estava fazendo. Eu entendo que você não estava no seu juízo perfeito naquela noite.

Ela soltou um suspiro alto que ecoou pelo cemitério solitário.

– Eu sei, sim, como você vai reagir, Echo. Eu já disse: você e eu somos iguais. Quando somos traídas, nós nunca perdoamos.

A lama que habitava minhas veias desde que eu tinha descoberto o papel do meu pai naquele dia se movimentou lentamente no meu estômago, me congelando de dentro para fora.

– Eu não sou assim.

– Não é? Como está a perua que casou com o seu pai? Antigamente você amava aquela mulher.

Eu não era ela. Eu não era minha mãe. Pisquei e encarei o túmulo do Aires, meio que esperando que ele me dissesse que ela estava errada.

O que isso significava? O que isso dizia sobre mim? E sobre a Ashley? E sobre o meu pai?

– Não vamos falar de coisas ruins – disse ela. – Estou tomando meus remédios há dois anos e nunca parei. Além disso, eu vim aqui para resgatar o presente, não para remoer o passado. Eu tenho um emprego fantástico e um lindo loft. Echo? Echo, aonde você vai?

Por cima do ombro, olhei para a mulher que me deu à luz. Ela nunca pediu desculpas.

– Pra casa.

NOAH

A água escorria na fonte dos meus pais. As crianças riam e gritavam no playground do bairro. O Frank me disse para tirar o dia de folga. Eu não precisava de um dia de folga. Eu precisava trabalhar. Eu precisava do dinheiro. Eu não precisava de tanto tempo livre nas mãos.

Eu trouxe a Echo aqui uma vez. Para impressioná-la ou seduzi-la, ou talvez para provar a mim mesmo que eu era digno de amor. Quem poderia saber?

Minha mente brigava com a mesma pergunta desde terça-feira. Como eu poderia ajudar a Echo? Eu não conseguia pensar em nada. Até parece que eu tinha as habilidades de solução de problemas em que a sra. Collins dizia que eu era bom.

– Noah!

Virei a cabeça depressa ao som da voz do Jacob, e meu coração se apertou no peito. Com os olhos arregalados, fiquei de pé bem a tempo de o pequeno loiro me agarrar num abraço.

– Noah! Noah! É você! É você mesmo!

Envolvendo os braços ao redor dele, rapidamente avaliei a área. O Joe atravessava lentamente a rua, com as mãos enfiadas nos bolsos e os ombros caídos para frente. A Carrie segurava a mão do Tyler, que estava agitado. O garoto estendeu a outra mão para mim.

– Noah – disse o Joe.

– Joe.

O Jacob olhou para ele, mas manteve os braços ao meu redor.

– Você fez isso, não foi? – Ele olhou para mim com empolgação. – Ele faz coisas assim o tempo todo. Diz que vai levar a gente na loja e faz alguma coisa muito legal, tipo comprar sorvete. Só que, desta vez, ele disse que a gente vinha na fonte e encontramos você.

A fé e o amor que irradiavam do Jacob rasgaram meu coração.

– Não é, papai?

Meus músculos se contraíram e eu apertei mais o Jacob. *Papai.*

As sobrancelhas do Joe se juntaram.

– Jacob, eu não fazia ideia...

– De que eu ia chegar cedo – interrompi. O Joe me olhou com cuidado, mas não me contradisse. Talvez, se eu fosse legal, ele me deixasse ver os garotos durante alguns segundos. – Mas eu não tenho muito tempo, mano.

O sorriso do Jacob sumiu.

– Você sabia que a nossa mãe e o nosso pai construíram essas casas?

Eu pisquei. *A nossa mãe e o nosso pai.*

– É. Eu tinha mais ou menos a sua idade na época. Eu ajudei o papai a colocar os balanços nas varandas.

O sorriso da minha mãe voltou ao rosto do Jacob.

– Deve ter sido muito legal.

– Foi mesmo.

O Joe fez um gesto para a Carrie se juntar a nós. Um brilho de preocupação cobriu seu rosto antes que ela viesse devagar na nossa direção. Como um peixe, o Tyler escorregou dos braços dela, correu e enfiou a cabeça nas minhas pernas.

– Ei, mano.

Ele respondeu com um sorriso deslumbrante. Nada de machucados. Nada de pontos. Só felicidade. Baguncei o cabelo dele.

– Mamãe – disse o Jacob –, sabia que o Noah ajudou a nossa mãe e o nosso pai a construírem essas casas?

O sorriso no rosto dela pareceu forçado.

– É mesmo?

– É, porque o Noah é demais.

Os lábios dela se curvaram para baixo, mas ela os forçou a virarem para cima de novo.

– Quer brincar com a gente? – me perguntou o Jacob.

O Tyler se agarrou à minha perna e colocou os pés sobre os meus. Limpei a garganta.

– Preciso trabalhar mais tarde e tenho que comer antes. – Apesar de eu não trabalhar hoje e, mesmo que fosse, eu cozinhava no trabalho.

– Come com a gente – disse o Tyler.

Ele falou comigo. Meu irmão mais novo emitiu as primeiras palavras direcionadas a mim desde o dia do funeral dos meus pais. Encarei a Carrie e o Joe sem defesa. Eu estava tentando fazer a coisa certa. O exato oposto do que eu queria, e meus irmãos estavam destruindo meu coração.

– Almoce em casa com a gente – soltou a Carrie sem pensar.

O Joe tocou o braço dela e falou de um jeito calmo:

– Tem certeza?

Ela se virou para ele.

– Você estava certo, Joe.

– Noah, você gostaria de ir até a nossa casa e almoçar com os seus irmãos? – perguntou o Joe.

– Eba! – O Jacob fez sinal com o punho. – Espera pra ver o meu quarto e a minha bike!

O Tyler ainda estava agarrado na minha perna.

– Sim, senhor.

Eu me forcei a engolir o sanduíche de presunto e queijo, as batatinhas e o chá gelado, embora estar sentado no pátio dos fundos da casa da Carrie e do Joe me deixasse nervoso pra caramba. Parte de mim esperava que os policiais chegassem, para que a Carrie pudesse apontar para mim e dizer que violei alguma ordem judicial. Para me proteger, liguei para a sra. Collins no caminho para contar do almoço. Ela me lembrou três vezes de prestar atenção no vocabulário.

– Vem, Noah, vem ver meu quarto. – O Jacob pegou a minha mão e eu olhei para a Carrie e para o Joe pedindo permissão. O Joe fez que sim com a cabeça.

Era a casa mais chique que eu já tinha visto. A fachada era em estilo vitoriano, mas o interior era todo contemporâneo. Balcões de granito na cozinha, eletrodomésticos de inox, piso de madeira no primeiro andar e um hall do tamanho do porão do Dale.

O Jacob tagarelava sobre a escola e o beisebol enquanto a gente subia a escada gigantesca.

– O quarto do Tyler é na frente do meu, e o da mamãe e do papai é um pouco depois no corredor. Temos duas camas de hóspedes. Duas! A mamãe e o papai disseram que, se eu continuar fazendo tratamento e passar mais um mês sem pesadelos, eu posso chamar meus amigos para dormir aqui. Não vejo a hora...

Ele me conduziu até um quarto grande e eu parei na porta. Parecia um quarto de filme. Havia um beliche de madeira encostado na parede. A cama de baixo era de casal, e a de cima tinha um escorregador. O Jacob tinha sua própria televisão e vários brinquedos, espalhados pelo quarto.

Um porta-retratos na cômoda chamou minha atenção e eu quase não consegui respirar. O Jacob continuou a falar, mas eu me desliguei dele e peguei a fotografia. Falei as palavras rápido, sem ter certeza de que conseguiria dizê-las sem minha voz falhar.

– Você sabe quem são esses?

O Jacob olhou para a foto e depois voltou para a Bat Caverna no chão.

– Sei. É a nossa mãe e o nosso pai. – Ele disse isso muito casualmente, como se todo mundo tivesse uma foto deles.

Eu me sentei na cama e passei a mão trêmula pelo rosto. Minha mãe e meu pai. Era uma porra de foto dos meus pais, e eles pareciam... felizes. Respirei fundo, mas pareceu mais um soluço.

– Jacob? – chamou a Carrie. – A sobremesa está servida.

Ele ficou de pé num pulo e depois hesitou.

– Você vem?

Pisquei rápido.

– Vou, daqui a um segundo. – Mantive os olhos presos na foto.

Meu irmão correu porta afora e eu me esforcei muito para liberar a pressão que crescia em meu peito. Homens não choram. Meus pais. Homens não choram. Porra. Homens não choram. Sequei os olhos. Eu sentia falta dos meus pais.

– Você está bem?

Minha cabeça se levantou rápido; eu não tinha percebido que a Carrie ainda estava no quarto.

– Tô. Desculpa. – Acenei com a foto antes de colocá-la de voltar na cômoda. – Onde você conseguiu isso?

– O Joe entrou em contato com a Habitat para a Humanidade e perguntou se eles tinham fotos dos seus pais. Achamos que era importante manter os dois como parte da vida dos meninos.

Suspirei de um jeito profundo e trêmulo e a encarei.

– Mas eu não.

Ela imediatamente olhou para baixo e falou baixinho:

– Por favor, não tire os meus meninos de mim. Eles são a minha vida e... eu não consigo viver sem eles.

O Joe entrou no quarto e envolveu a cintura dela com o braço.

– Carrie.

Ela tremia.

– Nós vamos dar tudo a eles. Tudo. Qualquer coisa que eles queiram. Eu juro, eles estão felizes aqui e eu amo os dois. Amo tanto que o meu coração chega a doer.

Tentei buscar a raiva que tinha me impelido a seguir em frente nos últimos dois meses, mas só consegui ficar confuso.

– Eles são meus irmãos e vocês estão mantendo os dois longe de mim. O que vocês esperavam que eu fizesse?

A Carrie começou a chorar. O Joe puxou a mulher para si, acariciou as costas dela e então disse:

– Tivemos medo que eles escolhessem você em vez de nós. Medo de perder os dois. Agora, parece que vamos perder os meninos de qualquer jeito.

Ele sussurrou alguma coisa no ouvido da Carrie. Ela acenou com a cabeça e saiu do quarto. Ele coçou a parte de trás da cabeça.

– Obrigado pelo que você fez pelo Jacob. Você transformou a nossa família.

Família. Se ele queria me machucar, podia ter usado uma faca.

– Vocês têm um jeito bem legal de demonstrar agradecimento.

– E estávamos errados quanto a isso. – O Joe se ajoelhou perto de algumas peças de Lego no chão e distraidamente as colocou, uma de cada vez, de volta na caixa. – Tudo que a Carrie sempre quis foi ter filhos. Tentamos durante anos, mas ela tem um problema de saúde. Ela fez uma cirurgia para tentar consertar, mas a cirurgia criou cicatrizes.

Infelizmente, eu entendia de cicatrizes.

– Depois que ela aceitou o fato de que nunca teríamos filhos biológicos, decidimos adotar. Conhecemos a Keesha através de uma amiga e ela nos convenceu a tentar ser um lar adotivo. Frequentamos cursos, mas nunca planejamos realmente fazer isso, até conhecermos os seus irmãos. Indo contra tudo que tínhamos aprendido e que tinham nos dito, a Carrie e eu nos apaixonamos por eles.

Ele continuou a guardar uma peça de Lego atrás da outra.

– Depois de alguns meses, decidimos pela adoção. Tínhamos que provar ao tribunal que ninguém mais tinha direito a eles, e achamos que isso seria fácil, mas parece que a sua mãe tinha parentes vivos.

Meus olhos se estreitaram.

– A minha mãe e o meu pai eram filhos únicos. Os pais da minha mãe morreram quando ela estava no primeiro ano de faculdade. E meus avós paternos morreram com seis meses de diferença um do outro, quando eu tinha dez anos.

– Na verdade, sua avó materna ainda está viva, assim como os irmãos e as irmãs da sua mãe. Ela fugiu de casa para fazer faculdade. De acordo com o que descobrimos, a sua mãe teve uma criação... bem sofrível.

Isso tudo virava meu mundo de pernas para o ar e me confundia ainda mais...

– Por que você está me contando isso? – E por que a minha mãe não tinha me contado?

O Joe deu de ombros.

– Para o caso de você querer saber que ainda tem parentes vivos. E para fazer você entender que passamos dois anos negociando e lutando para manter seus irmãos longe do lugar de onde sua mãe fugiu. Nós ganhamos, mas tivemos que enfrentar nosso maior desafio... Você.

Bem quando eu pensei que a minha vida não poderia ser ainda mais ferrada, o Joe encontrou um jeito de piorar. Ele se levantou e me avaliou – do jeito que o Isaiah fazia quando estava decidindo se ia ou não me dar um golpe.

– Eu e a Carrie erramos no modo de lidar com você e seu relacionamento com os seus irmãos. Em nossa defesa, você tinha acabado de bater no seu pai adotivo quando pegamos os seus irmãos. O sistema te rotulou como emocionalmente instável e nós ficamos preocupados com a sua influência sobre os meninos, especialmente quando vimos você pulando de um lar adotivo para outro. No início, mantivemos os meninos longe para proteger os dois.

– E depois que o sistema começou a perceber que eu não era o problema?

– Aí você nos assustou. – Ele me encarou e, depois de um segundo, continuou: – Quando você anunciou seus planos de tentar a adoção, contratei pessoas para procurar informações sobre você em toda parte, para usar contra você no tribunal.

O Joe se aproximou da cama e colocou um braço na viga de madeira.

– O que você fez para ajudar aquelas crianças nos seus lares adotivos anteriores foi honroso, e o que aconteceu com você é deplorável. Noah, a minha esposa e eu estávamos errados sobre você, mas não sabíamos como interromper o que tínhamos começado sem prejudicar nossas chances de ficar com os meninos.

Minha mente ficou vazia. O Joe e eu tínhamos passado os dois últimos anos nos agredindo e, por causa de um encontro casual, ele estava levantando a bandeira branca? Ele coçou a parte de trás da cabeça, obviamente se sentindo tão inseguro quanto eu em relação a este momento.

Ele recomeçou:

– Na minha opinião, você tem três opções. Você pode sair desta casa e continuar a lutar pelos seus irmãos e possivelmente ganhar, arrancando os dois dos amigos, da escola, desta casa e de nós. Você pode lutar e perder, então só vai poder ver os seus irmãos de acordo com a agenda de visitas que o tribunal determinar, *se* permitirem visitas. Ou você pode retirar o pedido de custódia. Deixe a gente adotar e criar os dois como já consideramos: como nossos filhos. E, com essa opção, você se torna parte desta família. Você vai ter acesso ilimitado a eles. Telefonemas, visitas, peças da escola, jogos de basquete. Pode até vir jantar com a gente uma vez por semana.

– Por quê? – perguntei.

Ele piscou, surpreso com a pergunta

– Por que o quê?

– Por que você está me oferecendo a última opção? – Eles tinham me odiado até esse momento. Por que estavam sendo tão generosos agora?

– Porque eles te amam, Noah, e nós amamos os dois. Daqui a dez anos, eu não quero ter que explicar para os meus filhos que deixei o medo e o orgulho manterem os dois afastados do único parente de sangue que se preocupava com eles.

– Não confio em você – argumentei. Porque os adultos mentiam.

O Joe me olhou bem nos olhos.

– Eu peço ao meu advogado para colocar tudo por escrito.

Eu tinha ouvido o bastante e precisava de ar. O Joe tinha jogado muitas informações de uma vez, confundindo meu cérebro. Passei por ele para encontrar meus irmãos. A Carrie estava à espreita no corredor, agarrada a um ursinho de pelúcia. Durante anos eu tinha visto a mulher como uma vaca detestável que afastava meus irmãos de mim. Graças ao pequeno discurso do Joe, eu não a via mais assim. Em vez disso, via uma mulher fragilizada que não conseguia realizar os próprios sonhos por minha causa.

É, eu sabia tudo sobre cicatrizes. O problema era que ajudar a Carrie só aumentaria as minhas.

Echo

Bati com força a porta do carro e corri pela entrada escura. Graças a Deus o Isaiah estava sob o capô do carro do Aires.

– Desculpa o atraso. Eu tive um compromisso... – Eu encontrei a minha mãe, e o meu pai surtaria se soubesse que a vi. – ... e a coisa se complicou... – Ela prefere que eu continue sem dormir durante anos, porque tem medo do que eu possa pensar dela, e depois destacou que eu sou uma vaca ingrata e cruel. – ... e eu perdi a hora. – Fiquei dirigindo pela cidade tentando me convencer de que ela estava errada.

A cabeça do Isaiah surgiu por debaixo do capô e me deu um sorriso maluco.

– Tranquilo. Seu pai disse que eu podia ir em frente e trabalhar no carro.

OK. Meio que não era o estilo do meu pai deixar pessoas tatuadas e com piercings ficarem sozinhas na garagem, mas talvez ele estivesse muito ocupado com a Ashley para se importar. A porta para a cozinha se fechou, e a Beth entrou na garagem com uma lata de Diet Coke.

– Você só tem coisa light na sua casa. E frutas. Muitas merdas de frutas. Não rola uma pizza congelada?

– A Ashley não gosta de conservantes. – O que eu estava fazendo? – Por que você estava na minha casa? – Olhei em volta e o meu coração enfraqueceu. – Cadê o Noah? – Minha mente lenta só agora percebeu o fato de que o carro do meu pai não estava ali. – Cadê meu pai?

A Beth me encarou sem expressão, depois saiu do transe. Que ótimo, ela estava chapada.

– Ah, sim, sua madrasta entrou em trabalho de parto e seu pai disse alguma coisa sobre te avisar. – Ela espremeu os olhos. – Tinha mais coisa no recado, Isaiah?

Ele resmungou debaixo do capô:

– Merda, sei lá. Você é que devia estar ouvindo.

A Beth deu um risinho.

– Verdade. Era mesmo. – O risinho parou. – Uau. Quando foi que ficou noite?

Meu coração saltitava no peito.

– A Ashley está em trabalho de parto? Não pode ser. Ela ainda tem, tipo... – Não sei, algumas semanas. Droga, por que eu não tinha prestado atenção? O meu pai devia estar surtando. – Falta muito tempo. O bebê ainda não está pronto.

A Beth inclinou a cabeça.

– Os bebês vêm com timer? – O sorriso dela aumentou. – Se não vêm, deviam vir.

O Isaiah fechou o capô com um olhar febril.

– Preciso das chaves.

Recebi um tapa mental. Ai. Meu. Deus. Ele nunca tinha pedido as chaves. Apontei alucinada para o gancho na bancada, incapaz de fazer alguma coisa além de gaguejar:

– Ali... Ali... Estão ali.

Ele agarrou as chaves e pulou para o assento dianteiro do carro. Juro que o tempo se moveu em câmera lenta enquanto ele colocava o pé no acelerador e enfiava a chave na ignição.

Na minha mente, eu vi o Aires. O cabelo castanho, as pernas longas e o sorriso sempre presente. "Ele vai funcionar algum dia, Echo", disse ele uma vez. "Você consegue ouvir o motor ronronando?"

As lágrimas queimavam meus olhos e eu engoli o soluço. *Sim, Aires. Ele vai funcionar. Eu fiz isso por você.* Como eu queria que ele estivesse aqui.

O Isaiah virou a chave e o som do ronco mais doce encheu a garagem. Ele pisou no acelerador e gritou quando o motor rugiu com vida.

– Uhuu, baby, é disso que eu tô falando, porra!

Ele saiu do carro com os braços escancarados.

– Vou ter que receber alguma coisa por isso.

E eu, feliz, obedeci. Pulei nos braços dele e o beijei no rosto.

– Obrigada. Obrigada. Obrigada.

Soltei o Isaiah, me sentei no assento de couro quente e agarrei o volante que vibrava. O Isaiah fechou a porta e eu coloquei o carro em ré.

E tudo dentro de mim congelou. Pisei no freio para parar. O buraco no meu coração, que deveria ter sido preenchido com esse carro em movimento... aumentou.

– Isaiah, cadê o Noah?

NOAH

Os braços da Carrie estrangulavam meu pescoço e, por um instante, desejei que ela me matasse. A morte tinha que ser melhor do que isso. Engoli em seco, mas a massa pesada na minha garganta continuava. Todos os músculos do meu rosto caíram, e eu inspirei para tentar afastar o desespero.

– Quero falar com a sra. Collins antes – soltei. – Eu ainda não decidi totalmente. – Que inferno. Por que tudo tinha que doer tanto? Todas as partes do meu corpo latejavam de dor, a ponto de eu desejar morrer ou explodir.

– Deus te abençoe, Noah – sussurrou a Carrie no meu ouvido.

Eu queria uma família. Eu queria uma merda de família, e o Jacob e o Tyler já tinham uma.

Ela fungou ao me soltar, mas seu sorriso iluminou o ambiente, como se mil estrelas estivessem reunidas.

– Eu sei que você vai fazer a coisa certa para os meninos. Eu sei.

Eles tinham o normal.

E não era eu.

A Carrie esperou que eu respondesse, mas eu não conseguiria formular uma resposta naquele momento nem se fosse para salvar a minha vida. O Joe colocou a mão no meu ombro, me salvando de ter que falar.

– A sra. Collins logo vai estar aqui.

Como se estivéssemos em uma série de TV ruim, a campainha tocou logo depois da deixa e a Carrie acompanhou a sra. Collins até a cozinha. Ela usava uma calça de moletom coberta de tinta e uma camiseta do Nirvana. O Joe murmurou alguma coisa sobre dar alguns minutos para nós.

A lava-louça ao meu lado entrou no ciclo de enxágue. A batida ritmada da água nos pratos preencheu o ambiente. A sra. Collins batucava um dedo no balcão de granito preto. Meu olhar foi até o rosto dela, esperando ver agitação por tê-la arrastado para essa bagunça. Em vez disso, a dor que enxerguei ali abriu a barreira das emoções que eu lutava para controlar.

Meus olhos ficaram molhados e eu os fechei, sacudindo a cabeça várias vezes para impedir que as lágrimas caíssem. Eu não queria sofrer. Eu não queria me importar, mas, que droga, isso estava me matando.

– Fale comigo, Noah – disse ela, no tom mais sério que eu já tinha ouvido da sra. Collins.

Olhei ao redor na cozinha e voltei os olhos para ela.

– Eu não posso dar isso aqui a eles.

– Não – ela respondeu com calma. – Não pode.

– E não posso pagar quadras de basquete e a escola particular que eles amam tanto e os presentes para todas as festas de aniversário que eles forem convidados. – Minha garganta se fechou.

– Não – ela repetiu.

– E eles têm avós. – Eu não reconhecia o som rouco da minha voz. – O Jacob não para de falar dos pais do Joe, e o Tyler vai pescar com o pai da Carrie toda quarta-feira, desde que não esteja muito frio. Não posso oferecer isso a eles.

– Você está certo.

– Eu amo os meus irmãos – eu disse com determinação.

– Eu sei – a voz dela estremeceu. – Eu nunca duvidei disso.

– E também amo a Echo. – Encarei a sra. Collins no fundo dos olhos. – Sinto falta dela.

Ela deu de ombros e abriu um sorriso triste.

– Não tem problema amar alguém além dos seus irmãos, Noah. Você não vai trair os dois nem os seus pais por estar vivendo sua vida.

E aconteceu. Depois de anos segurando, a tristeza dentro de mim se rompeu. Toda a raiva e a dor que eu tinha guardado na esperança de nunca sentir essas emoções vieram à tona.

– Eu quero a minha mãe e o meu pai. – Eu não conseguia respirar. – Eu só quero a minha família de volta.

A sra. Collins secou os olhos e atravessou a cozinha na minha direção.

– Eu sei – disse ela de novo e me puxou para um abraço.

– Obrigado mais uma vez, Noah. – O Joe apertou minha mão possivelmente pela quinquagésima vez desde que eu dissera a ele e à Carrie que não ia mais pedir a custódia depois da formatura. – Prometo que você vai poder ver os dois sempre que quiser.

Acenei com a cabeça e olhei sobre o ombro. A sra. Collins e a Carrie estavam paradas perto da escadaria no fim do corredor do segundo andar. A sra. Collins me deu um sorriso encorajador e eu respirei fundo.

O Joe abriu a porta do quarto do Jacob e nós dois entramos.

– Meninos, o Noah quer falar com vocês.

– Noah! – Usando um pijama do Batman, o Jacob atravessou o quarto correndo e se jogou em mim. – Você ainda está aqui!

– É – disse o Joe. – E ele vai aparecer por aqui com muito mais frequência.

Com olhos ansiosos, o Jacob o encarou maravilhado.

– É sério?

– Eu juro. – O Joe deu um tapinha no meu ombro. – Vou dar um tempo pra vocês conversarem.

E saiu de repente, fechando a porta. Eu não ficava sozinho com os meus irmãos havia mais de dois anos. Com a mão no Jacob, encarei a foto dos meus pais. Eles não iam voltar, e eu nunca ia conseguir recriar o que nós tínhamos, mas eu podia seguir em frente.

Eu me sentei no chão e meu coração flutuou quando o Tyler, usando pijamas de pezinhos, se aproximou de mim e colocou a mãozinha sobre a minha. O dedo na boca. Um cobertor na mão.

O Jacob grudou do meu lado.

– O papai nunca jura se não for verdade, Noah. Ele diz que é pecado mentir.

Acenei com a cabeça.

– E é mesmo. A nossa mãe também dizia isso. – Limpei a garganta e comecei a conversa mais difícil da minha vida. – Uns dois anos atrás, eu te fiz uma promessa. Naquela época, eu estava falando sério, mas agora eu acho que não é a melhor coisa para nenhum de nós.

Olhei para o Tyler. Ele era novo demais para se lembrar do jeito que a nossa mãe ria quando o nosso pai tentava dançar com ela enquanto ela lavava a louça do jantar. Novo demais para se lembrar dele mostrando fotos de prédios e dizendo que os filhos iam saber martelar um prego corretamente antes de completarem dez anos.

E o Jacob. Ele tinha idade suficiente para lembrar, mas era novo demais para entender direito tudo que tinha perdido. Ele nunca conheceria o orgulho de entrar na escola com a nossa mãe na noite de agradecimentos aos pais. Nunca conheceria a explosão de alegria quando o nosso pai fizesse um elogio ao vê-lo usar uma furadeira pela primeira vez.

Eles nunca saberiam que tinham perdido as duas pessoas mais fantásticas do mundo. Nunca saberiam como essa perda me destruía a cada dia da minha vida.

Respirei fundo e tentei de novo.

– O que vocês achariam de continuar morando aqui para sempre e eu venho visitar?

A sra. Collins furou o cruzamento no fim da rua do Tyler e do Jacob. Fiquei sentado no meu carro, sozinho.

Echo.

Eu tinha deixado que ela se afastasse, e não foi por causa da custódia dos meus irmãos. A sra. Collins estava certa. No fundo, eu achava que amar a Echo era trair os meus pais e os meus irmãos.

Mas eu amava a Echo. Eu precisava dela. E ia conquistá-la de volta.

Liguei o carro e o motor rugiu. Lares adotivos eram educativos – de um jeito meio "de cinco a sete anos, com possibilidade de condicional". A questão era o que fazer com todas as informações que eu tinha reunido.

Echo

– Onde ele está? – gritei. Desliguei o carro do Aires e saí voando do assento. O mundo todo tinha enlouquecido. Primeiro a Ashley em trabalho de parto precoce. Agora o Noah insistindo em ser maluco.

– Que merda, Beth. Eu falei pra você não fumar aquela porcaria. O Noah vai ficar puto. – O Isaiah esfregou a cabeça raspada. Pela primeira vez, fiquei feliz por a Beth estar tão chapada.

– O que exatamente ele acha que vai conseguir? – perguntei. – Ele já sabe tudo sobre os irmãos e me disse que ia seguir os trâmites da lei. Invadir a sala da sra. Collins não é seguir a lei!

O Isaiah bateu uma palma na outra.

– Vamos levar o carro pra dar uma volta.

Ele também tinha enlouquecido?

– O seu melhor amigo... o seu irmão vai invadir a escola e depois a sala da sra. Collins e você quer levar o carro para dar uma volta?

O Isaiah esfregou as mãos fingindo empolgação, mas a frustração inundava os olhos dele.

– É.

– Não. – Acenei com a mão no ar. – Não. Precisamos impedir o Noah. Ele não pode ser pego, senão vai perder os irmãos. Ai, meu Deus, ele é um idiota teimoso. O que ele vai conseguir com essa invasão?

– Ele quer você de volta – gaguejou a Beth.

Raios poderiam ter riscado a noite sem nuvens e incendiado meus tênis, e eu teria ficado menos surpresa.

– Como?

A Beth estava sentada no chão com a cabeça encostada na bancada, as pálpebras agitadas de exaustão.

– Ele te ama e quer que você seja dele. E tem alguma outra conversa sobre você não ficar em segundo lugar e provar que você está errada.

Din-don. O Noah queria pegar meu arquivo e me reconquistar. Meu coração se encolheu de calor e alegria, depois despencou e ficou frio. Não, ele não podia arriscar nada por mim – não se isso pudesse custar a guarda dos irmãos dele. Virei para o Isaiah.

– Precisamos impedir o Noah. Quando foi que ele saiu?

– Ele queria esperar até escurecer. O Noah chegou em casa todo confuso. Achei que vocês tinham se encontrado e brigado. Ele resmungou umas coisas sobre ter estragado tudo com você e que estava determinado a acertar as coisas. Então me pediu pra vir aqui, consertar o carro e segurar você aqui até ele aparecer.

– Por que você não impediu o Noah? – Peguei as chaves no meu bolso.

– Não dá para impedir o Noah.

Você que pensa.

O Isaiah parou o carro dele em uma vaga no supermercado na frente da escola e desligou o motor. Tentei ligar para o celular do Noah e, pela milionésima vez, a ligação caiu na caixa postal.

– Por que você não estaciona na escola? – perguntei.

Ele me lançou um olhar do tipo "você-é-burra?".

– A polícia patrulha a escola a cada duas horas. Eles vão perceber que tem alguma coisa acontecendo se tiver um carro no estacionamento.

Claro que o Noah também tinha estacionado no supermercado.

– Já fez isso antes?

– Só pela emoção de jogar bola no ginásio, mas nunca para invadir uma sala.

Apertei a maçaneta e olhei para a Beth, que estava desmaiada no banco traseiro.

– Ela está bem?

– Tá, só tá chapada. – Ele puxou o brinco. – Não posso deixar a Beth no carro desse jeito e, se eu acordar a garota, ela vai fazer barulho suficiente para levantar suspeitas. É provável que o Noah tenha escolhido a entrada lateral mais próxima da sala principal. Ele deve ter colocado alguma coisa no batente para não deixar a porta fechar com ele lá dentro. Não tira isso de lá. Pega ele e diz que vocês podem discutir mais tarde.

– Obrigada.

Atravessei a rua correndo e tentei impedir que meus pulmões explodissem. Meu Deus, eu ia invadir a escola para manter o meu burro, teimoso e mais-doce-que-tudo – namorado? Ex-namorado? Talvez namorado de novo? – longe da prisão.

Exatamente como o Isaiah disse, o Noah tinha deixado a porta lateral escorada para não fechar. Entrei discretamente, deixando a porta exatamente como estava. A sra. Collins adoraria encontrar nós dois trancados na sala dela.

Tive aquela sensação assustadora de filme de terror à medida que as luzes na minha frente se acendiam a cada passo que eu dava. Meu coração subiu e ficou batendo na garganta. Eu olhava toda hora sobre o ombro, esperando alguém surgir de repente atrás de mim e sugar meu sangue ou me arrastar para a prisão.

No início, eu me esgueirei pelos armários, depois percebi que isso era estupidez. As drogas de luzes já estavam acesas e iam desligar assim que o movimento parasse. Parei de me esgueirar – e corri.

Graças a Deus, as luzes da sala só acendiam com interruptor. Eu já estava cansada dos sensores de movimento. O problema? A porta da sala da sra. Collins estava fechada e nenhuma luz brilhava por debaixo da porta. Será que o Noah já tinha ido embora?

O corredor ficou escuro, mas segundos depois as luzes piscaram e acenderam. Eu me apavorei completamente. Agarrei a maçaneta da porta da sra. Collins e quase uivei quando ela se abriu. O mais silenciosamente possível, fechei a porta e me afastei dela, esperando e rezando para que a pessoa que entrou na sala não me encontrasse – ou fosse o Noah.

A ânsia de gritar atingiu minha boca quando algo quente e forte veio por trás de mim e me jogou no armário de casacos. A porta do armário se fechou diante dos meus olhos.

O Noah sussurrou no meu ouvido:

– O que você está fazendo aqui?

Murmurei de volta de um jeito ríspido:

– Eu podia te perguntar a mesma coisa! Estou aqui para salvar você de ir para a prisão e perder os seus irmãos por uma coisa idiota.

Passos ecoaram na sala principal. Agarrei a mão do Noah, que ainda estava na minha cintura, e ele se aproximou mais de mim. Ele mal sussurrou:

– Porta lateral?

Fiz que sim com a cabeça. Se o segurança encontrasse a porta lateral escorada para não fechar, saberia que alguém tinha entrado na escola. Enfiei a mão no bolso e peguei o celular, enviando rapidamente uma mensagem de texto para o Isaiah: fecha a porta lateral rápido!

Segundos depois, ele respondeu: ok.

O Noah abaixou a cabeça e deslizou o nariz na área macia bem atrás da minha orelha. O hálito quente fazia cócegas na minha pele sensível. Eu sentia saudade dele, do toque dele. Por que ele tinha que fazer algo tão idiota?

Eu não valia a perda dos irmãos dele. Se o Noah fosse pego, ele seria preso. Meu estômago despencou até o pé. O que eu tinha a perder? Eu era uma artista barata vagando pelo país com suas telas. Eu teria uma ficha policial (todos os meus músculos se contraíram) e teria que passar pelo menos uma noite na prisão (a ânsia de vômito queimou minha garganta). É, seria ótimo.

Os braços do Noah me apertaram, e eu poderia jurar que ele beijou meu cabelo. Eu podia fazer isso – por ele. Eu podia me entregar e dizer ao Noah para ficar escondido. Eu estava esticando o braço para abrir a porta quando o Noah puxou minha mão de volta e a colocou em cima da minha barriga, apertando forte.

– O que você acha que está fazendo? – perguntou ele em voz baixa.

– Dando uma olhada para ver se podemos sair? – Droga, eu era péssima mentirosa.

– De jeito nenhum, e você é ridícula. Você vai ficar aqui comigo.

– Seus irmãos...

– Eu abri mão deles.

Eu me virei para poder ver o rosto dele, e a dor em seus olhos me retalhou.

– Não foi por mim.

A garganta dele se mexeu quando ele engoliu em seco e balançou a cabeça.

– Por eles.

Meu celular vibrou. Era uma mensagem de texto do Isaiah: *Problemas. Saiam pela janela agora. Carro pronto.*

– Merda – sussurrou o Noah. – Eu devo ter ativado algum alarme. Vem.

Ele abriu a porta do armário de casacos em silêncio. Em um movimento metódico mas fluido, abriu uma das janelas. Com os faróis desligados, o carro do Isaiah entrou discretamente no estacionamento dos alunos.

O Noah pegou meu pé para me ajudar a passar pela janela.

– Não para de correr até entrar no carro do Isaiah.

– E você? – Um pânico profundo sacudiu minhas entranhas. Achei que meus olhos iam saltar da cabeça.

Ele me deu aquele sorriso malicioso, relaxado.

– Estarei bem atrás de você, baby. Já disse que você é muito tensa?

Quando ele me impulsionou, percebi que a mesa da sra. Collins estava sem nenhum arquivo. Paciência. Rapidamente saí pela janela e corri pelo estacionamento em direção ao Isaiah, espiando sobre o ombro para ver o Noah agachado perto da parede. O sangue bombeava com força nas minhas veias, e o ar frio da noite queimava meus pulmões enquanto eu corria para a liberdade.

A porta de trás do carro se abriu de repente e mergulhei para dentro, caindo nos pés da Beth. Bati com força a porta atrás de mim. Meu estômago se revirou ao ver o Noah correndo em velocidade total em direção ao carro. As luzes da sala principal se acenderam. O Isaiah dirigiu até mais perto do Noah. Meus olhos se alternavam rapidamente entre ele e a sala escura da sra. Collins. O Isaiah abriu a porta do passageiro e arrancou no instante em que o Noah entrou.

– Precisamos sair daqui. – O Isaiah deu uma olhada no espelho retrovisor.

– Me leva até o meu carro e vai pra casa. – O Noah estava observando a janela escura e fechada da sala da sra. Collins. Ele gritou e assoviou quando a luz se acendeu no instante em que cruzamos a linha invisível da liberdade no estacionamento do mercado.

O Isaiah parou ao lado do carro do Noah e nós dois saltamos. A Beth ainda estava dormindo no banco traseiro. O Isaiah gritou:

– Briguem em outro lugar. Não fiquem aqui.

O Noah estendeu a mão para o amigo.

– Valeu, cara.

Aceitando o aperto de mão, o Isaiah respondeu:

– Quando precisar, cara.

Ele foi embora, enquanto o Noah ligava o carro e seguia atrás. A duas quadras da escola, um carro de polícia com luzes piscando e a sirene desligada passou por nós na direção oposta. Tinha sido por muito pouco.

O Noah cobriu minha mão com a dele.

– Tudo bem, baby?

– Tudo. – Mas eu não me sentia bem. Eu me sentia qualquer coisa, menos bem. Esperei minha pulsação parar de golpear minhas veias, o sangue sair do meu rosto e meus pulmões pararem de queimar quando eu respirava. Estávamos em segurança agora. Estávamos livres, mas meu sangue ainda agia como se o diabo estivesse me perseguindo.

Outro carro de polícia passou por nós e as luzes vermelhas e azuis feriram meus olhos. Nas minhas têmporas, um latejo lento e constante imitava o ritmo da luz azul – longe e perto, longe e perto.

O lado esquerdo do meu rosto parecia dormente, e minha cabeça ficou leve.

– Noah, acho que eu vou vomitar.

– Espera. – Ele entrou em um estacionamento abandonado. Ele mal tinha parado o carro quando eu abri a porta rápido e saí tropeçando, cuspindo os restos do meu almoço.

O Noah segurou meu cabelo. O corpo dele sacudia em uma risada silenciosa.

– Sério, você é tensa demais.

Parte de mim queria rir com ele, mas eu não conseguia. Eu me agachei e encarei a noite escura. Eu não conseguia tirar da cabeça as luzes piscando. Vermelho e azul. Perto e longe. Perto e longe.

E depois... escuridão. Nada de luzes. Nada de sons. Escuridão...

Imagens vibrantes e coloridas piscaram na minha mente em uma sucessão rápida, me atingindo como tiros de metralhadora. Minha cabeça caiu para frente e eu a cobri com os braços para afogar tudo. Minha mente atraía as imagens, tentando ordenar, categorizar, mas não conseguia – e a perda de controle, o bombardeio, provocava uma dor excruciante, que rasgava meu cérebro. Vozes e sons e gritos agudos arranhavam minha mente.

Percebi que estava gritando e ouvi o Noah falar rapidamente comigo. O som de vidro estilhaçando e dos meus próprios gritos o inundaram.

– O que aconteceu? – Um homem com uma lanterna pequena na mão pairava sobre mim. Luzes vermelhas piscavam atrás dele e, mais além delas, constelações cintilavam no céu noturno. A voz da minha mãe sussurrava no meu ouvido, tentando me enfeitiçar para voltar à história dela.

– Não! – Eu lutei para me impedir de cair no fosso, de volta ao chão da casa dela... Para ficar longe do meu próprio sangue. – Noah!

A voz tinha um toque rouco quando ele falou comigo:

– Estou bem aqui, baby.

O homem afastou a luz. Um estetoscópio estava pendurado no pescoço dele.

– Vocês usaram droga? Beberam?

A ira na voz do Noah tinha um gosto amargo na minha boca.

– Escuta aqui, seu babaca de merda, pela quinta vez: ela está limpa.

Ele ignorou o Noah enquanto alisava as mãos sob o meu pescoço.

– Maconha? Anfetamina? Algum tipo de remédio?

Você não pode tomar remédio para dormir. Minha própria voz ecoava do fundo da minha mente. Não. Não. Meu Deus, não. Forças gravitacionais me empurraram para o chão, e minha mente mergulhou em si mesma e arrancou a realidade de mim.

– Você sofre de depressão. – Sacudi o frasco de remédio vazio e saí tropeçando do banheiro da minha mãe, parando quando meu joelho atingiu o vitral que ela tinha apoiado entre duas cadeiras para secar.

Minha mãe estava sentada no sofá, com um copo de chá gelado em uma das mãos e uma foto do Aires na outra. Ela deu um gole metódico. Seus olhos se alternavam entre mim e o meu copo vazio de chá sobre a mesa de centro. O cabelo vermelho selvagem se soltou da presilha.

– Eu sei.

Balancei para o lado enquanto o mundo inteiro se inclinava.

– O que você fez?

Ela deu outro gole no chá. Tudo dentro de mim ficou pesado como aço.

– O que você fez comigo?

– Não se preocupe, Echo. Estaremos com o Aires em breve. Você disse que sentia saudade dele e faria qualquer coisa para ver seu irmão de novo. Eu também.

A sala se inclinou para a esquerda. Eu me esforcei para continuar em pé e compensei o peso para a direita, mas caí apesar dos meus esforços. O mundo desmoronou. O som de vidro estilhaçando foi acompanhado de uma dor aguda e gritos. Gritos da minha mãe. Gritos meus. Abri os olhos e observei uma chuva de vermelho e azul me seguir até o chão. Um pensamento fugaz atravessou a dor... Eu tinha adorado aquele vitral.

Sangue.

O sangue escorria das veias expostas nos meus braços. Encharcava minhas roupas e manchava minha pele. Acumulava-se na curva do meu cotovelo, e um pequeno rio escorria e se derramava em direção à minha mãe, que agora estava deitada ao meu lado.

– Estou sangrando!

Uma mão forte agarrou a minha. O Noah apareceu na minha linha de visão.

– Não está, não. – Atrás dele, luzes brancas me ofuscavam, e um som de bipe estava sincronizado com as batidas do meu coração. Ele falou com uma determinação inabalável. – Foco, Echo! Olhe os seus braços!

Ele levantou meus braços. Um tubo transparente roçava gentilmente a minha pele. Eu esperava ver sangue, mas não tinha. Cicatrizes brancas. Cicatrizes altas. E nenhum sangue.

– Noah? – arfei, tentando entender, apesar dos gritos na minha cabeça.

– Estou com você. Eu juro por Deus que estou com você – disse o Noah. – Fica comigo, Echo.

Eu queria. Eu queria ficar com ele, mas os gemidos e os gritos e o vidro quebrando na minha mente ficavam mais altos.

– Faz isso parar.

Ele apertou mais os meus braços.

– Luta, Echo! Você precisa lutar, porra. Vamos, baby. Você está em segurança.

O Noah foi sumindo da minha visão. A dor me retalhava e eu gritei de novo. Uma enfermeira tirou um pedaço de vidro do meu braço. Meu pai secou as lágrimas dos meus olhos e beijou minha testa. O sangue encharcava sua camisa social branca e salpicava o rosto dele.

– Shhh, meu amor, não chore, você está em segurança agora. Você está em segurança.

– Você está em segurança, Echo. – O Noah alisava as cicatrizes no meu braço.

– Ela nunca mais vai poder te machucar. – Meu pai segurava minha mão enfaixada, lágrimas escorriam pelo rosto dele.

– Durma – murmurou minha mãe com ternura, deitada ao meu lado, meu sangue rastejando em direção a ela no chão.

Meu pai me pegou e me aninhou no colo, na cama do hospital.

– Eu vou afastar os pesadelos. Eu juro. Por favor, durma.

Os gritos constantes pararam e eu suspirei entre respirações superficiais, e um quarto de hospital calmo e frio apareceu na minha visão. Uma mulher de uniforme azul terminou de colocar alguma coisa num tubo intravenoso e me deu um sorrisinho antes de se afastar.

Minhas pálpebras ficaram pesadas e eu lutei contra.

– Durma, baby. – A voz do Noah parecia um bálsamo numa ferida.

Engoli em seco e virei a cabeça pesada em direção ao som da voz dele.

– Ela me drogou.

Ele me deu um sorriso triste e apertou a mão que estava segurando.

- Bem-vinda de volta.

Minha voz estava enrolada.

– Ela colocou todos os soníferos no chá sem eu saber e me deu um copo.

Ele pressionou os lábios na minha mão.

– Você precisa descansar.

Meus olhos tremeram.

– Eu quero acordar.

– Durma, Echo. Eu estou bem aqui e juro que nunca vou deixar ninguém te machucar de novo.

NOAH

– Ainda aqui, Noah? – A sra. Collins entrou a passos largos no quarto de hospital da Echo. – O sr. Emerson disse que foi você que trouxe a Echo.

Passei a mão pelo cabelo em uma tentativa de acordar o meu cérebro. A Echo tinha dormido a noite toda. Passei a maior parte do tempo observando-a, segurando a mão dela e às vezes cochilando na cadeira.

– É.

O cabelo loiro da sra. Collins estava preso em um rabo de cavalo. Ela usava calça jeans e uma camiseta do Grateful Dead. Arrastando uma cadeira para o outro lado da cama, ela pegou na mão da Echo.

– O pai dela esteve aqui?

– Ele ficou aqui algumas horas ontem à noite, mas ela já estava dormindo quando ele apareceu. Ele conversou com o médico antes de voltar para ajudar a Ashley com o bebê.

– O que o médico disse?

– Que ele vai saber se a mente dela surtou quando ela acordar.

Ela soltou uma breve risadinha sarcástica.

– Foi assim que ele falou?

– Essa é a minha interpretação. – Meu dedão alisou a mão da Echo. Ela dormia sem ajuda agora. Eles não tinham dado mais nada para acalmá-la nem para ajudá-la a dormir. Não havia nada a fazer, agora, a não ser esperar. – Você acha que ela vai ficar bem?

A sra. Collins ergueu uma sobrancelha.

– Estou surpresa de você perguntar. Você sabe melhor do que eu que ela é uma guerreira.

Relaxei e encostei na cadeira. Era tão bom ouvir alguém dizer isso. Mas, ainda assim, depois de ver sua luta pela sanidade ontem à noite... Quanto uma mente é capaz de aguentar?

– Você sabia que ela encontrou com a mãe ontem? – perguntou a sra. Collins.

Meus músculos se contraíram de novo.

– O quê?

– É. Ela me surpreendeu muito. Eu não sabia que a Echo tinha coragem para desafiar o pai. Acho que você foi uma influência maior do que eu imaginei. Ela usou as idas às diferentes galerias de arte para encontrar a mãe. Deixou cartas para ela em toda parte, até que a mãe finalmente concordou em se encontrar com ela.

– Como você sabe?

– Acho que o encontro não foi muito bom, e a mãe ligou para o pai dela e falou para ele procurar a Echo.

Droga. Que droga. E ela ainda tentou me salvar. A Echo queria saber o que tinha acontecido com ela, mas estava apavorada com a possibilidade de se lembrar. Eu realmente não tinha entendido isso antes. O dia de ontem deve ter forçado a mente dela a atravessar as fronteiras – ver a mãe dela, consertar o carro do Aires, quase se tornar uma criminosa. Entrelacei os dedos aos dela, que estavam sem vida. *Eu prometo, Echo, que vou cuidar de você agora e para sempre.*

– Você realmente não sabia, não é?

– Não fazia ideia. – Pensei no que ela disse. – O sr. Emerson não foi procurar a Echo, foi?

A sra. Collins prendeu melhor o lençol ao redor da Echo.

– A Ashley entrou em trabalho de parto logo depois da ligação. O bebê foi prematuro.

Mais uma vez, em segundo lugar. A história de vida da Echo. Ela tinha o hábito de me fazer sentir um babaca em comparação a ela, e hoje não seria exceção. Ela me abandonou para que eu pudesse ter uma família, ficando sozinha. Como eu podia tê-la deixado ir embora?

– Estou orgulhosa de você, Noah.

As últimas vinte e quatro horas tinham sido um longo pesadelo. Eu perdi meus irmãos. A Echo chegou perto de perder a cabeça.

– Por que as pessoas sentem orgulho de mim quando a minha vida está uma droga?

– Porque crescer significa fazer escolhas difíceis, e fazer a coisa certa nem sempre significa fazer o que faz a gente se sentir bem.

Ficamos sentados em silêncio, ouvindo o som da respiração leve e o bipe constante do monitor cardíaco da Echo. Meu coração doía com as promessas que fiz em silêncio para ela e esperava cumprir. Ela nunca mais ficaria sozinha.

– Ela falou uma coisa antes de dormir – eu disse. – Ela falou que a mãe a drogou com soníferos. A Echo chorou muito durante a alucinação, ou como você queira chamar. Parece que a mãe dela estava em depressão, tinha decidido se matar e a Echo apareceu. A mãe maluca mudou os planos e incluiu a Echo.

A sra. Collins suspirou e deu um tapinha na mão da Echo.

– Quer dizer que ela se lembrou.

Echo

A sra. Collins me deu um sorriso encorajador quando os pedacinhos de lenço de papel caíram das minhas mãos no lençol.

– Desculpa – eu disse. Ajeitei-me na cama do hospital e suspirei quando mais pedacinhos caíram no chão.

O psiquiatra do hospital, um homem careca de quase cinquenta anos, riu.

– Lenços de papel foram feitos para serem rasgados. Não se preocupe.

Eu me sentia como se não tivesse feito nada além de chorar desde que acordei hoje de manhã. Chorei quando abri os olhos e vi o Noah ao meu lado. Chorei quando os médicos vieram imediatamente e pediram que o Noah saísse para poderem me examinar. Chorei quando contei ao psiquiatra e à sra. Collins o que eu me lembrava. Chorei quando eles me contaram a sequência de eventos.

E aqui estava eu, horas depois, ainda chorando – uma enxurrada patética e constante de lágrimas.

Tirei outro lenço de papel da caixa e tentei assoar o nariz discretamente. Eu me lembrava. De tudo. Cheguei e encontrei minha mãe em uma depressão profunda. Decidi ficar para ver se conseguia convencê-la a se encontrar com o terapeuta dela. Bebi o chá e depois me senti mal.

Fui até o banheiro e encontrei na pia o frasco vazio de remédios para dormir, então liguei para o meu pai e dei de cara com a caixa postal. E depois a percepção assustadora de que minha mãe tinha planejado se matar e decidiu me incluir em seus planos sem o meu consentimento. Fiquei zonza e caí sobre o vitral. O tempo que passei no chão, implorando que minha mãe conseguisse ajuda para mim, e depois... fechei os olhos.

Não era surpresa que eu odiasse dormir.

Assoei o nariz de novo.

– Então, posso ir pra casa?

O psiquiatra se inclinou para frente e deu um tapinha no meu joelho.

– Pode. Recomendo que você continue a terapia para lidar com quaisquer sentimentos residuais, agora que você se lembrou do incidente. Ouvi dizer que a sra. Collins tem alguns clientes particulares. Talvez ela esteja disposta a ajudar.

A sra. Collins abanou o rabinho e ofegou.

– Minha porta está sempre aberta.

– Acho que eu ia gostar disso.

Quem diria? A mulher que eu achava que estava determinada a tornar minha vida um inferno na verdade tinha me tirado dele

---

No estilo típico de Glinda, a Bruxa Boa, a Lila me trouxe umas coisas de casa. Como eu tinha algo para vestir que não fossem roupas cobertas de vômito ou uma camisola de hospital, aproveitei para tomar um longo banho quente. Quando saí do banheiro, encontrei o Noah de pé ao lado da janela.

– Oi – eu disse.

– Oi. – Ele me deu aquele sorriso malicioso. – Ouvi dizer que vão te dar alta.

– É. – Andei até a pequena mala que a Lila tinha me deixado e enfiei minhas coisas ali, tentando pensar em qualquer coisa para me manter ocupada.

Ele tinha presenciado meu surto. Mas também ficou comigo o tempo todo. Talvez ele se sentisse mal por mim. Ainda assim, ele invadiu a sala da sra. Collins para pegar meu arquivo, porque, de acordo com a Beth, ele me queria de volta.

– Noah. – Mas ele disse meu nome exatamente ao mesmo tempo. Ele enfiou os dedos nos bolsos enquanto eu batucava os meus na mesinha de cabeceira.

– Como você está? – ele perguntou.

Será que ele estava perguntando para ganhar tempo antes de me abandonar? Quem ia querer ficar com uma garota maluca? Dei de ombros e observei meus dedos ainda batucando.

– Bem.

Em um movimento não característico, o Noah coçou a parte de trás da cabeça. Ele parecia quase... inseguro. Droga, eu tinha assustado tanto o cara que ele estava apavorado de ficar no mesmo quarto que eu.

– Você fez eu me borrar de medo ontem à noite, então desculpa, mas não quero ouvir "bem" como resposta.

Esfreguei os olhos, esperando que isso ajudasse a evitar o choro. A água quente do banho tinha finalmente acalmado as lágrimas, mas a ideia do Noah indo embora as trouxe de volta.

– O que você quer ouvir? Que estou exausta? Apavorada? Confusa? Que tudo que quero é encostar a cabeça no seu peito e dormir durante horas, mas isso não vai acontecer porque você vai me abandonar?

– É – ele respondeu rápido, mas depois disse com a mesma rapidez: – Não. Tudo, menos a última parte. – Ele fez uma pausa. – Echo, como você pode achar que eu vou te abandonar? Como você pode duvidar do que eu sinto?

– Porque... – eu disse enquanto sentia a conhecida reviravolta no estômago. – Você me viu perder a cabeça. Você me viu quase enlouquecer.

Os músculos do ombro dele se contraíram visivelmente.

– Eu vi você lutar contra a pior memória da sua vida e vi você vencer. Não tenha dúvidas, Echo, de que eu lutei bem do seu lado. Você precisa confiar em mim... Em nós.

O Noah inspirou e lentamente soltou o ar. A postura dele relaxou e a voz também.

– Se você está com medo, pode me dizer. Se você precisa chorar e gritar, vai em frente. Mas você não vai de jeito nenhum se afastar de nós porque acha que é melhor para mim. A realidade é a seguinte, Echo: eu quero ficar do seu lado. Se você quiser ir ao shopping totalmente nua para mostrar suas cicatrizes para o mundo, eu seguro a sua mão. Se você quiser ver a sua mãe, me diz isso também. Eu posso não entender sempre, mas, baby, eu vou tentar.

Fiquei encarando o Noah e ele me encarou de volta. O ar entre nós ficou denso com o peso das nossas próximas palavras não ditas.

– Tudo bem – eu disse.

Ele fechou os olhos por um segundo e a tensão sumiu do seu rosto.

– Tudo bem.

Meu coração martelava no peito. Isso significava que estávamos juntos de novo? Eu queria que fosse isso, mas o chão embaixo de mim parecia instável. Talvez nós ficássemos bem se conseguíssemos simplesmente ser a gente de novo.

– Totalmente nua?

– Todos nós temos sonhos, Echo. – O lado direito da boca do Noah se curvou para cima. – Sabe, tem uma cama aqui e a porta está fechada. Seria uma pena não aproveitar essa situação.

Eu ri e a risada me pegou desprevenida, mas, ah, como era bom.

O Noah se aproximou bem devagar, e eu adorava o brilho travesso em seus olhos quando ele fazia isso. Ele colocou as mãos nos meus quadris e acariciou meus cabelos com o nariz.

– Eu adoro o seu cheiro.

– Obrigada. – Um calor subiu pelo meu rosto e eu expirei. Tanta coisa tinha mudado em vinte e quatro horas. – Por que você abriu mão dos seus irmãos?

Ele passou os dedos pelos meus cachos, puxando-os com delicadeza em movimentos irresistíveis.

– Porque eles amam a Carrie e o Joe, e viver com eles é a melhor opção.

Sem conseguir me conter, eu acariciei a barba rala no rosto dele.

– Mas você ama os dois.

O sorriso dele se tornou forçado, e um músculo se contraiu no maxilar.

– Eu ainda vou ser parte da vida deles. Uma grande parte. Não vou mentir, isso dói pra caramba, mas estou honestamente aliviado. Posso fazer faculdade. Posso decidir o meu futuro.

Engoli em seco e tentei domar o pterodátilo mutante que andava de patins no meu estômago quando eu ousava pensar em um futuro para nós dois. No instante em que o carro do Aires rugiu debaixo de mim, eu sabia que precisava do Noah na minha vida. A morte do meu irmão tinha deixado um buraco enorme no meu coração. Eu achava que tudo que eu precisava era daquele carro funcionando, mas eu estava errada. Um carro jamais poderia preencher o vazio, mas o amor sim.

– Espero que o seu futuro me inclua. Quer dizer, alguém tem que continuar arrasando com você na sinuca.

O Noah riu enquanto enfiava os dedos nos meus passadores de cinto e me puxava para perto.

– Eu estava deixando você ganhar.

– Ah, por favor. – Os olhos dele tinham quase saltado para fora quando eu encaçapei algumas bolas logo de cara. – Você estava perdendo. De lavada. – Eu me perguntei se ele também estava se deliciando com o calor de estarmos tão próximos outra vez.

– Então acho que eu vou ter que te manter por perto. Pra sempre. Você vai ser útil num jogo sujo. – Ele abaixou a testa até a minha e os olhos castanhos, que estavam rindo segundos antes, se escureceram quando ele ficou sério. – Eu tenho muita coisa pra te dizer. E muita coisa pra me desculpar.

– Eu também. – Toquei de novo seu rosto, dessa vez deixando meus dedos ficarem ali por mais tempo. O Noah me queria, para sempre. – Mas a gente pode falar isso tudo outra hora? Eu estou meio cansada e ainda preciso ver o meu pai. Você acha que a gente pode apenas acertar agora que eu quero você, você me quer, e a gente combina a parte do final feliz mais tarde?

Os lábios dele se curvaram num sorriso sensual e eu me perdi nele.

– Eu te amo, Echo Emerson.

Sussurrei as palavras quando ele trouxe os lábios até os meus.

– Pra sempre.

Echo

O Noah segurou minha mão e minha mala ate o terceiro andar – a maternidade. A campainha do elevador tocou e as portas se abriram.

– Nossa, Echo, seria bom ter um pouco de sangue circulando na minha mão – disse ele.

– Desculpa. – Tentei soltar, mas o Noah manteve os dedos unidos aos meus.

Andamos pelo corredor e passamos por mulheres caminhando devagar com os maridos, quartos cheios de balões e flores e o setor das enfermeiras. No fim do corredor, parei do lado de fora do quarto que me disseram que era o da Ashley.

– Você quer que eu entre? – o Noah perguntou.

Balancei a cabeça.

– Ela pode estar amamentando. – Além do mais, eu não precisava de público para o que ia fazer.

O Noah ficou tenso.

– Informação demais. Vou ficar na sala de espera.

– Tudo bem.

Ele beijou suavemente meus lábios.

– Me manda uma mensagem de texto que eu chego aqui num piscar de olhos, com amamentação ou não.

– Obrigada.

O Noah me esperou entrar antes de ir embora. Nada de quarto simples para a Ashley. Meu pai tinha pagado quarto particular com banheiro completo, banheira de hidromassagem, sofá de couro, piso de madeira e televisão de tela plana. Ele e a Ashley estavam dando risinhos quando entrei.

– Oi.

A Ashley se espreguiçou na cama de hospital inclinada, com meu pai bem ao lado. O braço dele estava sobre o ombro dela. Não havia sinal das rugas de preocupação no rosto do meu pai. Os olhos cinza brilhavam enquanto ele olhava para o bebê empacotado que ela segurava.

Eles pararam de rir, e meu pai se sentou na cama.

– Echo. Você está bem? Você precisa de mim?

Meu pé batucava no chão. A náusea se revirava lá no fundo. Eu não tinha ideia de como ia doer ver a criança substituta.

– Estou bem. Estou interrompendo alguma coisa? Porque se estiver posso ir embora, porque eu sei que você acabou de ter um bebê e tal...

– Não. – Os olhos azuis da Ashley se suavizaram. – Você não está interrompendo nada, Echo. Por favor, entra. Desculpa não poder ter ido ver você ontem à noite, mas... bem... eu estava meio ocupada.

– É. Tudo bem. Você teve um bebê. Acho que isso é mais sério... – Do que me ver surtar.

Sentei perto da cama e tentei dar uma espiada no bebê sem que eles percebessem.

– Ele está bem? Quer dizer, apesar de ter nascido prematuro e tal.

Não que eu me importasse nem nada. Aquela coisinha era uma substituição para mim e para o Aires. Mas ainda assim era um bebê pequeno e indefeso e deveria estar crescendo na barriga da Ashley, e não sair tão cedo para esse mundo horrível.

Meu pai me deu um sorriso franco.

– Ele é perfeito.

– Ótimo. – Cruzei os calcanhares e meu pé ficou balançando no ritmo do batucar do dedo no meu joelho.

– Você quer segurar o bebê? – perguntou a Ashley.

Humm... Não.

– Pode ser.

Meu pai pegou o bebê enrolado dos braços da Ashley e me entregou. Sentindo-me a pessoa mais desajeitada do mundo, mexi as mãos três vezes antes de finalmente segurá-lo.

– Apoie a cabeça dele e segure perto de você – disse o meu pai. – Isso. Está vendo? Você nasceu para isso.

– Claro. – As pessoas naturalmente queriam sair correndo e gritando quando seguravam um bebê. Meu batimento cardíaco aumentou quando a coisinha rosa bocejou e abriu os olhos. Ele piscou três vezes e fechou de novo. Quando eu piscava desse jeito, normalmente vinha uma mentira em seguida. Fiquei me perguntando qual era o nosso grau de parentesco.

– Quer saber o nome dele? – perguntou a Ashley.

– Quero. Qual é o nome dele? – Porque as pessoas davam nomes aos filhos e eu supostamente deveria querer saber.

Meu pai acariciou a mão da Ashley e respondeu:

– Alexander Aires Emerson.

Um tremor me atingiu até o nome se acomodar no meu coração. A mãozinha do Alexander se soltou da manta e agarrou meu dedo. Aires. Eles tinham dado o nome do bebê em homenagem ao Aires.

O Aires teria amado esse bebê, independentemente de quem fosse a mãe dele, independentemente de como nosso pai o tratasse. Por quê? Porque foi assim que ele me amou. O Aires me amava incondicionalmente. Ele me amava quando eu era uma criança assustada. Ele me amava quando eu era uma pré-adolescente pentelha. Ele me amava quando eu era uma adolescente cheia de hormônios. Quando ninguém mais neste mundo conseguia me amar por ser insegura, egoísta, tímida e apavorada, ele me amava.

Mais de uma vez, o Aires tinha engolido o orgulho por mim. Ele aceitava muita coisa do meu pai, da minha mãe e da Ashley para me proteger. O Aires só fez uma coisa egoísta na vida, que foi realizar o sonho de se tornar fuzileiro naval, mas mesmo nessa época ele lutava por mim. Ele escrevia cartas para o meu pai e a Ashley, dizendo para eles não pegarem no meu pé. Ele me ligava e me escrevia o tempo todo. Ele sacrificava o pouco tempo livre que tinha para ficar atualizado de cada detalhe da minha vida.

O Aires teria movido céus e terra por esse bebê, assim como movia céus e terra por mim.

Eu achava que consertar o carro do Aires ia ajeitar minha vida. Achava a mesma coisa sobre recuperar a memória. Mas nenhuma dessas coisas tinha realizado a esperança mágica à qual eu me agarrava – que, de algum jeito, minha vida voltaria para três anos antes.

O Alexander se mexeu nos meus braços. Meu Deus, ele era tão pequeno, e, pelos olhares eufóricos do meu pai e da Ashley, eles já adoravam o menino. Todos nós começamos desse jeito – pequenos pacotes de alegria. Eu, o Aires, o Noah, a Lila, o Isaiah e até mesmo a Beth. Em algum momento, alguém nos pegava no colo e nos amava, mas, em algum ponto do caminho, as coisas davam errado.

Mas não para esse bebê – não para o Alexander. Nas últimas semanas, eu tinha aprendido várias lições difíceis sobre mim mesma. A mais destruidora? Que eu era egoísta como minha mãe. Assim como ela, eu via o mundo em preto e branco, em vez dos tons e cores vibrantes que eu sabia que existiam. E não só isso: eu tinha escolhido ver o mundo através dos olhos dela, e não dos meus.

Mas não mais. Eu podia fazer mais do que reformar um carro para homenagear o Aires. Eu podia me tornar a irmã que ele gostaria que eu fosse. O Alexander nunca enfrentaria este mundo sozinho. Ele teria uma defensora – ele teria a mim.

– Alexander Aires. Gostei.

A Ashley soltou um suspiro aliviado e olhou para o meu pai com um sorriso no rosto.

– Estou feliz de você estar aqui, Echo.

E o mais estranho...

– Eu também.

Uma enfermeira entrou com um bercinho sobre rodas.

– Desculpem interromper, mas vim buscar o Alexander para ser pesado. – Ela o tirou dos meus braços com experiência e o colocou na caminha. – E alguém vai vir examiná-la, sra. Emerson.

– Ele vai querer mamar em breve, então não leve ele por muito tempo. – A Ashley agarrou a mão do meu pai, e os olhos azuis ficaram preocupados.

– Vamos trazer o bebê logo, logo – garantiu a enfermeira.

Ficamos olhando enquanto ele era levado. Meu pai deslizou para a ponta da cama.

– Como você está?

– Bem. – Considerando que eu havia tido um leve surto e lembrado que a minha mãe tinha tentado me envolver num caso de assassinato-suicídio. – Eles me deram alta.

– Já? Os médicos e as enfermeiras estavam me mantendo informado, mas disseram que você não ia ser liberada antes das duas horas. Eu planejava estar lá para te levar para casa. – Ele olhou o relógio. Eram uma e meia. – Eu juro que fiquei lá com você.

– Eu sei. O Noah me contou.

Meu pai trocou um olhar perplexo com a Ashley.

– Você e o Noah voltaram?

O calor queimou meu rosto ao pensar no jeito como ele me beijou no quarto do hospital.

– É.

– Ele ficou com você, Echo. A noite toda. – Ele olhava para os sapatos enquanto falava, e eu percebi o pesado tom de arrependimento. O Noah tinha ficado comigo, ele não.

As palavras da minha mãe escolheram esse momento para ecoar na minha cabeça. "Você e eu somos iguais." *Não, mãe, não somos. Eu sou igual ao Aires. Vou me sair melhor do que você.*

Em intervalos de segundos, o rosto da Ashley se alternava entre preocupação e esperança. Eu já a tinha amado um dia. Minha mãe me lembrou disso. Houve uma época, quando eu era criança, em que eu provavelmente teria chamado a Ashley de mãe sem um pingo de arrependimento. Sim, muitas coisas aconteceram. Um casamento fracassou e uma família se destruiu, mas a Ashley... A Ashley não era uma má pessoa.

– Desculpa, Ashley.

A testa dela se enrugou.

– Por quê?

Eu me forcei a olhar para ela.

– Por sempre culpar você. – Os olhos dela se encheram de água. Engoli o orgulho e continuei: – A minha mãe não é quem eu pensava que fosse, então talvez você também não seja a pessoa que eu inventei que era.

No início, eu queria que o pedido de desculpas fosse uma trégua para que eu pudesse começar do zero com o Alexander, mas, conforme eu dizia as palavras, meu coração foi ficando mais leve. Eu realmente sentia muito e o perdão parecia... esclarecedor.

A Ashley colocou a mão sobre o coração enquanto as lágrimas escorriam.

– Eu também preciso me desculpar. De verdade. Eu nunca quis te magoar. Nunca. Às vezes eu digo algumas coisas, as palavras escapam, e eu vejo no seu olhar que eu disse as palavras erradas. Mas você precisa saber que eu sempre te amei. Eu vou melhorar, Echo. Prometo.

Olhei para o meu pé balançando. A culpa me devorava. Ela queria uma folha em branco. Se quiséssemos recomeçar com o pé direito, a primeira coisa era a honestidade.

– E eu vou tentar de verdade com você. Não da boca pra fora. Tentar de verdade.

A Ashley sorriu através das lágrimas e acenou com a cabeça, aceitando minha oferta de paz.

– Sra. Emerson, estou aqui para examiná-la – disse uma enfermeira de uniforme lilás. – Vocês dois se importam de sair?

Meu pai se levantou.

– Sem problemas.

A coisa adequada a fazer seria abraçar a Ashley. É... eu devia. Mas não conseguia. Era melhor guardar isso para quando eu realmente sentisse vontade. Consertar meu relacionamento com ela exigia um passo de cada vez. Estendi a mão e ela apertou.

– Vejo você em casa – disse ela.

– OK.

Quase apagando o vermelho do meu cabelo, de tanto choque, meu pai colocou um braço sobre meu ombro e me conduziu para fora do quarto.

– Eu já te disse ultimamente como te amo?

Havia uma janela que ia do chão até o teto no fim do corredor perto do quarto da Ashley. Meu pai fechou a porta atrás de si e nós dois olhamos para o estacionamento cheio do lado de fora. *Sabia que você não me tocava desse jeito havia anos?*

– Não.

Ele me puxou para perto e manteve os olhos fixos no mundo lá fora.

– Eu te amo mais do que você pode imaginar.

– Eu também te amo – sussurrei. – Eu queria... – Que o Aires nunca tivesse morrido. Que a minha mãe não fosse tão egoísta. – Eu queria que as coisas não precisassem ser tão difíceis entre a gente.

– Eu não sabia como falar com você, Echo. Não que eu soubesse antes, mas, depois do que aconteceu com a sua mãe... eu não conseguia te encarar. Toda vez que eu olhava para você, eu via como tinha errado. E como eu poderia pedir seu perdão se você nem se lembrava do que eu tinha feito?

– O que aconteceu? – Olhei nos olhos dele. – Da sua parte?

O cinza que escureceu seu rosto fez meu pai parecer muito mais velho do que um homem de quarenta e poucos anos.

– Quinze minutos. Foi esse o tempo que a sua mensagem ficou na caixa postal. Eu liguei para a emergência assim que ouvi o pânico na sua voz. Implorei que eles fossem ver você e a sua mãe. A Ashley e eu saímos imediatamente, mas eu sabia que não seríamos rápidos o suficiente. Se eu tivesse atendido o telefone quando você ligou, teria dito pra você se trancar no banheiro. Você nunca teria caído naquele vidro. Se eu tivesse ouvido o recado mais cedo, você estaria consciente quando os médicos da emergência chegaram. – Ele fechou os olhos. Uma tortura profunda pesou em seu rosto. – Você quase morreu.

Apertei o rosto contra o peito dele e apertei mais o abraço.

– Eu estou viva, pai. – *Diz aquilo, Echo.* – E está tudo bem. Eu não culpo você.

Ele me abraçou de volta enquanto sussurrava, várias vezes seguidas:

– Me desculpa.

Virei a cabeça, ouvindo o coração dele enquanto olhava pela janela. Como sempre, o mundo continuava ali. As pessoas entravam e saíam do hospital. Os carros se apressavam em direção a seus destinos. E, por mais feliz que eu estivesse de ter acertado os pontos com meu pai, eu sabia que meu destino não era aqui.

– Sabe aquelas vezes em que eu saí da cidade para vender meus quadros? – Eu me afastei, mas meu pai manteve o braço ao meu redor enquanto virava a cabeça e olhava para longe. O reconhecimento silencioso e dolorido de que ele tinha perdido o controle sobre mim várias semanas atrás ainda estava evidente no rosto dele.

– Sei.

Como exatamente eu deveria explicar isso?

– Eu dormia a noite inteira quando estava fora.

– Echo, isso é ótimo!

Ele não entendeu.

– Isso me fez perceber que eu preciso encontrar um espaço para mim. Quando me formar no colégio, eu vou me mudar.

Isso tinha de ser dito, mas me senti mal pelo peso que retornou ao meu pai. Ele alisou meu ombro.

– Eu sei que errei. Não posso te dizer quantas noites fiquei acordado observando aquelas breves horas preciosas em que você realmente dormia e me perguntando como eu poderia fazer todos os seus problemas desaparecerem. Eu sei que não era o suficiente, mas fiz o melhor que pude com você. Não importava quanto eu tentasse, eu nunca conseguia encontrar um jeito de consertar tudo.

A imagem na minha cabeça fazia sentido. Eu era um vaso quebrado, e a rédea curta do meu pai era a cola. Ele achava que, se pressionasse o suficiente, eu voltaria ao normal.

– Você realmente tentou com a minha mãe, não foi? – Minha conversa com ela me fez repensar em tudo que ela tinha me feito acreditar.

O tom dele ficou rouco.

– Eu amava a sua mãe, Echo. Ela abalava o meu universo. Mas eu amava mais você e o Aires. Tentei de tudo para minimizar os efeitos do comportamento dela sobre vocês dois. Eu me tornei o que se chama por aí de capacitador, até finalmente perceber que a única pessoa que podia ajudar sua mãe era ela mesma.

Meu pai limpou o rosto e eu fingi que talvez fosse poeira.

– Eu cheguei em casa uma noite e encontrei você e o Aires no armário do seu quarto, se escondendo dela. Não era a primeira vez, mas eu jurei para mim mesmo que seria a última. Eu não podia mudar a sua mãe, mas podia cuidar de vocês dois. Contratei a Ashley em tempo integral e disse à sua mãe que, se ela não se cuidasse, eu pediria o divórcio. Você era nova demais para lembrar, mas a sua mãe realmente tentou, e teve épocas em que ela tomava os remédios e ficava bem. Quando ela ficava muito mal, eu a internava num hospital psiquiátrico. O ciclo nunca acabava. De bem para mais ou menos, de mais ou menos para ruim, de ruim para o hospital e de volta a estar bem. Uma noite, eu voltei da visita no hospital e encontrei a Ashley lendo para você no seu quarto. Você estava sentada no colo dela, brincando com o cabelo da Ashley, e olhava maravilhada para ela. Ela ajudou o Aires com o projeto de ciências e filmava os jogos de basquete dele. Ela até fazia jantar para vocês e aquecia as sobras para mim. A Ashley trouxe um senso de normalidade para uma casa onde a normalidade mal existia. Eu juro, Echo, que nenhum de nós pretendia se apaixonar. Às vezes a vida acontece.

Talvez meu pai e eu fôssemos mais parecidos do que eu imaginava. Nós dois desejávamos a normalidade. O nervosismo aumentou dentro de mim.

– Eu sou igual à minha mãe?

Ele me olhou de canto do olho.

– Essa é uma pergunta capciosa?

Meus olhos imploravam, esperando que ele não me fizesse falar em voz alta. Ele alisou meu ombro de novo.

– Você tem a beleza, o talento artístico e a tenacidade dela, se é isso que você quer dizer.

Ele estava dizendo que eu era teimosa? Espere até conhecer o Noah.

– Mais alguma coisa?

– A sua mãe nunca teria dito a ninguém as palavras que você acabou de dizer para a Ashley... e para mim. Você é você, Echo, e eu tenho orgulho de ser seu pai.

O nervosismo sumiu e eu encostei a cabeça nele.

– Obrigada, pai.

– Me dá mais uma chance. Eu prometo deixar você controlar a sua vida. De qualquer maneira, acho que a Ashley vai ficar muito ocupada com o Alexander. Ela só começou a ser sua babá quando você já tinha saído das fraldas fazia tempo.

Eu vivia em um mundo muito, muito maluco. Minha babá adolescente, que virou governanta e virou madrasta, agora tinha dado à luz meu novo irmão. Eu queria muito dar ao meu pai a resposta que ele desejava e deixá-lo feliz, mas aí eu não seria fiel à pessoa que eu estava começando a acreditar que era.

– Sinceramente, pai, não tem nada a ver com chances. Aquela casa está cheia de lembranças. Algumas são maravilhosas, e outras... não são. Passei anos esperando e rezando e planejando uma vida que na verdade nunca tive. Tenho medo de ficar e continuar olhando para trás, e nunca olhar para frente.

– Engraçado. – Mas ele não riu. – O Aires disse a mesma coisa quando se alistou. Promete que vai me visitar. Você também é meu bebê.

Envolvi os dois braços ao redor dele e ele me abraçou.

– Prometo.

NOAH

Em uma barraca montada nos fundos da casa da Shirley e do Dale, a Echo estava deitada de bruços estudando um mapa gigantesco dos Estados Unidos. Por causa do calor da noite de abril, ela tinha puxado a blusa um pouco para cima e exposto a pele. Pelo menos foi esse o motivo que ela me deu quando seus dedos afastaram o tecido do top azul da parte inferior das costas. Pessoalmente, acho que ela fez isso para me enlouquecer.

– Desculpa – disse a Echo. – Não sou uma pessoa do mar. Pássaros, areia, algas. – Ela estremeceu e colocou a língua para fora. – Não é meu cenário favorito, mas podemos ir até lá se você quiser.

Uma semana antes, eu estava segurando a mão dela no hospital e me perguntando se algum dia ela voltaria para mim. Hoje à noite, eu a observava maravilhado. A Echo estava aqui e era minha. Sentado ao lado dela, eu traçava desenhos na pele exposta de suas costas.

– Vou aonde você quiser, baby.

A luz da velha lanterna de acampamento que nós dois compramos piscou e ela levantou uma sobrancelha do tipo "eu-te-disse". A Echo não era fã dos tesouros que podiam ser encontrados na Legião da Boa Vontade, nem de dormir ao ar livre. Mas ela tinha prometido dar uma chance ao acampamento na nossa viagem de verão.

– A barraca está em boas condições – eu disse para provar meu argumento. – Ela teria custado muito mais numa loja de verdade.

– Se você está dizendo... – Ela moveu o dedo para o oeste do Kentucky. – Quero ver montanhas com neve no topo.

Afastei os cachos dela, me inclinei e beijei sua nuca, adorando ver seus músculos relaxarem quando ela se encostou em mim. Sussurrei no ouvido dela:

– Então é isso que nós vamos ver.

– Noah – ela gemeu em partes iguais de prazer e censura. – Como eu vou agendar visitas a galerias de arte se não conseguir planejar aonde nós vamos?

O aroma doce da Echo fez meu corpo se animar enquanto eu mordiscava a ponta da orelha dela.

– Não estou te impedindo. Você planeja. Eu beijo.

Ela virou a cabeça para me olhar sobre o ombro. Minha sereia se tornava extremamente sedutora com aquele sorriso provocante nos lábios. Um erro da parte dela. Acariciei seu rosto e beijei os lábios macios.

Eu esperava que ela ficasse tímida e se afastasse. Estávamos brincando assim por mais de uma hora: ela organizava enquanto eu a provocava. Viajar no verão era importante para ela, e ela era importante para mim. Mas, em vez do beijinho rápido que eu esperava, ela pressionou os lábios contra os meus. Um calor ardente aqueceu meu sangue.

Foi um beijo lento no início – tudo que eu achei que seria –, mas então a Echo me tocou. As mãos no meu rosto, no meu cabelo. E depois ela encaixou o corpo no meu. Uma pressão quente e provocante em todas as partes certas, e os lábios da Echo nos meus – fogos de artifício.

Ela se tornou minha vida. Preencheu meus sentidos de um jeito que tudo que eu sentia e via e saboreava era ela. Beijos e toques e palavras de amor sussurradas e, quando minha mão deslizou pela curva da cintura dela e parou no cós da calça jeans, meu corpo gritou para que eu continuasse, mas minha mente sabia que era hora de parar.

Com um suspiro, movimentei os lábios mais uma vez nos dela antes de me virar e empurrar o corpo dela para o meu lado.

– Eu te amo.

A Echo encaixou a cabeça na curva do meu braço enquanto seus dedos tocavam preguiçosamente meu rosto.

– Eu sei. Eu também te amo.

– Desculpa eu não ter dito isso mais cedo. – Se eu tivesse dito, talvez a gente nunca tivesse se afastado.

– Está tudo bem – ela murmurou. – Agora a gente está junto, e é isso que importa.

Beijei a testa da Echo e ela se aninhou mais em mim. O mundo estava esquisito. Pela primeira vez na vida, eu não estava lutando contra alguém ou alguma coisa. Meus irmãos estavam em segurança. A Echo sabia a verdade. Logo, eu estaria livre do colégio e do lar adotivo. Eu tinha esperanças de ser aceito na faculdade no período de extensão de matrícula. Satisfação e felicidade eram emoções desconhecidas, mas eu poderia aprender a viver com elas.

– Você se importa? – perguntou ela com uma vozinha que indicava nervosismo. – De ir devagar?

– Não. – E era verdade. Felicidade e satisfação seriam um pouco mais difíceis para ela do que para mim. A Echo, a Ashley e o pai dela tinham chegado a um novo entendimento, mas velhos hábitos são difíceis de mudar, especialmente vivendo todos na mesma casa. Um bebê não ajudava a diminuir o nível de estresse. As sessões de terapia da Echo tinham aumentado, em vez de diminuir. Recuperar a memória e confrontar a mãe tinha criado um novo conjunto de questões, mas a Echo achava que conseguiria lidar com elas desde que tivesse a sra. Collins.

Tudo na vida dela estava mudando, e ela precisava de coisas fortes, firmes e estáveis. Estranhamente, ela encontrava essas três coisas em mim. Quem poderia imaginar que eu seria do tipo confiável?

– Além do mais, ir devagar cria uma tensão. Eu gosto de expectativas.

O corpo dela se sacudiu com risadinhas silenciosas e meus lábios se curvaram para cima. Eu adorava fazer a Echo feliz.

– E você tem certeza que quer deixar seus irmãos e jura que não vai perder o emprego?

A Echo tinha feito essas duas perguntas um milhão de vezes na última semana, mas eu entendia o medo dela. Ela não queria que eu terminasse cheio de arrependimentos.

– Eles vão fechar o Malt and Burger por um mês em julho para reformar, e o meu chefe acha que seria bom eu tirar umas férias. Quanto aos meus irmãos... – Fiz uma pausa. – Eu preciso desse tempo É difícil me desligar. Talvez, se eu me afastar por um tempo, eu não sinta que eles são responsabilidade só minha.

Ela se apoiou nos cotovelos e inclinou a cabeça. Aqueles lindos olhos verdes investigaram os meus.

– Tem certeza?

– Cem por cento.

O sorriso que eu tanto amava apareceu no rosto dela

– Então nós vamos para o Oeste.

NOAH

– Quando você vai voltar? – perguntou o Jacob. Estávamos sentados na casa da árvore no quintal da Carrie e do Joe no dia seguinte à formatura. Eles tinham feito um grande jantar em comemoração e me disseram para convidar meus amigos. Eu levei a Echo, o Isaiah e a Beth, completamente sóbria.

A Echo no momento estava ajudando a esconder o Tyler, numa brincadeira de esconde-esconde com o Isaiah e a Beth.

– No máximo no começo de setembro. Minhas aulas começam na segunda semana do mês.

As perninhas dele estavam penduradas na borda.

– Na escola da nossa mãe?

– Na escola da nossa mãe. – No curso de arquitetura. O Estado cobriria os custos com anuidade e moradia, mas eu planejava morar fora do campus com o Isaiah e a Beth depois que voltasse da viagem com a Echo. A Beth e o Isaiah só se formariam no ano seguinte, mas a Shirley e o Dale não se importavam com onde eles moravam. Quanto à Echo, ela tinha aceitado a bolsa de estudos para "a escola da nossa mãe" e planejava morar no dormitório da faculdade.

Ele estendeu os dedos e contou.

– Mas isso dá pelo menos três meses.

Como eu poderia explicar aos meus irmãozinhos por que eu precisava ir embora? Como eu poderia explicar que, durante três anos, a única coisa que me mantinha vivo era a ideia de formar uma família com eles de novo? Eu havia perdido e havia ganhado. Eu havia perdido os sonhos que tinha, mas havia ganhado novos sonhos.

Eu precisava de tempo para reprogramar meu cérebro, descobrir como ser um aluno de faculdade responsável e um irmão mais velho sem preocupações.

– Eu vou ligar todo dia e mandar presentes e cartões-postais de cada lugar que eu visitar.

O Jacob se iluminou ao ouvir a palavra *presentes*.

– Promete?

– Prometo.

A Echo e o Tyler riram quando o Isaiah o colocou sobre os ombros, agarrou a mão dela e correu pelo pátio para impedir que a Beth os "encontrasse". A Beth seguia devagar, fingindo que não tinha ideia de onde eles estavam. Minha garganta se fechou com essa visão. Eu finalmente tinha uma família.

– O Tyler gostou dela – disse o Jacob ao ver nosso irmão mais novo estender os braços para a Echo.

Limpei a garganta e engoli as emoções que estavam me esmagando.

– O que você acha dela?

Quando os apresentei, um mês antes, meus irmãos tinham ficado tímidos perto dela. Então a Echo fez um desenho do Jacob e do Tyler e o gelo se quebrou. Eles achavam legal um adulto adorar lápis de cera tanto quanto eles. Precisou de mais tempo para eles se adaptarem à Beth e ao Isaiah, mas eles acabaram conquistados pelas tatuagens do Isaiah e pelos presentes que a "tia Beth" comprava para eles.

O Jacob deu de ombros.

– Ela é legal para uma menina.

Eu ri.

– É. Ela é mesmo.

– Pra onde você vai quando for embora?

– Pra vários lugares, mas principalmente para o Colorado. Tem algumas galerias de arte que a Echo quer visitar lá.

Ele me atacou em um abraço.

– Colorado. Tem montanhas lá. Legal!

Legal. Brincamos mais um pouco de esconde-esconde, até o Tyler não conseguir mais manter os olhos abertos. A Echo foi embora com o Isaiah e a Beth para empacotar o resto das coisas para a nossa viagem e para fazer o pai dela jurar, mais uma vez, que cuidaria do carro do Aires até a nossa volta. Embora ela não admitisse, acho que ela também queria uns minutinhos para embalar o Alexander.

A Carrie me deixou ler histórias para os meus irmãos, ouvir as preces deles e colocá-los na cama. O Tyler ia dormir com o Jacob na cama de baixo.

– Te amo, Noah. – O Tyler bocejou e fechou os olhos. Toquei a lateral da cabeça dele. Não era a primeira vez que ele me dizia essas palavras, mas era a primeira vez desde que a Carrie e o Joe tinham me deixado voltar a fazer parte da vida dos meus irmãos.

– Eu também te amo – acrescentou o Jacob.

– E eu amo vocês dois. Cuidem um do outro e obedeçam à Carrie e ao Joe.

O Jacob me deu o sorriso da nossa mãe.

– Pode deixar.

Beijei os dois na testa e me obriguei a sair do quarto. A casa estava com aquele silêncio pacífico. A geladeira gemia. A lava-louças sussurrava baixinho. O cheiro de café forte vinha da cozinha.

Segui o aroma e enfiei a cabeça pela porta da cozinha. A Carrie e o Joe estavam sentados no balcão, bebendo em canecas.

– Não estou brincando. Eu vou ligar todos os dias.

O Joe me deu um sorriso sincero.

– Nós nunca esperaríamos menos do que isso.

– Noah. – A Carrie desceu do banco. – Eu tenho uma coisa pra você, mas não queria te dar na frente dos seus amigos.

Ela me deu um envelope de papel pardo.

– Abre depois, tá? Prometo que você vai adorar.

– Tudo bem.

O Joe estendeu a mão.

– Faça uma boa viagem e não compre nada grande demais para os meninos.

Eu ri. Como se eu pudesse comprar alguma coisa maior do que aquelas que estavam no porão deles, que mais parecia uma loja de brinquedos.

– Pode deixar. Obrigado mais uma vez.

No instante em que eu saí pela porta da frente, abri o envelope. Tinha vários desenhos do Jacob e do Tyler, uma foto minha com meus irmãos e uma cópia da foto dos meus pais. Eu me lembrava dessa foto. Eu tinha tirado depois que meus pais deram a chave para o primeiro morador das casas do Habitat para a Humanidade. A lembrança me fez sorrir. A Carrie e o Joe não eram más pessoas. Eram pessoas que amavam meus irmãos e tinham o coração grande o suficiente para talvez me amar também.

Peguei o celular e enviei uma mensagem de texto para a Carrie: obrigado.

Segundos depois, ela respondeu: de nada. se cuida.

Do outro lado da rua, a Echo estava sentada no capô do Honda Civic cinza dela. Os cachos vermelhos brilhavam sob a luz da rua, e a blusa de alcinhas era decotada o suficiente para minha mente já pensar em como eu conseguiria fazê-la se desviar do plano de dirigir pelo menos seis horas hoje à noite antes de parar e montar a barraca.

O sorriso de sereia iluminou o meu mundo.

– Noah.

– Echo. Você está... – Deixei meus olhos subirem e descerem enquanto me aproximava do carro. – Apetitosa.

A risada dela fez cócegas na minha alma.

– Acho que já tivemos essa conversa antes.

Eu me encaixei entre as pernas dela e envolvi seu rosto com as mãos.

– E acho que no fim daquela noite alguma coisa assim também aconteceu.

Os lábios dela roçaram os meus e ela deu um risinho.

– Está pronto para uma nova normalidade? – sussurrou.

Beijei seus lábios mais uma vez e peguei as chaves da mão dela.

– Estou, e vou dirigir.

Playlist de *No limite da atração*

A música é minha musa. Estas canções ajudaram a dar forma ao tema geral da história:

- "Push", Matchbox Twenty
- "Bad Romance", Lady Gaga
- "Scar Tissue", Red Hot Chili Peppers
- "Use Somebody", Kings of Leon

Para ajudar a compor a personalidade do Noah, eu ouvi o seguinte:

- "Down", Jay Sean
- "Changes", 2Pac & Talent
- "Hey, Soul Sister", Train

Para a Echo, ouvi:

- "Paint", Roxette
- "Sometimes Love Just Ain't Enough", Patty Smyth & Don Henley
- "The End of the Innocence", Don Henley & Bruce Hornsby

Canções que escutei para cenas específicas:

- "Undone (The Sweater Song)", Weezer – Essa música inspirou a cena entre Noah e Echo na festa.

- "Crash Into Me", The Dave Matthews Band – Eu colocava essa música sempre que precisava escrever uma cena de beijo entre a Echo e o Noah.
- "Free", Zac Brown Band – Essa canção representa tudo que eu quis que a Echo e o Noah tivessem conquistado no fim da história. Se você quer saber o que aconteceu entre eles no verão depois que o livro termina, é só escutar essa música.

Uma canção especial para mim:

- "Can You", Angela McGarry – Depois de ler um rascunho de *No limite da atração*, Angela se inspirou e compôs "Can You". Você pode conhecer a música no meu site: www.katielmcgarry.com.

AMOR IMORTAL

AMOR IMORTAL

ANA CAROLINA KJ

Novas Páginas

1ª Impressão — 2015
Impressão e Acabamento Intergraf 270815

Produção editorial:
Equipe Novo Conceito

Dados Internacionais de Catalogação na Publicação (CIP)
(Câmara Brasileira do Livro, SP, Brasil)

KJ, Ana Carolina
Amor imortal / Ana Carolina KJ. -- Ribeirão Preto, SP : Novo Conceito Editora, 2015.

ISBN 978-85-8163-727-3

1. Ficção brasileira I. Título.

15-01130 CDD-869.93

Índices para catálogo sistemático:
1. Ficção : Literatura brasileira 869.93

Novas Páginas
Rua Dr. Hugo Fortes, 1885
Parque Industrial Lagoinha
14095-260 – Ribeirão Preto – SP
www.grupoeditorialnovoconceito.com.br

AGRADECIMENTOS

Ao meu marido Ricardo Jadão, que com a sua experiência profissional em Marketing e Publicidade, me orientou de diversas formas. Ao meu filhinho Edu, que mesmo sendo criança, sempre esteve empolgado com o desenvolvimento do livro. Ao meu pai, por me incentivar desde pequena a criar lugares imaginários graças às suas histórias divertidas. À minha mãe, pelo apoio e carinho. À minha amiga Marineida Basano, que com sua experiência em anjos, me deu dicas importantes. Ao editor Felipe Colbert e à dedicada equipe da Novo Conceito. E a todos os leitores que adquiriram o livro.

PRÓLOGO

VALE DO LOIRE, FRANÇA — 1913

Raziel não conseguia conter a emoção. Era um sentimento puramente humano que descaracterizava as regras celestiais, transgredia os valores angelicais, superava toda e qualquer forma de desejo carnal e espiritual. A alma que residia no corpo da linda mulher próxima a ele era a sua *soulmate*, sua amada imortal. Depois de um século de espera, anos sofridos e agonizantes, em que a sua imortalidade virava um fardo e seu espírito se sentia aprisionado em um corpo que jamais envelhecia, finalmente o homem-anjo sentia-se vivo outra vez.

Raziel olhou para Aurora. Ela estava linda naquele vestido branco. Como uma fada imaculada, seus longos cabelos cor de fogo caíam sobre a seda que contornava seus seios e destacava seu corpo deslumbrante. Os olhos azuis transmitiam calor e reluziam como duas estrelas. Nas mãos, um buquê de tulipas vermelhas destacava-se sobre a cor branca de suas luvas, enquanto a tiara de brilhantes segurava um delicado véu de renda que se estendia até o chão. Aquele momento ficaria eternizado na mente dele. Era a segunda vez que se casava com a mesma alma, só que em corpos diferentes. Um século antes, em seu primeiro casamento, Aurora chamava-se Nataly, uma garota amável, sedutora e pura como uma flor. Raziel a amou incondicionalmente até o dia em que ela deixou de viver. Ele tinha consciência de que ela era mortal e que, mesmo agora, nada poderia fazer em relação a isso. No entanto, tinha esperança de que, num futuro próximo, poderiam viver juntos, em outra dimensão ou na Terra.

— *Tu es pulchra! Você está linda!* — exclamou o Nephilim emocionado, ao acariciar o rosto de Aurora.

Ela sorriu, os olhos radiantes, bem como a sua aura. Naquele exato momento, ele soube o quanto seria feliz ao lado dela.

Uma música suave tocava enquanto uma criança vinha em direção a eles, carregando uma pequena caixa fixada em uma almofada de veludo. Ela entregou a caixa nas mãos de Raziel, que aguardou até que o padre terminasse os votos para então abri-la.

— É... divina! Parece até que já a vi antes... Tão familiar! — disse Aurora ao ver a aliança que havia dentro.

Raziel previa que Aurora se recordasse da joia que um dia já havia sido dela, mas preferiu guardar o segredo. Queria que ela aceitasse o pedido de casamento sem conhecer a verdadeira história de seu passado. Contudo, pretendia contar-lhe quando chegasse o momento certo.

Colocou a aliança no dedo delicado da mulher que amava. Era uma peça rara e única, com um diamante exclusivo azul-celeste da cor dos olhos dela. Seus lábios se encontraram e um raio de luz se formou ao redor deles.

— Agora você é minha esposa... Para sempre... *Dilecta immortalis. Amada imortal* — anunciou o Nephilim, abraçando-a com emoção.

— *Aeternum. Para sempre* — repetiu ela, acariciando o rosto do lindo anjo de asas negras.

CAPÍTULO 1

"Tu eras querubim da guarda ungido, e te estabeleci; permanecias no monte santo de Deus, no brilho das pedras andavas. Perfeito eras nos teus caminhos, desde o dia em que foste criado até que se achou iniquidade em ti". (Ezequiel 28,14-15)

ASPEN — JANEIRO DE 2014

No topo do mundo! Era assim que eu me sentia naquele lugar de natureza exuberante e nostálgica. O ar gelado entrava em meus pulmões e fazia-me sentir viva. A neve macia cintilava sob meus esquis e parecia infinita, uma imensidão branca que inundava o horizonte. Ali eu recordava meu passado, minha infância ao lado do meu adorado pai. Fechei os olhos e ouvi a sua voz, as brincadeiras que ele costumava fazer com bolas de neve voadoras e apostas de corrida. Uma dor aguda irrompeu no meu peito. *Se ao menos eu pudesse apagar as recordações para livrar-me de tanta saudade...*

Respirei fundo. Fazia tempo que não vinha a Aspen e que não praticava esse esporte, mas pelo visto eu me saí tão bem quanto da última vez. Ao meu redor, profissionais deslizavam com tanta desenvoltura que me deixavam com inveja. Desde pequena, ficava admirada com a elegância e os movimentos radicais desses atletas da neve. No entanto, estava longe de fazer feio, graças ao privilégio de ter visitado o lugar tantas vezes.

Um grupo de crianças passou por mim como flechas, formiguinhas ágeis e coloridas desempenhando um excelente número de malabarismo. Um sentimento de solidão me invadiu. Brequei meus esquis com força, um jato de neve se formou à minha frente. Olhei para cima e admirei o pôr-do-sol refletindo seus raios no branco imaculado das montanhas. Ao meu lado, fora da pista, imponentes pinheiros davam forma a um bosque. Resolvi ir para lá. Destravei meus esquis e sentei-me apoiando as costas em um tronco. Nuvens formavam desenhos que pareciam anjos com grandes asas, um indo ao encontro do outro. Olhei para o lado e notei um casal se beijando. Dava para perceber o desejo ardente que sentiam um pelo outro, como se fossem entrar em combustão, mesmo no frio atordoante e deitados na neve espessa. *Puxa! Como desejo sentir essa coisa insana que desmaterializa a razão e lança a pessoa para um mundo colorido, um mundo onde não existe mais nada além de sexo e paixão... Apesar do meu passado de relacionamentos entediantes e mecânicos, ainda acredito no amor. Pelo menos, uma parte de mim acredita.*

Resolvi me levantar. Estiquei os braços para cima e senti um calor esquisito percorrer o corpo, como se eu estivesse à frente de uma plateia, uma sensação estranha e incomum, muito incomum. Girei meu corpo em cento e oitenta graus. Estiquei meu olhar para um pinheiro ao longe e avistei a sombra de um corpo masculino se movimentar. A imagem era negra e esfumaçada, fantasmagórica, e eu me arrepiei até o último fio de cabelo. Esfreguei os olhos ao imaginar que poderia ser uma alucinação. Quando os abri novamente, a sombra havia desaparecido. Para piorar, me assustei ao escutar o lampejo de um relâmpago. Rapidamente coloquei meus esquis e deslizei para a pista em alta velocidade, como se a adrenalina fosse um antídoto para aquele estado alucinógeno.

Enquanto descia até o final da montanha, lembrei que Loreta devia estar preocupada, pois eu já estava esquiando há horas. Ela realmente achou que essa viagem fosse aliviar a minha dor... Lá no fundo, eu também esperava o mesmo.

— Até que enfim! — gritou Loreta, erguendo os braços. — Onde você estava? Por que demorou tanto?

— Fiquei meio fora do ar lá em cima... A paisagem estava linda — respondi, tentando disfarçar minha cara de assustada. — Faz tempo que está me esperando?

Loreta passou a mão nos cabelos longos e negros e cruzou os braços.

— O que você acha? Conheci dois carinhas interessantes... Eles estão esperando a gente no Ajax Tavern para tomar um cappuccino.

— Tudo bem. Estou mesmo precisando me esquentar, mas não vamos demorar muito. O lugar é bastante agitado a esta hora. É como um *happy hour* dos esquiadores, e estou um pouco cansada — respondi enquanto tirava os óculos e o gorro de lã preto.

— Deixe de ser rabugenta, nem é tão tarde. E depois, você precisa conhecer gente! — enfatizou ela, semicerrando os olhos castanho-amendoados.

Fiz uma careta para minha amiga, tirei meus esquis e abri as travas das botas. Senti os pés gelados mesmo cobertos por grossas meias de lã. Entramos no banheiro para dar uma conferida na imagem. Boca roxa, nariz vermelho quase no mesmo tom do meu cabelo e bochechas rosadas. *Vou ter que dar um jeito no meu visual.* Lavei o rosto com água morna. Para meu alívio, Loreta me emprestou a sua maquiagem; ela sempre carregava um nécessaire. Então resolvi organizar meus cabelos rebeldes e cacheados e me aqueci um pouco com o jato quente usado unicamente para secar as mãos.

— Você vai pegar fogo aí debaixo! Vamos logo! — advertiu ela, ansiosa.

Guardamos nossos esquis do lado de fora e entramos no restaurante que ficava na base da Aspen Mountain e me senti aliviada por haver calefação no ambiente. Tirei minha jaqueta dourada e fui seguindo Loreta até a mesa dos tais rapazes.

— Eles são brasileiros? — murmurei enquanto caminhava.

— São cariocas, como nós.

As pessoas se aglomeravam nas mesas do lugar e senti que estava sendo observada, mas não virei a cabeça para averiguar. Dois rapazes sorridentes levantaram-se para nos cumprimentar. Uau! Eram realmente bonitos; altos, esguios e elegantes.

O moreno puxou a cadeira para eu me sentar.

— Você deve ser a Anna — disse ao me analisar de cima a baixo. — Nossa! Loreta não me contou que você tinha uma beleza tão exótica. Meu nome é Erick e esse é meu amigo, Marcos.

Abri um sorriso amarelo. *Exótica esquisita tipo uma medusa ou exótica tipo bonita, diferente?*

Nós nos cumprimentamos. Uma garçonete americana entregou os cardápios. Loreta pediu um sanduíche acompanhado de café com leite. Como eu estava morrendo de fome, decidi pelo cheeseburger duplo, batatas fritas trufadas e um cappuccino gigante.

— Adoro garotas que têm apetite grande — disse Erick, cravando seus olhos castanho-escuros em mim. — Vou pedir o mesmo que o dela — completou para a garçonete.

Uma sensação esquisita de temor me atingiu ao encarar os olhos dele, que pareciam distantes, vidrados, como se estivessem em transe. Erick colocou sua mão sobre a minha e me arrepiei como se eu tivesse levado um choque. Meu corpo amoleceu em um sentido negativo, como se minha energia estivesse sendo sugada aos poucos. Puxei minha mão para cima do meu colo. Seu olhar parecia estagnado, como se não tivesse vida.

— Como vocês se conheceram? — perguntei a Loreta, absorvida na conversa do loiro, Marcos.

— Nós nos esbarramos na pista — cantou Marcos, piscando para minha amiga. — Meu snowboard saiu voando quando nos chocamos um no outro.

Loreta sorriu em resposta ao carinho que o loiro fez em seu rosto. Revirei os olhos. *Minha amiga parece um ímã que atrai caras idiotas... Tomara que esse não seja como os outros.*

A garçonete colocou os pratos e as bebidas na mesa. Sem me importar, ataquei minha comida. O modo como o moreno me encarava estava me deixando nervosa, no entanto, eu sabia que depois da morte de meu pai eu havia ficado muito sensível e um pouco sem paciência com as pessoas. Talvez o meu emocional estivesse tão abalado a ponto de me levar ao delírio, a explicação mais plausível para aquela imagem sombria na montanha.

— Vocês têm programa para hoje à noite? — perguntou Erick com meio sorriso.

— Claro. Sair com vocês — disse Loreta, antecipando minha resposta, que seria "estou muito cansada e tenho outros planos".

Cutuquei a perna dela com meu pé. Ela arregalou os olhos para mim e me chutou de volta. Mordi um pedaço do sanduíche e mastiguei com toda a força. — E quais são os planos? — perguntei com a boca cheia, fazendo força para engolir a comida.

— Que tal se jantarmos no Campo di Fiori e depois irmos direto para o Escobar?

— Proposta atraente — respondeu Loreta, erguendo as sobrancelhas. — O que você acha, Anna?

Olhei para minha amiga, forçando um sorriso. Eu tinha consciência do quanto ela queria ir, e recusar seria o início de um desnecessário sermão sobre como eu devo aproveitar a minha vida, blá-blá-blá.

— Tudo bem — falei sem o menor entusiasmo.

— Você é sempre assim? — perguntou Erick, me encarando.

— Assim como?

— Bom... Não me parece muito animada.

— Estou cansada, só isso — acrescentei em um tom não muito sincero. Olhei para Loreta com o olhar de "vamos embora antes que eu mude de ideia". Ela entendeu o recado e nós nos levantamos. Marcos deu um beijo na mão dela enquanto eu me despedia de Erick com um aperto de mão. Ele segurou a minha mão tempo demais e subitamente senti uma dor esquisita na cabeça, como se algo quisesse invadir meu cérebro. *Que sensação estranha,* pensei, pressionando as têmporas com os dedos.

Quando já estávamos fora da cafeteria, a dor esquisita começou a diminuir. O frio parecia mais intenso e apertamos os passos em direção ao carro.

— Você não gostou muito deles, não é? — perguntou Loreta ao entrar no jipe que havíamos alugado.

— Verdade... Senti algo estranho em relação ao Erick.

— Anna! O cara é um gato, educado e me parece inteligente. Você é exigente demais! Construiu uma redoma de vidro ao seu redor e não deixa ninguém entrar — exagerou ela, franzindo o cenho. — Nem todos são como o babaca do seu ex-namorado; você precisa abrir a porta do seu coração.

— Não é isso... Apenas não me identifiquei! Conhece o termo *atração*?

O jipe deu um solavanco e percebi que havíamos passado por uma pedra de gelo de tamanho considerável. O céu estava sendo tomado pela escuridão e algumas nuvens negras borravam o horizonte.

— É claro que conheço esse termo, mas você precisa se dar uma chance para sentir isso — alertou ela, que parecia bem concentrada na direção. — É como quando saboreei um prato de estrogonofe pela primeira vez. A princípio pareceu nojento, mas, quando coloquei na boca, foi uma delícia.

— Eu não gosto de estrogonofe — rebati, brincando.

Nós duas começamos a gargalhar e comecei a me lembrar da época da faculdade. Loreta sempre me fez rir. Ela era sociável e não levava desaforo para casa. Além disso, sempre foi apaixonada por artes plásticas, assim como eu.

— O que está se passando nessa cabecinha, hein? — disse ela, sorrindo.

— Você é muito curiosa. Estou pensando que, quando eu me deitar naquela cama king size quentinha do quarto, vai ser difícil me tirar de lá.

— Velhinha! — exclamou ela, estacionando em frente ao nosso hotel. — Enquanto você descansa, vou dar um giro por aí.

— Um giro? Você tem o pique de um menino de oito anos!

Loreta riu e eu desci rapidamente do carro. Ao entrar no saguão do hotel, outra vez tive a impressão de que alguém me observava. Olhei para os lados e nada, apenas dois casais sentados de frente para a lareira e uma turma de garotas brasileiras escandalosas. Apertei o passo em direção ao quarto, arranquei as roupas e entrei no chuveiro quente. Em seguida, sequei os cabelos volumosos e despenquei na cama.

CAPÍTULO 2

Sinto-me perdida, corrompida pela dor, como um pássaro ferido que não pode mais voar. Agora só me resta esperar... No silêncio de meus pensamentos, nos meus sonhos mais sombrios, ou ao despertar... Minha salvação... Será que ela chegará?

Eu estava em um lugar que não conseguia identificar, um corredor escuro e nebuloso, com fumaça inundando meus pés. Olhei adiante e vi a sombra de um homem. Meu corpo paralisou. Não tinha certeza se ele podia me ver, então abafei a vontade de soltar um grito. A sombra negra se aproximou e duas asas de águia se abriram como um leque por trás das costas dele. Recuei alguns passos. Quando me dei conta, eu estava correndo. Comecei a ouvir uma voz distante. Foi quando abri os olhos e dei de cara com Loreta.

— Oi, velhinha! Com o que estava sonhando? — perguntou de pé, ao lado da cama.

— Antes que eu me esqueça, velhinha é a sua mãe... Apesar de ela ser linda.

— Concordo. Mas me conta... Você parecia muito aflita dormindo.

— Bobagem. Minha mente ultimamente anda me pregando peças. Deve ser meu emocional.

— Você precisa se divertir — aconselhou, pegando uma sacola que estava no chão e colocando em cima da cama. — É pra você. De coração, e de muito bom gosto.

— Loreta! Não precisava! — Abracei-a.

— Precisava, sim... Sei que seu pai deixou você muito bem de vida, mas também sei que não anda gastando nada. Você precisa renovar o guarda-roupa.

— É mesmo, você tem razão. Andei me dedicando demais às pinturas e deixei o visual em segundo plano — respondi, puxando delicadamente a caixa de dentro da sacola. — Uau! Deve ter custado uma nota!

— Você merece. Esse vestido é um vintage da Armani, clássico, porém sexy e elegante.

Puxei o vestido de crepe preto do interior da caixa e reparei que, apesar de ser um simples tubinho de mangas longas, ele tinha uma fenda em uma das laterais e os punhos eram bordados com cristais. Eu o vesti em frente do espelho antigo pendurado na parede do quarto e percebi o caimento impecável no corpo.

— Nossa, é lindo! Você tem bom gosto, obrigada. — Sorri.

— Quero ver você feliz outra vez... Assim como quando eu a conheci.

— Sou feliz por ter uma amiga tão carinhosa, mesmo que de vez em quando seja um pouco chata!

Loreta fez uma careta e sorriu. Depois de uma hora, descemos para o bar do hotel para esperar os rapazes. Vesti meia-calça preta escura por baixo do vestido e um sobretudo de lã. Loreta estava com uma calça de couro *skinny* acompanhada de um blazer preto ajustado por um largo cinto e uma paximina de lã sobre as costas. Ambas usávamos botas de salto e cano alto.

— Vamos brindar! — disse ela, toda empolgada, segurando uma taça de champanhe.

— Ao nosso vernissage! — exclamei sorridente. — Um sonho que se tornou realidade. Que nossas obras sejam as mais apreciadas!

Ergui a mão e o choque entre as taças foi tão forte que uma delas acabou quebrando e cortando superficialmente meu dedo indicador. Um fio vermelho de sangue começou a escorrer e limpei com um guardanapo do bar.

— Está doendo?

— Bobagem... Não foi nada. Acho que me empolguei — disse, juntando os cacos de vidro. — Eu já volto. Vou até o banheiro lavar isto.

Caminhei pelo corredor vazio e entrei no banheiro. Tranquei a porta e olhei minha imagem no espelho. *Por que me sinto tão estranha? Coração apertado e falta de ar...* Abri a torneira, posicionei a mão no jato de água fria e observei o sangue escorrer pela pia. Um silêncio agonizante e um leve formigamento perturbaram o interior dos meus ouvidos. Sentia como se algo estivesse lá dentro, bloqueando até mesmo o som do gotejar da água. De repente um zumbido irritante deu espaço a um sussurro que invadiu minha mente. Coloquei as mãos sobre as orelhas e escutei claramente a voz rouca dentro de mim: *Dilecta immortalis.* Em seguida, houve um leve estalo seguido de um alívio após escutar o barulho da água quase transbordando sobre a bancada. Fechei a torneira e olhei para meu dedo. Fiquei assombrada ao perceber que o corte havia sumido! *Como minha pele cicatrizou desse jeito? E o que diabos foi isso?*

Respirei fundo, abri a porta e notei que o corredor continuava vazio. Enquanto andava em direção ao bar, tive outra vez aquela sensação de estar sendo observada. Acelerei o passo e vi Loreta conversando com Marcos e Erick.

— Anna! Tá tudo bem?

— Tudo... Foi bem superficial — respondi, escondendo o dedo.

— Você está linda! — exclamou Erick, me cumprimentando com um beijo no rosto. Ele vestia jeans e um belíssimo blazer preto que lhe caiu muito bem, bastante atraente, mas ainda assim algo nele me incomodava. Seus olhos estavam mais escuros do que da última vez e tão sem vida quanto.

— Boa noite — disse o loiro, estendendo-me a mão num gesto formal. — Vocês capricharam na produção.

Marcos fazia bem o tipo de Loreta, um lindo *bad boy* com uma jaqueta de couro moderna e black jeans. Percebi que ele tinha uma tatuagem no pulso, mas não consegui identificar o que era por causa da manga comprida.

— Vamos, então — sugeriu Erick, encostando os dedos em minhas costas. — Marcamos às 21h e o restaurante costuma ficar cheio.

Enquanto passávamos pelo saguão do hotel, lembrei-me de que havia esquecido minha bolsa no bar.

— Gente! Preciso buscar minha bolsa, encontro vocês no carro — disse, dando meia-volta.

Atravessei o lounge decorado por tapetes persas, sofás modernos e aconchegantes, aparadores do século XVIII enfeitados por vasos de prata e uma enorme lareira trabalhada em mármore travertino. Fiquei aliviada ao ver que a bolsa permanecia em cima do balcão espelhado do bar. Estiquei o braço para pegá-la, porém a alça se prendeu no encosto do banquinho. Quando puxei, esbarrei a mão na abertura. O ímã que a mantinha fechada se rompeu e todo o conteúdo foi para o chão. *Droga! Que desastrada!*, pensei enquanto me abaixava para recolher. Havia espalhado a maquiagem, o dinheiro, a cópia do passaporte, a máquina fotográfica, o creme para as mãos e as balas de menta, entre outros. Estendi o corpo pelo piso de madeira ao notar que uma nota de cem dólares havia parado debaixo de uma mesa.

Uma sombra refletida no chão me assustou e cobriu a luz ao meu redor. Ao me virar, me deparei com olhos tão verdes e brilhantes que chegaram a ofuscar a minha visão. Tive um déjà-vu, como se aquele olhar me fosse familiar. Fiquei muda. O homem estava agachado e mantinha uma das mãos sobre a perna dobrada. Ele sorriu deixando à mostra covinhas no rosto estruturalmente perfeito. As sobrancelhas grossas se arquearam.

— Precisa de ajuda? — perguntou, alcançando um dos meus pertences.

Aquela voz mexeu comigo. *Essa voz não me é estranha. Será que ele é um ator famoso? Um modelo?*

Com elegância, o deus grego esticou o braço para me entregar o batom.

— Você está bem? Parece tensa.

Eu me levantei e esbarrei os dedos na mão dele ao pegar o estojo de maquiagem. Meu estômago se agitou como um oceano revolto, senti um frio agudo atingir meu coração e minha respiração acelerou.

— Está tudo bem... Só estou com pressa. Obrigada pela ajuda.

— A vida já é muito agitada — disse —, cheia de desencontros e, se não prestarmos atenção, corremos o risco de perder algo importante — alertou, mostrando seus dentes brancos. — Meu nome é Raziel, e o seu?

Encarei seus olhos e me perdi lá dentro por alguns segundos. *Raziel... Onde ouvi esse nome antes?*

— Anna.

Ele se aproximou, dobrando as mangas da camisa preta impecável. Seus olhos brilhantes e vidrados em meu rosto faziam com que sentisse como se nada mais existisse ao redor. Minhas pernas amoleceram.

— Um nome simples e lindo como você.

Tive de me segurar para não me aproximar mais, para não mostrar a minha excitação, uma vontade louca de beijá-lo naquele momento. *Como posso me sentir assim diante de um estranho?*

— Obrigada... outra vez... Você está hospedado aqui?

Ele passou os dedos pelos cabelos negros e sorriu.

— Sim. Me hospedei hoje.

— Anna! — gritou Loreta, vindo em minha direção como uma raposa curiosa. — Está tudo bem? Estamos esperando...

Saí da minha hipnose, tentando parecer normal.

— Já estou indo, Loreta — respondi, revirando os olhos. — Desculpe, preciso ir.

Ele se aproximou mais, segurou uma das minhas mãos e sussurrou no meu ouvido:

— Eu a encontro, *dilecta immortalis.*

Minha pele se arrepiou e fechei os olhos para apreciar a sensação mágica que meu corpo sentia. Ao abri-los, Raziel havia desaparecido.

Senti um toque em meu ombro; nem havia percebido que Loreta estava ao meu lado.

— Quem era ele?

— Nem imagino... Mas gostaria de conhecê-lo melhor — respondi ainda atordoada com tantos sentimentos intensos. *O que foi isso? Nunca fiquei assim... Estou louca ou as palavras estranhas são as mesmas que escutei no banheiro? Como ele sumiu tão rápido?*

— Uau! Ele mexeu com você. Seu rosto está todo vermelho.

— Você o viu? — perguntei eufórica. — Ele sumiu de repente.

— Estava quase alcançando vocês quando ele se afastou de repente. Vocês estavam de costas, mal pude ver o rosto... Mas ele parecia gato.

— Mais do que possa imaginar — respondi, apressando o passo em direção à saída.

— Ele pegou seu telefone? — perguntou ela, quase tropeçando no tapete ao tentar me acompanhar.

— Não, mas ele também está hospedado aqui, então terei chance de encontrá-lo de novo.

Loreta segurou meu braço, já do lado de fora.

— Você está estranha. Tudo bem?

— É que... — murmurei, mas achei melhor não expor meus sentimentos. — Deixa pra lá, depois eu conto. — Abri a porta do Audi preto que estava parado na frente do hotel.

— Achou a sua bolsa? — indagou Erick, com um sorriso irônico.

Coloquei a bolsa entre nós dois. — Parece que sim. Desculpem-me pela demora.

— Tudo bem, gata — disse o loiro que estava ao volante. — Nossa mesa continua reservada.

Erick se agitou no banco. — Tomara que você esteja certo... Estou faminto!

Olhei a paisagem através do vidro. A noite estava magnífica, o céu estrelado iluminando a neve reluzente. Eu estava sentada no carro, mas minha mente encontrava-se em outro lugar, as vozes ao meu redor não passavam de brisas silenciosas. Eu podia ver Raziel à minha frente como se fosse real, os detalhes impressionantes do seu rosto, a voz familiar e intensa, e, mais do que isso, seu olhar enigmático, que me fez contorcer por dentro. *Quem é esse homem? Por que me sinto assim? Ele disse que me encontraria... Pelo menos sei que ele está hospedado no mesmo hotel que eu. Posso descobrir seu sobrenome.*

A voz de Erick interrompeu meus pensamentos:

— Você parece longe... Está chateada com algo?

Olhei para ele; seus olhos castanhos me analisavam, pareciam frios como gelo.

— Não. Estou apenas curtindo a paisagem.

— A paisagem é mais interessante que a minha companhia?

Com certeza!

— Não é isso... Fiquei cansada com o esforço que fiz para esquiar hoje. Fazia tempo que não praticava.

Erick se aproximou mais de mim e colocou uma de suas mãos sobre a minha.

— Sabe, eu estava pensando, que tal se fôssemos esquiar em Aspen Mountain amanhã? Podíamos fazer uma competição.

Afastei minha mão do alcance dele. — Competição?

— Acho a ideia legal — comentou Loreta. — Assim podemos provar que as mulheres podem esquiar melhor. Vai ser baba.

— Opa! Temos competidoras à nossa altura, Erick — exclamou Marcos, empolgado.

— Espera aí! Eu não confirmei nada — falei em protesto.

— Tá com medo de perder? — cutucou Erick.

— Eu não tenho oito anos — falei, semicerrando os olhos. — Mas, pensando bem, será maravilhoso ganhar de você.

— UUUUHU! Agora gostei! — exagerou Marcos, colocando as mãos para cima. — Falou como uma profissional. Adoro mulheres seguras!

Marcos estacionou o carro na frente do restaurante italiano Campo di Fiori. Ele conversou com a linda hostess de traços orientais que nos guiou até a mesa. O lugar era charmoso e aconchegante, porém minha mente estava tão infectada com o encontro do homem misterioso que não conseguia relaxar. Tentei entrar na realidade por alguns minutos, mas não estava sendo muito espontânea.

Erick pediu um vinho e, depois de eu degustá-lo pela quinta vez, comecei a me acalmar. Olhei para os lados com aquela impressão incômoda de que estava sendo observada. Talvez no fundo do meu inconsciente, eu desejasse que *ele* estivesse por perto. Percebi que os rapazes estavam sendo gentis e que talvez a minha "implicância" fosse apenas uma defesa por causa do meu relacionamento passado. Quem sabe Loreta estivesse certa quando mencionou que criei uma barreira ao meu redor.

— Me conta um pouco de você — a voz de Erick ressoou no ar, interrompendo meu devaneio. — Loreta comentou com Marcos que vocês duas são artistas.

— Anna pinta quadros surrealistas — revelou Loreta, dando uma garfada em seu espaguete ao sugo. — As telas dela são fantásticas.

Erick degustou uma taça de vinho e me encarou. — Eu gostaria muito de vê-las. Adoro o sobrenatural.

— Bom, gosto de revelar meu lado criativo no trabalho. Até mesmo coisas em que, no fundo, não acredito.

— Em que você não acredita? — questionou Marcos, se intrometendo na conversa.

— Meu lado espiritual anda um pouco abalado, estou começando a acreditar que Deus não existe.

Erick pareceu divertir-se com o comentário.

— Ele existe, minha cara, pode ter certeza.

— Você já o viu? — perguntei ironicamente.

Ele sorriu e colocou uma das mãos sobre o queixo. — Acho que nenhum ser humano é capaz disso. Não que eu seja religioso, mas tenho conhecimento sobre o assunto.

Marcos pareceu se incomodar com a conversa e olhou feio para Erick. Uma nuvem negra caiu sobre nós, abalando a paz do ambiente. Não tinha jeito. Meu coração dizia que Erick e Marcos estavam escondendo algo, agiam como se tudo fosse uma encenação.

Loreta pigarreou antes de dizer:

— O que acham de irmos dançar? O Escobar deve estar fervendo agora.

— Boa ideia! — exclamou Marcos, entregando a conta paga ao garçom.

Assim que saímos do restaurante, senti a brisa gelada atingir meu rosto. O frio estava mais intenso e, além disso, nevava. Observei que um Maserati preto último modelo estava estacionado na frente da porta. *Nossa! Isso que é carro!*, pensei, admirada com a beleza do automóvel.

Marcos abraçou Loreta e os dois se beijaram fervorosamente, ignorando a nevasca. Entrei depressa no Audi e Erick me acompanhou.

— Está com frio? — perguntou ele, segurando a minha mão. — Sua mão está gelada! Toma, pode ficar com as minhas luvas.

— Obrigada — respondi, vestindo-as na mesma hora.

Em um movimento rápido, Erick jogou seu corpo sobre o meu. Para minha surpresa, ele tentou me beijar. Coloquei minhas mãos contra seu peito para evitar o contato. Sem aviso, um zumbido irritante invadiu os meus ouvidos e em seguida ouvi um sussurro: — *Afaste-se dele!*

— Você disse alguma coisa? — perguntei, assustada, me jogando para o canto do carro.

— Não. Apenas tentei beijar você e... Parece que fui rejeitado.

— Erick, ainda não sei nada sobre você. Não estou preparada, entende?

— O que quer saber? — indagou, passando a mão em seus cabelos castanhos um pouco compridos.

— Qualquer coisa, como: o que você faz, onde estudou, onde mora... Estas coisas básicas.

— Anna, só estou pedindo um beijo — rebateu ele com ironia. — Mas, pelo visto, você não sente atração por mim, não é?

Apertei os lábios e achei melhor não deixar o clima ruim entre nós, afinal, ele não havia me desrespeitado. — Não é isso. Acabei de conhecer você e saí de um relacionamento sofrido... Espero que entenda.

— Tudo bem. Gosto de mulheres difíceis e não pretendo desistir — avisou com um sorriso nervoso.

Loreta entrou no carro e deu uma olhada para mim. — Está tudo bem?

— Sim — respondi, um pouco aflita com seu olhar inquisitivo. Eu sabia que minha amiga não iria sossegar enquanto não me visse beijar alguém.

Marcos começou a dirigir. Ligou o som do carro e o clima ficou mais animado.

— Você precisa relaxar, Anna! — aconselhou Loreta, se remexendo, empolgada com a música. — A vida é curta, sabia?

— Também acho! — rebateu Erick. O brilho do seu olhar parecia diabólico.

Depois de um tempo, olhei para trás e percebi que o Maserati preto de vidros escuros estava logo atrás de nós. *Deve estar indo para o Escobar também.* Aproveitei que todos estavam concentrados no som barulhento e resolvi fechar os olhos e relaxar. Não sei por que, lembrei-me da conversa com Raziel. *O que significavam aquelas duas palavras? Aquela expressão parecia latim! Será que ele está no hotel agora? Ele se interessou por mim ou estava zombando da minha cara? Um homem como aquele deve ter um ego maior que a Terra.*

— Chegamos! — avisou Marcos.

Assim que saí do carro, pequenas gotas de neve respingaram sobre a pele do meu rosto e cabelo. Corremos para dentro da boate aliviados com a calefação do ambiente. A decoração era moderna e havia um enorme bar com ares futuristas.

— Vamos tomar um drinque — sugeriu Marcos, indo em direção ao bar, acompanhado por Erick.

— Vamos guardar nossos casacos — disse a minha amiga. — Não sei você, mas estou louca para dançar! — comentou comigo, empolgada.

— Eu adoro dançar — falei, livrando-me do meu sobretudo.

Loreta puxou a minha mão e fomos à pista de dança. Deixei-me levar pela *techno music* que retumbava por todos os lados. Pessoas se aglomeravam ao nosso redor, a fumaça ofuscava os rostos e corpos que se movimentavam ao meu lado. As luzes formavam desenhos pelo chão e pelo teto. O DJ misturava diferentes mixagens para animar o pessoal. Loreta jogava seus cabelos pretos para todos os lados, estava mais animada do que nunca. Sentia os olhares masculinos medindo cada parte do meu corpo. Dois caras com idade suficiente para ser meu pai se aproximaram e começaram a dançar com a gente.

A mão de um deles se prendeu no meu braço.

— Posso conhecer você melhor? — balbuciou ele em inglês. O homem estava completamente bêbado. Puxei meu braço com força, fazendo com que ele se desequilibrasse. — Ei! — gritou, franzindo a testa e cambaleando para cima de mim. Tentei segurá-lo, em vão; era como equilibrar uma rocha.

O copo de uísque que ele segurava com a outra mão se soltou e veio em minha direção. Inesperadamente, alguém me puxou para trás. Foi tão rápido que por um instante vi meus pés levitarem. O americano idiota caiu no chão e o copo se espatifou no meio da pista.

Olhei por sobre o ombro e não havia ninguém por perto.

Loreta abriu caminho entre as pessoas e conseguiu me encontrar.

— Nossa! Como foi parar tão longe?

— Alguém me puxou, mas não faço ideia de quem tenha sido — respondi, ajeitando meu vestido, que estava um pouco repuxado.

— Vamos até o bar. A pista está muito cheia!

— Cheia de babacas! — gritei de modo que os dois homens pudessem ouvir.

Saímos do tumulto e nos dirigimos até onde os rapazes estavam. Marcos, o loiro, encarou Loreta com um sorriso de canto de boca. Mesmo com pouca luz, dava para perceber a diferença na cor de seus olhos, que pareciam mais escuros do que antes.

— Aí estão vocês! — disse ele, apertando minha amiga pela cintura.

— Esse drinque está muito demorado! — reclamou Loreta, beijando a boca dele em seguida.

Erick levantou-se do banco do bar e sorriu para mim. — Como foi lá na pista?

— Um cara quase derrubou a Anna! Ele estava bêbado! — interferiu Loreta.

— Parece que não posso deixá-la sozinha nem um minuto — insinuou o moreno, agindo como se eu fosse propriedade dele.

— Eu sei me defender sozinha — respondi, um tanto irritada.

Um olhar sombrio me encarou.

—Vocês querem beber alguma coisa? — perguntou Erick de forma seca.

— Apenas um copo d'água. O vinho do jantar já foi o suficiente.

— Por que vocês não pegam uma mesa e nós levamos as bebidas? — ofereceu Marcos, tascando outro beijo na boca de Loreta.

Seguimos até uma mesa vazia e nos sentamos. Resolvi desabafar com minha amiga o que eu estava sentindo:

—Você não acha que eles são um pouco estranhos?

— Lá vem você... — resmungou ela.

— Sério, Loreta! Eles têm um olhar estranho, vazio.

— Quem é você? Um detetive à procura de um suspeito? Procure relaxar um pouco, você só tem vinte e três anos.

— Não é isso. Estou pressentindo algo... Não posso ignorar meu coração. Uma sensação estranha, como se vozes do além sussurrassem no meu ouvido.

— Anna — Loreta me encarou, incrédula —, agora eu estou preocupada! Sério! A morte do seu pai mexeu demais com você. Está sensível e carente. Escute o meu conselho: você está precisando de uma boa transa! Agir de acordo com sua idade, paquerar um pouco.

— Não consigo transar sem sequer ter um envolvimento emocional. Não sou uma mulher atrás de um prazer momentâneo — rebati, me remexendo na cadeira.

— Sei disso, mas você precisa deixar ser seduzida. Abrir a porta, entende?

— Vou abrir a porta na hora certa. Aliás, não consigo tirar o homem misterioso da minha cabeça.

— Que homem misterioso? O gostosão do hotel? — perguntou ela, apoiando seus dois braços na mesa e se inclinando para a frente.

— Ele mesmo — respondi, jogando meu corpo para trás, no encosto da cadeira.

— Você nem o conhece. Não sabe nem se ele é casado!

— Shhh! — Fiz um sinal de silêncio levando o dedo à boca. — Os caras estão chegando.

Marcos sentou-se em uma das cadeiras e colocou as bebidas em cima da mesa.

— Vem cá, gata — murmurou ele, puxando a cadeira de Loreta. Ela jogou as pernas por cima das coxas do loiro e ele apertou com força as nádegas dela. Os dois começaram a se beijar como se ninguém estivesse ao redor. Revirei os olhos e tomei um bom gole de água.

— Quer ir dançar um pouco? — perguntou Erick ao meu lado.

— Na verdade, estou um pouco cansada.

— Vamos! — Ele se levantou e me puxou pela mão. — Não estou a fim de dançar sozinho. Vai ser legal.

— Tudo bem — respondi, levantando-me em seguida.

Fomos embalados pela música alta. Observei Erick. *Até que sabe dançar bem. Tirando seu olhar estranho e suas respostas frias, é sem dúvida um homem atraente.*

— Você pensa muito! — disse ele, aproximando-se do meu ouvido.

Fechei os olhos e me deixei levar pela música. O meu corpo se remexia e meus pensamentos começaram a se afastar. Quando abri os olhos de novo, enxerguei mais de um Erick à minha frente. *O que está acontecendo? Sinto-me tonta...*

Apertei as têmporas, mas minha cabeça parecia girar.

Até que minha visão embaçou de vez e tudo se tornou escuridão.

CAPÍTULO 3

Como um espírito que vaga, surgistes do nada... Tocando tão fundo em minha alma que mal pude respirar. Senti um aperto dentro do peito, como se tudo fizesse sentido, e nada mais parecesse importar.

— Anna! — uma voz agonizava em meus ouvidos. — Acorde!

Abri os olhos devagar. A imagem de Loreta estava distorcida e parecia haver um homem careca desconhecido ao lado dela. Percebi que eu estava deitada numa cama.

Nossa! Estou no quarto do hotel! Como vim parar aqui?

— Loreta — murmurei com a cabeça latejando. — O que aconteceu?

— Você desmaiou. Sorte que encontrei um médico na boate — contou ela, apontando para o homem estranho.

— Você teve uma queda de pressão. Deve descansar um pouco — disse ele, em inglês, depois de retirar o aparelho de pressão do meu braço. — Agora já está normal.

Queda de pressão? Não costumo sentir isso. A água... Foi logo depois que tomei um gole de água que comecei a ficar tonta.

— Tem certeza de que foi a pressão arterial? — perguntei, erguendo o corpo.

— Sem dúvida — o homem enfatizou, guardando o seu equipamento médico na maleta. — Tente comer algo salgado e não se agite muito. Sua amiga me contou que você anda muito tensa. Deve ter um fundo emocional.

— Tudo bem, doutor. Obrigada.

— Qualquer coisa, me ligue — disse ele, entregando-me seu cartão. — Meu nome é David Thompson.

O médico saiu do quarto e Loreta se sentou ao meu lado na cama.

— Que susto que a senhorita me deu! — exagerou ela, batendo as mãos em suas próprias pernas. — Quando Erick se aproximou de nós carregando-a no colo, um tumulto se formou ao nosso redor para ver o que estava acontecendo. Um homem gritou que era médico e mediu seus batimentos cardíacos. Você começou a balbuciar o nome Raziel e não estava falando coisa com coisa. Achamos melhor trazer você para um lugar confortável até despertar.

Raziel?

— Não sei, amiga, parecia que eu estava sob o efeito de alguma coisa.

— Sob efeito do quê? Como assim?

Pensei melhor e achei que faria papel de louca se expusesse minha desconfiança.

— Sei lá, vai ver foi impressão. Você tem razão, preciso parar de me preocupar tanto.

— Ufa! — exclamou ela assim que se levantou da cama. — Até que enfim a senhorita "desconfiada de tudo" me ouviu. Vamos dormir, que amanhã iremos esquiar e você precisa estar bem — avisou ela, abrindo o zíper de sua bota de salto alto. Jogou-se na cama e pousou a cabeça no travesseiro. — Você definitivamente atrapalhou o que poderia ter sido a melhor transa da minha vida, mas perdoo você.

Cruzei os braços e a encarei com cara de brava.

— Ainda bem que eu atrapalhei. Você nem conhece o cara direito.

— Só sei que sinto um tesão enorme por ele. Você fala assim porque ainda não sentiu isso por ninguém.

— Tá, tá... — respondi fazendo careta e jogando um travesseiro nela. — Pode deixar! Não vou bancar a Bela Adormecida outra vez. Vou tomar uma ducha antes de dormir — avisei indo até o banheiro.

Deixei o jato de água quente cair sobre minhas costas. *Que noite agitada! Por que será que falei o nome dele?* Saí do chuveiro e sequei o corpo. O zumbido esquisito irritou meus ouvidos de novo e logo em seguida ouvi a mesma voz rouca se espalhar pelo banheiro: *Cavete, dilecta.* Limpei com a mão o espelho embaçado pela fumaça quente e por um segundo vi uma sombra negra atrás de mim. Levei um susto. Ela desapareceu assim que me virei.

Será que estou ficando louca?!

Saí do banheiro com o coração palpitando. A luz já estava apagada e Loreta dormia como um anjo. Vesti a camisola e peguei o tablet.

— Vamos ver o que essas palavras significam. Essa língua não me é estranha... Deve ser latim — murmurei, digitando o que havia escutado no banheiro no Google Translate: *Cavete, dilecta. Cuidado, amada. Caramba! É latim mesmo! Cuidado com quem? Amada?*

Coloquei as duas mãos sobre o rosto. *O homem misterioso havia falado algo em latim. Além disso, no toalete do saguão, achei ter ouvido a mesma coisa. Acho que era...* dilecta immortalis. Digitei as palavras no Google.

— Amada imortal! — disse, indignada.

Já estou imaginando coisas demais... Preciso dormir, acho que estou com a mente esgotada.

Enfiei-me por baixo do cobertor e fechei os olhos.

Um sono profundo me envolveu.

— Aurora! — gritou ao longe a sombra da criatura com asas. O ambiente era sombrio, escuro, parecia um túnel sem fim. A figura aterrorizante vinha em minha direção e eu não conseguia me mover. Um filete de luz focou a imagem, como se um raio de sol saísse por um orifício do teto. Era brilhante, era... um homem de asas negras... Um anjo!

Seu rosto parecia conhecido, porém, por causa da fumaça escura que me envolvia, eu não conseguia identificá-lo. Tentei alcançá-lo, no entanto, assim que nos aproximamos, ele desapareceu. — Não! — gritei, desesperada.

Senti meu corpo sacudir.

— Anna! — chamou Loreta.

Abri os olhos e demorei um pouco para saber onde eu estava. Minhas mãos se agarravam ao lençol. — Hã... Desculpe — disse, erguendo-me do travesseiro. — Acho que estava sonhando...

— Já são nove e meia da manhã — resmungou ela arrancando a camisola. — Vamos perder o café da manhã se não formos rápidas!

Escovei os dentes e tentei domar meus cabelos vermelhos revoltos com a escova de pentear. Notei minha pele muito branca, então resolvi passar um pouco de maquiagem para colori-la. Vesti meu macacão preto de esqui e enrolei um cachecol vermelho no pescoço. Peguei meus óculos de esqui, além do gorro, e enfiei no bolso a cópia do passaporte e dinheiro. Loreta já estava pronta, vestida em um deslumbrante macacão branco. Parecia ansiosa para esquiar. Seguimos até o salão onde serviam o café da manhã.

Será que o homem misterioso já acordou? Ele não vai me procurar? Posso xeretar o nome dele com o gerente do hotel, mas, se fizer isso, pode ser que ele descubra.

— Acorda, Anna — alertou-me a minha amiga, devorando seu ovo mexido. — Você precisa se alimentar. E lembre-se do que o médico disse, nada de estresse.

— Tá. Já sei, mamãe. Onde vamos esquiar? Em Aspen Mountain? — perguntei, mordendo meu sanduíche de queijo.

— Isso mesmo, filhinha — brincou Loreta com a voz mais grave. — Fica mais próximo do nosso hotel. Além do mais, Marcos me disse que conhece uma pista alternativa lá. — Ela pausou para dar um gole no café. — Ele me falou que essa pista é melhor para a competição, é mais vazia.

— Será que é segura? A pista é a Black Diamond?

— Deve ser, mas fica tranquila, se o loiro gostosão disse que já esquiou lá, deve saber o que está falando.

— Não sei, não... Vamos analisar de perto para ter certeza. Não vamos nos arriscar à toa.

— Larga a mão de ser desconfiada. Já basta ontem. O gatão moreno está louco por você, está tentando seduzi-la. Dê uma chance pro cara! Se não gostar, cai fora.

— Loreta — inclinei-me sobre a mesa, franzindo o cenho —, vou esquiar com eles por sua causa. Já disse que não senti aquele frio na barriga pelo Erick. Prometo que tentarei me divertir, mas não force a barra, tá legal?

— Tudo bem. Não quero obrigar você a nada. — Ela levou as mãos para cima, como que se redimindo. — Apenas desejo que se distraia um pouco. — Pausou para tomar o último gole de café. — A propósito, quem é Raziel?

Ao ouvir o nome dele, senti uma pontada no coração.

— É o homem misterioso... Você sabe... — falei e levantei-me da cadeira.

— Sei... Você se impressionou mesmo com ele, não foi?

— Acho que *impressionou* é pouco perto do que senti.

— Por que não o procuramos pelo hotel? Podemos descobrir e ir até o quarto dele.

— Não! — discordei, sabendo muito bem que Loreta seria capaz disso. — Se ele gostou de mim, vai vir atrás.

— Sei — ironizou ela, entortando a boca. — Esqueci que você é das antigas. Em que século você vive, hein?

— Não tem nada a ver — reclamei, abrindo a porta da saída. Loreta me acompanhou. — Só porque quero me sentir desejada, não quer dizer...

— Blá-blá-blá — interrompeu ela com uma careta.

Eu ri e a empurrei de brincadeira. Loreta se abaixou e jogou uma bola de neve que explodiu na minha bunda. — Jogo sujo! — gritei, devolvendo uma bola que voou certeira e se desfez no peito dela. Gargalhamos juntas e pegamos os nossos esquis que estavam emparelhados com outros do lado de fora. Seguimos andando até o carro, sentei-me ao volante e resolvi acelerar devagar para observar as lojinhas na calçada que começavam a abrir. Fazia sol e, apesar do que havia acontecido no dia anterior, eu estava me sentindo bem. Estacionamos o jipe perto da montanha e seguimos andando até o vestiário para guardar nossas botas felpudas de caminhada no armário e vestir as de esqui. Erick e Marcos já nos aguardavam para entrarmos na gôndola que nos levaria ao topo da montanha. Eles estavam elegantes, com roupas de marcas conceituadas. Erick usava macacão cinza--chumbo e roxo, e Marcos, calça preta e jaqueta vermelha. Os dois tinham um cachecol preto enrolado no pescoço e óculos de esqui presos acima da testa. Vesti minhas luvas e caminhei até eles, acompanhada de Loreta.

— Oi, gata! — disse Erick para mim, um pouco empolgado demais. — Está se sentindo melhor?

— Sim — respondi, semicerrando os olhos.

Eu ainda estava cismada com eles, o meu lado detetive não me deixava em paz. Mas eu tinha de mostrar ingenuidade, como se não estivesse percebendo nada estranho, pelo menos até provar a minha tese. Não podia estar tão enganada com meus próprios sentimentos! Loreta não parecia enxergar nada, era como se ficasse cega diante de qualquer tipo de perigo em relação à pessoa em quem ela estivesse interessada. "Cega de paixão" na sua descrição. Ela sempre foi assim, a presa perfeita para *bad boys*.

— Vamos nessa! — gritou Marcos, assim que a gôndola se abriu. — Primeiro você — avisou ele, dando uma palmada de leve na bunda da minha amiga.

A portinha se fechou. Mais uma vez comecei a ficar absorta em meus pensamentos, quase como um vício. Olhei para os pinheiros se movimentando ao vento, no horizonte. Lembrei-me da imagem esfumaçada de um homem enquanto eu meditava sentada na neve. *Parecia real... Será que era a mesma imagem que vi refletida no espelho?* Um frio embolou meu estômago. O sobrenatural era algo presente apenas nos meus sonhos e nas minhas pinturas, sempre fui cética em relação a tudo que não conseguia ver. Agora, já não sabia mais. Ou estava metida em um grande devaneio mental, ou a vida estava me mostrando algo além do que gostaria de conhecer.

— Onde fica a pista alternativa? — perguntou Loreta a eles.

— Fica na quebrada de uma das Black Diamonds. É fácil de chegar — respondeu Marcos enquanto travava suas botas no esqui. — Pouca gente desvia... Não tem noção onde vai dar, mas posso afirmar que vale a pena. É íngreme na medida certa, mais larga. Seu único defeito é que, por estar entre árvores, é mais traiçoeira nas curvas.

— Se vamos competir, acho justo que Loreta e eu conheçamos a pista antes disso. Você teve a chance de estudar a topografia do lugar — sugeri, analisando uma melhor estratégia para ganhar deles. — Em alta velocidade, o corpo precisa obedecer à mente de modo simultâneo, ainda mais quando estamos falando de curvas... É tudo muito rápido.

— Ela tem razão — apoiou-me Loreta, subindo o zíper de seu macacão branco, que fazia contraste com seus cabelos negros. — Ainda mais hoje, que a neve está muito seca por causa do sol quente.

— Tudo bem. — Erick levantou as mãos para cima. — Eu acho justo... Olho por olho, dente por dente. Descemos uma vez para conhecer a pista e depois partimos para a competição.

Marcos mirou Erick e podia jurar que seu olhar se anuviou. Minha pele se arrepiou e senti o temor nascer em meu peito. Apertei minhas mãos contra os bastões e olhei para Loreta. Ela parecia se divertir. É incrível como ela não percebe nada! *Será que estou delirando? Minha mente está tentando me enganar? Acho melhor esquecer a ideia deles e descer pela pista que conheço.*

A porta da gôndola se abriu. No topo da montanha, deslizei até as placas indicativas. Centenas de esquiadores estavam decidindo seus destinos, cheios de adrenalina. A neve um tanto escorregadia dificultou a minha parada. Olhei para o céu infinito além das montanhas e vi um relâmpago explodir tão forte que parecia rasgar as nuvens ao redor. O som alto assustou as pessoas que estavam se preparando para descer.

Olhei para Loreta, apreensiva.

— Isso pareceu um sinal — disse, firmando meus bastões na neve. — Acho que não devemos ir.

— Anna Bonnier! Desde quando você acredita em sinais? — indagou ela, incrédula. — Um trovão não significa nada, apenas mudança de tempo.

— Vocês estão prontas? — perguntou Marcos sem me dar chance para argumentar um pouco mais com a minha amiga.

— Creio que vem um temporal por aí — avisei, preocupada.

— Que nada. — Marcos ajeitou os seus óculos de esquiar. — O dia está ensolarado e, pelo que soube, não existe previsão de chuva.

Franzi o cenho. — E aquele relâmpago?

— Vai ver está chovendo apenas naquela área remota. — Ele apertou os olhos através dos óculos da lente transparente. — Não me diga que está dando pra trás.

Notei a expressão de decepção de Loreta, com uma pequena linha tênue que se formava em sua testa e os lábios apertados. *Se eu desistir, ela ficará sozinha com eles.*

— Só estou sendo cautelosa — disse de forma um tanto ríspida.

— Sem problemas. Podemos ir agora? — insistiu ele, girando o corpo em direção à pista.

Loreta se aproximou de mim.

— Se você não quiser ir, tudo bem. Eu vou com eles — ela falou baixinho enquanto colocava os óculos de esquiar.

— Não a deixarei sozinha, senhorita Loreta Angelo... Vamos! — exclamei, deslizando em direção aos rapazes.

Entramos em uma das pistas com grau de dificuldade alta. Marcos e Erick deslizavam rápido demais. Acelerei um pouco, mas Loreta voou à minha frente para tentar alcançá-los.

— A entrada é aqui! — gritou Marcos ao longe.

Notei que eles viraram à esquerda em uma abertura entre os pinheiros. Girei o corpo e meus esquis me acompanharam. Uma chuva de neve se formou à minha frente e segui logo atrás de Loreta. Um vento forte balançou meus cabelos e um trovão ainda mais intenso arrebentou no horizonte. Meu coração pulou do peito, no entanto percebi que acima de nós o céu continuava límpido e o sol permanecia forte. A pista continuou estreita, mas depois de alguns minutos se abriu para um campo mais amplo e selvagem. A neve seca e espessa mostrava que poucos esquiadores se atreviam por ali. Curvas sinuosas forçavam-me a desacelerar, porém meus esquis não obedeciam. Comecei a sentir a cabeça formigar, uma sensação esquisita, como se algo estivesse pressionando a minha têmpora. Apertei os olhos por dois segundos e os abri novamente. A dor se intensificou e lágrimas desceram pelo meu rosto.

Um estrondo seguido de uma luz se chocou contra um pinheiro mais abaixo do meu lado esquerdo. O tronco gigantesco caiu a dez metros de mim. As minhas pernas tremeram, eu estava deslizando muito rápido e não conseguia parar. Minha única opção foi me jogar para fora da pista. Ouvi o estalo do meu corpo ao chocar contra a neve. Meus bastões se quebraram e a ponta de um deles atingiu o meu antebraço. Senti a pele e o tecido grosso que me protegia do frio se rasgarem. Notei sangue deixando rastros na neve branca. Para meu azar, comecei a rolar em direção às árvores. Os óculos voaram para longe e, instintivamente, fechei os olhos para protegê-los.

Foi quando percebi que algo havia me imobilizado.

Mãos firmes se prendiam à minha cintura. Um calor envolveu-me, era como se uma redoma de fogo se postasse ao meu redor. Por segundos, senti o corpo levitar. Tive receio de abrir os olhos e ver o que estava acontecendo. Minha cabeça girava, porém, quando senti que estava segura, descerrei as pálpebras e me vi deitada na neve fofa ao redor dos pinheiros. Virei o rosto para o lado e minha boca se abriu incrédula. Uma sombra negra se mexia velozmente, serpenteando entre os troncos, até sumir de repente.

Meu crânio latejava e meus ossos doíam. Movimentei pernas e braços, e percebi, aliviada, que nada havia se quebrado. Passei os dedos entre o rasgo da jaqueta ensanguentada e notei que a ferida em meu braço esquerdo havia sido cicatrizada. *O que foi isso?! Será que a sombra me salvou? Curou a minha ferida?* Permaneci parada em silêncio, enquanto o vento úmido movimentava o alto dos pinheiros. Ergui a coluna e sentei-me devagar. Tentei me localizar; eu estava muito longe da pista. *Como vim parar aqui tão rápido? Se continuar neste lugar, vou congelar. Preciso achar a saída!*

Percebi que meus esquis haviam sumido. Destravei as botas para poder caminhar e me ergui, me apoiando em um tronco. Segui minha intuição e fui em direção ao norte de onde estava. Depois de quinze minutos, avistei a pista ao longe e escutei um grito:

— Tem alguém aí? — perguntou alguém em inglês.

Percebi que era um homem vestido de vermelho junto a um cachorro pastor-alemão. Devia ser um instrutor.

— Estou aqui! — gritei o mais alto que pude.

Fomos na direção um do outro. — Você está bem? — indagou o homem, que usava um gorro de lã e macacão vermelho.

— Sim... Acho que sim... Desviei de um tronco que foi atingido por um raio. Eu me joguei para o lado... Rolei sem parar, mas alguém me segurou e... vim parar aqui.

— Garota — disse ele com o cenho franzido. — Você bebeu algo antes de vir esquiar?

— Não, por quê?

— Eu não vi nenhum raio atingir uma árvore na região — respondeu assim que cruzou os braços. Seu olhar era de desconfiança.

— Como me encontrou aqui?

— Um rapaz veio me procurar... Ele falou que havia presenciado a queda de uma pessoa na quebrada secreta da pista Black Diamond e que havia sido grave. É perigoso demais esquiar por aquele lado. Não é nem considerado uma pista.

Arregalei os olhos. — Rapaz? Como ele era?

— Cabelo preto, muito alto, usava óculos escuros — explicou ele, puxando a coleira do cachorro para perto de si. — Não acreditei muito nele. — O instrutor tinha uma expressão séria. — Se ele presenciou o acidente, então como conseguiu me avisar tão rápido? Aquela pista proibida é impossível de ser escalada e leva-se uma hora para descê-la, mas, mesmo assim, a força do hábito não me deixou alternativa. Vim conferir e achei um de seus esquis presos em uns *bumps* no meio do caminho, então segui seu rastro. Percebi sangue na pista... Você se machucou?

Coloquei a mão sobre o braço. — Não... Foi só de raspão.

— Era muito sangue, menina. Tem certeza?

— Estou bem.

— Pouca gente conhece essa área — falou pausadamente e acariciou a cabeça do pastor. — É necessário entrar entre os pinheiros e apenas os instrutores têm esse conhecimento. Como descobriu?

— Um grupo de amigos... Aliás, todos desceram à minha frente, dois rapazes e uma garota.

— Meu Deus! — exclamou ele, pegando um rádio do bolso. — Preciso de ajuda, pista sete Black Diamond, localizar dois rapazes e uma garota, eles estão descendo pela área proibida. Câmbio. — O homem me encarou, nervoso. —Você vem comigo — avisou ele, seguindo em direção à pista. — Cheguei até aqui de *snowcat.*

Fiquei aliviada por não precisar andar mais, pois realmente me sentia um caco. Entrei no pequeno trator que estava estacionado na pista em posição vertical. O instrutor e o cachorro também entraram e começamos a subir.

Minha mente não parava de buscar significados para o que tinha acontecido. *Eu podia estar morta agora. Será que o rapaz de cabelo preto é quem estou pensando? Ou será que meu subconsciente deseja que seja ele? Se esse rapaz me viu, ele devia estar logo atrás de mim... Por quê? Era alguém que também estava buscando uma aventura fora da pista? Alguém me seguindo?*

—Você devia ir até o posto médico. Não custa nada — alertou ele, espantando os meus pensamentos. Concordei com ele em silêncio.

Chegamos ao topo da montanha e desci do trator. O instrutor americano apertou a minha mão para se despedir.

— Se cuida! E não entre mais em encrenca!

— Obrigada — respondi, envergonhada. — Saberei me cuidar. — *Eu espero.*

Fui em direção à gôndola e me joguei lá dentro. Havia neve por todo o meu corpo, meu cabelo estava todo molhado e a pele do meu rosto ardia como se estivesse em chamas. *Será que Loreta está bem? Se ela conseguiu descer, já teria chegado ao final da "pista alternativa". Além disso, devem estar procurando por eles. Caramba!*

Suspirei amedrontada. Eu tinha de começar a seguir meu coração. Desde muito, pressentia que algo estava errado.

CAPÍTULO 4

Anjo de asas negras está aos meus pés. Olhos sombrios e sedutores, rosto selvagem em pele de marfim, cabelos escuros como a noite. Tu és o meu fim? Para mim, não importa. Viva ou morta, desde que estejas comigo... Além do infinito...

A porta da gôndola se abriu. Assim que saí, ouvi um grito estridente. Olhei para o lado e vi Loreta correr ao meu encontro.

– Anna! Meu Deus! O que aconteceu? Pirei quando percebi que você não estava mais atrás de nós. O salva-vidas que a resgatou me tranquilizou um pouco ao avisar pelo rádio dos instrutores que estavam ao meu lado que você estava bem.

— Eu... — as palavras fugiram da minha boca — passei por alguma coisa que fez com que eu me desequilibrasse e acabei caindo. Rolei em direção aos pinheiros, mas, graças a Deus, o resgate estava por perto. — Eu não podia dizer a ela o que realmente tinha acontecido. Ela não iria compreender.

— Ai, caramba! Você podia ter se machucado feio! O que é isso em seu braço?

— Nada de mais... Raspei no bastão e fiquei com um arranhão.

Loreta me abraçou. Depois colocou as duas mãos no rosto e disse:

— Foi culpa minha! Eu deveria ter te ouvido.

— Não foi culpa sua. Eu podia ter dito que não iria. Além disso, estou bem... Só muito cansada. Onde estão Erick e Marcos?

— Estão conversando com alguns instrutores que estavam procurando a gente. Você avisou sobre nós?

Espiei sobre os ombros e notei ao longe dois instrutores conversando com eles. Erick me encarou de um jeito seco e acenou. Eles não estavam com uma cara nada boa. Eu já estava farta de olhar para a cara desses dois inconsequentes.

— Sim, avisei que vocês haviam descido à minha frente. O cara que me resgatou avisou que aquela área é restrita e perigosa.

— Vamos para o hotel — sugeriu ela, segurando minha mão.

Quando me virei para seguirmos até o vestiário, levei um susto. Erick estava parado atrás de mim, me analisando como se eu fosse uma morta-viva. Sua expressão era impassível, inexpressiva, suas pupilas negras pareciam maiores. Minha vontade era de correr.

— Você parece cansada — comentou ele, irônico. — O que aconteceu? Levou um tombo?

— Mais do que isso — respondi secamente. — Mas estou viva e louca para voltar para o hotel.

A expressão dele se anuviou. Seus dentes se apertaram e seu olhar transmitia um brilho de ódio. — Foi tão grave assim? Achou que fosse morrer?

De repente, me sinto nauseada. Eu o encarei, furiosa.

— Anna foi salva por um homem misterioso — explicou Loreta, que provavelmente percebia a tensão entre nós. — Ela precisa descansar. Avise ao Marcos que depois eu falo com ele.

— Homem misterioso... Sei — disse Erick.

O jeito como ele falou me fez perceber que de alguma maneira ele sabia quem havia impedido que meu corpo se chocasse com os troncos dos pinheiros. Algo estava muito errado.

Entramos no carro após trocarmos as botas de esqui por outras confortáveis. Loreta foi dirigindo enquanto eu tentava relaxar um pouco.

— Preciso de duas aspirinas e um banho quente — murmurei, sentindo minhas costas doerem.

— Sabe, acho que você tem razão sobre eles. Eu meio que murchei depois de hoje — revelou ela, suspirando. — Eles não pareceram se importar quando me desesperei ao dar pela sua falta. Assim que chegamos ao final da pista, os instrutores nos avisaram que você havia sido resgatada. Eu me tranquilizei, no entanto percebi algo estranho.

— O que foi?

— Eles se entreolharam e pareceram não gostar da notícia. Erick disse algumas palavras estranhas, pareceu praguejar.

— Que tipo de palavras?

— Não sei dizer... Era um idioma muito diferente.

Minha cabeça girava e eu não conseguia pensar com clareza. *Será que era latim? Será que a voz que sussurra em meus ouvidos tem a ver com eles?* Olhei através do vidro do carro e percebi que gotas de água escorriam lentamente. Relâmpagos lampejavam, iluminando as árvores. De repente, a chuva se intensificou.

— Mudança de tempo estranha — comentou Loreta. — Ainda bem que o hotel é pertinho.

Respirei fundo e deitei a cabeça para trás. Meus olhos se direcionaram para o retrovisor. Notei o farol alto de um automóvel preto se aproximando. Uma onda de água jorrou na janela do jipe. Olhei mais à frente e vi o Maserati de antes. O automóvel estava em alta velocidade e fez uma curva perigosa ao tentar nos ultrapassar.

— Uau! — exclamou Loreta. — Isso que é máquina! — observou ela, ajeitando sua postura no banco. — Será que o dono do carro é tão bonito quanto ou é um daqueles velhos tigrões loucos para pegar uma garotinha fútil?

— Nenhum dos dois — brinquei, desenrolando o meu cachecol do pescoço. — Deve ser um gorducho com sardas na bochecha e uma bunda gigante, que usa óculos de nerd e gosta de devorar salgadinhos Doritos sabor queijo.

Loreta riu. — Você é criativa demais. Olhe! — alertou ela com as sobrancelhas erguidas. — O seu gorducho com bafo de queijo está estacionando na frente do hotel.

Estacionamos o carro logo atrás dele. Destravei o cinto e arregalei os olhos na hora em que a porta do carrão esporte se abriu e um homem de beleza descomunal saiu dele.

É ele! *Raziel!*

— Meu Deus! Anna, esse não é o...

— Melhor você fechar a boca, porque ele está vindo pra cá.

Vestido em um macacão de esqui preto e vermelho, Raziel caminhou, debaixo da chuva, em nossa direção. Parecia não se importar com a água ensopando todo o seu corpo. Minha garganta ficou seca; eu realmente gostaria de estar mais arrumada e menos cansada para encontrá-lo, mas esperava por esse momento desde a hora em que me despedi dele.

Um toque no vidro fez o meu rosto girar em sua direção. Os olhos brilhantes encontraram os meus. Desci o vidro com os dedos trêmulos e ele sorriu para mim, um sorriso lento e sensual. Subitamente a chuva começou a diminuir até parar de vez. Meu coração parecia um motor envenenado, louco para dar partida. Fiquei sem fala, admirando cada centímetro de seu rosto. Os cabelos negros molhados reluziam, destoando do céu cinza desbotado.

Ele se inclinou aproximando o corpo do interior do carro, apoiando seu antebraço na janela.

— Oi, Anna — disse com a voz calma e levemente rouca. — Estava pensando em você quando olhei pelo retrovisor do meu carro e vi a sua linda imagem.

Tentei pronunciar as palavras certas, porém só pensei em:

— Raziel... Oi...

Ele abriu um sorriso que pulverizava todo e qualquer pensamento que eu guardava na mente.

— Pensei que talvez pudéssemos jantar mais tarde — insinuou ele, me devorando com o olhar vibrante.

Meu coração palpitou. Naquele momento, ignorei a dor e o extremo cansaço físico. Dividir momentos com aquele homem seria a minha cura. Uma parte de mim continuava achando-o misterioso, mas isso o tornava ainda mais sexy e desejável.

— Claro. Aonde vamos?

— É surpresa. Que tal nos encontrarmos no bar às nove e meia?

— Para mim, está bom — falei sorrindo para ele e tentando disfarçar minha euforia. *Quem não ficaria eufórica com um convite desses? Que mulher disponível não concordaria em sair com esse cara? E existe algo de familiar nele, só não consigo entender o que é.*

Seus dedos quentes apertaram a minha mão. Meu sangue ferveu e comecei a sentir meus músculos relaxarem. Aos poucos, a paz foi derrubando a tensão que dominava boa parte do meu corpo, deixando-me mais leve.

— Combinado então, meu anjo. — Ele afastou-se do carro. — Até daqui a pouco.

— Até mais. — *Meu anjo?*

Fiquei em transe, levitando, como se o chão tivesse fugido dos meus pés, como se o mundo real não existisse mais.

— Acorda, meu anjo! — exclamou Loreta com uma expressão divertida no rosto. — Você parece manteiga derretida, louca para cair nos braços do pãozinho quente.

— E bota quente nisso!

Loreta gargalhou. — Esse homem é gostoso demais! Dá pra gozar só de olhar pra ele — exagerou ela ao sair do carro. — Você vai dormir aí? Tem três horas para descansar e se arrumar.

Pulei do carro e estiquei os braços.

— Engraçado — eu disse, aliviada. — Estou me sentindo melhor.

— E quem é que não se sentiria? Viu a bundinha dele?

— Você é tarada! — E gargalhei com ela.

Após descansar um pouco, tomei uma ducha quente e comecei a me arrumar. Escolhi usar uma calça de couro preta de corte espetacular, um cardigã nude e, sobre ele, um blazer preto acinturado. Arrumei os cabelos prendendo-os de um lado só, elaborei uma maquiagem leve esfumaçando meus olhos azuis com lápis preto, calcei botas de salto alto para valorizar o meu um metro e setenta e cinco de altura e usei uma fragrância suave.

— Uau, ruiva! — exclamou Loreta, desenrolando os bobes das pontas dos cabelos longos e lisos. — Agora, sim, gostei. A vontade de se arrumar voltou com força total! Parece que o gatão deu um choque térmico em você.

— É... Ele me pareceu ter bastante energia — observei a mim mesma, sorrindo. — Por falar em energia, aonde a senhorita vai?

— Não vou sair com o loiro *bad boy*, se é isso que está pensando. Preciso ser sincera em dizer que tenho a maior tara pelo cara, mas hoje vi nele outro lado de que não gostei, parecia sombrio e mal-intencionado. — Ela pausou para tomar um copo de água. — Por que você acha que eles nos levaram para esquiar fora da pista? Ele mentiu para mim e confiei nele.

— Loreta, sua ingenuidade às vezes me preocupa — comentei ao sentar na cama. — Não que eu seja a rainha da desconfiança, mas existe um mundo totalmente diferente daquele com o qual estamos acostumadas. Existem pessoas más lá fora e, se levarmos isso em consideração, precisamos ficar atentas. A morte do meu pai me despedaçou, mas me deixou mais forte. Agora preciso montar esse quebra-cabeça aos poucos, dia por dia. Você é uma mulher bonita, divertida, uma artista talentosa e merece um cara legal.

— Você também merece, Anna. É como uma irmã para mim. Não quero mais vê-la sofrer.

Loreta era maluquinha, mas tinha um coração de ouro. Mesmo sendo filha única e extremamente mimada por seus pais, ela preservava uma essência natural e não era arrogante. Além disso, eu sempre podia contar com ela. Por mais que fôssemos diferentes em alguns sentidos, tínhamos uma afinidade nata.

— E o que você tem em mente, então? — indaguei.

— Não se preocupe comigo. Vou jantar no restaurante do hotel e desfilar a minha beleza por aí. Conhecer gente nova e depois ler um bom livro na frente da lareira.

— Como você é metida! — falei, fazendo careta. Ela me jogou uma almofada e protegi meu rosto com as mãos. — Ei! — reclamei. — Vai me desarrumar toda.

— Quero que me conte todos os detalhes da sua noite com o galã de cinema — informou ela, fechando o zíper de seu tubinho preto de mangas longas. — Se você não beijar esse homem, vou jogar bola de neve misturada com xixi em você. Toma aqui — acrescentou, entregando-me balinhas de menta. — Isso ajuda a tirar o bafo!

Eu ri. — Eu não tenho bafo!

— Todo cuidado é pouco, meu bem... — avisou ela, se divertindo com a minha cara.

— Já estou indo, Mestre do Beijo — brinquei ao abrir a porta. — Você vem junto?

— Ainda, não! Se eu for agora, posso estragar o clima de contos de fada e não pretendo ser vela de ninguém.

— Tá bom. Até mais e... Toma juízo, hein?

— Tá, vovozinha... Digo o contrário pra você — retrucou, zombeteira.

Fechei a porta e respirei fundo para tentar controlar minha ansiedade. Eu não conhecia aquele homem, mas algo nele desencadeava em mim sentimentos diferentes, não apenas por sua beleza de tirar o fôlego, mas algo espiritual, uma mistura de paz e ao mesmo tempo de euforia, um descontrole emocional atípico, um curto-circuito mental. Caminhei até o lounge sentindo o batimento cardíaco acelerado. Raziel estava sentado de costas, me observando pela parede de espelho que forrava o bar. Fiquei paralisada. Ele girou o banquinho e o corpo acompanhou. Seus olhos enigmáticos cravaram-se em mim e me encheram de adrenalina. Ele se levantou em um gesto simples e veio ao meu encontro.

— Você está realmente linda — disse, cumprimentando-me com um beijo no rosto.

Senti o sangue esquentar enquanto apreciava o aroma maravilhoso de lavanda que a pele dele exalava. Uma felicidade súbita brotou dentro de mim e sorri como há muito tempo não fazia.

— Obrigada — respondi, notando seu blazer preto elegante e bem ajustado sobre uma camisa branca alinhada e calças black jeans.

Raziel aproximou o nariz do meu pescoço, fazendo minha pele se eriçar. — Adoro seu cheiro — murmurou ele, fechando os olhos.

Algo selvagem se misturava à sua elegância. Desejei beijá-lo ali mesmo. Ele me encarou como se conseguisse ler meus pensamentos. Senti o rosto ficar vermelho e tentei disfarçar minha excitação dizendo a mim mesma: *Respire, Anna, você não pode parecer fácil e tonta. Concentre-se em suas palavras.* Isso era uma tarefa difícil, no entanto eu não desejava que Raziel me visse como uma mulher atirada e deslumbrada.

— Aonde vamos? — perguntei, curiosa.

— A um restaurante que adoro chamado Elevation. Conhece?

— Já ouvi falar, mas nunca entrei.

Ele sorriu e segurou minha mão. —Você vai gostar.

Um sussurro ressoou em meus ouvidos: — *Aurora.* — Balancei a cabeça em protesto. *Quem diabos é Aurora?*

Raziel me olhou apreensivo. — Está tudo bem?

— Hã... Sim, só um pouco de dor de cabeça. Forcei demais no esqui, hoje.

— Tenho certeza de que agora você vai relaxar. — Ele sorriu e acariciou o lado direito do meu rosto. Suspirei fundo e, por dois segundos, fechei os olhos.

Caminhamos juntos até a saída e percebi que uma de suas mãos estava apoiada nas minhas costas. O elegante Maserati preto estava estacionado em frente à entrada do hotel. Raziel gentilmente abriu a porta e eu entrei. *Quem diria! Vi esse carro ontem em frente ao restaurante Campo di Fiori e também parado na rua a um quarteirão do Escobar. Será que ele estava lá? Como eu não o vi, então?* Uma nuvem de suspeita pairou sobre mim. *Ele estava me seguindo?*

— Deixe-me colocar o cinto em você — disse ele, debruçando o corpo em cima de mim

Ele aproximou o rosto de mim. Nessa hora, meus braços quase desobedeceram a minha mente, tive de segurar o impulso de surpreendê-lo com um beijo. Minha respiração desacelerou quando o som de uma música instrumental invadiu meus ouvidos; parecia uma combinação de harpa, piano e flauta. *De onde conheço essa música?*

— Me conte, Anna — pediu ele, me acordando da hipnose musical. — De que lugar do Brasil você é?

— Rio de Janeiro. E você?

— França. Minha casa fica no Vale do Loire.

— Pensei que fosse brasileiro — falei, impressionada. — Você não tem sotaque nenhum... Seu português é perfeito.

— Tenho uma galeria de arte em Paris — contou ele, sorrindo. — Conheço muitos artistas brasileiros e fiz um curso para me aperfeiçoar. Além disso, vivo viajando para o Brasil atrás de novos talentos.

Olhei para ele, admirada. — Eu me formei em artes plásticas.

— Quem diria, Anna — disse ele, segurando uma de minhas mãos enquanto a outra agarrava o volante. — Além de linda, você é talentosa! O que você pinta?

— Gosto do Surrealismo. Para mim, uma mistura de sonho com realidade. — Pausei, pensativa. — Sabe, às vezes me surpreendo com meu trabalho por ser uma pessoa um tanto cética em relação ao sobrenatural, no entanto, quando estou diante da tela, minha imaginação se torna mais forte do que minhas crenças. Acho que liberto meu lado criativo.

Nossos olhares se cruzaram. Mais uma vez aquele olhar me pareceu familiar, profundo como um abismo e compenetrado como se estivesse enxergando dentro de mim. De modo inesperado, ele encostou o carro na calçada, puxou a minha mão em direção a sua boca e a beijou, um beijo molhado, demorado e sensual. Fechei os olhos por um instante e, quando os abri, o rosto de Raziel estava tão próximo do meu que senti a sua respiração quente atingir a minha pele. Minhas pernas amoleceram quando seus dedos acariciaram o meu rosto.

De repente ele se afastou. — Desculpe...

— Tudo bem — falei, segurando a sua mão.

— Anna... — A voz rouca ecoou dentro de mim. — Você me conhece mais do que imagina. — E acelerou o carro mais uma vez.

— Como assim?

— Não sei, eu... Pressinto isso. Você me conforta. É como se eu a conhecesse há anos.

Tentei dizer alguma coisa, mas as palavras se aglomeraram na minha garganta. *Sinto o mesmo por você.*

Olhei para o rosto dele. O modo como falava e se comportava lembrava-me os cavalheiros dos filmes antigos a que eu adorava assistir.

— Chegamos — disse ele, estacionando em frente ao restaurante.

Raziel fez o contorno com o carro e, depois, abriu a porta para mim. A gentileza o tornava ainda mais bonito. Ele parecia diferente dos caras pretensiosos do mundo moderno. Senti o ar gelado entrar nos pulmões enquanto meus olhos se encheram de água. Olhei para o céu e admirei a quantidade de estrelas que o cobriam; pareciam diamantes salpicados, reluzentes e enigmáticos como o homem ao meu lado. *Ele mora no Vale do Loire. Que estranho... Esse lugar serviu de tema para muitas das minhas pinturas.*

A hostess do restaurante nos conduziu até uma sala privada separada do salão principal. As paredes do ambiente sofisticado e romântico deixava à mostra os tijolos da construção e, no teto, havia modernos lustres de cristal.

— Reservei a sala particular como o senhor me pediu — a hostess disse em inglês.

Raziel sorriu e segurou a minha mão. — Está ótimo, obrigado.

— O senhor está aguardando mais alguém?

— Apenas eu e ela.

— Tudo bem, senhor — respondeu a hostess, se retirando em seguida.

— Nossa! — exclamei, boquiaberta. — Isso tudo é, hum... só para nós? — perguntei, notando que a salinha particular poderia acomodar mais de quinze pessoas.

— Preciso de privacidade com você — respondeu, sentando-se na poltrona à minha frente. Por um segundo, ficamos em silêncio. Ele segurou minha mão direita, apertando de leve as juntas dos meus dedos. —Você... tem namorado?

Eu sorri um pouco sem jeito. — Se eu tivesse, não estaria aqui com você.

— Quem era aquele cara que a acompanhava no Escobar?

Ergui as sobrancelhas e fui tomada por uma recordação. *Alguém havia me arrancado da pista na hora em que o bêbado foi para o chão, alguém suficientemente forte e veloz, alguém que estava de olho em mim.*

— Você estava lá?

Um garçom entrou para servir o vinho. Enquanto Raziel segurava a taça que estava sendo preenchida, notei que havia no pulso direito dele uma marca que parecia letras ilegíveis. *Marcos tem uma tatuagem similar... No mesmo lugar...*

— Um brinde — ofereceu Raziel, erguendo a taça. — Ao nosso primeiro encontro.

Nossas taças se encontraram. Provei o vinho e uma gota escorreu dos meus lábios.

— Espere, eu limpo pra você. — Fiquei parada observando-o limpar a gota com o dedo indicador, para depois chupá-la. — Seu gosto... — murmurou ele, causando um terremoto de excitação dentro de mim. De repente, um zumbido estranho ressoou em meus ouvidos. Eu não escutava mais nada, apenas um murmúrio que penetrava minha mente, como se eu estivesse com fones de ouvido: — *Eu estava lá, meu anjo.* — Coloquei as mãos na cabeça e o zumbido sumiu. Olhei para ele admirada, minha boca seca se abriu, seus olhos verdes estavam cravados nos meus e seus lábios cerrados se ergueram para cima. Um sorriso astuto que me mostrava nitidamente que eu não estava ficando louca.

— Como você fez isso?

— Isso o quê?

— Falou comigo usando a mente! — Encarei ele.

— Você é uma pessoa sensitiva, Anna — comentou Raziel, dando um gole na água gaseificada. — Apenas tive a intenção de contar pra você e transportei as informações ao seu consciente.

— Hein? Isso é algum tipo de... dom?

Ele sorriu. — Acho que sim. É uma coisa que não costumo contar a ninguém.

Peguei minha taça e enchi a boca de vinho. *As vozes que escuto... Será?*

O garçom entrou outra vez no salão para anotar os pedidos. Tentei parecer calma, mas meu cérebro estava dando um nó; quanto mais eu pensava, mais apertado o nó ficava.

— Posso fazer o pedido por você? Tem algum desejo especial? — Raziel me perguntou, tocando uma das minhas mãos.

Tentar entender o que estava acontecendo era um pouco desgastante. Desde que cheguei a Aspen, coisas estranhas começaram a acontecer, coisas que estavam me assustando e me deixando perturbada.

— Confio em você. — Apertei os lábios.

— Vieiras com queijo brie e trufas para os dois — pediu ao garçom.

O silêncio invadiu o ambiente outra vez. *Se eu perguntar a ele sobre as vozes que ouço, talvez ele possa me entender de maneira errada. Mas preciso compreender.*

— Raziel — falei baixinho —, na boate, ontem à noite, eu estava dançando e um bêbado segurando um copo de vinho quase caiu em cima de mim. Alguém me puxou com força e fui parar do outro lado da pista. Quando me virei, não havia ninguém. — Fiz uma pausa proposital para tentar decifrar seu olhar e noto um brilho faiscar no interior de suas pupilas.

— Assim que você entrou, percebi que estava acompanhada — disse ele, jogando seu corpo para trás. — Eu me irritei e fui embora. Você se machucou?

Algo me dizia que ele estava omitindo alguma coisa. A expressão dele estava tensa, e seus olhos, mais escuros. *Se não foi ele, quem foi?*

— Pensei que fosse você, mas me enganei — acrescentei, soltando o ar preso em meus pulmões. — É que ultimamente vêm acontecendo coisas estranhas comigo.

— Como o quê? — perguntou ele.

— Hoje fui esquiar em Aspen Mountain... Na verdade, em um lugar proibido para a prática dos turistas, uma pista alternativa que apenas os instrutores conhecem. — Tomei um gole de água. — Bom, minha amiga e dois conhecidos fizeram questão de esquiar lá e acabei entrando na ideia deles. — Olhei para ele, apreensiva. — Por favor, não pense que estou louca. Nem eu acreditei.

— Eu nunca pensaria isso de você — disse ele, tranquilizando-me. — O que aconteceu?

— Eles desceram primeiro, a pista estava escorregadia e era muito íngreme, eu... Acho que tive uma alucinação. Pensei ter visto uma árvore cair na minha frente e acabei saindo da pista. Meu corpo parecia uma bola de neve que ficava cada vez maior, eu não conseguia parar. — Fiz uma pausa para respirar fundo. — No momento em que eu estava me aproximando dos pinheiros, alguém me salvou.

— E você não o viu? — inquiriu ele, franzindo as sobrancelhas.

— Não. Eu estava apavorada e não conseguia abrir os olhos; senti mãos se prenderem ao redor da minha cintura, meu corpo levitou e, quando me dei conta, estava deitada entre os pinheiros a uma distância incrível da pista. Não havia ninguém por perto. Depois de quinze minutos, um instrutor salva-vidas veio me buscar. Ele contou que alguém o havia avisado sobre a minha queda, um homem de cabelos negros.

Raziel levantou-se e sentou-se ao meu lado. Uma de suas mãos segurou meu queixo enquanto a outra tocava minhas costas. Senti o chão tremer. A energia do corpo dele era como um ímã, emitia uma eletricidade incrível. Senti meus pelos se eletrizarem, seus olhos marejados encontraram os meus.

— Eu sinto muito, meu anjo. — Ele acariciou meu rosto. — Existem muitas coisas que você precisa saber sobre mim, mas... Não quero amedrontá-la. Minha vida durante muito tempo se tornou vazia, eu não tinha mais esperanças. Me envolvi com pessoas erradas, me entreguei à luxúria... — Suas mãos tamparam o rosto. — Ainda não posso abrir certas coisas para você, para o seu bem.

Eu me vi numa encruzilhada emocional, sem saber que direção tomar. Se o forçasse a me responder quais eram os seus segredos, poderia assustá-lo. Por outro lado, se ficasse em silêncio, minha ansiedade me mataria. Além disso, escutei muito bem quando ele mencionou que estava me omitindo os fatos para o meu bem.

Tirei as mãos dele que estavam coladas ao seu rosto e as abaixei.

— Não vou forçá-lo a nada. Preciso saber uma coisa: Você anda fora da lei? É algum mafioso ou coisa assim?

Meu comentário pareceu diminuir a tensão. Raziel achou graça.

— É claro que não! — negou, sorrindo. — Bem, não sou nenhum santo, mas o mal não me atrai e... conheço bem os dois lados.

A porta da sala abriu e o garçom nos serviu a entrada. O aroma da comida aumentou meu apetite, mas as palavras enigmáticas de Raziel ainda predominavam nos meus pensamentos. *Como assim, ele não quer me amedrontar? Algo grave que ele tenha feito?*

— Quero que o nosso primeiro encontro seja prazeroso, meu anjo. Tente relaxar um pouco... — Ele se aproximou de mim outra vez.

— Me sinto relaxada perto de você — contei, saboreando a comida. *Mas também me enlouquece!* Sorri um pouco diante desse pensamento e criei coragem para perguntar: — Existe alguma coisa que o preocupa?

Ele se ajeitou na cadeira e segurou a minha mão. — Neste momento, me preocupo em agradar você.

Sorri por dentro. O homem desconhecido me enfeitiçava, seduzia, no entanto, seu lado misterioso me aterrorizava e eu tinha medo de descobrir qual era o mistério. Desde que o vi, algo mudou dentro de mim. Eu pressentia que Raziel modificaria a minha vida. Meu coração não se enganava. O vazio nebuloso que engolia minha força e toda a minha alegria estava sendo preenchido por uma energia misteriosa, a dor esmagadora da saudade e a sombra da morte de meu pai que adoeciam o meu corpo pareciam se render a cada minuto que eu passava com Raziel. *Não me importa se existe algum risco. Preciso mudar a minha vida, preciso ter coragem, seguir minha intuição. Não quero viver me sentindo morta por dentro. Nunca desejei um homem assim, nunca.*

— Eu gostaria de mostrar para você um lugar a que costumo ir sempre que estou em Aspen — disse ele, espetando um pedaço de lagosta e levando-o à boca. Fiquei delirando ao ver seus lábios bem desenhados se movimentarem. Eles coloriam a minha imaginação.

— Claro. Por que não? Você costuma vir sempre pra cá?

— Aspen sempre foi meu refúgio — explicou, acariciando o meu braço. — Adoro o frio, a nostalgia que a neve traz. E você?

— Eu costumava vir com meu pai... Da última vez, eu tinha dezesseis anos.

— Seu pai deve ser incrível como você.

— Ele era incrível... Faleceu no início do ano passado. Jean Bonnier era um homem muito amável e alegre, um francês inteligente que adorava o Brasil. Ele era a minha única família. Mamãe partiu quando eu tinha apenas um ano... Eu não me lembro dela.

— Sinto muito, Anna. É doloroso demais perder quem amamos.

— Você já perdeu alguém que amou muito?

Raziel semicerrou os olhos e pareceu ligeiramente amedrontado. — Sim. — Ele respirou fundo. — Era uma pessoa especial.

— Sua mãe ou seu pai?

— Não conheci minha mãe. Ela morreu assim que nasci e meu pai me entregou a outra família quando eu era um recém-nascido. — Ele fez uma pausa para beber outro gole de água. — Mas eles não eram legais comigo. Fugi assim que completei dezesseis anos.

Segurei a mão dele, e um silêncio perturbador pairou no ar. Eu podia ver que em algum lugar dentro de seus olhos existia uma dor muito grande. Achei melhor mudar de assunto:

— Faz tempo que você trabalha com arte?

Ele apoiou uma das mãos no queixo e sorriu. — Sempre admirei arte, participava de leilões, estudava a fundo, foram anos assim até abrir a galeria em Paris. Tive sorte. A minha primeira venda foi um Rembrandt original. Pertencia a um amigo querido.

— Nossa! — exclamei, admirada. *Ele é tão novo... Mora em um castelo no Vale do Loire, possui uma galeria renomada. Isso tudo sem ter recebido nada de ninguém?*

— Veja — disse Raziel, entregando-me o seu celular. — Fotos da galeria.

Segurei o aparelho e notei que o lugar se chamava Levy Gallery.

— O seu sobrenome é Levy?

— Recebi o sobrenome da família que me adotou — revelou ele, apertando os lábios. — Eles me contaram que eu não tinha certidão de nascimento, disseram que meu pai biológico lhes avisou apenas que meu nome era Raziel.

— Raziel parece ser nome de anjo — falei.

De repente, ele ficou sério. Seus olhos irradiavam um brilho fora do normal. Senti um frio na barriga que avançou rapidamente para outras áreas do corpo. Escutei o estrondo de um trovão, como se estivéssemos sentados ao ar livre.

— Acho que está chovendo. — Mordi os lábios.

— Não se preocupe — sussurrou ele, segurando minha mão. — Eu a protejo. — Sorriu.

Apesar de Raziel ser enigmático, eu me sentia segura ao lado dele. Por alguns segundos eu me perguntava se o homem à minha frente era real.

— Existem mais fotos? Posso vê-las?

Ele se remexeu na cadeira. — Sim... Por favor, continue.

Ao olhar a segunda foto que apareceu na tela do smartphone, pude observar o interior da galeria, que parecia um antiquário luxuoso. Bem ao fundo da imagem, perto de uma escultura que parecia ser de um anjo com asas abertas, havia uma mulher loira, magra e muito alta. Suas feições estavam um tanto embaçadas por causa da distância.

Tentei aproximar a foto com os dedos, mas foi inútil.

— Quem é essa mulher? — perguntei, apontando para a imagem.

A expressão dele se fechou, seus olhos escureceram. — Uma cliente assídua.

Minha boca ficou seca. *Ela é muito bonita, parece até uma modelo. Será que é alguma ex-namorada?*

— Você tem namorada?

Ele sorriu e se descontraiu um pouco. — Se eu tivesse namorada, com certeza não estaria aqui com você.

Eu me encolhi na cadeira. *Deve chover mulher atrás dele. Se ele quisesse, poderia transar com uma a cada dia.* Passei o dedo no monitor do aparelho e meu coração parou. *Vale do Loire. Deve ser onde ele mora... Quer dizer, um castelo. Eu já sonhei com esse lugar... Esse lago... Tulipas...*

A sensação de déjà-vu atingiu-me outra vez. O lugar dos meus sonhos era real.

— Incrível! — exclamei, admirada.

Raziel afastou as costas da cadeira. — O quê?

— Sonhei com este lugar e... até o pintei — contei enquanto esvaziava a taça de vinho. — Todos os detalhes são... iguais. O jardim com topiarias arredondadas, o castelo e sua construção medieval... O que significa isso?

— O que você sente? — perguntou, sentando-se ao meu lado outra vez.

Eu o encarei. As mãos dele acariciaram a minha nuca. Senti o aroma familiar de lavanda invadir meu olfato, fechei os olhos e a imagem do lugar romântico se materializou em minha mente. Por um segundo, vi o que parecia ser um homem abrindo as asas negras em uma das varandas do castelo. Eu desejava observar por mais tempo; no entanto, o que parecia ser um flash logo se tornou escuro. Soltei o ar preso nos pulmões, meu corpo relaxou inesperadamente e nesse precioso momento os lábios de Raziel encostaram-se aos meus. O meu sangue borbulhou. Seu gosto doce alimentou minha alma, era como o sabor do pecado, e eu queria mais. Ele empurrou a língua para dentro com mais força. Eu o observei por um segundo e notei que seus olhos estavam marejados. Suas mãos quentes tremeram quando ele tocou meu rosto. Tudo ao meu redor se esvaiu, meus pensamentos tornaram-se pó. A pele dele se esfregando na minha, suas mãos me tocando... Eu estava em ebulição.

— *Dilecta immortalis* — sussurrou ele.

Um eco invadiu os meus ouvidos. *Essas palavras... Eu não estava delirando! Eu as ouvi no banheiro quando o corte no meu dedo cicatrizou como um milagre. Depois Raziel as murmurou no momento em que se despediu de mim, no bar. Pela minha pesquisa, significa amada imortal!*

Raziel encarou-me por um segundo, dando tempo para eu conseguir respirar outra vez. — Você me faz perder a cabeça — resmungou baixinho. — Não consigo ficar longe de você.

— Então não fique — respondi, sentindo meu coração pulsar.

CAPÍTULO 5

Demônio ou anjo. Vida ou morte. Azar ou sorte. Mesmo que eu não saiba quem és, confio em ti. Olhei fundo em seus olhos e vi o meu reflexo. Um ardor se espalhou em meu peito. Percebi que havia algo além de um simples encontro, algo inexplicável e familiar, como se a sua alma fizesse parte de mim.

Até o término do jantar, nossas bocas se desgrudaram apenas para tomar colheradas de sorvete. Meu único pensamento era: *Eu quero mais. Não me importa quem ele é. Desejo-o, agora!*

— Vamos, meu anjo, quero te mostrar um lugar — disse ele. Levantou-se e me conduziu para fora do restaurante.

Assim que saímos, uma presença indesejada e inesperada me deixou sem fala. Senti uma pontada de medo atingir o meu peito e percebi que automaticamente meus dedos se apertaram aos dele. Erick estava acompanhado por duas garotas. Elas usavam minissaia e um casaco de pele comprido e aberto na frente, e os seios quase desnudos saltavam para fora da blusa de lycra.

— Olá, Anna — cumprimentou Erick com ar zombeteiro. Seus olhos pareciam pedras de gelo. — Vamos encarar uma deliciosa festinha depois do jantar. Querem participar?

Raziel deu um passo em direção a Erick. Os olhos dele escureceram como a noite, a expressão de fúria estampada em seu rosto não se abalou. Senti uma energia pesada no ar. As mulheres acariciavam Erick e riam como patetas. Uma delas piscou para Raziel. Tentei acalmá-lo segurando o seu braço, porém uma de suas mãos se ergueu e puxou o casaco de Erick para perto dele.

Observei Erick e, horrorizada, percebi que não havia branco em seus olhos, era como um oceano negro, fundo e perigoso.

— *Te ei admovearis non audete an testor te necabo. Não ouse se aproximar dela ou juro que mato você* — alertou Raziel.

— *Stultus! Immortalis sum, sicut te. Seu imbecil! Sou imortal, assim como você* — respondeu Erick, franzindo o cenho.

— *Tu erras, Nephilim. Ego tibi hoc probabo. Você está errado, Nephilim. Vou provar.*

Erick gargalhou e tentou tirar as mãos de Raziel que estavam presas em seu colarinho.

— Imbecil! — gritou Raziel, empurrando e jogando Erick no chão.

Ele se levantou e passou as mãos no casaco para limpar a neve. — Você vai se arrepender!

Raziel sorriu. Seus olhos brilhavam de raiva. Em silêncio, ele se virou e caminhamos até o Maserati. Entramos. Ousei olhar para trás e notei que Erick e as garotas não estavam mais lá. Um trovão retumbou no céu estrelado. Olhei para o homem ao meu lado, a mão dele estava apoiada na marcha e coloquei a minha mão sobre ela.

O carro deslizava como um raio, enquanto seus lábios se apertavam e suas sobrancelhas se uniam, mostrando o quanto ele estava tenso.

—Você o conhece?

— Já vi esse babaca na noite — disse ele, acelerando ainda mais. — Ele costuma frequentar os mesmos lugares que eu. Um sujeito malandro, perigoso e mentiroso.

— Eu sabia! Avisei a minha amiga Loreta de que ele e o amigo não me passavam coisa boa. Foram esses cretinos que nos atraíram para a pista perigosa.

— Fique longe dele, Anna.

— Vocês estavam falando em latim?

Raziel me olhou admirado. — Você é esperta. Como sabe que era latim?

— Tive um professor de história que às vezes falava uma ou outra coisa em latim na sala. — Eu me distraí um pouco com a lembrança, mas logo voltei a me concentrar. — O que você disse ao Erick?

Raziel dirigiu rapidamente o olhar para mim, a cor de seus olhos voltando ao verde esmeralda original.

— Disse para ele não se aproximar de você.

Eu sabia que eles haviam discutido feio e sabia pela fúria com que se entreolharam que havia algo mais do que uma simples implicância. *Caramba! Quantos idiomas ele fala? E como ele sabia que Erick entende latim?*

— Não se preocupe. Vou ficar bem longe dele.

O misterioso homem ao meu lado apertou de leve a minha mão. — O meu receio é que esse tal de Erick não queira ficar longe de você.

— Erick não tem chance comigo. Deixei isso bem claro pra ele.

Raziel apertou os lábios. *Ele parece preocupado... Com o quê?* Olhei pelo vidro escurecido e notei que estávamos subindo uma colina. A estrada asfaltada parecia segura, no entanto foi invadida por resquícios de neve que avançavam pela lateral. Raziel desacelerou e virou à esquerda, estacionando o carro em um mirante. O extremo silêncio ao redor privilegiava o som da minha respiração. Pude sentir os batimentos cardíacos irregulares. Meu corpo esquentou com o toque dos dedos dele em meu rosto.

— Este lugar é o meu predileto em Aspen — declarou ele, virando o corpo em direção ao meu.

Meus olhos contemplaram o horizonte à minha frente. As montanhas de neve alinhadas umas às outras causavam um efeito visual indescritível. O brilho da lua cheia refletia no branco intocado da espuma de gelo, assim como os diamantes salpicados no céu dançavam ao redor do azul-escuro profundo e enigmático. Minha boca se abriu ao perceber o efeito reluzente de cores da aurora boreal que se estendia acima dos picos rochosos, aterrissando no lago congelado.

— É magnífico! — exclamei, emocionada. — Tem algo de sobrenatural neste lugar.

— Quer sair um pouco? Eu esquento você.

A ideia de estar em um lugar exótico acompanhada de um homem assustadoramente sedutor era tão tentadora que o frio intenso passou despercebido. Acima do mirante de madeira gasta e danificada, nossos corpos se uniram em um abraço apertado. A névoa úmida deixava o clima ainda mais sedutor. Raziel, num gesto de gentileza, me emprestou o seu casaco. Fiquei admirada em perceber que, apenas vestido com uma camisa social e uma malha fina, o corpo dele continuava quente.

— Você vai congelar assim — preocupei-me. — É melhor devolver o casaco...

— Estou bem — murmurou ele, abraçando-se a mim. — Você me deixa quente.

E ele realmente parecia aquecido. Coloquei as minhas mãos em seu rosto e senti o calor emanar através da sua pele. *Como isso pode acontecer? Estamos a dez graus abaixo de zero!*

As mãos dele acariciaram a minha nuca. Uma onda gelada percorreu minha barriga, enquanto uma lembrança guardada em meu subconsciente me invadiu de súbito. Ao meu redor havia uma vinícola e Raziel corria atrás de mim. Estávamos brincando. Pude escutar a minha própria gargalhada ecoando na minha cabeça. Pressionei as têmporas com as mãos, fechei os olhos e a imagem desapareceu em segundos.

— O que foi?

Fiquei com receio de comentar com ele. Por mais que estivéssemos construindo uma afinidade, ainda era muito cedo para expor tudo o que se passava em minha mente perturbada. — Nada... Estou impressionada com o lugar.

— Vem cá. — Ele me apertou contra seu corpo. — Você é tão linda.

Abri um leve sorriso. Seus olhos penetrantes me hipnotizavam como chamas de fogo. Em um movimento rápido, suas mãos deslizaram por dentro do meu casaco e envolveram a minha cintura. — *Quero sentir seu corpo* — relatou a voz rouca que ecoava dentro de mim.

Devagar, o rosto dele se aproximou do meu e a sua língua passou de raspão pela minha orelha. Gemi por dentro, sentindo meus hormônios enlouquecendo. *Quem é esse homem? Sinto como se já o conhecesse de algum lugar.*

— Eu também desejo você — eu disse, envolvendo as mãos ao redor de seu pescoço.

Nossos lábios se encontraram mais uma vez. Um beijo suave e sensual tocou em sentimentos profundos trancafiados no cofre do meu coração. Respirei com força para sentir o ar gelado esfriar meus pulmões. Olhei para o rosto dele, magnífico como a paisagem à minha frente. *Essa cena é real? Um delírio?* Para uma garota que sempre levou uma vida sem emoções, tudo aquilo era como se de repente eu tivesse pulado para dentro de minhas pinturas surrealistas. *O que ele viu em mim, afinal? Quer dizer, sei que não sou feia. Sei que sou uma boa pessoa e tenho talento para artes, mas nunca me vi ao lado de um homem tão incrível assim.* Suspirei. *E quando eu voltar para a minha realidade? Ele vai estar na França, e eu, no Brasil... Como as coisas vão funcionar?*

— Sabe, gostaria muito de ver seu trabalho — falou ele, sorrindo para mim. Sua expressão transmitia sinceridade, mas também havia um resquício de temor. — Adoro pintura surrealista. Quem sabe posso até expô-las em minha galeria?

Eu o encarei e arregalei os olhos com admiração. Parecia que Raziel conseguia ler os meus pensamentos. No fundo, era exatamente isso que eu desejava ouvir. Um lado meu sabia que eu tinha de tentar segurar meus sentimentos mais profundos. Estava cansada de decepções, e a cautela seria minha melhor companheira daqui para a frente, no entanto ele mexia comigo de uma maneira insana e era cada vez mais difícil conter o turbilhão de emoções dentro de mim.

— Seria maravilhoso. Eu gostaria muito de mostrar meu trabalho para um profissional em arte como você. Espero não decepcioná-lo.

— Meu anjo, tenho certeza de que seu trabalho é maravilhoso. Uma mulher como você não decepciona em nada; além disso, admiro a sua força. Deve ser difícil perder os pais sendo tão jovem. Sei bem o que é viver na solidão.

Suspirei fundo. Ele parecia me conhecer mais do que muitas pessoas do meu convívio. Solidão era o que eu mais temia. Meu pai havia me deixado uma grande quantia em dinheiro e alguns amigos íntimos dele, administradores e contadores, me ajudavam com essa parte. Além disso, eu também despejava minhas mágoas no consultório da analista, mas ainda assim eu estava carente. A única pessoa que realmente tinha carinho por mim era Loreta. Ela era sempre presente, mas não supria todas as minhas necessidades de afeto. Eu precisava de um homem para cuidar de mim, alguém que pudesse compreender os meus anseios. E Raziel parecia ser a única pessoa que conseguia diluir a dor latente em meu peito.

Fechei os olhos, aliviada. *Sinto-me forte ao seu lado, como se ele exercesse um poder sobre mim, uma força inexplicável que conseguia de algum modo cicatrizar a minha ferida mais profunda.*

— Não posso mentir, tenho meus momentos... Vejo-me só de vez em quando, sinto falta da presença alegre do meu pai.

Ele encostou o seu rosto no meu e num movimento lento beijou delicadamente meus lábios. Senti meu corpo levitar; uma sensação de bem-estar me envolveu, a energia dele era como um remédio para o meu espírito.

— Raziel — chamei-o, pensativa —, o que você quis dizer quando falou que estava omitindo coisas a seu respeito para o meu bem?

A expressão dele se anuviou. — É muito complicado, meu anjo. Acho que, com o tempo, descobrirá sozinha. É algo que neste momento você pode não estar preparada para entender. Não quero complicar a sua vida.

— Eu não estou feliz com a vida que tenho — suspirei, colocando as mãos no rosto. — Quer dizer, não sou nenhuma ingrata, mas sinto que existe algo que me falta, entende? Se você tem uma vida complicada, ajude-me a entendê-la. Não me assusto assim tão facilmente.

Um silêncio torturante dominou o ambiente. Ele me encarou como se estivesse tentando decifrar meus receios. De repente, minha cabeça começou a formigar e a voz rouca inconfundível penetrou minha mente: — *Ainda não posso, meu anjo. Você tem que ser paciente. Estou tentando protegê-la de forças que estão além da compreensão humana. Por favor, não pense que não quero me abrir pra você. Não pense que não a desejo.*

A luz brilhante dentro de seus olhos revelava uma emoção autêntica, o mistério em torno dele me devorava, eu tinha de descobrir o que estava acontecendo. Como ele podia se comunicar dessa forma comigo? Como era possível entrar na minha mente desse jeito? Eu estava começando a achar que Raziel não era um simples humano e minhas convicções aumentavam a cada minuto ao seu lado. *Será que ele pode ver o futuro? É um médium ou alguém com um sexto sentido aguçado?*

— Venha — disse ele puxando a minha mão. — Está congelante aqui fora. Além disso, você deve estar cansada.

Sorri por dentro. *Tá brincando? Eu nunca me senti mais quente na minha vida. Nunca me senti tão eufórica.*

— Tudo bem — concordei, observando-o abrir a porta do carro para que eu pudesse entrar. — Deve ser preciso treinar muito e ter uma concentração além do normal para conseguir se comunicar com telepatia. Talvez meditação? Ioga? Como faz isso?

Ele deu um sorriso descontraído. — Tenho uma sensibilidade maior, só isso. — Raziel manobrou o carro rapidamente, entrando de volta na estradinha estreita.

Uma música sensual e singular invadiu o ambiente. Raziel me lançou um olhar travesso, desgrudou uma das mãos do volante e desabotoou o meu blazer. Senti seus dedos percorrerem o meu peito e irem ao encontro de um de meus seios. Uma onda de excitação fervilhou em cada poro do meu corpo. Segurei a mão dele lá, meu coração batia forte. Ele me olhou de relance, um olhar inflamado e ardente que me queimou por dentro. Arranquei o casaco e a sua mão entrou por dentro do meu cashmere, pousando na barriga. Em seguida, subindo devagar, gemi, dessa vez um gemido alto de prazer. Meus seios se arrepiaram ao sentir o seu toque quente. Eu me contorci no assento. Um ar de luxúria parecia envolvê-lo; seu sorriso era malicioso. Seus dedos desceram até o zíper da minha calça e rapidamente abriram o botão. Pressionei minha mão contra a dele em uma tentativa de barrar o que poderia ser muito íntimo, no entanto minhas defesas pareciam se esvair diante da ideia de fazer amor com ele.

— Raziel, ainda é muito cedo... Eu...

— Shhh... — Ele me silenciou colocando o dedo sobre os meus lábios. — Só quero sentir você.

Desmoronei, era demais para aguentar. Eu não era nenhuma virgem, mas, no quesito sexo, ainda tinha muito que aprender. Na verdade, o orgasmo ainda era um fator surpresa para mim, já que o meu ex-namorado não me satisfez em nenhum sentido.

— Preciso me concentrar em você — disparou ele em um tom enfático.

A velocidade diminuiu e paramos em um acostamento que parecia ser mais seguro. Não conseguia me mover, meu corpo congelou e ao mesmo tempo esquentou. Eu o queria... Ele era intenso, caloroso, perigoso e me desejava, eu não tinha nada a perder. Não conseguia achar um motivo para não transar com ele, mesmo que fosse arriscado, mesmo que eu nunca mais o visse. Meu corpo implorava pelo seu toque.

Raziel puxou o freio de mão e debruçou o seu corpo contra o meu. Seus lábios percorreram meu pescoço e subiram até encontrar a minha boca. Senti a sua língua avançar profundamente, enroscando-se à minha em movimentos sensuais. Estremeci. Ele chupou devagar o meu lábio inferior.

— Sou todo seu, sabia? Sempre fui.

Fechei os olhos para absorver aquelas palavras. *Sempre foi?* Não entendi o que ele quis dizer, porém o jeito como sussurrou com aquela voz rouca me excitou ainda mais.

— Não se preocupe — cochichou baixinho —, não vou fazer nada que você não queira.

— Tá — respondi, mordendo os lábios. *Nada que eu não queira... Eu quero tudo!*

Olhei para o rosto de beleza desconcertante e intimidadora, seu sorriso cheio de malícia, seus cabelos negros reluzentes e despojados. Ele era a visão de um deus do Olimpo, só que mais moderno e charmoso. Raziel puxou a trava do meu banco, empurrando-o para trás, e o meu corpo acompanhou. Fiquei deitada, trêmula e ansiosa pelo seu toque. Delicadamente, aquele homem sedutor levantou a minha malha e começou a beijar meu ventre. A minha pele reagiu no mesmo instante e meus pelos se eriçaram ao imaginar aquela língua em outras partes mais íntimas do meu corpo. *Caramba! O que ele vai fazer? Estou totalmente entregue!* Senti a ponta molhada beirar a minha calcinha, um gemido escapuliu da minha boca. Ele levantou o rosto para me lançar um sorriso mal-intencionado. Deitei a cabeça para trás e relaxei. Era um gesto que nitidamente dizia: *Sou toda sua. Faça o que quiser comigo!* Raziel percebeu isso e puxou a minha calça para baixo, seus dedos viajaram por cima da seda rendada que cobria o meu sexo.

— Você é tão macia, tão cheirosa — elogiou, puxando a borda do tecido. Eu estava exposta. Senti a sua respiração quente sobre minha intimidade. — Posso beijá-la aqui?

— Sim — murmurei exaltada, ao mesmo tempo que fechei os olhos.

Senti os lábios dele pousarem na parte mais íntima do meu corpo. Uma gota de suor escorreu pela minha testa, eu não conseguia mais coordenar meus pensamentos. Um beijo lento e molhado remexeu minhas entranhas e por pouco não explodi. Olhei-o de relance, sua expressão era feroz. — Desejo você, Anna. Precisamos de um lugar mais confortável... Que tal o hotel? Meu quarto?

Para mim, naquele momento, o certo e o errado já não existiam. Estava seguindo meu instinto, estava seguindo meus sentimentos, tudo que vinha à minha mente era *sexo selvagem*. Sentia que uma bomba-relógio estava prestes a explodir a qualquer minuto dentro de mim. Eu precisava daquilo, precisava me sentir mulher de novo, mesmo que fosse por apenas uma noite, não podia enterrar o desejo absurdo que estava sentindo. Eu não era mais criança e, além disso, fazia tempo que eu não transava.

—Vamos — confirmei, erguendo os lábios.

— Seu sorriso é tentador — falou com um ar triunfante, depois levantou o meu banco e travou o cinto de segurança em mim.

Raziel deu a partida no carro e voamos para o hotel. Seus olhos ardentes me fulminavam, ele parecia um lobo prestes a me atacar. *Tomara que eu não esbarre com a Loreta no saguão. Ela iria adorar me ver desse jeito. Posso até visualizar a cara de abobada que ela faria ao perceber que eu estava indo para o quarto do super-homem.*

O Maserati estacionou diante da porta do hotel. Não havia movimentação nenhuma, já era tarde e provavelmente muita gente deveria estar dormindo ou enfiada em *night clubs*. Desci do banco sentindo as pernas bambas e o pulso acelerado demais. Olhei de relance para o espelho lateral do carro e vi que meu rosto parecia um pimentão. Raziel segurou firme a minha mão e eu o acompanhei pelo saguão, aliviada em perceber que havia apenas um casal sentado em frente à lareira. Ele acariciou meu rosto, a sua pele estava fervente, vibrante. *Sem dúvida ele é um homem eletrizante.* Ri com a ideia, mas na verdade estava nervosa e agitada. Tomamos o elevador até o último andar. Ele me apertou contra o seu corpo e me beijou com certa dose de fúria, em seguida chupou meu lábio inferior.

A porta fez um ruído ao se abrir e me acordou do transe. *Agora não há mais volta, estou nas mãos dele.*

— Vem, meu anjo — ressoou a voz rouca, me excitando ainda mais.

Ele abriu o que parecia ser uma suíte presidencial. Olhei ao redor admirada com o ambiente requintado. A sala de estar era do tamanho do meu apartamento no Rio. *Ele está sozinho aqui. Consegue usufruir de tudo isso?* Uma de suas mãos tocou o meu ombro. Eu me virei e percebi taças de cristal cheias de champanhe em suas mãos. *Como fez isso tão rápido?*

Nossas taças tilintaram. Degustei o espumante lentamente, tentando absorvê-lo melhor. Em seguida, virei todo o conteúdo numa golada só. *Calma, Anna!*, falei comigo mesma.

— Vem cá — disse ele, carregando-me no colo em direção ao quarto. Quando chegamos, ele falou: — Tire a roupa pra mim. — Sua voz era enfática e sedutora.

De repente me senti envergonhada. Seu olhar era pecaminoso, profundo, parecia mais íntimo do que um beijo. Abri meu blazer devagar; minhas mãos estavam trêmulas.

— A blusa — sussurrou com os olhos verdes brilhando.

Arranquei a minha malha, tentando não parecer estabanada, mas meu nervosismo não ajudava. Meus seios ficaram cobertos apenas pelo sutiã de renda preta. Raziel veio em minha direção e enfiou as mãos por dentro da minha calça, puxando-a para baixo. Eu quase me desequilibrei, porém consegui me apoiar nele. Senti meu corpo se erguer em seus braços e pousar na cama. Vi meus sapatos serem arrancados e finalmente fiquei livre da calça de couro. Lá estava eu, pronta para uma noite inesquecível, seminua em cima de um lençol de cetim.

— Você é linda... Seu corpo é perfeito — disparou ele enquanto desabotoava a própria blusa.

Minha boca se abriu e fechou. Ele era magro, porém, tinha o corpo malhado nas proporções perfeitas. Uma gota de suor desceu pelo seu peito, mordi meus lábios em resposta à visão luxuriosa bem à minha frente. Ele arrancou as calças, e as jogou em cima de uma poltrona. Havia uma surpresa grande dentro daquela cueca boxer que o deixava ainda mais gostoso.

— Anna Bonnier — disse ele, deitando-se ao meu lado. Seus olhos penetrantes seguiram os meus. — Você é única. Sua pele parece marfim. É tão feminina... doce e picante ao mesmo tempo.

Suas mãos começaram a viajar pelo contorno do meu corpo. Minha respiração ficou irregular. Desejei tocá-lo. Os meus dedos percorreram seu peito definido e passearam por suas costas. Lá, senti uma pequena protuberância que parecia ser uma considerável cicatriz em forma de "V" ao contrário. A expressão dele tornou-se séria antes que eu pudesse dizer alguma coisa. Uma lembrança irrompeu meu pensamento. Eu me vi deitada em uma cama dossel antiga, uma brisa tocou meu rosto, balançando meus cabelos vermelhos. Véus brancos que se prendiam no alto do pilar de madeira talhada voavam ao meu redor. De repente, um homem veio em minha direção, cabelos negros, porte atlético, muito alto. Era ele... Era Raziel. Penetrei em seus olhos cheios de paixão e ele sorriu para mim. Desejava me expressar de alguma forma, mas a minha boca não se movia, não tinha controle sobre meus movimentos, eu era apenas uma telespectadora. Nesse momento, a minha visão escureceu e voltei ao presente. Demorei um pouco para sintonizar onde estava e compreender o que havia acontecido.

— O que foi? — perguntou ele, acariciando meu rosto.

— Eu... tive um flash, era como um filme. Vi você. Nós estávamos em um quarto grande, a cama dossel antiga parecia do século XVIII.

Ele me observou com uma intensidade que me fez corar. — Você está sensível. — E envolveu suas mãos em minha cintura.

Antes que eu pudesse perguntar algo, Raziel se inclinou, unindo o seu rosto ao meu. Estremeci quando sua língua lambeu o meu lábio devagar. Eu me excitei ao sentir seus dedos arrancarem a minha calcinha. Ele soltou um suspiro e eu agarrei o lençol com força quando seu toque macio se espalhou pelo meu sexo. Senti a movimentação dentro de mim, uma tortura lenta e prazerosa. Quase gritei, meus pés enrijeceram e meus músculos se estenderam ao explodir violentamente em suas mãos.

— Isso, meu anjo, quero ver você sentir prazer — ecoou a voz sedutora, potencializando a minha satisfação.

Raziel abocanhou um dos meus seios, puxando a renda do sutiã para baixo. — Durinho e perfeito — disse ele com expressão selvagem. Meu mamilo foi sugado, uma dor aguda e gostosa me fez tremer. Ele passou a língua ao redor do meu umbigo e da virilha até chegar ao ponto quente entre as minhas pernas. Gemi silenciosamente, cerrando as pálpebras. Ele beijava minha intimidade com tanta desenvoltura que quase cheguei ao ponto outra vez.

— Calma, Anna — sussurrou ele, enfiando o dedo dentro de mim com delicadeza. — Quero ter prazer com você, sentir o seu calor.

Eu não conseguia me expressar. Observei enquanto ele se ajoelhava na cama e se livrava da cueca. Fiquei paralisada e deslumbrada. Suas proporções avantajadas ultrapassavam os limites normais.

— Eu desejo tanto você, Anna, tanto.

Minha pele se eriçou, o corpo dele se encaixou perfeitamente no o meu e vagarosamente entrou em mim. Um murmúrio rouco de prazer ecoou no ambiente. Meus dentes se prendiam ferozmente no meu lábio inferior, eu estava em chamas implorando pelo alívio triunfal, me segurando o mais que podia, absorvendo cada investida furiosa que meu sexo recebia.

— Vire-se de costas — afirmou com autoridade.

Eu me virei e meus joelhos ficaram apoiados no colchão. Senti o vigoroso avançar sobre o meu interior outra vez. Gememos juntos. Percebi que meu cabelo estava sendo puxado para trás, delicadamente, mas com firmeza. Ele mostrava que estava no comando, levando a minha excitação ao limite.

— Anjo... Vou explodir — murmurou ele, gemendo com tanta força. — Anna!

Meu sexo estava pulsando, minhas mãos apertaram-se contra a cabeceira estofada, meus olhos se espremeram e acabei chegando ao clímax com ele. Ele ainda se mexia de um jeito feroz dentro de mim, levando-me ao ápice do prazer até inesperadamente cessar. Depois, ele tirou o membro e, aos poucos, caiu ao meu lado. Uma de suas mãos pousou com suavidade nos meus cabelos, afastando a mecha caída sobre a maçã de meu rosto.

— *Dilecta immortalis* — falou baixinho, acariciando meu braço.

— O que significa?

Seu sorriso se abriu, suas pupilas se dilataram e algo em sua expressão me fez estremecer. Senti um déjà-vu ao visualizar aquele jovem homem descansando ao meu lado.

— Eu sei o que significa... Amada imortal. — Apoiei uma das mãos em minha cabeça.

Ele me puxou para perto. — Gosto de chamá-la assim. Você me lembra alguém, alguém que amei muito.

Fui invadida por uma onda de ciúmes, uma pontada dolorida machucou meu coração. — Amou... Muito — resmunguei, tentando disfarçar meu egoísmo.

— Foi há muito tempo, Anna. Agora encontrei você.

Acalmei-me um pouco, mas nem tanto assim. Um mistério intrigante me circundava; ele era jovem, porém tinha experiência de sobra.

— Essa cicatriz em suas costas, o que foi isso?

Por um momento, uma perturbação passou por seus olhos. Seus lábios se apertaram.

— Anna, vai chegar a hora certa, o momento de contar tudo para você.

A curiosidade estava me matando, eu mal o conhecia, no entanto parecia que sua vida se ligava à minha de uma maneira inexplicável, como se eu conseguisse ver quem realmente ele era através de seus olhos. Uma estranha insegurança invadiu meu peito ao me imaginar longe dele. Meus olhos encheram-se de lágrimas, meu controle emocional desceu a zero. E se ele fosse perigoso? E se estivesse apenas brincando comigo? *Que droga! A minha carência excessiva me torna vulnerável. A minha analista disse que preciso confiar mais em mim, o que é meio difícil levando-se em conta que conheci um homem que parece ser sobrenatural.*

— O que está se passando nessa cabecinha? — brincou ele, entregando-me um copo de água.

Eu sorri. — Loreta costuma dizer isso pra mim.

— Você tem planos para amanhã?

— Não sei bem... — respondi, levantando-me para ir ao banheiro. — Esquiar pela manhã... Fazer compras com Loreta...

— Eu gostaria de passar o dia inteiro com você, mas preciso resolver assuntos de trabalho pela manhã — disse ele, vestindo a cueca. — Podemos nos encontrar no lobby no final da tarde.

— Tudo bem — respondi, pensativa. *Assuntos de trabalho... Aqui? Será que ele está se esquivando de mim? Por que estou tão apegada a ele dessa maneira? Que droga! Não posso parecer uma bobinha apaixonada. Eu mal o conheço. Tenho de voltar para o meu quarto e pensar melhor.*

Entrei no chuveiro quente, tentando me livrar do sentimentalismo, digerir minhas ideias, ser um pouco racional. Fechei a torneira, abri o boxe de vidro fumê e me envolvi em uma toalha. A luz estava apagada, mas a porta do banheiro aberta clareava o ambiente. Uma sombra em forma de homem surgiu à minha frente. Esfreguei os olhos com a toalha e notei que Raziel estava de pé, me analisando de modo meticuloso, seu olhar vidrado e reluzente.

— Assustei você?

— Não... Eu estava apenas distraída — respondi, ajeitando o cabelo molhado que escorria pelas minhas costas.

— Por que não dorme aqui comigo? Adoraria vê-la ao amanhecer.

O convite era tentador demais para ser recusado. Mas eu sabia que Loreta me aguardava ansiosamente; além disso, estava louca para usar meu tablet e matar minha curiosidade pesquisando o que tinha acontecido hoje.

— A minha amiga deve estar preocupada — eu disse sem ser muito convincente.

— Você pode ligar para ela. Tenho certeza de que Loreta vai entender.

Fiquei sem palavras. O meu desejo de estar com ele venceu.

Sequei os cabelos, vesti um robe e fui em direção ao telefone. Escutei o primeiro toque, o segundo, até cair a linha. Ela não atendia ao celular.

— Ela não atende — disse, preocupada. — Vou deixar um recado avisando que estou com você.

— Vai ver ela saiu com alguém e esqueceu o celular — respondeu, sentando-se ao meu lado na cama.

Isso era verdade. Loreta devia ter se enfiado em algum *night club*. *Tomara que ela tenha cumprido a sua palavra quando garantiu que não iria sair com Marcos.*

— Tem razão — concordei, dispensando o mau presságio.

— Vou até a cozinha pegar algo para bebermos — avisou ele, levantando-se em direção à porta.

Meus olhos pousaram sobre as costas dele. Aquela cicatriz não era normal, era muito branca e havia uma saliência que não fazia sentido. Sem contar a marca em seu pulso. Parecia ser um símbolo, três letras que para mim eram incompreensíveis, hebraico, latim, talvez árabe.

Lembrei-me novamente de ter visto a mesma marca no pulso de Marcos. *Será que é uma coincidência? Será que ambos compartilham de algum tipo de religião? E Erick, estranho e amedrontador, também faz parte disso?*

Uma parte de mim estava desconfiada de Raziel, mas não sentia medo dele; pelo contrário, ele parecia confiável e por algum motivo me era familiar. Coloquei a cabeça no travesseiro e senti uma dor pungente na têmpora. *Vou acabar pirando desse jeito. Minha cabeça vai explodir. Preciso tomar uma aspirina urgentemente.*

Puxei a gaveta da penteadeira ao meu lado e o cheiro de mofo quase me sufocou. Havia dois livros antigos e gastos que não pareciam ser do hotel. O de cima me chamou atenção pela enorme gravura desenhada na capa, que se assemelhava a uma das formas gravadas no pulso de Raziel. Abri por curiosidade e lá estavam as três letras descritas: ל_פ_נָ. Olhei com atenção e, por sorte, havia a tradução do termo em hebraico: caídos, desertores, derrubados. Infelizmente, não dava para entender o restante. Num gesto rápido, o livro de volta na gaveta e peguei o outro. Na capa dura, estava escrito: *Quomodo daemonium necare*. A frase parecia latim. Procurei gravar as letras em minha mente e fechei a gaveta antes que Raziel retornasse.

— Precisa de algo, Anna? — perguntou ele, entrando no quarto. Seu olhar era de desconfiança.

Congelei, me senti como uma bisbilhoteira desconfiada, mas a verdade era que eu estava louca por informações e pelo jeito Raziel não pretendia abrir seus mistérios para mim.

— Estou procurando uma aspirina. Dor de cabeça — pretendi parecer convincente.

Ele veio em minha direção e me entregou um copo de água gelada.

— Deve ser cansaço — respondeu, acariciando meu cabelo.

Eu realmente precisava dormir. Havia sido um dia intenso e era um milagre ainda estar acordada no meio da madrugada. Depois da queda na montanha, eu me sentia dolorida e cansada. De repente, uma ideia me ocorreu: *Quando Raziel me tocou, eu me senti melhor. Senti meus músculos se regenerarem.* Olhei para o homem maravilhoso ao meu lado. Estava lutando para me manter acordada, porém a escuridão me tomou e eu me aninhei nos braços dele.

CAPÍTULO 6

Eu vi você em meus sonhos, sonhos que eram reais. Um passado distante, romântico e sombrio, porém tudo se destruiu. Dentro de seus olhos eu vi o meu tormento, algo me dizia, ecoando dentro de mim: — Anna, o nosso amor não terá fim.

A luz no fim do corredor era a minha única saída. Eu estava sozinha, o cheiro de esgoto embrulhava meu estômago e a escuridão me aterrorizava. Receosa do que estava por vir, encarei o infinito tenebroso e úmido. A sombra de um homem se aproximava, um homem com asas gigantescas. Comecei a correr, porém meus pés estavam submersos na água, e minha velocidade era mínima em relação à dele. Um ruído assustador fez meu coração disparar. Havia outra sombra logo atrás da criatura, tinha olhos vermelhos e asas que se assemelhavam às de um morcego. O peso da roupa molhada impedia os meus movimentos. Tropecei em algo e acabei caindo, depois senti o meu corpo levitar. Mãos fortes seguravam a minha cintura. Ousei olhar para trás, mesmo estando morta de medo. *Meu Deus, é ele! Raziel!*

Um estrondo forte me jogou de volta à realidade. Apavorada, abri rapidamente os olhos. O meu cabelo umedecido escorria sobre o lençol. Demorei alguns segundos para entender onde eu estava e me dei conta de que havia dormido com Raziel. Ergui o corpo, assustada com o estrondo do relâmpago que explodiu perto da janela e notei com desgosto que não havia ninguém além de mim no quarto. Enrolei o lençol ao meu corpo nu e percorri a suíte. A chuva escorria pelos vidros das janelas. Olhei para mesa de estar e vi um papel rabiscado:

Anna, tive que resolver um assunto.
Seu Raziel.
P.S.: Adorei acordar ao seu lado.

Corri em direção às minhas roupas, lavei o rosto e lembrei-me dos livros na gaveta. Analisei o que havia escrito neles, mas era incompreensível. Anotei as estranhas palavras escritas na capa. O barulho da chuva se tornou mais intenso. Lutei contra a minha curiosidade de vasculhar os pertences de Raziel que estavam no closet, no entanto não consegui. Ternos, camisas, calças, sapatos, não havia nada de anormal. Abri uma gaveta recheada de papéis, pareciam manuscritos antigos e estavam borrados e gastos na beirada. Acima deles, uma foto em preto e branco envelhecida, tão desgastada que mal dava para ver a imagem. Aproximei-a do meu rosto e notei, com esforço e incrédula, que o homem da foto era Raziel abraçado a uma mulher, uma mulher que estranhamente me parecia familiar. *Essa mulher é parecida comigo!*

Eu me assustei ao ouvir um relâmpago lampejar outra vez e, num gesto de ousadia, enfiei a foto no bolso. Corri para fora da suíte como se estivesse fugindo da própria sombra; minhas mãos estavam trêmulas e a minha habilidade de encaixar uma chave magnética no lugar certo para entrar em meu quarto havia sido abalada. Assim que pus os pés para dentro, notei que Loreta não estava lá. *Será que já é tarde? Estou tão nervosa que nem olhei as horas.* O relógio do quarto marcava onze. *Putz! Dormi tanto assim?*

Fiz uma cara feia para mim mesma, porém não tinha tempo para lamúrias. Peguei meu tablet e tirei do bolso o pedacinho de papel.

Digitei no Google Tradutor as palavras em latim "*Quomodo daemonium necare*". *Veio o resultado: "Como matar um demônio".*

Minha boca se abriu. *O que isso significa?*

Assombrada com o que li, tentei digerir todas as ideias que estavam confundindo a minha mente. Resolvi escrever no site de pesquisa as palavras *desertores, caídos, derrubados*. A foto de um anjo de asas negras apareceu.

Meus olhos se encheram de pavor. Meu coração ficou acelerado, os meus sonhos se cruzaram com a realidade sombria, um resquício de memória quase me fez cair da cadeira. Vi Raziel ao pé da cama com dossel antiga, a mesma que eu havia visto quando toquei nas cicatrizes dele. Suas asas eram negras como seus cabelos e os olhos pareciam tristes e lacrimosos. Eu estava deitada na cama, percebi que meus pés não se mexiam. Senti uma dor tão aguda que lágrimas escorreram pelo meu rosto. Eu estava... morta. De repente, saí do devaneio. A minha cabeça pendeu para a frente, apertei as têmporas para aliviar a dor latente, respirei fundo para tomar coragem de olhar a imagem outra vez. *Nephilim, do hebraico* ליּפְ נלּפְנ. *Nefilim, que significa desertores, caídos, derrubados, mas tal termo é uma variação do termo* לַפָנ. *Deriva da forma causativa do verbo nafál ou nefal (cair, derrubar, cortar). Traz uma ideia de dividido, falho, caído, perdido, mentiroso, desertor.*

O ambiente ao meu redor se tornou pequeno. Seria essa a realidade dele, crer em seres híbridos, anjos, anjos caídos? Para mim era como acreditar em fadas, duendes, lobisomens e vampiros. Cerrei os olhos. Eu não queria enxergar a verdade. Tentei colocar a minha atenção na tela novamente: *Os Nephilins nascem da união entre humanos e anjos caídos, e sua aparência se assemelha à de um humano. Eles são imortais, no entanto, diferentemente dos anjos caídos, possuem todas as sensações físicas de um humano mortal. Nephilins podem ler pensamentos e influenciar a mente; além disso, também possuem o dom da telepatia. Esses seres híbridos conseguem criar fortes ilusões, confundindo a pessoa sobre o que é ou não realidade.*

Podem também influenciar o ambiente e os objetos ao seu redor. Eles possuem a incrível habilidade de se regenerar quando estão gravemente feridos.

Fiquei congelada por minutos, meus movimentos falharam quando tentei me levantar. Lembrei-me da ilusão que eu tive na montanha. *Será? O pinheiro caindo parecia tão real. E as sombras que tenho visto são reais?* Minha memória regrediu até o dia em que cortei o dedo brindando com Loreta. *Foi ele? Ele curou minha ferida?*

Por um lado, sentia as minhas defesas em relação ao ceticismo desmoronarem. Por outro, meu bom senso praguejava contra mim. Eu estava delirando? Vendo coisas além do normal?

Um nó de incertezas se amontoou em meu estômago. Lutei contra os fatos que apareciam à minha frente, porém tudo se encaixava como um quebra-cabeça. Era um jogo assustador que sedutoramente me envolvia e me atraía para o perigo.

Desliguei o tablet e encarei a minha face abatida no espelho da escrivaninha. Arranquei depressa as roupas e entrei no chuveiro. Enquanto a água cristalizava minhas ideias, lembranças do sexo selvagem com Raziel me deixavam excitada. *Ele é quente em todos os sentidos. Um homem-anjo, viril e sedutor. E aquela cicatriz nas costas? Seriam suas asas?* Sequei o corpo em silêncio, refletindo sobre o dia em que vi a sombra negra entre os pinheiros na montanha. *Preciso ir àquele lugar novamente. Refletir um pouco.* Espiei pelo vidro da janela e notei que a chuva já havia cessado. Agitada, vesti um macacão de esqui dourado. Peguei óculos, luvas, a chave do carro, dinheiro e documentos. *Será que Loreta está tomando café? Onde ela se meteu?*

Ao observar a cama desarrumada, fiquei tranquila em constatar que ela havia dormido no quarto, mas achei estranho que o lençol da minha cama também estivesse remexido. *Alguém dormiu aqui com ela?*

Um barulho na porta me fez pular.

— Anna! — gritou Loreta com as feições descontraídas.

Caminhei com cautela até ela. — Loreta... Que bom ver você — falei, abraçando-a. — Fiquei preocupada. Liguei pra você no início da madrugada e pelo jeito você não estava no quarto.

Loreta me encarou, seu rosto estava corado. — Eu... saí com Marcos. Ele foi gentil. Desculpou-se e, além disso, me trouxe uma caixa de chocolates. Eu não resisti! Você sabe que sou louca por cacau.

Eu não estava muito na posição de quem poderia passar sermão. Afinal, havia dormido com um homem que mal conhecia.

Nossos olhares se cruzam. — Você é louca por cacau e por homens bonitos — disse, abrindo um sorriso. — Só espero que fique atenta. Não quero que sofra.

— Digo o mesmo, amiga — respondeu, largando-se na cama. — Estou cansada demais. Minha cabeça está estourando! Fui dormir muito tarde e, você sabe, Marcos é ardente — contou ela. — E você, sortuda? Dormiu com o gostosão?

Apertei os lábios, tentando disfarçar minhas preocupações. — Sim. Você tinha razão quando mencionou que eu precisava me abrir. Ele é especial e... o sexo foi incrível — contei, suspirando. — Sei que está curiosa sobre tudo, mas preciso de um tempo sozinha. Preciso acalmar minha mente. Fazia tanto tempo que não me relacionava assim... Acho que perdi o jeito.

— Para mim, está bem. Eu realmente preciso dormir mais um pouco, parece que fui atingida por um trem. Minha cabeça está formigando desde que encontrei Marcos.

— Formigando? — *Será que Marcos entrou em sua mente? Será que eles realmente são capazes disso?* — Tudo bem — completei, indo em direção à porta. — Durma um pouco. Não vou demorar.

Saí pelo corredor com o coração apertado. Se eu contasse a ela as minhas desconfianças, Loreta morreria de rir. Além disso, julgaria meu estado mental. Não estou ficando louca. *Eu sei o que vi, sei o que senti. Não pode ser apenas uma brincadeira de mau gosto, tampouco um devaneio. Em toda a minha vida, nunca me senti tão viva.*

A porta do elevador se abriu. Uma linda loura alta sorria para mim, um sorriso diabólico que me deu arrepios. Seus olhos negros me encaravam, profundos, frios, como um buraco negro sem luz. *Essa mulher não me é estranha... Onde foi que a vi?* O ambiente se tornou pesado, eu não via a hora de conseguir escapulir. Virei o rosto, mas minha intuição dizia que ela continuava me encarando. Assim que a porta se abriu, apressei o passo e ousei olhar por trás do meu ombro. A mulher havia desaparecido como fumaça. Girei o corpo para observar o movimento do saguão e notei apenas dois casais de americanos e um grupo de adolescentes brincalhões. Vesti as luvas acolchoadas e peguei os esquis guardados em um espaço reservado para os hóspedes. Entrei no carro e segui até Aspen Mountain. O tempo estava fechado, as nuvens negras carregadas dominavam o céu, porém a movimentação na pista era intensa. Estacionei o carro e caminhei em direção à gôndola.

— Com licença, senhor — falei, tocando no ombro do instrutor americano. — O senhor sabe qual é a previsão do tempo para hoje?

Ele passou as mãos na careca, que ainda conservava alguns fios louros. — Não sei dizer, garota. A mudança de tempo nunca foi tão drástica, mas estamos preparados para tudo — avisou em tom enfático. — Em caso de nevasca ou chuva, por favor, se dirija a algum dos instrutores e eles poderão chamar ajuda pelo rádio.

Eu necessitava mesmo de um pouco de adrenalina, o excesso de pensamentos consumia a minha inteligência. Observei o horizonte cinzento e senti uma lágrima escorrer pelo rosto.

Já estou com saudades dele. Ele assinou a carta como: "Seu Raziel". Eu realmente gostaria que isso fosse verdade.

Fechei os olhos, afastando outra gota de lágrima com a mão. A sensação incômoda de estar sendo observada me agitou outra vez, mas não há ninguém por perto. Assim que entrei na gôndola, notei que a porta havia se fechado rapidamente. Um zumbido atordoante agonizou minha audição, a voz rouca veio logo em seguida: *Anna! Você não está sozinha!* Coloquei a cabeça entre os joelhos tentando concentrar a atenção no som, mas um silêncio se instalou e logo comecei a ouvir o barulho distante dos trilhos de novo.

— É ele! — gritei para mim mesma.

Meus olhos tentaram encontrar algo além da neve brilhante e dos pinheiros perfilados, mas nada parecia fora do normal. As pistas estavam movimentadas, porém as pessoas pareciam cautelosas ao descer devido às crostas que se formaram na neve com a chuva da manhã. Um trovão estourou, a ameaça de temporal era evidente, mas eu não conseguia mudar de ideia, parecia que algo me puxava para aquele lugar. A porta da gôndola se abriu e disparei em direção à pista vermelha. Imagens de Raziel abrindo as enormes asas tão escuras quanto as trevas lampejavam em minha mente. Assim que avistei o lugar entre os pinheiros no qual entrei no outro dia, desacelerei e destravei os esquis, apoiando-os em meu ombro. Não havia ninguém lá. Caminhei entre as sombras dos galhos e aprofundei a distância da pista, deixando rastros de pegadas na neve fofa que se aglomerava ao redor dos troncos. Uma brisa gelada tocou a minha face. Espiei ao redor e me sentei em um banco de neve na frente de um pinheiro. Fechei os olhos e relaxei. Um sussurro ecoou no ar, causando um tremor dentro de mim.

— Anna. — A voz era muito suave, quase inaudível.

Abri os olhos devagar e lá estava ele: de pé, à minha frente, vestido em um macacão de esqui preto, os olhos verdes em chamas, a expressão de emoção, a postura rígida.

O meu corpo se ergueu devagar, minha atenção foi direcionada ao seu rosto. — Como você sabia onde eu estava? — perguntei, assustada. — Quem é você? Sei que está me escondendo algo!

A sua respiração estava ofegante, seus olhos se fecharam e voltaram a me encarar. — O que tenho para falar pode ser chocante pra você.

— Diga-me, Raziel — murmurei com lábios trêmulos. — Eu não tenho medo.

— *Eu não sou exatamente um humano.* — A voz dele ecoou dentro de mim, mas seus lábios não se mexeram.

Engoli em seco. — O que você quer dizer com isso?

Ele me olhou de modo mais compenetrado. Sua expressão era tensa. — *Sou um Nephilim.*

Mordi os lábios. Senti a pulsação acelerada. — Meio anjo, meio humano?

— *Como você sabe?*

— Eu... fiz uma pesquisa — contei, tentando parecer firme. — Telepatia, mudança climática, cura de ferimentos, força, rapidez, ilusão, invadir pensamentos, imortal. — Pausei para me recompor. *Eu estava certa. Ele é um ser híbrido. Isso significa que anjos realmente existem e, se eles existem, Deus também existe.*

Eu o olhei fundo nos olhos, que estavam como o céu nublado e furioso.

— Foi você, não foi? Que me salvou na pista? Você era a sombra.

Ele deu um passo cauteloso em minha direção. Uma de suas mãos acariciou meu cabelo.

— *Sim. Eu criei essa ilusão em você. Eu era a sombra* — As palavras saíam do interior dos olhos, a boca permaneceu imóvel. — *Era a minha voz que invadia os seus ouvidos, assim como agora* — ele disse em minha mente.

— Por que você se escondia de mim?

— Anna. — Pude ver a emoção no brilho dos olhos dele — minha intenção sempre foi proteger você. Gostaria de responder a todas as suas dúvidas, mas existe um grande peso por trás disso. — Ele fez uma pausa e ficou com a expressão tensa. — No fundo eu sabia que as nossas vidas se cruzariam novamente.

— Como assim se cruzariam novamente? — De repente flashes do momento em que toquei em suas cicatrizes passearam pela minha mente. Respirei fundo. — Eu já conhecia você?

Uma lágrima escorreu pelo rosto dele e ele me apertou contra seu corpo. — Nós nos conhecemos em 1810, na França, mais precisamente em Paris. Seu nome naquela época era Nataly. — Ele fez uma pausa e deu um suspiro. — Nós nos casamos e, depois de oito anos, você foi morta. Eu fiquei desesperado, mantendo a esperança de encontrá-la outra vez. A minha vida se baseava apenas no trabalho, eu não tirava você da cabeça e tentava achar respostas para a sua morte. — Raziel segurou as minhas mãos e continuou: — Depois de um século de sofrimento, eu a vi no Vale do Loire. Você estava em uma das minhas vinícolas, agachada, vestida de branco, tocando delicadamente as uvas. Com um olhar curioso. Eu a reconheci imediatamente. Naquele mesmo ano nos casamos outra vez, a minha felicidade era plena, mas no fundo o medo engolia a minha alma; eu não queria perdê-la de novo, mas sabia que o nosso relacionamento era proibido. Um Nephilim tem muitos inimigos. Além dos anjos caídos, não somos aceitos pelos arcanjos. Não existe ajuda lá de cima, somos considerados filhos dos caídos.

Eu não conseguia digerir todas as palavras ao mesmo tempo, eram tão surreais que em certo momento pensei que estava vivenciando algum sonho. *Então existe vida passada? Ele era meu marido... Quando o vi em meus sonhos, deitada sem vida naquela cama antiga, era verdade! Por isso Raziel é tão familiar pra mim. Acho que a minha falta de fé em algo maior era um instinto de proteção da minha alma. O medo da morte, o medo do sobrenatural. Apesar de tudo, o buraco em meu peito sempre me acompanhou. Raziel é a minha cura.* Meus olhos se encheram de lágrimas, minhas pernas amoleceram e ele me segurou. — Isso tudo... é mesmo real? Eu... estou delirando? — Sentia a cabeça explodir.

— Anna, sei que é incompreensível para os humanos perceber que existe algo além do mundo material, que o espírito nunca morre. Além disso, ele pode voltar a viver na Terra.

Coloquei as mãos na cabeça e sentei-me na neve. — Raziel — respirei fundo —, acredito em você. Nunca compreendi nada disso, sempre fui cética a ponto de quase me tornar ateia. Quando meu pai morreu e meu mundo desabou. Eu não entendia por que um homem tão bom teve de sofrer tanto. Eu o amava muito! Por um tempo, abandonei a minha fé — contei, quase chorando. — Agora, ao ouvir suas palavras, como pode ser possível?

Ele se agachou e ficou de joelhos, as mãos secando as minhas lágrimas.

— Me diga, Raziel — perguntei, levantando-me. — Quem me matou no passado?

Raziel franziu o cenho, e o olhar sinistro transmitia ódio. — Nenhum médico encontrava a razão da sua morte. Em suas duas vidas passadas, você subitamente se sentiu mal e acabou falecendo; no entanto, eu sabia que existia algo sobrenatural por trás disso. Quando a perdi em 1916, eu também me perdi. — Ele soltou um suspiro profundo. — Entreguei a minha vida aos pecados, à luxúria, eu bebia muito... Não queria me manter são. Eu desconfiava que o seu assassino fosse um anjo caído e eu tinha razão. Uma noite, em um bar, o desgraçado foi me visitar. Ele me queria como seu aliado. Sou um Nephilim de sangue puro, mais forte que muitos da minha linhagem, isto é, descendo diretamente de um anjo caído. Dizem que o meu progenitor foi morto por um arcanjo.

— Por que o anjo caído queria me matar? O que ele queria de você?

— Ele ainda quer, meu anjo, ele quer a minha alma, quer dominar minha vida, quer aliados que possam um dia vir a enfrentar os arcanjos. Ter posse da alma dos Nephilins para ele é mais prazeroso ainda do que ter a alma dos humanos. Ele é um demônio, Anna.

— Se um arcanjo matou o seu pai, ele pode matá-lo também?

— Sim. Mas, por uma estranha razão, ainda não o fizeram. Eles aguardam ordens superiores. São proibidos de agir por conta própria. — Raziel fez uma pausa para acariciar meu rosto. — Isso acarretaria uma guerra, uma batalha sangrenta que poderia incluir humanos.

Tentei encontrar formas de matá-lo, mas todas as opções afastam-me de você para sempre.

Uma dor terrível me invadiu o peito. *Afastar-me dele, agora que o encontrei?*

— *Anna* — a voz suave entrou em meu consciente —, *não vou deixá-la morrer outra vez. Se for preciso, me afastarei de você para que isso não aconteça.* — Ele abaixou a cabeça e cerrou as pálpebras. — *Você tem uma vida pela frente... É uma mulher incrível.*

— Não! — gritei, segurando as mãos dele. — Essa maldição pode ser eliminada se descobrirmos uma forma de matá-lo sem precisarmos nos afastar um do outro.

— Esse foi meu objetivo durante anos. Não perdi as esperanças, mas, até isso acontecer, não podemos ficar juntos. Ele descobriu que eu vim até você.

— Se não podemos ficar juntos, por que se relacionou comigo?

— O anjo caído está sempre no meu rastro — explicou Raziel com a expressão séria. — Ele sabe de tudo, vê tudo, destrói o que pode atrapalhar o seu objetivo. Ele a vê como um empecilho. Quando a vi neste mesmo lugar, ele também a viu. O desgraçado mandou Nephilins aliados atrás de você. Sua vida dependia da minha proteção, então me aproximei demais. Não aguentei estar tão perto e não poder tocá-la — contou ele, respirando fundo. — Um século sem você foi como mil anos pra mim.

— Quantos anos você tem, de verdade?

— Tenho trezentos e cinquenta anos. Presenciei muitas modificações na Terra, participei de guerras, vi amigos partirem diversas vezes... A solidão é terrível, interminável. Só me sinto completo quando estou com você. — Raziel colocou as mãos em meu rosto. — Na verdade, apenas um anjo divino pode me matar, ou... Se o meu coração for arrancado do peito. Não sei se isso nos separaria para sempre. Não sei se minha alma ficaria presa como a dos caídos. Afinal, sou cria deles. Se eu fosse um humano, seria mais fácil. — Ele se virou de costas para mim. — Há milhões de anos, alguns anjos foram enviados à Terra como *vigilantes,* isto é, para observar os humanos infiltrando-se em sua sociedade. Esses anjos pecaram ao se encantarem com as filhas humanas, por isso foram afastados do reino dos céus, tornando-se desertores. Depois disso, os caídos revoltados começaram a ensinar todo tipo de sortilégios à humanidade. Desse relacionamento com os mortais, nasceram os Nephilins, esses seres híbridos, em sua maioria ruins, poderosos, sanguinários e autoritários. Deus tomou uma decisão drástica: enviou o dilúvio para a Terra com o intuito de limpar a maldade que se perpetuava ao passar dos anos. Foi uma devastação, mas alguns Nephilins sobreviveram. Os anjos pecadores foram enviados para as profundezas da Terra. Séculos se passaram e alguns caídos conseguiram a liberdade ao mostrar arrependimento. Essa liberdade tinha um preço: as suas almas ficariam presas à Terra eternamente e não teriam paz. Dizem que o meu pai era um desses anjos... Eu não o conheci, apenas sei que ele acabou cometendo o mesmo erro de novo. Ao conviver por tanto tempo com os humanos, ele acabou se entregando à luxúria envolvendo-se com várias mortais. Eu sou fruto de um desses relacionamentos. — Raziel tinha os punhos cerrados. — Quando completei dezesseis anos, recebi uma carta da minha falsa família. Essa carta me explicou tudo isso. Era de meu verdadeiro pai. — O lindo homem-anjo suspirou. — Isso me fez compreender muita coisa. Eu sabia que era diferente. Passei um tempo cometendo pecados, mas não gostei daquilo que estava me tornando.

Coloquei minhas mãos nas costas dele e virei o seu corpo em direção ao meu. — Ei, vamos dar um jeito. Por favor, não desista de mim, ainda existe esperança... Eu não tenho medo — disse, lutando contra minhas emoções. — Quem são os Nephilins que foram enviados para me matar?

— Erick e Marcos, aqueles ordinários! — exclamou Raziel, apertando os lábios. — Quero arrebentá-los! Se eles tocarem em você outra vez, vou arrancar-lhes o coração.

— Outra vez? Como assim?

— O seu acidente aconteceu porque eles implantaram uma ilusão na sua cabeça. Aquele tronco que caiu na pista não era real. Marcos está fazendo isso com a sua amiga; vai ser difícil convencê-la a abandoná-lo.

— O quê? Loreta? Não! Como posso ajudá-la?

— Não se preocupe, vou afastá-los de vocês — ponderou ele, mordendo os lábios. — Hoje de manhã, fui conversar com o Caído.

— Ele está aqui? Quer dizer, o anjo caído se assemelha a uma pessoa?

— Sim, mas ele não pode sentir nada, nenhum estímulo físico. São frios e não têm escrúpulos — explicou, franzindo as sobrancelhas. — Não quero que se envolva nisso, não posso contar-lhe mais nada. A sua vida agora depende dos meus atos.

— O que você vai fazer?

— Vou entregar a ele uma coisa valiosa em troca da sua vida.

— Entregar? O quê?

— Você terá de confiar em mim — ele disse me encarando, seus olhos revoltos como o mar. — Não posso arriscá-la mais do que arrisquei, entende?

— Eu... não quero perder você. — Suspirei, tentando encontrar uma luz no interior dos seus olhos.

Ele ergueu a face em direção ao céu e seus olhos se fecharam devagar. De repente, ouvi um ruído, uma brisa forte atingiu o meu rosto e pisquei atordoada. Minhas pernas ficaram bambas, me fazendo cair de novo. Fiquei olhando para aquela figura. Compenetrada.

— Asas — falei, incrédula. — Você tem asas!

CAPÍTULO 7

Ouvi a voz dele ecoando no horizonte. Eu me enchi de esperanças, remoendo as lembranças de um passado sombrio. Ao fechar os olhos, vi um mundo diferente, mas a dor se intensificou assim que você partiu.

Rio de Janeiro — janeiro de 2015

O oceano se agitava com fúria, assim como os meus pensamentos. Ao olhar o horizonte se fundindo com o azul profundo do mar, senti o vazio perturbador dentro de mim. *Faz um ano que Raziel partiu. Parece uma eternidade. Nada sobrenatural aconteceu nesses dias infindáveis.* Eu não conseguia esquecê-lo, cada célula do meu corpo ansiava por ele. No entanto, minhas esperanças começavam a se esgotar. *Será que tudo acabou? Ele disse que iria entregar algo em troca da minha vida. O quê?*

Em silêncio, deitada numa espreguiçadeira na varanda do meu apartamento no Rio de Janeiro, eu esperava por algum sinal. Mudança climática, vozes, telepatia, sombras... Todos os dias, desde que havia chegado de Aspen um ano antes, contemplar o oceano era a minha obsessão. Eu me perdia no tempo meditando sobre tudo o que tinha acontecido, ansiando pela volta do homem-anjo. *Ele se despediu de mim na montanha e nunca mais o vi.* Um lado meu acreditava que tudo não passava de um delírio, um devaneio de uma pessoa espiritualmente doente, mas o outro lado sabia da verdade. Nós fizemos amor, ele me tocou como nenhum homem *jamais fez... Salvou a minha vida.*

— Aqui está você! — exclamou Loreta, abrindo a porta de vidro que separava a varanda da sala.

— Que susto! Não ouvi a campainha tocar! — exclamei e me levantei da espreguiçadeira. — Você não disse que estava indo ao médico?

— A sua empregada abriu a porta e me avisou que você estava aqui fora — contou ela com as mãos apoiadas no corrimão. — Desisti do médico. Estou entediada. Além do mais, eu não tenho nada! — contou, revirando os olhos. — Você sabe como a minha mãe é neurótica com doenças, não posso sentir nada que ela marca consulta — concluiu, rindo de si mesma.

— Você é uma figura, Loreta. — Sorri. — Já terminou a tela que estava retocando?

— Estou na reta final. E você?

— Na metade, mas vai dar tempo. O vernissage é só daqui duas semanas — eu disse, encarando seus olhos cor de mel. — Por que você está entediada?

— Preciso conhecer alguém que mexa comigo. Assim como Marcos — disse ela, jogando o corpo em uma das espreguiçadeiras. — Ele parecia ser diferente dos outros, misterioso, lindo, perigoso, sexy.

Só de ouvir o nome, senti um aperto no peito e uma sensação amedrontadora de frio. *Caramba! O idiota do Marcos deve ter mexido com a mente dela, afinal, ele também é um Nephilim. Contudo, jamais poderei abrir o jogo com Loreta. O que dizer? Que ele não é um humano? Que foi enviado por um anjo caído para me matar?*

— Já se passou tanto tempo! — exclamei, colocando uma das mãos na cintura. — Não entra na sua cabeça que o cara é um babaca, usou você e sumiu?

— Assim como o Raziel — rebateu, cruzando os braços. — Sei que você está mal por causa dele. Ele ainda povoa seus pensamentos. Conheço você. Pelo menos não fico me escondendo do mundo. Você devia procurá-lo, sei lá, ir atrás dele — protestou ela. — Quero a minha amiga de volta! Vá atrás dele ou esqueça o cara de vez.

— Loreta! O cara sumiu! Não trocamos telefones nem e-mail.

— Hoje em dia, tudo é possível, baby — insinuou ela, fazendo careta. — Você sabe onde ele trabalha, não sabe? Com certeza a galeria dele deve ter um site.

Sem pensar em argumentos, resmunguei: — Se ele quiser, vai fazer um esforço para me encontrar. Ele sabe o meu nome completo, sabe que moro no Rio... É fácil. Além do mais, o meu destino está nas mãos de Deus.

— Nossa! Você está realmente mudada. Voltou a ter fé?

Por um momento eu me lembrei de Raziel abrindo suas asas negras, um anjo, algo em que jamais acreditei existir. Eu sabia que não devia procurá-lo, por mais que fosse tentador. Havia riscos. O anjo caído o rodeava. Raziel estava lutando por mim, pelo menos era nisso que eu acreditava. Entretanto, o doloroso receio de nunca mais vê-lo me consumia a cada dia.

— Estou me espiritualizando aos poucos — falei, tentando esconder a grande verdade que transformou minha vida de uma hora para outra. *Sim, Deus existe, assim como os demônios, ou como os Nephilins.* — Estou pintando uma tela sobre anjos. Andei estudando o assunto.

— Uau! Quero ver!

Fechei a cara. — Nada disso. Ainda não acabei. Vai poder vê-la na exposição.

Loreta contorceu os lábios. — Você está cheia de segredos... sinto isso.

— Bobagem. Por que não vamos dar uma volta no calçadão?

— Não posso. Tenho muita coisa para retocar naquele quadro; além disso, minha mãe descobriu que não fui ao médico. Está irada comigo. Se eu não almoçar com ela, o bicho vai pegar.

— Tudo bem. A gente se fala mais tarde.

Acompanhei a minha amiga até a porta e me despedi. Loreta era a única pessoa que me tirava do conflito interno. Eu estava sufocando por dentro e a solidão piorava a situação. Os momentos em Aspen foram intensos, sobrenaturais, perturbadores. Se contasse isso a alguém, até mesmo para a minha analista, achariam que perdi a sanidade. Quem em sã consciência acreditaria nisso? Nem eu mesma acreditei quando vi o que estava na minha frente. Parecia um sonho. Raziel, um anjo de asas negras. Apaixonante descobrir que foi meu marido em outras vidas. Bem lá no fundo, eu sabia que era verdade. Lembrei-me do passado, pois o revivi pelo meu subconsciente.

Joguei-me no sofá tentando achar uma saída para melhorar a angústia cravada no peito. Raziel dominava os meus pensamentos e a ansiedade me consumia. Desde que cheguei de Aspen, afastei-me da vida social. A minha vida se resumia ao ateliê de pintura, a exposições relacionadas ao meu trabalho e a longas caminhadas na praia. Não tinha vontade de ir à terapia e muito menos de me envolver em badalação. Mas eu precisava de um pouco de ar, ver pessoas, enganar a minha mente a respeito do que tinha acontecido.

Ergui o corpo sem muita vontade e segui em direção ao meu quarto. Tirei as roupas e me encarei diante do espelho do banheiro. Meus olhos azuis pareciam opacos e fundos. Joguei água no rosto e sequei-o com a toalha. Por um momento, eu me lembrei da noite em que havia cortado o dedo: havia sangue escorrendo pela pia e, em segundos, o corte se cicatrizou.

Vesti uma calça legging preta, um top preto e laranja e um tênis de corrida. — *Preciso correr. Preciso de adrenalina.*

Cheguei à calçada da praia de Ipanema e comecei a correr. O sol estava bonito, porém o mar parecia revolto. *Estranho, será que vai chover?* Olhei para cima e notei que não havia nenhuma nuvem no céu. Continuei me movimentando, desviando de patinadores apressados, crianças, cachorros e bicicletas. O ar limpo encheu os meus pulmões e relaxei um pouco. Depois de uma hora, eu já estava suada e louca por um gole de água de coco. Parei em frente à primeira barraca que avistei. Entreguei, sorridente, o dinheiro ao vendedor que, em troca, abriu com a faca um coco grande e gelado. Aliviada, suguei o canudo com vontade. Havia um jogo de vôlei na areia e me concentrei nele. Um dos jogadores me pareceu familiar. Depois de um minuto, incredulamente o reconheci.

Não acredito!! É Erick! Lembro-me de Loreta mencionar que ele era carioca, mas...

A voz de Raziel voltou à minha mente: *Erick e Marcos são Nephilins, foram enviados para matá-la.* Meu coração disparou e eu me escondi atrás da barraca. Senti uma mão quente nos ombros e eu quase enfartei.

— Oi, gata, quanto tempo! — exclamou Erick com um sorriso e os olhos escuros e sombrios.

— O-oi — gaguejei, dando um passo para trás. *Como ele me alcançou tão rápido?*

— Você parece assustada — ele disse, irônico. — Viu um fantasma ou sou eu que a deixo assim?

Respirei fundo, tentando me tranquilizar.

— Nenhum dos dois! — exclamei. — O que você está fazendo aqui?

— O que acha que estou fazendo? — debochou. — Conhece vôlei?

Fiquei em silêncio, segurando a tensão. Não podia mostrar a minha insegurança, afinal, achava que Erick não tinha ideia de que eu sabia a verdade. Olhei para o seu pulso direito e lá estava a marca, igualzinha à de Raziel. Suas costas estavam camufladas pela camiseta que vestia. Erick era muito alto e seus ombros largos impunham respeito.

— Por que sinto que você tem medo de mim?

Endireitei o corpo e franzi a testa. — Fala sério! — resmunguei sem parecer convincente. — Por que eu teria medo de você?

Ele abriu um sorriso diabólico. — Não existe motivo para isso, existe?

Desviei os olhos dos dele. — Preciso ir — disse, dando-lhe as costas.

A mão dele segurou meu braço. — Espere! Onde está o babaca que estava com você naquela noite em Aspen?

Olhei por cima do ombro com a raiva subindo pela garganta. — Não faço ideia! E você devia se olhar no espelho antes de insultar alguém!

O olhar dele se anuviou e sua expressão ficou ainda mais assustadora. — É melhor ter cuidado com o que fala, Anna — ameaçou ele. — Raziel não está aqui para protegê-la.

— Isso é uma ameaça?

— Entenda da forma que quiser. — E saiu em direção ao jogo.

Meu coração batia como se eu tivesse corrido uma maratona. Eu me esforcei para sair dali o mais rápido possível, mas minhas pernas dormentes não me obedeciam. Caminhei em direção ao meu apartamento com a mágoa esmagando meu peito. O rosto de Erick era apavorante para mim. A imagem dele havia ficado registrada em meu consciente como a de um assassino. *Será que ele estava atrás de mim ou foi coincidência? Será que Raziel conseguiu convencer o Caído a não me matar? Faz tanto tempo... Por que Erick apareceu agora?*

Ao entrar no apartamento, tranquei a porta depressa. Olhei para a enorme sala que compartilhava com meu pai aos sábados: jogos de carta, livros, estudos sobre arte, amigos... Agora só havia a requintada decoração. Solidão, vazio, silêncio, tudo parecia mórbido, sem vida. Por um instante o vi de pé, sorridente, seus olhos azuis brilhando para mim. Não sabia que a saudade era tão dura, tão *massacrante*. Caminhei até a cozinha e notei que a empregada havia deixado o almoço pronto, no entanto, sentia meu estômago revirado. Um copo de água era tudo o que desejava. *Preciso ocupar a mente. Como sempre, pintar é a minha saída.* O vernissage estava se aproximando, era uma grande oportunidade de divulgar meu trabalho, por isso necessitava terminar o quadro dos anjos. Graças à influência dos amigos de meu pai, poderia expor meu trabalho a grandes artistas. *É nisso que preciso me focar.*

Entrei no ateliê montado em um dos quartos do apartamento e fiquei admirando a tela: homens adornados de enormes asas lutando contra demônios sobre um mar revolto e sombrio. A imagem era surreal, mas, dentro de mim, sabia que era autêntica. Antigamente eu costumava olhar meu trabalho de outra forma, mas agora tudo havia mudado. Observei os tubos de tinta usados, espalhados ao meu redor, o esforço que eu havia feito para dar vida à tela. Valeu a pena. Havia emoção ali, paixão, saudade. Peguei o pincel e me foquei na obra. Depois de algumas horas, senti as pernas formigarem. Andei até a sala e observei a paisagem. O entardecer parecia nebuloso, hostil como o oceano na tela. Ouvi o telefone tocar e corri para atender. A voz aguda inconfundível de Loreta alegrou meus ouvidos:

— Anna!

— Como foi o almoço com a sua mãe? — Eu me sentei no sofá da sala.

— Uma grande chatice, mas vou compensar hoje à noite. Adivinha só, Marcos me ligou — disse ela, exaltada. — Acredita? Depois de um ano! Pensei que ele tinha me esquecido.

— O quê? — De repente, o ambiente ficou menor, como se as paredes se fechassem sobre mim. — E você aceitou tão facilmente? Esse cara merece seu desprezo!

— Eu sei — resmungou. — Recusei o convite, mas ele insistiu, pediu desculpas, disse que queria se explicar. Acabei cedendo. Não custa ouvir o que ele tem a dizer.

— Loreta! Por favor, me escute! Acho esse cara perigoso.

— Calma, Anna. O que deu em você? O cara não é nenhum assassino.

— Como você sabe?

— Você continua muito assustada — rebateu, com tom de mau humor. — Transformou sua casa em um exílio. Precisa começar a sair com outros homens.

— Sei que não estou no direito de julgar ninguém, mas não quero que se machuque outra vez.

— Você está se saindo pior que a minha mãe — reclamou. — Não se preocupe, amanhã conversamos.

Percebi que a ligação ficou muda e depois ouvi o toque de desligar. *Marcos apareceu! Por quê? Tem a ver com meu encontro com Erick? Eles estão planejando me matar? Onde está Raziel?* Levantei-me do sofá e respirei fundo. *Preciso ir até o apartamento de Loreta. Tenho de convencê-la a não sair com esse cara.*

Um ruído estranho vindo do final do corredor me assustou, foi como se algo tivesse se quebrado. Notei que a porta do meu quarto estava aberta. — *Eu não deixei a porta aberta!* — falei para mim mesma. Um pânico cresceu no meu interior. — Quem está aí? — gritei.

Uma sombra se mexeu como um relâmpago em direção a um dos dormitórios. Congelei. — Raziel — murmurei, acreditando que pudesse ser ele. Caminhei com passos trêmulos em direção ao corredor. Subitamente a sombra se moveu de novo, dessa vez entrando em meu quarto. Meu coração saltou do peito. — Responda! Quem está aí?

— Não é Raziel, anjinho — ecoou a voz sinistra e assustadoramente conhecida.

Erick estava de pé dentro do meu quarto. Seus olhos eram como um beco escuro, cheios de ódio e tristeza. Ele sorriu, um sorriso afetado e mal-intencionado. Tapei a boca, tentando esconder o grito abafado que saía do fundo da minha alma.

— Como entrou aqui?

— Eu tenho meus truques — respondeu, apertando os punhos.

— Você está invadindo a minha residência! Se não sair agora, vou chamar a polícia.

Ele gargalhou alto e me encarou raivoso. — Não se faça de idiota, Anna. Sei que você sabe quem sou. Senti a ira dentro da sua alma assim que seus olhos encontraram os meus, na praia.

Dei um passo para trás, minha voz quase não saiu: — O que você quer?

Em um segundo, o corpo de Erick se deslocou de uma distância de dez metros e se materializou ao meu lado. Estremeci enquanto ele passava os dedos no meu braço. — Você é gostosa, sabia? Eu poderia satisfazer seus desejos mais íntimos.

Senti um embrulho no estômago e dei um tapa na mão dele. — Saia daqui! — gritei, indo em direção ao telefone.

Erick me empurrou contra a parede. Minha cabeça se chocou contra ela e meus olhos se apertaram involuntariamente, tentando dissipar a dor.

— Seu namoradinho agora está com o Caído, sabia? Você nunca mais vai encontrá-lo outra vez — a voz tenebrosa dele ressoou em meus ouvidos.

Fui tomada por uma tristeza lancinante. Tentei afastá-lo de mim usando as mãos contra o peito dele, mas nenhum músculo de seu corpo se moveu. — Se ele está com o Caído, então o que você está fazendo aqui? Já não sou mais um empecilho, não é?

— Você sabe o nosso segredo, Anna. Além disso, o demônio não deixa passar nada em branco. Ele detesta ser incomodado. O Caído quer ver o seu corpo sem vida.

— Por quê? O que existe por trás disso tudo? Ele queria a alma de Raziel, no entanto tenho certeza de que ele não a conseguiu! — gritei com meu fôlego indo embora. — Por isso você está aqui, não é? Para me aterrorizar.

Seus olhos da cor das trevas se focaram nos meus. — Você se acha muito esperta, mas existem coisas além da sua compreensão! — esbravejou Erick, mostrando uma expressão irada. — Por muito tempo, fui vassalo do Caído. O que significa que meu corpo, em uma época do ano chamada *cheshvan, o mês judaico,* é tomado por ele durante duas semanas. Com isso o renegado consegue ter sensações físicas. Quando o Nephilim completa dezesseis anos, os caídos o convencem a fazer um juramento de lealdade eterna. Na época em que fiz o juramento, não tive escolha, minha família corria risco de morte — disse ele rangendo os dentes. — Agora tenho uma chance de me libertar! Prometi ao anjo desertor que iria ajudá-lo a convencer Raziel a fazer o juramento. Em troca, ele me daria a liberdade. Assim que Raziel a encontrou, uma oportunidade apareceu. Não sei por quê, mas a sua vida para esse idiota é mais importante do que a prisão de sua própria alma.

Tudo aquilo parecia uma loucura. As palavras dele impregnaram meu cérebro, trazendo um turbilhão de pensamentos, no entanto, o medo de ser morta comprometia a minha inteligência. Eu queria fazer perguntas, queria saber a verdade sobre Raziel. *Se Erick disse que Raziel se entregou, então o que ele está realmente fazendo aqui? Está blefando? Será que Raziel sumiu e ele veio conferir se eu sabia de alguma coisa?*

— O que você quer de mim?

— É o seguinte, anjinho... — Ele diminuiu a voz e semicerrou os olhos, fazendo cara de cínico. — Estou na sua cola e Marcos está com a sua amiguinha. Se Raziel tentar se aproximar de você, ela morre.

— Você não sabe onde Raziel está, não é? Isso tudo não passa de um jogo — eu disse, encarando-o. — Pois fique sabendo que eu não sei onde ele está!

Erick pressionou a mão na minha garganta. — Escuta aqui! Não tenho contato direto com o Caído. Ele sempre me surpreende em suas aparições. É como um fantasma, aparece em todos os lugares. A última vez que o vi no ano passado foi em outubro, o período de *cheshvan*. O desgraçado possuiu o meu corpo por duas semanas, mas disse que aquela seria a última vez, avisou que o pacto entre nós estava concluído. Desde então, não tenho notícias, mas tudo indica que o acordo se cumpriu.

Usando os dedos, tentei afrouxar as mãos dele fincadas no meu pescoço. — Você não tem certeza, não é? — disse com dificuldade, sentindo minhas cordas vocais serem espremidas.

Ele me largou e desmoronei no chão. Os meus pulmões ardiam e eu lutava para puxar o ar. A imagem dele se embaçava e confundia a minha mente. Um silêncio estranho bloqueou a minha audição, o sussurro horripilante ecoou lá dentro. — *Eu vou voltar, Anna.*

A ausência de som deu lugar a um barulho ensurdecedor de vidro quebrado. Eu não conseguia me mover, minha cabeça girava em sentido horário... E veio o breu.

Sonhos perturbadores enganavam a minha realidade. Eu me sentia presa a um corpo que se assemelhava ao meu, enxergava através de seus olhos, mas tinha consciência de que aquela não era a minha vida. Uma mulher loira usando um vestido longo e negro entrou no requintado aposento em que eu estava. Ela sorriu para mim, um sorriso forçado e malicioso. Observei seus olhos cor de carvão cruzarem os meus. Senti um arrepio, um leve calafrio. Os cabelos estavam presos em um coque. Algo me dizia que o rosto dela era conhecido, mas não conseguia me lembrar de onde. Eu não tinha controle dos meus movimentos, era um fantoche, como se estivesse assistindo a um filme em que a personagem era eu mesma. Ela se aproximou, servindo-me um copo de água em uma bandeja de prata que ela segurava. Minha mente tentava dizer não, no entanto senti o vidro gelado da taça encostar na minha pele, a água fria e amarga descendo pela garganta, em seguida a dor aguda dentro de mim. Caí sobre a cama dossel, agarrando-me a um dos lençóis brancos presos ao pilar de madeira. Meu corpo lutava para se reerguer, mas minha garganta se fechava à medida que a respiração falhava. Aos poucos, eu sufocava. Tentei pedir ajuda, estendendo uma das mãos em direção à mulher loira. Ela fez cara de nojo, virou-se de costas e balbuciou: — *Até a sua outra vida, vadia.* — Em seguida bateu a porta do quarto. Dobrei o corpo em posição fetal, mas nada adiantou... Sentia o fogo queimando dentro de mim. Um grito ecoou ao redor, a imagem estava embaçada, mas pude perceber cabelos negros correndo em minha direção.

Comecei a tossir e a luz embaçou a minha visão.

Suspirei aliviada ao perceber que estava em casa, tudo não passava de um sonho ruim, muito ruim. Eu me levantei devagar, o corpo dolorido e a garganta latejando. *Será que Erick foi embora?* Espiei ao redor e vi o vaso de vidro quebrado no chão de madeira. Andei trêmula até a sala, em seguida até a cozinha, e notei que a porta de serviço estava destravada, e a maçaneta, danificada. *Foi por aqui que ele entrou. Deve ter esperado a empregada sair.* Travei a porta como pude e passei a corrente. *Como se isso fosse adiantar alguma coisa!* Apertei os lábios com força. *Erick deve ter saído assim que desmaiei. O que ele fez comigo? O sonho parecia realidade, parecia... Meu Deus! Uma vida passada! Aquela mulher me envenenou!*

Lembrei-me dos outros sonhos semelhantes àquele. Eu estava sem vida, deitada numa cama, no mesmo ambiente. Aquele quarto, com vista para o jardim de tulipas, parecia ser o Vale do Loire. *Isso tudo é tão surreal, tão difícil de acreditar, mas é a pura verdade! Eu vi com meus próprios olhos!* Peguei um saco plástico, o enchi de gelo e pressionei contra o pescoço. *Erick está com receio, ele não sabe sobre o paradeiro de Raziel, por isso me ameaçou.* Suspirei fundo. *E essa história de ele ser um vassalo e ter seu corpo tomado por um anjo caído... Como Raziel conseguiu escapar por tanto tempo do demônio? Por isso ele saiu de casa quando tinha dezesseis anos, ele fugiu.*

Caminhei em direção à varanda. O vento sacolejou meus cabelos e notei que o céu azul-escuro se iluminava com o lampejo dos raios sobre o oceano. *Tomara que Loreta esteja bem. Ela não sabe com quem está se metendo. Preciso tirar Marcos da vida dela, mas como?* Observei a única estrela que se destacava no horizonte sombrio e falei: — Homem-anjo, onde você está? — Joguei meu corpo na espreguiçadeira e a minha voz se tornou mais forte. — Deus, me perdoe. Sei que havia perdido a minha fé em ti, mas, por favor, ajude Raziel. Livre-nos do mal, faça com que o nosso amor prevaleça.

Impressão minha ou não, naquele momento, o brilho da estrela se intensificou. E meu coração ficou em paz.

CAPÍTULO 8

Através de seus olhos, enxerguei a minha alma como um espelho mágico, revelando-me o passado. O meu coração se abriu, bem como a minha mente. Deixei para trás quem eu era, tornei-me mais contente. Minha vida passou a ter um propósito: ficar com você, para sempre.

— Dona Anna! — gritou Nanci, minha empregada.

Meus olhos se abriram com dificuldade por causa da claridade que incomodava. Percebi incrédula que eu havia adormecido na varanda. O sol ardia na pele, mas eu estava tão exausta que tudo passou despercebido, até mesmo o vento úmido que soprou durante a madrugada.

— A dona Loreta ligou — disse ela com expressão preocupada. — A senhora está bem?

Ergui o corpo, esticando os braços acima da cabeça. Minhas costas doíam assim como meu pescoço. — Estou bem. Acho que estava muito cansada — respondi, tentando parecer tranquila. — O que Loreta queria?

— Ela avisou que está esperando a senhora na praia. — Ela suspirou. — A senhora viu o estrago na porta? O que foi aquilo?

— Eu vi. O porteiro já foi avisado. Alguém tentou entrar, mas não conseguiu.

Ela me olhou assustada. — Tentaram invadir o apartamento?

— Não se preocupe, já tomei providências — inventei.

— O café da manhã está pronto — avisou ela, se dirigindo à cozinha.

Eu me levantei dolorida da espreguiçadeira. — Obrigada, Nanci.

Após me trocar e tomar o café da manhã, peguei o elevador e fui em direção à praia. Eu precisava olhar nos olhos de Loreta e me certificar de que estava tudo bem. Atravessei a pé as duas avenidas e cheguei ao calçadão. A praia cheia me obrigou a procurar com afinco o conhecido guarda-sol amarelo da minha amiga, no entanto a sua voz me alcançou primeiro:

— Anna! — Olhei para o lado e lá estava ela: biquíni branco, corpo sarado, pele morena.

— Oi. — Eu a cumprimentei com um abraço. — Você está bem?

— Se melhorar, estraga — respondeu, sorrindo. — A minha noite foi ótima, intensa.

Também dei um sorriso, mas forçado. Loreta não sabia onde estava se metendo. O mundo em que vivia era colorido e não existia o sobrenatural. Antes de conhecer Raziel, eu achava que as pessoas que acreditavam em coisas como além, seres celestiais e vidas passadas estavam cegas. Agora eu sabia. Na verdade, quem estava cega era eu.

— Não sei se você vai gostar — alertou, apertando os lábios. — Marcos está aqui.

— O quê?

— Vim sozinha, mas ele me surpreendeu.

Virei a cabeça para a direita e meus olhos encontraram o Nephilim sentado na toalha estendida: camiseta regata, bermuda surfista, cabelos loiros revoltos e com uma enorme e colorida prancha de surfe ao lado. Ele me encarou intensamente, com um sorriso irônico, levantou uma de suas mãos e acenou. Uma parte de mim desejava ir embora, no entanto eu sabia que Marcos poderia deixar escapar informações importantes em relação a Raziel. Além disso, tinha de tentar convencer o

Nephilim a largar Loreta. Segui a minha intuição e pisei firme na areia, dando passos lentos em direção a ele.

— Que bom que resolveu ficar — comentou Loreta em voz baixa.

— Por pouco tempo — retruquei, revirando os olhos.

Como podia contar a verdade a ela? *Isso tudo é tão assustador que envolvê-la nesse jogo surreal pode colocá-la em risco. Se Marcos desconfiar da minha amiga, não sei o que será capaz de fazer. Seria capaz de matá-la?* Senti um arrepio. Lembrei-me dos olhos aterrorizantes de Erick tentando penetrar em meus pensamentos, sua voz invadindo meu cérebro, me assustando de uma forma doentia: *Anna, você sabe o nosso segredo. Nenhum humano tem o conhecimento da verdade e jamais terá.* Se anjos caídos matam por prazer, imagine então quando descobrem que um mortal sabe sobre eles.

Desconfiava de que a minha vida estava em risco de qualquer maneira. Eu tinha de encontrar Raziel. Minha intuição dizia que ele estava por perto.

— Olá, Anna — disse Marcos, me cumprimentando com um aperto de mão. — Resolvi fazer uma surpresinha para Loreta.

— Que bom — respondi, soando falsa. — O mar parece bem agitado hoje.

— Está do jeito que eu gosto, raivoso — completou ele, arregalando os olhos.

Loreta sentou-se ao lado dele. Desamarrei a minha saída de praia da cintura e conferi se o meu biquíni preto estava cobrindo corretamente o que deveria esconder. Resolvi me acomodar em uma cadeira reclinável sob a sombra do guarda-sol. Observei ao redor. Parecia um dia normal, crianças faziam castelos na areia, vendedores ambulantes de sorvetes e bebidas rodeavam possíveis compradores, mulheres com biquínis microscópicos desfilavam pela orla e surfistas suicidas se arriscavam no oceano revolto. Não fosse pelo Nephilim perigoso sentado ao meu lado, eu diria que o dia seguiria tranquilo e alegre, no entanto sentia a energia malévola que fluía da alma dele. Marcos era um trapaceiro, assim como Erick. Eram vassalos do anjo caído, almas perdidas que fariam de tudo para conseguir a liberdade, até mesmo ajudar a entregar alguém da sua própria espécie às garras do Inferno.

— Erick me contou que encontrou você na barraca de água de coco — disse Marcos com um meio sorriso.

Fiz uma cara feia para ele. — Foi mesmo uma surpresa maravilhosa — retruquei cinicamente.

— Você não me contou isso — murmurou minha amiga.

— É, eu me esqueci — disse, soando um tanto seca. — Vou me refrescar um pouco, a água deve estar gelada.

Marcos se levantou na mesma hora. — E eu vou aproveitar a arrebentação das ondas. — E pegou sua prancha de surfe.

— Espero vocês. Quero aproveitar o sol — disse Loreta, estendendo o corpo na toalha.

Caminhei à frente de Marcos, mas seus passos foram rápidos. Decidi ser direta: — Se você machucar a minha amiga, vai se arrepender! — Mantive a voz suave, mas por dentro explodia de raiva. — O que você quer com ela?

Ele sorriu e franziu as sobrancelhas. — Estou curtindo a sua amiga. Ela é bem gostosa. Além disso, gosto de mexer com a mente dela. É tão fácil, diferente da sua, que parece um cofre de banco.

— Ela não tem nada a ver com Raziel — tentei manter o equilíbrio. — Deixe-a fora disso.

— UUUHH! Que medo de você — ironizou ele, jogando com força a prancha na água. — Só desgrudo dela a hora em que o anjo caído confirmar o juramento de Raziel. A minha liberdade vale mais do que a vida de vocês duas.

— Raziel é inteligente — retruquei, dessa vez em tom firme. — Ele dará um jeito de acabar com o anjo caído. Em vez de traí-lo, vocês deveriam se juntar a ele.

Marcos me olhou com raiva. Seus olhos se se anuviaram. — Sua tolinha! O anjo caído é um demônio muito forte. Apenas os arcanjos podem matá-lo. Samyaza foi o líder dos *Grigoris,* os duzentos anjos enviados por Deus para observar os humanos. Esses anjos foram severamente punidos por se envolverem com as mulheres humanas. Eles trouxeram o desespero e a destruição à humanidade. Rebelaram-se contra Deus e ensinaram todo tipo de sortilégios aos mortais. Como castigo, o Criador enviou o dilúvio. Alguns morreram e outros ficaram presos no Inferno durante milhões de anos. Samyasa se libertou há seiscentos anos. Desde então, tenta formar um exército poderoso o suficiente para uma batalha contra os arcanjos, assim como fez no passado. Quanto mais aliados, melhor — afirmou deitando-se sobre a prancha. — O Caído sabe o quanto Raziel é forte. Há séculos o persegue.

— Você é um covarde — praguejei, sentindo a ira esquentar meu sangue.

— Cuidado com o que fala, sua mortal idiota! Não é você que tem o seu corpo possuído todos os anos. Se o renegado descobrir uma traição, a coisa pode piorar muito pro meu lado. Como vassalo, sou obrigado a manter a minha lealdade. Nephilins traidores são condenados ao submundo, um lugar podre, asqueroso, onde a luz do sol não existe.

Fiquei em silêncio, peneirando cada palavra, tentando compreender um mundo que há pouco tempo não existia para mim. Lembrei-me de que Raziel havia me explicado a história dos anjos renegados, porém era realmente insano acreditar que, milhões de anos atrás, anjos caídos mantiveram relações sexuais com humanas, e estas deram à luz seres híbridos: homens alados, poderosos, imortais, porém odiados pelos arcanjos e possuídos pelos anjos caídos. *Preciso pesquisar esse tal Samyasa e tentar encontrar uma forma de ajudar Raziel. O pouco tempo que fiquei ao seu lado foi o suficiente para reviver todos os sentimentos guardados em um lugar secreto dentro de mim. Perto dele, eu me senti completa, feliz, em paz. Almas gêmeas realmente existem? Raziel é a minha? Como posso viver o resto da minha vida sem ele? Esperando reencontrá-lo até envelhecer, até eu não existir mais* — falei para mim mesma enquanto via, ao longe, Marcos deitado na prancha, remando em direção à arrebentação das ondas numa velocidade sobrenatural. *Samyaza... Então foi ele que me matou no passado. Meu Deus! O sonho, aquela mulher loira que me envenenou, seria o anjo caído?* Congelei diante da ideia. Olhei para o horizonte e notei que uma onda gigantesca se formava, vindo em minha direção. Eu estava a poucos metros da praia, mas, por alguma razão, não conseguia me mexer. O monte de água avançou sobre mim, tentei perfurá-la mergulhando fundo, mas, ao submergir, percebi incrédula que o mar permanecia imóvel, as pessoas tranquilas pulando pequenas ondinhas que irrompiam na orla e nenhuma explosão violenta atrás de mim. *Uma ilusão... Marcos me iludiu,* pensei, nadando em direção à beira d'água.

Quando cheguei próximo do guarda-sol amarelo, Loreta disse:

— Você parece um pinto molhado e assustado. O que vocês conversavam tanto?

Sequei o rosto com a toalha e me enrolei nela. — Pedi para ele cuidar bem de você. Contei como nos conhecemos na faculdade e como você tem um coração bom.

— Anna! Agradeço a sua preocupação e seus elogios, mas você tem de relaxar! Está pior que a medrosa da minha avó. Aliás, seu comportamento está muito estranho.

Revirei os olhos. — Tem razão. Acho que vou descansar um pouco e dar os últimos retoques na tela dos anjos. Estou muito ansiosa para o vernissage.

— Ok. Ligo para você mais tarde — disse ela, estendendo-se outra vez na toalha.

— Tudo bem. Cuidado para não virar um frango assado — brinquei. — *Não adianta ficar bancando a babá dela. Loreta é cabeça-dura! Tenho de protegê-la de outra forma. Preciso descobrir um jeito de afastar esses dois híbridos desgraçados de nós.*

Vesti a minha saída de praia, calcei os chinelos e segui em direção ao meu apartamento. Estava determinada a encontrar algo que pudesse me explicar a fundo a história dos anjos sentinelas e Nephilins. *Talvez encontre algo em acervos de livros antigos.*

Enquanto caminhava, notei que nuvens escuras flutuavam em direção ao sol. Um raio explodiu sobre o oceano e em segundos a claridade deu lugar à escuridão. Parecia que o céu ia desmoronar. Eu já estava entrando no prédio quando senti gotas grossas caírem nos meus ombros. Corri para dentro do elevador e percebi que a luz estava piscando. *Ótimo. Sem energia, não vou poder acessar a internet.* Liguei o interruptor da sala e nada de luz. O temporal lá fora estava assustador. *De uma hora para outra, o tempo mudou. Será que isso tem a ver com Marcos, Erick ou Raziel? Com certeza, não é normal. Raziel tem o poder de mudar o clima...* Senti uma ponta de esperança. Tomei um banho, vesti calças jeans e camisa regata de seda preta. Espiei pela janela a chuva que começava a perder força e percebi que, por sorte, a energia havia retornado. Sequei os cabelos e sentei-me na frente do computador. Assim que a tela acendeu, franzi as sobrancelhas. *Que estranho! Eu não acessei essa página.* Um site que nunca vi na vida. Comecei a ler: *Livros e artefatos antigos — Peças dos séculos XVII-XVIII — artigos de época, pratas de lei, coleções antigas de livros de espíritos e religiosos.* Percebi que havia fotos de peças relacionadas a anjos, candelabros, lustres e uma prateleira repleta de livros antigos. Uma parte de mim sabia que havia algo estranho em relação àquilo; por outro lado, meu sexto sentido me dizia que era exatamente nesse lugar que eu encontraria respostas. *E se for uma emboscada? E se for coisa do anjo caído?* Suspirei fundo. *Não pode ser. Raziel estava me ajudando mentalmente? Estava me observando?*

Cliquei no link de endereço da página: *Rua Siqueira Campos, 396, Copacabana.* Em um impulso, levantei-me, peguei a bolsa, calcei minha anabela. Agitada, entrei no elevador. *Graças a Deus, está vazio. Estou pare-*

cendo uma louca. Cacei a chave do carro dentro da bolsa e segui em direção a ele. Senti um enjoo e respirei fundo para acalmar a ansiedade. Em menos de meia hora, já estava rodeando a rua atrás de uma vaga. Por sorte notei que havia uma pequena entradinha de garagem ao lado de um restaurante. *Parece um estacionamento.* Estava certa. Larguei as chaves com o manobrista e andei em direção à loja. A rua era comercial e bastante agitada, muitos antiquários se localizavam naquela região. A sensação estranha de estar sendo observada me assustava um pouco. Atravessei a segunda esquina e vi, acima de mim, os mesmos letreiros que havia encontrado no site. Assim que abri a porta de vidro, um pequeno sino tocou. Ao meu redor surgiu todo tipo de antiguidades: móveis, lustres de cristal, objetos ornamentais, relógios do século XVII... Uma tela antiga pintada com figuras angelicais chamou minha atenção. Eu me aproximei para ver os detalhes. Um anjo de asas negras e assustadores olhos vermelhos guerreava com um lindo arcanjo. As suas espadas reluzentes se chocavam acima das nuvens cinza-escuro e trovões lampejavam, iluminando o céu sombrio. *Olhos tenebrosos. Deve ser um anjo caído*, pensei, passando o dedo sobre a pintura.

Uma voz firme e grave me fez pular:

— Anjo e demônio. Cópia da tela de um pintor renascentista. Século XVI, Itália.

Girei a cabeça por cima do ombro e me deparei com uma senhora que poderia ter uns cem anos de idade: cabelos brancos presos num coque, olhos fundos e negros envolvidos em um emaranhado de rugas, o formato de rosto desfigurado pela pele flácida. Havia algo profundo nos olhos dela, um brilho que por causa de sua idade não era natural.

Fiquei hipnotizada por um segundo, mergulhada em seu olhar enigmático.

— Boa tarde — falei em voz baixa, tentando não parecer impressionada. — Estou pesquisando anjos caídos e Nephilins. Notei que a senhora tem um grande acervo de livros antigos e...

Antes que eu pudesse completar a frase, ela disse: — Tenho o que você precisa. — E acenou para segui-la.

Sua voz era um tanto masculinizada, e seus passos, equilibrados e rápidos demais para uma idosa. Passamos por uma cortina de cristais coloridos que separava as duas salas. Cristaleiras com pequenas peças de coleção brilhavam sob o foco de luz direcionada. Espelhos antigos cobriam as paredes. Ela se sentou em uma poltrona de veludo vinho. À sua frente, havia uma mesa de mármore negro com detalhes em bronze.

— Sente-se — pediu com um gesto em direção à cadeira de madeira talhada.

Estranhei. Olhei para a sua mão esquerda e notei que ela segurava um molho de chaves. *Ué, como isso apareceu nas mãos dela de repente?* Tentei analisar se o vestido preto que ela usava tinha bolsos. A senhora abriu a gaveta acoplada à mesa usando uma pequena chave e retirou um grande livro empoeirado de dentro dela. A capa de couro gasto cheirava a mofo, e as beiradas estavam corroídas pelo tempo. Eu não compreendia o que significavam as letras douradas rabiscadas no centro. *Latim? Hebraico?* Ela virou a página e o nome *Angeli et Daemones* apareceu. Seus olhos reluzentes encontraram os meus.

— Este livro traz o conhecimento dos *Fili Dei. Filhos de Deus* — explicou a senhora, empurrando o pesado livro em minha direção.

Os meus dedos esbarraram na pele fina da mão dela ao tentar segurá-lo. Um frio intenso se instalou dentro de mim, todos os ruídos do ambiente se dissiparam. De repente, minha vista se encheu de imagens confusas. Senti uma dor aguda bem no meio dos olhos, o que me fez cerrá-los. A imagem clareou. Era Raziel, asas brancas envolvidas em uma redoma de luz. Abri os olhos, assustada, mas relaxei ao apreciar o brilho que o corpo da idosa irradiava. *Uma aura? Quem é essa mulher?*

— Obrigada — respondi em transe.

O molho de chaves sacudiu em sua mão, me despertando para a realidade. Ela se inclinou e abriu outra gaveta. Ao suspender o braço, notei que a senhora estranha segurava uma peça similar a uma espada pequena protegida por uma cobertura de metal — *platina, ouro, prata*. Era tão brilhante que não consegui identificar. Havia um rubi cravejado no centro. A senhora pressionou a gema preciosa e retirou a proteção. A lança afiada reluziu como o sol e incomodou a minha visão.

— *Divinus pugio. A adaga divina* — ecoou a voz grave da idosa. Seus olhos negros brilhavam ainda mais. — Dizem que essa relíquia pertenceu a um arcanjo. — Ela fez uma pausa para colocar a peça na mesa. — Minha intuição me diz que você é a pessoa certa para pôr as mãos nela. Um objeto singular, feito de material espiritual. Tem a força divina, uma das únicas formas de matar um anjo caído.

Perplexa, encarei o seu rosto enrugado.

— Isso deve valer uma fortuna! O que a faz pensar que preciso dela?

Os seus lábios finos esboçaram um sorriso.

— Apenas sei — respondeu, empurrando o objeto raro para mais perto de mim.

— Não tenho tanto dinheiro assim — falei, segurando a peça em minhas mãos. Uma energia azul envolveu os meus dedos e senti uma estranha força se espalhar dentro de mim, um sentimento de segurança. Eu não conseguia desgrudar os olhos da adaga, parecia encantada.

— Não vou cobrar nada de você. Esse livro antigo é como um manual. Explica muita coisa, até instrui sobre o uso da adaga. Está escrito em latim, mas você é esperta, vai descobrir um jeito de lê-lo.

Percebi que algumas moedas antigas em cima da mesa começaram a se movimentar, girando como se estivessem vivas. De repente todas dispararam para o chão. Eu me agachei no intuito de recuperar algumas, mas, quando me ergui outra vez, notei confusa que a velhinha estranha havia desaparecido.

— Senhora? — falei alto, percorrendo a sala com os olhos. — Ei! Senhora! — gritei, mas não obtive resposta.

Levantei-me da cadeira, coloquei a adaga dentro da bolsa e andei com o livro nas mãos. Ultrapassei a cortina de cristal e entrei na outra sala. O toque do relógio cuco me assustou. Meu quadril esbarrou em um enorme vaso de Murano que decorava o canto da porta, mas, graças ao meu reflexo, consegui segurá-lo antes da queda. Caminhei até a porta e dei uma última olhada por cima do ombro: não havia nenhum sinal da velhinha. Abri a porta de vidro, o sino ecoou em um toque de aviso, mesmo assim ela não deu sinal de vida.

— Obrigada! — exclamei ao léu, antes de sair.

Assim que pisei fora da loja, o vento forte balançou meus cabelos. O céu estava escuro e ainda não era fim de tarde. Mesmo assim, a rua estava movimentada, pessoas agitadas passavam por mim, a minha cabeça estava em órbita e eu não conseguia compreender o que havia acontecido na loja. *Se essa adaga pertenceu a um arcanjo, como foi parar nas mãos dela e por que ela a entregaria a mim? Pode matar um anjo caído... Será? Raziel não sabe disso? Gostaria que ele estivesse aqui. E, mesmo que isso seja verdade, como eu conseguiria matar o Caído sozinha? Como conseguirei decifrar um livro tão antigo escrito em latim?* Apertei o livro contra o peito e acelerei o passo em direção ao estacionamento. Subitamente, senti um cheiro maravilhoso de pastel sair da pequena cantina do outro lado da rua e meu estômago começou a roncar. *Preciso comer.* Com a correria, nem me dei conta de que já estava há horas sem comida. Atravessei a avenida, fiz o pedido ao caixa e sentei-me a uma pequena mesa de metal vermelho. Olhei ao redor, ressabiada. Pressentia outra vez aquele desconforto de estar sendo observada. Respirei fundo e tentei relaxar, sem sucesso. Dei uma espiada dentro da bolsa, o objeto reluzente parecia ainda mais sinistro, o metal irradiava uma luz azul. Os meus olhos se irritaram e imediatamente fechei o zíper da bolsa, pendurando-a no braço da cadeira, próximo ao meu colo. Logo em seguida, o garçom serviu-me o refrigerante e o pastel de queijo. Enquanto comia, apoiei o livro na mesa e o abri na segunda página. Fiquei surpresa ao ver o desenho idêntico à adaga que eu estava carregando na bolsa, abaixo da frase: *Lamina divini pugionis humanus sanguis mixtus daemonium necare possest quoniam cor hasta petat presse, tamen pro hoc fungere, in vera forma Praecipitatus debet esse.* As palavras eram incompreensíveis. Rapidamente, eu as digitei em um site tradutor pelo meu smartphone. *O sangue de um humano misturado à lâmina da adaga divina pode matar o demônio desde que a lança o atinja certeiramente no coração, no entanto, para isso funcionar, o Caído deve estar materializado em sua verdadeira forma.* Ao ler aquilo, senti uma dor lancinante no peito, uma pontada de medo. Fechei o livro e apertei os olhos. *Não acredito que estou fazendo isso. Preciso reunir coragem para seguir em frente. Preciso do apoio de Raziel.*

Coloquei a alça da bolsa cruzada no peito e segui em direção ao meu carro. Parei no semáforo para atravessar. Nesse instante, a minha atenção se voltou a um homem alto, esguio, de cabelos pretos que caminhava depressa do outro lado da rua. *Raziel?* Fiquei descontrolada, minha pulsação se acelerou como se eu estivesse caindo num abismo. Corri para alcançá-lo sem me dar conta de que o sinal ainda estava vermelho para pedestres. Assustei-me quando um carro quase avançou em cima de mim e um ruído estridente de pneu ecoou no ar. Acenei com as mãos em um gesto de desculpas. Ouvi buzinas e xingamentos, mas nem liguei, corri o mais rápido que pude, apertando o livro contra o peito. A minha cabeça girava. É ele! *Sei que é ele! O mesmo jeito de andar.*

Gritei o nome dele ao observá-lo entrar em uma estreita rua sem saída. Ele não ouviu. Depois de alguns segundos, eu já estava na ruela. Um relâmpago explodiu no céu e notei que o tom cinza-claro do céu deu lugar a um denso grafite escuro. — *Estou aqui!* — gritou a voz rouca e conhecida, eriçando a minha pele. Estranhamente, a rua parecia abandonada. Notei que uma loja antiga estava de portas fechadas e lixeiras se acomodavam no canto. O cheiro de carne podre amaldiçoava o ar. Eu me senti nauseada. Uma sombra no final do beco se erguia refletindo sua imensidão na parede. Era o vulto de alguém que parecia ansioso, mas um tanto desconfiado.

— Raziel? — Fui corajosamente em direção à sombra e vi o rosto do homem-anjo entre uma fumaça escura. Sua feição, seu corpo e seu cabelo eram idênticos, mas havia algo estranho em relação ao seu olhar. Os seus olhos reluzentes pareciam raivosos e sombrios. Um frio percorreu minha espinha e por uma estranha razão eu não conseguia me mover. — Raziel, é você?

O silêncio era agonizante. Eu me aproximei, mas notei que ele esboçou um sorriso. *Esse sorriso diabólico com certeza não é dele!* Estudei o rosto por um segundo, parecia uma tanto desfigurado, como se uma máscara estivesse camuflando a sua verdadeira identidade. Meu coração parou. De modo inesperado, notei horrorizada que seus olhos verdes se transformaram em vermelho-sangue.

— Raziel está morto! — vociferou a voz grave e inflamada.

O susto fez com que o livro caísse das minhas mãos. Pensei em correr, mas minhas pernas não obedeciam, estavam congeladas. O corpo à minha frente começou a se desmaterializar, transformando-se em fumaça negra. Senti uma brisa forte balançar os meus cabelos, a nuvem sombria se tornou mais densa e veio em minha direção como um raio. O meu corpo foi lançado para trás como um saco de batatas e caí estatelada no chão. Levei alguns segundos para erguer a cabeça dolorida. Para o meu alívio, não havia mais ninguém lá além de mim.

Os meus olhos se encheram de lágrimas ao notar que o livro não estava mais comigo. Levantei-me frustrada, procurei os cantos da rua e nada. — *Idiota!* — exclamei para mim mesma.

CAPÍTULO 9

Mesmo sobre o assombro da morte, a dor da saudade e a amarga solidão, eu me recuso a cair no chão. Anjo de luz, trouxeste-me o amor! Nada pode se opor, nem mesmo a mais densa escuridão. Sei que está vivo... Eu sei... Sinto você em meu coração.

Dias se passaram e eu não conseguia me perdoar por ter perdido o livro. Minha mente retrocedia no tempo, tentando lembrar cada detalhe da hora em que entrei na loja de antiguidades até o momento fatídico no beco escuro. A imagem horrenda da criatura permanecia vívida em minha mente, aquele sorriso amedrontador não me era estranho. Os dois buracos sem vida cravados em seu rosto me diziam que aquele era o desertor, o líder dos duzentos renegados. *Samyaza, o Caído que quer destruir a minha vida. Penso que existe algo a mais nessa história. Por que ele insiste tanto em ter Raziel como seu aliado? Por que está atrás de mim? Pude ver a mentira em seus olhos fúnebres quando a voz asquerosa afirmou que Raziel estava morto.*

Olhei para o horizonte cor-de-rosa. O oceano azul-escuro brilhava assim como as suas asas negras. A minha esperança em ver o homem-anjo outra vez não havia morrido. Ele estava vivo, porém eu não entendia o motivo de tamanho afastamento. *A noite em que fizemos amor foi mágica, algo que ficará guardado para sempre em minhas recordações.*

Em minhas vidas passadas, eu o amava com todas as forças. Ao reencontrá-lo nesta vida, percebi que ainda carregava esse amor dentro de mim. Lembrei-me da foto que havia guardado no dia em que dormimos juntos. Entrei no closet adjacente ao meu quarto e coloquei a mão no bolso do casaco que eu usava naquele dia. Lá estava ela: a desgastada foto em preto e branco. Na parte detrás, a data: *fevereiro, 1914*. O meu sorriso parecia natural, porém o de Raziel mostrava receio, e ela parecia um tanto apreensiva, como se quisesse me proteger. *Ele sabia que havia algo errado. Sabia que o risco da morte estava me rondando outra vez*. Apertei a foto contra o peito. *Se Raziel estivesse morto, o anjo caído não viria atrás de mim. Ele roubou o livro e não me matou. Por quê?*

O quebra-cabeça não se encaixava! Peças avulsas sondavam meus pensamentos, lutando para encontrar o seu verdadeiro par. Para uma humana que nunca havia aceitado a existência do sobrenatural, de uma hora para outra, estar em meio a uma coisa tão inacreditável... Podia afirmar que não estava sendo fácil; por outro lado, tudo agora fazia mais sentido. O vazio que sempre carreguei dentro de mim era a total falta da minha outra metade. A ostensiva luta interior, meus medos e minhas desconfianças, a gota de amargura percorrendo minhas veias, todos esses sentimentos estavam ligados às minhas existências passadas.

Guardei a foto em uma gaveta e assustei-me com o toque do telefone.

— Está empolgada para a exposição? — perguntou Loreta em um tom descontraído.

O dia do vernissage tinha finalmente chegado, uma oportunidade que muitos artistas gostariam de ter. Uma exposição no Copacabana Palace proveria grande repercussão na mídia, ainda mais aliada a artistas de renome. Influências do meu querido pai. Jean Bonnier havia sido uma figura brilhante e carismática, amava a arte tanto quanto eu. Sempre me apoiou e colocou os melhores profissionais ao meu lado. Deixou muitos amigos queridos, entre eles empresários e investidores, assim como ele.

Estava satisfeita com o meu trabalho. Havia um toque de emoção e saudade em cada pincelada. A influência de Raziel em minha vida tornou-me mais criativa e emotiva; além disso, devolveu a minha fé em algo maior, em um universo espiritual que estava distante do meu mundo.

— É claro que estou — respondi. — O marchand contratado é muito profissional e tenho certeza de que vai fazer um bom trabalho.

— Eu sei. A equipe de coordenação contratada para criar uma atmosfera agradável no salão também é excelente. Vou chegar mais cedo para dar uma olhada na exposição das telas. O foco de luz sobre a pintura é importante.

— Nos encontramos lá, às sete horas?

— Combinado. — Ela suspirou. — Se eu não tivesse de levar a minha família inteira comigo, passaria aí para irmos juntas. Você sabe, até os meus avós estão aqui!

— Não esquenta. É tão pertinho.

— Nos vemos lá, então. Você vai com aquele vestido vermelho?

— Esse mesmo.

— Beleza, gosto de ver você bem vestida, com aquela empolgação que sempre teve.

— Eu sei, Loreta — falei, revirando os olhos. — Até mais tarde.

Desliguei o telefone me sentindo um pouco nostálgica. Olhei para os retratos espalhados por cima do piano de cauda. *Meus pais eram tão jovens. Pareciam tão felizes. Não me lembro de minha mãe, apenas de seus lindos olhos azuis, tão parecidos com os meus. Ela não teve uma infância nada fácil, uma menina órfã que foi criada pela tia. Meu pai me disse que ela também pintava. Algumas de suas telas estão guardadas aqui em casa. Gostaria tanto que eles estivessem aqui... Assim como o homem angelical que abriu o meu coração.*

Suspirei fundo e resolvi dar uma caminhada na praia para me acalmar. Calcei os tênis de corrida, uma calça legging e um top preto. Ainda era cedo e eu não pretendia passar o dia desatando o nó enraizado na minha mente. A imagem da velhinha do antiquário ainda era um mistério para mim. *Qual era a verdadeira identidade dela?* A adaga estava bem guardada no cofre camuflado por um armário no meu quarto. A minha intenção era entregá-la a Raziel. Uma peça divina merecia estar nas mãos de alguém a sua altura, alguém que soubesse usá-la.

Senti um frio na barriga ao lembrar-me da imagem do anjo caído. *E se ele aparecer outra vez? As palavras que consegui ler no livro diziam que a adaga só poderia matá-lo quando o maldito estivesse em sua verdadeira forma. Mas como eu faria isso? Pelo que li em um artigo, um caído pode assumir qualquer forma. Assim como assumiu a forma do homem que eu amo.*

Peguei o elevador e segui em direção à praia. O cheiro da maresia era como um calmante para mim. O calçadão estava vazio devido ao mau tempo. O clima durante a semana toda estava um pouco atípico. Influências sobrenaturais? Influência de Raziel? Era difícil não pensar nisso; qualquer sinal diferente me trazia esperança. Sentei-me em um banquinho de madeira diante do mar. A brisa úmida resfriou meu rosto. Fechei os olhos e a minha mente levou-me até o dia em que eu estava na cama com ele. O seu magnífico corpo nu sobre o meu, o membro quente dançando dentro de mim. Aquele olhar ousado, que me transmitia um desejo intenso. O aroma de sua pele espalhado pelo quarto, o som delicioso da voz rouca excitando-me até me levar à loucura. Joguei a cabeça para trás, sentindo-me relaxada.

Uma voz grave e um tanto familiar me trouxe à realidade:

— Senhorita.

Abri os olhos e vi um vendedor ambulante parado na minha frente. O seu olhar profundo era hipnotizante. Algo nele me fez recordar a senhora misteriosa do antiquário. Ele segurava um tabuleiro repleto de bijuterias. Havia um pingente reluzente em forma de uma letra que, para mim, parecia ser hebraico.

O senhor negro colocou o dedo por baixo do pingente e retirou-o do tabuleiro, apontando-o para mim.

— Essa peça traz proteção e sorte — murmurou ele, os olhos fixos nos meus. — Este símbolo ארו, significa *luz*. A luz divina.

Os meus dedos tocaram a joia que brilhava como um raio de sol. Senti a paz envolver a minha alma. A mesma paz que senti quando toquei na pele de Raziel.

— Quem é você? — perguntei, ressabiada.

Ele sorriu e uma aura de luz envolveu a sua cabeça. Seus olhos cor de chumbo reluziam como fogo.

— Sou um simples vendedor — ecoou a sua voz grave. — Entretanto, essa peça será sua e não precisa pagar nada por ela. Reservada para alguém especial.

— Por que eu?

— Sou sensitivo — sussurrou ele, erguendo as sobrancelhas grossas e grisalhas. — Pressinto que o seu espírito precisa de proteção. Não se preocupe, os anjos estão ao seu lado.

Arregalei os olhos. *Será ele um anjo? Um enviado para me ajudar?* As palavras queriam sair da minha boca, mas não conseguia liberá-las. Aquela figura de pé na minha frente não era um simples vendedor, tudo nele parecia mágico. Por trás da aparência pobre e maltratada daquele senhor existia algo grandioso. A sua alma radiante se sobrepunha ao seu corpo. Ele colocou a joia em uma das minhas mãos e fechou os meus dedos contra ela. A corrente gelada formigava na minha pele, parecia que o metal tinha vida. Observei o homem se afastar, caminhando em direção a uma claridade, até desaparecer de vista.

Abri a mão e os meus olhos piscaram com a intensidade da luz que emanava da peça. Fechei a corrente ao redor de meu pescoço e passei os dedos sobre as letras brilhantes que adornavam o meu peito. Uma garoa respingava em meu rosto. Caminhei pela calçada refletindo a mensagem que o vendedor disfarçado havia me passado. *Os olhos dele pareciam sobrenaturais. Se ele for mesmo um anjo, por que está ajudando? Lembro-me de Raziel dizer que os Nephilins não eram benquistos pelos arcanjos.*

Eram apenas conjecturas de uma humana que não fazia ideia do que estava por vir. Por mais que eu organizasse em minha mente o que tinha escutado e visto, havia um momento em que tudo se retorcia outra vez.

Atravessei a rua e segui em direção ao meu apartamento. Ao entrar no elevador, notei que a vizinha do andar de baixo estava lá. Seu olhar desconfiado me incomodou.

— Você está fazendo alguma obra? — perguntou.

— Não, por quê?

— O barulho há uma hora estava ensurdecedor... Tive até que sair um pouco. — Ela suspirou. — Móveis sendo arrastados e, se não me engano, coisas se quebrando. Escutei também umas vozes masculinas.

Franzi a sobrancelha.

— O quê? Não há ninguém lá. Acho que a senhora se confundiu. Faz apenas duas horas que estou fora.

Ela franziu a testa e fez um gesto com as mãos de "não faço ideia". A porta do elevador se abriu e a senhora desceu. Assim que o elevador parou no meu andar, abri a porta depressa. Para meu desespero, olhei boquiaberta a sala de estar que estava de cabeça para baixo. Tudo estava revirado: sofás, cadeiras, mesa, objetos de arte quebrados, quadros deslocados na parede... Gritei por dentro. Uma fúria tomou conta de mim, queria chorar, mas as lágrimas não desciam. Estava revoltada. Eu havia me ausentado há tão pouco tempo, como isso tinha acontecido tão rápido? Só havia uma resposta para isso. *Anjo caído! Ou os desgraçados dos Nephilins vassalos.* Notei que a porta da entrada de serviço não estava arrombada. *Como entraram aqui? O que eles queriam? A adaga! Como souberam dela? Eles estão me vigiando. Esperaram que eu saísse. Ainda bem que a empregada não estava, ou poderiam tê-la matado.* Corri em direção ao meu quarto. Observei o móvel que camuflava o cofre intacto e suspirei aliviada. — Idiotas — falei com ódio. Após alguns minutos tentando me acalmar, refleti que não havia me preocupado em saber se os Nephilins ainda estavam lá. Por uma estranha razão, eu parecia mais forte. Olhei para a peça brilhante pendurada no meu pescoço. *Será que o pingente me deixou mais corajosa? O vendedor era mesmo um anjo?*

Precisava pensar no que fazer. Hoje era um dia especial para mim e eu tinha de me concentrar no grande evento que poderia fazer a minha carreira deslanchar. Chequei as janelas e portas, averiguando se tudo estava trancado. Tomei um banho demorado e em seguida devorei um sanduíche de queijo branco. Um pensamento me perturbou. *Se eles entraram com tanta facilidade, podem muito bem voltar a qualquer hora.* Outro pensamento fez a minha pele se arrepiar: *Se o renegado não me matou até agora... Raziel estará morto?* Não! Ele é imortal! Eu não sinto isso. Não posso pensar nisso. *Machuca demais!*

Desviei a ideia aterrorizante da minha mente. Se perdesse a esperança, não conseguiria suportar toda essa droga. *Preciso me arrumar para a exposição. Resolverei as minhas dúvidas depois.* Entrei no banheiro tentando me convencer de que tudo ficaria bem. Joguei água gelada no rosto e em seguida comecei a fazer uma escova no cabelo. Estava terminando a elaborada maquiagem quando ouvi o toque do telefone. Larguei tudo e corri para atender.

— Alô?

— Se você não quer ver a sua amiguinha morta, traga a adaga ao evento — ecoou a voz de Marcos, me causando repulsa. — Sem truques.

Ele desligou e o aparelho de telefone escorregou da minha mão. Sentei-me na cama e congelei ao imaginar que Loreta corria risco de morte. Ao mesmo tempo, como eu poderia entregar nas mãos do inimigo a arma divina? O único objeto que poderia matar de vez o Caído? Eu era uma simples mortal, sem experiência nenhuma para suportar ameaças de seres sobrenaturais. Era muita pressão. Ainda mais hoje! Esperei tanto tempo por este evento que eu precisava me concentrar nele.

Levantei-me da cama e empurrei o armário que escondia o cofre. Abri-o sentindo-me triste, lamentando o fato de ser obrigada a dar ao renegado o prazer da vitória. Fechei parcialmente os olhos, a adaga reluzia como um sol azul. Ao segurá-la, uma redoma de luz envolveu a minha mão. Senti como se o objeto me pertencesse, uma estranha força se apoderava de mim enquanto eu a tocava. Coloquei o objeto na bolsa e fechei o cofre. Vesti o vestido de chiffon vermelho escuro, cuja barra da saia ficava na altura dos joelhos. Era de um ombro só e havia um fino cinto dourado com um detalhe brilhante na cintura. Calcei sapatos *peep toe* altíssimos no mesmo tom do cinto e brincos estilo *chandelier* de ônix. Olhei-me no espelho sentindo-me estranha.

Um lampejo de memória tirou-me da realidade.

Eu estava em uma festa, pessoas desconhecidas vestidas em trajes que pareciam ser do século XIX. Homens de cartola e fraque, mulheres usando vestidos estilo império e acessórios de época como tiaras de brilhantes e plumas na cabeça. Eu usava um vestido longo e bufante de *chantum* e seda vermelha. O espartilho espremia a minha cintura e eu me sentia carregando um peso. Eu segurava uma taça de champanhe rosé. Meus olhos rodeavam a enorme e requintada sala de decoração neoclássica. Eu me sentia perdida, porém me acalmei ao ver o homem deslumbrante vindo em minha direção. Percebi que as pessoas ao meu redor fuxicavam enquanto olhavam para nós. Raziel sorriu para mim, a expressão tranquila e seus olhos verdes ainda mais brilhantes. Ele vestia um fraque cinza-escuro e usava uma cartola preta. Entre os homens presentes no salão, ele era sem dúvida o mais lindo. Meu coração disparou quando ele se aproximou e passou um dos braços ao redor da minha cintura. Havia uma pista de dança e ele me conduziu até lá. A música instrumental suave e familiar ecoava em meus ouvidos. O olhar dele aprofundava-se dentro de mim, fazendo-me corar. Senti a sua respiração quente perto do meu rosto e sem aviso os seus lábios encostaram-se nos meus. Um beijo cheio de luxúria e desejo. Ele sussurrou algo em meus ouvidos e seus dedos acariciaram o meu rosto. Subitamente, a música parou e seguimos em direção a um jardim que parecia o paraíso. Havia um imponente e requintado espelho pendurado em uma parede coberta por heras. Vi o meu reflexo. O mesmo rosto, embora houvesse pequenos detalhes diferentes. Os meus olhos azuis pareciam observar algo através da imagem. Senti-me como se eu estivesse vendo a mim mesma, no futuro.

De repente, o ambiente a minha volta mudou. Eu já não estava mais lá, e sim na realidade da minha vida atual. Fiquei paralisada por um tempo. *Isso foi... incrível! A época em que nos conhecemos... A primeira vez que o vi. Como posso ter me recordado disso?*

Uma calorosa luz de alegria encheu meu coração, iluminando-o. Lembrar aquele momento tornou-me ainda mais desejosa de encontrá-lo. O amor envolveu a minha alma. Os meus sentimentos naquela época eram tão fortes que pude revê-los em meu consciente. Respirei fundo, absorvendo a sensação grandiosa que se apoderava de mim. O vínculo que eu tinha com Raziel era algo além da minha compreensão, um laço eterno que se desfazia cada vez que eu morria. Uma lágrima escorreu pelo meu rosto. Eu não tinha medo da morte, e sim de nunca mais vê-lo outra vez. A minha voz ecoou no ar, liberando os sentimentos. *Deus, por favor, nos dê uma chance para sermos felizes. Raziel tem uma alma boa. Ele não merece sofrer mais. Obrigada por tudo, amém.* Senti um alívio instantâneo, voltei a ter uma fé mais forte do que nunca. Apertei a bolsa que guardava a adaga em meu peito e segui em direção ao carro.

CAPÍTULO 10

Se eu pudesse parar o tempo, voltar ao momento em que estava em seus braços. Se eu pudesse viver para sempre, só para olhar para você. Seu amor me preenchendo, adoçando a amarga solidão. Então eu seria feliz, como o soar de uma canção.

O salão do Copacabana Palace havia se transformado em uma galeria de arte. As telas coloridas e iluminadas pelo foco de luz traziam vida ao branco imaculado das paredes. Requintados arranjos de flores e candelabros de prata enfeitavam a mesa de vidro retangular repleta de elaborados *petifürs*. Loreta veio correndo em minha direção. Ela estava esfuziante, usava um vestido preto tomara que caia com detalhes em dourado.

— Anna! Você está linda! — exclamou ela, de um jeito exagerado.

Apertei com força a bolsa que eu carregava entre os dedos. *Se ela fizesse ideia do que está acontecendo, se soubesse que a sua vida está em risco...* Eu não podia acabar com a felicidade dela; além disso, como Loreta iria acreditar em uma história tão sobrenatural? Para minha amiga, Marcos era um rapaz simples, bonito e inteligente. Um homem inofensivo que estava caidinho por ela.

— Digo o mesmo de você!

Os familiares de Loreta vieram me cumprimentar. Seus pais, orgulhosos, pareciam ainda mais felizes do que a filha.

— Seu trabalho está magnífico! — disse a mãe da minha amiga, dando-me um abraço apertado.

Estava tão preocupada com Marcos e a adaga, que acabei não notando o meu trabalho sendo admirado por fotógrafos e pessoas da mídia. Os meus olhos se encheram de lágrimas ao ver as minhas telas expostas daquele jeito. Cada pincelada transmitia sentimentos como saudade, dor, amor... e lembranças. Um dos quadros era muito especial para mim, a réplica de um lugar onde eu havia vivido, onde fui feliz ao lado de Raziel.

Vale do Loire. Como eu gostaria de voltar lá...

— Obrigada — respondi a ela. — O trabalho da sua filha também está lindo.

Loreta pintava abstratos de uma forma encantadora e única. Seus traços eram irreverentes, criavam a ilusão de uma forma física, um corpo feminino e às vezes masculino.

— O que significa essa luz sobre o jardim? — perguntou Loreta apontando para a minha tela.

— Um anjo — falei, emocionada. — Um anjo da guarda.

— É lindo — disse ela. — Gostei do reflexo dessa luz no lago. É como um espelho. — Ela se aproximou ainda mais da tela. — Quem é essa mulher escondida entre as árvores? O que ela está fazendo? Levantando os braços para o anjo?

— Sim. Ela está se despedindo — falei em um tom quase inaudível.

Olhei ao redor e percebi que o salão estava cheio. O marchand que representava o nosso trabalho parecia ocupado conversando em meio a uma roda de pessoas. Loreta se afastou por um segundo para dar atenção a alguns amigos em comum. Os meus olhos percorreram a multidão, tentando encontrar os cabelos louros de Marcos. Eu estava ansiosa, rezando para que ele aparecesse somente no final do evento. Ainda não estava pronta para entregar-lhe a adaga divina. Era difícil não acreditar que aquele objeto fosse realmente especial. Havia algo mágico em relação a ele, assim como em relação ao pingente reluzente pendurado no meu pescoço. *Aquele vendedor tinha o mesmo olhar da velhinha da loja de antiguidades. Sei muito bem o que senti. Eles não eram pessoas normais.*

— Anna — chamou Loreta, convidando-me a entrar na conversa com um grupo de pessoas interessadas em me conhecer.

Expliquei o significado do meu trabalho a um casal e alguns marchands curiosos a respeito do último quadro que pintei: *Nephilins guerreando contra anjos caídos*. — Tive essa visão em um sonho — eu disse, sabendo que, na verdade, era um sonho real.

Um toque no meu ombro me fez pular. Olhei para trás e relaxei aliviada ao constatar que era o marchand que representava a minha obra. Dei um sorriso a todos e pedi licença, me afastando para dar atenção a ele.

— Anna! Tenho uma boa notícia para dar — contou o senhor de cabelos grisalhos e olhos azuis acinzentados. — Seus quadros foram todos vendidos.

Arregalei os olhos e abri a boca. — O quê?! As doze telas?

— Sim, querida. As doze telas — afirmou ele, sorrindo e mostrando os dentes amarelados. — Aquela senhora de cabelos castanhos e vestido azul.

Inclinei a cabeça, tentando achar uma fresta entre as pessoas e encontrar a imagem da mulher. Ela sorriu para mim. Linhas profundas circulavam os seus olhos. Eu me admirei ao notar uma familiaridade nela. De repente, ela ficou séria, virou de costas para mim e começou a andar em direção contrária à em que eu estava. A minha reação foi instantânea. Em um segundo, eu já estava mergulhada na multidão, me esquivando das pessoas que me chamavam, desligando-me completamente dos ruídos do salão. Compenetrei-me na mulher misteriosa que me hipnotizava como chama do fogo. Observei-a saindo do salão e a segui o mais rápido que pude. Assim que saí, notei apenas alguns seguranças do lado de fora. — Droga — xinguei baixinho. Segui até um longo corredor de iluminação fraca que parecia vazio. Tentei abrir uma porta dupla de madeira, sem sucesso. *Para onde essa mulher foi?* Assim que pensei nisso, olhei para trás e instantaneamente as minhas pernas amoleceram. Um grito ecoou dentro de mim: — *Raziel!* — Seus olhos estavam cravados nos meus, magnéticos e sobrenaturais. Ele abriu um sorriso e sua respiração parecia alterada.

— Anna — murmurou ele, puxando o meu corpo contra o dele. — Meu anjo!

Fiquei congelada em seus braços por um bom tempo. Meus olhos marejados não escondiam meus sentimentos. Todas as memórias guardadas em meu subconsciente retornaram com força total. Eu havia memorizado cada traço de seu rosto, mas, ao vivo, era ainda mais bonito. O aroma suave de lavanda ainda exalava de sua pele. Apertei as minhas mãos em seu braço, certificando-me de que ele não era uma ilusão.

— *Dilecta immortalis* — disse Raziel, acariciando meus cabelos.

Fechei os olhos e deixei as lágrimas escorrerem pelo rosto. Ele segurou o meu queixo com delicadeza e me beijou profundamente. O seu sabor era o mesmo, viciante e provocante. Os meus dedos se entrelaçaram nos cabelos negros. Ele apertou a minha cintura, elevando a minha excitação ao nível máximo. Por um momento, lembrei-me da senhora que eu estava perseguindo e a minha ficha caiu.

— Foi você, não foi? — perguntei. — Você comprou os quadros. A mulher era uma ilusão.

O seu sorriso iluminou o corredor vazio onde estávamos. — Temos de ser discretos, entende? O Caído é esperto.

— Por que você demorou tanto? — perguntei em um tom de desespero.

Raziel suspirou.

— Anna, sei que ficou sozinha tendo de lidar com muitas dúvidas. Sei também que se arriscou. Mais do que ninguém, eu queria poder estar aqui antes. — Ele segurou a minha mão; algo intensamente triste cintilava em seus olhos. — Tive de lidar com uma situação muito difícil, negociar com o Mal em pessoa.

— Fiquei com medo de nunca mais vê-lo — falei com a voz quase inaudível.

— Isso não seria possível. Não vou deixar mais ninguém tirá-la de mim. Amo você.

Aquelas palavras me emocionaram tanto e eram tão familiares... Eu também sentia o seu amor dentro de mim, um amor que não se alterava. A nossa jornada, juntos, vinha de muito tempo atrás. Uma luta entre a luz e as trevas, um relacionamento proibido, envolvido em histórias que, para mim, no passado, eram apenas ficção.

Seus olhos continham o meu reflexo, era como se a minha alma estivesse ligada à dele.

— Também amo você — ecoou no ar a minha voz.

— Preciso protegê-la, Anna — ele disse, acariciando o meu rosto. — A nossa guerra ainda não acabou.

— O anjo caído, ele veio atrás de mim. Foi assustador. Roubou-me o livro que a senhora do antiquário havia me dado. — Respirei fundo. — Mas ainda tenho a adaga divina.

Raziel me olhou espantado e se deu conta do pingente pendurado no meu pescoço.

— Onde conseguiu isso? — perguntou ele, tocando a joia.

— Um vendedor ambulante me entregou na calçada da praia — expliquei. — Acho que estava disfarçado. Suspeito que ele fosse um anjo, o mesmo que me entregou a adaga — disse, abrindo a bolsa.

— Anna! — exclamou. — Apenas um arcanjo poderia lhe entregar essas coisas. Eles são guardiões das relíquias divinas e só podem entregá-las a um humano ou anjo se houver um consenso entre eles.

— Então os arcanjos estão a nosso favor? Por quê?

Raziel franziu as sobrancelhas grossas. — Isso é algo que eu gostaria de saber. Eu tinha fé de que um dia eles me escutariam. — Ele espiou a relíquia reluzente pela fenda da bolsa e depois a fechou. — Precisamos protegê-la. Ela não pode cair em mãos erradas. Esta adaga é um pedaço de uma espada que pertenceu a um anjo. — Raziel guardou a pequena bolsa com o objeto dentro da sua jaqueta de couro. — Pelo que sei, quando um anjo é renegado por seu Criador, ele perde o direito de possuir objetos divinos. Os arcanjos se encarregam de guardar os pertences dos caídos. Acho que essa arma pertenceu a Samyaza, por isso pode matá-lo.

— O livro que perdi tinha informações importantes a respeito de como matar o demônio usando a adaga. Pude ler apenas uma página.

— Não se preocupe. Nós daremos um jeito — ponderou, abraçando-me com força.

— Que bom que está aqui! — comentei, aliviada. — Marcos me ameaçou, por isso trouxe a relíquia comigo. Ele foi bem direto: a adaga pela vida de Loreta.

— Marcos é um covarde. Tem medo do anjo caído e só ataca os mais fracos. — Raziel apertou os punhos. — Erick também é outro imbecil. Não podemos entregar o único objeto que pode matar o renegado. Esperei essa oportunidade por séculos e a nossa união depende disso.

— Mas e Loreta? — perguntei, preocupada. — Eles vão matá-la.

— Irei enfrentá-los — disse ele, mostrando ira nos olhos. — Vou fazer o que é necessário.

Fiquei petrificada. — Destruí-los?

— Não posso mais correr riscos. — Ele suspirou. — Não gosto de matar seres da minha própria raça, mas o caso desses traidores é diferente. A sua vida está em perigo e prometi a mim mesmo que não deixaria ninguém fazer nenhum mal a você outra vez.

— Você já matou antes?

Raziel abaixou a cabeça devagar. — Quando você partiu pela segunda vez... fiquei perdido. A raiva dominou meu corpo. Comecei a ser um tipo de justiceiro. Eu... matei alguns Nephilins que praticavam o mal, viciei-me cada vez mais. — Ele suspirou e semicerrou os olhos. — Fazer isso só me trouxe mais amargura. Estava entrando nas trevas.

Segurei uma de suas mãos. — Você fez isso para ajudar a humanidade. Eles eram ruins.

— Eles eram perversos. Mas a justiça é divina. A vingança é traidora, nos leva a um lugar sombrio, sem retorno.

— Se você matá-los, voltará às raízes do mal.

— Sei disso, Anna. Um Nephilim nasceu para ter uma vida eterna, assim como um anjo. Mas todos os seres do mundo têm uma fragilidade. A forma como se mata um Nephilim é terrível. A sombra dessas mortes me persegue, é uma maldição! — Ele mordeu os lábios. — Mas pior do que isso é perdê-la. Você morreu prematuramente no passado por minha causa. Tão nova, na flor da idade. Eu me culpo por isso.

— Raziel — eu disse, abraçando-o. — Não foi sua culpa, foi o Caído. Ele é o responsável por isso.

— Anna — ele segurou meus braços —, penso que se o destino nos uniu novamente é porque está nos dando mais uma oportunidade. Tenho de lutar.

— *Nós dois* temos de lutar — corrigi, colocando a minha mão sobre o seu coração.

Uma brisa gelada bateu nas minhas costas, causando-me calafrios. Um zumbido aterrorizador assobiava nos meus ouvidos. Olhei para trás e vi a sombra de um corpo parado no final do corredor. A luz fraca me impedia de reconhecer a imagem sombria. Raziel colocou-se à minha frente, protegendo-me. Comecei a escutar palmas que me amedrontaram ainda mais. De repente, a imagem clareou, um corpo esguio e feminino apareceu, seus cabelos louros platinados cintilavam à meia-luz. Ela abriu um sorriso perverso que gelou a minha nuca. Eu me recordei de Aspen. *Deus! A mulher sombria do elevador!* Ela me encarou e no mesmo instante, parou de bater palmas. Os seus olhos pareciam poços negros cheios de fúria, assim como o vestido vulgar que ela usava.

— Como o amor é lindo! — ela disse, a voz irônica tão horripilante quanto o seu olhar.

— O que você quer, Samyaza? Já não lhe entreguei o bastante? — perguntou Raziel, enfurecido.

— Me entregou o bastante? — gargalhou o demônio. — Para mim foi uma honra cortar as suas asas. Esse ato transferiu-me mais poder, mas isso não é suficiente. Esse sacrifício lhe garantiu salvar a vida desse ser insignificante ao seu lado. Você sabe muito bem o que eu quero. Logo estaremos juntos, Raziel, não há escolha.

Os meus olhos acompanharam os de Raziel. O brilho vibrante de suas íris se apagou, eu vi um resquício de tristeza brotar em seu rosto. *Deus, foi isso mesmo que ouvi? Ele deu as asas para esse desgraçado?*

Cerrei os olhos, tentando abrandar a dor que agoniava meu peito. A voz alta de Raziel saiu abafada: — Há sempre uma escolha! Seu maldito! Eu entreguei para você a minha imortalidade! Juro que um dia vou acabar com você!

— Entregando-me a sua alma, a sua força de regeneração voltará, assim como a sua imortalidade. Você se tornará ainda mais forte. Formaremos um exército de Nephilins e tomaremos a Terra.

— Tenho pena de você. Acha mesmo que pode ser como Deus? Ele o criou! Traidor. Você merece morrer!

— Você acha que pode me matar usando a adaga? — rosnou Samyaza, seus olhos se tornaram ainda mais escuros. — Essa arma pertencia a mim quando eu era um anjo *sentinela*. Agora, tenho a oportunidade de reavê-la.

— Foi um arcanjo que entregou a adaga para Anna. Eles estão do meu lado.

O demônio riu tanto que se encurvou. — Você acha que os arcanjos ligam pra você? — Samyaza sorriu. — Eles estão pouco se lixando para os Nephilins, e você sabe disso. Posso oferecer a você o mundo, mais poder, liberdade. Juntos, poderemos enfrentar os anjos e arcanjos, poderemos ser invencíveis.

Raziel encarou o demônio com raiva. — Oferecer-me o mundo? Um mundo cheio de ódio, morte e tristeza? Você é um psicopata doente.

O branco dos olhos de Samyaza desapareceu. Ele se aproximou de Raziel e disse: — Um mundo onde os Nephilins e os caídos serão aceitos, onde o Criador não mais poderá dominar. Todos nós somos escravos dele. Você não enxerga isso?

— Você ficou tanto tempo nas trevas que ficou cego, Samyaza. O Criador puniu os injustos para que o mundo não se tornasse um caos. Não sou frustrado por ter nascido um Nephilim. O meu pai foi um anjo caído como você, tenho esse sangue circulando em minhas veias, porém não quero me unir à escória! Não quero pregar o mal e ser infeliz pelo resto da vida. Olhe pra você. Não desejo ser como você.

Samyaza deu um passo para trás. — Você não sabe de nada, Raziel. Não sabe sobre suas origens. Tenho mais vivência que qualquer outro ser neste mundo. Nada pode me enganar.

— Sua presunção me faz rir! — Raziel bufou. — Tenho pena de você. A sua ira comanda a sua alma.

— *Ingratus spurius. Seu cretino ingrato* — esbravejou o Caído entre os dentes. — Embora tenha preservado os seus poderes, você é um mortal, agora. A sua alma será minha, Raziel. Não pense que, se você morrer, a sua alma irá para o Paraíso. De qualquer maneira, você está retido nas trevas, seja aqui ou nos confins do mundo. Já estou perdendo a paciência. A sua vida está por um fio.

Samyaza se aproximou de mim perto o suficiente para me amedrontar ainda mais. Seus olhos demoníacos observaram o pingente, e ele recuou. — *Perfidi. Traiçoeiros.*

Raziel apontou a adaga afiada para o Caído. — *Si eam tu tangas perforabo te cum pugione. Se encostar nela, furo você com a adaga.*

A gargalhada de Samyaza, camuflado em um corpo de mulher, retumbou pelo corredor. Ele encarou a arma com desprezo.

— Por que não faz isso agora? — Sua expressão sombria me arrepiou. —Você não tem coragem?

Raziel lançou a adaga contra o peito de Samyaza, mas, no mesmo instante, sua imagem sólida deu lugar a uma fumaça negra. A nuvem escura se tornou mais densa e soprou sobre o meu corpo e o de Raziel, nos atirando agressivamente contra a parede.

—Volto para buscar o que é meu — ecoou a voz horrenda no ar.

A colisão dos nossos corpos atingindo a parede foi tão forte que a minha cabeça latejou. Olhei para a frente, ainda atordoada, e notei que o demônio havia desaparecido.

—Você se machucou? — perguntou Raziel, me abraçando.

— Eu estou bem... — respondi, passando a mão no galo que se formou no meu couro cabeludo. — E a adaga? Está com você?

— Sim — sussurrou, mostrando um pedaço do metal reluzente preso na braguilha de sua calça jeans, camuflada pela jaqueta de couro preta. — Por alguma razão, a adaga se envolveu em minha mão como um ímã. Assim que caímos, senti que o desgraçado tentou puxá-la usando seus poderes, mas não adiantou.

— Vi essa mulher no elevador, em Aspen — falei, perplexa. — Lembro-me como se fosse hoje. A imagem dela me amedrontou, mas eu não sabia que se tratava de um anjo caído. — Os meus olhos encontraram o olhar cauteloso de Raziel. — Foi ela, não foi? Eu a vi em meus sonhos. Ela me matou no passado.

— Sim — confirmou, franzindo o cenho. — Ela é o líder dos duzentos renegados que infringiram a lei de Deus. Ela é Samyaza, um dos caídos mais poderosos. Antes de fazer um pacto com seu exército e trair Deus, ele costumava ser o anjo *sentinela* que guardava o conhecimento, porém espalhou esse conhecimento aos humanos contra a vontade de seu Criador.

— Me diga que não é verdade. Diga que você não deixou que ele decepasse as suas asas... — E segurei a sua mão.

Seus olhos umedeceram. — Foi preciso, Anna. — A expressão dele demonstrava dor. — Se não fizesse isso, ele a mataria. Era a sua vida em troca das minhas asas. É uma honra para um caído desfazer a imortalidade de um Nephilim. Ao cortar as minhas asas, toda a minha força de regeneração passou para ele. — Raziel respirou fundo. — Demorou um ano para que eu me recuperasse do talho aberto em minhas costas. A cicatrização nessa área é mais lenta, dolorida. — Os seus lábios se apertaram, as suas mãos seguraram o meu rosto. — Eu queria tanto revê-la. Mesmo assim, conseguia manter contato com você por meio de seus pensamentos. Eu podia saber quando você estava triste e isso me destruía. Eu estava de mãos atadas... Meu corpo dilacerado simplesmente não reagia.

Eu o abracei, sentindo a dor esganar a minha garganta. Lágrimas escorreram pelo meu rosto. — Eu deveria estar ao seu lado, deveria ter ido ao seu encontro.

— Não, Anna. — Ele suspirou. — Fiz tudo isso para proteger você. Se viesse, poderia pôr tudo a perder. Seria perigoso demais. Quis poupar você de toda essa droga, afinal, uma parte da culpa é minha por aparecer e colocá-la em risco.

— Não fale isso! O destino nos uniu outra vez. Você me viu na montanha e o Caído me viu também — falei, enxugando as lágrimas. — Você deve saber melhor do que eu que o destino está nas mãos de Deus. Temos livre-arbítrio, porém não comandamos o futuro.

— Já tentei entrar em contato com os arcanjos, implorei pelas suas respostas — explicou. — Eles estão me respondendo através de você.

— Existe algo nessa história que não está certo — concluí. — Samyaza está escondendo algo.

A voz de Loreta me fez pular.

— Anna! Procurei você por todo lado! — exclamou ela, nos analisando no final do corredor.

Estava tão absorta em meus pensamentos que não encontrava palavras. — Loreta, eu...

— Raziel? — falou com empolgação. — Hummm... Agora já sei a resposta para o seu sumiço, senhorita Anna.

— Como vai, Loreta? — perguntou Raziel, achando graça no jeito despachado dela.

— Ótima. Por onde você andou? Não se pode largar uma mulher como Anna por tanto tempo, sabia? Muitos caras gostariam de estar no seu lugar.

— Loreta! — exclamei, envergonhada.

— Eu sei disso, Loreta — respondeu Raziel, sorrindo. — Não vai mais acontecer.

— Acho bom! — avisou ela, colocando as mãos na cintura. — Vocês não vão entrar? O marchand contou-me que os seus quadros foram todos vendidos. — Loreta me encarou admirada. — Fiquei... feliz e chocada. Quem foi?

— Uma senhora. Colecionadora desconhecida — respondi, tentando disfarçar a verdade. Eu não gostava de mentir para Loreta, mas a minha honestidade naquele momento estava abalada devido aos acontecimentos sombrios ao meu redor. Eu não podia envolvê-la ainda mais. Afinal de contas, Marcos havia se relacionado com ela por minha causa e eu me sentia culpada por isso.

Raziel olhou para mim e sorriu. Ao entrarmos no salão, ele cochichou no meu ouvido:

— Quando liquidarmos o Caído, reabrirei a minha galeria com os seus quadros. Não vou deixar o cretino estragar a nossa felicidade, Anna.

— O demônio está mais forte agora. Como faremos isso?

— Nós temos a adaga. Precisamos achar a forma correta de fazer isso.

— Consegui vasculhar algumas páginas do livro antigo que o Caído roubou. A lança da adaga tem que estar banhada de sangue humano e deve atingi-lo diretamente no coração quando ele estiver em sua forma real. Como isso pode funcionar? — Suspirei. — O desgraçado consegue se desmaterializar.

— Vamos ter de encontrar esse livro — afirmou Raziel. Seus olhos brilharam. — Eu sei onde procurar.

— Onde?

— Na casa dele. Em Paris.

Fiquei de boca aberta. *Paris? Como entraríamos na casa dele? O demônio está sempre por perto, parece que está em todos os lugares.*

— Quando partiremos? — perguntei, reunindo toda a coragem que havia em mim.

Raziel sorriu. — Ao amanhecer.

CAPÍTULO 11

Assim que vi o seu rosto, a minha alma sorriu de novo. Uma luz no interior da minha memória se acendeu. Senti o seu amor ainda vivo em mim, um amor que tinha história. Almas gêmeas sofredoras lutando por uma chance, tropeçando em caminhos tortuosos, desafiando a escuridão. Apesar de tudo, eu sentia. Algo me dizia que nada disso era em vão.

Loreta não compreendeu muito bem a minha saída abrupta do vernissage. Ela sabia que Raziel era importante para mim, mas o evento também. A minha desculpa foi ter vendido todos os quadros, mas, além disso, o objetivo da exposição também era contatar colecionadores, galeristas de arte, mídia, revistas e se integrar a outros artistas. Tudo isso pareceu pequeno perto do que eu teria de enfrentar. A minha vida estava em jogo, assim como o meu futuro ao lado do homem que amava. Um homem-anjo que entregou as asas para que eu continuasse respirando.

Entramos em meu carro e seguimos até o apartamento onde eu morava. Tudo o que Raziel tinha estava dentro de uma pequena mala.

Ele veio direto do aeroporto ao meu encontro. Veio com a intenção de me buscar.

Olhei de relance para ele. — Por que você acha que Marcos não apareceu para cumprir a ameaça?

— Ele é um subordinado do Caído, Anna. O babaca cumpre ordens. O maldito do renegado veio pessoalmente nos perturbar.

Ele deve ter algum plano na manga, não dá pra entender aquela mente doentia.

— Você acha que Marcos pode fazer mal a Loreta? — indaguei.

— Aquele vagabundo não tem sentimentos por ela. Ele manipula a mente dela.

— A nossa ida a Paris vai dispersar Marcos — explicou Raziel. — Não duvido nada que os dois apareçam por lá.

— Erick entrou em minha casa — contei, agonizada com a lembrança. — Ele me ameaçou. Avisou que, se me aproximasse de você, Loreta e eu morreríamos. Eu o contestei, e ele me contou sobre a história da possessão. Fiquei horrorizada em saber que o Caído em certo período usa o corpo dos Nephilins. — Segurei firme na direção, sentindo as mãos suadas. — Erick se mostrava cada vez mais raivoso, tentei expulsá-lo, mas ele me pressionou contra a parede, apertou o meu pescoço. Acabei desmaiando. Tive um vislumbre de quando nos conhecemos. Uma festa. Parecia estarmos no século XIX.

A expressão de Raziel se tornou sombria. —Vou matar esse desgraçado! — gritou e soltou um palavrão em seguida. — Ele machucou você?

— Ele quis me assustar. Mas isso não importa agora. Estamos juntos e precisamos nos concentrar em como conseguiremos enganar o Caído.

Raziel se acalmou um pouco. — Eu sei disso, mas Erick não vai se safar dessa. Covarde, cretino!

— Não entendo — falei, prestando atenção no caminho que costeava a praia. — Eles são Nephilins, escravos dele! Deveriam desejar a morte do Caído assim como você.

— Anna — disse Raziel, após respirar fundo. — Acontece que eles não acreditam que o renegado possa morrer. Para eles é mais fácil me trair. Se o Caído lhes prometeu a liberdade em troca de ajudá-los, esses egoístas não estão nem aí para o resto do mundo.

O meu jipe deslizava pela encosta da calçada de Ipanema. Olhei de relance através do vidro da janela pelo lado de Raziel. A lua cheia refletia seus raios em direção a ele, iluminando os seus cabelos negros. O céu salpicado de diamantes reluzentes parecia cair sobre o oceano. Subitamente, a luz que focava o lindo homem ao meu lado desapareceu. Ergui os olhos e vi sombras mais escuras que a noite vaguearem na mesma velocidade do carro.

Resolvi acelerar e Raziel percebeu o meu desconforto.

— O que foi? — perguntou, olhando para os lados.

— Sombras estão nos rodeando! — exclamei, amedrontada. — O que é isso?

— O Caído está nos observando. — Ele franziu o cenho. — As sombras são como uma parte dele. Ele quer nos mostrar a sua presença. Quer mostrar que está no comando.

Senti meu corpo todo arrepiado. Parecia que eu estava em um filme de ficção aterrorizante. Além disso, a minha liberdade estava comprometida. O Caído apertava o cerco e não parecia querer desistir. Eu tinha consciência de que a minha vida tinha sido preservada graças ao doloroso pacto entre o Nephilim que eu amo e as trevas. Comecei a sentir o pingente divino em meu peito aquecer a minha pele; era como se uma estranha energia magnética me envolvesse. *O efeito que essa joia tem sobre o Caído é o mesmo que uma cruz para os vampiros,* pensei, lembrando-me de como o desgraçado ficou furioso ao observar a peça no meu pescoço.

Estacionei o jipe na garagem do prédio. Suspirei aliviada ao constatar que havíamos chegado a um território familiar para mim, embora soubesse que a minha casa havia sido violada há pouco tempo e que nenhum lugar parecia realmente seguro. *Você está com Raziel, Anna. Ele a protegerá.*

Seguimos em direção ao elevador. A porta se abriu e vi o meu reflexo no espelho. A maquiagem esfumaçada ao redor dos meus olhos azuis estava borrada, e os meus cabelos vermelhos, bagunçados.

— Você é tão sexy — elogiou ele baixo em meu ouvido.

As minhas pernas fraquejaram enquanto o meu ego sorria vitorioso. *Mesmo nesse estado ele me acha sexy?* Abri um sorriso genuíno. As suas mãos abraçaram a minha cintura e me puxaram para perto do calor de seu peito. Seus lábios encostaram no meu pescoço. Todos os pelos do meu corpo se eriçaram. Ele me virou de costas, seus dedos acariciaram a curva do meu quadril e em seguida levantaram os meus cabelos delicadamente. Os meus olhos se fecharam ao sentir a língua dele passeando pela minha nuca. Enlouqueci quando uma de suas mãos pousou no meu seio.

A porta do elevador se abriu, destravei a porta do apartamento e em segundos já estávamos no quarto.

— Senti tanto a sua falta — sussurrei, envolvida em seus braços.

— Não mais do que eu senti de você, meu anjo — confessou ele, tirando a jaqueta e colocando a adaga acima da cabeceira da cama. — Os desgraçados dos vassalos vieram à procura da relíquia, não é? — perguntou, notando a bagunça que estava o apartamento.

— Sim. Graças a Deus, eu não estava aqui. Eles vasculharam tudo, porém não encontraram o cofre.

Ele descansou a cabeça nos meus ombros, a sua pele estava quente e eletrizada. Comecei a desabotoar a sua camisa. — A sua cicatriz... ainda dói? — perguntei, cautelosa em colocar as mãos sobre as suas costas.

Ele desviou o olhar para baixo. — Não mais. É uma área muito delicada. Um Nephilim não morre ao ter as suas asas arrancadas, mas, além da dor e da perda de sangue, sente-se extremamente fraco durante um longo tempo pela perda da regeneração. Eu sabia que seria assim, mas essa dor e a minha imortalidade não se comparam à dor de perdê-la outra vez — ele disse enquanto me encarava. — Foi uma escolha e não me arrependo dela.

— Eu sinto tanto, Raziel... As suas asas eram lindas.

Raziel acariciou meu cabelo. — Quero ser feliz com você, Anna, envelhecer ao seu lado. Mais do que as minhas asas e a minha eterna juventude, preciso de você.

Ele tirou a camisa e a calça jeans. Seu corpo fenomenal era de deixar qualquer mulher sem fôlego. Músculos definidos moldados em um corpo esguio. Seu porte alto e estruturalmente bem-feito mostrava imponência e masculinidade. O tom verde esmeralda de seus olhos se destacava em meio ao tom negro dos cabelos. Ele tinha uma expressão felina e ardente.

— Tire a roupa para mim — pediu ele mais próximo, estimulando-me violentamente.

Ele correu o zíper do meu vestido com a mão e a seda vermelha caiu sobre os meus pés. Os seus dedos passearam sobre a lingerie de renda preta que cobria o meu sexo, fazendo-me gemer de prazer. Seus lábios avançaram sobre os meus. Uma onda de frio percorrer meu estômago.

Ele me jogou na cama e em seguida abaixou a minha calcinha. Ficou de joelhos no colchão e puxou a sua cueca boxer preta para baixo. A visão do seu membro viril me fez morder os lábios. Ele era a visão do pecado. Os meus olhos se fecharam quando a sua boca sexy e molhada se lançou entre as minhas pernas, causando-me palpitações. Cada investida de sua língua fazia-me contorcer.

Um turbilhão de excitação se aglomerou dentro de mim e a explosão repentina me fez gemer alto. As suas mãos se apertaram em meu quadril e ele me penetrou firme. Vi a expressão de prazer estampada no seu rosto. Ele gemeu e um grito abafado escapuliu da minha boca. Enquanto ele se movimentava dentro de mim, eu sentia a vibração do seu membro pulsar nas paredes do meu sexo.

— Fique de bruços pra mim — sua voz rouca ecoou no ar, arrepiando a minha pele.

O seu corpo recuou e fiquei de costas para ele com os meus joelhos encostados no colchão.

Ele desabotoou o meu sutiã e acariciou meus seios. Ele me penetrou de novo, dessa vez com mais força. Os meus dedos apertaram os travesseiros jogados à minha frente. Ele parecia insaciável, as minhas pernas tremiam a cada estocada.

Depois de alguns minutos, eu o ouvi gemer forte na mesma hora em que cheguei ao clímax. Suas mãos apertaram a minha cintura e senti uma prazerosa vibração quente dentro de mim.

— Anna — deixou escapulir entre os dentes.

O seu corpo suado caiu ao meu lado. O ar quente que saía da sua respiração atingia o meu rosto. Eu também estava ofegante, a pulsação descontrolada. Sentia-me saciada de uma maneira única. O vazio nebuloso em meu peito havia sido preenchido pelo seu amor. Os seus olhos reluziam à meia-luz, como faróis sobre o oceano escuro. Nós nos abraçamos e minhas mãos pousaram sobre a sua cicatriz, que, antes branca, agora era espessa e vermelha. Senti um formigamento na cabeça e uma pontada de dor na têmpora.

Fechei os olhos e vi a imagem aparecer como um filme. Raziel estava em um lugar escuro, ajoelhado num degrau de granito cinza, com as enormes asas negras abertas. Havia uma criatura horrenda à sua frente, os olhos doentios e avermelhados cravados em um rosto de traços grotescos e sombrios. As asas desgastadas se assemelhavam às de um morcego. O monstro sorriu, mostrando os dentes pontudos, e segurava uma lança afiada em uma das mãos. Ele ergueu a arma e, em um golpe violento, decepou as asas de Raziel. Uma energia vermelha se formou em volta da criatura, sangue jorrou para todos os lados, causando-me ânsia de vômito. Ouvi o meu próprio grito retumbar nos meus ouvidos e despertei do pesadelo.

— O que você viu? — perguntou ele, a voz alta e assustada.

Minhas pálpebras se apertaram. Uma dor intensa comprimiu meu coração. Os meus cabelos estavam molhados de suor. Ergui o corpo, sentindo uma súbita vontade de chorar.

— Eu o vi, Raziel — murmurei, magoada. — Vi o demônio cortar as suas asas.

Raziel franziu as sobrancelhas e segurou a minha mão. — Anna, eu... não queria que tivesse visto isso. Não posso controlar o que você vai visualizar quando toca a cicatriz. Isso... ficou no passado. Temos de pensar no futuro, agora.

— A forma verdadeira dele é horrível... Assustadora demais.

— Antes de se tornar um caído, ele tinha outra aparência. Samyaza era um anjo como os outros: perfeito. A maldade deformou a sua beleza. Sei disso por causa do meu contato com outros seres híbridos mais velhos do que eu. Quando o conheci, ele já tinha se transfigurado em uma mulher. Isso lhe dava força. O Caído persuadia os Nephilins e os homens com a sedução da beleza feminina. Ele os enganava, matava e mentia. — Raziel suspirou. — Quando você morreu em sua vida passada, eu quis matá-lo. Tentei arrancar-lhe o coração, mas ele se desmaterializou assim que tentei esfaquear o peito dele. Quando o Caído voltou a se materializar, a sua imagem verdadeira apareceu. — Ele apoiou as costas no travesseiro. — A partir daí, a sua perseguição por mim começou a ser acirrada. O cretino se satisfazia em me ver caindo nos braços das trevas. A cada dia, eu me entregava mais um pouco. Sentia um vazio dentro de mim, estava frustrado. A raiva corroendo a minha sanidade, desequilibrando o meu bom senso. Comecei a me envolver com pessoas vazias e deixei a escuridão dominar a minha vida. No fundo eu sabia que tinha de lutar contra o meu impulso suicida. Eu estava me punindo por sua morte. Como não conseguia matar o desgraçado, descontava nos Nephilins que praticavam o mal.

— A foto que você me mostrou no restaurante em Aspen, aquela loira retratada dentro da sua galeria era o Caído, não era?

— Sim. Samyaza vivia me circundando, me provocando com suas ideias doentias de poder. É um ignorante cheio de soberba e orgulho. Em seu mundo medíocre, ele acha que pode ser maior que o seu próprio criador, assim como Lúcifer.

— Não entendo por que os arcanjos não o destroem.

— Uma luta entre a luz e a escuridão envolveria a humanidade. O Criador não quer sangue derramado. Sei que a hora certa chegará, porém se um dos arcanjos entregou a adaga e o livro a você, isso é um sinal de que os seres divinos estão definitivamente abrindo a porta para matarmos o Caído.

Havia um feixe de esperança iluminando as minhas inseguranças. *Por que os arcanjos ajudariam um ser humano como eu? Alguém que no passado não acreditava em algo maior? Talvez não se trate de mim, talvez eu esteja sendo presunçosa. Talvez eles realmente liguem para Raziel. Pelo que entendi, ele é um ser híbrido que se destaca entre os outros de sua raça. O que o homem-anjo representa para eles?* Meus pensamentos flutuaram pela minha mente e me coloquei na pele de Raziel por um instante. *Deve ser difícil para ele. Tanto tempo tentando se encaixar, tentando ser feliz, não ter ninguém para confiar. Toda a riqueza que acumulou durante séculos não lhe trouxe felicidade nem amigos verdadeiros. Fui a sua esposa em minhas duas vidas passadas por tão pouco tempo... Um tempo em que fomos realmente felizes.*

— O seu passaporte está em dia? — perguntou ele, fazendo-me voltar à Terra.

— Sim. Além disso, tenho cidadania francesa. Direito adquirido por causa da origem do meu pai. — Sorri e dei um pulo da cama. — Como conseguiremos passagem de última hora?

— Nós viajaremos no meu avião — falou ele, levantando-se para vestir a cueca. — Temos de deixar tudo preparado. Partiremos cedo.

Raziel tem um avião particular?

Depois daquele sexo vigoroso, a minha vontade era me envolver nos lençóis e dormir até meio-dia, porém espantei a preguiça imediatamente. Entendia a urgência em sairmos do Brasil o mais rápido possível. Tínhamos de achar o manuscrito divino, uma tarefa nada fácil, considerando que um demônio o estava escondendo. No entanto, era a nossa única opção no momento.

Olhei para o lindo homem na minha frente, um anjo que roubou o meu coração. Ele estava de pé, me perfurando com seus olhos como se eu fosse a única sobrevivente na Terra.

Uma preocupação me veio à mente:

— O Caído vai nos perseguir, não vai?

— Você está comigo, meu anjo. Confie em mim, ele não vai poder fazer nada agora. Ele sabe que, se acontecer alguma coisa com você, acabo com a minha própria vida. Daí os seus planos vão por água abaixo. — Raziel suspirou. — Ele me quer como seu aliado tão avidamente quanto o quero morto.

— Quanto mais cedo pegarmos o livro, melhor.

— Vou elaborar um plano. Preciso pensar em como poderei fragilizá-lo, descobrir a sua fraqueza.

Eu me aproximei dele enrolada no lençol de seda branco. — Ele... quer a sua alma...

— Sim — concordou, me abraçando. — Mas isso nunca vai acontecer. Prefiro morrer e ir para os confins a ficar ao lado dele.

A urgência da situação era assustadora. Uma dor esmagadora me atingiu como uma lança afiada. Eu poderia perder Raziel para sempre. A sua mortalidade diante da força de Samyaza me amedrontava.

Ele colocou a mão no meu coração, parecia sentir o que eu estava sentindo.

— Não se preocupe, Anna — disse. — Nós vamos conseguir.

A sua coragem era admirável e suas palavras me enchiam de esperança, no entanto eu conseguia enxergar uma fagulha de dúvida na expressão dele. Raziel estava preocupado e, por mais que tentasse sombrear a sua insegurança, eu a desmascarava. Tínhamos uma ligação incrível e a minha sensibilidade parecia mais potente do que nunca. Todos os sonhos e lembranças momentâneos, a presença de Raziel em minha vida, despertaram em mim um lado que eu não conhecia, um lado sensitivo e espiritual.

Eu o observei andar pelo corredor até chegar à cozinha. A brutal cicatriz havia corrompido a pele imaculada. Quando ele tinha asas, a protuberância em suas costas era branca, suave e não grotesca como a marca vermelha e saliente que rivalizava com seu corpo perfeito. *Nunca imaginei que alguém um dia poderia me amar tanto assim! Nunca imaginei que o amor da minha vida seria meio anjo, meio homem. Eu nem acreditava em anjos... Como pude ser tão cega, tão medíocre com a minha espiritualidade?* A minha visão do mundo havia mudado bruscamente; agora eu sabia que meu pai não estava morto, o corpo apodrecido debaixo da Terra não o pertencia mais. O seu espírito estava vivo e ele poderia voltar em outro corpo. *Quem sabe nos encontraremos no futuro?*, pensei, abrindo a torneira do chuveiro.

Relaxei ao sentir a água quente atingir as minhas costas. Fechei os olhos e me arrepiei com o toque das mãos de Raziel envolvendo o meu quadril. Ele estava nu, me acariciando com o sabonete.

— É a primeira vez que alguém me dá banho. — Sorri. — A não ser no tempo em que ainda era um bebê.

Seu olhar malicioso me cortou. — Ainda bem, meu anjo. Eu me sinto feliz com isso.

Nós nos beijamos durante um tempo e em seguida secamos o corpo um do outro com a toalha macia. O meu cansaço era nítido, os meus olhos se forçavam para permanecer abertos. Não fosse isso, estaríamos nos amando outra vez, acalmando a nossa euforia sexual até não aguentar mais. Infelizmente, eu precisava arrumar a mala. Pensei no que poderia levar. Eu tinha de ser prática e rápida. Estudei meu armário meticulosamente, vagueando entre os casacos de inverno. Levei uma hora e meia para ajeitar tudo, desde a roupa até os acessórios, nécessaire de banheiro e maquiagem. Por fim, peguei o passaporte e dinheiro. Fiquei feliz por ter guardado um pouco de euros da última viagem que fiz com meu pai. Olhei para a adaga reluzindo nas mãos de Raziel. O objeto parecia mesmo sobrenatural. Ele envolveu a peça em um pano e guardou-a no interior de uma pasta de couro, e depois dentro da maleta de mão. Raziel pegou o meu olhar e aproximou-se de mim. — Tente descansar um pouco — sugeriu, acariciando o meu rosto. — Vou protegê-la, Anna. — Nós nos beijamos e eu me joguei na cama sentindo o corpo se desmanchar sobre o colchão. Raziel cobriu-me com o lençol e se sentou ao meu lado. Fiquei olhando para o rosto dele, compenetrada, até fechar os olhos completamente.

CAPÍTULO 12

Um destino amaldiçoado pelas sombras da escuridão, destruindo o nosso amor, magoando o meu coração. Anjo salvador, ilumine o caminho, mostre a salvação. Todo sacrifício, dor e esperança seriam suficientes? Quebrariam a maldição?

Respirei aliviada assim que o avião particular Legacy 600 aterrissou no aeroporto Charles de Gaulle, em Paris. O voo havia sido tranquilo. Além disso, o homem deslumbrante ao meu lado me hipnotizava em meio àquele luxo admirável. No entanto, o medo de voar havia se misturado com a imagem tenebrosa de Samyasa. Observei Raziel ao longe conversando com os pilotos. A figura dele era imponente e a sua postura conservadora impunha respeito. Fiquei me perguntando se as pessoas que trabalhavam com ele desconfiavam de sua vida não humana. Ele parecia tão seguro, um homem poderoso e inabalável.

— Existe algum Nephilim na sua tripulação? — perguntei em seu ouvido assim que ele se aproximou.

— Só humanos. — Raziel manteve a voz baixa. — Os híbridos não me inspiram tanta confiança. Eles visam ao seu próprio benefício, procuram de algum modo encontrar a liberdade. Os caídos cercam os Nephilins há séculos, desde que se libertaram. Apenas alguns seres híbridos mais fortes conseguem se safar da possessão. Samyasa está oferecendo a minha cabeça a prêmio há algum tempo. O desgraçado promete liberdade ao Nephilim que conseguir me arrastar ao maldito juramento de aliança. É por isso que todos que trabalham comigo são humanos e não fazem ideia de nada disso. Sinto-me mais tranquilo assim.

— Graças a Deus, o infeliz do Caído nunca conseguiu manipular você.

— A única coisa que me abala é perder você, Anna. As ameaças e o jogo sujo dele nunca me convenceram, tampouco a maldita tropa de Nephilins que ele enviou durante anos para me aterrorizar. — Ele bufou. — Por muitas vezes saí ferido das lutas, levei meses para me regenerar. Mas isso nunca foi problema pra mim. A dor dos ferimentos é suportável, diferentemente da dor que senti ao vê-la morta em meus braços.

O meu coração se apertou ao visualizar a cena triste. Um sentimento de ternura amoleceu o meu corpo e encheu os meus olhos de lágrimas. O meu amor era enriquecido a cada segundo que eu passava a seu lado. Parecia que o meu subconsciente trazia à tona as lembranças da incrível ternura que sentíamos um pelo outro. Nós nos abraçamos durante um bom tempo, em seguida saímos do avião e cruzamos o interior do aeroporto carregando as pequenas bagagens. A noite estava fria e o céu, estrelado. Um chofer de rosto simpático e cabelos grisalhos nos aguardava em frente ao automóvel preto da marca Bentley.

— *Bonsoir, Rubens* — disse Raziel, apertando a mão do chofer. — *C'est Anna le Bonnier.*

O senhor de sobrancelhas brancas sorriu para mim. — *Comment va-Dame? Como vai, senhora?* — falou ele educadamente, estendendo-me a mão.

Eu o cumprimentei sorridente agradecendo muito o fato de meu pai ter me ensinado tão bem a língua francesa. O senhor Rubens abriu a porta e entrei no elegante veículo antes de Raziel. Partimos para o Vale do Loire que ficava a cento e trinta quilômetros de Paris. Eu estava empolgada com o fato de rever um lugar que fez parte do meu passado e também fez parte dos meus devaneios no presente. Por incrível que parecesse, eu nunca havia visitado o lugar, mesmo depois de passar um bom tempo com meu pai em Paris. Jean le Bonnier havia passado a lua de mel com a minha mãe em um château em Amboise. Depois que ela morreu, ele nunca mais quis voltar para o lugar.

Observei a paisagem por um momento através do vidro e me deslumbrei com a visão das copas das árvores, tão perfeitas e alinhadas, iluminadas pela lua cheia. Era uma visão romântica e nostálgica, doce e peculiar, assim como o meu amor por Raziel.

Meu olhar desviou-se para o anjo deslumbrante ao meu lado. Ele parecia pensativo, mas não desgrudava os olhos de mim. Seu lindo rosto assemelhava-se a uma pintura renascentista, detalhes tão perfeitos que o faziam parecer irreal. Uma sensação perturbadora perfilou o meu peito. *O quarto que eu vi em meus sonhos... A minha vida havia terminado ali.* Eu sabia que iria me recordar de fatos agradáveis e também dos ruins. Lembranças espaçadas das minhas outras vidas pareciam brotar com facilidade; era como se eu viajasse no tempo, observando a distância como um telespectador. A presença de Raziel me sensibilizava a esse ponto.

— Uma moeda pelos seus pensamentos — disse ele, o tom de sua voz suave e sensual.

— Estou imaginando como deve ser o château.

— *Você quer dizer que está tentando se recordar dele* — sussurrou Raziel em minha mente, sem mover os lábios.

Sorri, admirada. Eu o surpreendi com um beijo roubado.

— Esse foi o melhor presente da noite. — Ele sorri.

Encostei a cabeça no ombro de Raziel e fechei os olhos. Uma sensação boa de paz me acolheu naquele momento. *É tão gostoso ficar assim com ele... Parece até que temos um relacionamento normal e que estamos em lua de mel. Quem dera isso fosse verdade. Quem dera não estarmos na mira de um mal que nos acompanha há tanto tempo, uma maldição que nos afasta toda vez que nos encontramos.*

O balanço do carro e as carícias do homem que eu amava fizeram com que eu caísse num sono profundo. Meus pés estavam encharcados e eu sentia muito frio. Olhei para baixo e me dei conta de que havia água avançando até os meus joelhos. Estava escuro e o cheiro forte de terra úmida inundava meu olfato. Um grito estridente me fez pular. Comecei a correr em direção à fresta de luz vinda do infinito sombrio. Percebi que estava no que parecia ser um túnel subterrâneo, as paredes eram de pedra e havia musgo ao redor. De repente, escutei o barulho de asas batendo logo atrás de mim. Ousei olhar para trás e vi a imagem escurecida de Raziel voando ao meu encontro. — Anna, corre! — gritou ele desesperadamente. Apertei o passo em direção à pequena claridade, porém tropecei e dei de cara na água. Tentei me reerguer, mas a roupa molhada e pesada me impediu de mexer. O meu grito apavorado ecoou no ar: — Raziel! — Senti mãos tocando o meu rosto e percebi incrédula que tudo não passava de um sonho.

— Você está bem? — perguntou Raziel, acariciando o meu rosto.

— Eu... estava sonhando. Estávamos em um tipo de túnel, fugindo de algo, e você tinha asas. — Apertei os olhos. — Esse sonho tem me perseguido algumas vezes. Será uma premonição?

— Não sei. — Ele respirou fundo. — Mas para um Nephilim recuperar as asas é preciso existir um consentimento por parte dos arcanjos.

Eu me acolhi nos seus braços fortes. A energia do seu corpo me revigorava, aguçava os meus sentidos, acalentava a minha insegurança. Não poderia mais viver sem ele, não poderia mais ser feliz sem o homem que fazia parte da minha existência. Observei através do vidro o campo amarelado escurecido pela noite. Em seu interior, cata-ventos geradores de energia eólica giravam em sentido horário, fornecendo energia para as cidades. Eu me ergui no banco para contemplar a imagem. Subitamente, vi meu corpo ser lançado para a frente. Raziel esticou um dos braços contra o meu peito para me firmar. Um barulho estridente de pneus rangeu na pista. Havia um carro parado em diagonal à nossa frente, parecia uma camionete preta, bloqueando o caminho.

— Senhor — disse o chofer em francês, abaixando a divisória de vidro. — O que eu faço?

— Fique aqui, Rubens. E, por favor, cuide de Anna. Vou ver do que se trata.

— Não podemos tentar desviar? — perguntei, preocupada.

— A estrada é estreita, eles fecharam o nosso caminho completamente — respondeu Raziel abrindo o zíper da mala que guardava a adaga. Em seguida, segurou a arma com firmeza. Ele olhou para mim — Se for o Caído, tenho que me garantir.

— Espere... Não vá — pedi, sentindo a boca ficar seca. — Parece uma emboscada.

— Estou acostumado a isso, Anna. Por favor, fique aqui — ele disse, saindo do carro.

Raziel seguiu em direção à camionete e três jovens altos saltaram para fora. Reconheci Erick de imediato, vestido de preto e usando um corte de cabelo diferente. Os outros dois eu não fazia ideia de quem eram, mas não me pareciam boa coisa. Um deles era forte, cabelo raspado e usava camiseta regata preta com o desenho de uma caveira estampado. O outro, ruivo e mais magro, tinha olhos aterrorizantes da cor do fogo e segurava uma faca na mão. Consegui ver a tatuagem igual à de Raziel no braço do mais fortão. — *Meu Deus! Todos são Nephilins!* — constatei, amedrontada. Abaixei o vidro para tentar escutar o que eles gritavam, mas não conseguia compreender uma palavra; com certeza era latim.

Erick apontou para o campo fora da estrada e todo seguiram para lá. Ao longe, vi a sombra dos híbridos gesticulando com fúria entre os enormes cata-ventos. O grandão veio por trás de Raziel e o meu coração gelou. Os braços musculosos envolveram o pescoço de Raziel como uma chave. Enquanto isso, Erick se aproximava.

Eu podia ver o brilho da relíquia nas mãos de Raziel. *Não posso ficar aqui sem ajudá-lo. Ele é um mortal, agora! Tenho que distraí-los de alguma forma!*

Reuni minhas forças e saltei do carro, decidida.

— *Mademoiselle! S'il vous plaît! Senhorita! Por favor!* — gritou Rubens, em desespero.

— *Je prends la responsabilité! Eu me responsabilizo* — respondi, indo até a cerca que dividia o campo da estrada. — Seus cretinos! — gritei com raiva. — Deixem-no em paz!

Todos olharam para mim. Estaquei. Raziel aproveitou a distração deles girando o corpo com força e, com um golpe violento, fincou a ponta afiada da adaga no baço do careca. Um grito enfurecido ecoou no ar. Erick soltou um palavrão e tentou agarrá-lo por trás, mas Raziel deu um salto sobrenatural girando sobre a cabeça de Erick. Os dois Nephilins vassalos tentaram ao mesmo tempo dar um golpe esticando as pernas no ar contra Raziel, mas ele escapou, fazendo com que os idiotas trombassem no corpo um do outro. O grandão parecia se encolher no chão de tanta dor. Percebi que o sangue escuro, quase negro, transbordava através da ferida. Olhei para o lado e senti o meu coração pular. O ruivo assustador ficou parado ao meu lado, os olhos amarelados me penetrando com raiva. Tentei me mover, mas ele agarrou-me com força, encostando a faca prateada no meu pescoço.

— *Pugio tradite aut ea necabitur! Entregue a adaga ou ela morre!* — gritou o cabeça vermelha com uma voz fúnebre.

Vi Erick sorrir enquanto encarava Raziel. — A sua putinha está em perigo. É melhor obedecer.

Raziel fuzilou-o com os olhos. — Solte-a, desgraçado, ou arranco seu coração fora!

Erick gargalhou e exibiu as suas asas negras que, em segundos, saltaram para fora. Fiquei boquiaberta. As asas do cretino pareciam com as de Raziel, mas um pouco menores.

— Fiquei sabendo de suas asas, Raziel — disse Erick, desdenhoso. — Um Nephilim sem asas não presta para nada.

— Não sou um escravo como você, Erick — vociferou Raziel entre os dentes. — Você é o imprestável aqui. É um covarde traidor!

— A sua hora está chegando, seu babaca! — rosnou Erick, suas asas erguidas como as de uma águia. — Que eu saiba, você é um mortal, agora! — Encarou-o raivoso. — Faça o que estou mandando e me entregue a relíquia! Ela não pertence a você!

Subitamente, senti uma energia vermelha envolver meu corpo. O pingente de luz pendurado em meu pescoço brilhava e esquentava a minha pele. A mão do ruivo desgrudou-se de mim depressa.

— Sua vadia! — berrou ele, apertando uma mão contra a outra. Bolhas de sangue subiam até os seus braços. — Você me queimou!

A minha cabeça formigou. — *Anna! Fuja!* — gritou Raziel em minha mente.

Saí correndo em direção à camionete preta, torcendo para encontrar a chave na ignição. Fiquei feliz ao constatar que ela estava lá dentro. Acelerei, passando por cima da mureta que separava a estrada do campo.

— Vou pegar você, desgraçado! — esbravejei para fora do vidro.

O ruivo olhou sobre o ombro, surpreso por eu estar me aproximando dele. Senti quando os pneus deram um solavanco. Espiei pelo retrovisor o corpo estatelado entre as folhagens. O carro estava em uma velocidade tão alta que se desgovernou, passou por uma lombada de terra e rodopiou. Sem querer, dei um cavalo de pau. Assim que parou, olhei para a frente e vi Raziel socando o rosto de Erick. O golpe foi tão forte que jogou o cretino para o alto e longe. Fiquei horrorizada ao ver o corpo do Nephilim se esmigalhando contra a hélice do cata-vento.

Raziel disparou em minha direção. — Venha, Anna! — gritou.

Desci do carro e corremos em direção ao Bentley. *Graças a Deus!*, pensei, aliviada. A minha pulsação estava acelerada, a adrenalina atingia o seu estado máximo.

Raziel me apertou contra o peito. Encarei seus olhos profundos e furiosos. Em seguida, não vi mais nada.

CAPÍTULO 13

Anjo imortal, a sua luz me fascina. Envolvente como um sussurro de amor, mágica como um milagre, ilumina a minha fé, ressuscita a minha alegria. Leve--me contigo pelo céu infinito, além do horizonte, onde a paz não tem fim.

O soar de um sino despertou-me de um sono profundo. O lençol de seda branca deslizava pelos meus pés e o travesseiro cheirava à lavanda. Um véu transparente voava ao meu lado, preso ao pilar de madeira minuciosamente talhado. Ergui o corpo sentindo as lágrimas brotarem nos meus olhos. Olhei ao redor e vi ao longe um buquê de tulipas em tom lilás enfeitando um vaso de prata antigo. *Tulipas, o símbolo das almas gêmeas.* Eu reconhecia alguns detalhes daquele ambiente romântico. As cadeiras Luís XV forradas com veludo vermelho, a cama dossel e o *chaise longue* dourado encostado a seus pés, as grandes janelas que se abriam, a varanda florida e o imponente tapete persa Tabriz evidenciando nuances azuis. Tentei ignorar a lembrança sombria dos meus sonhos em que eu padecia na cama. Vesti o roupão preto de seda e fui em direção à varanda. *Onde está Raziel*, pensei, me dando conta de que ele devia ter despertado bem mais cedo. *Como vim parar aqui? Devo ter desmaiado no carro.*

Afastei o pensamento assustador da noite anterior e deixei-me hipnotizar pelo intenso déjà-vu que preenchia o meu coração. O sino tocou mais uma vez e olhei em direção à pequena capela de tijolos azuis no final do jardim vitoriano. Uma intensa emoção se apoderou de mim, uma memória invadiu meu consciente. Vi Raziel vestido num fraque elegante no altar. Ao meu redor, pessoas me olhavam com afinco. O véu rendado do meu vestido branco se arrastava no chão, enquanto eu andava em direção a ele. Minhas mãos seguravam um buquê de tulipas vermelhas, eu me sentia incrivelmente feliz. Uma mulher de rosto familiar me olhava emocionada, os seus olhos parecidos com os meus. As minhas pálpebras se fecharam e uma gota de água salgada serpenteou minha face. *Nós nos casamos ali*. Respirei fundo.

— Anna — a voz ardente de Raziel ressoou atrás de mim.

Eu me virei e senti um frio gostoso na barriga. Ele parecia um príncipe, vestido em uma camisa de linho branca e calça de alfaiataria bege clara. Esbocei um sorriso. Sorri como há muito tempo não fazia, uma felicidade que para mim não existia. Nós nos abraçamos, ele puxou as ondas vermelhas do meu cabelo para cima e me beijou como se fosse a primeira vez.

— Raziel — murmurei, emocionada —, eu me lembrei do nosso casamento. Foi ali. — Apontei em direção à pequena capela.

— *Dilecta immortalis*. — Ele acariciou o meu rosto. — Você sempre será única para mim.

Envolvi os meus braços ao redor do seu corpo. — E você, para mim — afirmei, me sentindo ainda mais próxima dele. — O que aconteceu depois que entramos no carro?

— Você desmaiou, meu anjo — respondeu ele, puxando meu queixo para cima. Meus olhos alcançaram o tom verde-claro de suas pupilas.

— Nós acabamos com eles, não foi? — perguntei com um sorriso vitorioso.

— Sim. Mas você se arriscou demais. Pedi para você me esperar no carro.

— Eu não podia deixá-lo sozinho. Quando vi aquele brutamontes apertando o seu pescoço, me desesperei. — Franzi as sobrancelhas. — Eles... estão mortos?

— Os Nephilins se regeneram, Anna — contou ele, apertando os lábios. — A não ser o careca... Eu o perfurei com a adaga divina, uma arma mortal.

Vi uma faísca de tristeza brotar em seus olhos. — Você teve de se defender, Raziel. Era você ou ele! Quantos vassalos o Caído tem?

— Muitos. Mas poucos são de sua confiança. Um relacionamento baseado no medo e na dor... São todos escravos dele, escravos raivosos, com sede de liberdade e vingança.

— Todos possuem essa marca? — Apontei para o seu antebraço.

— Sim. Nascemos com ela. É como uma maldição. Somos como uma nova espécie, uma espécie não criada por Deus.

Eu o abracei. — Você é especial, Raziel. Mesmo sob este fardo, é capaz de permanecer livre do ódio. Tem um coração bom. Deve ser por isso que os arcanjos estão querendo nos ajudar.

Ele pareceu em dúvida. — Será? Acho pouco provável que seja apenas isso. Durante a longa jornada da minha vida, conheci muitos Nephilins. Eles eram guerreiros e visavam ao seu próprio interesse, mas não representavam o mal. Alguns arrancavam o próprio coração para não serem possuídos pelos demônios. Perdi muitos amigos assim — explicou, lamentando-se. — Nenhum arcanjo nunca os ajudou... Por que isso agora? Penso que os arcanjos querem algo de mim, mas é só uma suposição.

— Como o quê? — perguntei, receosa.

Raziel colocou as duas mãos sobre o seu rosto. — Não sei. Só sei que faço o que for preciso para tê-la em minha vida.

— Amo você — falei, passando os dedos entre os fios escuros do seu cabelo.

Raziel carregou-me no colo e levou-me até a cama dos meus sonhos. Fizemos amor. Não era apenas sexo tórrido, mas uma troca de afeto além do simples prazer de gozar, como se nos tornássemos um só.

O meu corpo suado se aliviou com o jato de água fresca que vinha do chuveiro de aço dourado. Aquele banheiro lembrava-me os antigos filmes de princesa que eu via quando era criança. Uma penteadeira branca, com espelho em moldura trabalhada, frascos vazios de perfumes do século XIX, um jogo de escovas de cabelos em prata de lei. O balcão da pia era em mármore azul imperial e havia um lindo pufe de veludo creme abaixo dele. *Gostaria de ficar aqui para sempre,* pensei, sentindo uma pontada de nostalgia. *Fui realmente feliz aqui.*

Vesti uma calça jeans *skinny* e um *twin-set* de cashmere azul-claro. Fazia frio e eu queria me sentir à vontade para explorar a região. Calcei lindas botas de cano alto presenteadas por Loreta. Escovei os dentes e me maquiei. O relógio antigo no quarto marcava onze da manhã. Raziel me esperava para tomarmos café juntos.

À medida que eu descia a belíssima escada em mármore travertino coberta pelo tapete oriental, admirava as fotos e os quadros decorando a parede, entre eles candelabros esculpidos em rostos de anjo. Paralisei ao ver o meu rosto pintado numa tela grande. Eu estava com um vestido lavanda que parecia do século XIX, um chapéu pomposo adornava a minha cabeça. Meus cabelos estavam levemente presos, cachos vermelhos pela lateral do meu rosto pálido. Grandes olhos azuis reluzentes se destacavam entre as cores claras. Um leve sorriso sincero indicava que eu estava feliz. *Parece que os meus olhos se direcionavam para Raziel.* Notei que havia uma faísca de luz clara no centro das pupilas. *Sem dúvida, o anjo estava na minha frente!* Observei a pequena placa de metal gravado abaixo da tela: *Nataly Levy — França, 1810. François Gérard.*

Raziel percebeu meu interesse e disse:

— François Gérard era um grande amigo e retratista francês, conhecido por telas que ilustravam imagens femininas. Sua arte é de notável delicadeza e franqueza de expressão. A sua obra vai além... — Ele apontou para outra tela pendurada na parede ao final da escada. Senti familiaridade ao ver a imagem. Era uma obra impressionante que retratava um anjo beijando a cabeça de uma linda ruiva curvilínea. Ela estava sentada numa rocha, apenas a sua parte mais íntima coberta por uma seda branca. — *Psyche et l'amour. Psiqué e o cupido* — explicou Raziel. — Ela me lembra você, e o anjo... — Ele abriu um sorriso malicioso. — Gérard também gostava de pintar telas de caráter histórico e mitológico. Era muito criativo e ousado. Tenho mais uma tela dele em minha galeria. — Seu olhar passou a ficar distante. — Eu tinha amigos influentes naquela época. Além de revender obras fantásticas, eu distribuía vinho cultivado em minha vinícola a imperadores e celebridades. Pedi a François para retratar a mulher que amava. — Raziel me encarou, sorrindo.

Eu me sentia lisonjeada. Sempre fui apaixonada por arte e esse pintor neoclássico francês era uma referência para muitos artistas iniciantes.

— Nós viemos morar aqui quando nos casamos, em 1810? — perguntei, deslizando a minha mão pelo corrimão dourado.

— Sim. Comprei este château no início do século XIX. Um duque falido vendeu-me a propriedade por uma pechincha na época. Depois de alguns anos sentindo-me sozinho nesta imensidão, eu a conheci. Esta foi a sua casa até 1818. Depois de um século, quando nos reencontramos em 1913 — a sua expressão se entristeceu —, você partiu em 1916, tinha apenas vinte e quatro anos.

Fiquei muda. *Morei neste castelo em minhas duas vidas passadas. Tudo isso é incrível e ao mesmo tempo amedrontador. Eu tinha a mesma idade que tenho agora quando parti, em 1916. Tão nova!*

Observei o retrato de *Psiquê* mais uma vez. As suas mãos pairavam abaixo dos seus seios desnudos. O brilho do olhar sereno e distante anunciava tristeza. O anjo realmente me lembrava Raziel, um homem alado de cabelos escuros, porém suas asas eram douradas e ele estava nu.

— A meu pedido, Gérard fez uma cópia autêntica da obra original catorze anos depois. A primeira tela de 1797 pertenceu a um barão famoso e agora está exposta no Museu do Louvre.

— É intrigante. Parece que o cupido está se despedindo dela — falei, atenta à expressão facial da mulher.

Raziel lançou-me um olhar terno, que atingiu direto meu coração. Desci o restante dos degraus e me envolvi em seus braços. Ainda abraçada a ele, observei a sala de estar, tão imponente quanto o piano de cauda preto semiaberto. O majestoso instrumento estava posicionado na frente da janela panorâmica. A decoração tinha ar medieval e toque clássico. Uma das paredes de pedras brutas estava adornada com diferentes tipos de espadas feitas de bronze. Ao lado do aparador decorado com castiçais de prata, havia uma armadura da cavalaria do século XIX. Acima da lareira de mármore preto, a imagem de Raziel em uma tela pintada com tanta riqueza de detalhes que parecia uma fotografia. Ele estava vestido num fraque garboso. Costeletas compridas acompanhavam o desenho do seu lindo rosto e o... cabelo negro, penteado para trás. Lembrei-me do momento em que o conheci no baile em 1810. *Como a minha memória pode ir tão longe, regredir a ponto de visualizar uma vida passada?*

— Anna — chamou Raziel —, você me contou da regressão ao dia em que nos conhecemos. O que você viu?

— Estávamos numa festa. Você estava com um elegante fraque, igualzinho a essa pintura. Veio em minha direção e me tirou para dançar. Senti o amor através de seus olhos.

Raziel tocou o meu rosto. — Você parecia uma deusa. Uma princesa vestida de vermelho. A mulher mais linda e enigmática que eu já tinha visto. Até encontrá-la, nunca tinha imaginado que um dia eu pudesse amar alguém. — Os olhos dele ficaram levemente marejados. — Eu estava errado.

— O que houve? — perguntei, pousando a minha mão no rosto dele.

— A minha aproximação causou a sua morte, assim como na segunda vez que nos reencontramos. Uma maldição na sua vida.

— Não fale assim — murmurei. — Por favor, você foi e sempre será o amor da minha vida. A sua presença curou a minha angústia, sentimento que vivia dentro de mim, me perturbava, tirava a minha paz, sugava toda a alegria de viver. Você é parte de mim. Sei agora que essa tristeza incurável era pela sua ausência, pela ausência do seu amor.

— Engraçado, agora sou um mortal, porém sinto-me mais forte. A sua energia, ternura, beleza, inteligência... Sinto-me como quando a reencontrei em 1913. Toda a dor massacrante foi substituída pela felicidade.

Nós nos abraçamos e seguimos até a varanda, onde o café da manhã estava posto numa mesa redonda decorada com flores. A paisagem para o jardim vitoriano era de tirar o fôlego. O reflexo do sol brilhava sobre a água azulada do lago. Vitórias-régias boiavam na superfície, o burburinho dos pássaros alegrava o ambiente. *Nunca me senti tão feliz como estou agora, embora tenha consciência de que todo este encanto pode terminar. Como no filme da Cinderela, a carruagem pode virar abóbora,* pensei, suspirando. *Na vida real, porém, o final nem sempre é feliz...*

— Este lugar é lindo — comentei, levando à boca um pedaço de bolo de cenoura.

Raziel sorriu. — Nunca consegui deixar de admirá-lo, mesmo tendo passado tanto tempo aqui. Assim é como me sinto por você.

Uma imagem de Raziel tocando piano brotou na minha memória. — Você toca piano?

Seus olhos brilharam. — Toda vez, depois do jantar, eu... tocava a sua música predileta.

— Tocaria hoje pra mim?

— Tudo por você — respondeu ele enquanto tomava uma xícara de café. Raziel segurou a minha mão. — Anna, gostaria de passar o dia inteiro mostrando para você os mais belos lugares, as vinícolas que, no passado, você me ajudou a cultivar. São tantas memórias... — relatou, franzindo a testa. — Quem dera poder relaxar e curtir a sua presença... — Ele fez uma pausa e pressionou a têmpora com os dedos, falando-me por telepatia: — *Preciso planejar, entrar na casa de Samyaza é como entrar na casa do demônio... Não quero que você participe disso.*

— Você não tem escolha, Raziel. Estou decidida a ir com você. Não posso perdê-lo. — Cruzei os braços. — Estamos juntos nisso.

— Você sempre foi decidida e teimosa — contou, apoiando uma das mãos em seu queixo.

— Você me conhece melhor do que eu mesma. — Sorri. — Quando eu era Aurora, nós brigávamos muito?

— A sua personalidade nunca se modificou. Sempre admirei isso em você; por outro lado, a sua teimosia e impulsividade a colocavam em risco. — Ele se remexeu na cadeira. — Uma vez você se meteu numa luta entre mim e dois Nephilins, exatamente como agiu ontem.

— O que aconteceu?

— Um deles quase a matou... Foi por um fio — explicou, fazendo uma careta. — Briguei com você, mas logo me arrependi. Nesse dia você fugiu, quase me deixou louco. Sobrevoei terrenos baldios à sua procura e depois de um tempo a encontrei sentada entre as árvores no meio da noite. — Ele abriu um sorriso iluminado. — Nós nos beijamos e aprendi a lidar com o seu temperamento de uma forma melhor, aprendi a respeitá-la da maneira como você era, a ser mais humano e humilde... Graças a você.

— Raziel, você sempre cuidou de mim... Como agora.

— Sempre fui muito protetor. — Ele abaixou a cabeça. — Mas não adiantou. O meu maior medo se tornou realidade.

Encarei seus olhos enigmáticos. — O relacionamento entre uma humana e um Nephilim é arriscado — ponderei, acariciando o seu rosto. — Você é um guerreiro. Nunca desistiu de ser feliz. Nunca desistiu da sua liberdade, mesmo com a maior das ameaças. Tenho orgulho de você.

— A sua coragem sempre me motivou — relatou, apertando a minha mão. — Quando participei de guerras massacrantes entre Nephilins e caídos, você me deu força. Muito sangue foi derramado. Você me acalentou quando eu mais precisei. Depois da última batalha, eu simplesmente me refugiei aqui com você. Só queria encontrar a paz nos seus braços.

— De quantas guerras você participou?

— Milhares. Samyaza é apenas um dos caídos que perambulam pela Terra. Existem outros. Alguns com sede de poder, outros apenas aproveitando a luxúria e os prazeres mundanos. Mas todos possuem vassalos, todos os renegados precisam possuir os corpos dos Nephilins para conseguir ter sensações. Esse é o maior prazer deles, além dos sortilégios.

— Os caídos não conseguem possuir humanos?

— Às vezes. No entanto, os corpos humanos são frágeis e acabam não resistindo, por isso a escolha por Nephilins.

— Os outros caídos... já tentaram dominar você?

— Apenas Samyaza. Os cretinos têm como regra não tomar o que é considerado do outro. No caso, Samyaza deve ter deixado claro que sou o seu alvo, uma presa que jamais deixará ser capturada. A morte para mim é mais atraente do que ser fantoche de um demônio.

— Raziel, e se o Caído destruiu o livro? Queimou ou simplesmente jogou fora? — perguntei, pensativa.

— Qualquer manuscrito divino é indestrutível. Nem as chamas ardentes podem queimá-los. Jogar fora estaria fora de cogitação. O Caído não gostaria que ninguém, exceto ele, possuísse o manual cujo conteúdo é a sua destruição. — Raziel esticou as pernas, colocando uma por cima da outra e os braços dobrados aparando a cabeça. — Ele o guardou, escondeu num lugar ao qual apenas ele tem acesso. Um lugar macabro onde ele guarda pertences humanos, onde pratica suas bruxarias. Um centro de magia negra.

Senti um arrepio e um nó na garganta. Imaginar esse lugar fez as minhas pernas tremerem. *Magia negra? Pior do que eu esperava... Como um filme de terror.* — Ele faz... macumba?

— Macumba? — Raziel riu. — Se isso é o que chama de ritual satânico... O que você acha que um demônio que ficou preso por milhares de anos faz? Pior de tudo é que ele está com as minhas asas. Sabe-se lá o que esse monstro pode fazer com elas. Precisamos reavê-las.

— Como assim? — perguntei, sentindo meu estômago revirar.

A voz rouca de Raziel sussurrou em minha mente: — *Não sou expert no assunto, meu anjo, mas sei bem que existe muita maldade dentro daquele ser negro. E ele pode ser bem criativo. Precisamos de um plano. Preciso pensar um pouco. Sei onde ele mora, já entrei ali.*

— Mas como saberemos onde está o manuscrito?

— *Instinto, Anna, seguiremos o nosso instinto* — respondeu, a voz no meu consciente. — *Os meus dons ainda estão intactos. Posso ler mentes, manipular objetos e pessoas, posso iludir e recriar a minha imagem, e principalmente sentir a vibração material e espiritual, isto é, localizar, por meio do meu sentido aguçado, objetos e seres vivos. A perda da minha regeneração me fez mortal, mas não um fraco.*

— Confio nos seus instintos, Raziel. Também quero ser útil. Sei que sou uma humana, mas ultimamente tenho sentido minha sensibilidade mais aguçada. Por favor, não me deixe de fora.

Raziel se levantou.

— *Sei que é corajosa, mas nós não estamos falando de um mero ladrãozinho ou um assassino humano. É bem pior que isso. Prometa-me que vai respeitar as minhas regras, anjo. Não quero vê-la ferida.*

— Prometo.

Suspirei enquanto admirava a beleza do lugar misturada com o fascinante homem-anjo na minha frente. Sem dúvida, eu me arriscaria por ele, me arriscaria para conseguir ser feliz, para me sentir completa e amada. O amor dele era o complemento da minha alma, a razão de tudo o que eu era... Passado, presente e futuro.

CAPÍTULO 14

Espíritos ligados, amaldiçoados pelas trevas, lutando pela liberdade. O nosso amor emergiu no passado, um passado presente dentro de mim. Destruído pela morte, marcado pela dor, ansiando pela misericórdia do Divino Criador.

O entardecer naquele lugar era tão sobrenatural quanto a história da minha vida. O tom suave do laranja refletindo no azul intenso do horizonte infinito, a sombra dos galhos secos desenhados no crepúsculo, o véu da neblina flutuando em minha direção... Eu me deitei na grama e fechei os olhos. Uma sequência de recordações se passaram pelo meu consciente, como numa tela de televisão. Vi o meu pai sentado num enorme cavalo cavalgando em minha direção. As suas vestimentas lhe conferiam um ar imponente. Ele usava um colete cinza sobre a camisa branca de colarinho alto enrolado por um lenço, fraque curto, calças e botas de montaria. O rosto estava coberto pelo bigode escuro e pelo cavanhaque, sombreados pela cartola na cabeça. Raziel estava ao seu lado, montado num puro-sangue negro que parecia ainda mais selvagem do que o outro. Ele olhou para mim e sorriu. Os seus olhos cintilavam como pedras preciosas. A aparência dele me tirou o fôlego, assemelhava-se a um Imperador, trajado de sua majestosa roupa de montaria, ainda mais elegante que meu pai.

Uma sombra cobriu o meu rosto. Abri os olhos e vi fios de cabelos escuros emoldurando o lindo rosto masculino que se aproximava de mim. Seus lábios de fogo se encostaram nos meus e nossos corpos se entrelaçaram, rolando sobre a grama bem cortada. O aroma de lavanda da pele de Raziel misturou-se com o da terra, excitando-me ainda mais. Seu beijo se tornou profundo e quente, e a minha respiração quase falhou. Ele ergueu o rosto e encarou-me. Penetrei no interior de seus olhos e notei a minha imagem refletida na sua íris, como um espelho infinito e misterioso. Eu podia passar horas deixando-me hipnotizar, me perdendo em seus segredos, mergulhando lá dentro e tentando definir suas emoções e seus desejos mais íntimos.

— Conseguiu elaborar um plano? — perguntei, acordando do devaneio.

— Sim. Perdi muitas horas ao seu lado, mas consegui pensar em algo. Discutiremos sobre ele após o jantar — contou. — Como é bom ver o seu rosto. Cinco horas longe de você pareceu-me uma eternidade.

— Raziel, tive uma lembrança. Vi o meu pai cavalgando ao seu lado — contei, erguendo-me sobre o corpo dele.

— Em sua vida como Nataly, ele também era o seu pai. Um grande amigo meu. — Raziel sorriu. — Não falei nada antes porque... Bom, estava esperando o momento certo. Não queria bloquear a sua memória. Quando nos conhecemos no século XIX, ficamos juntos por oito anos. São muitas recordações. Ele era como um pai para mim, também. Um cavalheiro muito influente na época.

— A minha mãe... estava viva?

— Nessa época não, mas em sua vida como Aurora, sim. Parecia muito com você. Era uma pintora renomada, talentosa assim como a filha. Excelente mãe. Ela a amava muito.

Os meus olhos se encheram de água. *Meu Deus, minha mãe. Sempre quis conhecê-la melhor. Como Aurora, tive momentos ao seu lado, cresci ao lado dela. Agora estou me lembrando... O flash que tive do casamento, a mulher com olhos azuis marejados, ela estava lá.* — Raziel, isso é maravilhoso — falei, deixando as lágrimas rolarem. — Você teve contato com eles. Tenho tantas perguntas...

— Eu sei, meu anjo. Tenho muito para contar, mas estamos no meio de uma encruzilhada agora, um caminho que pode nos libertar ou aprisionar para sempre, e temos de nos concentrar nisso.

Limpei as lágrimas com a mão. — Eu sei... É tudo tão intenso — murmurei, abraçando-o.

— Aos poucos você vai conseguir assimilar tudo. Para isso, precisamos nos livrar da maldição de Samyaza. Quero ter uma vida intensa com você. Envelhecer com você, ver seus olhos azuis brilhando de alegria.

Sorri ao me imaginar dessa forma ao lado de Raziel. Se ele continuasse sendo um mortal, também envelheceria? As asas eram a sua imortalidade. O órgão protetor que regenerava seu corpo estava partido, e isso me aterrorizava. Um ferimento grave poderia matá-lo. Raziel tinha de ter cuidado extra agora.

— Sei o que está pensando, Anna. Nenhum de nós dois se machucará. Séculos de vida me conferiram experiência. Fui um estrategista de guerra. Se seguirmos o plano direitinho, sairemos vitoriosos. — Raziel tocou o pingente divino que caía sobre o meu peito, coberto pelo cashmere. — *Esse pingente pode deixá-la imune aos poderes de Samyaza* — disse-me por telepatia. — *Basta tocá-lo com os dedos, imaginando um escudo. Ao fazer isso, a energia se formará ao seu redor. Essa redoma também quebra a percepção aguçada do Caído. Ele não vai sentir a sua presença.*

— E a sua presença, ele não sentirá?

— *Não, apenas humanos. Porém, quando tocarmos no manuscrito, ele perceberá. Teremos de agir rapidamente.*

Curiosa, toquei no pingente, fechei os olhos e imaginei uma redoma ao meu redor. A primeira coisa que me veio à mente foi o fogo.

Senti a minha pele formigar e a eletricidade permear o cabelo. Com os olhos semiabertos, espiei, pasma, a visão do escudo em chamas que contornava o meu corpo.

— Deus... — falei, sem acreditar. — Isso... está mesmo acontecendo?

— Sim. Eu mesmo não posso tocá-la agora. Essa energia é tão forte que pode até protegê-la dos caídos. Tenho um livro do século XVIII que, na época, encontrei em um tipo de santuário em Israel. Ele explica como os humanos podem obter imunidade sobre um demônio. A imagem do pingente estava lá. רוא, luz divina, escrita em hebraico. Nem eu sabia sobre seus poderes. — Raziel cruzou os braços. — Pena que não havia nada sobre a adaga, nem sequer uma imagem.

Os meus dedos se desprenderam da joia sagrada e a minha mente se aquietou. A redoma desapareceu no mesmo instante, mas eu estava me sentindo uma pouco fraca, como se tivesse esgotado toda a minha força mental. Seguimos até o quarto e resolvi tomar um banho quente antes de descer para o jantar. Raziel envolveu o meu corpo molhado na toalha e carregou-me até a cama dossel. Seus beijos se espalharam suavemente pelo meu corpo, me excitando cada vez mais, sem pressa, prestigiando o meu pescoço e depois os meus seios. Suas carícias sedutoras serpentearam minhas pernas até pousarem na parte mais quente e íntima. Ele tirou a calça e permaneceu apenas com a camisa de linho branca desabotoada. Arfei de prazer ao senti-lo dentro de mim. Entrelacei as minhas longas pernas ao redor do seu corpo másculo e sobre-humano. Ele se remexia insaciavelmente, penetrando mais fundo, seus movimentos intensos causando-me arrepios.

— Minha amada imortal.

Suspirei fundo ao ouvir essa frase. Ele era tão romântico, a maneira polida como se expressava o tornava ainda mais atraente. Eu me entreguei de corpo e alma a todo aquele envolvimento ardente e profundo, deixando-o explorar a minha intimidade até não aguentar mais. O alívio triunfal veio com uma sequência de tremores fortes que agitaram meu coração. Eu nunca havia sentido aquilo, tão intenso, tão além da relação que tive no passado. A palavra "sexo" era diminuta demais para ser atribuída a toda aquela troca de energia. Uma união de almas seria mais adequada para descrever o que eu havia sentido. Ele gemeu de prazer ao chegar ao clímax dentro de mim, pulsando por toda a extensão do meu sexo. Nossos olhos se encontraram por um tempo. Ele acariciou meu cabelo.

— Em suas duas vidas passadas, você também era ruiva. Adoro a cor do seu cabelo, seus cachos irregulares, a tonalidade quente quando os fios ficam expostos ao sol.

Sorri, sentindo-me emotiva. — Você é tão observador.

— Sou assim apenas com você — avisou ele, beijando a maçã do meu rosto.

Sorri, mas logo voltei a ficar séria.

— Raziel, qual será o motivo de os arcanjos estarem nos ajudando? Sei que já perguntei isso a você, mas... estou remoendo esse assunto.

— Os arcanjos têm carta branca para discutirem entre eles o que é melhor para a humanidade. Depois de uma avaliação profunda sobre suas conjecturas, o Criador avalia as suas propostas. Os arcanjos são os observadores da Terra, são trabalhadores assíduos, guerreiros da paz. Às vezes, tomam atitudes drásticas para conseguir obter uma grande vitória a favor dos humanos. Têm um olhar no futuro, à frente de todos. Mais do que ninguém, esses observadores estão conscientes do que acontece aqui. O trabalho deles também consiste em prolongar o máximo possível a existência humana na Terra. — Raziel semicerrou os olhos. — Por séculos estudei as minhas origens, tive contato com anjos caídos e alguns arcanjos que não me levavam a sério. Vi coisas que fariam um homem tremer até os seus últimos dias. Travei batalhas sanguinárias e tive de habituar-me a viver sem você durante um tempo infindável. Um tempo sombrio. No final, acho que me tornei mais humano do que anjo. O meu amor por você é prova disso. Um sentimento humano, difícil de ser encontrado nos Nephilins. O amor me libertou das trevas, trouxe-me paz, fez-me entender o que antes me era incompreensível. — Ele se levantou da cama e observou o céu através da janela. — Não sei como os arcanjos enxergam o nosso relacionamento. Compreender o que se passa na mente deles é como tentar compreender o Universo, complexo e infinito.

Fui em direção a ele e envolvi os braços em torno da sua cintura. — Acho que temos uma grande chance de conseguirmos liquidar Samyaza. Os observadores não iriam dar-se ao trabalho de aparecer para uma simples mortal como eu, entregar-me relíquias sagradas capazes de destruir um caído. Devemos ter fé.

— Você não é uma simples humana, Anna. Muitas vezes, os mortais são mais corajosos e capazes do que alguns imortais egocêntricos. O seu espírito é mais forte do que imagina. É a minha metade.

Raziel fechou os olhos como se estivesse em um tipo de transe, como se as suas asas perdidas fossem se abrir de repente. Um brilho se estendeu ao redor de sua pele e ele suspirou de modo profundo.

— Você sente falta delas, não é?

Ele abriu os olhos parcialmente e fez uma cara de dor. — Eu... sinto falta de voar. Eu costumava sobrevoar o Vale do Loire envolvendo-a em meus braços. Você amava o passeio.

— Imagino o quanto é doloroso pra você, o quanto isso lhe custou. Por favor, tome cuidado quando estivermos frente a frente com o renegado.

— *Esperaremos até que ele saia da casa. Ficaremos observando do lado de fora. Assim que Samyaza sair, entraremos pelo porão* — disse-me Raziel por telepatia. — *Ao encontrarmos o livro, ele vai perceber a nossa invasão, teremos de ser rápidos. O objetivo é encontrar um jeito de enfraquecer o Caído a ponto de trazê-lo de volta à sua forma original. Então faremos o resto.*

— Tem certeza de que existe essa informação no manuscrito? — perguntei, abaixando ao máximo a voz.

— *Sim.* — A sua voz ecoava em minha mente. — *Esse livro sagrado é um manual que contém informações sobre como matar o demônio. O importante é que temos a adaga que pertenceu a ele.*

Ficamos um tempo em silêncio, abraçados como se fôssemos uma só pessoa, descarregando todas as emoções sombrias que nos circundavam. Vesti uma roupa mais social, um vestido vintage longo de musseline preto, e cobri minhas costas desnudas com uma pashmina de cashmere vermelha. Raziel vestiu-se primeiro e resolveu me aguardar na sala de estar. Enquanto eu descia a escada, ouvi o som que saía do piano ecoando por dentro do château. Uma melodia suave e profunda recordava-me de um passado tão distante, romântico e fatal. Sentei-me na suntuosa poltrona antiga, estarrecida ao ver aquele homem divino dedilhar com tanta desenvoltura o instrumento. A aptidão musical dele era fascinante. Tocava a sonata "Moonlight", de Beethoven, como se estivesse desbravando uma simples partitura.

O fogo da lareira disfarçava os calafrios que eu sentia enquanto mergulhava no som hipnotizante, sedutor e um tanto triste. De repente, seus dedos pararam e seus olhos seguiram os meus. Eu observava ao longe os retratos em branco e preto que se estendiam até o final do aparador antigo. Um deles me chamou atenção. Eu me levantei e me aproximei devagar dele. Estava um pouco danificado. Segurei o porta-retratos de prata, aproximando-o de meu rosto o suficiente para notar que se tratava do nosso casamento em 1913. O meu vestido de renda branco era exatamente igual ao da minha recordação. Estávamos sorridentes, erguendo as taças de champanhe no ar antes do grande brinde.

Raziel veio em minha direção, pousou os lábios na minha nuca, causando-me um forte arrepio. — Foi um dia muito especial — comentou ele, envolvendo seus braços ao meu redor.

— Nós parecíamos felizes, em paz — notei, emocionada.

— E estávamos, anjo.

Outra imagem me paralisou, Raziel recebendo uma condecoração de guerra. Abaixo da foto, uma placa de metal dizia: *Medalha de honra ao mérito. Homenagem por seus brilhantes feitos em atos de bravura durante a Segunda Guerra Mundial.*

— Você participou da Segunda Guerra?

— Lutei contra os nazistas na invasão da França em 1940. Os Nephilins estavam envolvidos, alguns se passavam por soldados alemães. Consegui proteger o nosso lar de muitas invasões ao longo da guerra. Durante esse tempo, o château ficou fechado. Toda a produção de vinho escondida dentro dele... Foi uma época maçante.

— Deus! — exclamei, admirada. — Você deve ter muitas histórias para contar.

Raziel sorriu. — A minha história com você é a mais interessante de todas.

Após o esplêndido jantar e as incessantes degustações de vinho, Raziel me mostrou o mapa da residência de Samyaza. Eu não esperava que o Caído vivesse em uma mansão daquele porte. Parecia ainda maior do que o château. A ironia disso tudo era o fato de que a residência havia sido um convento antes de ser tomada pelo demônio no início do século XVIII. Localizada a alguns quilômetros do Vale do Loire, a mansão com mais de dezessete hectares só de floresta lembrou-me das construções assustadoras utilizadas em filmes de terror. *Quem poderia imaginar isso? Ninguém nunca desconfiou dele. Será que o monstro vive sozinho lá?* Os meus pensamentos martelavam impiedosamente o meu bom senso. Acreditar naquilo tudo era demais para mim, no entanto eu tinha consciência de que a história estava longe de ser uma fantasia.

Raziel mostrou-me a passagem subterrânea que se estendia por debaixo de toda a construção. Parecia um mundo à parte, um lugar sombrio amaldiçoado pela maldade do Caído, onde a luz do sol não penetrava. O miserável esconderijo, onde ele guardava relíquias e objetos sagrados roubados, utilizados exclusivamente para fazer o mal.

— *Nós atacaremos à noite. É a hora em que o Caído costuma sair* — Raziel sussurrou telepaticamente.

Senti o meu sangue gelar enquanto me imaginava andando na penumbra do labirinto subterrâneo. Mesmo ao lado de Raziel, aquilo me parecia perigoso demais. Por um momento, lembrei-me dos meus sonhos horripilantes em que corria perdida num túnel escuro.

— Tem certeza de que quer fazer isso? — perguntou Raziel, notando a minha expressão de receio.

— Absoluta — retruquei. — Tenho mais medo de perder você do que de enfrentar a escuridão.

Olhei de relance para o arranjo de tulipas cor-de-rosa acima da mesa, a flor que marcou o meu passado e agora o presente. Estranhei o fato de um dos caules se desprender do vaso de prata. Ao ver a flor voar em minha direção e cair sobre uma das minhas mãos, fiquei chocada.

— Uma flor rara para uma mulher sagrada. — Raziel exibiu um sorriso contagiante.

Abri a boca. — Como você fez isso?

— Um dos meus truques prediletos.

— Você é cheio de surpresas.

— Todos os Nephilins podem fazer isso, meu anjo. Não é exclusividade minha.

— Mas aposto que nenhum deles é tão talentoso quanto você.

Raziel olhou-me com tanta ternura que quase me fez chorar. As chamas das velas colocadas sobre o candelabro de prata dançavam em nossa direção e se refletiam na face dele. Vestido com uma elegante camisa social preta, ele parecia sexy e perigoso, o tipo de homem que ocuparia a fantasia de qualquer mulher.

Nós nos levantamos da mesa e seguimos até a sala de estar. Uma das empregadas da casa veio nos servir licor de framboesa acompanhado de sobremesa de chocolate.

— *Seigneur Raziel* — disse em francês a senhora de cabelos brancos enrolados em um coque —, *M. Pierre nous appellons... Qui ne va pas. Que dois-je faire? O senhor Pierre nos ligou... Não está passando bem. O que devo fazer?*

Raziel respondeu: — *Dites-lui que je vais appeler le médecin de le rencontrer et je suis sur mon chemin. Diga-lhe que chamarei o médico para atendê-lo e que estou a caminho.*

— *Oui, Seigneur. Sim, senhor* — disse a senhora, retirando-se.

— Algum problema? — perguntei, preocupada ao notar a expressão triste de Raziel.

— Pierre trabalha comigo há mais de trinta anos. Cuida da produção dos vinhos, do plantio e saúde das vinhas. Sem ele, a vinícola não existiria. Ele tem estado muito doente, já tem certa idade. — Raziel suspirou. — Terei de ir até lá. A casa dele fica dentro da vinícola, a cinco quarteirões daqui. Você se importa?

— Claro que não — respondi, degustando o licor. — Vou ficar bem. De qualquer modo, tenho que enviar um e-mail para Loreta. Ela deve estar preocupada comigo. Antes de pegar o avião, o único contato que tivemos foi por SMS. Preciso avisá-la de que cheguei bem.

— Mesmo sabendo que é perto, me preocupo em deixá-la sozinha — comentou, dando uma garfada na sobremesa.

— Posso acompanhá-lo.

— Melhor não... Pierre iria se sentir envergonhado com a sua presença. Além disso — Raziel riu —, não conseguiria dar atenção a ele olhando para você.

— Tudo bem. Não se preocupe, então.

— Este celular pode me localizar em qualquer lugar. — Ele me entregou o aparelho e o número anotado. — Chego daqui quarenta minutos. — Depois, me deu um beijo vestiu uma jaqueta de couro e seguiu até a moto Harley Davidson estacionada no pátio, próximo à entrada.

Espiei pelo vidro fumê da janela da sala. Raziel estava realmente maravilhoso dirigindo aquela máquina. Subi até o quarto para pegar o meu tablet. Tinha de enviar um e-mail a Loreta com urgência. Pensei também em ligar, mas por mensagem seria mais fácil, evitaria perguntas diretas a que eu não saberia responder. Na ausência de Raziel, aquele castelo medieval se tornava muito silencioso e parecia ainda maior. Desci o mais rápido que pude carregando o equipamento nas mãos. Sentei-me na frente da lareira e comecei a escrever a mensagem para a minha amiga. *Tomara que ela não esteja saindo com Marcos. Por que será que aquele idiota não estava com Erick quando ele nos atacou na estrada?* Apertei a tecla enviar e dei uma olhada em outros e-mails. Deletei algumas inutilidades e li as mensagens enviadas pelo marchand, avisando que os quadros partiriam para o Vale do Loire e que o dinheiro da venda já estava em minha conta. Sorri ao lembrar que Raziel havia comprado todas as telas. *Ninguém precisa saber disso. É muito pessoal e... inacreditável.*

Encostei a cabeça na poltrona macia e apoiei os pés no pufe à minha frente. As chamas do fogo pareciam me hipnotizar, seus movimentos formavam desenhos em forma de asas, como se estivessem lendo a minha mente. O ruído dos gravetos queimando me relaxava ainda mais, meus olhos não se desviavam do fogo. Labaredas douradas pareciam crescer a cada segundo. Uma voz acolhedora saiu de dentro da lareira, um som tão familiar que fez os meus olhos se encherem de lágrimas. Era a voz do meu pai. Eu me ergui da poltrona e me aproximei. — Pai! — chamei, sentindo o coração palpitar.

De repente, as chamas tomaram a forma de um corpo masculino. Aos poucos o rosto dele apareceu e seus olhos reluzentes me encararam. — *Filha... Minha filha!* — As minhas pernas começaram a tremer.

Estendi a mão na direção da imagem. — Pai, é você? — Subitamente, a forma se comprimiu, tornando-se uma bola de fogo. — *Sou eu, filha... Tenho que falar com você. Siga-me.*

A redoma em chamas levitou, deslizando até a porta de entrada. Movimentei as pernas trêmulas até ela. A voz suave do meu pai sussurrou outra vez: — *Siga-me.* — Os meus olhos não piscavam, a imagem era tão fantástica e brilhante... Eu a segui até a beira do lago. Estava escuro, o brilho da lua refletia-se na água, mas foi ofuscado pela bola de sol que flutuava acima do lago. A voz ecoou outra vez: — *Sei que você está em perigo, Anna, quero ajudar. Entre na água. Entre e eu lhe mostrarei.* — Algo em meu consciente me dizia para não entrar, mas o meu coração estava cheio de desejo, implorando para rever o homem que cuidou de mim com tanto carinho, um pai tão carinhoso e presente. A voz ecoou mais alto, tocando forte dentro de mim: — *Anninha, sou eu. Entre. Não posso esperar mais!*

Sem pensar muito, comecei a entrar na água gelada. Meu peito se comprimiu ao sentir o gelo queimar a pele. Caminhei até o momento em que percebi que apenas a minha cabeça estava do lado de fora. O meu vestido se emaranhava nas minhas pernas. Meu corpo passou a congelar. Algo se prendeu a meus pés e, antes que eu pudesse me mover, já estava dentro da escuridão infinita. Assustei-me ao ver a luz de fogo à minha frente. Eu lutava para tentar emergir, mas parecia que estava amarrada. De repente, a água começou a se erguer acima de mim, cada partícula levitando. Respirei fundo, aliviada pelo oxigênio que tinha e, em seguida, tossi um pouco. Olhei para cima e me admirei ao perceber que o lago parecia o céu, agitado e cinzento. Ao meu redor, tudo se modificou. A lama úmida abaixo de mim tornou-se sólida e vi, a uma pequena distância, a imagem embaçada de um santuário. Velas formavam o desenho de um pentagrama. Senti uma onda de calor esquentar o meu corpo. Um toque quente no ombro me fez pular. Olhei para trás assustada e soltei um grito estridente. Era meu...

pai. O mesmo rosto, o mesmo sorriso, a mesma altura, porém havia algo de errado nos olhos dele. —Você não é o meu pai, não é? — A minha voz saiu quase inaudível.

— Claro que não! — gritou a criatura, transformando-se em um homem de beleza impressionante. Cabelos louros, corpo esguio e malhado, coberto por camisa e calça de linho branco. Os olhos estavam fechados, e os braços, abertos. Para o meu espanto, asas brancas se abriram atrás dele.

— Quem... é você? — indaguei, confusa.

Ele se aproximou devagar, seus olhos de fogo me encaravam exalando fúria, um sorriso maligno se abriu. — Esta era a minha imagem antes de cair, Anna. — O som da sua voz sombria fez meu coração pular.

— Samyaza — falei com a voz trincada, e eu me afastei um pouco.

— Você não é tão burra quanto eu pensava, querida — ironizou.

— O que quer de mim? — perguntei, sentindo o estômago embrulhar.

— Bom... — falou calmamente, colocando a mão no queixo. Caminhou para o interior do pentagrama. — Quero lhe contar a verdade.

— A verdade? A verdade sobre o quê? Sei quem você é. Sei que é um assassino, o monstro que se camuflou no corpo de mulher. O demônio que me matou no passado. Um anjo renegado, líder dos caídos.

A gargalhada dele fez meu sangue congelar. — Um monstro! Você não sabe de nada, é apenas uma mortal intrometida que atrapalha o progresso e a liderança dos caídos na Terra.

— Do que você está falando? Raziel já deixou claro que não está disposto a se unir a você nem à sua escória de vassalos. Você já tem um exército ao seu redor. Por que insiste tanto em ter Raziel?

— Por quê? — gritou ele, gargalhando. — Vou dizer o porquê! Raziel tem o meu sangue! Raziel é o meu filho! O filho do caído mais poderoso depois de Lúcifer. O filho que esperei por milhões de anos. Aquele que poderá mudar a história da humanidade, que poderá ser o líder dos caídos ao meu lado e governar a Terra.

A minha boca se abriu. Eu jamais poderia esperar por aquilo. Era um golpe muito forte, uma notícia dolorida que saía da boca de um inimigo. *O meu assassino era simplesmente o pai do homem que eu amo? Será que Raziel sabia disso? Será que escondeu isso de mim?*

— O que você quis dizer com... governar o mundo? — A minha voz se tornou mais firme.

— Se Raziel firmar o pacto comigo por vontade própria em uma cerimônia de juramento, será ainda mais poderoso que os caídos. Terá a força de um arcanjo. Ele voltará a ter as asas e a total regeneração de seu corpo. Será imortal novamente.

— Essa ambição é sua, não dele. Ele só quer ser feliz!

— Você é tão ingênua! — bradou Samyaza, abrindo os braços sobre o pentagrama. — Veja você mesma! Veja como Raziel realmente é!

Uma tela de energia se materializou na minha frente, como uma televisão. Imagens de Raziel em batalhas, vestido de guerreiro, matando oponentes de maneira brutal. Em seguida, Raziel dentro de um bar, rodeado de mulheres, rindo e bebendo como um louco. Uma delas enlaçou-o com as pernas desnudas e o beijou vulgarmente.

As imagens começaram a acelerar como flashes. Todas mostravam Raziel de uma maneira que eu não conseguiria imaginar.

Uma dor aguda latejava dentro de mim. — Chega! O que está querendo provar? Ele não é assim! Sei quem ele é!

O Caído riu tanto que curvou o corpo para a frente. Em segundos, a sua forma se modificou e ele se transformou na fera cruel que realmente era: asas de morcego danificadas e escuras, olhos vermelhos como sangue, uma cicatriz funda na lateral da face sombria, dentes pontiagudos que o tornavam ainda mais amedrontador. Os braços fortes, inteiramente tatuados, grafitados com letras em latim. A roupa assemelhava-se à de um guerreiro medieval, com pontas afiadas que saíam de suas costas. — Sua tola! — Ele vociferou entre os dentes. — Raziel nasceu para ser líder! Para mudar a história! Está no DNA dele, e você não pode fazer nada contra isso. Ele é assim! A ambição, a luxúria, a sede de matar, a sede de ser um líder e de estar acima de todos. Por quanto tempo você acha que ele vai resistir? A sua presença na vida dele o torna um fraco, um nada!

— *Você* é um nada! — As palavras saíram da minha boca naturalmente. Eu estava com tanta raiva que minhas unhas se cravaram na palma das mãos. Meu sangue esquentou, eu sentia vontade de atacar Samyaza. De repente, as chamas das velas começaram a inflamar. O lugar estava se tornando uma fornalha. Tentei correr, mas o círculo de fogo se fechou ao meu redor. Lembrei-me de tocar o pingente. Assim que meus dedos se elevaram em direção à joia, gotas de água começaram a cair do céu cinza chumbo formado pelo lago. Subitamente, um jato gelado me atingiu, e então veio uma explosão. Tentei flutuar em meio à corrente que me sufocava. Estava girando num rodamoinho escuro quando senti dedos agarrarem os meus braços. Não conseguia abrir os olhos, meu corpo era puxado para cima em grande velocidade. Senti a brisa de ar tocar o meu rosto. O oxigênio entrou em meus pulmões. Respirei fundo. Litros de água jorravam pela minha boca, a dor aguda fulminando a minha cabeça. Eu estava muito tonta, sem a menor noção do que havia acontecido, quando escutei a voz que eu mais amava retumbar em meus ouvidos e enxerguei a imagem embaçada do lindo rosto acima de mim.

— Raziel — murmurei, ainda sentindo a água escapulir por meus lábios.

— Anna! Você está bem? Como... isso foi acontecer?

— Samyaza — respondi, sentindo a garganta arranhar. — Como me encontrou?

— Procurei você feito um louco até que senti uma energia vindo do jardim. O lago estava agitado e uma luz saía de dentro dele. Ouvi a sua voz, então mergulhei. — Ele acariciou meu cabelo molhado, apoiando a minha cabeça em seu colo.

Todas as imagens horrendas que vi voltaram à minha mente. A mágoa em visualizar o homem que eu amava com outras mulheres se acentuou, esmagando meu peito. Encarei seus olhos e minha imagem se refletiu neles. Eu parecia ser uma nova mulher, uma pessoa que não reconhecia, mais forte, porém dominada pela raiva, pelo desejo de liquidar Samyaza.

— O que foi? — Ele franziu as sobrancelhas. Parecia ler meus pensamentos.

— Eu vi você com outras mulheres. Prostitutas. Matando homens, exterminando-os de uma forma horrível.

Raziel cobriu o rosto com as duas mãos. — Anna, por favor. Falhei em muitas coisas. Teve uma época em que o mal me dominou, mas eu lutei, lutei para me reerguer outra vez. Pensei em me matar. Talvez, fazendo isso, pudesse ficar a seu lado. Foi quando percebi que nada do que eu fizesse poderia trazê-la de volta. Eu tinha que ter fé, ter paciência, porém aprendi isso da pior forma. — Ele respirou fundo. — Quando a reencontrei, tudo se modificou, a minha alma voltou a ser feliz, a ser verdadeira. Você me trouxe de volta, me reergueu e me equilibrou. Voltei a ser quem realmente sou.

Semicerrei os olhos. Sabia que o sofrimento de Raziel era intenso, tinha consciência de que ele havia entregado parte do seu corpo ao Caído para me livrar da morte. Tudo isso compensava a lembrança terrível daquelas imagens. O amor que ele sentia por mim era visível, mas, ainda assim, o ciúme me corroía. *Calma, Anna, você também teve um passado, teve outros homens. Também errou feio.* Suspirei, uma energia envolveu a minha pele. Raziel mantinha as suas mãos apoiadas em meu peito. Comecei a me sentir melhor, a me sentir mais forte, o meu sangue circulava mais rápido, o calor que emanava de seus dedos esquentava o meu corpo. O poder de regeneração não existia mais, porém a energia angelical ainda era capaz de me fazer sentir bem. Então ele me abraçou. Envolveu-me, apertando-me contra o peito.

Ele embrenhou o rosto no meu pescoço, um gemido alto e dolorido ecoou no ar, lágrimas quentes escorriam pelo meu ombro.

— Não! — gritei. — Por favor, não chore. Não chore. Estou bem. Amo você!

— Desculpe-me, Anna. Desculpe-me por ter sido fraco.

Ergui o meu corpo e me ajoelhei à sua frente. — Não. Você é o único em quem eu confiaria a minha vida. Nunca foi um fraco. É um lutador. Nem mesmo anjos são perfeitos... Apenas Deus.

— Nem eu sei quem sou. Um homem, um anjo, um ser estranho e sobrenatural.

— Você tem a alma de um homem e o poder dos anjos — intervim, acariciando o seu rosto. — Somos parte um do outro, não estamos sozinhos.

Raziel levantou-se e ergueu-me em seus braços. Ele me carregou no colo até dentro do château, como se eu fosse uma donzela em perigo. Nós nos acolhemos em frente à lareira. Ele tirou o meu vestido ensopado e também a sua roupa. Fiquei nua, enrolada a seu corpo, sentindo o calor do fogo esquentar a minha pele, assim como a energia quente de seu abraço. Por um tempo, ficamos em silêncio, olhando um para o outro. Senti o pensamento girar, tentando achar uma forma de perguntar a ele sobre o segredo de sua verdadeira genética. Enfim, tomei coragem e a minha boca se retraiu, soltando uma voz trêmula:

— Raziel, Samyaza me revelou uma coisa, algo que me deixou intrigada. Quero que saiba que isso não muda os meus sentimentos. — Eu o encarei. Penetrei dentro do infinito verde que chamuscava em seus olhos. — Você sabe que Samyaza é seu pai?

CAPÍTULO 15

Nem mesmo a mais profunda dor é capaz de nos afastar. Morte, medo, raiva. O tempo cura a ferida e volta a nos aproximar. Somos um só, vagando pelo infinito ao encontro do destino, ansiando por um milagre que custa a chegar.

O lençol de seda branca se enrolava em meu corpo enquanto eu me revirava na cama. Sonhos sombrios povoavam o meu inconsciente. Acordei suada, apertando o travesseiro, sem noção do tempo e do espaço. Eu estava em outro mundo, um mundo imaginário que se tornava cada vez mais real. O medo que pairava sobre a minha alma agredia os meus sonhos de forma brutal. Raziel não estava agora no quarto, assim como não estava quando me recolhi para dormir. O intenso brilho de seus olhos faiscou como fogos de artifício quando eu lhe contei sobre a sua origem. Sua pele se esquentou de uma maneira que pensei que fosse pegar fogo. Ele não sabia que tinha a genética de Samyaza... Um segredo guardado em séculos. *Mas será que o demônio falava a verdade? Ele é mesmo o pai de Raziel?* Uma chuva intensa seguida por trovões dominou o céu durante a noite. Suas emoções pareciam mexer com o tempo e a natureza.

Eu me levantei, estava completamente nua. Vesti um robe e segui até o banheiro. Tentei afastar as lembranças da noite anterior, afastar a imagem horrenda daquele demônio. Entrei no chuveiro e deixei a água varrer os meus receios. Por um lado, eu me sentia mais forte. Pelo que sabia, em outras vidas, eu nunca havia enfrentado o Caído. Por outro lado, continuava preocupada com o que o destino nos reservava. Quais seriam os planos de Deus para nós? Lembro-me de Raziel contar que, em algumas situações, os arcanjos deixavam explodir uma coisa ruim para depois colher uma coisa boa. Esse seria o nosso caso? Quantas vezes eu teria de nascer para reencontrá-lo? A sua imortalidade poria um ponto final a nossa história?

Eu estava tão pensativa que nem me dei conta de quanto tempo fiquei debaixo da água quente. Desliguei o chuveiro e me enrolei na toalha. O vapor sufocante dominou o ar do banheiro. Tentei limpar o espelho embaçado usando a mão. Uma imagem refletida no espelho me fez pular: uma sombra negra serpenteava a parede, parecia uma cobra deslizando em minha direção. Corri para o quarto e gritei o mais alto que pude. O ambiente estava tomado por sombras, a luz da manhã apagada pela escuridão.

— Anna! — gritou Raziel, entrando no quarto. Parecia nervoso e estava ofegante. — Vista-se rápido, temos que sair daqui! Pegue um casaco, porque vamos de moto! — Sua voz entrou em minha mente: — *Samyaza está nos observando. As sombras são como um pedaço dele, como se ele enxergasse através delas.*

Eu me enfiei dentro da primeira calça jeans que vi pela frente. Em seguida, vesti uma camiseta preta e, por cima, a jaqueta de couro. Calcei botas confortáveis e segui Raziel pelas escadas. O château parecia mais escuro e frio, todo o seu colorido ofuscado pela fumaça negra do Caído. O tempo lá fora estava cinzento, raios lampejavam sobre as árvores. Subi na garupa da Harley e coloquei o capacete. Abracei Raziel com força, senti o seu corpo quente através das minhas mãos. Ele acelerou e o barulho do motor explodiu nos meus ouvidos. Eu nunca havia andado numa moto; na verdade, tudo o que eu estava fazendo era novo e surpreendente para mim. O vento batia em meu rosto e secava meus cabelos molhados. Mesmo estando sob tensão, eu podia sentir a adrenalina circular pelo meu sangue. *Para onde estamos indo? Um lugar onde o Caído não pode nos observar?* Senti um objeto preso à cintura de Raziel, embaixo da jaqueta de couro grossa. Algo me dizia que era a adaga. Percebi horrorizada que as sombras negras nos acompanhavam, ziguezagueando em torno das árvores que se abriam para a estrada. Raziel aumentou a velocidade, eu me apertei ainda mais contra seu corpo. Entramos numa cidadezinha chamada Blois. Passamos por uma ponte antiga à margem do rio Loire e seguimos por dentro de ruelas charmosas. Estacionamos perto de um jardim maravilhoso e arborizado em estilo vitoriano. No centro dele, uma imponente igreja, a mais linda que já tinha visto. O Castelo de Blois estava diante da construção.

— A igreja de Saint-Vicent-de-Paul — disse Raziel assim que tirou o capacete. — Vamos, anjo, estaremos protegidos ali dentro.

Tirei o capacete e corremos em direção à igreja. As sombras recuaram assim que colocamos os pés no interior do lugar sagrado. Permaneci em silêncio ao contemplar os magníficos detalhes em mosaicos coloridos destacando o tom azul e o mármore cor-de-rosa. Uma emoção muito forte tomou conta de mim, por conta da familiaridade com o lugar.

— Eu já estive aqui?

— Sim. O nosso primeiro casamento foi aqui, seis meses depois que nos conhecemos, no dia 12 de dezembro de 1810. — Os olhos de Raziel transmitiam ternura. — A igreja foi construída no século XVII. Foi um tanto danificada na época da Revolução, mas depois foi restaurada.

— O quê? Nós nos casamos aqui? — Suspirei, emocionada, observando o altar tão majestoso que fez a minha pele se arrepiar. — É tão... lindo!

— Lindo e protegido — falou ele baixinho no meu ouvido ao ver que muitos turistas circulavam lá dentro. — O Caído não entra aqui. Este é um lugar divino, um lugar que os arcanjos abençoaram. Muitos milagres aconteceram aqui.

Eu não sabia para onde olhar. As esculturas, os vitrais, tudo parecia hipnotizante. Uma voz suave ressoou por trás de nós. Um som calmo, doce, angelical e masculino.

— *Salve! Bom dia.*

Ao me virar, notei que um padre idoso nos olhava fixamente. Sua batina branca e dourada era imponente e seu rosto enrugado transmitia conhecimento e confiança. As íris de seus olhos brilhavam intensamente, eram como duas estrelas prateadas que combinavam com os fios de cabelos brancos.

Raziel olhava para ele com espanto e admiração. Era como se ele estivesse vendo Deus.

— *Quomodo res sunt, Raziel? Como vai, Raziel?*

Raziel permaneceu em silêncio, seus olhos arregalados e os lábios trêmulos. Finalmente, depois de um tempo, um som quase inaudível saiu de sua boca:

— Miguel!

O velhinho sorriu e olhou para mim. — Anna — ele falou, mexendo a cabeça para baixo como um cumprimento formal. — É melhor falar em português. Por favor, me acompanhem.

O padre foi em direção a uma porta camuflada na lateral do altar. Olhei para Raziel, seus olhos pareciam vidrados. Ele me encarou e disse em minha mente: — *Arcanjo.* — Entrelaçou seus dedos nos meus e seguimos o misterioso idoso cujo segredo me foi revelado.

Meu coração batia mais rápido. Sentimentos bons e ruins guerreavam dentro de mim. *O arcanjo Miguel? Ele... é mesmo o arcanjo Miguel? Pela forma como ele me olhou, parecia me conhecer. Sabia o meu nome!*

Assim que atravessamos a porta, notei que o ambiente se tornou mais escuro. Descemos uma escada iluminada por velas. As chamas dançavam, formando sombras nas paredes. O arcanjo usou o molho de chaves enorme que sacolejava em sua mão e abriu outra porta de madeira velha. Ela se abriu, o ruído de ferrugem arranhou os meus ouvidos. Entramos numa pequena sala. A luz da grande janela iluminava uma escultura em forma de anjo, seus olhos pareciam estar vivos, seu rosto de pedra reluzia como ouro. Uma mesa antiga feita em mármore ficava no centro da sala, em cima do tapete persa velho que cheirava a mofo. O arcanjo fez um gesto para nos sentarmos nas cadeiras Luís XV. Ele acendeu algumas velas gastas que estavam em cima de um pilar de bronze. Em seguida, fechou a cortina de veludo vermelho.

Eu não conseguia parar de olhar para os olhos do idoso, que se iluminaram ainda mais.

— Por favor, sirvam-se — falou, apontando para a garrafa de café e para pequenos muffins arrumados em cima de uma bandeja de prata.

Eu realmente não estava com fome, mas não tinha comido nada desde a hora em que eu havia acordado. O aroma do café era gostoso. Peguei uma xícara de porcelana antiga e me servi. Em seguida, dei uma mordida no bolo.

Raziel não se moveu, seu olhar se direcionava atentamente ao arcanjo camuflado de padre.

— O alimento dos humanos é realmente uma maravilha. — O velhinho sorriu e sentou-se na poltrona imponente posicionada à frente da mesa. — Uma das coisas que aprecio quando estou na forma humana: ter sensações. O Criador elaborou a vida de uma forma magistral, foi primoroso em cada detalhe.

Raziel se remexeu na cadeira. — Miguel, senti que precisávamos vir até aqui — ressoou como um murmúrio sua voz grave e rouca. — Esse desejo saiu de dentro da minha alma, como se algo sagrado estivesse me chamando. Sei agora o que senti, mas por que está aqui?

— Há milhões de anos, os arcanjos vêm lutando contra a praga que se espalhou no mundo. Posso dizer que essa doença foi gerada pelos caídos. A morte, a fome, a miséria, a maldita ganância... Lutei corpo a corpo com vários deles, entre eles seu progenitor — disse calmamente Miguel, encarando Raziel. — Uma segunda chance foi dada a Samyaza, uma chance de viver fora do buraco negro. Mas esse maldito renegado sempre foi ambicioso. Para ele, isso não bastou. Viver na Terra sob as ordens do Criador, para muitos caídos, é uma humilhação. No início, esses anjos traidores cobiçaram as mulheres, agora desejam ter sensações por meio da possessão. — Ele se levantou, apoiando os braços frágeis na mesa. — Muitos deles pretendem dominar a Terra espalhando o mal, iludindo os mortais.

— Por que o Criador não os destrói? — perguntei ingenuamente.

— Sempre existiu um equilíbrio entre o bem e o mal — a sua voz suave ecoou no ar. — Se apagássemos o mal, o bem não existiria. Nada faria sentido, entende? — O arcanjo me encarou. — O bem e o mal caminham juntos, Anna. Mas, de um tempo para cá, a balança começou a pender, como nos tempos de Noé.

— E a justiça? — rebateu Raziel. — A punição dos injustos. A glória dos que seguem a palavra do Santíssimo.

— A justiça nunca falha, Raziel. — O velhinho sentou-se outra vez. — A hora certa vai chegar. A hora em que os justos serão acolhidos e não haverá mais dor. No entanto, uma guerra tão profunda e complexa entre anjos divinos e demônios, neste momento, poderia extinguir a humanidade. Por isso os arcanjos simplesmente não podem bater de frente com nenhum deles. O que podemos fazer é ajudar os escolhidos a combatê-los.

— Os escolhidos? — perguntou Raziel.

— Sim, Raziel — respondeu Miguel. Sua voz profunda tocou dentro de mim. — *Electi*. Os escolhidos por Deus. Aqueles que possuem sabedoria, força e são destemidos o suficiente para destruir um caído.

— Os olhos brilhantes do arcanjo penetraram os de Raziel, os lábios enrugados esboçaram um ligeiro sorriso. Ele continuou: — Existe um ser híbrido capaz de combatê-los. Um Nephilim com coração e alma humanos, dotado de poderes angelicais que ultrapassam os limites da sua própria raça.

Raziel se levantou. — Você quer dizer que...

— *Você* é um dos escolhidos. — O arcanjo o encarou como se o fogo saísse por seus olhos. — Sem querer, Samyaza nos deixou um grande presente, um Nephilim de coração bom. É irônico e maravilhoso. O seu próprio filho vai destruí-lo.

— Eu não sou o filho dele! — Raziel deu um soco na mesa. — O sangue dele corre em minhas veias, mas nunca o considerarei meu pai. Ele é um monstro! Um demônio que matou a mulher que amo duas vezes! Um maldito desgraçado que só pensa em si mesmo.

— Concordo, rapaz — disse calmamente Miguel, segurando uma das mãos de Raziel. — Mas sinto confirmar que o líder dos caídos é o seu genitor. Sei que durante um bom tempo você pediu a nossa ajuda. Eu sei! — exclamou, erguendo-se da cadeira outra vez. — O tempo na Terra é diferente do tempo no Céu. Às vezes, leva-se um século para que os arcanjos entrem em consenso sobre determinado assunto. — Ele caminhou em direção à janela. — Não podemos esquecer o fato mais importante: o poder maior não está nas minhas mãos, tampouco nas mãos dos arcanjos, querubins ou de qualquer anjo divino. Está n'Aquele que criou o Universo, que deu vida ao nada.

Raziel semicerrou os olhos. — Os Nephilins não são considerados filhos de Deus, nunca foram! Os arcanjos estão interessados em mim agora para livrarem-se dos caídos, não porque se importam. Milhões de Nephilins morreram por serem mal julgados. Vi muitos amigos acabarem com a própria vida para não serem usados pelos renegados.

— Não é bem assim. — A postura do arcanjo se tornou mais ereta. — Os Nephilins nunca foram condenados pelo Criador. A maldade na genética da maioria levou-os à ruína. — O velhinho tomou ar como se seus pulmões gastos fossem explodir. — Liquidar os caídos sempre foi a meta do Divino. Não estamos fazendo isso apenas por uma rixa passada, muito menos por interesse próprio. Nunca fomos a favor da ideia de os caídos tomarem corpos dos seres híbridos. — Sua voz tornou-se mais poderosa, como um coro. — Os arcanjos estão reunidos nisso, estamos tentando evitar outro dilúvio.

Raziel suspirou. — Tantas guerras, tantas revoltas. Milhões de inocentes mortos. Por que agora?

— A paz na Terra nunca esteve tão abalada — respondeu Miguel com tranquilidade. — Com o passar do tempo, não sobrará nada. A humanidade estará nas mãos das Trevas, os Nephilins serão totalmente dominados, viverão a eternidade servindo aos renegados.

Raziel franziu a sobrancelha. — *Quid ego faciam vos vultis? O que vocês querem que eu faça?*

— Por enquanto queremos que extermine Samyaza. Depois designaremos outras missões a você — falou Miguel, uma luz fluorescente iluminando a aura dele — Fazendo isso, lhe devolveremos as suas asas e poderá viver em paz ao lado de sua alma gêmea.

Raziel olhou para mim, seus olhos profundos como um oceano furioso. — Isso é tudo o que eu quero...

— Assim que completar a sua missão, profetizo que as almas dos Nephilins serão libertadas, isto é, após a morte física, se unirão aos anjos. Dependendo da lealdade que tiver para com o Criador, é claro.

Raziel o encarou. — Isso, para mim, não é uma missão. É o meu desejo, também. Os caídos são a escória. Eu ficaria feliz em livrar a humanidade desses malditos.

— Sim, eu sei. — O arcanjo sorriu e a sua voz ficou ainda mais suave. — Entretanto, existem outros caídos ainda piores que Samyaza. Sabe disso, não é, Raziel?

— Como vai nos ajudar? — perguntou Raziel, cruzando os braços.

O velhinho se sentou. — Vocês terão de encontrar o manuscrito divino. Terão de seguir o ritual de sacrifício do demônio. Não poderei pronunciar as palavras lá descritas. Tais palavras que enfraquecem o Caído devem ser ditas por uma humana. — Miguel me encarou. — Tampouco posso escrevê-las... Uma regra celestial.

Eu me aproximei de Miguel. — O senhor entregou-me o livro, a adaga e o pingente.

O arcanjo sorriu. — Por favor, não me chame de senhor. Sei que tenho alguns milhões de anos, mas esse termo faz com que eu me sinta um velho. — Ele gargalhou. — Uriel entregou-lhe as relíquias, Anna, mas ele foi ingênuo em não contar com o olhar atento de Samyaza. Até nós podemos errar.

Abri a boca, admirada pelo senso de humor e humildade do Arcanjo.

— E se não encontrarmos o livro? Samyaza deve tê-lo escondido muito bem.

O arcanjo calmamente pegou uma xícara de chá e mergulhou o saquinho de erva-cidreira na água quente. Então, ele abriu um sorriso astuto. — *Eu sei onde o manuscrito está* — ele nos sussurrou telepaticamente, tomou um gole do chá e abocanhou o muffin de chocolate. Depois de alguns segundos mastigando, continuou: — *Em seu santuário maldito, existem quatro estátuas de anjos caídos: Lúcifer, Samyaza, Azazel e Leviatã. O manuscrito está dentro da sua própria imagem. Ao quebrarem a escultura, Samyaza sentirá a presença de vocês. Eu me encarregarei de atrasá-lo. A relíquia pendurada no pescoço de Anna a protegerá dos poderes dele, mas Samyaza é esperto. Lembrem-se de que, antes de cair, ele era o anjo que levava o conhecimento. Não o subestimem.* — O Arcanjo apoiou os cotovelos na mesa, suas pequenas mãos quase sumiam dentro da manga dourada da batina. — *A adaga apenas se tornará mortal se o renegado estiver em sua forma original. Mesmo assim, a sua lâmina deve conter partículas de sangue humano e ser diretamente fincada em seu coração.*

— O que faremos para que o Caído permaneça em sua forma original? — perguntei com ingenuidade.

Miguel uniu as palmas das mãos e falou como se estivesse rezando: — Devem abrir o manuscrito na página 379. O título *Daemonii enervatus. Enfraquecimento do demônio*. Assim que pronunciarem o texto descrito em latim, o Caído se tornará mais fraco e voltará à sua forma demoníaca original.

Raziel levantou-se da cadeira. — As minhas asas estão com ele. Tenho que recuperá-las.

— Eu não consigo vê-las. Devem estar sob algum tipo de material enfeitiçado. Samyaza é também um bruxo. — Miguel ergueu o corpo e se aproximou de Raziel. — Terá que usar a sua intuição, meu amigo. Sei que você é extremamente sensitivo e perspicaz.

De modo inesperado, o corpo de Miguel começou a cintilar. A luz era tão intensa que tive de tapar os olhos com as mãos. Quando finalmente os raios de luz amenizaram, espiei através das fendas de meus dedos a imagem de um homem tão esplêndido quanto Raziel. Seu cabelo dourado resplandecente, o corpo de estrutura sublime, alto e definido. Miguel estava vestido numa toga branca com detalhes em dourado, tão reluzente que mal dava para visualizar. Dois leques excessivamente brancos se abriam por trás de suas costas. Asas vistosas que chegavam quase à altura do teto.

— Formarei um portal tridimensional que os levará direto à casa do Caído. Iludirei Samyaza para que ele pense que vocês ainda estão camuflados aqui. — A voz suave do Arcanjo ecoou no ar. — O renegado os aguarda fora da igreja, junto a alguns de seus Nephilins. Por favor, tomem cuidado. Outros aliados podem estar na residência dele.

— Obrigada — agradeci completamente extasiada com a beleza do arcanjo.

Miguel olhou para mim, seus olhos de fogo penetraram a minha alma. — Anna, lembre-se de que a fé é um dom divino, basta procurá-la dentro do coração. — Em seguida encarou Raziel e a sua voz saiu em uníssono: — *Nos tecum sumus, Raziel. Nós estamos com você, Raziel.*

Miguel estendeu seu braço e apontou para a parede. Um raio de luz dourada se desprendeu de sua mão e formou uma redoma de energia transparente que se abriu como um espelho.

— *Vale, amicus. Adeus, amigo* — disse Raziel, seguindo em direção ao interior do portal.

Os seus dedos se entrelaçaram aos meus e caímos num abismo profundo.

CAPÍTULO 16

Em seus braços não sentirei medo, em seus braços não sentirei frio. Sua energia aquece o meu sangue, renova meu espírito, fortalece meu corpo. A minha existência é incompleta sem os seus olhos me encarando, penetrando em mim, navegando na minha mente.

A minha pele formigava enquanto o meu corpo caía. Partículas douradas se alinhavam à minha volta, uma brisa fria sacolejava meus cabelos. A minha visão não estava nítida, mas eu me esforçava para enxergar Raziel. Ele olhava para mim, seus olhos verdes cintilavam à meia-luz, assim como os diminutos círculos de luz flutuantes. Nossas mãos se desprenderam devido à força da queda. Parecia infinito. Um universo silencioso, hipnotizante, misterioso. Senti a paz me envolver, não havia mais ninguém além de mim e ele. De repente levitei, uma massa de ar soprou e segurou o meu corpo. Fechei os olhos e senti as minhas costas encostarem em algo sólido. A minha pele se arrepiou com o vento frio e com os respingos de água gelada no meu rosto. Espiei com cautela e notei que estava deitada em um gramado mal-cuidado, sem vida, mórbido. Lápides com esculturas em forma de anjos caídos pareciam gigantes ao meu redor. Um cemitério. Uma sombra cobriu o meu corpo ainda deitado. Um rosto conhecido me olhava de cima, a cabeça estava contra a luz do sol fraco.

Ele se agachou e aproximou ainda mais a face. *Deus! Marcos! É Marcos!* Tentei me erguer, mas ele segurou o meu pescoço. Um grunhido de prazer saiu de sua boca, seus dedos me apertavam, seus olhos negros expressavam fúria.

— *SOLTE-A!* — a voz de Raziel explodiu em meus ouvidos.

Respirei aliviada quando os dedos se abriram. Vi o corpo esguio de Raziel saltar sobre Marcos. Eu me levantei rapidamente, assustada com a imagem dos dois se chocando contra a lápide em forma de pirâmide. A cabeça do Nephilim sombrio virou quando Raziel socou o rosto dele com força. Os olhos de Marcos escureceram. Ele abriu as suas asas negras, grandes e imperfeitas, em seguida agarrou Raziel e levantou voo. Entre as nuvens acinzentadas, os dois corpos pareciam um só. Rugidos raivosos e trovões retumbavam no ar. Raziel tentava enforcá-lo enquanto o desgraçado batia fortemente seus leques negros. Este lutava, se esforçando para se livrar dos dedos apertados que espremiam o seu pescoço.

Marcos começou a tombar de costas para baixo, suas asas se dobraram contra eles. As penas negras se desalinhavam com a força do vento. Raziel estava por cima usando-o como um escudo enquanto a queda os consumia. De repente, um estrondo. Parte da terra seca trincou ao redor da cratera esfumaçada. Raziel se levantou ainda tonto, afastando com as mãos a nuvem de terra que flutuava sobre o seu rosto.

Apertei os meus braços ao seu redor, aninhando-me ao seu peito.

— Vai demorar pelo menos um mês para o cretino se regenerar — ele falou entre os dentes.

Respirei fundo, apertei os olhos agradecida por Raziel não ter se machucado. A sua pele não mais se regenerava e isso era algo que tirava a minha paz. Ele era um guerreiro e não media esforços para liquidar seus oponentes. Sempre foi assim e sempre seria. Ele estava acostumado a isso, acostumado à adrenalina. — Graças a Deus — murmurei, ainda trêmula. Olhei ao redor chocada com a paisagem fantasmagórica. O cheiro da morte impregnava o ar; o cemitério não era grande, porém era largo o suficiente para abrigar mais de cem túmulos. Olhei para o lado e vi uma escada que se abria para a mansão. Estávamos em uma parte do quintal de Samyaza. *Que horror! Que lugar fúnebre!*, pensei.

— *É hora de você usar o poder da joia pendurada em seu pescoço, Anna* — falou Raziel ao meu consciente.

Visualizei uma redoma de fogo enquanto os meus dedos se agarravam ao pingente. Cada passo que dávamos ao subir os degraus era tão doloroso que o meu peito se comprimia. Naquele lugar pesado e hostil, nem as flores conseguiam sobreviver. O jardim na frente da residência assemelhava-se ao seu dono: doente e frio.

— *Por aqui* — continuou falando por telepatia. — *Esse porão vai desembocar no santuário.*

Tentei pisar de leve enquanto descíamos pelos degraus do porão escuro. O cheiro de esgoto embrulhava meu estômago. Raziel trancou a porta acima de nós da mesma maneira que a abriu, influenciando os objetos pela força mental. Eu queria elogiá-lo, mas a minha voz ficou presa na garganta. O medo estava me consumindo e isso não era bom. O círculo de energia ao meu redor se apagou. Naquele momento eu tinha de ser forte, tinha de ser destemida como o homem que se deixou mutilar para que eu continuasse respirando. A ausência de luz me apavorava, diferentes sons nos circundavam, bizarros, sussurros agonizantes que arrepiavam a minha nuca. Eu me concentrei de novo para retomar a energia divina da relíquia que me resguardava. Pensei no amor de Raziel, em seus olhos, e me acalmei. A redoma de fogo voltou a me cobrir. De repente os meus pés estavam úmidos, havia água circulando abaixo de nós. Suspirei ao lembrar-me de meus sonhos, que eram tão reais quanto aquele lugar.

A luz fraca que envolvia o meu corpo refletiu-se contra as paredes de pedras forradas com musgos. O lugar era um labirinto sufocante, um verdadeiro túnel do terror.

— Aqui — Raziel disse, apontando para uma vala cavada entre as pedras, a cinco palmos do chão. Ele entrou no tubo estreito e me ajudou a subir. A passagem parecia um túmulo escuro, eu não conseguia ver o final. — Não se preocupe, anjo. Vai se alargar, como no mapa que eu lhe mostrei. Logo sairemos daqui — a sua voz ecoou no túnel.

Ajoelhada e sentindo muito frio, fui engatinhando logo atrás dele. O cheiro de terra molhada me embrulhava o estômago, pedrinhas lascadas se fincavam na pele das minhas mãos. Os meus pés estavam encharcados e dormentes. O pânico da claustrofobia começava a me fulminar.

— Raziel — falei o mais baixo que pude —, estou ouvindo um barulho. Parece que alguém está vindo. — O medo crescente me fez congelar.

A sua voz entrou em minha mente: — *Anna! Temos que ir mais depressa. Venha!*

Raziel começou a acelerar. Tentei acompanhá-lo, ignorando as minhas mãos feridas. — Não! — Um grito apavorante saiu da minha boca. Algo havia se prendido a um dos meus pés. — Raziel! — gritei em pânico. — Tem alguém me puxando!

— *Anna, chute-o!* — ordenou por telepatia. — *Vou tentar me virar e puxar você.*

Eu obedecia a Raziel quando percebi que a redoma de proteção ao meu redor havia se apagado outra vez. *Ela some quando eu tenho medo,* pensei, tentando afugentar o meu terror. Eu me concentrei no círculo de fogo contornando a minha pele. Toquei a joia e a luz se acendeu, dessa vez mais forte, quente como o sol.

Um grunhido de dor retumbou nas paredes daquele inferno.

— Vamos! Estou livre! — gritei.

A minha confiança havia retornado, eu estava me sentindo mais forte, meu corpo mais enérgico e aquecido. Engatinhei o mais rápido que pude. Depois de alguns segundos, vislumbrei uma luz no fim daquele beco abominável.

— *Anna, é aqui. O maldito santuário. Vou pular e depois pego você. Temos que ser rápidos.*

A saída era uma queda livre, pelo menos quatro metros e meio até colocarmos os pés no espaço satânico, o lugar demoníaco onde Samyaza praticava suas bruxarias.

O salto de Raziel me deixou de boca aberta; a sua força e agilidade eram mesmo sobrenaturais.

— *Venha!* — gritou na minha mente. — *Eu seguro você.*

Dobrei os joelhos e apoiei os pés na borda do penhasco sombrio. Pulei em direção a ele. Um frio agonizante viajou da minha barriga até a garganta. Diferentemente de Raziel, eu era uma pedra bruta caindo sem jeito até ser amparada pelos braços firmes do homem-anjo.

— *O idiota que segurou você vai aparecer em breve. Antes de pegarmos o livro, tenho que encontrar as minhas asas.*

Assim que coloquei os pés no solo, dei meia-volta para conferir se não havia ninguém lá. Notei o pé-direito alto e um enorme vitral colorido acima de nós. *O símbolo dos Illuminati. A pirâmide que tudo vê.* Esforcei-me para manter a boca fechada. A sala era uma grande redoma de paredes espelhadas iluminadas por focos de luz que saíam do chão. Em seu centro, o desenho do pentagrama feito em tinta vermelha. Em cada ponta da estrela, uma vela. — *Onde estão as estátuas?* — A minha mente gritou enquanto vasculhava o lugar. Assustei-me com a minha própria imagem refletida no espelho. Eu parecia mais branca do que realmente era.

Raziel olhava fixamente para a imagem grafitada no mármore. — *Sangue humano.*

Fiquei horrorizada. Então a tinta vermelha era sangue? Um bolo subiu até minha garganta e me fez colocar a mão sobre a boca. Parecia que eu estava em um filme de terror.

Raziel agachou-se sobre a ponta de cima da estrela desenhada no chão negro. Ele pousou os dedos sobre a têmpora. Sua expressão era séria e compenetrada. O homem-anjo parecia estar usando o seu sexto sentido. — Essa ponta é a cabeça, significa fogo — falou, passando a mão no sangue. — Veja! Há um encaixe aqui.

O recorte sobre o mármore parecia ter sido feito com algum tipo de laser. Ele abriu a jaqueta de couro e puxou a adaga, que estava presa por uma corda fina amarrada em seu cinto. Sacou a arma e fincou a ponta da lança na fissura. Com cuidado, foi levantando a pesada pedra, utilizando a relíquia como uma alavanca. À medida que a tampa de mármore se erguia como um triângulo, os meus olhos se fixavam na parte interna. — Raziel, estão aqui. As suas asas — falei o mais baixo que consegui. Penas negras saltaram para cima. Um brilho suave a circundava. Os dois membros angelicais pareciam vivos.

Raziel apoiou a tampa triangular ao lado de seu corpo, puxou as asas em direção ao colo, dobrou-as como se fossem feitas de papel. Em seguida, guardou-as dentro de um pano branco que havia trazido consigo. — Só falta o livro. — Ele enrolou em uma de suas mãos o pano recheado de penas.

— Onde estão as estátuas? — murmurei, observando cada pedaço de espelho retangular a nossa volta. — Veja. — Apontei. — Aquele pedaço é triangular.

Raziel tentou fincar a ponta da lança na rachadura do espelho, mas nada se moveu. De repente, meus pés esbarraram em algo. Era um minúsculo teclado encostado na borda de um dos espelhos. Botões em diferentes formatos e cores, alinhados em forma horizontal. Um deles, um triângulo. — *Aperte todos!* — exclamou Raziel telepaticamente.

Meus dedos se movimentaram com rapidez. Os espelhos começaram a se mover, eram portas automáticas. Quando o triângulo central se abriu, notei que havia um altar. Nele, as quatro estátuas de anjos caídos. Todos em sua mais bela forma, a imagem que tinham antes de se tornarem renegados. As estátuas esculpidas em mármore branco cintilavam, como se o reflexo do sol as focasse. Samyaza era um anjo, a mesma forma com a qual eles apresentaram a mim, no lago, perfeito em cada detalhe. Em cada divisória havia um objeto sagrado ou maldito: cálices dourados reluzentes em diferentes formatos, coroas medievais em ouro e gemas preciosas, espadas timbradas com o símbolo dos imperadores do século XVIII, tenebrosos bonecos de vodu, estatuetas em forma de demônios, asas decepadas de seres híbridos, crânios humanos, joias antigas feitas em platina e diamantes. Fiquei de boca aberta. — *Esses objetos são roubados* — revelou Raziel. — Há séculos que esse nojento ganancioso faz bruxaria com pertences daqueles que quer prejudicar.

Os meus olhos iam de um lado para o outro, porém era difícil não se deixar hipnotizar pelas estátuas; elas pareciam enfeitiçadas, pareciam enxergar através de mim. Subitamente a escultura de Samyaza começou a se mexer. Raziel fixava seus olhos nela, compenetrado. *Ele está manipulando o objeto com o pensamento,* percebi, admirada. Depois de segundos, a estatueta levitou, alcançando o teto do pé-direito alto. Raziel cerrou as pálpebras e o objeto de pedra despencou sobre o chão duro. Um forte estrondo ecoou no ar. A peça se destroçou, abrindo um rombo no solo de mármore negro.

— O manuscrito — murmurei, notando a capa desgastada e dura coberta de poeira entre os cacos brancos.

Raziel segurou o livro pesado como se fosse feito de pluma. Corri para perto dele, sentindo o sangue ferver de ansiedade. Enquanto manipulávamos as páginas, algo vermelho refletiu-se em um dos espelhos retangulares à nossa frente. Tive um sobressalto ao ver a imagem ameaçadora do Nephilim esquelético, a pele tatuada esticada sobre o osso. Eu o reconheci imediatamente: *o cretino ruivo que eu queimei enquanto Raziel lutava com Erick!*

Os olhos do feioso, esbugalhados e escuros como poços de lama negra, queimavam em nossa direção. Raziel levantou-se imediatamente, e um sussurro invadiu meus ouvidos:

— *Tente encontrar a página 379 com o título* Daemonii enervatus.

Eu me encolhi abaixo do altar onde as outras esculturas de anjos caídos repousavam. Com esforço, posicionei o livro à minha frente e comecei a fazer o meu trabalho. Enquanto as minhas mãos trêmulas folheavam as páginas, vi o sujeito com cara de caveira se aproximar de Raziel.

— *Stultus! Cor tuo scindam. Seu babaca! Vou arrancar o seu coração* — vociferou o magrelo, expressando ódio.

— *Timeo valde! Estou morrendo de medo!* — respondeu Raziel, irônico.

Inesperadamente, um ruído agudo emergiu de dentro da vala escura. O som amedrontador gelou até os meus ossos. Vi algo se mexendo e logo a imagem se refletiu em todos os espelhos ao redor. Uma cobra naja repugnante saiu serpenteando do interior do túnel que dava acesso ao santuário. Comecei a tremer, a luz que havia ao redor se apagou, mas isso não me impediu de continuar tentando encontrar a bendita página. A cabeça da serpente se abriu como um leque, seus olhos verde-oliva rajados de preto se voltaram para mim. Pulei ao ver um líquido viscoso saindo da boca pegajosa. Apertei as minhas pernas contra o corpo e, mesmo estando a uns três metros de distância, por muito pouco a coisa nojenta não me atingiu.

Com um salto digno de um acrobata, Raziel se jogou contra o painel de controle que fechava as portas. — Raziel, não! — gritei desesperada, mas já era tarde. A porta se fechou e fiquei presa dentro do altar.

A voz do anjo caído retumbou por todo lado. *A cobra! É Samyaza!*, pensei horrorizada. Espiei pela fenda da porta automática a imagem do animal viscoso se transformar na macabra mulher loura. O seu rosto esboçava uma expressão letal, dois buracos negros cravados entre seu nariz perfeito. Olhos de demônio.

— *Tum vero domum meam invadere tu statuist? Quer dizer que você resolveu invadir a minha casa?* — disse o Caído. — *Censuist ut ego non percipero? Quam animus simplex, file. E achou que eu não iria perceber? Que ingenuidade, filho.*

— *Filius tuus ego non sum! Eu não sou o seu filho!* — gritou Raziel, com raiva.

A mulher gargalhou tão alto que as estátuas tremeram. Uma fúria dominou o meu corpo, gritei para mim mesma: — *Tenho que tentar ler em latim. Tenho que enfraquecer Samyaza!* — Toquei a joia de luz pendurada em meu pescoço e notei que a redoma divina voltou a me envolver. Estava escuro, mas a luz da energia que me circundava iluminava as palavras grafitadas na folha envelhecida.

A voz odiosa alcançou os meus ouvidos. — Sei que a sua *meretriz* está aí — disse a loura maquiavélica, abrindo a porta que me camuflava usando o poder de sua mente.

Um grito escapuliu de minha boca, mas lutei para o pânico não desfazer a minha proteção. No mesmo instante, lembrei-me das palavras do arcanjo Miguel: *a fé é um dom divino, Anna, procure-a em seu interior.* A força daquelas frases me reergueu. Eu tinha de tentar pronunciar aquelas palavras absolutamente estranhas para mim.

Ex imagine mea crearis. Singula pars animae tuae, singula pars aetherii corpori tui. De mandato humani vocis, quid quondam extruxi retexo. Mortalitatem tuam retexo, vitam adflandum ex te. Pulvis es et in pulverem reverteris.

Foste criado a partir da minha imagem. Cada parte de sua alma, cada pedaço de seu corpo etéreo. Sobre o comando da voz de um humano, desfaço o que um dia construí. Desfaço a sua mortalidade, soprando a vida para fora de ti. Do pó viestes e para o pó retornarás.

O rosto da loura começou a se desfigurar, mas seus olhos tenebrosos permaneciam os mesmos. A minha pele se arrepiou ao ver a face horrenda tomando o lugar dos delicados traços femininos. Em seguida, seu corpo se alargou e lá estava a verdadeira forma de Samyaza. Asas de morcego, pele do rosto danificada por uma profunda cicatriz, letras negras tatuadas em seus braços, dentes pontiagudos... A mesma imagem assustadora que eu tinha visto quando ele se transformou no lago.

— Nãooo! — Um grito grave desprendeu-se de seus lábios escuros. — Eu criei você! — gritou o Caído para Raziel, em meu idioma. — Você me deve obediência! Deve-me a sua vida!

— Não devo nada a você! — exclamou Raziel, pegando a adaga que estava presa ao cinto.

Samyaza penetrou os olhos diabólicos em mim. Algo se desprendeu daquele olhar; um jato de fumaça negra veio em minha direção, mas o feitiço rebateu no escudo que me envolvia e voltou contra ele mesmo. O renegado dobrou o corpo, seus olhos se tornaram vermelho sangue. O Nephilim ruivo, que até então não tinha tido nenhuma reação, resolveu atacar Raziel. Seus braços magrelos, porém extremamente fortes, abraçaram-no por trás.

— *Anna* — a voz de Raziel ecoava dentro da minha mente —, *pegue a adaga. Você sabe o que deve ser feito.*

Acabar com a vida de alguém, mesmo sendo um ser tão ruim como Samyaza, era um fardo pesado demais. Por outro lado, se eu não agisse rapidamente, poderia perder a minha alma gêmea para sempre e eu não me perdoaria por isso. — *Pense, Anna. Os arcanjos estão a seu favor, a favor de matar o Caído. Coragem!* — A minha mente conversava comigo enquanto eu tentava pegar a adaga, que saiu voando das mãos de Raziel. Saltei em direção ao objeto sagrado e, assim que os meus dedos o capturaram, vi o meu corpo despencar com força no centro do pentagrama. A minha cabeça latejava com a batida no mármore duro, os meus olhos se encheram de água. Percebi que o Caído segurava os meus pés. Tentei chutá-lo remexendo as minhas pernas o mais que podia. Seus dedos se enfraqueciam a cada segundo. Samyaza estava lentamente definhando, a pele rachando como se o corpo fosse de pedra.

Ergui a cabeça e vi Raziel lutando com o ruivo idiota. O desgraçado era franzino, porém absurdamente forte. A troca de socos e golpes violentos entre os dois Nephilins sem dúvidas mataria um ser humano normal.

Quando finalmente me livrei das garras presas ao meu calcanhar, levantei-me depressa. Mesmo deitado e com seu enorme corpo se deteriorando, a expressão do Caído era feroz, ele continuava ameaçador. Os seus olhos inflamados saltavam em minha direção, as asas pegajosas e negras pareciam desbotadas, e pequenas fissuras se alargavam por toda a sua extensão. Ele grunhiu. Seus dentes vampirescos projetavam sangue negro. — *Vamos, Anna! Você tem que fazer isso!* — vociferava o meu subconsciente fortalecendo a minha angústia emocional.

Segurei firme a adaga, apertei os lábios e passei a lâmina sobre a pele do meu braço. Partículas vermelhas gotejaram no metal prateado. Eu me agachei perto da criatura, tentei ignorar o seu olhar demoníaco que devorava a minha alma e ergui o braço aproximando a ponta da lança de seu coração, um coração inundado pelas trevas. Fechei os olhos e, usando toda a minha força, golpeei o peito dele. Senti um líquido viscoso atingir os meus braços, em seguida o grito feroz do Caído. Espiei com cautela o horror à minha frente. Sangue negro respingava por todos os lados. Senti o estômago embrulhado e tontura.

Os lábios pálidos do demônio se moveram:

— Tem uma coisa — disse ele, tossindo. — Ao me matar, também matou o seu querido amor. Matou o meu filho! — Ele sorriu, mostrando seus dentes pontiagudos. Em seguida, ergueu uma das mãos devagar na direção dos meus olhos. Abriu os dedos e uma pena negra voou em minha direção.

A pena da asa de Raziel!

— O que você fez? — gritei com toda a força que havia em meus pulmões.

Ele não respondeu, apenas abriu um sorriso macabro, endiabrado, como se o desgraçado estivesse provando que era vitorioso. Escutei um estrondo atrás de mim. Eu me virei devagar, reunindo toda a minha força. Tentei acreditar que as palavras maldosas do Caído não eram verdadeiras, mas, infelizmente, eu estava errada. O corpo de Raziel estava deitado sob os pés do Nephilim maldito.

— Não!!!

A minha voz ecoou tão forte que as estátuas dos renegados posicionadas acima do altar tremeram e caíram no chão. Entre a poeira que pairava sobre o meu rosto, eu me joguei por cima de Raziel. O Nephilim magrelo gargalhava de felicidade. Olhei para ele com raiva, enquanto apoiava a cabeça de Raziel no meu colo. — Até mais, Anna — disse o Nephilim. Abriu as asas escuras e franzinas e deu um impulso para cima, ultrapassando com força o vitral colorido. Cacos de vidro começaram a cair, estilhaçando-se ao redor. Tentei proteger a minha cabeça e a de Raziel, enquanto escutava as explosões ao meu lado. Quando o barulho cessou, olhei para cima. Um foco de luz vinda do vitral quebrado nos iluminava.

Não havia tempo para raciocinar.

O homem que eu tanto amava padecia em meus braços.

CAPÍTULO 17

A minha alma se partiu, um golpe profundo e doloroso. Nada mais fazia sentido, nada mais tinha valor. O céu, a terra, o mar... Anjos e demônios... Nem mesmo a minha vida. Eu me sentia como uma das esculturas de pedra, sem coração, sem sangue, sem amor. Deixo o tempo me curar, envolver o meu corpo nos braços do Criador, arrancar a dor que aleija meu espírito.

Um silêncio atordoante tomou conta de mim. Era o silêncio da dor. Pressionei os dedos no pescoço de Raziel e congelei ao perceber que o seu batimento cardíaco havia cessado. Tentei levar ar aos pulmões dele, fazendo respiração boca a boca, bombear o peito usando a força das minhas mãos. Nada parecia resolver. Chamei por ele, implorei para que voltasse a respirar, para que eu pudesse ver os seus lindos olhos verde-esmeralda novamente. Toda a tristeza acumulada em meu peito desmoronou. Chorei sobre o seu corpo como nunca havia chorado antes, nem mesmo pelo meu pai. A minha alma estava rachada, um pedaço de mim havia se desprendido mais uma vez. Antes de conhecê-lo, havia um abismo no meu coração e que me causava dor, mas eu não sabia o porquê. Agora, a dor de perder um amor que trouxe significado à minha vida era muito pior.

Olhei para o corte no meu braço. A ferida ainda estava aberta, mas eu não sentia nada. Coloquei as mãos sobre a minha cabeça e percebi que os meus cabelos estavam molhados de sangue. *Devo ter me machucado na hora em que caí para pegar a adaga.* Eu não conseguia me mover e, ainda que isso fosse possível, não poderia ir embora sem carregá-lo comigo. O seu rosto ainda tinha cor. Mesmo sem vida, Raziel era lindo. *Glorioso Deus, por favor. Sei que havia perdido a minha fé. Eu estava furiosa e triste pela morte do meu pai. Não há desculpas para a minha revolta no passado, mas, por favor, Raziel não pode morrer!* Inspirei profundamente, em seguida deixei o ar se esvair até não restar mais nada. As lágrimas secaram quando senti uma brisa suave alcançar a minha face. Algo parecia diferente, o ar estava mais leve. Olhei para o lado e, com horror, vi o corpo do Caído se transformando em pó. As suas vestes medievais de couro gasto e tecido apodreciam junto a ele. A adaga ensanguentada estava caída sobre os seus restos. A redoma de luz ao meu entorno havia se apagado. Eu estava tão desolada que a joia divina não fazia mais efeito. De repente, a minha têmpora começou a formigar com tanta força que pensei que iria desmaiar, mas não foi o que aconteceu. Uma voz conhecida ressoou no meu consciente: — *Anna, fique em paz. Os anjos e os homens são partículas d'Aquele que os criou, como faíscas que escapam de uma grande fogueira. São eternos. Raziel é uma mistura dos dois, tem caráter e postura de um verdadeiro ser etéreo. Ele será abençoado e seus pecados serão redimidos. Soprarei a vida dentro dele com o consentimento do Criador, porém Raziel deve seguir o destino que lhe foi prescrito.* — A voz fez uma pausa e o silêncio veio à tona. Uma águia branca assustou-me ao descer pela fenda do vitral danificado. Esfreguei os olhos, pensando que talvez eu estivesse alucinando por causa da pancada na cabeça. Admirei-me ao ver que a figura era verdadeira. O lindo pássaro da cor da neve cintilava como uma estrela; seus olhos cor de fogo encantavam os meus, algo neles me era familiar. A ave pousou em cima do corpo de Raziel e abriu os seus leques aveludados como se fossem braços humanos. Em seguida, ela fechou seus diminutos e extraordinários olhos. Uma ventania suave começou a nos circundar, os meus cabelos voavam acompanhando o sentido do vento, até que um rodamoinho se formou. Olhei perplexa para dentro daquela imensidão transparente e notei que imagens holográficas começaram a aparecer, como uma tela de cinema, imagens minhas e de Raziel em vidas passadas. O momento em que ele me reencontrou na vinícola em 1913, o momento em que nos conhecemos na festa em 1810, momentos dolorosos e outros desconhecidos para mim, as nossas duas uniões matrimoniais e, por fim, o nosso presente. Lágrimas quentes começaram a escorrer pelo meu rosto, apertei os lábios e os olhos. De repente, a ventania acalmou e notei abismada que todo aquele ar mágico e repleto de lembranças estava entrando pela boca e pelo nariz do celestial homem que eu amava.

A águia fechou as asas assim que Raziel inspirou todo o conteúdo. Uma fina luz violeta exalou de sua pele, um grunhido escapou de seus lábios. *Deus! Ele está vivo!,* pensei, sentindo meu coração quase paralisar. Suas pálpebras se abriram devagar, tempo suficiente para que a ansiedade explodisse dentro de mim. Levei uma das minhas mãos à boca, tentando inutilmente me equilibrar. Foi quando o tom verde-esmeralda de suas pupilas se refletiu em minha íris. A águia sobrevoou nossos corpos em círculos e depois de alguns segundos transformou-se em uma estrela de fogo. Em seguida, na imagem etérea do arcanjo Miguel. Contemplei aquela imagem ofuscante e milagrosa, um sentimento de paz beijou a minha alma. A infelicidade massacrante se dissipou. — Miguel... — A minha voz saiu quase inaudível.

O arcanjo abriu um sorriso auspicioso, seus olhos de fogo pareciam ler a minha mente. Ele estendeu um de seus braços e apontou os dedos em direção a Raziel. Começou a falar, a sua voz saiu em uníssono: — *Filius Dei... omnis potestas regenerationis quam ex te surripuit esse tibi concedo, caelesti laqueum retextum ab malo tibi reddo. Pro omne archangelo et nostro Patre, animam vitae prodo. Filho de Deus... Concedo a ti todo o poder de regeneração que lhe foi surrupiado, devolvo-lhe os laços celestiais desfeitos pelo mal. Em nome de todos os arcanjos e de nosso Pai, manifesto o sopro da vida.*

Raziel começou a levitar. A energia lilás que irradiava através de seu corpo se intensificou, o contorno de suas asas sendo formadas por uma diminuta estrela iridescente. Partículas de ouro se amontoavam dentro da estrutura desenhada. Em seguida, penas brancas se materializaram por toda a sua extensão. Eu me ajoelhei, minhas pernas tremiam tanto que não conseguia me manter em pé. Os meus olhos se arregalaram ao ver as imponentes asas brancas completamente formadas. Uma imagem fantástica, a cena mais incrível que eu já tinha visto em toda a minha vida, um momento que ficaria gravado dentro de mim para sempre. — Obrigada, Deus! — disse ao ar.

Um minuto depois, Raziel estava de pé. O toque macio de suas mãos acalmou a minha emoção exacerbada. — Anna — ele acariciou meu cabelo sujo de sangue —, você está machucada. — Um segundo depois, seus dedos tocaram a pele ferida do meu braço, em seguida o corte na minha cabeça. Senti o meu corpo formigar, o sangue quente circulando em minhas veias me aqueceu. *Ele regenerou a minha pele,* constatei ao notar que as feridas haviam cicatrizado. Eu me levantei do chão e encarei as janelas profundas de seu lindo rosto. Uma lágrima escorria serpenteando a sua pele. Seus braços fortes me afagaram, franzi as sobrancelhas e instintivamente cerrei as pálpebras. Seus lábios quentes encostaram nos meus, o sabor de baunilha invadiu o céu da minha boca. Tudo a minha volta evaporou. Eu só queria ficar ali, presa nos braços dele para sempre.

— *Tibi habeo gratiam, Miguel. Obrigado, Miguel* — disse Raziel, interrompendo o nosso beijo e voltando a atenção ao arcanjo.

— Samyaza está morto — pronunciou o ser celestial. — Saibam, meus amigos, que, liquidando esse renegado, também salvaram muitas vidas, libertaram almas e adquiriram um exército de Nephilins aliados. Seres híbridos que imploravam por justiça, que não acreditavam que um dia se veriam livres da opressão do Caído e de suas possessões. Saibam também que os outros renegados já estão cientes do acontecido, principalmente o impiedoso Azazel.

— Azazel. — A voz de Raziel saiu rouca. — Ele ajudou a liderar os duzentos anjos caídos ao lado de Samyaza. É um dos renegados mais temíveis. — Raziel franziu o cenho. — Ele é a próxima missão?

O arcanjo ergueu as asas. — Sim. Esse anjo demoníaco deve ser sacrificado pelo escolhido. Por você, Raziel, e por sua alma gêmea humana... Anna.

— Como o encontraremos? — perguntei, ciente de que não havia outra saída.

— Na hora certa, lhes enviarei as especificações — a voz celestial de Miguel ecoou entre as paredes. — Enquanto isso, os dois devem ser discretos, ajam naturalmente. Azazel é astuto, engenhoso, percebe com facilidade quando estão tramando contra ele. — Os olhos inflamados do arcanjo pareciam arder em chamas. — Se desejam continuar juntos nesta vida, devem fazer esse sacrifício, não só pelo amor que sentem um pelo outro, mas por toda a humanidade, pela liberdade dos seres híbridos.

— Eu farei o meu melhor — falou Raziel, abrindo seus gloriosos leques brancos. — Estarei esperando as suas ordens, amigo.

Miguel solfejou como o cântico de um pássaro. — Cada ponto do Universo foi concebido pelo Divino. A alma dos humanos e dos anjos foi delineada a partir da mesma partícula; no entanto, cada qual com o seu desígnio. Raziel — continuou ele —, a sua alma é humana, porém a sua genética carrega a soberania dos anjos, um poder celestial que agora está mais intenso. Um combate secreto entre o bem e o mal se iniciou a partir do momento em que Samyaza foi exterminado. Lúcifer está a par disso. Sua interferência é garantida nessa batalha, porém agirá discretamente. Assim como o Supremo Criador, o príncipe dos demônios não deseja o fim da humanidade. Ele precisa dos mortais para enfrentar o Divino, deseja dominá-los, influenciá-los. Lúcifer quer se apossar da alma dos humanos, extinguir o bem, aniquilar cada anjo divino, deteriorar a fé dos seres vivos no Pai de todo o Universo.

Enfim, essa ainda não é a batalha final, apenas uma entre milhões de guerras travadas desde o início dos tempos.

— O Apocalipse? — perguntei, curiosa. — Realmente vai acontecer?

— Um dia — respondeu o arcanjo, com a expressão séria. — Ainda muito distante. — Ele arqueou as asas. — O dia em que os arcanjos e anjos se unirão para um confronto final. A divisão dos justos e dos pecadores, a total exterminação das trevas. Uriel, Daniel, Rafael, Gabriel e eu. No início dos tempos, extinguimos e mandamos para os confins do mundo milhares de anjos caídos. A revolta de Lúcifer se agravou, ele conquistou muitos seguidores, o que o ajudou a elevar ainda mais o seu ego desmesurado. O século XXI está sendo um prato cheio para ele. Ganância, ira, vaidade, mentira, traição, gula... A calamidade está se propagando com mais facilidade — explicou o arcanjo enquanto uma luz iridescente o contornou. — Por isso precisamos da sua ajuda, Raziel. Você foi escolhido entre os de sua raça híbrida para limpar a Terra de tanta sujeira.

— Não sei se sou digno de tanta confiança... — Raziel apertou os olhos. — Não sou um arcanjo, não sou perfeito.

— Apenas o Divino é magistral, completo, onipresente. Além disso, você tem agora a mesma força que um de nós.

A adaga divina levitou em direção às mãos de Miguel. — Esta relíquia é inútil contra Azazel — disse com a voz mais baixa. — Existe um artefato valioso dentro de uma tumba antiga de um sacerdote em Roma. Esse objeto sagrado, "uma espada de platina cravejada de esmeraldas", era usado por Azazel quando ele era anjo. Durante milênios, circulou nas mãos de muitos até chegar ao sacerdote. Nenhum homem jamais encontrou esse túmulo. A sua localização é singularmente difícil, porém eu os ajudarei a encontrá-lo.

Os meus olhos se arregalaram. Era como se estivesse sonhando. Aquela conversa me parecia tão irreal e, ao mesmo tempo, eu tinha consciência de sua importância. Eu não passava de uma mortal que um dia já tinha sido cética em relação a toda essa espiritualidade. Era ignorante e imatura. Agora, estava dentro de uma tarefa divina ao lado do escolhido, que por acaso era um Nephilim imortal, a minha alma gêmea. O meu mundo tinha virado de ponta-cabeça, mas me sentia feliz nele. Raziel me completava em todos os sentidos. Eu poderia caminhar sobre o fogo, combater demônios, lutar contra seres imortais e, mesmo assim, me sentiria protegida. Tudo o que eu era nesta vida havia se desmaterializado, outra pessoa tomado o lugar da Anna do passado, uma pessoa cheia de fé e completamente apaixonada.

Olhei para Raziel, ele parecia surreal, alguém sagrado e intocável. Suas imperiosas asas brancas cintilavam e lhe conferiam uma beleza ostensiva, celestial. Ele atravessou os meus olhos com seu olhar entranhado, intenso. Senti o meu rosto corar, meu sangue ferver. Tudo o que eu queria naquele momento era fazer amor com ele. Ficava grata em saber que ele também era um homem viril, que tinha necessidades iguais às minhas e que nossa atração era mútua. Uma conexão espiritual que se preservava através dos séculos.

O arcanjo lançou uma de suas mãos para a frente e ergueu os dedos. Uma energia fluida e translúcida se desprendeu de sua palma e uma porta tridimensional se abriu. — Esse é o caminho para casa — ressoou a voz no ar. — Vão, meus amigos. Nós nos veremos em breve.

— Até logo, Miguel. — Raziel entrelaçou seus dedos nos meus. Lancei meu olhar em direção ao arcanjo e abaixei a cabeça, reverenciando e agradecendo a sua misericórdia por ter salvado a vida do homem-anjo. Quando a levantei, notei um meio sorriso se abrir em meio à magnífica face angelical. Os meus lábios também se abriram um sorriso.

Assim que meus pés cruzaram o portal, comecei a cair, lentamente, como se o ar estivesse me amparando. Um dos meus braços estava esticado e segurado com força por Raziel. Contemplei os seus gloriosos leques se confrontando com o vento.

— *Anna* — a voz dele adentrou minha mente —, *amo você*.

Recebi aquela mensagem com tanto ardor que meu coração atingiu o batimento máximo. Respirei fundo, o ar puro se espalhou nos meus pulmões, recordações inesperadas se revelaram no meu subconsciente. Vi a minha infância, momentos carinhosos com o meu pai, a imagem turva de minha mãe quando eu ainda era um bebê. Os olhos dela, tão azuis quanto os meus; o toque delicado no meu rosto, seu amor. Eu nunca havia me lembrado dela. Por mais que tentasse, aquele momento estava guardado nas profundezas do meu inconsciente. A felicidade brotou dentro de mim. *Minha mãe...*

As lágrimas caíam a uma velocidade mais rápida do que o meu corpo. Fechei os olhos e me senti um pouco tonta. Uma luz branca invadiu a minha memória.

Em seguida, veio o breu.

CAPÍTULO 18

O nosso amor estava escrito. Escrito em cada ponto do Universo, em outras dimensões, além dos portões do céu, sob a guarda dos querubins. Quem ousaria desfazer esse laço? Quem poderia afastar as nossas almas pela eternidade? Quantas batalhas teríamos de travar para proteger a nossa união?

Sons distintos se alternavam, arranhando a minha audição. Um zumbido suave chegou por trás deles. Senti vontade de abrir os olhos e as minhas pálpebras se moveram lentamente. A luz forte me fez cerrá-los outra vez, porém uma voz fina e inconfundível me causou calafrios. Tentei enxergar o seu rosto, ainda imaginando que eu estava sonhando. A figura feminina de cabelos negros apareceu embaçada. Franzi o cenho, tentando compreender o que diabos estava acontecendo.

— Loreta? — A minha voz saiu fraca e engasgada.

O quê? Tudo não passou de um sonho? Raziel, arcanjos, demônios... Parecia tão real. Não! Eu me recuso a acreditar nisso! Eu estava lá! Entrei no portal com o amor da minha vida e vim parar em casa? No Rio de Janeiro? Ou estava aqui esse tempo todo, desacordada?

— Graças a Deus, Bela Adormecida! — disparou minha amiga, sorrindo e segurando uma das minhas mãos.

— O que... Onde estou? — Suspirei, trêmula. — O que você está fazendo aqui? E Raziel?

Ergui um pouco o corpo e confirmei atônita que estava no meu apartamento no Rio de Janeiro. A minha cabeça apoiada no travesseiro, o lençol novo esticado sobre a cama, o aroma de café se alastrando pelo quarto. Estava tão assustada que mal conseguia abrir um sorriso ao ver a minha amiga com expressão melodramática.

— Quer dizer que agora estou em segundo plano, não é? — bradou ela, franzindo as sobrancelhas grossas e escuras.

Ouvi passos pesados ecoando pelo corredor. *Lavanda... Conheço essa fragrância!* Mordi os lábios, tentando segurar o choro. Subitamente, o meu mundo voltou a se iluminar. Lá estava ele, ao pé da porta. — Raziel — murmurei, deixando escapulir algumas gotas de lágrimas. *Não foi um sonho. Ele está aqui! Nós viemos para a minha casa!*

Sorri. Um sorriso genuíno de alívio. Eu não conseguiria mais seguir nesta vida sem ele. Um minuto atrás, já estava morrendo por dentro.

— Fui fazer o seu café da manhã — explicou ele, suas mãos segurando uma bandeja enorme repleta de comida. — Você tem que se alimentar, dormiu quase um dia inteiro. — A voz dele parecia descontraída, mas eu enxergava uma leve apreensão por trás dela. Raziel colocou a bandeja no meu colo e lançou uma piscadela para mim. Eu queria pular no colo dele e me atracar com ele na cama, mas Loreta estava sentada ao meu lado e parecia procurar informações em meus olhos. Pousei a minha mão sobre a dela. — Estava com saudades — falei, com sinceridade. Eu realmente adorava aquela garota; ela me fazia rir e era a pessoa mais generosa que eu conhecia.

— Você está se sentindo bem? Raziel me contou que a viagem foi cansativa, que tiveram que fazer escala no Chile e o voo ficou travado durante oito horas.

Olhei para Raziel. Ele deu um sorriso do tipo "menti para o nosso bem". Eu também faria a mesma coisa. Como poderia dizer a Loreta que Raziel era um meio-anjo e que eu estava esgotada porque nós havíamos lutado contra um demônio? E que, além disso, Marcos e

Erik eram dois Nephilins do mal, vassalos do anjo caído? *Aqueles cafajestes... Estão livres de Samyaza. Eles deveriam agradecer a nós. Seja lá como for, prefiro não vê-los nunca mais.*

— A viagem foi agitada, mas estou bem. E você, andou saindo com alguém enquanto fiquei fora?

Loreta cruzou os braços e fez uma cara emburrada. — O filho da mãe do Marcos sumiu novamente... Não atende ao telefone nem responde aos meus e-mails. — Ela bufou. — Tô fora! Não quero saber mais dele. Mesmo que ele venha com aquele charme todo, com aquele olhar sexy e furtivo... — Ela suspirou. — Por que os caras gatos são tão ordinários?

— Nem todos são — falei, lançando um sorriso para Raziel. Ele estava mordendo os lábios para não rir.

— Você tem muito chão pela frente, Loreta — disse Raziel num tom divertido.

— Eu sei — respondeu ela sem modéstia. — Vocês têm muito para me contar. Por que resolveram viajar tão rápido? Pareceu até que estavam fugindo de alguém.

— Você mesma me disse: "Anna, quando você encontrar alguém especial, vai fazer loucuras".

— Sei... Falei no sentido sexual, baby, não qualquer tipo de loucura. Viajar de um dia para o outro, logo após o vernissage... Espero que não me digam que vão se casar amanhã.

— Loreta! Não seja tão dramática! A gente faz o que está no coração. Você, mais do que ninguém, segue essa lei.

Ela entortou os lábios. — É... Essa lei é preciosa pra mim. — Ela me abraçou. — Eu só... senti saudade.

— Eu também. — Retribuí o abraço.

Loreta se levantou da cama e esticou os braços. — Estou aqui há quatro horas. Pra variar, a Bela Adormecida não acordava. Me deixou preocupada! — Ela olhou feio para Raziel. — Vá com calma com a minha amiga, cara — brincou Loreta, em seguida piscou pra mim. —

Volto mais tarde. Vou deixá-los a sós — disse, fazendo careta. — Apenas por um tempo.

Revirei os olhos. — Tá legal, mandachuva, a gente se fala mais tarde.

Loreta saiu do quarto e Raziel deitou-se ao meu lado. Coloquei a bandeja em cima da cabeceira.

— Vesti uma roupa do seu pai. — Ele sentou na cama. — Espero que não se importe.

— Claro que não — respondi, sorrindo. — Você fica bem de bermuda e camiseta. Foi você quem colocou esta camisola em mim?

Ele sorriu maliciosamente. — Sim. Achei que ficaria mais confortável. Aliás, fiz compras no supermercado também. A sua empregada não estava e tive que me virar.

Sorri por dentro ao imaginar Raziel selecionando alimentos. — Uau, quem diria! Um anjo prendado!

— Não sou um anjo. — Ele entortou a boca. — Tenho uma alma humana, lembra-se? Se eu fosse um ser celestial, com certeza iria levar um castigo por não ter dito a verdade para a sua amiga.

— Mas isso é uma obrigação nossa. É perigoso demais envolver outros humanos nisso. Você apenas omitiu os fatos. Além disso, ela não acreditaria na verdade.

— Eu sei — confirmou. — Ainda não entendo por que os arcanjos me escolheram. Não sou perfeito... Cometi muitos erros durante o tempo que fiquei sem você.

— Não ouviu o que Miguel disse? Você foi escolhido por ser um Nephilim de coração bom, nunca se voltou contra Deus. É corajoso, inteligente e tem excelente caráter. Além disso, se eu tivesse trezentos e cinquenta anos, teria errado muito mais que você. Ser um Nephilim não parece fácil.

Ele encostou os lábios nos meus. — *Dilecta immortalis.* — A voz dele eriçou os pelos do meu corpo.

— Por que viemos parar aqui e não no château?

— Penso que Miguel achou que aqui estaríamos mais seguros. — Ele acariciou o meu rosto. — Quando chegamos, você estava desmaiada. Fiquei preocupado. Seu corpo estava estendido no chão da sala ao meu lado.

— Quanto tempo mesmo fiquei desacordada?

— Um dia inteiro, contando com a noite. — Ele franziu o cenho. — Por falar nisso, você ainda não comeu. Não é todo dia que preparo um cardápio assim.

— Tem razão — respondi, pegando a bandeja e colocando-a no meu colo. *Eu não havia comido nada desde o muffin da igreja. Tanta adrenalina que nem senti fome,* pensei, devorando a deliciosa omelete.

Raziel se levantou. — Posso usar o seu tablet? Preciso verificar os meus e-mails.

— Claro! Além disso, precisamos comprar roupas pra você.

— Já cuidei disso, anjo. Pedi para meus funcionários trazerem minhas bagagens via aérea. Graças a Deus a minha carteira estava no bolso da jaqueta que eu estava usando.

Espiei a jaqueta de couro pendurada no cabideiro antigo. Havia dois rombos atrás dela. — As asas fizeram um bom estrago nela.

Ele riu. — As minhas penas agora estão mais afiadas.

— Anjinho — brinquei, mandando um beijinho com a mão.

— Você vai ver o que o anjinho vai fazer com você à noite — retrucou ele com um sorriso malicioso.

Encarei os seus olhos e falei baixinho: — Por um momento, achei que tudo não passava de um sonho.

Os seus olhos reluziram e a sua voz atingiu o meu consciente:

— Isso tudo é real, Anna. Todas as nossas vidas foram reais, todos os momentos em que a reencontrei e a perdi... Momentos verdadeiros e profundos, assim como o nosso amor.

Meu peito se aqueceu com as suas palavras lisonjeiras e intensas. Contemplei o seu corpo quando ele virou de costas e saiu do quarto.

Ele podia fingir que era um homem comum, mas tudo nele era perfeito, exótico, ostensivo e provocador. A sua pele tinha um brilho diferente, e seus olhos eram de uma beleza sufocante. Era efetivamente difícil não se hipnotizar com a sua imagem. *Graças a Deus e aos arcanjos, ele está vivo! Mas ainda não acabou. Temos um longo caminho pela frente até ficarmos livres para viver juntos e em paz. Quantos anjos caídos teríamos de enfrentar? Quantos perigos?*

Pensar em tudo isso foi como jogar um balde de água fria na minha alegria. Terminei de comer e entrei no chuveiro quente, depois escovei os dentes e aconcheguei o meu corpo em um robe de seda branca. Sequei meus longos cabelos vermelhos e colori meus lábios com um batom cor de boca. Já eram seis e meia e não tínhamos planos de sair. O ateliê estava fechado, assim como o quarto que eu havia transformado em escritório. Caminhei até a sala de estar, esperando encontrar Raziel, e paralisei. Esfreguei os olhos para clarear a vista e percebi que outros rapazes e moças estavam na sala além dele. Eram todos Nephilins. Sete homens e três mulheres anjos erguendo as suas majestosas asas negras. Suas cabeças estavam abaixadas e eles estavam ajoelhados como se estivessem reverenciando Raziel. Todos olharam para mim ao mesmo tempo, seus olhos pareciam faróis coloridos. Fechei o meu robe, como se quisesse me proteger de algo. — *Anna, está tudo bem!* — Raziel disparou a sua voz em minha mente. Tentei controlar meus nervos, afinal, eles pareciam amigáveis. No entanto, a cena era tão intensa, tão surreal que eu não conseguia me mover, muito menos sorrir.

O Nephilim alto de cabelos cor de mel e queixo quadrado se colocou à frente de todos. — Vou falar em sua língua — anunciou com a voz grave e gentil. — O meu nome é Dante, líder do grupo. Estamos aqui para agradecer. Além disso — ele se levantou arqueando os seus leques negros e lustrosos —, comunicar-lhes que temos ciência da missão de vocês contra Azazel. E estamos dispostos a ajudá-los.

Raziel andou em minha direção e ficamos de frente para eles.

— Sinto-me honrado com a presença e o reconhecimento de vocês. Sabemos que a missão não será fácil, porém temos os arcanjos a nosso favor.

Uma linda garota de cabelos louros e corte chanel se aproximou. Suas asas eram de uma cor azulada, quase negra.

— Meu nome é Gabriely. Chegamos através do portal tridimensional criado por Miguel. Ficaremos hospedados num mosteiro antigo que abrigou Nephilins aqui no Brasil durante séculos. Lá nós treinaremos e ficaremos camuflados até seguirmos para Roma.

Raziel franziu a sobrancelha. — Então foi Miguel quem os enviou?

— Sim — respondeu Dante, veementemente. — Ele entrou em contato conosco. Nós já sabíamos que estávamos libertos da terrível possessão de Samyasa. Sentimos isso na pele! Na mesma hora reconheci que ele estava morto, porém não sabíamos como isso tinha sido possível. — Ele encarou Raziel com admiração. — Passo a minha liderança a você, Raziel. Em nome de todos aqui presentes, declaro que será o nosso líder. Sabemos que é o Escolhido.

— Obrigado, amigos. Durante muito tempo esperei por isso. Temos agora a oportunidade de livrar a nossa raça da possessão dos desgraçados. Existem milhares de irmãos e irmãs escravizados por Azazel. Sei que, quando os Nephilins estão sob o domínio do demônio, é mais difícil combatê-lo. Sei dos perigos que envolvem essa luta, mas, agora, temos liberdade e licença para destruir a raça podre dos renegados. — Raziel virou o rosto em minha direção e depois para eles outra vez. — Anna é uma humana, mas tem o intelecto e a coragem de um anjo. Na verdade, a nossa luta contra Samyaza se iniciou no século XIX. Como sabem, Samyaza era o meu genitor. — Ele suspirou. — Soube disso há pouco tempo, no entanto essa notícia desastrosa não me deteve. Os caídos querem vingança, querem destruir a fé no Criador. Os Nephilins foram mal compreendidos desde que apareceram na Terra. Os renegados ordinários espalharam mentiras sobre a visão do Divino em nossa raça. Muitos seres híbridos acabaram se voltando contra Ele, se impregnaram da arrogância e da ganância dos caídos. Nós podemos mudar a história, podemos ter vontade própria, elevar a nossa alma à essência de Deus, absolver nossos pecados e temores. — Raziel abriu as suas grandiosas asas, perfurando a camisa branca. Todos arregalaram os olhos. — Nós temos uma alma humana, não estou nessa batalha apenas para o meu prazer pessoal, mas também para nos livrar da maldição que nos acompanha há séculos. Para livrarmos, mesmo que seja em pequena porcentagem, a humanidade do caos. Livrarmos o mundo de outro dilúvio. — Ele fez uma pausa e respirou fundo. — Como sabem, no tempo de Noé, a maior parte dos Nephilins era liderada pelos caídos. Suas mentes foram direcionadas à destruição, à leviandade, à crueldade... Não havia volta. E, então, veio a inundação. — Seus olhos brilharam. — Nós, da nova era de seres híbridos, precisamos ser mais astutos do que eles. Não existe nenhum ser etéreo que se oponha a nós. Essa é a verdade. Precisamos nos livrar dessa crença.

— Se é assim, por que os anjos divinos não nos ajudaram antes? — indagou uma garota morena de olhos cor de âmbar. — Durante séculos vivemos marginalizados por eles, escravizados e amaldiçoados pelo renegado. Sei que você se livrou dessa maldição por ser o filho do desgraçado. Samyaza precisava do seu consentimento para concluir a união, juntar forças. — Ela se levantou, puxando as mangas da camisa preta para cima. O sotaque dela tinha um traço de italiano. — Você não sabe o que é ter o seu corpo dominado pelo diabo! Agradeço por ter aniquilado o desgraçado, mas é só. Estou aqui por lealdade a Dante.

— Entendo seu pensamento. Qual é o seu nome? — perguntou calmamente Raziel.

— Júlia — respondeu ela de forma enfática.

— Júlia, eu sofri durante séculos pelas duas mortes da mulher que eu amo. Ninguém mais do que eu desejava exterminar Samyaza. Por um tempo me vi ao lado do mal, me desequilibrei a ponto de querer me matar, como muitos de nossa raça fizeram. Uma vida eterna é um fardo pesado. A raiva que eu tinha dentro de mim dilacerava toda e qualquer piedade. Perdi a fé em alguns momentos, mas, ao reencontrar Anna, minha alma se iluminou. Questionei Miguel a respeito da ajuda dos arcanjos desde a criação da nossa raça. O Divino está acima deles, todos precisam entrar num consenso para que uma ordem seja tomada. O tempo deles é diferente do nosso, anos aqui são apenas dias em outra dimensão. O tempo certo de arrumar as coisas é esse... Entende?

Dante olhou feio para Júlia, mas ela não se intimidou, abriu seus leques negros acetinados.

— Eu sei disso, porém, entrando nessa guerra secreta, estaremos arriscando as nossas cabeças em prol dos desejos humanitários dos arcanjos. Por que eles simplesmente não liquidam os caídos? Esses seres de luz são mais fortes do que nós — disse a exótica garota morena, cruzando os braços.

— Isso não é a batalha final, Júlia. Se os arcanjos tomarem a frente, esse conflito direto poderá intervir na humanidade. Inocentes vão pagar pelos pecados dos caídos.

De repente, um forte estrondo fez com que todos ficássemos em alerta. Levei um susto tão grande que fui obrigada a me segurar em Raziel. O meu subconsciente esbravejou: — *Pare com isso, medrosa. Você deve mostrar coragem a eles!* — Eu me recompus imediatamente assim que olhei para o lindo homem-anjo. Seus olhos se alargaram. Segui o seu olhar e fiquei pasma. Erick e Marcos apareceram na outra extremidade da sala. *Os idiotas devem ter chutado a porta de serviço,* pensei, enquanto estudava a expressão irada deles.

Erick olhou para Raziel e em seguida para mim. — Quem diria! Parece que vocês conseguiram muitos fãs — sua voz soou irônica.

— Vocês têm muita coragem — caçoou Raziel, trancando os dentes. — Vieram se juntar a nós?

Eles gargalharam depois Erick continuou: — É muito estúpido da sua parte supor isso, Raziel. E você, grande líder — disse ele, direcionando o olhar a Dante —, tanto tempo nos incentivando a seguir os nossos ideais, a não batermos de frente com o demônio... Isso é errado, vai matar a todos. Azazel é ainda pior que Samyasa. Ele faz parte de uma seita secreta, e você, mais do que ninguém, sabe disso! Você está colocando seus irmãos na fornalha! O diabo tem seguidores fanáticos! — vociferou ele, seus olhos ardendo em chamas negras. Depois apontou para o homem-anjo. — Você é culpado disso, Raziel. Só porque matou Samyaza acha que pode manipular a todos, acha que é o soberano! Você o matou com a ajuda do arcanjo. Não estava sozinho. Assim, qualquer um conseguiria!

— Chega! — berrou Dante. — Você está menosprezando alguém da sua raça! Raziel foi o escolhido entre todos nós. A coragem dele não está sendo posta à prova. Ele é o nosso salvador, lutou para derrubar o Caído, lutou pelo amor da mulher que ama, livrou todos nós da escória.

— Você está errado, Dante! Ele é egoísta. Lutou para si próprio. Para manter a sua amante viva.

— Você sempre foi um revoltado, Erick, você e o seu amiguinho cabeça de vento. — Dante apertou os punhos. — Por isso nunca me escutaram, seguiram por caminhos diferentes, tentaram manipular outros Nephilins, assim como o Ruivo e Aaron. E olhe no que deu. Aaron está morto, e o ruivo, desparecido. Agora temos uma opção, temos apoio, não estamos sozinhos como antes. No passado, eu não era a favor de tentar matar Samyaza pelo simples fato de que isso nos mandaria direto para o inferno. O renegado estava sempre à nossa frente. O filho da mãe nos cercava como se os seus olhos vivessem pendurados no nosso pescoço, suas ameaças eram como correntes de aço. — Ele se aproximou de Erick e Marcos, encarando-os sem hesitação. — Seus ignorantes! Não entendem que agora o Criador está dando um passe livre para exterminar essa maldição?

Marcos cerrou os olhos e resolveu falar: — Você nos humilha com esse chavão dramático, mas esquece que Raziel tem o sangue do demônio que os escravizou.

— Todos nós somos parte dos anjos caídos, imbecil! Mesmo que não diretamente, mesmo que os genes tenham sido repassados. — Dante estreitou os olhos. — Nossos pais eram Nephilins e as nossas mães, humanas, mas a nossa genética real vem dos caídos.

— O meu pai era um caído! — gritou Gabriely. — Foi morto pelo arcanjo Uriel. Isso não fez de mim um ser cruel. Vocês dois estão com raiva, estão cegos. Agora que têm liberdade, podem optar pelo certo.

— Liberdade? — retrucou Marcos num tom sarcástico. — Qualquer outro renegado pode nos prender. Se Azazel descobrir o plano, partirá para cima. Passaremos a ser vassalos dele.

— Se não fizermos nada, o perigo vai nos rondar do mesmo jeito — falou Raziel.

— Podemos fugir! Podemos viver um tempo de paz, um lugar reservado só para nós. Existem pontos na Terra onde os olhares dos caídos não podem penetrar — disse Erick com um sorriso torto.

Dante riu.

— Paz! A sua alma não conhece essa palavra, amigo! Você está sendo um covarde e está tentando atrair nossos irmãos para as trevas com toda essa ladainha idiota.

— Os seus argumentos não têm lógica, Erick. São inúteis — emendou Raziel.

O olhar dos dois revoltados enegreceu. Eu me arrepiei toda. Era estranho, não havia nenhum outro Nephilim com olhos daquela cor. Fiquei me perguntando se Marcos e Erick eram realmente o que diziam ser e se ninguém mais suspeitava disso.

Erick rangeu os dentes, esticando os lábios ferozes como se fosse um vampiro tentando morder alguém. — Seus merdas! — ecoou no ar a sua voz rouca e horrenda. — *Vos paenitebit! Cor vestrum avelletur aut detestabile info mundo obruemini. Vocês vão se arrepender! Terão o coração arrancado ou serão enterrados na droga do submundo.*

Um jovem Nephilim oriental, forte como um touro, se enfureceu e tentou atacar os dois. Dante estendeu o braço, proibindo-o. — Calma, Akio. Eles não merecem o nosso esforço.

Antes que os vagabundos fossem expulsos, enfiaram o rabo entre as pernas e saíram lentamente da sala sem se virar de costas, coléricos, a ira evaporando de seus poros. — *Nos rediemus! Nós voltaremos!* — resmungou Marcos. Os olhos escuros dos dois chamuscavam, expressões enojadas nos encaravam como se fôssemos ratos.

Após a saída, um silêncio agonizante esfriou o ambiente.

Dante resolveu se pronunciar:

— Eu... sinto por isso — desabafou. — A forma que encontrei de proteger todos os meus irmãos condenados à maldição do Caído foi por meio da abstinência. Caso contrário, nossas almas seriam jogadas a um lugar sem volta. A nossa união nos livrava da dor, mesmo que por alguns momentos. Os revoltados entre nós sempre se davam mal. Bater de frente com o renegado era inútil e estúpido. — Dante suspirou. — Eu mantinha a esperança de que um dia os seres de luz quebrariam essa praga jogada sobre os seres híbridos.

Gabriely se aproximou e pousou a mão no ombro de Dante. — Se não fosse por você, muitos de nós não estariam aqui hoje.

— Ela tem razão — disse Raziel a Dante. — Por isso insisto que seja o meu braço direito nessa operação. Conhece muito bem as habilidades do grupo. Isso é importante para planejarmos estratégias.

Olhei para todos aqueles rostos apreensivos, esperançosos. Havia uma garota parecida com Akio, seus traços orientais, pele branca e cabelos lisos e negros lembravam-me uma ninfa guerreira. *Deve ser a irmã dele*, pensei, observando também os outros cinco Nephilins que não se pronunciaram. Todos estavam trajados com calça, bota e camisa preta. Cada um tinha uma faixa grossa de couro marrom transpassada no peito, que guardava facas e adagas. Notei um rapaz louro de olhos verdes de pé ao lado da oriental. Ele parecia mais jovem do que os outros. Seu olhar me transmitia cautela; havia uma faísca de desconfiança no interior de sua íris. A sua fé parecia abalada, o seu silêncio dizia muita coisa. *Eles devem ter sofrido muito. Séculos de escravidão e dor*, pensei, sentindo-me pequena perto da força interior desses seres angelicais.

Inesperadamente, um portal tridimensional emergiu no meio da sala. Os Nephilins pareciam esperar por isso. As suas asas se expandiram, como águias se preparando para voar.

— Nós nos veremos em breve, amigos — disse Dante, apertando a mão de Raziel. Em seguida, acenou a cabeça para mim, em reverência. — Esperaremos pelo sinal de Miguel. Nós nos reuniremos dentro de alguns dias no mosteiro.

Raziel retraiu as asas brancas lustrosas, colando-as ao corpo. — Se precisarem de alguma coisa, por favor, me avisem.

Observei em silêncio os jovens anjos desaparecendo no interior da energia molecular transparente. *O arcanjo Miguel deve estar abrindo o portal. Deve estar nos vendo,* pensei enquanto admirava a cena surreal.

— Adeus, Anna — sussurrou Gabriely. Sua voz era tão suave quanto a sua aparência. Os fios louros balançaram com a brisa que vinha da entrada tridimensional.

Sorri para ela e estendi a palma da mão para cima em sinal de adeus. Em seguida, a linda Nephilim desapareceu junto a todos os outros.

CAPÍTULO 19

O inverno da minha solidão foi preenchido pelo seu sorriso, pelo afago de suas asas etéreas, por sua voz rouca e aveludada, pelo seu jeito ardente e enigmático. A minha vida tomou outro rumo. Entre o céu e o inferno, lutaremos até o fim. Peço aos seres de luz que nos guiem a um destino afortunado, a um futuro no qual poderemos nos esquecer das batalhas e da morte, em que a paz reinará sobre os nossos espíritos.

A noite estava serena. Nem um sinal de estrelas no céu, apenas a luz da lua iluminando a escuridão. O oceano rangia através de suas ondas famintas, o vento assoviava suavemente, anunciando uma tempestade. Raziel apoiava os braços no parapeito da varanda. Seus leques emplumados recolhidos no interior de suas costas. O tecido branco de sua camiseta dançava junto à forte brisa. Eu me uni a ele. O rosto abençoado se virou para mim, os seus ombros estavam tensos. Faróis verdes encaravam-me com emoção. Os meus olhos mergulharam naquela infinidade resplandecente. As minhas pálpebras se fecharam, eu ansiava pelo seu beijo. A língua dele mergulhou no céu da minha boca. Senti uma leve mordida nos meus lábios. O meu sangue ferveu, enrubescendo a minha pele branca. Depois, seu rosto se afastou e seus braços se entrelaçaram ao redor do meu corpo. *No que ele está pensando? Quais serão os seus receios? Algo me diz que há algo mais intenso que o preocupa.*

O meu subconsciente lutava para compreender a complexidade sobrenatural que envolvia o nosso futuro. Foi quando me recordei da volta ao passado ao tocar em suas cicatrizes, quando fizemos amor pela primeira vez.

Os meus dedos perambularam pela sua camiseta rasgada, bem acima da saída de suas asas. No momento em que encostei a minha pele na leve protuberância, senti como se todos os meus pensamentos flutuassem para fora de mim. A minha mente assemelhava-se a uma tela em branco. Uma parte de mim parecia estar num sono profundo, e a outra, em alerta máximo. A imagem começou a tomar forma a partir de fumaças acinzentadas. Meu coração disparou, eu já estava em outra realidade, uma realidade que não me era estranha. Eu vestia um esfuziante vestido de xantungue de seda vermelha que cobria os meus pés. Tentei me situar. Percebi que estava naquela festa luxuosa em 1810, o momento em que conheci Raziel. Meu pai estava de pé ao meu lado, conversando em uma roda de homens vestidos com traje a rigor. Em suas cabeças, cartolas de tamanhos diferentes. *Meu pai! Estou com ele!* Eu o admirei de longe sem poder demonstrar todas as emoções que irrompiam no meu cérebro, pois meu corpo não reagia ao impulso mental. Jean le Bonnier olhou para mim e abriu um sorriso. Senti vontade de correr até ele, abraçá-lo, gritar o seu nome, mas não conseguia coordenar as minha funções. Ao lado dele, havia um homem elegante, jovem e belo, de traços fortes, expressivos. Algo nele fez o meu sangue gelar. Um sentimento de tristeza se expandiu dentro de mim ao encontrar os seus olhos frios e funestos. Dentro deles, vi a morte. Seu olhar macabro estava vidrado, como se estivesse tentando me hipnotizar. Dedos quentes tocaram meu ombro e dei um sobressalto.

Estiquei o pescoço para o lado e vi Raziel segurando taças de champanhe, suas sobrancelhas franzidas, seus lábios apertados. Ele enxergava Nataly.

— *Ce que c'était? O que foi?* — perguntou, notando a minha expressão assustada.

Raziel seguiu meu olhar em direção ao sujeito obscuro.

— Azazel — falou Raziel entre os dentes, sua voz soou baixa e rouca.

— Que perda de tempo — bufou o homem em francês. — Vim para tentar evitar essa droga de encontro, mas parece que me atrasei.

— Do que estás falando, *praecipitatus angelus*? *Anjo caído*? — disse Raziel, com expressão feroz. — Devo interpretar tais palavras como uma ameaça?

O homem gargalhou e apoiou as duas mãos numa bengala. A figura em bronze da cabeça de um bode sobressaía entre seus dedos.

— Ora, meu amável cavalheiro, estou perplexo com a tua modéstia. — Sua boca entortou para o lado. — Sabes quem eu sou, mas finges não compreender o que digo. Tenho certeza de que existe inteligência em teu cérebro humano. — Ele se aproximou e encarou Raziel. A minha pele se arrepiou ao absorver a raiva em seus olhos. — A tua união com essa garota... *Praedestinata erat. Estava predestinada.* — Ele suspirou. — O meu excelentíssimo oponente planejou todo esse circo com segundas intenções.

Raziel rangeu os dentes. — O que quer dizer com isso?

— Saberás o que digo com o tempo, Raziel. — Azazel lançou-me um olhar irônico. Em seguida, sorriu. — Apenas digo que, no futuro, destruirei teus sonhos. A tua dor será tão insuportável que acabarás arrancando o teu próprio coração.

— Seu miserável! — Raziel rosnou. — Tu não tens poder nenhum sobre mim nem sobre o meu futuro.

A expressão de Azazel se tornou séria, tão séria que fez os meus olhos se umedecerem de medo. — Eu já vi o teu futuro, Nephilim. — Ele bateu a ponta da bengala no chão. — A droga do teu futuro desapareceu depois que exterminei a tua vida. Foi fácil, usei a mortal como isca, tão ingênua e emotiva... Morreu como um passarinho indefeso.

— Filho da... — Antes que Raziel pudesse partir para cima do maldito, uma fumaça negra tomou conta do corpo de Azazel. Em poucos segundos, ele desapareceu. Olhei horrorizada para os lados e percebi que nenhum dos convidados havia notado aquela cena.

— O que foi isso? — questionei em francês, como Nataly.

— Uma rixa antiga. O cavalheiro louco. — Ele suspirou. — Não dê ouvidos a seus insultos.

— Como ele conseguiu desaparecer desse jeito? — perguntei, assustada.

— Senhorita — Raziel abriu um sorriso nervoso —, há muitas coisas que preciso lhe contar. Não quero perder o meu tempo falando sobre esse canalha.

A íris de Raziel faiscava. Dentro dela, certamente, havia uma mistura de raiva, medo e confusão. Entretanto, ele parecia tentar disfarçar a sua dor. Tomou um gole do espumante e aplacou a irritação me abraçando.

Naquela ocasião, como Nataly, eu ainda não tinha ideia da verdadeira identidade de Raziel, estava prestes a entrar em um mundo sobrenatural, um mundo que não tinha volta.

As imagens em minha mente foram sumindo uma a uma. De repente, a tela em branco me dominou e voltei à realidade. Vislumbrei o rosto de Raziel, seus braços me amparando, o vento frio sacolejando meus cabelos. Ele tirou uma mecha de fios vermelhos que dançava sobre a minha face. Seus olhos curiosos me encaravam. *Que loucura! Senti o que Nataly sentia, seus receios e seus pensamentos. Mas eu não tinha domínio sobre nada. Azazel estava lá! Ele sabia que Raziel e eu iríamos nos conhecer. Como?*

Raziel pousou as duas mãos em meu ombro. — O que você viu, anjo?

— Agora sei o que o preocupa. — Sentia-me ofegante. — Quando nos conhecemos, Azazel estava na festa. O desgraçado o ameaçou.

Raziel apertou os olhos e franziu o cenho. — De algum modo, Azazel sabia. — Ele cerrou os dentes. — Lúcifer deve estar por trás disso.

É exatamente esse pormenor que me preocupa. — Ele se virou para o lado e pressionou os dedos no parapeito da varanda. — O satânico e mais terrível oponente do Divino é poderoso... É o protetor dos anjos caídos. Esses seres do mal fazem parte de seu legado. Os renegados estão ligados, são como uma teia venenosa que não quer ser partida ao meio. — Raziel suspirou. — Anna, não posso perder você. Estamos em meio a um jogo de vida ou morte, um jogo voraz e letal, uma luta árdua, um mundo obscuro, diferente daquele com o qual você está acostumada.

— Raziel — falei, pousando uma das mãos em seu rosto —, o meu passado nessa vida não foi fácil, muito menos em minhas vidas passadas. Essa é a minha batalha também; meu destino está ligado ao seu. Além disso, os arcanjos estão nos ajudando — disse baixinho e apertei a sua mão. — Lúcifer não é idiota. Ele não vai interferir diretamente. Até mesmo o mal sabe quando recuar. O desgraçado também não está pronto para uma batalha final.

— Sei disso, Anna, mas Lúcifer vai interferir indiretamente, assim como os arcanjos estão fazendo conosco.

— Vou ficar bem, Raziel. Tenho você, e o Divino sabe o que faz. O Grandioso o escolheu entre seus muitos filhos. Ele confia em você.

— É uma responsabilidade muito grande, mesmo para alguém velho como eu — disse ele, com um sorriso discreto.

Ri com o termo "velho". — Você está mais para matusalém — falei de brincadeira.

Raziel gargalhou e me apertou contra o seu corpo. Uma luz azul se acendeu em meio ao céu nebuloso. Depois de alguns segundos, desapareceu com a mesma velocidade. Assim como a minha solidão.

Naquela noite, fizemos amor. Nossas almas se ligaram de uma maneira inesquecível. A nossa jornada estava apenas começando, mas, agora, eu tinha esperança — um sentimento que há muito tempo eu não tinha.

EPÍLOGO

"A decisão é anunciada por sentinelas, os anjos declaram o veredicto, para que todos os que vivem saibam que o Altíssimo domina sobre os reinos dos homens e os dá a quem quer, e põe no poder o mais simples dos homens." (Daniel 4,17)

VALE DO LOIRE, FRANÇA — 1913

Cento e três anos e vinte e cinco dias. Mais de um século de solidão e amargura. O pior tempo da minha vida. Para que serve essa droga de imortalidade se não posso ficar com a única pessoa que amei? Amaldiçoo a genética anormal que corre nas minhas veias. Amaldiçoo todos os malditos anjos caídos. Toda a escória do submundo e toda essa droga de regra celestial. A apatia dos arcanjos só aumenta a minha dor. Implorei para não a levarem de mim. Implorei para terem piedade. O que mais posso fazer? Sei que ela morreu por minha causa. A desgraça do Caído, atulhando a minha alma... Malditos sejam! Eles podem acabar com a minha vida infernal, mas não me unirei à escória.

A minha mente me atordoava a cada novo dia. Eu matava o tempo trabalhando, lutando contra os cretinos da minha raça, voando alto até a minha respiração falhar, tudo para atingir o máximo de adrenalina. Vi tantas coisas horríveis, tantas mortes humanas, tanta dor... Amigos queridos, pessoas que um dia confiaram em mim. *Sinto-me tão sozinho. Até quando vou aguentar?*

Olhei para o céu coberto pelas nuvens escuras. Alguns raios rompiam ao redor. O meu humor refletia-se no tempo. Descobri isso ainda menino, quando a família que me adotou me expulsou alegando que eu era uma aberração. A vida para mim não fazia sentido, cheguei a me desequilibrar por um bom tempo, mas algo dentro de mim me arrancava do buraco. Esse algo era a fé. Eu ainda não tinha renunciado, havia uma pequena porcentagem de esperança que brotava da minha ferida.

Caminhei em direção à vinícola, o inverno rigoroso massacrava as uvas. Andei pelo labirinto de vinhas arrancando o estrago que o tempo havia feito. Comecei a encher um balde de uvas congeladas. Meus dedos escorregaram da alça de madeira, e todas as frutas rolaram sobre a película de gelo formada que cobria a terra. Vislumbrei cabelos vermelhos dançando contra o vento. Pareciam reais... Eu me aproximei, sua face estava voltada para o chão, suas mãos recolhiam as uvas perdidas. Seu vestido branco sujo de terra, as mangas molhadas arrastando-se sobre o gelo. Chamei o seu nome. Ela ergueu o lindo rosto, a sua expressão dizia que ela não havia compreendido as minhas palavras. Franziu as sobrancelhas, mas, em seguida, sorriu. O sorriso mais extraordinário que eu já havia visto. Era ela! Não era nenhuma ilusão da minha mente doentia. Era ela!

O tempo congelou, o solo tremeu, o sol tomou o lugar das nuvens sombrias.

Seria possível? Eu poderia ser feliz novamente?